Claire Lombardo

Genau so, wie es immer war

Claire Lombardo

Genau so, wie es immer war

Roman

Aus dem Englischen von Sylvia Spatz

dtv

MIX
Papier | Fördert gute Waldnutzung
FSC® C083411

Die amerikanische Originalausgabe erschien 2024
unter dem Titel ›Same As It Ever Was‹
bei Doubleday in New York.

Gesetzt aus der ITC Legacy Serif
Satz: Uhl + Massopust, Aalen
Druck und Bindung: CPI books GmbH, Ulm
Printed in Germany · ISBN 978-3-423-28417-2

Für Molly

TEIL I

Verloren im Supermarkt

1

Es ereignet sich, wie bisher die meisten wichtigen Dinge in ihrem Leben, zufällig und weil sie etwas tut, das sie besser unterlassen hätte. Und wie bei vielen Zufällen gehen diesem Ereignis vollkommen einleuchtende Entscheidungen voraus. Man handelt ein klein wenig anders als normalerweise, was rückblickend so aussieht, als hätte man dem Zufall geradezu auf die Sprünge helfen wollen. Man entscheidet sich lediglich gegen die übliche Routine, und mit einem Mal befindet sich alles im freien Fall, und der Kosmos stürzt sich schadenfroh auf die Alternative, für die man sich nur selten entscheidet, und rennt, als wäre er von allen guten Geistern verlassen, mit seitlich ausgestreckten Armen durch die Gänge eines Supermarkts, um die Regale leerzufegen. Und ausgerechnet in einem Supermarkt, einem Feinkosttempel zwei Ortschaften von ihrem Zuhause entfernt, befindet sie sich gerade, um in letzter Minute noch ein paar Dinge für die Dinnerparty zu Ehren ihres Mannes einzukaufen, der heute sechzig wird.

Mithin ist es ein relativ kleiner Verstoß, sich für eine an sich unbedenkliche Alternative zu entscheiden: Weil ihr üblicher Supermarkt kein Krabbenfleisch mehr hatte, ist sie zu einem anderen gefahren.

Hinterher wird sie sich daran erinnern, wie ihr, als sie den ersten Supermarkt mit leeren Händen verließ, tatsächlich der Gedanke kam, dass selbst eine derart harmlose Routineänderung in ein Desaster münden konnte, etwas, das nicht passieren sollte. So sieht zumindest Mark – naturwissenschaftlich geprägt und unglaublich ängstlich – die Welt, nämlich als eine Kette von Entscheidungen, die man trifft oder eben auch nicht, mit ihren bis ins kleinste Detail berechenbaren Konsequenzen. Julias Verstand hat erst angefangen, auf die gleiche Art und Weise zu funktionieren, nachdem sie Mark schon eine ganze Weile kannte. Zuvor hatte sie sich stets mit der Vorstellung begnügt, dass man mit einer Entscheidung die Tür zu einer anderen schloss, dass im Kosmos keine fabelhafte Ordnung existierte und am Ende eigentlich alles ziemlich egal war. Vielleicht erklärt diese grundverschiedene Einstellung die Tatsache, dass Mark gewissenhaft ein Ingenieursstudium absolviert hat, während Julia ihr Studium in den Fächern Englisch und Rhetorik an der staatlichen Universität von Kansas kurz vor den letzten Prüfungen hinwarf.

Jetzt sind sie allerdings seit fast drei Jahrzehnten zusammen, und so hat sie tatsächlich eine Sekunde lang befürchtet, dass eine derart spontane Entscheidung fatale Folgen haben könnte. Aber darunter hatte sie sich eine kinoreife Tragödie vorgestellt – sie wird zum Beispiel von einem Frachtzug überfahren oder tritt auf eine Landmine –, und das alles nur, weil sie nicht auf das Krabbenfleisch verzichten wollte und eine Viertelstunde Richtung Westen gefahren ist. Sie hätte niemals damit gerechnet, auf eine Achtzigjährige zu treffen, die gerade eine Pyramide aus Kumquats inspiziert.

Julia erkennt sie im ersten Moment gar nicht. Ihr Verstand nimmt sie nicht bewusst wahr, und sie bleibt auch nicht stehen. Sie ist gerade zielstrebig auf dem Weg in die Fischabteilung, an der Bioabteilung vorbei, und überlegt, ob sie danach mit ihrem Einkaufswagen noch einen

Abstecher in die Textilwarenabteilung machen soll, denn manchmal haben Läden in den weiter außerhalb gelegenen Suburbs doch die größere Auswahl. Vielleicht wird sie auch schnell eine Runde durch den ganzen Laden drehen, um zu sehen, was sie hier außer dem Üblichen, das sie sonst auf ihrem Rundgang durch den gewohnten Supermarkt eilig in den Wagen wirft, außerdem im Angebot haben. Und dann fällt es ihr wie Schuppen von den Augen. Ihr Gehirn hat das Gesicht der Frau, an dem das Alter nicht spurlos vorübergegangen ist, mit Verspätung doch noch registriert.

Sie hat nicht viele Leichen im Keller, es gibt in ihrem Leben nur eine Handvoll Personen, denen sie wirklich nie wieder über den Weg laufen möchte, und Helen Russo ist zufällig eine davon. Warum geht sie dann aber näher ans Ende des Gangs mit den Textilwaren und lässt den Strom von Kunden an sich vorüberziehen, damit sie sich nach der Frau umdrehen kann? Es ist mehr als achtzehn Jahre her, dass sie sich zuletzt begegnet sind, wirklich erstaunlich, wenn man bedenkt, dass sie sich davor mindestens einmal in der Woche getroffen haben *und* dass ihre eigene Welt klein ist, so klein, dass schon die Entscheidung, einmal woanders einzukaufen, eine gewisse Tragweite hat.

Sie weiß auch nicht recht, warum sie wieder zurückgeht, aber Helen ist nicht mehr bei Obst und Gemüse, sondern steht mit einer Tüte Pinienkernen vor den Waagen. Der Preis liegt laut Schild bei 16,75 Dollar für 250 Gramm, und Julia erinnert sich an die Extravaganz, die ihr damals während der Nachmittage bei den Russos auffiel, das schwere Besteck, Gemälde, die verdächtig nach Originalen aussahen, Wein, den sie später zu Hause googelte, wobei sie herausfand, dass die Flasche 58 Dollar gekostet hatte.

Und jetzt ist sie hier, um zur Feier des Tages die Zutaten für Krabbentörtchen zu besorgen, weil ihr Mann die ganz besonders mag. Beim Gedanken an Mark wird ihr kurz schwindelig. Sie ist immer noch mit einem leeren Einkaufswagen unterwegs und wirft peinlich berührt kurzerhand einen albernen Rotkohl hinein. In mancher Hinsicht wirkt Helen erwartungsgemäß viel älter als in ihrer Erinnerung, anderes an ihr – der fröhliche Zopf, die glänzende Kette aus großen blauen Perlen um ihren Hals – ist ganz wie damals. Julia geht zögernd auf sie zu. Eigentlich hat sie große Übung darin, Begegnungen aus dem Weg zu gehen, ihre Einkaufstrips gleichen einem ausgeklügelten Manöver, bei dem sie genauestens auf die Gesichter um sich herum achtet, damit sie möglichst in kein Gespräch verwickelt wird. Aber im Augenblick ist sie wie ferngesteuert und mittlerweile nah genug, um im Haar der Frau die hochgeschobene Billigbrille aus dem Drogeriemarkt auszumachen.

»Helen?«

Helen dreht sich zu ihr um und mustert sie mit einem seltsam ausdruckslosen Blick langsam von oben bis unten. Julia überlegt kurz, was sie für einen Eindruck macht, und fährt sich mit der Hand durchs Haar. Vielleicht sieht sie aus wie jemand mit finsteren Absichten, in ihren *Clownshosen*, wie Alma sie nennt, und einem von Marks ausrangierten Hemden. Sie bildet sich gerne ein, dass diese Kombination als improvisierte Eleganz durchgeht, aber wahrscheinlich ist es eher das Gegenteil. In einer Suburb ist es schwer zu sagen, ob eine wunderlich gekleidete Frau mit nichts als einem Biokohl im Einkaufswagen obdachlos ist oder luxusverwahrlost. Sie überlegt, wie sehr sie selbst sich seit der letzten Begegnung verändert hat, und der Umfang dieser Veränderungen trifft sie wie ein Schlag.

Frau von heute, die mit anderen Müttern zum Kaffee verabredet ist, eine spezielle Kreditkarte der Luxuskette Nordstrom und relative Seelenruhe besitzt, verwundert die Augen reiben.

»Kinder«, wiederholt Helen. »Im Plural?« Typisch Helen, entsinnt sie sich jetzt, schon damals hat sie anderer Leute Alltag aus frischer Perspektive betrachtet und blinde Stellen gefunden, die man aufpolieren sollte, oder glänzende, die einem selbst nicht aufgefallen waren: Zwei Kinder! Wie toll! Helen zieht theatralisch eine Augenbraue hoch, dann kommt es ihr offenbar wieder in den Sinn. »Stimmt. Bei unserem letzten Treffen waren die Dinge gerade langsam wieder in Schwung gekommen, oder?«

Sie hat gerade überlegt, ob Helen sich erinnern würde. Mit einem Mal sieht sie sich an jenem furchtbaren Nachmittag in der Bibliothek wieder dieser Frau gegenüberstehen, zum letzten Mal, wie sie damals glaubte.

»Stimmt«, bestätigt sie. »Ja – das stimmt. Eine Tochter.«

»Meine Güte, so ist das, wenn man jemanden Ewigkeiten nicht mehr gesehen hat. Und wie geht's deinem Sohn? Er muss jetzt ... damals war er ... noch winzig, stimmt's?«

»Jetzt ist er nicht mehr so winzig«, erwidert sie. »Vierundzwanzig.« Damals saß Ben zwischen ihren Füßen unter dem Tisch und spielte mit Vintage-Spielzeugzügen, die Pete, Helens Ehemann, aus dem Keller heraufgeholt hatte. Sie räuspert sich. »Und du? Wie geht es dir? Und Pete?«

»Tot«, antwortet Helen umgehend und unbefangen. »Letzterer, nicht Erstere, obwohl ich, wie wir gerade festgestellt haben, auch bald an der Reihe bin.«

»Oh Gott.« Sie empfindet sofort Trauer, muss überraschenderweise gar nicht erst danach suchen: Pete Russo winkt vom Dach, wo er gerade die Rinnen säubert, Pete Russo lässt Ben seine Farbeimer als Trommeln benutzen. »Helen, das tut mir so ...«

»Ich habe dich so lange nicht mehr gesehen«, sagt Helen. »Da ist völlig klar, dass nicht mehr jeder am Leben ist.«

»Es tut mir leid.«

»Mir auch«, entgegnet Helen, und ganz kurz fällt die resolute Fröhlichkeit von ihr ab, und sie wirkt verletzlich und verlassen.

»Und wie geht es dir damit?«

»Ganz gut«, antwortet sie. »Es ist schon lange her. Im August sind es fünf Jahre, kaum zu glauben.«

»Ich habe nicht ...«

»Julia.« Helen lächelt sie an. »Es ist okay. Reden wir von etwas anderem. Was ist mit deinem?«

»Meinem ...?«

»Na ja, deinem Mann.«

»Ach, ja.« Genau wegen ihm steht sie eigentlich gerade hier, führt diese absurde Unterhaltung und ist nicht bereits wieder zu Hause, wo der Kosmos sie mittlerweile bestimmt gerne hätte, knietief im zähen, langweiligen Sumpf der Routine von Partyvorbereitungen. Was soll sie jetzt über Mark erzählen, dessen Leben sie wegen ihrer ersten Zufallsbegegnung mit Helen Russo fast ruiniert hätte und der, Gott sei Dank, im Laufe der vergangenen achtzehn Jahre nicht verstorben ist? »Es geht ihm ... gut. Er ist eigentlich ... Heute ist sein Geburtstag, deshalb bin ich hier.« Sie zeigt auf den lächerlichen Inhalt ihres Einkaufswagens.

»Ach, ja, natürlich«, sagt Helen nach einer Sekundenpause. »Der Geburtstagskohlkopf.«

Sie lacht mit Verzögerung.

Helen mustert sie erneut, diesmal mit einem veränderten Gesichtsausdruck, den sie nicht deuten kann. »Ich will dich nicht länger aufhalten. Es war aber schön, dich zu sehen. Du wirkst glücklich.«

»Wirklich?« Die Frage ist ihr unwillkürlich entschlüpft.

Helen lächelt. »Ja.«

Jetzt wäre eigentlich der richtige Augenblick, Helen zu versichern, dass sie ebenfalls einen glücklichen Eindruck mache. Jetzt wäre für sie beide eine günstige Gelegenheit, um sich etwas abzuringen wie *man kann sich ja mal treffen* oder *so richtig über alles austauschen*.

»Noch viel Spaß«, meint Julia ziemlich unsinnig mit einer Geste in Richtung Helens Einkaufswagen, in dem – wie sie erst jetzt bemerkt – ebenfalls absurd wenig liegt, nämlich vier Limonen und das kleine Päckchen mit den Pinienkernen.

»Mmmh«, sagt Helen. Sie berührt Julia leicht am Arm, und die ist froh über ihren langen Ärmel, der ihre Gänsehaut verdeckt. »Dir auch.«

Wie ferngesteuert kauft sie weiter ein, stellt sich bei der Expresskasse an und legt ihre Waren aufs Band.

»Haben Sie nicht an Einkaufstaschen gedacht?«, fragt die Kassiererin vorwurfsvoll.

»Im Geiste schon«, antwortet sie, aber die Kassiererin lacht nicht.

*

Sie atmet erst richtig auf, als sie im Auto sitzt. Das Krabbenfleisch und der Kohl – er hat ihr leidgetan, und sie hat es nicht übers Herz gebracht, ihn wieder auf den Berg von Kohlköpfen zurückzulegen – liegen fröhlich neben ihr auf dem Beifahrersitz. All die für sie so entscheidenden Momente mit Helen ereigneten sich im Laufe von einigen Monaten, aber Julias Verstand komprimiert sie gegenwärtig auf Sekundenlänge: wie sie über der Küchenspüle heult, entspannt auf Helens Veranda Wein trinkt und auch die letzte Begegnung in der Bibliothek. Ihr ist schwindlig, sie öffnet das Sonnendach und holt tief Luft.

Auf der Fahrt hierher hat sie pflichtbewusst, wenn auch leicht gelangweilt die Nachrichten im Radio gehört, aber als sie vom Parkplatz abfährt, entscheidet sie sich für eine Playlist ihrer Tochter. Klassischer Rock ist wieder in, sie kennt jeden zweiten Song, und zwischen Bowie und den Stones ertönen Bands mit originellen Namen wie You Will See Our Smiling Faces on the Nine Train und Reckon with Your Racist Grandfather oder Slight Right For The Sanitary Landfill. Bei den Namen gerät sie immer wieder durcheinander, was ihre Tochter in den Wahnsinn treibt. Sie muss zugeben, dass sie mit der Musik von heute, Almas Lieblingsmusik, *nicht viel anfangen kann*, aber sie hat gelernt – im beständigen und verzweifelten Ringen um die Liebe ihrer Tochter – sie zu mögen. Und so dreht sie die Anlage auf und lässt das Fenster herunter.

Früher hat sie sich für jemanden gehalten, der etwas von Musik verstand und *cool* war. Mit Mark ist sie an fast jedem Wochenende zu Konzerten gegangen, und sie konnte die gesamte Diskografie der Band Pavement aufsagen, sowohl chronologisch nach Erscheinungsjahr als auch gemäß ihrer persönlichen Hitliste, und Ben tat es ihr irgendwann automatisch nach, weil sie ihre CDs auf der Fahrt zum Kindergarten oder auf einem ihrer verrückten

Tagestrips durch die Stadt abspielte, übrigens sehr viel lauter als heute. Und dabei muss sie natürlich sofort wieder an Helen denken, kaum zu glauben, dass sie überhaupt auf diese Frau zugegangen ist, und sie spürt wieder Helens Hand auf ihrem Arm. Auch an die Helen von damals im botanischen Garten muss sie denken, in dem Gewächshaus für Sukkulenten. Helen hat sofort Antennen dafür gehabt, dass sie, eine einsame, unbeholfene junge Mutter in einem T-Shirt mit dem Aufdruck *Jesus and Mary Chain* und tiefen Augenringen, mit den Nerven am Ende ist, und hat sie aus der Menge herausgepickt.

Auf der Playlist ist gerade »Smells like Teen Spirit« an der Reihe, und sie dreht weiter auf, zu laut – an der roten Ampel starrt der Mann im Auto neben ihr sie unerbittlich an –, aber sie dreht die Lautstärke noch ein bisschen höher und fädelt sich, dankbar über einen Vorwand, ordentlich aufs Gas treten zu können, in den Verkehr auf der Eisenhower ein.

*

Als sie nach Hause kommt, ist Mark nirgends zu sehen, ein Glück, denn sobald sie die Küche betritt, werden ihr mit einem Mal die Knie weich, das Blickfeld verschwimmt, und sie lässt sich auf einen der Hocker an der Kochinsel fallen. Sie spürt, wie Suzanne mit den Vorderpfötchen insistierend gegen ihre Schienbeine drückt. Der Hund mustert sie beleidigt, weil Julia das Begrüßungsritual ausgelassen hat. Sobald Julia zurückkehrt – ob sie nun fünf Minuten oder fünf Stunden weg war –, ist Suzanne außer sich vor Freude, der Blick wird wild, der Körper zittert vor Begeisterung. Und niemand ist jemals so verrückt nach Julia gewesen wie Suzanne, nicht einmal Julia selbst hat ein Lebewesen, Mensch oder Tier, auch nicht die Kinder, derart ins Herz geschlossen wie dieser Hund sie. Das ist schmeichelhaft, aber manchmal geht ihr diese innige Liebe auch auf die Nerven.

»Alles gut, kleine Dame«, beruhigt sie den Hund. »Ich bin nur gerade nicht ganz auf der Höhe.«

»So war das zwar überhaupt nicht, aber meinetwegen«, sagt Alma, die gerade in die Küche kommt. Und dann: »Mom?«

Sie öffnet die Augen und hebt das Kinn. Der Blick ist wieder klarer. Ihre Tochter, widerspenstiges dunkles Haar und kluge grüne Augen, ist eine strahlende und einschüchternde Amazone. Sie hält eine leere Rührschüssel gegen die Brust gedrückt und in den Händen jeweils eine zerquetschte La-Croix-Sprudelwasserdose.

»Hallo, Ollie.«

Der Hund jault, und Julia greift nach unten und hebt ihn hoch.

»Weine nicht«, säuselt sie, das Gesicht ins Fell gedrückt.

»Sag ihr nicht, wie sie sich fühlen soll«, sagt Alma, aber dann fragt sie stirnrunzelnd: »Bist du okay?«

Das ist eine für Alma ungewöhnliche Nachfrage, und ganz kurz wünscht sich Julia, dass sie nicht okay ist und ihre Tochter umstandslos um Hilfe bitten kann, zum Beispiel einen Splitter entfernen oder eine Schulter einrenken. Das würde sie mit diesem Menschen, den sie geboren hat, in engen Körperkontakt bringen, falls Alma, ausnahmsweise mal nicht narzisstische Kriegerin, diesen tatsächlich anbietet.

Die Antwort ist ein potenzielles Minenfeld. Wenn sie körperliche Beschwerden andeutet, wird ihre Tochter (die sich zwar nicht über die Anwesenheit ihrer Eltern freut, ihnen aber auch nicht den Tod wünscht) sofort misstrauisch werden. Und bei der Wahrheit zu bleiben – sie sei eben der Frau, die ihre Ehe fast zum Scheitern brachte, über den Weg gelaufen und müsse sich nun innerlich dafür rüsten, dem Ehemann gegenüberzutreten – verbietet sich selbstverständlich von selbst.

»Alles gut«, erwidert sie. Suzanne windet sich und springt von Julias Schoß. Der Hund hat wie eine Katze, wie ihre Tochter klare Grenzen, er fordert zwar permanent Zuwendung, aber strikt nach seinen eigenen Regeln. »Gut, gut, gut.«

Sie streckt den Rücken durch, erhebt sich vom Hocker, wird wieder geschäftig. In der Küche gibt es immer was zu tun, besonders wenn Alma Freunde zu Besuch hat, aufwischen, Geschirr abtrocknen, und der Abfall – zwei abgeknabberte Apfelgehäuse, die lilafarbene Rinde von einem exquisiten, in Rotwein gereiften Ziegenkäse – wandert auch nicht von selbst in den Mülleimer.

Freundlicherweise gibt Alma sich mit dieser Antwort zufrieden, endlich steht sie, mit der überbordenden Selbstgewissheit eines Teenagers, wieder allein im Zentrum der Aufmerksamkeit, wie es sich gehört.

»Die haben gerade angerufen, mein Zahnarzttermin hat sich verschoben«, teilt sie mit. »Dr. Gallagher hat einen Todesfall in der Familie.«

»Oh, das ist aber …«

»Eigentlich gut, weil wir in dieser Woche in der Bibliothek eine Arbeitsgruppe zur Vorbereitung auf die AP-Examen in europäischer Geschichte haben – ich wollte sagen, gut, dass der Termin abgesagt worden ist, nicht gut, dass jemand gestorben ist –, und deshalb wollte ich fragen, ob ich das Auto haben kann, damit ihr mich abends nicht immer superspät abholen müsst?«

Aus Alma, einem ungewöhnlich anhänglichen Kind, ist eine weitgehend unabhängige und ganz und gar undurchschaubare Siebzehnjährige geworden. Sie nimmt kein Blatt vor den Mund, sieht umwerfend aus und ist ungewöhnlich gut in Mathe. Mit ihren Freundinnen teilt sie Insider-Witze, etwa über Garry Shandling und Avocado-Toast, malt sich winzige Kirschen auf die Fingernägel und versucht sich in ambitionierten Backprojekten, was bedeutet, dass der Kühlschrank oft rammelvoll ist mit länglichen Bagels und sechsstöckigen Torten.

»Ich frag dich nur jetzt schon, weil letztes Mal hast du gesagt, ich hätte dich nicht früh genug gefragt«, fügt Alma hinzu. Nach fast zwei Jahren brütenden Schweigens sucht sie seit neuestem wieder das Gespräch mit Julia und Mark und ist mittlerweile kaum noch zu stoppen. Bei Tisch unterhält sie ihre Eltern atemlos mit Geschichten, denen diese nicht folgen können, oder erzählt ausführlich Episoden aus Fernsehshows nach, von denen sie keinen Schimmer haben, oder sie legt eloquent und überzeugend ihre Argumente für alles dar, was sie haben möchte, einschließlich der Erlaubnis für etwas. Jede Unterhaltung mit ihr verlangt tatkräftigen Einsatz, bei dem man Gänge wechseln, zurückrudern, unsinnigen Übergängen von einem Thema zum anderen folgen oder sich ohne Auftanken aus der Realität in eine fiktionale Welt katapultieren lassen muss. Es ist so gut wie sicher, dass sie im nächsten Monat eine Zusage von einem der siebzehn entsetzlich teuren und hochgepriesenen Colleges erhält, bei denen sie sich beworben hat. Und weil Julia die Zeit, in der Alma noch zu Hause weilt, möglichst friedlich über die Bühne bringen will, antwortet sie auf die Frage ihrer Tochter so behutsam wie damals, als sie auf Zehenspitzen um das schlafende Kleinkind herumschlich, um es nicht zu wecken. Die Machtverhältnisse in ihrem Haushalt ähneln in mancher Hinsicht denen einer jahrelangen Geiselkrise.

»Das sehen wir dann«, sagt sie, und bevor Alma protestieren kann: »Hast du Besuch?« Aus dem Wohnzimmer dringen mindestens zwei Stimmen an ihr Ohr, und sie ist ziemlich sicher, dass eine davon Margo Singh gehört.

Alma lässt die Dosen in die Recyclingtonne fallen. »Jep.« Ihre Tochter äußert sich über Margo und vor allem über die Beziehung zu ihr nicht weiter. Jeden Vorstoß von Julia in diese Richtung hat Alma bislang verächtlich abgetan und ihr schweigend bedeutet, dass ihre Sicht auf Beziehungen viel zu starr sei.

»Sie ist nicht meine Freundin«, hat Alma vor kurzem erklärt. »Aber sie ist auch nicht einfach nur *eine* Freundin. Heutzutage nennt das niemand mehr so, Mom.«

Julia hat sich zurückgehalten und nicht weiter nachgefragt, wie *niemand es denn dann nennt.* Almas Privatsphäre ist auf der sich stetig ändernden Rangfolge von wichtigen Themen zwischen Almas Schulnoten, Almas aufkeimenden politischen Meinungen und Almas kurzlebigen lebenswichtigen Wünschen in der letzten Zeit wieder nach oben gerückt. Julia mag Margo. Sie wünscht sich, die junge Frau würde etwas entschlossener auftreten – sie hat die Tendenz, wie eine Totengräberin melancholisch aus dem Dunkel aufzutauchen –, aber sie wirkt recht vernünftig und macht Alma anscheinend glücklich.

»Sehr schön«, sagt sie. »Wo ist dein Dad? Ist dein Bruder da?«

Alma brummt etwas. *Woher soll ich das wissen*, soll das

heißen. Sie stellt ihre Schüssel in der Spüle ab, spürt dann anscheinend Julias Blick und greift nach der Spülbürste. »Was gibt es zu essen?«

»Eine bunte Mischung«, antwortet sie geistesabwesend, öffnet erst eine Tür von einem Küchenschrank, dann eine andere, holt wahllos Dinge heraus und stellt sie auf die Kücheninsel. »Diese kleinen Quiches, Gurkensalat, Krabbentörtchen.« Sie legt die nötigen Utensilien bereit plus den Sellerie und Paniermehl. Bevor der heutige Nachmittag plötzlich einen anderen Verlauf nahm, hatte sie sich aufs Kochen gefreut. Das Ganze ist aufwendig genug, um später die Gäste zu beeindrucken, und trotzdem kann sie noch vieles andere nebenbei erledigen. Von ihren Kindern, das weiß sie aus Erfahrung, ist kaum Unterstützung zu erwarten.

Alma dreht sich gekränkt zu ihr um. »Oh, Mom, wirklich?« Sie tut tief verletzt, und Julia lässt erstaunt ihren Blick umherwandern, vielleicht ist gerade etwas Schreckliches passiert, aber es scheint alles beim Alten. Die abgewaschene Schüssel, die ihre Tochter in den Händen hält, tropft auf den Boden.

»Was ist denn?«, fragt sie besorgt.

»Ich hab dir doch gesagt, dass ich keinen Fisch und keine Meeresfrüchte mehr esse«, beschwert sich Alma. »Und zwar bereits vor Wochen.«

Sie überlegt kurz und wünscht sich – eigentlich ein furchtbarer, aber nicht ungewöhnlicher Wunsch bei Unterhaltungen mit ihrer Tochter –, sie könnte sich einfach in Luft auflösen. Sie fühlt sich gerade vollkommen erledigt, als würde die Erdanziehungskraft sie lähmen. Muttersein ist für sie bis heute vor allem mit einem bestimmten Gefühl verbunden, nämlich dieser elenden

Fassungslosigkeit, dass man von ihr nicht nur erwartet, sondern sie dazu verpflichtet, sich auch noch um *diese letzte Kleinigkeit* zu kümmern.

»Hast du's etwa schon vergessen?«

»*Vergessen* wäre vielleicht zu viel gesagt«, erwidert sie und nimmt einen Bund frischen Koriander aus der Kühlschranktür. Sie kann sich nicht daran erinnern, weil sie gehofft hatte, dass dieses Gespräch, bei dem Alma etwas von »stufenweiser Umstellung auf vegane Ernährung« erzählte, wie so oft bei Teenagern nach ein paar Tagen vergessen sein würde, weil erneut etwas Einzigartiges, Unaufschiebbares es in den Hintergrund hatte treten lassen.

Sie atmet bewusst langsam und tief durch die Nase ein, bis sie die Luft im Rachen spürt. Bei Ben hat sie zur Geburtsvorbereitung halbherzig an Yogastunden teilgenommen. Damals ahnte sie noch nicht, dass ihr das nicht nur bei der Geburt helfen würde, sondern noch Jahrzehnte später für einen friedlichen Umgang mit ihrer Teenager-Tochter.

»Warum holst du so tief Luft?«

»Damit meine Gehirnzellen mehr Sauerstoff bekommen«, erklärt sie.

»Du hast gesagt, du würdest darüber nachdenken, ob wir als Familie nicht ganz auf tierische Produkte verzichten«, sagt Alma mit übertriebener Ruhe, was Julia innerlich sofort wieder in Rage bringt.

»Wenn du das Krabbenfleisch nicht essen magst, dann lässt du es, mein Herz. Es gibt genügend anderes.«

»Machst du dich etwa über mich lustig?«, fragt Alma und zeigt auf Julias Hand, in der sie geistesabwesend den Alibi-Kohl hält, gleich einem Volleyball oder einem abgetrennten Kopf.

Ihr ist nach Lachen zumute, aber als sie den Impuls unterdrückt, treten ihr Tränen in die Augen.

»Warum machst du jetzt dieses Gesicht?«, fragt Alma.

Glücklicherweise betritt in diesem Moment Mark die Küche. Er kommt verschwitzt vom Joggen zurück, in Lycra-Shorts und mit einer faltbaren Wasserflasche, die er an der Hüfte trägt und bei deren Anblick sie kürzlich an einen Stomabeutel denken musste. Wie alle anderen beugt er sich zu Suzanne hinunter und begrüßt sie, als hätte er sie seit Ewigkeiten nicht mehr gesehen. Seit der Hund in der Familie ist, steht er für jeden von ihnen im Zentrum, auch wenn das angeblich vor allem für Julia gilt.

»Was ist denn das für ein Armband?«, fragt Alma. »Heute siehst du besonders komisch aus.«

Er zeigt sein Handgelenk, um das ein lilafarbener Plastikreifen gebunden ist, der Schrittmesser-Prototyp, den sie gerade bei seiner Arbeit testen. Seit Monaten hält er Julia darüber endlose Vorträge. »Die Geräte, die man im Handel bekommt, taugen nichts und haben noch nie was getaugt.«

»Kann schon sein«, sagt Alma. »Aber sie sehen wenigstens nicht *so* aus.«

»Harte Kritiker hier in der Küche«, bemerkt Mark und legt einen Arm um seine Tochter. Sie protestiert halbherzig, aber dann lehnt sie ihren Kopf an ihn, trotz Männerschweiß und allem anderen. Julia ist Alma schon seit langem körperlich nicht mehr so nah gewesen. Alma strahlt eine Energie aus, die dazu führt, dass sie sich lieber fernhält, nicht aber ihr Vater, den Alma scheinbar auch sehr viel lieber mag.

Mark küsst Julia, und Alma sieht ihnen angewidert zu. In ihrer Familie gehen die Uhren nie ganz richtig, Zuneigung wird an unpassender Stelle bezeugt, Kränkungen werden hochgespielt. Aber das ist immer noch besser, überlegt sie – bitte, lieber Gott, lass es besser sein –, als all das nicht zu haben.

»Gibt's den zum Abendessen?«, fragt Mark und hält den Kohlkopf in der Hand wie eine Kristallkugel, worauf Alma mit einem übertriebenen Seufzer die Küche verlässt. Sie lauschen beide dem dumpfen Geräusch ihrer Socken, als sie ins Wohnzimmer tappt.

»Improvisation«, sagt sie. »Zur Feier des Tages.«

Mark legt die Hände auf ihre Schultern. »Was kochst du?«

»Tierisches.«

»Kann ich helfen?«

»Nö.« Sie setzt eine fröhliche Miene auf und dreht sich für einen Kuss zu ihm um. »Mein Geschenk an dich.«

»Und nicht das einzige, wie ich sehe.« Er zeigt auf die Ablage, die an der Spüle aufgereihten Flaschen Malbec, die anderen Lebensmittel. Sie überlegt, ob jemand sie dabei beobachtet hat, wie sie in ihrer Clownshose zu Helen Russo gezuckelt ist. Mark knetet sanft ihren Nacken. Vielleicht erlangt man in einer Ehe einen sechsten Sinn: Ein Teil des Paares – nichts ahnend, dass der andere ihm unrecht getan hat – verhält sich mit einem Mal besonders fürsorglich und verschärft damit das schlechte Gewissen des schuldigen Parts. Die Vorstellung macht sie nervös.

»Geh dich duschen«, sagt sie und schlägt leicht mit einem Geschirrtuch nach ihm. »Sorg dafür, dass du ordentlich aussiehst.«

Sie sieht ihm nach, als er die Küche verlässt, fährt sich mit den Händen durchs Haar und versucht, die Energie von vor einer Stunde, vor ihrer Begegnung mit Helen, heraufzubeschwören und sich aufs Anstehende zu konzentrieren. Die Kohl-Julienne wird sie leicht dünsten und daraus einen Salat zubereiten. Mitunter ertappt sie sich, verwundert über ihren lächerlichen Hang zum Banalen, bei Gedanken wie: *Ich hab ganz vergessen, den Typen fürs Rasenmähen zu bezahlen, und am Mittwoch wird das Futter für Suzanne geliefert.*

»Das Leben ist für niemanden einfach«, psalmodiert sie manchmal, um Mark zum Lachen zu bringen, wenn sie beobachtet, wie der Wertpapierhändler von nebenan, ein Arschloch, seinen Bauunternehmer anschreit oder wie ein Eichhörnchen kopfüber Futter aus dem Vogelhäuschen stibitzt. Ihr ist es ganz recht, dass sie sich mit absurden Nebensächlichkeiten aufhalten kann.

Kohl-Julienne dünsten. Zum Teufel noch mal! Eigentlich gleicht es einem Wunder, wie unwahrscheinlich schön ihr Leben geworden ist.

2

Damals, vor ihrer ersten Begegnung mit Helen, in jenen vernebelten, wie in Watte gepackten Tagen, die so endlos lang und monoton waren, dass sie ununterscheidbar wurden, war das Leben alles andere als schön gewesen. Vor zwanzig Jahren, ein Haus zuvor. Sie waren aus der Stadt in die gute Gegend einer sehr guten Suburb gezogen und hatten Ben im Kindergarten Serenity Smiles angemeldet. In ihren Ohren klang der Name nach einem durchschnittlich teuren Striplokal oder noblen Rehabilitationszentrum, dabei war es eigentlich - oder auch - einer der exklusivsten Kindergärten weit und breit. Sie weigerte sich, das Städtchen beim Namen zu nennen, und sprach zu Marks Verärgerung stattdessen immer von *Pinecone Junction. The Suburbs:* Mekka für erfolgreiche Erwachsene mit exotischen Jobbezeichnungen und ihren jeweiligen frustrierten Ehepartnern, die zu Hause herumsaßen, zwischen Eichen, Überfluss und geschmackvoll verschleierter Verzweiflung. Meilenweise Straßen mit einfallslosen, althergebrachten Namen und restaurierten Pflastersteinen, Kombis und Jeeps, hektarweise dichtes, gestutztes Blattwerk, auf den Rasenflächen der Vorgärten Schilder, mit denen man bemüht zur Schau stellte, dass man mit bestimmten Kleingewerben zusammenarbeitete oder gemäßigt einer bestimmten politischen Richtung folgte, Gedenktafeln, die eigentlich niemandem und nichts gewidmet waren, und nicht einmal normales *Fah-*

ren war erlaubt. Manchmal fand sie sich auf einer Straße wieder, auf der wie in altertümlichen Zeiten eine Höchstgeschwindigkeit von fünfzehn Meilen pro Stunde zugelassen war. Jeder wollte gern glauben, dass die eigene Suburb die beste war, aber eigentlich waren sie alle gleichermaßen gesichtslos und unterschieden sich voneinander nur leicht durch ihre Entfernung zum See oder ihren Grad an strukturloser »Diversität« oder »historischer Bedeutung«. Die Straße, in der sie wohnten, trug den Namen *Superior*, aber die Belustigung darüber war ihr, wie fast alles andere auch, nach ein paar Monaten vergangen.

Was war passiert? Schwer zu sagen. Ihr Leben zerbrach, oder sie und Mark fanden in Gesprächen nicht mehr zueinander, oder vielleicht lag es weder am einen noch am anderen, sondern lediglich daran, dass ihr Hormonhaushalt beschlossen hatte, sich nach der Schwangerschaft wieder einzupendeln. Sie waren aus der Stadt weggezogen, als Ben laufen lernte. Mittlerweile hielt er sich problemlos auf den Beinen, war mobil und selbstsicher, wenn auch nicht besonders anmutig. Er konnte sehr gut sprechen, neben Englisch auch ein wenig Spanisch, das immer mittwochs im Kindergarten unterrichtet wurde. Julia fühlte sich unterdessen starr, wie einbalsamiert. Sie schlief schlecht, ihre Stimme im Kopf spulte nervöse und überdrehte Monologe ab, und sie bemerkte bei der sporadischen Kommunikation mit anderen Erwachsenen, dass ihre laut gesprochenen Monologe ähnlich manisch klangen.

Wenn sie nicht gerade auf etwas wartete, etwas langweilig Alltägliches wie dass Ben aus dem Mittagsschlaf aufwachte, oder auf eine unwahrscheinliche Katastrophe wie den Einschlag eines Asteroiden, kam es ihr vor, als hätte sie jeden Kontakt zur Realität verloren. Meist starrte sie brütend vor sich hin wie eine rechtlose viktorianische Amme. Und so hörte sie Mark nicht in die Küche kommen.

»Alles gut?« Als würde er sie in Stacheldraht gefangen vorfinden. In letzter Zeit war das seine Standardfrage, die er stets in einem versöhnlich weichen Tonfall stellte.

Sie richtete sich auf. »Ich dachte, ich hätte unter der Spüle irgendwas am Abflussrohr gesehen.«

Mark erschauderte leicht. Ihn ekelte alles, was verdorben war oder nicht eindeutig identifizierbar. Auf dem Weg zur Espressokanne legte er leicht eine Hand auf ihre Schulter und fragte nicht weiter nach dem Rohr, dem potenziellen dunklen Geheimnis darin.

»Ich wünschte, heute wäre schon Freitag«, sagte er und merkte nicht, wie banal und kindisch das klang. Er rührte Zucker in seinen Kaffee. »Ich bin schon wie erschlagen aufgewacht, wenn das mal nicht ein schlechtes Zeichen ist.«

Wenn Julia überhaupt Schlaf fand, wachte sie immer wieder auf, weil ihr vor dem, was auf sie zukommen würde, ebenso graute wie vor dem, was hinter ihr lag. Aber Mark trug einen Schlips und hatte einen Masterabschluss, während Julia sich vornehmlich mit Legosteinen und dem Verabreichen von Karottenbrei beschäftigte, und deswegen hatte Mark mehr Anrecht darauf, über seine Verantwortung im Leben zu klagen. So funktionierte diese Welt nun mal. Sie hatte es schon längst aufgegeben, sich aus lauter Langeweile als auch Neid seine Tage auszumalen.

Wie klischeehaft öde ihrer beider Leben geworden war, geradezu zum Einschlafen, eigentlich schon fast wieder rekordverdächtig. *Erinnerst du dich noch an unsere Hochzeitsreise nach Griechenland?*, hätte sie gern gefragt. *Erinnerst du dich an den Sex in einer Gasse auf Korfu, als uns eine Ratte zugeschaut hat? Erinnerst du dich an den Sex in der Toilette von* Frank's Nursery and Crafts, *oder an den Sex in ...*

»Jules?«

»Hmm.« Sie blinzelte, er hatte die Stirn wieder in sorgenvolle Falten gelegt. »Ja, auf jeden Fall, ein ganz schlechtes Zeichen.«

Die Falten wurden tiefer, offenbar hatte sie gerade etwas nicht mitbekommen. »Ich hab dich gefragt, was du heute so machst.«

»Was ich eben jeden Tag so mache«, sagte sie. »Ach, die vielen Überraschungen, die da auf mich warten.«

Er sah sie über die Schulter hinweg an. »Als ich vor kurzem den Rasen gemäht habe, ist zufällig Erica vorbeigekommen und meinte, sie würde sich freuen, wenn ihr Sohn mal mit Ben spielt. Warum rufst du sie nicht an?«

»Wer ist denn Erica?«

»Die Frau ein paar Häuser weiter, sie geht immer joggen und zieht den Kleinen in einem kleinen Wagen hinter sich her ...«

Sie zog die Nase kraus. »Die immer so ein Gesicht zieht?«

»Nun komm schon, Julia.«

Sie fixierte ihren Mann, der stets alles in Ordnung bringen wollte. Aber seine Probleme waren tendenziell einfacher zu lösen als ihre, das war schon immer so gewesen. Sie war mittlerweile fast krank vor Einsamkeit.

»Und was soll ich mit ihr machen?«

»Keine Ahnung«, überlegte er mit dem Rücken zu ihr, während er im Kühlschrank herumsuchte. »Was Mütter halt so machen.«

Sie geriet sofort in Rage. »Und was machen *Mütter* so?«

»Ich wollte nur sagen ... vielleicht mal einen Spaziergang. Oder wie wär's mit einem Buchclub?«

»Genau, spazieren gehen. Eine literarisch überlieferte, typische Aktivität von Müttern.«

»Du weißt genau, was ich ...«

»Einem Buchclub beitreten – nur über meine Leiche.«

Über Suburbexistenzen herzuziehen war nicht originell, dessen war sie sich bewusst. Sie stellte sich ihr Leben vor wie Schichten aus Schiefer, scharfkantig, zerbrechlich und zerbröselnd, ineinanderfließende Grautöne. Ein Leben woanders. Dann war es nicht mehr woanders. Woanders war überall und wieder nur ein und dasselbe. Sie war ein wandelndes Klischee und langweilte sich, wenn sie nur darüber nachdachte. Diese Depressionen wegen nichts, dieser Groll auf das sorgenfreieste Leben auf der ganzen Welt. Aber sie konnte nicht anders.

»Gut, Julia, vergiss, was ich ...«

»Ich begreife einfach nicht, was das heißen soll, *was Mütter halt so machen*. Das ist das Gleiche wie zu sagen, was *Leute mit Sweatshirts so machen* oder *Rechtshänder*. Als Mutter gehört man doch nicht gleich einer anderen Spezies an.«

»Du weißt genau, was ich sagen wollte, Jules. Vielleicht würde es dir guttun, mal ein paar Leute um dich zu haben.«

»Ich habe doch dich«, erwiderte sie, und er wurde versöhnlicher.

»Das hast du«, sagte er, kam zu ihr, um sie zu umarmen, seine Brust warm und fest an ihrer Wange.

Eigentlich hatte sie sich auf den heutigen Tag, einen Mittwoch, gefreut, da Ben im Kindergarten sein und sie damit potenziell ihre Ruhe haben würde. Sie würde auf der Fahrt zum Forest Glen Kette rauchen und im Wald herumstreifen, sich auf einem warmen Fels ausstrecken und es genießen, dass wenigstens eine Weile lang niemand sie *anstarrte*. Aber jetzt hatte sie ein schlechtes Gewissen, weil sie sich darauf freute, mal ohne ihr Kind zu sein, weil sie ihre Zeit nicht besser einteilte und ihre freien Stunden nicht mit kulturellen Anregungen und Erwachsenen verbrachte.

»Geht es dir gut?«, fragte Mark und löste sich aus der Umarmung, um sie eingehend zu mustern. »Du siehst müde aus.«

Sie war tatsächlich seit zehn nach drei wach, und wenn sie jetzt noch einen vierten Kaffee trank, würde sie sich bis zum Abend überdreht fühlen und immer noch zutiefst erschöpft. Trotzdem war sie gerade leicht gekränkt.

»Hättest du in unseren Anfängen derart eloquent um mich geworben, ich hätte dich vermutlich nicht geheiratet«, entgegnete sie, aber als der Satz über ihre Lippen kam, merkte sie, dass ihrem Tonfall unabsichtlich das Scherzhafte fehlte. Auch Mark hörte das, und sein Gesichtsausdruck – dieses geliebte Gesicht – wurde schlagartig ernst. Liebend gerne hätte sie ihm eine Ohrfeige gegeben.

»Treffer«, sagte er.

»Das ging daneben«, brachte sie vor. Es war wirklich nicht seine Schuld, und nun war sie an der Reihe für eine Berührung, aber nur eine leichte, als wäre er klebrig.

»Tut mir leid«, sagte sie, und im gleichen Augenblick sagte er, »Ich liebe dich«, und dabei drückten sie zum Abschied ihre Wangen aneinander. Und dann hörte sie, wie die Haustür aufging und sich wieder schloss. Er war zur Arbeit gegangen.

Wie immer war es dann Balsam für die Seele, als Ben in die Küche kam wie ein Sonnenstrahl, die Wangen zierte der Abdruck vom Kopfkissen, die großen Augen blinzelten den Schlaf weg, und von der kleinen Hand hing sein Stofftier, eine Giraffe. Ihr Herz wurde weit, ihr Gesicht entspannte sich zu einem Lächeln, und ihre Freude, die in diesen Tagen so knapp bemessen war, galt allein ihm.

»Da ist ja mein Lieblingsmann«, begrüßte sie ihn, und auf seinem Gesicht breitete sich ebenfalls ein Lächeln aus, und sie zog ihn zu sich auf den Schoß, gab ihrem Sohn und der Giraffe einen Morgenkuss und atmete seinen Duft ein, die Sonne selbst.

Meine Güte, mein bester Freund ist drei, dachte sie mitunter bei sich. Vor kurzem hatte sie versucht, das Mark zu erklären, als der, ihre eigene Erkenntnis freundlicher formulierend, vorschlug, sie solle sich doch nach Bekanntschaften in ihrem Alter umsehen. Natürlich wusste sie, dass Ben kein Freund war, sondern ihr *Kind*, aber richtig bewusst wurde ihr das erst, als Mark es ihr auf den Kopf zusagte. Und die darauffolgende Einsamkeit, die sich zur bestehenden Einsamkeit gesellte, das Gefühl von Verlust, wo es ohnehin wenig zu verlieren gab, überwältigte sie. Es war in letzter Zeit so einfach geworden, nachzutreten, wenn sie bereits am Boden war – natürlich ohne Absicht, denn Mark war der netteste Mann der Welt. Denn eigentlich war sie immer am Boden, und es ging auch nicht unbedingt darum, getreten zu werden, sondern eher stolperte man über sie, ein regloses Opfer ihrer Emotionen.

»Bist du traurig?«, fragte Ben, und sie schluckte die drohenden Tränen herunter, obwohl er mittlerweile ganz bestimmt daran gewöhnt war.

»Natürlich nicht«, sagte sie, den Mund an seinem Haar. »Mama ist so glücklich.« Sie spürte seine Strähnen zwischen ihren Lippen, manchmal hätte sie ihn fressen können. »Mein Süßer, du machst Mama so glücklich.«

*

Später saßen sie im Auto auf dem Weg zu Serenity Smiles, und Ben erzählte von seinem Traum über einen »Allein-Beagle«, wie er ihn nannte, auf einem Kinderspielplatz. Die Protagonisten in Bens Träumen unterlagen nur dem Gesetz der Zeit, Raum spielte keine Rolle, sie wanderten einfach fröhlich zwischen verschiedenen Orten hin und her. Die meisten seiner Träume waren fantasiereich, ohne Traumata, es *passierte* einfach alles Mögliche, und die Zeit verging.

»Unser Sohn Virginia Woolf«, hatte sie erst vor kurzem mit Mark gescherzt.

»Und Mama?«, sagte Ben. »Wir wollten ihn streicheln, aber dann haben wir ihn *nicht* gestreichelt.«

»Genau, das haben wir nicht!«, stimmte sie zu. Ihr vorgetäuschter Jubel hatte etwas Hysterisches. Sie hatte ihm gar nicht zugehört, denn in Gedanken war sie bereits zehn Minuten in der Zukunft, machte sich gerade über die Autobahn davon, während die Band The Replacements derart laut aus der teuren Anlage dröhnte, dass das Lenkrad zitterte – und zugleich würde sie Ben hinten auf dem Rücksitz vermissen. Elternschaft war ein permanenter Wunsch, zugleich vereint und getrennt zu sein, einfach grausam. Manchmal stellte sie sich einen gewaltsamen Tod vor – ihr Subaru wurde von einem Sattelschlepper zerquetscht, eine Runde im Lake Michigan endete damit, dass sie langsam nach unten sank, bis ihre Füße an seinem tiefsten Punkt den Schlick berührten. Sie fand Trost in solchen Bildern, nichts war für immer, selbst die unentrinnbare Monotonie ihres Lebens konnte durch die Natur oder einen Zufall zunichtegemacht werden.

An einer Ampel merkte sie, dass sie weinte, und war gar nicht einmal so erschrocken über ihre Tränen – offenbar war sie in letzter Zeit nah am Wasser gebaut –, sondern mehr darüber, dass sie es nicht *bemerkt* hatte, dass sie funktionierte, es schaffte, das Leben zu meistern, während ihre Alltagsdepression geräuschlos wie Atem aus ihr herausrann.

»Alles gut?«, fragte Ben. Kinder mit ihrer zugleich arglosen und messerscharfen Beobachtungsgabe brachten sie immer wieder zum Staunen.

»Mama geht es gut, mein Herz«, sagte sie und flüchtete sich in die dritte Person, was Eltern erlaubt war. Wie sie mit negativen Gefühlen umgehen sollte, hatte sie noch nie gewusst, aber früher hatte das keine große Rolle gespielt, jetzt aber waren auch andere betroffen.

Die Einsamkeit des Mutterdaseins. Tagaus, tagein tödliche Melancholie. Dabei war sie mit diesem hellwachen kleinen Menschen, den ihr warmherziger fleißiger Ehemann mitkreiert hatte – er kam mit den trivialen Launen des Alltags so viel besser zurecht als sie –, doch von so viel Leben umgeben. Und sie wünschte sich sehnlichst nur das Eine: allein zu sein. Sie selbst hatte dieses Leben erschaffen, und trotzdem malte sie sich aus, wie schön es wäre, wenn ihr Sohn gerade nicht hier, sondern an einem dieser wenigen Orte wäre, wo man seine Kinder abliefern konnte, vielleicht bei einem Spielnachmittag, bei dem eine vorbildliche Mutter ihm Naschereien in den Mund stecken und bei seinem entzückten Geschrei vor Freude erröten und nicht innerlich zusammenzucken würde. Wie viel Energie und Mühe es doch kostete – manchmal stellte sie sich ihr Innenleben als lecke Batterie vor, deren Säure langsam ihre Organe verätzte –, die Stimme in eine für ihn angemessene Tonlage zu bringen.

Sie drehte die Anlage weiter auf, und es ertönte »No Sleep Till Brooklyn«. Sie hatte Ben beigebracht, den Kopf zum Rhythmus der Musik zu bewegen, aber er blickte sie im Rückspiegel ernst an und blieb still sitzen. Ihr Sohn war kein Durchschnittskind, kein molliger Cherub, wie sie ihn sich während der Schwangerschaft erträumt hatte – da waren ihr Scharen von dicklichen, lebhaften Kindern erschienen, formlos, bleich und niedlich, die Witze erzählten und in ihren Latzhosen Freude verbreiteten. Ben war zart und klein und derart ernst, dass sie sich oft besorgt fragte, ob er sich am Leben so freute, wie er sollte. Sein Blick war durchdringend und reif, sein Schweigen meditativ und in sich zurückgezogen. Gerade machte er sie wieder nervös, also konzentrierte sie sich ganz auf den Verkehr.

Als sie in die Haltespur am Kindergarten einbog, spürte sie, wie ihr Atem sich langsam beruhigte. Gleich würde sie allein sein. Aber als Megan, die Assistentin bei Serenity Smiles, die Wagentür öffnete, um Ben herauszuheben, heulte er los. Ben heulte nicht. Ben war unkompliziert und freundlich und sanft. Ben hatte ein Gespür dafür, wann seine Mutter Zeit für sich brauchte, ob das nun gut war oder nicht, und er widersetzte sich eigentlich niemals.

»Mein Schatz«, sagte sie. Die Zeit, die Ben im Kindergarten verbrachte, verging in ihrer Wahrnehmung wie im Fluge; sie konnte nur bedingt lange fortbleiben, nur bedingt viele Zigaretten rauchen. Sie schaute Megan an, eine junge, bedauernd dreinblickende Brünette in einer Patagonia-Weste, und setzte ihr schönstes Ach-was-bin-ich-müde-Lächeln auf. »Komm, Zeit für den Kindergarten, Süßer.«

»Nein«, widersprach Ben.

»Süßer, lass Megan den Gurt lösen, und dann kannst du reingehen und so richtig Spaß haben.« Schon unglaublich, dass Kinder einem so einen Mist abnahmen. Auf Bens Tagesagenda standen »Gespensterkegeln mit Toilettenpapierrollen«, »B für Bakterien und wie ich sie finde«, und sein Mittagssnack würde aus einem einzigen biologisch-organischen Vollkornmehl-Cracker bestehen. Da kam bei niemandem Freude auf.

Und doch machte er immer mit. Er gab ihr immer bereitwillig einen Abschiedskuss und kehrte nachmittags müde und stolz zu ihr zurück, um ihr zweckentfremdete Toilettenpapierrollen und seltsame aus Q-Tips gebastelte Figürchen zu präsentieren.

»Nein«, wiederholte Ben mit klarer Entschlossenheit und klang in diesem Augenblick auf unheimliche Weise wie Mark. Julia schaute Megan flehend an, deren Bezahlung dafür, dass sie die Grobheiten von neureichen Serenity-Smiles-Moms zu ertragen hatte, bei weitem nicht ausreichte. Und auf jeden Fall nicht ausreichte, um mit dem Nervenzusammenbruch dieser einsilbigen Mutter fertigzuwerden, die allen immer aus dem Weg ging. *Lieber Gott, hilf mir.*

»Vielleicht sollten Sie ihn heute selbst reinbringen«, meinte Megan mit einem Achselzucken, und bevor Julia etwas erwidern konnte, hatte sie die Wagentür schon geschlossen und war zum nächsten Auto gegangen.

Julia fuhr auf einen Parkplatz ein paar Häuser weiter und drehte sich zu ihrem Sohn um.

»Soll Mama heute mit dir reingehen, Häschen?«, fragte sie. Es verblüffte sie immer noch, dass Ben auf die falsche Fröhlichkeit ihres Tonfalls und frei erfundene Kosenamen hereinfiel. *Wollen wir jetzt baden, mein Gürkchen?* Sie begleitete ihn nie hinein. Wenn möglich, vermied sie es, den Kindergarten zu betreten. Normalerweise schlängelte sie sich auf den entsprechenden Fahrstreifen elegant wie eine Forelle durch den Fahrzeugstrom, bis sie ihren Sohn möglichst ohne Kontakt zu anderen absetzen oder abholen konnte. Sie starrte sehnsuchtsvoll auf das imposante Gebäude, aber sie fühlte sich außerstande, die Schadenfreude der anderen Eltern zu ertragen, wenn sie – die einsilbige Mutter, die allen immer aus dem Weg ging – mit ihrem heulenden, protestierenden Sohn hereinstolperte. Alle verfolgten gespannt, wenn ein Kind gerade ungezogen war oder eine Szene machte, alle schauten zu, vermieden aber direkten Blickkontakt mit der Mutter. Wie wenn ein Fremder in der U-Bahn einen Nervenzusammenbruch erleidet. Da kamen Überlegenheitsgefühl und Voyeurismus zusammen, nach dem Motto, *Gott sei Dank passiert mir das nicht* und *Oh Gott, was macht sie jetzt als Nächstes?*

Er blickte sie im Rückspiegel unnachgiebig an. »Nein.«

»Bitte, Bennilein«, sagte sie verzweifelt. »Mama muss noch wohin.«

Mama muss heute mal für sich sein oder sie gibt sich noch die Kugel.

»Nein«, insistierte er, und sie legte ihre Stirn an das Lenkrad.

»Bitte«, flehte sie. »Tut mir leid, Ben, bitte, entschuldige, dass ich heute so bin. Ich brauche einfach ein bisschen Zeit für mich.« Sie brach erneut in Tränen aus, und bald auch er. Hier weinte ein sehr trauriger kleiner Erwachsener und kein übermüdetes Kind, was verstörend war und eigentlich nicht sein durfte.

»Mein Schatz«, rief sie sanft. »Mein Schatz.« Und darauf kletterte sie über die Konsole nach hinten, befreite ihn aus dem Gurt und zog ihn zu sich auf den Schoß. Er weinte einen großen dunklen Fleck auf ihr türkisfarbenes Shirt. Sie streichelte über das dünne dunkle Haar von ihrem Zwerg und hatte ein grundlegend schlechtes Gewissen, weil dieser winzige Mensch nicht nur Englisch und Anfängerspanisch beherrschte, sondern auch Experte für ihre Launen, die Höhen und Tiefen der mütterlichen Gefühlsachterbahn, geworden war. Sie hatte sich bereits vor seiner Geburt geschworen, dass er sich um seine Mutter keine Sorgen machen sollte wie sie selbst einst um ihre Eltern, aber genau so war es gekommen. Sie hatte es dazu kommen lassen.

»Tut mir leid, mein Herz«, sagte sie, und er umschlang sie fester. »Mach dir um Mama keine Sorgen«, fügte sie hinzu. Das klang simpel, war es aber nicht, wie sie aus eigener Erfahrung wusste, und sie hegte mittlerweile die unheilvolle Vermutung, dass der Schaden längst angerichtet und sie in ihrem einzig wirklich wichtigen Job im Leben gescheitert war. »Mach dir um Mama niemals Sorgen.«

»Kann ich mitkommen?« Er beruhigte sich langsam, weil er vermutlich bekam, was er wollte, schaute sie gleichmütig an und blinzelte die Tränen weg.

Sie musste lachen und legte ihre Hand auf seine Kniescheibe, klein wie ein Silberdollar unter dem weichen Stoff seiner winzigen Cordhose.

»Schwänzen wir, mein Hase?«

Er nickte ernst.

»Lass uns zusammen wo hinfahren«, sagte sie erleichtert, denn so machte man das doch, die Kinder kamen immer an erster Stelle, egal wie sehr man sich wünschte, für sich zu sein und auf alle Regeln zu pfeifen.

Sie fuhren langsam über die Temposchwellen die Allee hinunter. Wie hatte sie sich nur danach sehnen können, er würde nicht hinter ihr sitzen, ihr Zwerg, und seine Ärmchen zum Rhythmus der Musik schwenken? Sie mochten *Summerteeth* und *London Calling* und eigentlich alles von den Talking Heads. Sie mochten »Debaser« und »Beercan« und »Oh! You Pretty Things«. Sie mochten *Slanted and Enchanted*, weil sich Heiterkeit und Geschrei abwechselten. Und bei »Blister in the Sun« war Ben immer ganz außer sich, und sie musste es sofort noch mal abspielen, *noch mal, Mama, noch mal, hahahaha*.

Als sie auf den Highway 290 einfuhr, wechselte sie die CD zu *Pleased to Meet Me*, ein anderes ihrer gemeinsamen Lieblingsalben. Sie warf ihm im Rückspiegel einen komplizenhaften Blick zu, als die ersten Takte von »I Don't Know« ertönten. Die morgendliche Rushhour war vorüber, es ging vorbei am Medical District und durch den Congress-Tunnel, auf dem Jackson Drive kamen sie kurz etwas ins Stocken, und dann fuhren sie auf dem Lake Shore Drive entlang, und neben ihnen flirrte der See vorüber. Wie hatte sie sich nur danach sehnen können, ihn nicht dabeizuhaben?

»Are you guys still around?«, sang sie mit.

»I don't know«, antwortete Ben singend.

Und dabei hatte sie unterschwellig das Gefühl, dass sie sowohl sich als auch Ben vor etwas bewahrt hatte, ohne genau zu wissen, wovor. Wieder begegnete sie im Rückspiegel seinem Blick. Ihr war klar, dass sie innerlich knapp vor dem Abgrund stand, aber sie ahnte noch nicht, dass Helen Russo auftauchen und sie in etwa einer Stunde im botanischen Garten in Sicherheit bringen würde.

»Watcha gonna do with your lives?«

»Nothin'!«

3

Bevor Marks Geburtstagsparty beginnt, genießt sie die Ruhe beim Duschen. Bald werden ihre Freunde da sein und anstandsgemäß über alles und jedes in Begeisterung ausbrechen – die Krabbentörtchen, die Tigerlilien, die kleinen Piratenschwerter, die in den Cocktailoliven stecken und vor lauter Kitsch schon wieder geschmackvoll sind. Dass sie diesen Freundeskreis haben, gleicht an sich einem kleinen Wunder, schießt es ihr durch den Kopf.

Damals hat fast keiner von diesen Freunden sie gekannt. Mark und sie unternahmen alles Erdenkliche, um nach dem, was mit Helen Russo passiert war, neu anzufangen. Sie ließen möglichst viele Relikte des alten Lebens zurück, das sie sich aufgebaut hatten – und das Julia überhaupt zu Helen Russo geführt hatte –, zogen um, brachen soziale Kontakte ab, wechselten Schulbezirke. Würden die Freunde von heute die Julia von damals wiedererkennen, würde sie sich selbst wiederkennen? Lethargisch, zutiefst verunsichert und unter chronischem Schlafmangel leidend stolperte sie um den Spielplatz herum, behielt dabei Ben im Auge und ging jeder Unterhaltung mit anderen Eltern aus dem Weg, oder sie saß allein auf der Hintertreppe und trank Wein oder schlief auf dem Parkplatz von Whole Foods im Auto. Und das waren beileibe nicht die schlimmsten Dinge auf der Liste der Absonderlichkeiten, mit den gröberen Verstößen jener Tage will und kann sie sich erst gar nicht beschäftigen.

Damals, als sie noch mit Helen befreundet war, war ihr Leben so anders gewesen, um einiges öder und depressiver und härter. Aber es lag nicht an Helen, dass ihre Familie fast auseinandergebrochen wäre. Helen brachte nur bestimmte Dinge in Bewegung, stieß ein paar entscheidende Zahnrädchen an, bis sie sich drehten. Julia selbst trug vor allem die Schuld, sie, die eigentlich eine Einheit mit Mark und Ben bildete, tat, als sei das nicht so, und beging wiederholt grobe Fehltritte.

Sie ist irritiert von dieser Frau, die sie heute in Helens Gegenwart augenblicklich wieder geworden ist. Eine Frau, die trotz fast sechzig Lebensjahren, einer gewissen Seriosität und den zwanzig Jahren seit den Verfehlungen, in denen sie bereut hat und ihr vergeben wurde, plötzlich wieder ein schlechtes Gewissen plagt.

Sie hat Mark nichts von dem Zufallstreffen gesagt, natürlich nicht, obgleich sie sich zugegebenermaßen gerne *irgendjemandem* anvertraut hätte. Es war der gleiche drängende Impuls wie zu Teenagerzeiten, wenn sie sich in einen Jungen verguckt hatte und selbst bei banalsten Unterhaltungen seinen Namen fallen ließ, damit sie ihn laut aussprechen und ihrem jeweiligen Gegenüber zu verstehen geben konnte, dass sein Leben irgendwie ihr eigenes streifte. *Oh ja, Jonathan trinkt auch gern Orangensaft.* Aber es gibt niemanden, dem sie davon erzählen könnte, so gut wie niemand von heute war damals schon in ihrem Leben.

Sie lüftet das Bad, schlüpft in ein dünnes schwarzes Kleid und legt sich eine Kette aus Türkisperlen um, ein Geschenk von Mark, das er ihr von einer Geschäftsreise nach San Francisco mitgebracht hat. Sie föhnt sich gerade das Haar, als sie über den Lärm hinweg den unverkennbaren Tenor von Brady Grimes hört. Sie flucht leise, denn sie hatte mit fünf Minuten mehr Zeit zum Fertigmachen gerechnet, aber eigentlich hätte sie auch wissen können, dass Brady und Francine wie immer zu früh erscheinen würden. Vielleicht wollen sie damit ihre enge Vertrautheit mit Mark und Julia demonstrieren, oder es geht um eine Leck-mich-doch-am-Arsch-Demonstration von Macht, nach dem Motto, *wir haben so viel Kohle, dass Zeitvorgaben für uns nicht gelten*.

Sie trägt gerade heftig blinzelnd Wimperntusche auf, als plötzlich im Spiegel Ben auftaucht wie in einem Noir-Film, ein sanfter Mörder.

»Oh!«, sagt sie und pinselt versehentlich eine schwarze Linie unter ihr linkes Auge. »Mist. Hallo, mein Süßer.« Sie reißt einen Streifen Toilettenpapier von der Rolle, stellt sich auf die Zehenspitzen, um Ben auf die Wange zu küssen, faltet dann das Papier zu einem kleinen Rechteck zusammen und spuckt leicht darauf. Sie betupft damit leicht die Haut unterm Auge und sagt zu seinem Spiegelbild: »Hübsches Hemd.«

Beide Kinder haben ihre Körpergröße vom Vater geerbt. Auf seiner Seite der Familie sind alle hochgewachsen und hager, während sie gerade mal 1,67 misst und immer kleiner wird. Ben hat von Mark auch die lässige Ruhe geerbt, einen Wunsch nach innerer Haltung, auch wenn er das in seinem Alter noch nicht überzeugend nach außen trägt. Sie dreht sich zu ihm um und zieht ihm den Hemdkragen gerade. Aus der Nähe sieht er ausgelaugt aus, fällt ihr auf, mit Ringen unter den Augen und einem leichten Bartschatten. Seinem Kinn fehlt noch das Kantige des erwachsenen Mannes. Er ist im zweiten Promotionsjahr in Geophysik, arbeitet als Lehrassistent für die ersten Semester, und manchmal versucht sie sich vorzustellen, was er für eine Figur als Dozent in einem Seminarraum macht.

»Wann hast du zuletzt geschlafen?«, fragt sie sein Spiegelbild.

»Sehe ich so fertig aus?« Komischerweise sitzt er auf dem Rand der Badewanne, mit dem Rücken gegen die Kachelwand gelehnt, und lächelt verhalten, und das erinnert sie derart an Mark, dass sie wegschauen muss und sich auf ihr eigenes Gesicht konzentriert.

»Fertig nicht, aber ein bisschen angegriffen.«

»Angegriffen?« Er stößt einen leisen Pfiff aus und lässt einen von ihren Töpfchen mit Hautpeeling von einer Hand in die andere wandern. Wenn sie genauer darüber nachdenkt, ist es ziemlich merkwürdig, dass er hier bei ihr ist. Alma hat gern an ihrem Rockzipfel gehangen, selbst als grimmiger in sich zurückgezogener Teenager, während Ben schon als Kleinkind recht selbstständig war. Er schaut immer mal uneingeladen vorbei, um sich im Fernsehen ein Basketballspiel anzuschauen oder in seinem alten Zimmer zu übernachten, wenn die Freundin seines Mitbewohners über Nacht bleibt. Aber er sucht nicht sehr oft ihre Nähe, und vor allem nicht im Bad. Sie schiebt die Wimperntusche zurück in die Hülle, und während sie Lippenstift aufträgt, fragt sie ihn beiläufig und zugleich mit Fingerspitzengefühl – immer dieser Eiertanz mit den Menschen, die man auf die Welt gebracht hat: »Alles gut bei dir, mein Herz?«

Sie hatte damals nach seiner Geburt keine Vorstellung von ihrer Mutterrolle – eigentlich hatte sie keine Vorstellung vom Leben, Punkt, aus! –, bis er schon recht groß und seine Persönlichkeit gefestigt war. Und damit entbehren Unterhaltungen wie diese eines soliden Fundaments und entspinnen sich planlos, sind etwas verkrampft und ohne große Erfolgsaussichten. Es ist zudem wenig hilfreich, dass sie von unten neben Brady mittlerweile die Stimmen weiterer Gäste hört.

»Jaja«, sagt Ben. Es klingt nicht sehr überzeugend und etwas zögerlich, fast nach einer Frage. Alma ist extrovertiert, und die Worte sprudeln nur so aus ihr heraus, aber Ben hat sich beim Äußern von Gedanken – ob tiefgründig oder banal – immer Zeit gelassen, sie kommen ihm eher schleppend und zurückhaltend über die Lippen. Sie erinnert sich noch an seine Kindheit, als die Familie morgens oft spät dran war, aber warten musste, bis er endlich entschieden hatte, ob er nun eine Orange oder eine Banane in seinem Lunchpaket haben wollte.

Sie presst die Lippen zusammen, mit einem Ohr bei den Geräuschen aus dem Erdgeschoss – sie hört, wie Pari sich erwartungsgemäß begeistert über die Cocktailschwerter äußert –, und wartet ab.

»Nur irgendwie ...« Er schüttelt den Kopf.

»Wie irgendwie, mein Herz?«, fragt sie und bedauert sofort ihren Tonfall. Wenn man Ben drängt, riskiert man, dass er den Faden verliert und doppelt so lange braucht, bis er seinen Gedanken formuliert hat. »Mein Schatz«, hebt sie an, wird aber von einem schrillen Hilferuf unterbrochen. Es ist Erica, sie klingt bereits ziemlich beschwipst. »Julia, ich *versuche* ja so gut es geht hier deinen Job zu machen, aber wir finden keinen Campari!«

Während ihre Freundin noch redet, hat Ben sich wieder gefangen und ist wie gewohnt gefasst und zuvorkommend. Er war immer schon das einfachere Kind, er ist freundlich und belastbar und – eigentlich nimmt sie das Wort *perfekt* ungern in den Mund, aber genau das ist er, wenigstens fast, und sie hat sich zwar stets Sorgen gemacht, dass seine Belastbarkeit angesichts der Unzulänglichkeiten seiner Mutter für ihn überlebenswichtig war, aber mittlerweile ist ausreichend Zeit vergangen, und es scheint sich tatsächlich um einen Charakterzug zu handeln.

»Mach dir keine Gedanken, Mom«, sagt Ben. Und Mark ruft herauf »Jules?«, und sie ruft über die Schulter zurück, »Bin gleich da!«, und unterdessen hat Ben sich erhoben und geht ihr voraus aus dem Bad, über den Flur und die Treppen hinunter, wo bereits alle auf sie warten.

*

Irgendwann in den vergangenen fünfzehn Jahren hat sie herausgefunden, dass sie nicht nur eine fantastische Gastgeberin ist, sondern diese Rolle zumeist auch *genießt* und sehr gern in einem weich fließenden Kleid wie ein graziöser Wombat herumwuselt, Gläser auffüllt und die Gäste dazu ermuntert, bei den Canapés zuzulangen. Heute Abend folgen die eingeladenen Ehepaare einer mathematischen Geheimformel – der eine Ehepartner verdient sehr viel Geld, und der andere gleicht das durch eine künstlerische oder soziale Tätigkeit aus. Pari arbeitet für einen Private-Equity-Fonds, Alan, ihr Ehemann, ist Notfallarzt am Swedish Convenant. Ted ist Chefingenieur bei Motorola, Carol leitet die Fakultät für Sozialarbeit an einem weiter südlich gelegenen Privatcollege. Tim und Erica arbeiten beide als Anwälte, aber sie hat ein Vermögen aus einem kleinen Herstellungsbetrieb geerbt. Und dann sind da noch Julia und Mark, die es sich im Leben mittlerweile bequem eingerichtet haben; sie ist

Bibliothekarin, während er sich in dem schicken Büro von AllAboard Ventures an der State Street eine goldene Nase verdient. Es ist eine wohlausgewogene Balance zwischen sozialem Gewissen und Nach-außen-hin-Mitmachen, genau der richtige Ton zwischen Gutmenschentum und Heuchelei. Normalerweise hegt sie für all diese Leute problemlos warme Gefühle, aber heute merkt sie, dass ihr das schwerfällt.

»Darf ich auf mein Zimmer gehen?«, fragt Alma, die mit der steifen Demut einer Gouvernante aus einem Dickens-Roman an ihrer Seite aufgetaucht ist. »Ich muss noch lernen.« Dabei blickt sie Julia geradeaus und herausfordernd an, heute ist Samstag, und sie steht kurz vor ihrem Highschool-Abschluss.

»Aber klar«, meint Julia, weil sie ihre Tochter fürchtet. »Nimm Suzanne mit.«

»Ich brauche Hilfe von Ben«, sagt Alma und pokert damit hoch. »Für die Vorbereitung auf meine Prüfung in Umweltkunde.«

Ben steht hinter seiner Schwester und schaut seine Mutter erwartungsvoll an, der Erwachsene von eben im Bad ist mit einem Mal wieder zehn Jahre alt und will spielen gehen. Und weil sie so froh ist, dass ihre Kinder einander haben und einander *mögen*, willigt sie ein und sieht die beiden einen Umweg durch die Küche nehmen, wo Alma mit Sicherheit ein Glas Champagner mitgehen lässt.

Jemand hat Joni Mitchell aufgelegt, wahrscheinlich, damit die Stimmung ja nicht zu heiter wird. Sie schenkt sich Wein nach.

»Entschuldigt mich kurz«, sagt sie in die Runde und verschwindet in den Garten. Draußen ist es kalt, und sie ist überrascht, dass sie trotzdem nicht allein ist. Sie bemerkt erst die Silhouette von Brady Grimes und dann den Mann, Verkörperung von Wohlstand durch Leistung, ein unerträglicher Klotz mit einer Patek Philippe am Handgelenk und einem albernen, betont lässigen Haarschnitt, den Alma als *bro-flow* bezeichnet. Er sitzt auf der Hollywoodschaukel, hat Wein dabei, und wie es scheint, trinkt er direkt aus der Flasche. Ihre Annahme von vorhin hat sich als Irrtum herausgestellt – tatsächlich ist er ohne Francine aufgetaucht und hat ihr Wegbleiben auch mit keinem Wort erklärt.

»Störe ich?«, fragt sie, und er schaut mit leichter Verzögerung schläfrig lächelnd zu ihr auf. Wie immer verweilt sein musternder Blick etwas zu lang auf ihrem Gesicht.

»Bin ich in Schwierigkeiten?«, fragt er zurück und klopft auf den Platz neben sich. Er ist seit frühen Kindertagen Marks bester Freund, aber selbst nach fast dreißig Jahren fühlt sich Julia in seiner Gegenwart immer noch ein wenig unwohl. »Hat Mark dich geschickt, damit du mit mir schimpfst?«

»Nein, hat er nicht.«

»Solltest du nicht drin sein und die Gastgeberin spielen?«

»Ich musste mal kurz für mich sein«, sagt sie.

»Ging mir genauso.«

»Wie es aussieht, trinkst du deinen Wein direkt aus der Flasche.«

»Ich hab meinen Scotch drinnen vergessen«, erklärt er. »Und ich hab mich dran erinnert, dass ihr hier draußen einen Kühler rumstehen habt.«

»Ganz wie du willst.« Sie verdreht die Augen. »Mach's dir gemütlich. Wo ist denn Francine heute Abend?«

Ein Schatten wandert über sein Gesicht wie ein Sekundensturm. »Weg«, antwortet er. »Unterwegs.«

»Unterwegs?«

»Sie ist in Philadelphia«, konkretisiert er und, als hätte er sich gerade erinnert, fügt er an, »und besucht ihre Eltern.« Er nimmt einen Schluck aus der Flasche. *»Zum Wohl«,* sagt er. »Auf Mark.«

»Auf Mark«, wiederholt sie und stößt ihr Glas gegen seine Flasche.

Brady summt die ersten Takte des Beatles-Songs »Birthday«.

»Hat er dir eigentlich erzählt, dass ich gestern eine Masseuse ins Büro bestellt habe? Ich dachte, das sei mal ganz nett zur allgemeinen Entspannung.«

»Ich bin überrascht, dass so was legal ist«, sagt sie. Brady ist irritierenderweise clever, hypererfolgreich und hat exzentrische Ideen, die nur Superreichen einfallen können – Retreat-Spa in Rio, Flüge im Helikopter über heilige Ruinen, Live-Auftritte von Poi Dog Pondering und Perpetual Groove bei Firmenveranstaltungen. Er fährt einen Range Rover Sport, an dessen Heck ein *Free Tibet*-Aufkleber prangt.

»Immer wieder schön, unseren Liebsten zu feiern.« Sie stört sich an dem Pluralpronomen. Brady und Francine sind die einzigen Menschen auf der Welt, die Mark fast so gut kennen wie sie selbst, und beide hatten ihn schon lange ins Herz geschlossen, bevor sie ihn traf. Dann folgt sie aber Bradys Blick durch die Terrassentür ins Wohnzimmer. Dort steht ihr Mann, gut aussehend, in einem fein gemusterten Hemd, und man sieht ihm an, dass er gerade jemandem aufmerksam zuhört. Was für eine schöne Gelegenheit, um sich zu vergewissern, wie dankbar und froh sie ist, dass es ihn gibt.

»Stimmt«, sagt sie.

»Wer hätte gedacht, dass wir so weit kommen würden«, bemerkt Brady, und sie wird nervös. Brady und Francine sind ihre einzigen Freunde von damals, aus der Zeit mit Helen. Sie waren der Grund, warum sie überhaupt erst in Helens Viertel gezogen sind.

»Was?«, fragt sie amüsiert, aber Brady nimmt ihren Tonfall nicht zur Kenntnis und lehnt sich seufzend zurück.

»Wenn man bedenkt, wie *jung* wir damals waren.« Eine harmlose, ja banale Feststellung. Sie ist auch nicht an sie gerichtet, merkt sie, sondern an ihn selbst, an etwas Dunkles, Verstörendes, das hinter Bradys gepflegter Fassade lauert, zu der handgefertigte Mokassins und ein Leinenhemd gehören, das seine Männerbrust freigibt. Brady befindet sich gerade in einer Phase, die man getrost mit den Worten *problematische Aneignung der östlichen Kultur nach zweiwöchigem Aufenthalt im Four Seasons in Bengaluru* zusammenfassen kann.

»Das mag für dich gelten«, entgegnet sie.

»Tut mir leid«, sagt er leicht lallend, er ist tatsächlich betrunken. »*Du* siehst immer noch genauso aus wie an dem Tag, an dem ich dich kennengelernt habe.«

Sie unterdrückt die Freude über das Kompliment. »Alles klar, Casanova.«

»Aber der Rest von uns sieht verdammt alt aus. Wir müssen uns dem unerbittlichen Lauf der Zeit stellen. Der Lebensphase, in der wir überflüssig werden.«

»Haben sie dir das im College beigebracht? Einführung in die Philosophie in – wo war das noch mal? Irgendwo in Indiana, ich erinnere mich nicht mehr genau …«

Woran erkennt man einen typischen Absolventen der Univer-

sity of Notre Dame? Ein Helen-Russo-Witz. *Er wird's dir in jedem Fall auf die Nase binden.*

Brady schwankt ein bisschen, stößt gegen sie und seufzt. »*Sechzig.* Im Mai bin ich dran.« Mit seinem Schmollmund und der Haarlocke über der Stirn sieht er ganz kurz aus wie ein bockiges kleines Mädchen.

»Klingt ganz so, als würde sich da jemand vor dem Ende fürchten«, sagt sie. »Ich habe durchaus Mitgefühl, aber ich hatte diese Krise schon, als ich zehn war.«

Er lächelt sie an. »Oh, Julia«, sagt er und lässt den Kopf gegen die Lehne sinken. »Das glaube ich dir sofort.«

*

Später, als sie alle Gäste verabschiedet, den Geschirrspüler eingeräumt sowie Ben Auf Wiedersehen und Alma und Suzanne, die bereits im Tiefschlaf eingekuschelt in Almas Bett liegt, Gute Nacht gesagt haben, folgt sie Mark ins gemeinsame Schlafzimmer. Er hat sich bereits auf dem Bett ausgestreckt und die Augen geschlossen. Sie nimmt zwei helle Seidenschals aus einer Schublade ihrer Kommode.

»Sag mal, worüber haben du und Brady da draußen eigentlich gesprochen?«, fragt er.

»Darüber, wie toll du bist.«

»Ich mache mir ein bisschen Sorgen um ihn.«

»Du verdirbst mir gerade die Stimmung«, sagt sie, setzt sich auf die Bettkante und legt ihm eine Hand aufs Bein. »Außerdem habe ich dir noch gar nicht dein Geburtstagsgeschenk gegeben.«

»Ich dachte, die Party wäre mein Geschenk.« Er öffnet die Augen und lächelt sie an. »Und du hast mir neue Kopfhörer geschenkt.«

Sie öffnet seine Hand und lässt sanft die Schals hineingleiten. Sie haben so vieles hinter sich gelassen. Mittlerweile hat das Thema Helen Russo, wenigstens dem Anschein nach, in dem aufreibenden Alltag mit Kindern, Ölwechseln und erhöhtem Cholesterinspiegel an Bedeutung verloren, ist weniger wichtig als groteske politische Verhältnisse, ein nachsichtiger Umgang mit dem alternden Körper des anderen und der lebenslangen Verpflichtung, füreinander da zu sein. Aber sie ist trotzdem verunsichert, und ihr Bedürfnis, ihm nah zu sein – etwas zu bekräftigen – macht sie nervös.

»Wofür sind die?«, fragt Mark. Er mustert die beiden Schals, einer ist mit einem geometrischen Muster, der andere mit fröhlich bunten Pferdchen bedruckt.

Sie hält ihm ihre Handgelenke entgegen, mit der Innenseite nach oben. »Für eine Abwechslung.«

Mark starrt sie an. »Soll ich dich ans Bett fesseln?«

Sie zieht ihre Arme zurück. »Na, wenn du das so sagst.«

Er hält zweifelnd einen der beiden Schals vor seine Augen. »Na ja.«

Sie lässt sich, mittlerweile leicht verunsichert, in die Kissen fallen. »Ich dachte, es könnte Spaß machen.«

Er betrachtet sie aufmerksam.

»Aber wenn du nicht möchtest ...«

»Das habe ich nicht gesagt.« Er lehnt sich zu ihr und küsst sie. »Okay, warum nicht.«

Kurz darauf beugt er sich kniend über sie und macht die Knoten.

»Ich habe keine Ahnung, wie ... Es kommt mir so vor, als wäre ... sind sie zu eng geworden?«

»Überhaupt nicht.«

»Das Ganze fühlt sich unpassend an«, sagt er, als er ihr

die Handgelenke festgebunden hat. Er umschließt eins mit Daumen und Zeigefinger und streichelt ihr über die Venen. »Und was machen wir, wenn Ollie hereinkommt?«

»Dann hat sie ein Trauma fürs Leben«, entgegnet sie. »Aber ich habe die Tür abgesperrt.«

Sie hebt leicht den Kopf – dabei stellt sie fest, dass die Arme dann in einem Winkel sind, der den Rücken extrem belastet –, küsst ihn auf die Brust und reckt dann das Kinn, um seinem Mund entgegenzukommen. Er küsst sie kurz, und als sie merkt, dass er nicht bei der Sache ist, nimmt sie seine Unterlippe zwischen die Zähne und zieht ihn zu sich nach unten.

»Jules, fuck, das hat wehgetan.« Er wischt sich über den Mund, wie um zu prüfen, ob es blutet.

»Wirklich?«

Er lässt seine Hüften sanft auf ihre sinken, betrachtet sie mit jugendlichem Amüsement, als wären sie zwei schulschwänzende Teenager. »Nur ein bisschen.«

»Gut.« Ihr gefällt, wie sie da gerade auf ihrem gemeinsamen Ehebett liegt, in die Länge und Breite gestreckt wie ein missglücktes Kruzifix, auch wenn sie lieber nicht wissen möchte, wie sie aussieht, mit dieser Gänsehaut auf ihrer nackten blassen Haut, die nur unzulänglich von einer hypoallergenen Decke für die mittlere Jahreszeit bedeckt ist.

»Ich weiß einfach nicht, was wir jetzt machen sollen«, sagt Mark.

»Das, was wir immer machen«, ermuntert sie ihn. »Du hast deinen Spaß mit mir, wie immer. Nur, dass meine Arme wegfallen.«

»Ich habe *meinen* Spaß *mit* dir?«

Sie schließt die Augen und atmet einmal kontrolliert

ein und aus. »Ich weiß, dass du mich respektierst«, sagt sie. »Ich vertraue dir mit jeder Faser meines Körpers.«

»Ich habe gar nicht gewusst, dass du an so was Interesse hast.«

»Na, siehst du? Wann habe ich dich das letzte Mal überrascht?«

»Du musst mich nicht überraschen«, sagt er.»Ich mag dich, so wie du bist.«

»Ich mag dich auch, so wie du bist.« Sie blickt ihm fest in die Augen. »Vertraust du mir?«

Es ist keine Fangfrage mehr, er muss bei der Antwort nicht mehr überlegen, wie damals. Und weil er heute Nachmittag nicht im Supermarkt dabei war – und weil er Helen Russo ohnehin nicht erkennen würde –, lächelt er unbefangen.

»Natürlich«, antwortet er.

»Dann schlaf mit mir. So.«

»Okay«, sagt er. »Okay, lass mich nur ... Ich muss nur erst ein bisschen damit *klarkommen*. So viel ... Aufregung bin ich nicht gewöhnt.« Er lächelt, küsst sie wieder, bedeckt ihre linke Brust mit einer Hand und fährt mit der anderen den Schwung ihrer rechten Augenbraue nach. Als er sich auf sie legt, fühlt sich sein Gewicht anders an als sonst, ohne das aktive Dagegenhalten ihres Oberkörpers seltsam verteilt.

»Siehst du, gut gemacht«, lobt sie.

»Lass diesen Babytonfall.«

»Was meinst du?«

»Das weißt du genau.«

»Ich wusste nicht mal, dass ich einen Babytonfall ... gut, genau so ... sehr schön.« Sie atmet aus und lässt ihre Stimme ein paar Oktaven tiefer klingen.

»Meine Frau, Boris Karloff.«

Sie muss lachen. »Bring mich in Stimmung«, sagt sie, und das tut er sehr gekonnt, auch ganz ohne ihre Arme, und als sie schließlich zum Orgasmus kommt, ist sie so laut, dass er ihr mit den Lippen den Mund verschließt und danach lachend und erschöpft mit dem Kopf auf ihrem Zwerchfell scherzt: »Du ruinierst deine Deckung.«

»Herzlichen Glückwunsch zum Geburtstag«, flüstert sie später kurz vor dem Einschlafen, als die beiden Schals zu ordentlichen Rechtecken gefaltet auf ihrer Kommode liegen.

»Danke dir«, raunt er in ihr Haar, und sie kuschelt sich eng an ihn.

Sie will nicht an Nathaniel denken, aber manchmal passiert es eben. Nachdem die Sache zwischen ihnen beendet war, hat sie niemals absichtlich an ihn gedacht oder an den Geruch von Lavendel und Schweiß, der in der Bettwäsche im Kutscherhaus hing, oder daran, wie es sich anfühlte, wenn er zwischen ihren Beinen in Lachen ausbrach. Aber jetzt hört sie seine Stimme: *Julia, Julia, Julia.*

»Julia«, sagt Mark, und sie spürt den warmen Hauch seines Atems.

»Hmm?«, fragt sie, schmiegt sich noch enger an ihn und schläft in seinen Armen ein. Sie sind schon so lange zusammen, er muss ihr nicht mehr sagen, dass er sie liebt.

4

Helen arbeitete ehrenamtlich als Gruppenführerin für den botanischen Garten. Sie hatte einen langen, lebhaft schwingenden Pferdeschwanz und war unglaublich nett zu Ben – erklärte ihm die Unterschiede zwischen verschiedenen Kakteenarten und erlaubte ihm, den Nashornleguan mit Frühkohl zu füttern –, worauf Julia inmitten von winterharten Stauden in Tränen ausbrach.

»Entschuldigung«, sagte sie, als sie Helens Blick auf sich bemerkte. »Es ist alles gut.«

»Ich frage mich ja schon, ob diese Behauptung stimmt«, erwiderte Helen und zog einen bedruckten Seidenschal aus ihrer Hosentasche.

Sie reichte Julia den Schal, und diese nahm ihn leise lachend entgegen, betupfte sich damit unbedarft die Augen und merkte erst dann, wie teuer sich der Stoff anfühlte. Instinktiv hielt sie augenblicklich inne, als hätte sie gerade etwas vollkommen beschämend Unpassendes getan. Und als sie den hell glänzenden, mit etwas bedenklichen Totem-Motiven bedruckten Seidentaft näher inspizierte, war er tatsächlich von Hermès, vermutlich ein Vintage-Stück.

»Oh, nein, es ...«, setzte sie zu einer Entschuldigung an, aber Helen winkte ab.

»Kann ich fragen, warum?«

Sie war um eine Antwort verlegen. *Ja, das sage ich Ihnen gerne: Ich bin einfach völlig durchgedreht.* Wahrscheinlich wäre es klug, bei dieser Gelegenheit mit dieser unbequemen Wahrheit herauszurücken und es nicht länger vor der Welt zu verstecken. Ben hatte sich vor das Terrarium mit dem Leguan gehockt und verfolgte mit seinem Finger das langsame Fortkommen des Tieres. Dabei hielt er sein Fingerchen etwas von der Scheibe entfernt, denn selbst mit drei Jahren wusste er, wie man respektvoll mit anderen umging. Er lernte von ganz allein, wie man als soziales Wesen funktionierte, obwohl er eine Mutter wie Julia hatte und obwohl der botanische Garten an diesem Tag der dritte Ort auf ihrer skurrilen *Tour-de-Force* war. Davor waren sie im Park auf den Brunnen mit dem Wal geklettert und hatten Captain und Tennille, den beiden vermutlich inzestuösen Hamstern in der Bibliothek, einen Besuch abgestattet. Und doch war es erst halb elf vormittags, und bei dem Gedanken daran, wie lange sich der Tag noch hinziehen würde, wurde ihr ganz schlecht. Ben blieb hingegen unverändert neugierig und entgegenkommend. Sie selbst war so ausgelaugt, dass sie Helen, die sie gerade erst kennengelernt hatte, am liebsten gefragt hätte, ob sie ihren Kopf kurz in ihren Schoß betten und sich ausruhen dürfe. *Helen* in ihren weiten Leinenhosen, fußfreundlichen Sandalen und der hochgeschobenen Sonnenbrille mit den großen runden Gläsern, mit der sie lose Haarsträhnen im Zaum hielt, hatte nämlich augenscheinlich einen mütterlichen Schoß und verströmte eine Aura, die einen dazu verführte, sich bei ihr anzulehnen und nach Halt zu suchen.

»Magst du mir nicht antworten, Süße?«, fragte Helen. Natürlich gehörte sie zu den Frauen, die Fremde umstandslos mit mütterlichen Kosenamen ansprechen konnten. Selbst gegenüber Bens kleinen Freunden und Freundinnen kam Julia bei der Anrede ins Stolpern und verwendete den vollen Namen, als hätte sie es mit ihrem Arbeitgeber zu tun oder kleinwüchsigen Ehrengästen, auf die man Eindruck machen musste – »Guten Morgen, Ava R.«, »Was für einen hübschen Rucksack du da hast, Evangeline, ist der neu?«.

»Normalerweise verhalte ich mich nicht so«, behauptete Julia und unterschlug die Ergänzung *in der Öffentlichkeit.* »Ich bin nicht …« Sie lachte kurz und versuchte gelassen zu wirken, auf liebenswerte Weise mitgenommen und nicht völlig übergeschnappt. »Ich habe in der letzten Zeit nicht viel geschlafen, und es ist einfach nur … einer von diesen …«

»Ah, einer von *diesen* … Daran erinnere ich mich auch noch gut«, sagte Helen in vertraulichem Ton und tätschelte ihr den Arm.

Sie und Helen saßen Schulter an Schulter und schauten Ben zu, als spielte er die Hauptrolle in einem Infomercial, die übliche Haltung einander unbekannter Eltern, die bei einem Fußballspiel von ihren Kleinen zusahen.

»In diesem Alter sind sie richtig niedlich, nicht?«, fragte Helen und stützte sich dann neben Ben mühsam auf ein Knie. »Diese junge Dame hier ist vierzig Jahre alt«, erklärte sie und zeigte auf den Leguan, der sie in nervöser Ergebenheit ansah. »Deine Mama ist bestimmt noch nicht so alt.« Sie schaute augenzwinkernd zu Julia hoch, und die spürte so etwas wie eine neutrale Erregung, die aber durchaus eine entfernt erotische Komponente hatte. Sie erinnerte sich nicht, wann ihr das letzte Mal jemand zugezwinkert hatte, und sie fühlte sich von einer komplizenhaften Zuneigung erfüllt. »Man sagt, dass sie ihr langes Leben sexueller Enthaltsamkeit verdanken und so gut wie fleischloser Ernährung. Ich für meinen

Teil kann sehr gut auf mindestens eine der beiden Regeln verzichten.«

Wieder schaute sie Julia an, und die lachte verlegen, und dann rumpelte ein anderes Kind Ben beiseite und schlug mit der flachen Hand gegen das Glas. Ben stand erschrocken auf, kam zu Julia und lehnte sich gegen ihre Beine. Sie war zwar froh, ihn wieder in nächster Nähe zu haben, und doch machte es sie traurig, mitzubekommen, wie ihr Kleiner für jemand anderen, der seine Ellbogen einsetzte, sofort den Platz räumte.

»Warum hat der denn so einen großen Kopf?«, fragte der Junge, und Helen antwortete umgehend: »Das könnte ich dich auch fragen.«

Der Junge blickte überrascht zu ihr hoch.

»Bitte fass die Scheibe nicht an«, sagte sie. »Übrigens stand da gerade jemand anderes.« Sie hielt Ben eine Hand hin, und der blickte Julia kurz um Erlaubnis suchend an und machte dann vorsichtig einen Schritt auf Helen zu, ergriff ihre Hand und stellte sich wieder an seinen alten Platz, um den enthaltsamen Leguan zu beobachten. »Wie schon gesagt«, fuhr Helen etwas leiser fort, als wären sie und Ben alte Freunde, »diese Spezies ist auch ungewöhnlich widerstandsfähig, Leguanen wächst der Schwanz nach, wenn sie ihn verlieren. Aber das ist kein Grund, sie kleinen Neandertalern auszuliefern, wenn es sich vermeiden lässt.«

Julia sah den beiden zu, während Helen Ben erzählte, dass Leguane auch schon Stürze aus großer Höhe überlebt hatten, und fühlte sich zugleich verunsichert und getröstet. Eigentlich wäre es an ihr gewesen, ihrem Sohn beizubringen, wie man im Leben Hindernisse umschiffte, dazu ein paar naturwissenschaftliche Gemeinplätze, die indirekt Hinweise auf Selbsthilfe in Sachen Widerstandskraft und inneres Wachstum vermittelten. Aber im Augenblick war sie unendlich dankbar, dass sie dafür nicht zuständig war, und trat deshalb in den Hintergrund und überließ das alles jemand anderem.

»Sie haben so viel Geduld mit ihm«, bemerkte sie, als Helen sich erhob.

»Das ist die Übung. Ich habe fünf«, sagte Helen.

Das wäre ihr schlimmster Albtraum. »Wow.«

»Jetzt sind sie natürlich alle erwachsen, wenigstens dem Alter nach, und es fällt schwer, für sie Geduld aufzubringen, und zwar in ganz anderen Zusammenhängen. Aber Ihr Kleiner ist ja jetzt schon ein ganz Schlauer.«

»Stimmt«, meinte sie und setzte dann nervös hinzu: »Ich wollte sagen, ist er ... also, ich will nicht überzogen klingen, es ist nicht so, als würde Microsoft bald an die Tür klopfen, um ihn zu rekrutieren, aber er ist in seiner Entwicklung ... na ja, wirklich altersgerecht.« Sie errötete tief. Sie hatte sich unbedingt von den Müttern aus dem Kindergarten unterscheiden wollen, die in eine Unterhaltung beiläufig einfließen ließen, dass ihre Kinder geschickt mit riesigen Cellos hantierten und mit dem Somalier an der Kasse im Co-op in dessen Muttersprache parlierten.

»Und was machen Sie beiden Hübschen jetzt?«, fragte Helen.

Julia brauchte einen Augenblick, um die Frage zu verarbeiten. *Machte* sie jemals etwas? Bis gerade eben hatte sie im Geiste eine komplizierte Liste von Aktivitäten erstellt, mit denen sie den Rest des Tages füllen wollte: ein Besuch bei Whole Foods, eine Runde im Auto, bis Ben einschlief, die üblichen dreißig Minuten Fernsehen am Tag, eine alte Folge der *Muppet Show*.

»Ich hole mir jetzt ein Eis«, verkündete Helen. Es war zehn Uhr neunundvierzig. »Möchten Sie mitkommen?«

Sie wollte schon wie üblich ablehnen, wenigstens das war einfach, wenn man ein kleines Kind hatte. Und außerdem verlief das Ganze hier merkwürdig. Sie hatte mittlerweile Mühe, die einfachsten Signale einer normalen Unterhaltung zu erfassen, ihre soziale Kompetenz war hoffnungslos verloren, verkümmert wie ein Muskel, der zu lange nicht benutzt wurde. Sie war sich der Spielregeln nicht mehr sicher, hatte vergessen, wie man sich gegenüber einer neuen Erwachsenenbekanntschaft verhielt.

»Ich will mich nicht aufdrängen«, sagte sie, aber widerstrebend, denn eigentlich spürte sie, dass das Gegenteil stimmte. Sie wollte gerne an einem Tisch jemandem gegenübersitzen, der nicht so ein Zombie war wie sie. Sie wünschte sich eine herzliche, unkomplizierte Freundschaft mit einer Erwachsenen, die sozial kompetent war, ein Bauchgefühl dafür hatte, wie man im Leben zurechtkam, und einen langen, fröhlichen Pferdeschwanz. Genauer gesagt wollte sie Helen gegenübersitzen, merkte sie, und so nickte sie zustimmend.

*

Sie kauften sich Becher bei Flowgurt, dem Joghurteisladen beim Yoga-Studio, und dann setzten sie Ben in den Buggy und spazierten – für sie zum zweiten Mal an diesem Vormittag – durch den Park. Ihren eigenen Regeln zufolge hätte sie eigentlich nicht zwei Mal in einer Woche den gleichen Ort aufsuchen dürfen – nicht nur einen bestimmten Park, sondern auch das Arboretum, das Studio zum Bemalen von Töpferwaren, ein bestimmtes Gymnastikstudio – und zwar der Abwechslung wegen und um nicht aufzufallen, so wie ein Alkoholiker, der seinen Stoff in verschiedenen Läden einkauft, um weniger als saufender Stammkunde aufzufallen.

»Sind Sie neu in der Stadt?«, fragte Helen.

»Mehr oder weniger. Bens Vater und ich sind hierhergezogen, als Ben noch ein Baby war, na ja, damit sind wir wohl eher weniger neu hier.«

»Geschieden?«, fragte Helen weiter nach, und sie blickte verblüfft auf.

»Bitte?«

»Sind Sie und Bens Vater nicht mehr zusammen?«

Gerade eben hatte sie tatsächlich von »Bens Vater« gesprochen und nicht von »meinem Mann«.

»Oh, doch, sind wir. Fast fünf Jahre.«

Verheiratetsein, das bedeutete, es immer wieder miteinander zu versuchen und das Kriegsbeil zu begraben. Aber sie hatten keins ihrer zahlreichen Kriegsbeile begraben. Sie hatte die Beile unter hübschen kleinen Handtüchern versteckt, und beide taten sie nun so, als existierten sie nicht mehr. Mitunter spürte sie Marks Blick auf sich und fragte sich, was er sah. Kam wirklich jede Ehe an einen Punkt, an dem sich zwei Menschen – irgendwann waren sie mal verrückt nacheinander gewesen, aber langsam wurde ihnen gewahr, dass sie etliche Kilos zugelegt und die Gefühle des jeweils anderen oft genug verletzt hatten – in der Küche möglichst weit voneinander entfernt aufhielten? Und darüber nachdachten, wie es mal gewesen war, während die Pasta in Form von Cartoon-Figuren auf dem Herd kurz vor dem Überkochen stand?

»Klinge ich so, als wäre ich geschieden?«, fragte sie.

Helen lachte. »Und wie soll das bitte klingen?«

Sie musste wieder ein bisschen weinen. Helen reichte ihr ein paar Papierservietten.

»Oh je, da geht es jemandem aber nicht so gut«, sagte Helen freundlich.

»Tut mir leid«, entschuldigte sie sich zum wiederholten Mal. Sie ging den anderen Müttern im Kindergarten unter anderem deswegen aus dem Weg, weil sie überzeugt war, mit mitleidigem Unverständnis bedacht zu werden. *Wir haben das in den ersten drei Wochen hinter uns gebracht*, schien ihnen ins Gesicht geschrieben. *Warum geht es dir nach mehr als drei Jahren immer noch so?*

»Muttersein ist das Schwerste auf der Welt.«

»Oh, nein, eigentlich ist das nicht so ...« Aber was sagte sie da, natürlich war es *schlimm*, Muttersein war der Inbegriff von *schlimm*.

»Ich bin irgendwann auf den richtigen Trichter gekommen und habe einfach mit dem Weinen gewartet, bis die Kinder im Bett lagen«, sagte Helen.

»Ja, aber keine Sorge, dann weine ich auch«, bemerkte Julia, und Helen lachte wieder.

Sie konnte es kaum fassen, dass das hier tatsächlich wahr sein sollte, dass sie entspannt an einem Vormittag ein Softeis mit einer Erwachsenen genoss, die wahrscheinlich einen EpiPen zur Notfallbehandlung bei allergischen Reaktionen und einen Lippenstift von Chanel in ihrer Handtasche herumtrug. Ihr fiel Helens Schal wieder ein, die Luxusfasern zweifellos mit ihren mittlerweile unsichtbaren Rotzspuren verseucht. Sie hatte ihn eben gedankenlos tief in ihre Handtasche gestopft und kramte jetzt danach. »Tut mir leid«, wiederholte sie und drückte den Schal Helen in die Hand, die ihn gelassen entgegennahm und ihn um den Gurt ihrer Handtasche band, offenbar ohne einen Gedanken an das darauf verteilte Körpersekret zu verschwenden. Ein weiterer Beweis für ihre unangestrengte Mütterlichkeit, die für sie eindeutig selbstverständlich war, um die Julia sie aber bis in alle Ewigkeit beneiden würde.

»Geht es um was Spezifisches oder einfach um die Gesamtsituation?«, fragte Helen.

Im Großen und Ganzen ging es um existenzielle Belange: Sie war, wenig überraschend, zutiefst unglücklich. Hinzu kam, dass sie eigentlich nicht das *Recht* hatte, die Probleme zu haben, mit denen sie sich herumschlug, oder wenigstens hatte sie nicht das Recht, sie als Probleme zu betrachten.

»Eigentlich ist es nichts ... Ich bin einfach nur ...« Wie sollte sie den Satz zu Ende bringen? *Ich bin todunglücklich. Himmelschreiend undankbar. Immer in Panik und mit dem Gedanken beschäftigt, dass das alles nie mehr aufhört.* Sie öffnete den Mund für einen Witz – *Offenbar habe ich es bisher immer geschafft, mit jedem Privileg zu hadern, das mir im Leben begegnet ist* oder *Was hat Tolstoi noch mal über glückliche Familien geschrieben? Dass die Mütter einfach immer völlig durchgedreht sind?* – aber sie brachte nichts über die Lippen. »... müde.«

Sie litt permanent unter einer dumpfen Übelkeit, als wäre sie zu lange auf den Beinen, unter einem Klingeln in den Ohren und ziehendem Schmerz tief unten in den Zahnwurzeln.

»Vielleicht eine Depression?«, fragte Helen, und Julia verschluckte sich fast an ihrem Joghurteis, aber Helens Blick blieb ruhig und beständig auf sie gerichtet.

»Ach, ich ...« Aber mit einem Mal sah sie sich von außen, aus Helens Perspektive, und ihre üblichen Erklärungen – ihrem Mann und sich selbst gegenüber, dass sie einfach einen schlechten Tag hatte, nur etwas mehr Schlaf brauchte – kamen ihr wie lachhafte Ausreden vor.

»Kann schon sein«, lenkte sie ein. »Eigentlich habe ich gar keinen richtigen *Grund* dafür, aber ich nehme an, ich kann trotzdem ...«

»Dafür braucht es keinen Grund«, meinte Helen. »So funktioniert das nicht immer. Geht das schon lange so?«

Seit ungefähr sechsunddreißig Jahren, aber das sagte sie nicht. »Der Leguan ist älter«, sagte sie stattdessen, aber diesmal lächelte Helen nicht. »Bis zu einem gewissen Grad war ich schon immer so. Ich bin einfach noch nie gerne auf Unbekannte zugegangen, noch dazu mit meinen Problemen.«

»Offen gesagt«, entgegnete Helen, »habe ich danach gefragt. Und Ihre Probleme haben Sie mir noch gar nicht verraten.«

»Um ehrlich zu sein, war ich mir auch nie sicher, was meine Probleme eigentlich sind«, gestand sie. »Ich habe einfach kein sehr sonniges Gemüt. So bin ich eben.«

Ein kleines Eingeständnis, mit ihrem nutzlosen Therapeuten war sie nicht mal zu dieser Erkenntnis gekommen. Und sofort hatte sie das Bedürfnis, zurückzurudern, damit Helen nicht das Weite suchte.

»Und bei Ihnen?«, fragte sie. »Erzählen Sie mir – von sich.« Seitdem sie ihre Tage mit einem Kind verbrachte, wusste sie nicht mehr, wie sie ein erstes Gespräch unter Erwachsenen führen sollte, ohne feindselig oder übergriffig zu wirken. Als sie einmal einem von Marks Kollegen auf einer Cocktailparty ein Kompliment machen wollte, rutschte ihr die Frage heraus: »Tragen Sie Ihr Haar eigentlich immer so?«

Aber Helen zeigte sich unbeeindruckt und zählte die Stationen in ihrem Leben auf: Sie war seit kurzem in Rente und verbrachte ihre Tage im Garten. Pete, ihr Mann, war ein Gaststudent an der University of Chicago.

»Seit ich ihn kenne, hat er mehr oder weniger pro Semester nur eine Vorlesung belegt. Vielleicht hat er dann im nächsten Jahrtausend einen Bachelor in antiker Dichtung geschafft, mit dem man nichts anfangen kann.« Helen rührte in ihrem Softeis. »Sein Lebenswandel ist nicht sehr *lukrativ*, aber er hat viel Charme, und deshalb darf er bleiben.«

»Wow, wie haben Sie das ... mit fünf Kindern? Wie haben Sie überlebt?«

»Ich habe lediglich gesagt, dass mein Mann kein Geld verdient hat«, erwiderte Helen. »Ich habe nicht gesagt, dass *ich* kein Geld verdient habe. Sagen Sie, meine Liebe, würden Sie sich eigentlich als Feministin bezeichnen?«

Sie wurde blass, merkte aber dann, dass ihr Gegenüber scherzte. Beim Gehen rempelte Helen sie leicht mit der Schulter an, und der Körperkontakt überraschte und erregte sie.

»Sorry«, sagte sie.

»Ich bin Anwältin«, erklärte Helen und lächelte sie an. »Und Sie? Womit verbringen Sie Ihre Zeit?«

Diese Formulierung war noch schlimmer als die Frage *Was machen Sie beruflich?*. Sie hasste solche Fragen, im Grunde alles höfliche Varianten von Wer-*sind*-Sie-eigentlich? Und darauf hatte sie noch nie eine Antwort gewusst, schon gar nicht in letzter Zeit.

»Ich bin keine Anwältin«, antwortete sie.

Sie beugte sich über das Dach des Buggys. Ben nuckelte verträumt an seinem grünen Plastiklöffel und sah einer

Gänseherde zu. Sein Anblick beruhigte sie, gab ihr Selbstbestätigung. Es war ganz bestimmt unethisch, das eigene Kind dafür zu gebrauchen, aber anscheinend machte alle Welt das bis zu einem gewissen Grad, und außerdem – auch da war sie sich gewiss – war das immer noch besser als die Alternative, nämlich das eigene Kind zu nichts zu gebrauchen. Sollte sie Helen jetzt von ihrer halbgaren Philosophie zum Thema Elternschaft erzählen, die eigentlich darauf hinauslief, dass man *es besser machte als die eigene Mutter*? Oder etwas über Marks undurchschaubaren Job, der immerhin eine eindrucksvolle Bezeichnung hatte und ihr langweiliges Haus in den Suburbs finanzierte, ihn aber fast die ganze Zeit von zu Hause fernhielt? Oder über langweilige Details ihrer Tage mit Ben, die ekligen Hot-Dog-Happen und Edamame-Bohnen, mit denen sie ihn fütterte, wie sie sich immer wieder das Handgelenk verbrannte, wenn sie die Temperatur seines Badewassers testete, wie sie ihm zum tausendsten Mal seine Lieblingsgeschichte vorlas, wie sie sich bemühte, ihn am Leben zu erhalten und ihm beizubringen, ein guter Mensch zu sein, obwohl sie selbst meist das Gefühl hatte, weder ein guter Mensch noch ein lebendiger zu sein?

»Vor Ben habe ich in einer Bibliothek gearbeitet.«

»Vermissen Sie das?«

»Manchmal. Es war schon schlimmer. Aber mittlerweile frage ich mich, ob ich überhaupt die Energie dafür hätte.«

»Jeder Job beansprucht einen auf unterschiedliche Weise«, sagte Helen großmütig. »Sie haben ja auch viel um die Ohren.« Und natürlich stimmte das, aber auch wieder nicht, besonders nicht bei jemandem wie Helen, die offenbar unendlich viel mehr auf die Reihe bekommen hatte als Julia. Julias Leben war logistisch betrachtet problemlos auf die Reihe zu bekommen, aber sie kam sich vor, als hätte jemand einen großen, lähmend schweren Teppich über ihr ausgerollt. Sie waren wieder am Eingang zum botanischen Garten angekommen. Sie wischte sich die Tränen aus dem Gesicht, blieb stehen und hockte sich neben Bens Buggy, um ihm mit einer Serviette Spuren der Zuckerstreusel aus dem Gesicht zu wischen. Erneut spürte sie Helens Blick.

»Wie gesagt, Pete ist damals bei den Jungen geblieben«, erzählte Helen. »Das Merkwürdigste bei kleinen Kindern war für mich die Erfahrung, wie unglaublich langsam die Zeit dahinfließt, die Tage gehen unterschiedslos ineinander über, und jeder Tag ist gefühlt eine Ewigkeit lang, aber mit einem Mal sind Monate vergangen, und noch ein Kind ist auf die Welt gekommen, oder ein anderes geht bald in den Kindergarten oder sogar aufs College. Es ist wirklich erstaunlich, wie viel Zeit ich allein damit vertan habe, dabei *zuzusehen*, wie sie vergeht.«

»Tja«, meinte Julia. »Ich vertue auch eine Menge Zeit mit ... zusehen.«

»Ich möchte Sie um etwas bitten«, sagte Helen. »Wenn Ihnen die ganze Zuseherei mal zu viel wird, rufen Sie mich bitte an.«

»Nein, nein«, wehrte sie reflexhaft ab. »Nein, mir geht es gut, wirklich, Sie müssen mir nicht ...«

»Ich *möchte* es aber«, insistierte Helen. »Wollen wir das so stehen lassen? Es braucht nicht immer für alles einen Grund. Würden Sie mir einfach den Gefallen tun und mich mal anrufen? Ich würde mich sehr freuen.«

»Sie müssen mir wirklich nicht ...«

»Ich bin eine depressive, einsame Rentnerin«, sagte

Helen, und ihre Übertreibung brachte Julia zum Lachen. »Ich gehe buchstäblich ein und sitze stundenlang wartend neben dem Telefon. Würden Sie mir da den Gefallen tun und mich anrufen?«

»Ja«, antwortete sie. »Ich rufe Sie an.«

*

»Und wie war euer gemeinsamer Abend?«, fragte Celia mit müden Augen, als sie beide nach Hause kamen. Celia war ihre Rettung, sie sang Ben mit Songs von Tom Chapin in den Schlaf und spülte das Geschirr vom Abendessen trotz Spülmaschine von Hand ab. Julia hätte sich am liebsten auf der Stelle hingesetzt, eine Flasche Wein entkorkt und ihr die Wahrheit ins Gesicht gesagt. *Willst du's wirklich wissen, meine Liebe? Wir waren noch nicht mal beim Restaurant angekommen, da war ich schon eingeschlafen.*

Unbekannte Form von Narkolepsie, nannte sie das bei sich. Sie und Mark waren alle vierzehn Tage am Mittwochabend zu einem Date verabredet. Ein wirklich blödsinniger Aufwand, für den sie sich die Lippen anmalte, ihren Still-BH durch einen normalen ersetzte, und dann ging es zu einem Restaurant an der Randolph Street oder in Lincoln Park oder manchmal auch zu einem winzigen In-Restaurant in einer entfernt gelegenen düsteren Suburb. Und auf dem Weg dahin redeten sie über all das, worüber langweilige Eltern eben redeten, die gerade miteinander ein Zwangsdate absolvierten, obwohl sie beide viel lieber geschlafen oder masturbiert oder sich auf getrennten Fernsehern *Die Sopranos* angeschaut hätten. Es ging um Bens jüngste Fortschritte, um Bens Schlafgewohnheiten, um Bens Stimmungen, und *mein Gott, hast du auch schon mitbe-*

kommen, dass er die ganze Zeit das Wort wirklich *benutzt, ist das nicht lustig?*, außerdem lag auf dem Tisch mit der Post ein Werbeprospekt für ein sogenanntes »Piratencamp«. Die Serenity-Smiles-Moms hatten ihr schon davon erzählt, es sollte gut für die Entwicklung der Persönlichkeit sein. Man brachte den Kindern dort nichts über Piraterie bei, sondern vermittelte ihnen die salonfähigen und weniger augenfälligen Seiten dieses Geschäftszweigs, etwa Durchhaltevermögen und Eigeninitiative. Mit solchen Seichtheiten hatten sie diesmal immerhin die Fahrt zum Restaurant – heute war ein überteuertes »Ameri-Fusion« in Andersonville mit bescheuerten Cocktails wie *Gravity's Gin-Sloe* oder *Portnoy's Campari* an der Reihe – und die endlose Auflistung der Weine durch die hippe unfreundliche Bedienung überbrückt.

»Toll«, antwortete sie wenig überzeugend, als sie ihre Jacke aufhängte und nach ihrer Brieftasche kramte.

»Richtig toll«, sagte Mark und berührte sie kurz zärtlich am Rücken, wenigstens fühlte es sich so an.

Nach der Begegnung mit Helen war der Nachmittag verlaufen wie üblich. Zeit für Lunch, Zeit für Lego, Zeit fürs Ausmalen, dazwischen immer wieder Pausen mit Snacks, aber sie fühlte sich die ganze Zeit wie high, vielleicht weil sie sich mit einer Erwachsenen unterhalten hatte oder ihre sozialen Kompetenzen stimuliert worden waren, oder vielleicht lag es auch einfach an Helen selbst. Sie überdachte, wie offen sie sich mit Helen unterhalten hatte – nun schämte sie sich dafür – und wie befangen sie sich im Vergleich Mark gegenüber fühlte. Solange sie zurückdenken konnte, war sie mit ihm niemals hundertprozentig ehrlich gewesen.

»Und wie war's bei euch?«, fragte sie Celia und hatte

ein schlechtes Gewissen, weil sie Ben heute Abend nicht in den Schlaf gesungen hatte.

»Einfach toll«, meinte Celia. »Wir haben ein bisschen was ausgemalt. Er hat sein Abendbrot aufgegessen. Und weißt du, bevor ich ihn ins Bett bringe, erzählen wir uns immer eine Geschichte, und einer fängt an und dann ist der andere dran und so weiter, und jeder sagt immer einen Satz. So kann er auch wirklich mitmachen, weil, er hat ja so viel Fantasie.«

Ganz bestimmt hatte diese Begabung zur Fantasie damit zu tun, dass der Kleine die Abgestumpftheit seiner Eltern mit den eigenen kognitiven Fähigkeiten ausgleichen musste.

»Danke für alles«, sagte sie. »Was für ein Glück, dass wir dich haben.«

Julia bezahlte Celia, wobei ihr auffiel, dass ein durchschnittlich teurer Abend (Dinner plus Cocktails plus Babysitter plus Abonnement von Premium-Kabelkanälen, mit denen sich der Babysitter amüsieren konnte, sobald der Sohn im Bett lag, plus Geld für Fastfood plus Getränke, damit der Babysitter ordentlich durchgefüttert und bei Laune gehalten wurde) fast so viel kostete wie ein Flugticket nach Griechenland.

*

Später, als sie im Bett lag und zuhörte, wie Mark sich im Bad die Zähne putzte, versuchte sie, Ordnung in ihre Gedanken zu bringen. Jeden Tag ratterte ihr Gehirn wie ein pausenloser Nachrichtenticker Aktuelles aus ihrem Alltag herunter – *Installateur wegen Waschbecken im Bad anrufen, Erdnussbutter nachkaufen* –, Philosophisches – *Bens neuer Zahnarzt sieht Gorbatschow ähnlich, verbringen andere Leute eigentlich auch so viel Zeit damit, übergewichtige Tiere zu bemitleiden?* –, und nachts wusste sie nicht, wie sie es abschalten sollte.

Ein anderer Gedanke, der sie wie eine wütende Wahnsinnige verfolgte: *So war das nicht immer!* Das konnte natürlich auf alles und jedes zutreffen, überlegte sie dann nüchterner, und sie selbst war tatsächlich immer schon ein bisschen so gewesen – von Selbstzweifeln geplagt und Kontakte meidend –, aber derart unwohl und fehl am Platz wie derzeit hatte sie sich noch nie gefühlt.

»Woran denkst du?«, fragte Mark, als er ins Zimmer kam.

»An nichts«, erwiderte sie. »Ich habe mir nur gerade gewünscht, wir würden endlich erfahren, wer JonBenét Ramsey ermordet hat.«

Er musterte sie einen Moment lang schweigend, dann kam er zu ihr ins Bett, hantierte mit seinem Wecker und drehte sich zu ihr um. In seinem Blick lag eine tiefe Zärtlichkeit, von der ihr körperlich unwohl wurde.

»Heute Abend war's richtig schön«, sagte er. Das war glatt gelogen, und sie musste unwillkürlich lächeln. Er hatte anderthalb Gläser Wein intus, für Mark sehr viel, und man sah es ihm an. »Was? Stimmt doch. Mir hat's zumindest richtig gut gefallen.«

»Mir auch«, sagte sie, worauf er ihr mit einer Hand durchs Haar fuhr und sie näher zu sich heranzog. Doch dann hielt er inne und fuhr mit dem Kopf zurück, um sie aufmerksam anzuschauen. »Was denn?«, fragte sie nervös.

»Bist du gerade innerlich erstarrt?«

Sie schluckte. »Natürlich nicht.«

»Es hat sich so angefühlt, als wärst du erstarrt, als ich dich anfassen wollte.«

»Das stimmt nicht«, sagte sie. »Mein Rücken hat nur geschmerzt.«

»Wenn du nicht möchtest, kannst du's mir sagen.«

»Das ist es nicht«, wiegelte sie ab. »Ich ... möchte ... wirklich.«

Er blickte sie weiter prüfend an.

»Wirklich, aber vielleicht sollte ich einen Chiropraktiker aufsuchen.«

»Heute Nacht noch?«

»Bald.«

Er überlegte kurz. »Ich habe da diesen Artikel gelesen.«

Sie schloss die Augen. »Hmmm.«

»Über Ehe mit kleinen Kindern.«

»Klingt spannend.«

»Es gibt alle möglichen Statistiken darüber, wie wichtig Intimität ist, auch wenn ... na ja, auch wenn der Alltag gerade nicht dazu einlädt, selbst ganz grundlegende Formen von Intimität sind wichtig, und allgemein gilt ... Ich finde, wir sollten einander wieder mehr berühren.«

»Du meinst, am Körper?«

»*Klar*, am Körper. Wo sonst?«

Sie sagte darauf nichts, sondern starrte mit glühenden Wangen an die Zimmerdecke. Sie hatte sich mit der Vorstellung zufriedengegeben, dass ihr Sex-Drive wie ein Lebenspartner, der zur See fährt, irgendwann einfach wieder auftauchen würde.

»Findest du mich überhaupt noch anziehend?«, fragte er.

»Ich ... meine Güte, ich ... klar, ich weiß nur nicht ...«

»Bist du dir da *sicher?*«

Bis zu Bens Geburt hatte sie beim Sex mit Mark nie schauspielern müssen, sie hatte keinen Grund dazu und hätte ohnehin nicht genügend Vertrauen in ihre Fähigkeiten gehabt. Mark konnte einen mit vielem auf die Palme bringen, aber mangelnde Sensibilität gehörte nicht zu seinen Fehlern, und sie hatte ihn immer anziehend gefunden und im Bett *Spaß* mit ihm gehabt – bis zu dieser öden unsexy Phase der Elternschaft.

»Tut mir leid«, sagte sie. »Stand in deinem Artikel übers *Berühren* eigentlich auch was darüber, dass nach einem Baby nicht immer gleich wieder alles beim Alten ist?«

»Die Entbindung liegt jetzt drei *Jahre* zurück«, bemerkte Mark. »Ich finde es nicht fair, dass Ben immer als Freibrief aus der Gefangenschaft herhalten muss.«

»Und du bist in diesem Szenario der Wächter?«

Sie sah, wie ihm kurz die Luft wegblieb.

»Vergiss es«, sagte er und rollte sich weg von ihr auf die andere Seite. »Vergiss, dass ich's überhaupt probiert habe.«

Der gute alte Mark, der nie etwas direkt einforderte. Er hatte eben im Restaurant ihr gegenübergesessen und sich noch ein Kind gewünscht. Früher hatten sie mal über drei gesprochen, aber da war nicht mal das erste da gewesen. In letzter Zeit hatte er mehrmals vage etwas von *na ja, vielleicht noch eins* gesagt, gerade so, als würde er ihr eine Art Prämie in Aussicht stellen.

»Ist mir gerade so durch den Kopf gegangen«, hatte er im Restaurant gesagt, als wollte er bei seinen Socken mal eine neue Marke ausprobieren, worauf sie in einem Zug das Gleis Wein zur Hälfte leerte. Aus Marks Sicht lagen die Kernargumente, so ärgerlich sie waren, auf der Hand:

Sie wurde nicht jünger, seiner Meinung nach würde Ben von einem Geschwister profitieren, und warum hatten sie sonst ein Haus mit drei Schlafzimmern gekauft?

Sie hatte sich wohldurchdachte mögliche Antworten zurechtgelegt: Sie betrachte ihr Altern mittlerweile vom anderen Ende her, und dabei ginge es weniger darum, mit der verbleibenden Jugendlichkeit noch möglichst viel anzufangen, als vielmehr darum, mit Begeisterung Dinge aufzugeben. Und das Leben funktioniere nun mal nicht nach dem Motto, *wenn man den Raum schafft, dann kommen sie auch*, man müsse leere Zimmer nicht unbedingt mit eigenen Kindern besetzen.

Mit einem zweiten Kind zerfalle ich buchstäblich zu Staub und Asche, versuchte sie ihm immer wieder zu vermitteln, seiner naturwissenschaftlich geprägten Logik und seiner hoffnungsfrohen Familienvater-Miene zum Trotz. *So wie bei Sauerstoff und* – aber die anderen für ein Feuer unabdingbaren Elemente entfielen ihr dann immer.

Lass uns noch ein bisschen abwarten, sagte sie am Ende jedes Mal, ganz beschwichtigende Mütterlichkeit, à la *lass uns ein wenig Geduld haben*, *lass uns nicht so laut reden*, *lass uns alles daransetzen, einen weiteren Familienkrach zu vermeiden.*

Dabei war Mark ein guter Vater. Er packte mit an, war energiegeladen und freute sich, wenn er mit Ben Zeit verbringen konnte. Als sie in den Wehen lag, las er ihr Pablo Neruda vor (obgleich sie ihn ganz bestimmt nicht darum gebeten hatte), und einmal in der Woche ging er später zur Arbeit, damit er Ben zum Kindergarten bringen konnte. Sie hatte keine Ahnung, wie Elternsein funktionierte, war sich aber ziemlich sicher, dass man seinem Mann nicht zum Vorwurf machen durfte, dass er ein guter Vater war. Genau das wünschte man sich eigentlich, das wusste sie.

Man wünschte sich alles, was für das Kind gut war, und begnügte sich mit spärlichen Resten.

»Gerade ist es nicht so gut«, hatte sie zu ihm gesagt, was sowohl bedeuten konnte, *Ich habe gerade keinen Eisprung* als auch *Lass uns abwarten, bis ich nicht mehr so vollkommen durchgedreht bin*.

Sie wünschte sich, sie hätte nicht den normalen BH angezogen, den einzigen, der nicht zum Stillen oder für den Sport war. Eigentlich war es lächerlich, dass sie nur diesen einen besaß, denn sie hatte bereits vor zwei Jahren abgestillt und war nicht annähernd sportlich, aber ihre Still-BHs waren einfach *gemütlicher*. Und sollte sie sich nicht wenigstens einigermaßen *wohlfühlen?* Wenn sie als Paar schon so weitermachen und den Niedergang ihrer Kommunikation ertragen mussten, dann wenigstens ohne zwei Drahtbügel, die ihr von unten in die Haut stachen.

»Es ist deine Entscheidung, Jules«, hatte Mark gesagt. Das war immer die Vereinbarung zwischen ihnen gewesen: Mark – fortschrittlich und freiheitsliebend, wie er war – würde seine Frau niemals dazu zwingen, mit seinem Kind zu Hause zu bleiben. Und sie hatte die Überzeugung verinnerlicht, dass sie Marks volle Unterstützung hatte, wenn sie eines Morgens mit dem Entschluss aufwachen sollte, wieder zu arbeiten oder zu häkeln oder Klavier zu spielen. Er hatte schließlich bereits zugestimmt, dass Ben in der Woche zwei Mal ganztags und ein Mal halbtags im Kindergarten verbrachte, obwohl sie diese Zeit meist nur dazu nutzte, die Bee Gees zu hören oder entrückt aus diversen Fenstern zu starren.

Sie hatte sich geschworen, eine bessere Mutter zu sein als ihre eigene. Sie wollte präsent sein und voller Leben, hatte sie sich selbst versprochen, sie wollte keine Mutter sein, die man vermisste, wenn sie nicht da war, und die einen enttäuschte, wenn sie wieder auftauchte. Aber bis jetzt hatten ihre mütterlichen Instinkte gerade mal das pure Überleben ihres Sohnes gesichert und sich darin geäußert, dass sie sich manchmal nachts zu ihm ins Bett legte und seinen schlafenden Körper in den Armen hielt, seine Eigenständigkeit und Freundlichkeit bewunderte und der Geruch unter seinem Kinn sie sofort in die Zeit zurückversetzte, als es noch so aussah, als würde alles gut werden. Bei seiner Geburt war sie überglücklich gewesen, glücklicher, als sie es für möglich gehalten hatte, und eigentlich hätte sie wissen müssen, dass es nicht von Dauer sein würde.

»Das ist leichter gesagt als getan«, hatte sie erklärt, und ihr Mann hatte tief Luft geholt, anscheinend, um die Fassung zu bewahren, als würde ihm ihre Anwesenheit eine Extraportion Toleranz abverlangen. Aber sein Tonfall war dann sanfter als erwartet. »Das weiß ich doch, Jules.«

Sie merkte, wie sie das besänftigte. Typisch Mark, ein Mensch, der sich kümmerte, mitfühlte, an ihrer Seite war.

Mark, ganz am Anfang ihrer Beziehung: Er hatte sie bei ihrer dritten Verabredung auf ein Pearl-Jam-Konzert mitgenommen. Er hatte unwahrscheinlich schönes volles Haar. Er war umsichtig und ordentlich und hatte irgendwann unaufgefordert damit angefangen, ihr sonntags immer Frühstück zu machen. Er liebte sie von ganzem Herzen und mit großer Hingabe, und das musste reichen. Niemand hatte sie vor der Einsamkeit gewarnt, die eine Familie bedeutete, davor, dass er in Bens erstem Jahr morgens in aller Frühe rausmusste und sie feste Stillzeiten hatte, dass der Küchenboden komische Geräusche machte, wenn sie auf der Suche nach ungesunden Snacks herumtappte, dass man sich nicht länger gemeinsam begeistert ins Bett stürzte, sondern sofort in die REM-Phase fiel, die nicht sexy war, und dann schnarchte, vor sich hin murmelte oder mechanisch über die Einkaufsliste plapperte. Mark hatte es unglaublich lustig gefunden, als sie mit ihm einmal eine ihr vollkommen unbewusste Diskussion über die Vorzüge und Nachteile von Vollfett-Joghurt versus Magerjoghurt geführt hatte, aber sie war bestürzt darüber gewesen, wie langweilig sie selbst im Tiefschlaf war.

Jetzt lag er schlafend neben ihr, atmete leise aus und rollte sich dann auf die Seite. Er schlief bereits tief und fest, seine Augen flatterten hinter den geschlossenen Lidern. Sie hatte schon immer seine Seelenruhe gemocht, die ihr von Anfang an aufgefallen war. Er war linkisch, schüchtern und nett, und das alles war von einer bewundernswerten Seelenruhe unterlegt. Sie hatte einen netten, bescheidenen Nerd geehelicht und begriff immer noch nicht, wie sie beide ein Paar geworden waren, wie sie ihn dazu verführt hatte, mit ihr, einem Nervenbündel, ein Kind zu zeugen, und sie hatte keine Ahnung, wie lange ihre Beziehung noch Bestand haben würde.

Plötzlich wurde er wach, merkte sie und fuhr erschrocken zusammen. Sie schloss die Augen, verlangsamte die Atmung und tat, als würde sie ruhig schlafen. Sein Blick lag schwer lastend auf ihren Schultern.

»Deine Zunge berührt den Gaumen«, sagte er, und ganz kurz überlegte sie, ob er vielleicht doch im Schlaf gesprochen hatte und im Traum gerade ein Sex-Drama durchlebte. Sie öffnete die Augen und sah, dass er sie anstarrte.

»Bitte?«

»Im Schlaf sind alle Muskeln entspannt. Ich sehe an deinem Kiefer, dass deine Zunge gegen den Daumen drückt.«

Ein verdammtes wandelndes Lexikon, dieser Mann. Er hatte ihr schon bei verschiedensten Gelegenheiten seine irritierende Vorliebe für Fakten bewiesen, und sie hatte das wahrscheinlich jedes Mal entzückend gefunden. Wie oft war sie damals darüber entzückt gewesen, wie unterschiedlich ihrer beider Verstand funktionierte.

»Schlaf wieder«, entgegnete sie. Und dann: »Das Baby.«

Diese Aussage war zum einen falsch, weil Ben der Stille zufolge definitiv schlief, und zum anderen, weil er, wie Mark soeben klar festgestellt hatte, schon lange kein Baby mehr war.

»Ich höre nichts«, meinte er, aber sie schlüpfte trotzdem aus dem Bett und marschierte durch das kühle dunkle Haus. Sie stieß langsam die angelehnte Tür zu Bens Kinderzimmer auf, setzte sich auf sein Bett und sah zu, wie sein kleiner Bauch sich hob und senkte.

Mark war alles andere als ein liebenswerter oldschool Roman-Detektiv, er konnte nervtötend sein, dieser Mann mit seinem geballten, nutzlosen Wissen, der gerade nur aufgewacht war, um seine Frau daran zu erinnern, ihre *Zungenmuskeln* im Zaum zu halten.

Sie streckte sich langsam, mit dem Rücken zur Wand, neben Ben aus. Anders als Erwachsene machten Kinder einem keinen Platz. Sobald Mark einen Arm über sie legte, schmolz sie dahin, auch wenn sie gerade noch gestritten hatten. Aber Ben war so tief in seiner eigenen Traumwelt verschwunden, dass er nicht einmal merkte, dass sie neben ihm lag und ihn berührte. Und das war wahrscheinlich auch gut so.

Am nächsten Tag, als ihr alles wie zu erwarten erneut über den Kopf wuchs, rief sie Helen Russo an.

5

Ben sitzt ihnen gegenüber in einem Sessel und sieht aus wie ein Mitglied der Zeugen Jehovas – sorgfältig rasiertes Gesicht und ein Hemd in Kornblumenblau –, das gekommen ist, um ihnen die Nachricht vom bevorstehenden Weltuntergang zu überbringen. Er ist eine Woche nach Marks Geburtstag am Donnerstagabend eingetroffen, weil er mit ihnen reden wollte. Das ist ungewöhnlich und besorgniserregend, denn eigentlich waren ihre Kinder in schwierigen Situationen immer eher abwartend und haben auf die Intuition ihrer Eltern vertraut, anstatt selbst die Initiative zu ergreifen und um Hilfe zu bitten.

»Also«, sagt Ben. »Ich habe seit ein paar Monaten eine Freundin.«

Und ich befürchte, dass sie mich umbringt.

Und es hat sich herausgestellt, dass sie ein Mitglied von Opus Dei ist.

Und ich brauche sechstausend Dollar, denn sie erpresst mich.

Jede dieser Optionen ist gleichermaßen realistisch, denn Ben hat bisher nur wenige Dates gehabt. Da kann man sich leicht die verrücktesten Geschichten vorstellen. Das Liebesleben ihres Sohnes ist ihr schleierhaft, und bis zu diesem Augenblick hat sie sich immer vorgestellt, dass es vielleicht nicht unbedingt fade, aber in emotionaler Hinsicht eher oberflächlich ist. Ben ist zwar erst vierundzwanzig, aber Gott sei Dank immer vorsichtig gewesen und hat sich an Regeln gehalten. Irgendwann mal hat sie

Mark gegenüber ihre Befürchtung erwähnt, dass er aufgrund seines Naturells ins Junggesellendasein abdriften und sich zu einer zurückgezogenen, einsamen Figur wie Boo Radley entwickeln könnte. Mark hatte erst widersprochen, da liege sie falsch, aber sie gleich darauf beschwichtigt: »Boo Radley war am Ende doch ein guter Typ.«

Sind andere Mütter, was das Liebesleben ihrer Söhne angeht, eigentlich genauso neugierig wie sie? Sie ist nicht scharf auf Details, aber sie fragt sich doch, ob und wie er gelernt hat, sich zurechtzufinden. In ihrer Erfahrung sind Männer irgendwann einfach fertig und bereit für das Erwachsenenleben, ohne all die Ängste und Probleme, mit denen Frauen sich herumschlagen. Aber trifft das auch auf ihren Sohn zu, der bei allem immer etwas länger gebraucht hat als andere, so klein, bis er irgendwann groß war?

»Also, sie heißt ... Nora, aber alle Welt nennt sie einfach nur Sunny.«

»Was soll das heißen, *alle Welt nennt sie einfach nur Sunny?*« Ohne genau zu wissen, warum, ist sie bereits auf hundertachtzig. Ben und Mark sehen sie beide verblüfft an. »Tut mir leid, aber ... man wird doch nicht von aller Welt *einfach irgendwie genannt.*«

»Ein Spitzname aus der Kindheit«, erklärt Ben.

»Sind wir nicht ein bisschen vom Thema abgekommen?«, wirft Mark ein.

Sie studiere in den ersten Semestern zeitgenössische Barockmalerei, erzählt Ben. »Sie ist mir sehr wichtig, und sie ist ... also, wir bekommen im September ein Kind.«

»Einen Augenblick mal«, sagt Julia. »*Zeitgenössische* Barockmalerei?«

Ein Kind?

»Wow, wow, wow«, ruft Mark, aber sie ist eigenartigerweise gar nicht schockiert. Sie hat mit allem gerechnet, von abwegigen Katastrophen bis hin zu realistischen Problemen, und damit zählt die Tatsache, dass ihr Sohn mit einer Junior-Collegestudentin *ein Kind* bekommt, eher in die Kategorie realistisches Problem.

»Der Termin ist an Almas Geburtstag«, fügt Ben fröhlich hinzu, als könnte dieser glückliche Zufall sie zusätzlich freuen.

Alma, die angehende Veganerin, die ein T-Shirt mit dem Aufdruck *On Thursdays We Smash The Patriarchy* ihr Eigen nennt und immer noch keine Ahnung hat, wie man die Waschmaschine bedient, wird also Tante. Sie fühlt sich plötzlich schwach und lehnt sich gegen Mark.

»Das ist laut Statistik tatsächlich wahrscheinlicher, als man so denkt«, sagt ihr Mann. Als sie von ihm abrückt und ihn anstarrt, rudert er zurück. »... aber im Augenblick nicht von Relevanz.«

»Wo hast du diese Person kennengelernt?«, fragt sie, die Augen geschlossen.

»Oh«, sagt Ben, und etwas in seinem Tonfall weckt sofort wieder allerlei Befürchtungen in ihr. Vielleicht ist er ihr ja bei einem Sexritual oder einer österlichen Bekehrungszeremonie begegnet. In jedem Fall ist ihr ein Sohn à la Boo Radley lieber als jemand, der seine Partnerin bei einer Bibelstunde kennenlernt. Ihm ist anscheinend unwohl bei der Frage. »Auf dem ... Campus.«

»Wenn wir unsere Unterhaltung in diesem Tempo fortführen«, bemerkt Julia, »dann sitzen wir am Sonntag noch hier.«

Sie hätten sich bei einem Seminar kennengelernt, erklärt Ben, ihren Blicken ausweichend. Dabei betont er, dass sie das Seminar außerhalb ihres Hauptstudiums besucht hat.

»Diese Frau ist eine *Studentin* von dir?« Marks scharfer Tonfall lässt sie wieder hellwach werden.

»Ich bin nur ein Lehrassistent«, sagt Ben.

»Das sieht dir so gar nicht ähnlich«, liegt ihr auf der Zunge. Typisch Mutter, und vor allem ist es korrekt: Sie musste sich bislang niemals ernsthaft Sorgen machen, dass Ben einer Frau nachstellen könnte.

»Wir sind erst nach Semesterende zusammengekommen«, betont er. »Und sie hat die Initiative ergriffen. Sie ist übrigens einundzwanzig. Wir sind also beide … erwachsen.«

»Das ist zu bezweifeln«, entgegnet sie.

Ben scheint in sich zusammenzusinken. »Es ist einfach … passiert. Ungeplant.«

Mark berührt sie leicht am Knie, damit sie nicht sagt: *Das liegt ja wohl auf der Hand*. Von ihnen beiden darf nur jeweils einer sich aufregen.

»Na ja«, sagt Ben. »Wir heiraten.«

»Soll das ein *Scherz* sein?«, entfährt es ihr, während Mark im gleichen Augenblick immer wieder ausruft: »Wow, wow, wow, Kid.« Auf der Skala möglicher elterlicher Reaktionen liegen sie damit zusammengenommen irgendwo in der Mitte.

»Wahrscheinlich im kommenden Monat«, sagt er. »Nur eine kleine Feier, nichts Besonderes. Sunny ist in der letzten Zeit sehr müde.«

Er beobachtet sie mit einer Mischung aus Enttäuschung und Hoffnung, was ihr fast das Herz bricht. Er scheint mit ihrer Enttäuschung gerechnet zu haben, aber der Möglichkeit noch eine Chance einzuräumen, dass sie auf ihn zukommt und seine Hoffnungen erfüllt – ihn rettet, sich freut oder seine Pläne explizit befürwortet. Was sie als Mutter tun möchte und was sie schlussendlich tut, das waren in ihrer Erfahrung immer schon zwei Paar Schuhe. Sobald Mark ihr gegenüber seinen Kinderwunsch äußerte, kam sie sich hilflos vor, wie für eine große Rolle besetzt, auf deren Vorbereitung ihr die nötige Zeit fehlte.

»Wie lange weißt du das schon?«, fragt sie. »In der wievielten Woche ist sie?«

»In der zehnten«, antwortet er. »Wir wissen es seit ungefähr einem Monat.«

»Mein Schatz, ich wollte eigentlich fragen, ob ...«

»Jules.« Mark legt eine Hand auf ihr Knie, aber sie ignoriert ihn. Vielleicht bringt niemand außer ihr den Mut auf, die anderen Optionen offen anzusprechen, vielleicht hat der Kosmos sie dazu bestimmt, endlich einmal das Richtige zu sagen, in diesem Fall ganz bestimmt nicht die einfachsten, aber doch höchst notwendigen Worte.

»Ich will dir nicht zu nahe treten«, setzt sie an. »Aber weil das bislang noch nicht angesprochen wurde, sehe ich mich in der Pflicht, dich zu fragen, ob ihr ... auch andere Optionen in Betracht gezogen habt.«

Es tritt eine kurze Stille ein, in der die Taktlosigkeit dieser Frage – gerade so, als hätte sie ihre Hilfe angeboten, eine Mordwaffe zu verstecken – bei allen Anwesenden einsickert.

»Was deine Mutter meint ...«, setzt Mark an, aber der Schaden ist angerichtet. Aus Bens Miene ist jede Hoffnung verschwunden, und er wirkt jetzt wütend, auch wenn sie einen Augenblick braucht, um das zu begreifen.

»Das ist alles, was dir dazu einfällt? Du schlägst also vor, dass wir –«

»Ich schlage überhaupt nichts vor«, entgegnet sie. »Ich habe nur nachgefragt, ob ihr alle Optionen in Betracht gezogen habt.«

Ben fährt sich mit der Hand durchs Haar. »Und ich hatte gehofft, du würdest dich für mich *freuen*.«

»Einen Augenblick, Kid. Das will deine Mutter damit nicht sagen.«

»Traust du mir so wenig zu?«, fragt er. »Habe ich jemals etwas in den Sand gesetzt, Mom? Seit meiner Kindheit habe ich immer alles gemacht, was verlangt wurde. Und jetzt habe ich mal etwas getan, das man von mir vielleicht nicht erwartet hätte, aber doch nichts *Schreckliches*.«

Ich halte große Stücke auf dich. Sie bringt den Satz nicht über die Lippen, aber Ben scheint ihre Gedanken zu lesen und kommt ihr wie immer mehr entgegen, als sie verdient hätte.

»Wir haben darüber diskutiert, das Kind nicht zu bekommen«, sagt er dann zu ihrer Überraschung. »Okay? Am Anfang haben wir uns beide dagegen entschieden, aber dann haben wir ... habe ich immer wieder darüber nachgedacht. Ich konnte einfach nicht *aufhören* damit, und dann hat sich herausgestellt, dass Sunny in dieser Zeit ganz komische Träume hatte.«

Sie öffnet ihren Mund, um etwas zu sagen, und schließt ihn wieder. Sunny, Spezialistin für zeitgenössische Barockkunst. »Träume über ...?«

»In ihren Träumen war das Kind bereits auf der Welt, und er ...« Er unterbricht sich und errötet.

»Er?«

»Er war ... Es klingt lächerlich, wenn man das laut sagt, aber er war auf der Welt und immer noch ein Baby, aber auch ein ... kleiner Mann? Und auf einem Fahrrad? Und er fuhr vor einem hübschen Häuschen Fahrrad, und ich saß mit Sunny auf der Terrasse, und wir haben ihm zugesehen.«

Ihr ist nach Weinen und Lachen zugleich zumute, sie würde am liebsten durch den Kamin in den Himmel entschwinden, denn dort trifft bestimmt niemand eine weitreichende Lebensentscheidung, weil ein kleiner Mann in einem Traum Fahrrad fährt.

»Mir ist bewusst, wie das klingt«, fügt Ben hinzu.

»Du hast bisher immer von einem Jungen geredet«, sagt sie und fühlt sich eigenartig körperlos und außerstande, die absurde Situation in ihrer Gänze zu erfassen. »Ihr wisst also das Geschlecht schon?«

Ben errötet noch tiefer. »Noch nicht, wir ... sie hat in diesem Monat noch einen Termin, und wir können es natürlich feststellen lassen, aber das werden wir nicht tun. Wir haben beide nur so ein Gefühl, dass ... Es ist ganz komisch, Mom, ich könnte schwören, dass es ein Junge ist, und Sunny denkt dasselbe. Hast du bei mir oder Ollie auch diese Vorahnung gehabt? So ein Bauchgefühl?«

Als sie schwanger wurde, fand sie die Tatsache an sich verblüffend genug. Wenn sie mit Mark über das Baby sprach, dann abstrakt und besorgt, wie über ein heraufziehendes Unwetter. Manchmal redete sie in ihren Gedanken zu dem heranwachsenden Wesen in ihrer Körpermitte, und zwar immer in einem wunderlichen Pluralis Majestatis: *Ich glaube, wir haben Lust auf Pfannkuchen. Ich glaube, wir müssen langsamer machen. Ich bete zu Gott, dass mit uns alles in Ordnung ist.*

Bei seiner Geburt war sie dann von seiner schieren materiellen Existenz derart überwältigt, dass sein Geschlecht vergleichsweise irrelevant war. Hier lag ein Mensch, der

Augenblicke vorher noch nicht da gewesen war – halb sie, halb Mark, halb Kosmos, halb Gottheit, halb etwas ganz eigenes, ein Viertel ihr verschwundener Vater und ein Viertel ihre schwierige Mutter, jeweils ein Achtel Marks rauflustige englische Großeltern. Mathematisch ergab das alles keinen Sinn, aber sie hatte mit Zahlen noch nie viel anfangen können. Sie schlief mit Bens warmem, fast schwerelosem Körper in den Armen ein und wachte hin und wieder auf, um ihn sich aufs Neue genau anzusehen und Inventur zu halten. Zum ersten und auch einzigen Mal in ihrem Leben kam sie sich intakt vor, denn später, als Alma auf die Welt kam, war bereits zu viel passiert.

»Nein«, sagt sie. »Kein Bauchgefühl.«

Er kam auf die Welt, und sie stellte fest, dass sie die rätselhafte Gesellschaft des Embryos vermisste, sie vermisste die Gewissheit, dass er lauschend in ihr lag. Jahrelang redete sie in Gedanken immer noch mit dem *Baby,* womit sie nicht Ben, sondern das Ungeborene meinte, in ihr gefangen, neutral, selbsterhaltend und zugleich hundertprozentig abhängig von ihr. Sie erzählte ihm weiter Nichtigkeiten und Witze, die nur sie selbst lustig fand, und vertraute sich ihm in den Nachtstunden an, wenn alle anderen schliefen: *Ich habe keine Ahnung, warum ich so depressiv bin*, oder *Ich glaube, das hier ist nichts für mich.* Selbst jetzt, in diesem Augenblick, fällt es ihr schwer, das namenlose Baby mit dem jungen Mann ihr gegenüber in Einklang zu bringen.

»Wir wollen nur sichergehen, dass du dir das gut überlegt hast, Kid«, betont Mark.

»Hab ich. Hundertprozentig. Und zwar gemeinsam mit Sunny. Es ist alles genau geplant. Wir haben gerade einen Mietvertrag für eine neue Wohnung unterschrieben. Wir wollen, dass es klappt.«

»Ich glaube einfach, dass du keine Ahnung hast, was das alles bedeutet«, sagt sie. »Ich glaube einfach nicht, dass du weißt, wie anstrengend das alles sein wird.«

Er lächelt sie merkwürdig strahlend an.

»Klar weiß ich das nicht«, erwidert er. »Deswegen habe ich ja auch so ein Glück, dass ihr da seid.«

Mit Mark hat er tatsächlich Glück. Das Leben ist immer schon leichter gewesen, wenn er in der Nähe war. Das hat sie ihren Kindern schon angesehen, bevor die ihre eigenen Gefühle einordnen konnten. Sobald er auftauchte, entwich aus ihren Gesichtern die Anspannung, als wüssten sie instinktiv, dass sie nun durchatmen konnten.

»Mein Schatz«, sagt sie, und nicht: *Hast du jetzt komplett den Verstand verloren?*

»Wir stehen zu unserer Verantwortung.«

»Aber ich glaube nicht, dass ... ich will sagen, wir haben in eurer Erziehung wirklich nie Wert auf Konventionen gelegt, die sind ja an sich völlig beliebig, nicht wahr? Ihr *müsst* doch nicht gleich heiraten.«

»Ich *möchte* aber gerne heiraten.«

»Das sagst du so, aber ich glaube nicht, dass du ... du überblickst das alles im Augenblick doch noch gar nicht.«

»Gehört das nicht zum ganzen Spaß dazu?«

Schon wieder so eine Aussage, die an Größenwahn grenzt, aber ihr fällt kein Kommentar dazu ein, und vielleicht hat er ja recht. Vielleicht wird Voraussicht allgemein überschätzt. Vielleicht gibt es hundert unterschiedliche Wege, um eine Entscheidung zu treffen, und alle münden sie am Ende in nur einer Handvoll Ergebnissen.

»Aber ich ... warum?«, fragt sie. »Was soll das Ganze?«

»Was meinst du damit?« Zum ersten Mal klingt Ben ein

bisschen provozierend, sein Tonfall hat eine bislang unbekannte Schärfe angenommen.

Mark legt ihr erneut eine Hand aufs Knie. Man fragt nicht, *Was soll das Ganze*, wenn ein Baby im Spiel ist, für das sich die Eltern bereits entschieden haben. Sie schluckt. »Ich wollte nur sagen, ihr seid doch noch so *jung*. Warum heiraten? Du bist doch ... Ist sie religiös?«

»Sie ist konfessionslos spirituell«, erzählt er, und sie muss sofort an Alma denken, aber bei Ben sind, friedfertig wie er ist, derartige rhetorische Konstrukte ungewohnt.

Sie sieht ihn eindringlich an.

»Nein, sie ist nicht religiös, aber wir möchten ... wir möchten, dass das Baby das Gefühl hat, in eine richtige Familie hineingeboren zu werden, zwei Menschen, die ...«

»Dem *Baby* ist das egal, solange ihr euch um sein Wohlergehen kümmert«, sagt sie. »Und das könnt ihr auch ohne Trauschein.«

»Es geht nicht nur allein darum«, wendet Ben ein. Sie warten auf eine Erläuterung, die aber ausbleibt.

»Liebst du sie?«, fragt Mark, und dass Ben zögert, macht sie nervöser, als wenn er spontan geantwortet hätte.

»Ich war gerade dabei, mich in sie zu verlieben, als wir vom Baby erfahren haben«, erklärt er.

Seine schonungslose Aufrichtigkeit lässt sie sprachlos zurück, da wird nichts beschönigt. Das Baby allein ist schon beängstigend genug, aber seine Antwort bestätigt ihre schlimmsten Befürchtungen. Er hat alles gemeint, was er gesagt hat, er liebt diese Frau, er hat sich mit Haut und Haaren auf sie und die gemeinsame Entscheidung eingelassen. Und wenn Ben sich voll und ganz etwas verschreibt, dann lässt er wie sein Vater mitunter Zwischentöne außer Acht.

»Am Ende wäre ich auch so zu dem Entschluss gekommen, dass ich mit ihr mein Leben verbringen will, und so ist alles eben ein bisschen ... schneller gegangen.«

Dabei sieht er sie an wie einst als kleiner Junge – verletzlich, bittend, Schutz und Trost suchend – und fast wäre sie von der Couch aufgestanden und zu ihm hingegangen, als wollte sie ihn aus dem Bettchen heben, weil er schrie. Aber sie behält sich im Griff.

In den Jahren nach ihrer Hochzeit rief Mark recht oft seine Eltern an – wenn Ben Fieber hatte, wegen Straßensperren auf dem Weg zur Arbeit –, und sie hatte sich immer daran gestört und konnte sich nicht erklären, warum, bis sie merkte, dass sie *eifersüchtig* war. Ihr wäre nie eingefallen, in einer Krisensituation ihre Mutter anzurufen, und zwar nicht, weil ihre Mutter keine Ahnung vom Leben hatte, sondern weil sie wahrscheinlich nicht ans Telefon gegangen wäre, oder falls doch, sie lachen beziehungsweise den Raum verlassen würde, um sich einen Drink zu genehmigen, wie sie es bei jedem Problem tat, ob groß oder klein.

»Tut mir leid, falls ich dich enttäuscht habe«, ergänzt Ben.

»Mein Schatz«, sagt sie und wünscht sich, sie wäre ihm während des Gesprächs doch irgendwie entgegengekommen. Seine Miene ist fast wie die von damals im Rückspiegel, fordernd und nachsichtig zugleich.

»Aber ich habe alles unter Kontrolle«, beteuert er. »Und ich hoffe, du schaffst es, dich für uns zu ... freuen, auch wenn du ein bisschen Zeit brauchst, bis du dich an alles gewöhnt hast.«

»Natürlich schaffen wir das«, meint Mark, aber er hat nie dieselben Probleme wie sie gehabt, er liebt bereitwillig und von Herzen. »Kid, wir sind immer für dich da, egal, was ist.«

Sie drückt dankbar seine Hand auf ihrem Knie.

»Ich habe Ollie letztes Wochenende davon erzählt«, sagt Ben. »Sie war eine richtig gute Zuhörerin.«

Sie erinnert sich, wie die beiden unter dem Vorwand von Almas Hausaufgaben die Party verlassen haben. Sie nahm an, sie würden sich bei einem Glas Champagner die Serie *The Office* anschauen, aber jetzt stellt sie sich die beiden in Almas Zimmer vor, wie Ben ihr anvertraut, was er zuvor vergeblich versucht hat seiner zerstreuten Mutter beizubringen.

»Mir ist klar, das ist heftig«, redet Ben weiter. Er hebt mit leichtem Schwung den Arm und schließt sie alle drei mit einer Geste ein, ein schiefes Lächeln auf den Lippen. »Aber seht doch her. Aus mir ist doch was geworden, oder?«

Ihr Sohn, der sich stets an die Regeln hält, sich wünscht, dass alle Welt ihn mag, und immer das Richtige tun möchte.

»Aus dir ist auf jeden Fall was geworden«, bekräftigt sie. *Der Allerbeste. Besser, als ich mir jemals erträumt hätte.*

»Ich freue mich darauf, dass du Sunny kennenlernst, Mom«, sagt Ben, und sein Ernst schmerzt sie so sehr, dass sie den Blick von ihm abwenden muss. »Ich glaube, du wirst sie mögen.«

»Toll«, entgegnet sie und ringt sich noch ein *»Wirklich toll«* ab.

Er schenkt ihr ein strahlendes Lächeln, und wie immer ist das die Belohnung dafür, dass sie gerade mal das Nötigste getan hat.

6

Helen Russo bewohnte ein wunderschönes stattliches Haus im mediterranen Stil. Dazu gehörte ein prächtiger Garten, bei dessen Anblick Julia sich ihrer kläglichen Versuche mit Tulpen schämte. Sie hatten sich für spät an einem Vormittag verabredet, an dem Ben im Kindergarten war. Julia hatte sich bereits vier Mal umgezogen und, als der verabredete Zeitpunkt näher rückte, eine kurze Runde durch die Nachbarschaft gedreht, damit sie nicht zu früh erschien. Als sie vor dem Haus hielt, überlegte sie kurz, ob sie weiterfahren sollte, vielleicht war Helens Einladung ja nichts als eine Einbildung aus schlaflosen Nächten gewesen. Aber dann kam die Gastgeberin, die Hände auf dem Rücken und den Kopf im Nacken, an einer Hausseite in Sicht. Anscheinend rief sie etwas zum Kamin hinauf, doch als sie Julias Wagentür hörte, wandte sie sich um, lächelte herzlich und winkte sie herbei.

»Da bist du ja, Julia. Gesell dich zu mir, bevor ich hier jemanden umbringe.«

Sie ging verlegen über einen Fußweg zu ihr. Helen beugte sich leicht vor, um sie auf die Wange zu küssen, als würden sie einander schon seit einer Ewigkeit kennen und wären sich nicht erst eine Woche zuvor vor einem Leguan-Gehege begegnet. »Pete, meine Freundin Julia«, sagte sie mit einer Geste nach oben, und als Julia ihrem Blick über die seitliche Terrasse auf das Dach folgte, sah sie dort einen drahtigen Mann in Schutzbrille und Staubmaske hocken, der sich an den Dachziegeln zu schaffen machte. Hinter ihm lag ein altes tragbares Transistorradio, aus dem blechern die Übertragung eines Baseballspiels dröhnte. »Julia, mein tollkühner Mann, bald Ex-Mann, der keinen Dachdecker braucht, weil er alles selbst machen will.«

Der Mann winkte ihr mit einer Hand über die Schulter hinweg zu und löste einen Ziegel mithilfe eines anderen. »Schön, Sie kennenzulernen.«

»Wir trinken drinnen ein Glas Wein«, informierte Helen ihn. »Und wir werden keinen Krankenwagen rufen, wenn wir dich vom Dach fallen hören.«

»Das passt doch«, entgegnete er, »wenn du sowieso die Scheidung willst.«

Helen verkniff sich ein Lächeln. »Komm später zum Lunch rein, okay, mein Schatz?«

Er salutierte scherzhaft, und Helen bedeutete Julia mit einer einladenden Geste, ihr ins Haus zu folgen. »Später verstecke ich die Leiter«, sagte sie leise und kurz darauf in normaler Laustärke: »Wie schön, dass du da bist.«

»Freut mich auch«, antwortete Julia mit einem Augenblick Verzögerung, vom Innenleben des Hauses abgelenkt. Dort war es unordentlich, ja chaotisch, und wirkte zugleich auf glamouröse Art und Weise bewohnt. Sie hatte sofort das Gefühl, ein richtiges Heim zu betreten, ein Zuhause, wie es sich gehörte, nicht wie ihr eigenes, das ohne jeden Charme war, denn Charme entstand nicht von selbst. Wie viel Leben hier in buchstäblich *jedem Winkel* war! In der Küche stand eine Messingschüssel mit überreifen, aber noch essbaren Clementinen, und auf Post-its am Kühlschrank las man Sätze wie *Hühnchen auftauen!! Xxxx*, dazu überall Fotos von schönen gebräunten Menschen. Ein großes zeigte Helen und Pete – der in seinen jüngeren Jahren ein bisschen James Taylor ähnelte –, wie sie sich, beide mit frischen jungen Gesichtern und überglücklich, irgendwo im Joshua-Tree-Nationalpark auf den Mund küssten. Sie war zu verlegen, um nachzufragen, wer die Aufnahme gemacht hatte – vielleicht der liebe Herrgott selbst? Helen hieß sie jedenfalls derart überschwänglich willkommen, dass sie dieses Haus am liebsten nie wieder verlassen und gefragt hätte, ob in einem von den Kinderzimmern der Söhne noch ein Bett frei war. Wie gerne wäre sie morgens hier aufgewacht und hätte schweigend mit Pete und Helen am Küchentisch gesessen, während die beiden ihren Kaffee tranken, und ihre Liebe, Harmonie und Trost in sich aufgesogen.

Helen schwenkte eine Weinflasche. »Schläfst du davon sofort ein? Wenn du jetzt ein Gläschen trinkst, bliebe dir immer noch genügend Zeit, wieder nüchtern zu werden, bevor du Ben abholen musst.«

»Ich schlafe von so gut wie nichts mehr ein.«

»Dann besteht ja noch Hoffnung«, sagte Helen und entkorkte den Wein. »Ich wollte dich erst dazu verpflichten, mir vorne im Garten beim Einpflanzen von ein paar Blumenzwiebeln zu helfen, aber dann war mir das zu viel, und ich dachte, wir gehen einfach nach draußen und trinken was.«

»Du darfst mich gerne verpflichten«, bot sie an.

»Beim nächsten Mal.« Helen zuckte sichtlich zusammen, als ein Dachziegel vor dem Fenster vorbeiflog. »Er treibt mich noch in den Wahnsinn mit seinen Projekten. Und mit seinem Garten. Seine ganze Sorge gilt dem *Rucola*, jede Nacht geht er nach draußen, inspiziert ihn und gibt dann wie ein besorgter Schäfer Bericht, als könnten wir nicht ganz einfach welchen im Supermarkt kaufen.« Sie nahm die Flasche Rosé und wies Julia mit einem Kopfnicken an, die Hintertür zu öffnen. »Es gibt nichts Schlimmeres als die belanglose Geschäftigkeit von einem Mann in seinen besten Jahren. Komm raus auf die Terrasse. Ist dein Mann geschickt mit den Händen?«

Sie verstand die Frage im ersten Augenblick falsch und errötete. »In seinen Träumen«, sagte sie, aber dann tat es ihr leid. »Eigentlich schon. Er versteht was von praktischen Dingen und hat auch das Interesse. Es fehlt ihm meist ... die Zeit, um was am Haus zu machen.«

»Was arbeitet er?« Helen schenkte sich ein wenig Wein ein und machte mit dem Kinn eine Geste Richtung Julia. In Restaurants verspürte Julia intensive Mordgelüste gegenüber jedem, den sie dabei beobachtete, wie er sich mit Wein wichtigtat – gespitzte Lippen, leichtes Spülen im Mund, der reine *Horror* –, aber jetzt nahm sie befangen einen Schluck.

»Sehr gut«, lobte sie, und der Wein war wirklich ausgezeichnet, auch wenn sie das in jedem Fall behauptet hätte. »Er ist ... er hat Medizintechnik studiert, aber jetzt arbeitet er als Berater für eine Venture-Capital-Gesellschaft.« Sie nippte erneut an ihrem Wein und merkte sofort, wie er ihr zu Kopf stieg, und dann erzählte sie Helen alles ausführlich. Dass Mark, als sie ihn kennenlernte, eine hervorragende, aber schlecht bezahlte Stelle an der Universität hatte und diese für eine Arbeit aufgab, die mit seiner Wunschkarriere zwar nur noch wenig zu tun hatte, aber sehr viel lukrativer war. So musste man sich als Tochter oder Sohn fühlen, wenn man vom College auf einen Besuch zu Hause war, als Kind von normalen Eltern, die gespannt und erfreut zuhörten, was man zu erzählen hatte. Sie selbst hatte damals ihrem Zuhause für ein Studium an der Kansas State University den Rücken gekehrt und damit die Gelegenheit zu solch einem Besuch – ob triumphierend oder streitlustig oder sonst was – verspielt.

»Dir gefällt seine Arbeit nicht«, sagte Helen.

»Solange er *glücklich* damit ist. Und ich mag die *Sicherheit*, auch wenn er viel außer Haus ist.«

»Tja, es gibt bestimmt einen Mittelweg, auch wenn den noch keiner von uns gefunden hat«, sinnierte Helen laut. »Pete zum Beispiel ist immer daheim, und das geht mir gewaltig auf die Nerven.«

Julia lehnte ihren Kopf gegen die Rattanlehne ihres Stuhls und genoss die Sonne auf ihrem Gesicht. Im Garten der Russos duftete es nach Lavendel und Zitronengras.

»Soll ich dir unseren Garten zeigen?«, fragte Helen und war bereits im Begriff aufzustehen. Julia folgte ihr und lauschte ihren Ausführungen zu Hortensien – der Säuregehalt des Bodens, sagte Helen, entscheide über ihre Farbe – und zu Pfingstrosen – damit die Blüten sich öffneten, mussten Ameisen über die Blätter krabbeln – und dem Silberblatt-Nachtschatten – der genauso giftig war wie Giftefeu und dessen Beseitigung sie und Pete sich etwas kosten ließen. Als sie die Runde durch den Garten beendet hatten, fühlte Julia sich fast ein wenig beschwipst, entspannt und angeregt zugleich.

Helen lächelte, als sie beide wieder auf der Veranda Platz nahmen.

»Du siehst besser aus als letzte Woche«, bemerkte sie.

Ich trage heute auch meinen normalen BH, dachte Julia bei sich.

Helen selbst sah aus wie eine elegante Hexe. Das

Haar im Pferdeschwanz, ihr Markenzeichen, war leicht gekräuselt, außerdem trug sie eine weite Leinenbluse und um den Hals eine Kette aus riesigen Bernsteinen, die entweder aus einem exklusiven, sündhaft teuren Juweliergeschäft stammte oder von einem ungeschickten Enkelkind gebastelt worden war und das Sonnenlicht einfing wie Strandglas.

»Damit will ich nicht sagen, dass du schlecht ausgesehen hast«, schob Helen hinterher. »Du wirkst nur so, als hättest du mehr Schwung.«

»Na ja, der hilft dabei«, erwiderte Julia und hob ihr Weinglas. »Außerdem ist es schön, mal aus dem Haus zu kommen. Und sich mit einem Erwachsenen zu unterhalten.«

»Solange die Kinder klein sind, ist es nicht leicht«, sagte Helen. »Mein Gott, was habe ich mir damals Sorgen um Pete gemacht. Um uns beide. Schwere Zeiten waren das.«

»Und wann wurde es wieder leichter?«, fragte Julia, worauf Helen nach einem Augenblick vielsagend lächelte.

»Ich habe nicht behauptet, dass es jemals leichter wird, oder? Aber bei uns war natürlich auch entsprechend mehr los als bei euch, eure Aussichten auf Besserung sind also größer.«

»Stimmt, mit fünf Kindern ... wie habt ihr das nur geschafft?«

»Eine gute Frage«, bemerkte Helen. »Aus heutiger Sicht betrachtet ist es eigentlich ein Wunder, dass wir alle immer noch am Leben sind, dass die Kinder sich nicht gegenseitig umgebracht haben, dass Pete und ich uns nicht selbst oder den anderen umgebracht haben, dass niemand in einen ungesicherten Brunnenschacht gefallen ist oder an einer Bushaltestelle entführt wurde. Es war das komplette Chaos – na ja, das ist es manchmal immer noch, denn ein paar haben mittlerweile eigene Kinder oder Ehefrauen, die ich nicht ausstehen kann, oder sind hin und wieder mit dem Leben überfordert. Ich fürchte, man ist immer irgendwie im Krisenmodus. Und du bist ja mit deinem Sohn zu Hause, du lieber Gott, das hätte ich nie gekonnt.«

Julia lächelte skeptisch. »Ja, bei mir bin ich da auch nicht so sicher.«

»Eigentlich ist es bewundernswert. Aber als Hausfrau und Mutter wäre ich unglücklich gewesen. Pete musste damals, als drei der Kinder noch nicht mal vier Jahre alt waren, einmal in der Woche als Geschworener zu Gerichtsverhandlungen, und ich habe fast einen Stromschlag von diesen Kindercomputern bekommen. Aber ich bin voll des Lobes für Schwiegermütter, und nicht nur, weil ich selbst eine bin, und zwar von einer Handvoll sehr undankbarer Schwiegertöchter.«

Sie stellte sich Helen als Schwiegermutter vor, mit ihrer Perlenkette, den Schals und ihrem Talent im Umgang mit Kindern, und malte sich aus, wie überglücklich sie wäre.

»Hasst du deine?«, fragte Helen.

»Meine ... oh, nein, überhaupt nicht, sie ist richtig nett.«

»Schön«, sagte Helen. »Das war Petes Mom auch. Ich weiß nicht, was wir ohne sie gemacht hätten. Lebt deine hier?«

Julia schüttelte den Kopf. »In Wisconsin. Und meine Schwiegereltern reisen nur ungern.«

»Tsts«, machte Helen. »Und was ist mit deiner Mutter?«

Sie hatte jahrelange Übung darin, zu erklären, warum die Mutter in ihrem Leben keine große Rolle spielte, aber sie spürte intuitiv, dass bei Helen, die in ihr eine gewisse

Wahrheitsliebe weckte, das übliche *Wir-stehen-uns-nicht-sehr-nahe* nicht ausreichen würde.

»Komplizierter Fall«, sagte sie schließlich, und Helen lächelte leicht betrübt.

»Bei mir war es das Gleiche. Vielleicht ein Grund dafür, warum ich so viele Kinder bekommen habe. Als Kompensation. Oder in unserem Fall vermutlich Überkompensation. Egal, wenn ich mal keine Lust habe, was zu tun ...«, sie hob ihr Glas Wein, »dann denke ich an die Zeit zurück, als ich daheim drei Kleinkinder hatte, mit Natey schwanger war und Eric immer noch stillte, auf der Bürotoilette Milch abpumpte und gleichzeitig Revisionsbegründungen auf ihre Stichhaltigkeit prüfte, wobei die Kanzleipartner nur auf einen Fehler von mir warteten, und ich ... na ja, so funktioniert es im Leben zwar nicht, aber ich finde, ich habe mir trotzdem ein bisschen Faulsein verdient.«

Julia musste an ihr eigenes Haus denken, in dem meist Ruhe herrschte, und an ihren kleinen unkomplizierten Sohn. »Auf jeden Fall.«

»Aber«, sprach Helen weiter und sah ihr direkt ins Gesicht, »es ist immer hart, das weißt du hoffentlich, oder? Ich wollte meine fünf haben, aber dafür bekomme ich keine Extrapunkte.«

»Wolltest du von Anfang an ...« Aber dann wurde ihr bewusst, wie intim die Frage war, und sie errötete.

Helen lächelte. »Lass uns befreundet sein, ohne ein Blatt vor den Mund zu nehmen, okay? Du müsstest dich schon sehr anstrengen, um mir zu nahe zu treten, Julia. Frag mich alles, was du willst.«

»Ich habe mich gerade gefragt, ob du schon immer so viele Kinder wolltest.«

»Cal und Francis waren geplant. Bei den anderen war

es ... tja.« Sie hob die Hände in einer Geste, die bedeutete, *so ist es eben.* »Ich finde Pete unglaublich anziehend. Das war schon immer so. Und damals hatten wir nur wenig Zeit zum *Reden*.«

Julia spürte ihre Wangen warm werden. Helen bemerkte es und lachte.

»Ich wollte dich nicht in Verlegenheit bringen«, sagte sie. »Mein Berufsleben war durchorganisiert, wollte ich damit sagen. Ich saß schon wieder im Büro, als Natey gerade mal sechs Wochen alt war, und bei Aaron setzten die Wehen während einer Gerichtsverhandlung ein. Mir blieb keinerlei Spielraum für Fehler, ich durfte keine Schwächen zeigen, und wenn ich dann abends nach Hause kam, war es ... keine Ahnung, *befreiend*, Vorsicht ein bisschen sausen zu lassen oder *Spaß* zu haben, egal, ob das dann Folgen hatte, und damit wurde meine Verantwortung natürlich immer größer, denn ich verdiente das Geld. Ein Teufelskreis, das wissen wir alle. Pete wusste nie so recht, was er beruflich machen sollte, und die Kinder haben ihm das Gefühl gegeben, eine Berufung zu haben.« Sie nippte an ihrem Wein. »Ich will das nicht zu stark vereinfachen. Aber ich glaube, dieses Gefühl treibt viele Eltern an.«

»Dich nicht?«

»Die Jungen waren eben nicht das *Einzige*, wofür ich mich berufen fühlte. Ich hatte immer Anwältin werden wollen. Damals standen die Chancen für mich alles andere als *gut*, was noch untertrieben ist, und das hat mich umso mehr motiviert. Und dann habe ich mich in jemanden verliebt, der das ebenfalls für mich wollte. Vielleicht habe ich mich auch genau deswegen in ihn verliebt, keine Ahnung. Jedenfalls war er ein fantastischer Vater, und es hat ihm Freude gemacht. Also haben wir die ersten beiden bekommen und dann noch zwei, vor allem weil Pete mehr Kinder wollte. Nicht, dass ich sie nicht auch gewollt hätte, aber ... einer will etwas immer mehr als der andere, oder? Wart ihr, du und dein Mann, denn jemals über das Gleiche zum gleichen Zeitpunkt gleich begeistert?«

Sie musste an Mark denken, wie er vier Jahre zuvor neben ihr auf dem Küchenboden in ihrer Wohnung in Rogers Park gesessen hatte, eine Hand auf ihren noch flachen Bauch gelegt und ohne einen blassen Schimmer, dass sie sich unglaublich leer fühlte und ganz auf sein Glücksgefühl zählte, das sie fortan beide durchs Leben tragen musste.

»Nein«, sagte sie laut. »Nicht, dass ich wüsste.« Dann lenkte sie ihre Aufmerksamkeit wieder auf Helen und fragte: »Und beim fünften Kind?«

Helen lächelte. »Wissenschaftliche Neugier. Ich wollte herausfinden, ob wir ein Mädchen zustande bringen. Und dann kam Natey. Und damit waren wir zu siebt.«

»Mark möchte noch eins«, bemerkte sie verlegen.

»Und du?«

Sie schüttelte den Kopf. »Seit Bens Geburt lebe ich wie in einem Nebel, und das Einzige, was mich manchmal antreibt, ist die Hoffnung, dass er sich irgendwann verzieht. Die Vorstellung, dass man ihn freiwillig noch länger um sich hat, ist doch völlig absurd, oder?«

»Manche Menschen finden Babys nervtötend«, sagte Helen nachdenklich. »Für mich war immer die Highschool-Phase die schlimmste Zeit. Teenager sind einfach furchtbar.«

»Ich kann mich an Bens erstes Lebensjahr kaum noch erinnern.«

»Na, das ist nicht unüblich.« Helen lehnte sich in ihrem

Gartensessel zurück und genoss ihr Glas Wein sehr viel langsamer als Julia. »Natürlich liegt das auch am Schlafmangel, aber ich habe schon überlegt, ob es nicht auch mit Arterhaltung zu tun hat, Darwin und so. So wie man auch eine Entbindung vergisst.«

»Ich kann mich an meine noch gut erinnern«, erwähnte Julia spontan und spürte Helens aufmerksamen Blick. Ihr Glas war leer, Ben wartete auf sie, sie musste einigermaßen nüchtern bleiben.

»Du darfst das Gefühl haben, dass dir alles zu viel wird, okay?«, sagte Helen sanft. »Mir ist es egal, ob du ein Kind hast oder zehn. Was du da gerade leistest, ist Schwerstarbeit. Wie damals bei mir. Das lässt sich nicht mathematisch berechnen.«

»So schlimm ist es gar nicht«, ruderte sie schuldbewusst zurück, weil sie sich Ben gerade in einem Trommelkreis vorstellte oder beim Wetterfrosch. »Mit ihm kommt man wunderbar klar, ich weiß gar nicht, warum ich so ...«

Helen, die bereits mit Julias plötzlichen Tränenausbrüchen vertraut war, drückte ihr leicht die Hand. »Wir wünschen uns alle ein Leben, das besser ist als *nicht so schlimm*.«

*

Nachdem sie das Haus der Russos ein Mal – und in schneller Folge auch zwei und drei Mal – besucht hatte, kam es ihr so vor, als wäre sie schon seit Jahren immer wieder dort gewesen. Es gehörte zu den Häusern, deren Tür immer offen stand, um Leute willkommen zu heißen, Kinder, deren Freunde, Kollegen und Handwerker. Manchmal saß sie an der Kücheninsel, und die entspannte Atmosphäre war ihr nicht ganz geheuer. Während sie die Beine vom

Hocker baumeln und ihre Blicke durch die Küche schweifen ließ und liebenswerte Brüche in der Perfektion wahrnahm – Regale voller skurriler kleiner Gegenstände, für immer auf dem Tisch verewigte Kaffeeflecken, Zeitungsfetzen, auf die Notizen und Telefonnummern gekritzelt waren –, kam sie sich dann ein bisschen vor wie die einfältige Cousine einer BBC-Familienkomödie.

Helen hatte es sich mittlerweile in den Kopf gesetzt, Julia das Stricken beizubringen. Sie hatte ihr ein Knäuel Angorawolle und zwei Bambusnadeln in die Hand gedrückt, und Julia fehlte der Mut zu dem Geständnis, dass sie diese Beschäftigung überhaupt nicht entspannend fand. Wenigstens gab das Stricken den Treffen einen Rahmen, auch wenn es eigentlich keinen gebraucht hätte, denn Helen – deren Leben im Vergleich zweifelsfrei ausgefüllter war, sowohl hinsichtlich der Anzahl von Terminen als auch Freundschaften – schien sich an Julias Anwesenheit zu freuen, und das galt umgekehrt genauso.

Und so saßen sie eines Mittwochs auf der hinteren Veranda und tranken Tee, und Julia mühte sich an ihrem unförmigen roten Lappen ab, aus dem angeblich eines Tages ein Schal werden würde, als Petes Stimme aus dem Haus erklang.

»Jo? Josie, ich ... ah, hier bist du ja.« Er stand in der Tür und begrüßte Julia zurückhaltend. Er war ein hochgewachsener, sanfter und freundlicher Mann, der eine herzliche Energie ausstrahlte, Typ Hippie, aber mit Stil. Sie hatte keinerlei Schwierigkeiten, sich vorzustellen, wie er für seine Jungs ein Baumhaus baute oder mit einem Kleinkind auf den Schultern durch die Wälder marschierte.

»Sprich etwas leiser«, sagte Helen. Offenbar war er immer wieder ein Ärgernis, was sie ihn dann auch entnervt wissen ließ.

»Ich habe in der Garage Hausschwamm gefunden«, erzählte er.

Helen schloss die Augen. »Und wie?«

»Ich wusste, dass es dort ein Problem gibt«, antwortete er. »Ich habe dir doch gesagt, diese großen Risse …«

»Du hast aber nicht eine Wand eingerissen oder so was?«

»Keine *ganze*«, sagte er. »Ich werde jetzt …«

Helen hob warnend eine Hand. »Ist mir egal, mein Schatz. Ist das alles wieder in Ordnung gebracht, bevor es kalt wird?«

Sie war noch nie Leuten begegnet, die so miteinander umgingen und einander trotzdem mochten. Helen und Pete lagen offenbar in einem ständigen Clinch, aber es war gleichzeitig eine tiefe gegenseitige Zuneigung spürbar. Helen stellte gerne eine herablassende Verärgerung zur Schau, Pete war immer selbstvergessen mit etwas beschäftigt, beides eingespielte Rollen, dachte Julia bei sich.

»Ja, Josie, wenn ich das richtige Holz bekomme, ist es bis Monatsende repariert.«

»Josie?« Die Frage war Julia herausgerutscht. Sie zweifelte an ihrer Erinnerung, vielleicht war alles nur Einbildung gewesen. Dass sie an einem Tiefpunkt ihrer Existenz eine vorurteilsfreie, lebenserfahrene, magische Freundin gefunden hatte, war eigentlich zu schön, um wahr zu sein.

»Die Anwesende hier war bei unserer ersten Begegnung ein bisschen vorsichtig und hat mir gesagt, sie heiße Josephine«, sagte Pete.

»Ist aber mein zweiter Vorname«, verteidigte sich Helen.

»Und wie lange hast du gebraucht, bis du ihm deinen Rufnamen gesagt hast?«, fragte Julia. Pete und Helen sahen einander erneut an, und sie musste ihren Blick abwenden, die Vertrautheit zwischen den beiden war fast unangenehm. Es lag auch Erotik darin, aber vor allem eine gemeinsame lange Geschichte, die Anziehungskraft zwischen zwei Menschen, die beschlossen hatten, zusammen durchs Leben zu gehen, die erfolgreich erprobt hatten, wie man eheliches Miteinander organisierte, dem anderen Privatsphäre und Rückzugsmöglichkeiten ließ und einander trotzdem körperlich und emotional nah war.

»Wie viele Jahre sind's jetzt, mein Schatz?«, fragte Helen. »Fünfunddreißig? Sechsunddreißig?«

»Achtunddreißig«, erklärte Pete bedauernd, und Julia fragte sich, ob er ihr vor der Ehe schon so ergeben gewesen war. Vielleicht war er über die Jahre auch in sich geschrumpft, um Helen mehr Raum zu geben. »Na, dann. Julia.« Er tat so, als lüftete er einen Hut, und dann war er verschwunden.

»Der bringt mich noch ins Grab«, sagte Helen. Vielleicht war Helen manchmal richtig verärgert über ihn, überlegte sie, vielleicht sogar all die Jahre lang, in denen sie Tag und Nacht geschuftet hatte und abends zu ihm und den Kindern nach Hause gekommen war. Mark hatte sie die Verärgerung mehr als einmal angesehen, wenn er aus der Garage ins Haus kam, Ben schlief und überall unverändert Chaos herrschte, und mittendrin sie, Julia, die sich eine Serie anschaute oder online nach Schubladenknöpfen suchte, als wäre alles kein Problem.

»Und wie habt ihr euch kennengelernt?«

»Auf dem College«, antwortete Helen. »In San Diego. Er stand kurz vor seinem Abschluss in Bildhauerei und war politisch sehr aktiv. Und ein ziemlicher Casanova, er hatte die weibliche Hälfte von meinem Kurs durch, bis er dann an mich kam.«

»Hat dir das was ausgemacht?«

»Vielleicht in den ersten zwei Monaten. Aber er war im Bett einfach umwerfend – das ist er übrigens immer noch –, und sobald wir zusammen waren, war's das für ihn.« Helen schaute lachend auf. »Du meine Güte, du bist ja leicht zu schockieren.«

»Ich bin nicht schockiert«, sagte sie beschämt. »Im Augenblick spielt das Thema in meinem Leben keine große Rolle.«

»Wie oft?«, fragte Helen, und Julia schaute von ihrem unfertigen Schal auf, dessen Maschen so eng gestrickt waren, dass sie kaum die Nadeln hineinbrachte.

»Was?« Sie öffnete und schloss die Hand zur Entspannung. Helen hatte ihr erklärt, dass man beim Stricken sah, wie stressgeplagt jemand war, und ihr Schraubstockgriff legte nahe, dass sie sich entweder mit Meditation oder entsprechender Medikation beschäftigen sollte.

»Wie oft hast du mit Mark Sex?«

Sie wurde blass. Vor der Unterbrechung durch Pete hatte Helen von einer Radiosendung über eritreische Flüchtlinge berichtet.

Helen hob fragend die Augenbrauen. »Oder ... mit jemand anderem?«

»Nein«, antwortete sie. »Um Gottes willen, es gibt niemand anderen.«

»Ich enthalte mich jeden Urteils«, sagte Helen.

»Mark und ich ... na ja ... das kann man nicht genau ...«

»Ungefähr.«

Sie wand sich, übertrieb. »Vielleicht einmal im Monat?«

»Und reicht dir das?«

»Na ja, ein Teil von mir würde schon gern öfter. Auf der anderen Seite bin ich im Moment auch nicht wirklich scharf darauf.« Sie mühte sich weiter mit ihrer Reihe enger Maschen ab und strickte eine nach der anderen.

»Aber Sex ist wichtig für dich. Das hast du jedenfalls angedeutet.«

»Ja, schon. Wahrscheinlich ist er ...«

»Und es gab Zeiten, in denen du mit Mark ein erfülltes Liebesleben hattest ...«

Sie schluckte. »Ja, schon. Aber seit Bens Geburt nicht mehr ... das klingt verrückt, die ist ja schon so lange her. Ich will sagen, die *Geburt* hat was in mir verändert.«

»Wirklich? Für mich war die ... ich kann mich ehrlich gesagt nur noch an Bruchstücke erinnern.«

»Im Ernst?«, fragte sie und fühlte sich plötzlich wie benebelt. Sie reichte Helen ihr Strickzeug. »An die Katzenposition in der Gartenlaube? Danach Cat Stevens? Und am Ende hat Pete die Nabelschnur mit Makramee abgebunden?«

Helen lachte. »Oh Gott, nein. Ich habe mich da voll und ganz auf die Schulmedizin verlassen.«

»Das hätte ich auch tun sollen«, sagte Julia. »Ich hatte eine ganz natürliche Geburt.« Nach etlichen Stunden hatte sie jedes Zeitgefühl verloren und derart starke Schmerzen gehabt, dass sie tatsächlich in Lachen ausbrach.

»Du lieber Himmel«, entfuhr es Helen. »Da schau einer an.«

Sie war damals über sich selbst überrascht. Ihre Entscheidung war kein Ergebnis von Recherche oder moralischer Überzeugung gewesen, sondern basierte schlicht und ergreifend auf Eigensinn.

»Es waren die schlimmsten neunzehn Stunden meines Lebens.« Das hatte sie noch niemals laut gesagt. »Mark war entsetzt«, erzählte sie. »Diese Laute, meine *Drohungen*, als ich dann fast nicht mehr konnte, war es zu spät für Medikamente, und als Ben endlich auf die Welt kam, war ich am Ende. Ein Tier. Ich habe mich nicht mal erkundigt, ob es ihm gut geht. Ich habe einfach alles Mark überlassen.«

»Oh, Süße«, sagte Helen. »Kein Wunder, dass du unentschlossen bist, ob du ein Zweites willst.«

»Es fällt mir einfach schwer, in die richtige *Stimmung* zu kommen«, erwiderte sie errötend. »Ich weiß, das liegt alles ein paar Jahre zurück, aber ich ... Mein Körper ist nicht mehr der gleiche wie damals. Alles fühlt sich anders an.«

»Er *ist* ja auch anders.«

»Wahrscheinlich. Und dazu kommt noch meine Grundstimmung.«

»Und die ist nicht gut für die Erotik.«

»Genau«, bestätigte sie sanft.

»Ich frage nur nach«, sagte Helen, »weil Petes Schwester als Sex-Therapeutin arbeitet. Sie ist mir ein bisschen zu esoterisch, aber an Weihnachten hat sie mir erzählt, dass das, was man damals weibliche Hysterie nannte, mit unglaublich gewaltsam eingreifenden Methoden behandelt wurde, Schocktherapie und so weiter.«

Julia hatte sich schon oft fasziniert Gedanken über die Verbindungen unter den Reichen gemacht, Bemerkungen wie *Oh, mein Vater war in Yale* und *Wir waren im Sommer immer neben dem Haus von ...* und *Meine Cousine hat einen Mann geheiratet, dem gehörte ...* waren Ausdruck eines immer funktionierenden Netzwerks, eine nie versiegende Quelle unentgeltlicher Empfehlungen und großzügig erwiesener Gefallen, die dann auf irgendeine Erwiderung warteten.

Und Helen ließ gerne mal lässig harmlose Halbsätze fallen, die von Geld, altem Wohlstand und Upper-Middle-Class-Benehmen zeugten – »Also, Pete hatte einen Onkel, der war Präsident von …«, »Mein Großvater, er war Endokrinologe, hat mal gesagt, das Wichtigste, was wir für uns tun können, sei …« Und Julia wunderte sich, wie man über seine Vorfahren mit solch einem Selbstverständnis, solch einem überzeugten Zugehörigkeitsgefühl sprechen konnte. Sie hatte ihre Großeltern niemals kennengelernt, weder väterlicher- noch mütterlicherseits, und wusste nur, dass ihre Mutter im Süden von Illinois aufgewachsen war, aber weiter konnte sie ihre Verwandtschaft nicht zurückverfolgen und hatte es auch nicht versucht. Soweit sie wusste, gab es niemanden, der besonders zu Ehren gekommen war. Sie hatte sich niemals den Kopf darüber zerbrochen. Nur manchmal hatte sie überlegt, wie schön es wäre, wenn da Menschen wären, vor allem ältere, die sich freuten, dass sie auf der Welt war. Wie schön es wäre, zu wissen, dass die Urgroßmutter aus Sizilien oder San Jose stammte.

Ben würde über seine Eltern, wenigstens über seinen Vater, mit Bestimmtheit und Besitzanspruch sagen können: »Mein Vater war Ingenieur.« In ihrem Fall wäre das jedoch schwieriger. »Meine Mom hatte einen Kombi.« »Meine Mom war durchgeknallt.«

»Aber viele Probleme wären gar nicht erst aufgekommen, wenn diejenige regelmäßig einen Orgasmus gehabt hätte«, sagte Helen.

»Ich … *wie bitte?*«

Helen lachte. »Mein lieber Himmel, du solltest mal dein Gesicht sehen, Süße. Ich kann dir versichern, Frauen über sechzig werden nicht automatisch asexuell. Präg dir das ein für die Zukunft!«

»Und was schlägst du vor?«

»Masturbierst du?«

»Oh, *Gott!*« Sie stand auf. So fühlte es sich also an, wurde ihr zum ersten Mal im Leben klar, wenn man sich für die eigene Mutter schämte, und zwar nicht, weil diese betrunken zum Elternabend erschien, sondern weil sie einen in Hörweite von Klassenkameraden daran erinnerte, immer ein paar Tampons im Rucksack zu haben.

»Ich will nicht behaupten, dass es gegen alles hilft«, meinte Helen. »Aber es würde nicht schaden, es mal auszuprobieren.« Sie hatte schon bemerkt, dass sich bei Reichen alles permanent um den Anspruch auf Selbstoptimierung drehte.

»Das ist nicht das Problem.«

»Bist du sicher?«

»Ich könnte ... ich kann zum Orgasmus kommen«, flüsterte sie. »Es liegt mehr daran ...« Sie setzte sich wieder. Dieser Vorschlag, ihre Probleme, die mit Sexualität nichts zu tun hatten, mit einer Sex-Therapie als Allheilmittel zu behandeln, als würden bei ihr kultivierteres Eingreifen nicht mehr weiterhelfen, war einfach peinlich, ja beinahe beleidigend. »Hast du mich gerade indirekt als *hysterisch* bezeichnet?«

»Selbstverständlich nicht. Ich habe nur gesagt, dass vieles, was man damals als Hysterie diagnostiziert hat, einfach nur .... na ja, am Leben lag. Es war eine generelle Unzufriedenheit mit dem eigenen Leben.«

»Mark und ich reden nur noch selten miteinander«, sagte sie. »Das ist das Problem, und nicht ...« Sie schüttelte den Kopf. »Was für ein blödes Klischee, aber theoretisch vermisse ich ihn, und wenn er dann da ist, kann ich ihn nicht ausstehen.«

Die Sache war die: Sie liebte ihn. Sie liebte ihn von ganzem Herzen und fühlte sich zu ihm – trotz ihrer Schlafstörungen und der grenzenlosen Erschöpfung als Mutter eines Kleinkinds – immer noch *hingezogen*, jedenfalls prinzipiell, auch wenn sie meistens gerade mal genug Energie hatte, um irgendwie durch den Tag zu kommen, und nicht im Entferntesten an körperliche Gelüste dachte. Das ganze Thema war umfassend, angstmachend und undurchschaubar, und sie wusste nicht recht, wie sie darüber reden sollte, selbst mit Helen, die bedenkenlos und beiläufig bei einer Tasse Tee über Masturbationsvorlieben referierte.

»Ich kann nicht behaupten, dass ich ein Allheilmittel kenne«, sagte Helen. »Aber ich würde dich gerne glücklicher erleben.«

»Danke«, entgegnete sie. Ihre Verlegenheit war noch nicht vergessen, aber weniger schlimm.

»Soll ich vielleicht helfen? Ich könnte Mark anonym eine Hitachi-Magic-Wand zukommen lassen, dazu eine Liste mit Tipps? Pete ist *exzellent* mit seiner Zunge, ich könnte ...«

»Hör auf, hör auf«, sagte Julia, aber sie lachte. »Ben wartet auf mich, ich gehe jetzt.«

Helen lächelte und erhob sich ebenfalls. »... und komme niemals wieder.«

7

Ich gehe eine Runde joggen«, verkündet Mark, als Ben gefahren ist, fummelt am Gurt seines Schrittzählers und wippt dabei auf den Fußballen.

»Jetzt gleich?« Sie ist nicht begeistert.

Er drückt die Handflächen gegen die Wand und dehnt die Waden. »Ich brauche einen klaren Kopf.«

Größere Probleme hat er immer schon lieber für sich allein und bei Bewegung durchdacht, aber im Augenblick findet sie seine Reaktion ärgerlich. Am liebsten würde sie sich nämlich irgendwohin begeben, wo ihr zum Beispiel intravenös Valium verabreicht wird, und dort über die bevorstehende Hochzeit ihres Sohnes diskutieren, wenn möglich bis in alle Ewigkeit. Aber in einer Ehe gibt es keinen guten Kompromiss, wenn ein Teil für sich sein will und der andere nicht. Beides gleichzeitig geht nicht, einer verliert immer, und heute Abend ist offenbar sie an der Reihe.

»Nur ein paar Meilen«, sagt er, als wäre das ein erhebliches Entgegenkommen, und dann, während er zum Umziehen nach oben läuft: »Wir können ja reden, wenn ich zurück bin.« – Wirklich ein Riesengefallen.

Sie geht hinaus auf die Sonnenterrasse, wo Alma gerade sitzt und lernt, Suzanne zusammengerollt auf dem Stuhl neben ihr. Ihre Tochter verzichtet darauf aufzuschauen, entweder weil sie tatsächlich so vertieft ist oder weil sie die Anwesenheit ihrer Mutter nicht zur Kenntnis nehmen will, aber wenigstens Suzanne springt zur Begrüßung auf sie zu. Sie hebt den Hund in ihre Arme.

»Habe ich dich beim Faulenzen gestört?«, flüstert sie zärtlich in ihr Fell.

Ihre Familie amüsiert sich darüber, wie sehr sie sich in Suzannes Gegenwart verändert, ihre Tonlage und Toleranz sind um einiges höher als in allen anderen Lebensbereichen. Der Hund hat sie mit seiner Winzigkeit und Hingabe schwach gemacht. Suzanne sieht sie flehentlich aus großen Augen an.

»Hattest du es bei deiner Schwester so richtig gemütlich, meine kleine Dame?«

Alma wirft ihr einen vernichtenden Blick zu, und sie nimmt vorsichtig in sicherer Entfernung Platz auf der Chaiselongue. Töchter, die man einst gestillt und gebadet hat, die man heimlich aufs Haar küsst, nachdem man sich im Dämmerlicht zu ihnen ins Schlafzimmer gestohlen hat, nur um die gleiche Luft zu atmen, wenn sie es nicht mitbekommen, lehnen nämlich mit siebzehn Jahren körperliche Nähe zu ihren Müttern ab. Suzanne springt sanft von ihrem Schoß.

»Hat er's euch also gestanden«, sagt Alma, und Julia fasst diese Einleitung als Erlaubnis auf, ihr direkt ins Gesicht zu sehen.

»Das Gleiche könnte ich sagen.« Neben ihr dreht sich Suzanne ein paar Mal um die eigene Achse, bevor sie sich für einen bestimmten Punkt entscheidet, an dem sie sich niederlässt.

»Bist du sauer?«

»Ehrlich gesagt, ich habe keine Ahnung, was ich gerade bin«, sagt sie. »Was hältst du von dem Ganzen?«

»Ich finde, er ist ein Idiot«, erwidert Alma, schlägt

anmutig die Beine übereinander und legt einen Bleistift ins Buch, um die Seite zu markieren. »Und für mich wäre es ein Albtraum.«

Sie ist selbst überrascht, dass ihr Sohn trotz dieser jüngsten Entwicklungen keine Panik hat, als Kleinkind hatte er, was mögliche Katastrophen anging, eine wilde Fantasie. Er weckte sie dann mitten in der Nacht, um ihr seine Ängste mitzuteilen – eine Fledermaus, die einen im Schlaf biss, und man hatte keine Ahnung davon, bis man an Tollwut starb. Und was denn wäre, wenn ein Krankenwagen auf dem Weg zu einem Verletzten in einen Unfall verwickelt wurde, und dann schickte man weitere Krankenwagen hinterher, und die hatten ebenfalls einen Unfall und so fort, *was dann, Mama.*

Wie warm sich ihr Kleiner in jenen Nächten anfühlte, wenn er zu ihr ins Bett kam, bis auf die weichen, stets kalten Füßchen strahlte sein ganzer Körper Wärme aus. Er ließ sich kaum davon überzeugen, dass seine Ängste unwahrscheinlich waren, aber sie konnte ihm natürlich auch nicht hundertprozentig versprechen, dass sie sich nicht bewahrheiten würden, was frustrierend war, und es gab ja noch so vieles andere, vor dem sie ihn nicht bewahren konnte. *Eigentlich bin ich ganz sicher*, murmelte sie dann in sein Haar, wurde sich dabei ihrer eigenen Unzulänglichkeit und seines herzensguten Charakters gewahr.

»Wahrscheinlich gibt es Schlimmeres«, sagt Alma, die Kluge, die Gnadenlose, die ihre Haarspitzen seit neuestem mit Lebensmittelfarbe rot färbt. Vielleicht gleichen sich Extreme bei Kindern in der elterlichen Wahrnehmung aus, überlegt sie, zum Beispiel, wenn die eine ein kluger Tyrann und der andere ein umgänglicher Begatter ist.

»Du hast das Mädchen noch nicht kennengelernt, oder?«, fragt sie.

»Also wirklich, Mom. Das *Mädchen?* Stammst du aus den Vierzigerjahren des letzten Jahrhunderts? Willst du ihr auflauern und sie in ein Heim für unverheiratete Mütter stecken lassen?«

»Meinetwegen – dann eben die *Frau*.«

»Nein«, sagt Alma, »ich habe *Sunny* noch nicht kennengelernt. Aber sie macht einen netten Eindruck.«

»Ach ja?«

»Klar, Ben findet eigentlich jeden nett, also kann man sich darauf nicht ganz verlassen. Aber anscheinend mag er sie wirklich sehr. Ist schon irgendwie komisch, ihn sich mit einer Partnerin vorzustellen, oder?«

»Ja, finde ich auch«, stimmt sie zu. Sie lässt sich nach hinten fallen und krault Suzannes Pelz. Ganz am Anfang hat der Tierarzt bei ihr »stressbedingten Schuppenbefall« diagnostiziert, eine Folge von allem, was sie in ihrem alten Leben durchmachen musste, bevor aus ihr dann Suzanne und sie ein Mitglied ihrer Familie wurde. Manchmal zeigen sich auf ihrem dunklen Fell immer noch weiße Schüppchen, und dann wird Julia immer betrübt. »Was hat er dir denn erzählt?«

Die Frage ist riskant, aber Alma zuckt überraschenderweise mit den Achseln und legt ihr Buch endgültig zur Seite. »Er wollte es einfach jemandem sagen. Er hat sich Sorgen gemacht, dass du wütend sein könntest, und er fürchtet, dass Sunny denkt, sie müsse ihr Studium jetzt abbrechen. Er hätte eine total süße Wohnung aufgetrieben, und er wollte wissen, ob ich das alles für durchgeknallt halte. Und ich habe gesagt, ja, schon, aber dass ich da nicht sicher wäre. Ich glaube, er könnte das alles ganz gut hinbekommen.«

»Was meinst du mit alles?«

»Vater zu sein? Keine Ahnung. Ich habe da mehr Vertrauen in ihn als in die meisten Leute, die ich kenne.«

Das ist ein schönes Kompliment, und Julia stellt fest, dass sie ihrer Tochter trotz aller Besorgnis beipflichtet. Ben ist schon immer sehr kompetent und freundlich gewesen, zwei Eigenschaften, die sie selbst vor vielen Jahren davon überzeugten, dass Mark einen guten Vater abgeben würde. Aber sie bleibt nervös, denn Ben hat trotz seines Auftretens auch ihre Gene. Und in ihr gibt es einen kleinen Knoten aus Unglück, schon immer, schon lange vor Bens Geburt, und an manchen Tagen wandert er zu einem Nervengeflecht, und dann droht ein katastrophaler Absturz. Mark hat damit keine Probleme. Mark ist ihr Gegenmittel zum Unglücklichsein, die Brücke aus Nettigkeit aus dem Mittleren Westen, die sie verlässlich trägt. Und doch ist sie trotz Marks Kompetenz und Nettigkeit vom Kurs abgekommen. Marks umsichtiger Fleiß war kein Bollwerk gegen das, was passierte, nachdem sie Helen Russo kennengelernt hatte, und Ben könnte es bei ähnlichen Gefahren ergehen wie ihr.

»Ich finde aber, dass es blöd ist, gleich zu heiraten«, fährt Alma fort, und Julia braucht ein paar Sekunden, um ihr zu folgen. »Super veraltet ist das. Muss ihre Verbindung etwa vom Gott, keine Ahnung … eines Super-Einrichtungshauses spirituell abgesegnet werden?«

Sie hat stets Spaß daran, wenn ihre Tochter sich selbst behaupten will und mit schiefen Vergleichen um sich wirft.

»Ich schätze deine Meinung sehr, Ollie«, sagt sie. »Nur, dass du's weißt.«

Sie hat den Eindruck, dass ihre Tochter – Gott segne ihr böses, temperamentvolles kleines Herz – kurz errötet.

»Danke. Wenn du aus Versehen jemanden schwängerst, weißt du, wo du mich findest.« Alma lächelt schüchtern hinter ihrem Buch hervor, das sie wieder in die Hand genommen hat. Sie ist Julia wie aus dem Gesicht geschnitten, das hat Mark schon vom ersten Tag nach der Geburt an gesagt, obwohl Babys nach allem, was sie wussten, und gemäß einer evolutionären Strategie gegen das Verlassen am Anfang eher dem Vater ähnelten. Julia hat sich immer gefragt, ob der Kosmos ihr damit eine Extraportion Hilfe zukommen lassen wollte, jedenfalls mehr als Mark.

Während Ben sich als kleiner Junge vor allem fürchtete, hatte Alma schon immer einen freimütigeren Umgang mit ihren Ängsten. Als sie acht war, fand Julia sie einmal in der Waschküche vor, und als sie fragte, was sie dort mache, erklärte Alma, sie habe sich vorgestellt, ein Zombie zu sein, und sich selbst einen Brief geschrieben – *Liebe Alma, du bist als Nächste dran, vom Zombie* –, um sich einen Schrecken einzujagen.

»Und was machst du jetzt damit?«, fragte Julia, und ihre Tochter antwortete stirnrunzelnd: »Ich versuche zu vergessen, dass ich den Brief geschrieben habe, und wenn ich ihn dann finde, fürchte ich mich davor.«

»Glaubst du, er ist glücklich?«, fragt sie Alma jetzt.

Alma zuckt mit den Schultern, rutscht auf ihrem Stuhl herum und schlägt die Beine unter. »Er wirkt glücklich. Keine Ahnung. Es geht ihm gut. Was auch immer. Er ist wie ein fucking Golden Retriever.«

Immer noch dieses kurze Zögern, wenn sie vor den Eltern flucht, und Julia versteht diese Zurückhaltung als eine verdrehte Form des Respekts.

Für Alma war sie eine andere Mutter als für Ben, selbstbewusster und weniger verängstigt. Und das übertrug sich auf ihre Tochter, die Ängste aktiv aufsuchte, entschlossen in ihr Leben ließ und sich vorstellen konnte, dass sie keine reale Grundlage hatten.

»Ich versuche den Brief zu vergessen«, sagte Alma damals in der Waschküche mit einer derart wilden Entschlossenheit, dass Julia nicht wusste, ob sie lachen oder weinen sollte. »Ich *mache*, dass ich ihn vergesse.«

*

»Es ist keine schlechte Nachricht, das ist die gute Nachricht«, sagt Mark spät am Abend, als sie im Bett liegen.

Sie wirft ihm einen ungläubigen Blick zu. Sie liegen steif nebeneinander wie zwei Kadaver. Durch das offene Fenster weht ein laues Lüftchen herein, und aus Almas Zimmer dringen laut dramatische Teenager-Dialoge an ihr Ohr, obwohl sie sich auf ihrem Laptop eigentlich keine Serien anschauen soll.

»Wie bitte«, wirft sie ein, »ist das keine schlechte Nachricht?«

»Ich will sagen ... beide sind gesund. Und sie haben ... uns.«

Das ist genau jener ärgerliche, undifferenzierte Optimismus, den sie befürchtet hat, diese Überzeugung, dass sie schon wieder alles in Ordnung bringen werden, weil sie die Mittel dazu haben und weil Mark die Dinge im Leben nicht bei den Hörnern packt und Unannehmlichkeiten stets durch schiere Willenskraft aus dem Weg räumen will.

»Nur eben ein bisschen früher als geplant«, fügt er hinzu, denn für Mark besteht das Leben aus Planung und Planungsabschnitten, als wäre es eine klar vorgezeichnete Strecke mit gleichmäßig verteilten Meilensteinen. Dieser Charakterzug ist eigentlich nur bei der Autowartung und Ähnlichem von Vorzug. Im Alltag ist diese Einstellung ärgerlich und im schlimmsten Fall verhängnisvoll. Als sie ihn kennenlernte, war es Mark nicht mal in den Sinn gekommen, dass andere vielleicht nicht heiraten wollten und auch nicht sicher waren, ob sie Kinder überhaupt *wollten,* und nicht gleich überlegten, wann der beste Zeitpunkt dafür war.

»Ich für meinen Teil habe das überhaupt nicht *geplant.* Er ist vierundzwanzig. Er studiert noch. Es liegen noch – wie viele? – vier Jahre vor ihm, bis er mit seinem PhD fertig ist.«

»Drei«, korrigiert Mark.

»Egal. Die beiden sind kaum älter als meine Mom, als ich geboren wurde.«

»Ach, mein Schatz«, sagt er sanft.

»Ich sag's ja nur. Er ist jung und steht noch nicht mit beiden Beinen im Leben.«

»Seit wann das denn?«

»Wir bezahlen ihm immer noch die Telefonrechnung. Und er ist ... du weißt doch, wie sensibel er ist.« Ihr gelingt es einfach nicht, die Versionen von Ben, die sie im Hinterkopf hat – Ben als Baby, Ben als ernster kleiner Grundschüler, der dreijährige Ben, der sie von der Bühne aus angrinst, wo er bei einer Kindergartenvorstellung zu Thanksgiving als Süßkartoffel auftritt –, mit der Gegenwart in Einklang zu bringen, und in der sitzt Ben auf der elterlichen Couch und erzählt ihnen, dass er bald Vater wird.

»Ich finde, wir haben die Verantwortung, ihm klarzumachen, dass er keinen blassen Schimmer hat, worauf er sich da einlässt.«

»Meinst du nicht, dass er das ganz allein herausfinden wird? Ich begreife wirklich nicht, was du dir davon erhoffst.«

Sie schüttelt den Kopf und starrt die Decke an. Jetzt ist die Katastrophe eingetroffen, und ihr Verstand kann nicht anders und will alles zum Ursprung zurückverfolgen, aber die Unzufriedenheit bleibt, und all die unterlassenen Schritte, die sie an diesen Punkt gebracht haben, können nicht nachgeholt werden. Sie wünscht sich verzweifelt – wie einst, als sie ihrer einzigen Barbiepuppe probeweise einen neuen Haarschnitt verpasst hat –, sie könnte sich in den kurzen Moment vor Marks Geburtstagsparty zurückversetzen und Ben noch einmal im Badezimmerspiegel ansehen. Wäre sie damals doch nur ihrem sechsten Sinn als Mutter gefolgt, anstatt Bens Anwesenheit als belanglos abzutun. Denn er war zwar vierundzwanzig Jahre alt, aber in gewisser Hinsicht immer noch ihr Baby, der kleine Junge auf dem Autorücksitz. Vielleicht hätte sie dann noch etwas aufhalten oder ihn wenigstens warnen können, dass das, was er da vorhatte, für sie das Schwierigste in ihrem Leben gewesen ist, dass sie es nur mit Mühe überstanden hat.

»Jules?« Mark beobachtet sie, und die Gewissheit, dass er keine Ahnung hat, was ihr gerade durch den Kopf geht, bedrückt sie. *Erinnerst du dich gar nicht mehr, wie es damals war? An das, was damals passiert ist?*, hätte sie ihn gerne gefragt.

In der Serie, die Alma schaut, schreit jemand.

»Wir sollten ihr sagen, dass sie schlafen soll«, bemerkt sie.

Erinnerst du dich denn gar nicht mehr, wie schwer es war, das alles hinter uns zu lassen?

Mark nimmt ihre Hand, dreht sie um und fährt die Linien auf der Innenfläche nach. »Ich weiß nicht, warum du alles immer sofort negativ siehst«, sagt er. »Ben hat einen klaren Verstand. Sie haben die Wohnung *hier* in der Nähe genommen, was bedeutet, dass das Baby ebenfalls *hier* sein wird, wo wir helfen können.«

Sie schließt die Augen. Mark ist natürlich bereits an dem Punkt, wo er zur Not selbst die Trauung vornehmen oder sogar das Baby zur Welt bringen hilft. »Es ist ein bisschen voreilig, die Zukunft durch die rosarote Brille zu sehen«, entgegnet sie gereizt. Die ganze Prozedur fühlt sich an, als würde man mit kleinen Tests ihre moralische Integrität auf die Probe stellen, und nach Marks Blick zu urteilen, ist sie bei den meisten durchgefallen.

Doch dann spürt sie wieder seine Hand.

»Es wird alles gut«, sagt er sanft. »Das weißt du doch auch, oder?«

Sie öffnet ihre Augen und sieht ihn an. »Nein, das weiß ich nicht.«

»Im Großen und Ganzen, Jules, ist das doch ... er hätte uns auch darüber informieren können, dass er krank ist oder in großen Schwierigkeiten steckt. Und immerhin erfahren wir überhaupt davon, meine Güte. Bist du nicht froh, dass unsere Kinder so viel Vertrauen in uns haben, dass sie mit so einer Nachricht zu uns kommen? Ich möchte nicht, dass er das Gefühl hat, er kann uns nicht vertrauen. Solange dieses Vertrauen besteht, möchte ich, dass wir erfahren, was los ist.«

»Ich auch«, betont sie.

»Es ist nicht ideal, aber auch nicht das Ende der Welt.«

»Also keine *Apokalypse.* Prima.« Sie holt tief Luft und legt seine Hand auf ihr Herz.

»Ich habe überlegt, dass wir die beiden einladen sollten. Vielleicht zum Brunch. An diesem Wochenende? Dann lernen wir Sunny kennen und können uns über alles näher unterhalten.«

»Oh, bitte *nicht.*«

In dieser Hinsicht konnte das Eheleben anstrengend sein, dieser permanente Wechsel von Stopp und Start, immer wieder holt man den anderen ein und wünscht sich eigentlich, man könnte noch ein bisschen hinterhertrödeln.

»Sie ist quasi unsere Schwiegertochter, wir wollen doch, dass sie sich willkommen fühlt.« Guter Wille, die Munition der Netten. Das ist schon immer ein Streitpunkt zwischen ihnen gewesen – Mark mag andere Menschen, Julia nur selten.

»Seit wann Brunch? Zählst du dich seit neuestem zur feinen Gesellschaft?«

»Das Ganze passiert«, sagt er gleichmütig. »Und wir können nicht so tun, als würde es nicht passieren.«

Nachdem er eingeschlafen ist, liegt sie noch eine ganze Weile wach. Das Geräusch seiner gleichmäßigen tiefen Atemzüge, während sie selbst im Takt ihrer Gedanken flach und unregelmäßig atmet, geht ihr auf die Nerven. Die ganze Situation ist ihr nicht unvertraut, aber so war es schon lange nicht mehr. Es ist eine beängstigende Distanz zwischen ihnen entstanden, ein Ungleichgewicht, das seit Almas Geburt, als Ben einige Köpfe kleiner war als jetzt, nicht mehr existiert hat, seit damals, als Helen Russo – sie ist tatsächlich wieder aufgetaucht! diese Unglücksbotin – ihr willkommene Abwechslung bot.

8

Bald hatte sie sich angewöhnt, zwar noch an die Haustür zu klopfen, sie aber im selben Moment schon zu öffnen, und dann rief Helen ihr zu: »In der Waschküche«, oder: »Vorsicht, Pete hat überall Pfützen hinterlassen«, gerade so, als würde Julia ebenfalls dort wohnen und als wäre das ihr Fußboden, auf dem sie ausrutschen konnte. Julia hatte sich mit keiner ihrer Freundinnen jemals so wohl, so *unbefangen* gefühlt. Sie hatte keine Übung im Umgang mit anderen, war einzelgängerisch und eigentlich ein farbloser Gast, doch Helen schien das nicht aufzufallen, oder sie störte sich nicht daran, auf jeden Fall freute sie sich stets über Julias Besuch.

»Ich habe *Neuigkeiten*«, verkündete Helen eines Nachmittags und drehte sich vom Herd um, wo sie in aller Ruhe etwas mit einem Holzlöffel umrührte. Wie schafften das manche Leute bloß, wunderte sich Julia, ihren Alltag so zu organisieren, dass sie stets für einen Spontanbesuch gerüstet waren, während auf dem Herd gleichzeitig etwas köchelte und interessante Projekte im Gange waren, als wären sie nie bewusst angefangen oder beendet worden, sondern würden einfach die Zeit füllen, für immer, im stetigen Fluss.

»Coulis«, bemerkte Helen und zeigte auf den Topf. Worauf Julia anerkennend nickte, als wüsste sie, wovon die Rede war. »An den Himbeersträuchern, die im Herbst tragen, hingen in den letzten Tagen *Unmengen* von Früchten. Bring Ben doch morgen mit, dann könnt ihr welche pflücken.«

»Gern«, sagte sie, bevor ihr klar wurde, dass der folgende Tag ein Samstag war.

Bis jetzt war sie immer nur unter der Woche bei Helen gewesen. Sie hatten niemals darüber gesprochen, aber Wochenenden schienen tabu zu sein, wahrscheinlich schauten Helens Söhne dann auf gemütliche Familienrunden vorbei oder Helens echte Freunde wurden zu großartigen Dinnerpartys eingeladen. Für Julia bedeuteten Wochenenden die Anwesenheit von Mark, Familienausflüge zum Aquarium oder Arboretum, wenn sie in unternehmungslustiger Stimmung waren, aber meist bestanden sie aus kleineren Aktionen – Julia und Ben vergnügten sich auf der Schaukel, während Mark Rasen mähte, oder sie spazierten alle drei auf einen Milkshake in die Stadt. Seit jener schicksalsträchtigen Begegnung im botanischen Garten zwei Monate zuvor hatte sie sich innerlich immer weiter von ihrem Mann entfernt, und Helen Russo hatte in ihrer Gefühlswelt seinen Platz eingenommen. Aber merkwürdigerweise kam sie seitdem mit ihm viel besser klar, es fiel ihr leichter, ihm über den Garten hinweg ein Lächeln zuzuwerfen oder beim Essen ein paar belanglose Sätze zu wechseln. Sobald sie darüber nachdachte, stimmte sie das traurig, aber ihr gelang es stets, gute Argumente für diese Verhältnisse zu finden. Helen verschaffte ihr den nötigen Freiraum, und damit wurde sie zu einer besseren Mutter, einer besseren Ehefrau und im Grunde genommen zu einem besseren Menschen.

Und jetzt eine Wochenendeinladung! Die würde ihr auf jeden Fall dabei helfen, ihre Kenntnisse der sprachlichen Finessen im Hause Russo aufzubessern: *Tajine, Entrelac, Blatt-*

düngung und jetzt, ganz neu, *Coulis*, das, als sie Helen kurz über die Schulter lugte, verdächtig nach Kompott aussah. Ein Samstagnachmittag in den idyllischen Beerenrabatten der Russos: Sie stellte sich Ben in karierten Shorts und einem Sonnenhut vor, er besaß weder das eine noch das andere, beides war auch unpassend für Oktober, aber das Bild entstand trotzdem spontan vor ihrem inneren Auge.

»Gern«, sagte sie. »Das würde ihm Spaß machen.«

Julia überlegte gerade, wie sie das Ganze Mark beibringen sollte – *Bis später, ich nehme unseren Sohn zum Beerenpflücken bei unserer neuen Familie mit!* –, als Helen den Löffel einmal heftig gegen den Topf schlug.

»Mist«, rief sie. »Morgen ist Samstag, stimmt's?«

Ihre prompte Enttäuschung war nahezu lachhaft. Gerade so, als hätte sie, das Diebesgut im BH versteckt, es fast aus dem Laden geschafft, hätte bereits einen Fuß über die Schwelle gesetzt und würde in genau dem Moment vom Wachmann am Ellbogen gepackt.

»Ja, stimmt«, sagte sie und verbiss sich gerade noch den Hinweis – so viel Würde blieb ihr immerhin! –, dass Ben und sie trotzdem nichts vorhatten.

»Dann müssen wir das auf Dienstag verschieben«, meinte Helen.

»Kein Problem«, erwiderte sie und gab sich Mühe, nicht frustriert zu klingen und sich wie eine schnöde abservierte Geliebte zu fühlen. »Hast du denn was Schönes vor?«

»Grillen im Freien mit ein paar von den Kindern, wenn das Wetter mitspielt«, erwiderte Helen. »Eric und Cal haben beide nächste Woche Geburtstag.«

Eigentlich hätte die Antwort besänftigen müssen, denn warum in aller Welt sollte man sie zu einer Geburtstagsparty von Leuten einladen, denen sie im Leben noch nie begegnet war. Und trotzdem war es ihr peinlich, dass ihr die Grenzen so klar aufgezeigt worden waren.

»Wir müssen uns aber auf ein kleines *Drama* einstellen«, sagte Helen in vertraulichem Flüsterton, und siehe da, schon gehörte Julia wieder zum intimen Kreis.

»Ach ja?«, fragte Julia, ganz Ohr. »Was ist los?«

Helen wandte sich ihr zu, den Löffel in die Luft gereckt wie einen Dirigentenstab. »Der verlorene Sohn ist zurück ins Nest geflattert, wenn ich die Metaphern hier ein bisschen vermischen darf«, erzählte sie ernst. »Und zwar am Donnerstagabend. Natey ist, ohne uns zu fragen, ins Kutscherhaus gezogen.«

»Und ... *Natey* ...«

»Nathaniel.«

»Er ist der Jüngste, stimmt's?« Natürlich wusste sie das längst, sie hatte sich mühelos sämtliche Kinder und Kindeskinder der Russos mit Namen und Alter eingeprägt und auch, wie sehr Helen die jeweiligen Ehefrauen im Zweifelsfall nicht leiden konnte.

»Unser Kleinster«, sagte Helen wehmütig. »Natey ist ... na ja, er hält sich gerne für einen Schriftsteller. Aber Gott gibt nun mal nicht mit beiden Händen. Du wirst verstehen, was ich meine, wenn du ihn siehst.« Sie lächelte leicht boshaft. »Er hat davon geredet, dass er einen Abschluss in Kreativem Schreiben machen will, aber Julia, ich schwöre bei Gott, wenn Pete und ich dafür Geld auf den Tisch legen müssen, dann opfere ich mich im Garten feierlich auf einem Scheiterhaufen.«

»Wie lange will er denn bleiben?«

»Das ist genau *die* Frage, die wir selbstverständlich nicht stellen dürfen. Der Arme scheint momentan in einer sehr empfindsamen Stimmung zu sein.«

»Ist er dein Liebling?«

»Nein, das ist Cal.« Leichthin, ohne Zögern sagte sie das.

Julia hob die Augenbrauen, Helen bemerkte es und lachte auf.

»Ich weiß, das darf ich eigentlich nicht laut sagen, aber er ist der klare Favorit. Und bei Natey ... ich weiß nicht so recht. Er rührt etwas in mir an, in letzter Zeit wirkt er so verloren.«

Als sie Ben mit seinem kleinen Rucksack und der resignierten Haltung eines Erwachsenen vorhin das Kindergartengebäude betreten sah, hatte das auch etwas in ihr angerührt. Helen stand nun da und blickte gedankenverloren aus dem Fenster über der Spüle Richtung Kutscherhaus. Julia hatte es schon bewundert, es war ein kleines, efeubewachsenes Cottage mit einer eisernen Wendeltreppe, das von zwei Kiefern überragt wurde. Das Häuschen hätte sich als Schauplatz sinistrer Vorfälle an einer britischen Eliteschule geeignet.

Vielleicht spürte Helen Julias Blick in ihrem Rücken, jedenfalls drehte sie sich um und lächelte betrübt.

»Was wir uns alles antun, nicht wahr?«

»Stimmt«, sagte sie, und wenn sie einen Augenblick lang von einem Gefühl weiser Mütterlichkeit erfüllt war, eine Märtyrerin wie Helen, die beschlossen hatte, schier unerträgliche Liebe auf sich zu nehmen, dann war das Helens Verdienst.

*

Anfang Dezember ließ Julia Helen gegenüber vorsichtig das Thema Beruf fallen. Sie saß gerade mit dem Rücken gegen die Couchgarnitur gelehnt auf dem Fußboden und erwähnte, dass sie *vielleicht mal gern was anderes machen, mal aus dem Haus kommen, ihre Kenntnisse erneut einsetzen* würde, und Helen hörte zu und ging darauf ein, genau das, womit Julia gerechnet hatte – oder hatte sie es sich lediglich erhofft?

»Ganz genau, Julia«, sagte Helen ernst, ergriff ihre Hände und blickte ihr tief in die Augen. »Große Güte, genau.«

Sie saßen inmitten von Schachteln und Papier. Julia half Helen gerade beim Einpacken von Geschenken für eine Unmenge von Leuten, und Ben amüsierte sich mit einem Spiel um vier hungrige Nilpferde. Im Ofen buken vier duftende Sauerteigbaguettes, und vor den Fenstern ging sanft Pulverschnee nieder. Julia hatte den Eindruck, zum ersten Mal in ihrem Leben festliche Stimmung mitzuerleben, und ahnte, warum Leute sich dermaßen auf die Feiertage freuten.

»Ich habe überlegt ... die Arbeit fehlt mir«, erklärte sie. »Und Ben kommt bald in die Vorschule, und dann bin ich ...« Sie wedelte mit einer Hand vor dem Gesicht.

»Willst du wieder in einer Bibliothek anfangen? Mir fällt da gerade eine alte Freundin ein, die in der Bibliothek am Lincoln Park arbeitet. Ich habe den Kontakt zu ihr verloren, weil sie mich eine Weile verdächtigt hat, mit ihrem Mann eine Affäre zu haben, aber vielleicht kann sie weiterhelfen.«

»Wie weiterhelfen?«, fragte Julia, und dann: »Hattest du denn mit ihrem Mann eine Affäre?«

»Natürlich nicht«, sagte Helen. »Und weiterhelfen, was einen Job angeht.«

»Ah. Ich meine ... ich bin nicht sicher, ob ich schon so weit bin ... auch wenn das natürlich ...« Ihre Begeisterung verpuffte erwartungsgemäß sofort. »Das ist dann einfach so ganz *anders* als mein derzeitiges Leben.«

»Aber geht es nicht genau darum?«

Aus Helens Mund klang eine solche Frage niemals urteilend, sondern lösungsorientiert, als ginge es darum, einen Fehler zu beheben, auch wenn man selbst möglicher Fehler und Probleme noch gar nicht gewahr war.

»Vermutlich.«

»Darf ich dich fragen, warum du überhaupt mit dem Arbeiten aufgehört hast?«, fragte Helen und riss einen Streifen Tesafilm ab. »Wurde es dir einfach zu viel?«

»Meine Mutter«, sagte sie, »sie war ...«

Helen sah sie mit hochgezogenen Augenbrauen an.

»Ich will damit sagen, es war nicht *wegen* ihr, dass ich nicht mehr ... jedenfalls nicht nur, aber ich ... Sie war nicht viel da, als ich ein Kind war, und wenn sie da war, dann war es ...«

Es war nicht so, dass sie bewusst etwas aus dem Gedächtnis verdrängte, sie konnte sich, wie bei einer Kindheitsamnesie, schlicht und einfach nicht erinnern. Vor einer Weile hatte sie etwas im Wartezimmer ihres Zahnarztes darüber gelesen. Das Phänomen war recht verbreitet und nicht immer mit einem Trauma verbunden, jedenfalls in ihrem Fall handelte es sich nicht unbedingt um ein Trauma. Jemandem wie Mark konnte man schwer erklären, dass bei ihr nichts ernsthaft falsch gelaufen war, aber auch kaum etwas richtig.

»Spielt sie in Bens Leben eine Rolle?«, fragte Helen.

Julia schüttelte den Kopf und schaute ihrem Kleinen zu, der um das Spielbrett herumkrabbelte, von einem Nilpferd zum nächsten, und sich wunderbar allein beschäftigte. »Nach seiner Geburt ist sie vorbeigekommen«, erzählte sie, »und zwar für ganze zehn Minuten. Sogar davon war ich überrascht, ganz ehrlich, aber als sie kam, dachte ich auch, vielleicht ... keine Ahnung, dass sich jetzt alles ändert. Dass sie ihn sieht und ... von da an in der Nähe bleiben möchte.«

»Man kann sich unmöglich von diesem Süßen fernhalten«, sagte Helen. »Sie muss ihre Gründe gehabt haben.«

Julia blickte verblüfft auf, kurz von der Befürchtung gepackt, dass Helen mithilfe ihres sechsten Sinns vielleicht über die Gegenwart hinaus tief in die Vergangenheit eintauchen und, Gott möge sie davor behüten, Ereignisse von damals erahnen konnte. »Meinst du wirklich?«

»Vielleicht geht es nicht um einen konkreten Grund«, überlegte Helen, und Julia entspannte sich ein wenig, »aber ich möchte wetten, dass sie sich einen eingeredet hat.«

»War oder ist deine Mutter denn in der Nähe?«

Helen schüttelte den Kopf. »Nein, sie ist vor zehn Jahren gestorben. Und davor war sie auch nicht oft da. Sie war kein sehr warmherziger Mensch. Ihr war es wichtig, dass das Leben auf eine bestimmte Art ablief. Meinen Vater hat sie geheiratet, weil er ihr das Leben bieten konnte, das sie sich gewünscht hatte, und mich hat sie bekommen, weil man das damals von ihr erwartet hat, nehme ich an. Und von mir wurde dann das Gleiche erwartet – Heirat mit einem Investmentbanker, exzellenter Geschmack beim Tafelgeschirr. Und ich glaube, Letzteres habe ich wirklich.« Sie lächelte. »Aber ich habe Pete geheiratet und in meinen ersten Berufsjahren für die Amerikanische Bürgerrechtsunion gearbeitet. Für sie zählte es nicht, wie glücklich ich war, denn ich machte ja nicht, was sie von mir erwartete. Und in den folgenden

Jahrzehnten blieben wir einander in dieser passiv-aggressiven und in Familien nicht unüblichen Höflichkeit verbunden, zum Geburtstag ein Geldscheck und … na ja«, Helen zeigte auf die Geschenke um sie herum, »ein Riesentheater um Weihnachten. Aber mir macht das Ganze wenigstens Freude, bei meiner Mutter war es reine Routine.«

Julia sog jedes Detail auf und stellte sich die junge rebellische Helen vor und ihre auf Äußerlichkeiten bedachte, dominante Mutter, was viel aufregender war als ihre eigenen Erinnerungen an Distanz und Bedürftigkeit. Reiche verstanden es meisterhaft, durchlebten Schmerz zu verklären, es war einfacher, nahm sie an, die Vergangenheit filmreif aufzuarbeiten, wenn das Ambiente stimmte.

»Aber besser reine Routine als gar nichts«, sagte Helen. »Hat deine Mutter gearbeitet? Oder … aber eigentlich ging es gar nicht anders, wenn dein Vater nicht da war.«

Ihr fiel auf, dass Helen – völlig zu Recht – davon ausging, dass bei ihr kein Familienvermögen vorhanden gewesen war, und sie überlegte, was genau sie darauf gebracht hatte, auf welch beiläufige, unbewusste Art und Weise sie selbst mageres Geblüt verriet, während Helen in dieser Hinsicht das Gegenteil ausstrahlte.

»Ja«, sagte sie und schämte sich für ihre kurz aufkommende Verlegenheit, »sie arbeitete in einer Bäckerei.«

Helen nickte gedankenvoll. »Da blieb bestimmt einiges übrig, das sie nach einem Arbeitstag noch gut mit nach Hause nehmen konnte.«

Im ersten Augenblick verärgerte der Kommentar Julia, aber dann wurde ihr klar, dass Helen mit ihrer Geschichte das Gleiche machte wie mit der eigenen. Sie malte sie in bunteren Farben aus, machte sie erträglicher. Vielleicht hatte es doch weniger mit Wohlstand zu tun und mehr mit der Fähigkeit, die eigene Biografie für sich selbst annehmbar zu machen. Sie hatte sich fast immer geweigert, auch an das Schöne zu denken, aber natürlich hatte es das gegeben – wenn die Mutter mal nicht trank, mal keine ihrer miesen Liebhaber da waren, wenn es mal nicht an allen Ecken und Kanten fehlte –, leckere Reste aus der Bäckerei, einen Tag altes Gebäck in Wachstüten und einmal, zwei Tage nach ihrem neunten Geburtstag, einen Kuchen, den ein Kunde nicht abgeholt hatte. Anita hatte behutsam den Namen aus Zuckerguss vom eigentlichen Empfänger abgetragen und in einem fröhlichen und schwungvollen Schriftzug, der unerwartet und so ganz anders war als die verkrampfte Handschrift auf Schecks und Schulformularen, *Julia* auf die Torte geschrieben.

»Sie hat ihr Bestes versucht«, sagte sie. Sie war sich unsicher, inwieweit sie ihre eigene Aussage glaubte, aber jetzt mit einer anderen Mutter so offen über die eigene zu sprechen fühlte sich ein bisschen an wie Verrat. »Sie hat mich mit zwanzig bekommen. Ich glaube nicht, dass sie mich wollte, und sie ist auch nie wirklich darüber hinweggekommen. Und das ist auch einer der Gründe, warum ich mit Ben zu Hause geblieben bin, denn ich glaube, ich ...« Sie errötete. »Ich kann es nicht erklären. Aber ich habe mir immer Sorgen gemacht, dass ich ihn verkorkse, ohne dass ich es bemerke, weil ich eben nicht weiß, wie man es richtig macht. Alle Welt scheint das zu wissen, nur ich nicht, und damit wird alles ... anstrengender. Manchmal muss ich mir richtig Mühe geben, etwas zu *fühlen*, was ein normaler Mensch problemlos fühlt.« Das hatte sie noch niemals laut ausgesprochen. Sie blickte kurz zu Helen auf. »Bin ich deiner Meinung nach eine Soziopathin?« Sie bemühte sich um einen leichten Tonfall, aber die Worte kamen ungefiltert und unsicher über ihre Lippen.

»Nein, meine Süße«, widersprach Helen. »Du hast eine Menge Gefühle, daran gibt es keinen Zweifel. Aber es fällt dir schwer, sie zu begreifen.«

»Ich möchte nur, dass er weiß, wie lieb ich ihn habe«, sagte sie sanft mit einem Blick auf Ben, der mittlerweile mit einem kleinen Müllauto beschäftigt war, das leuchtende Softbälle auflud.

»Er weiß, dass er geliebt wird«, entgegnete Helen freundlich. »Aber meinst du nicht, dass er eine Mom verdient hat, die nicht unglücklich ist?«

»Hat er nicht eine Mom verdient, der es ausreicht, wenn sie nur mit ihm zusammen ist, um glücklich zu sein?«

»Man sollte sein Glück nicht von einer einzigen Person abhängig machen. Da ist emotionales Desaster vorprogrammiert«, meinte Helen.

»Wahrscheinlich.«

Helen betrachtete sie eine Weile und stützte sich dann von der Couch hoch. »Das Brot«, sagte sie. »Eine Sekunde.«

Sie blieb allein im Wohnzimmer zurück und sah Ben zu, der ihren Blick spürte, zu ihr kam und sich zufrieden auf ihren Schoß setzte.

»Können wir den Laster mitnehmen«, flüsterte er konspirativ.

»Nein, mein Schatz, tut mir leid, der gehört Helen«, antwortete sie.

»Ach, nimm ihn dir«, sagte Helen, die gerade das Zimmer mit einem knusprig gebräunten Baguette betrat, um das sie ein Handtuch gewickelt hatte. »Der, für den er bestimmt war, wohnt in Florida und ist eigentlich nur darauf aus, Dinge kaputtzumachen. Besser ein Besitzer, der den Laster zu schätzen weiß.«

»Oh, Helen, nein, du …«

»Er gehört dir, Mister«, erklärte Helen zu Ben, dessen Augen weit wurden vor Staunen. »Und das hier nehmt ihr auch mit. Ich habe beim Backen eine Pfanne mit Wasser dazugestellt, und das war der Trick. Das Baguette ist perfekt, wenn ich das so sagen darf.« Sie schwang das Baguette vor Julias Augen wie ein Lichtschwert.

»Sagst du Dankeschön?«, flüsterte sie Ben zu. Er nickte lebhaft und schaute verzückt zu Helen, die wunderbarerweise Müllautos verschenkte.

»Gerne«, sagte Helen und ging in die Küche zurück. Über ihre Schulter rief sie: »Du kannst es auch gut einfrieren.«

»Bitte?«

»Ich meinte das *Brot*«, rief Helen aus der Küche.

»Ah.« Wie so oft fühlte Julia sich von Helens Themenwechsel überrumpelt, existenzielle Verzweiflung in einer Minute, die Geheimnisse des Backens in der nächsten.

»Du hast in der Vergangenheit in einem Archiv gearbeitet, stimmt's?«, fragte Helen, während sie mit einem Rolodex zurück ins Wohnzimmer kam.

Sie nickte. »Jahrelang. Aber ich habe keinen Studienabschluss.«

Helen machte eine wegwerfende Geste, blätterte durch die Karteikarten und zog dann eine heraus. Sie reichte Julia die Karte, und die nahm sie entgegen und spürte gestanzte Lettern unter den Fingerkuppen. So wie Ben sein neues Müllauto in den Händen hielt, war sie jetzt in Besitz eines beruflichen Kontakts, weil jemand, der im Leben mehr hatte als sie, beschlossen hatte, ihn mit ihr zu teilen.

*

Sie lernte ihn eine Woche später kennen, als Helen sich gerade von ihr verabschiedete.

»Warte kurz, vergiss die Dieffenbachie nicht«, sagte Helen und rannte bereits aus dem Zimmer. »Der Topf ist riesengroß, vielleicht kann Natey – hey, Nathaniel? Hallo?« Sie legte die Hände wie einen Trichter um den Mund und rief Richtung Kutscherhaus. »Wir brauchen mal deine Muskeln.«

Im oberen Stockwerk öffnete sich ruckartig ein Fenster und ein verstrubbelter Kopf tauchte auf. »Was?«

»Fahr dein Auto vor die Tür«, sagte Helen zu Julia, und zu ihrem Sohn: »Komm her und tu was für deinen Unterhalt.«

Julia befolgte Helens Anweisung und fuhr ihren Kombi die lange Einfahrt hoch. Dort wartete ein Mann in seinen Endzwanzigern, rothaarig, unrasiert, mit leuchtend grünen Augen. Er trug ein ausgewaschenes T-Shirt und hielt einen riesigen Keramiktopf im Arm.

»Du bist Nathaniel«, bemerkte sie und stieg aus dem Auto. Sie wünschte sich absurderweise, sie hätte so viel Wert auf ihr Erscheinungsbild gelegt wie beim ersten Besuch, aber mittlerweile war sie wieder zu ihrer üblichen Kombination aus zusammengewursteltem Haarknoten und Still-BH zurückgekehrt.

»Danke, dass du mich daran erinnerst«, entgegnete er. Er war groß, sein Körper schlank und muskulös, von einer wilden Kraft und Geschmeidigkeit, als könnte er mühelos Ziegelwände erklimmen.

»Tut mir leid, dass ich dich gestört habe ...«, sagte sie.

»Kein Problem. Ich habe gerade nichts gemacht.«

Außer *Du hast sehr attraktive Wangenknochen* oder *Sind deine Brustmuskeln von ganz allein so?* fiel ihr darauf nichts ein.

»Soll der Topf in den Kofferraum?«, fragte er.

»Ah ja, bitte, und vielen Dank.«

Helen erschien zur Beaufsichtigung in der Tür. Sie stand an den Rahmen gelehnt und zuckte mit den Schultern, als wollte sie sagen, *Da sieh mal einer an, ich bin nicht nur wohltätig und weise, ich habe zufällig auch noch einen lebensuntüchtigen und unfassbar gut aussehenden Typen, halb Kind, halb Mann, bei mir in der Garage wohnen*.

Julia öffnete die Haube zum Kofferraum, und Nathaniel fuhrwerkte so lange herum, bis der Topf neben eine Riesenschachtel mit Windelhosen geschoben war.

»Die sind für meinen Sohn«, bemerkte sie überflüssigerweise.

»Was?«

Gott gab wirklich nicht mit beiden Händen, da hatte Helen recht gehabt.

»Nichts. Nochmals vielen Dank.«

»Immer gern«, sagte er und verschwand so schnell, wie er aufgetaucht war.

9

Almas College-Bewerbungen haben die ganze Familie einen Großteil der letzten zwei Jahre in Atem gehalten, in Julias Augen ein idiotischer, erbarmungsloser Konkurrenzkampf, bei dem hinterhältige SAT-Tutoren für den Zulassungstest mitmischen, Berater für die Zulassung und besserwisserische Collegestudenten in ihrem zweiten Jahr – die haben die Prozedur ja bereits hinter sich. Letztere werden dafür bezahlt, dass sie Almas persönliche Bewerbungsschreiben lesen und mit Kommentaren versehen wie: »Geht es vielleicht etwas aussagekräftiger???« Ihre Tochter ist in der Schule exzellent, hat es aber versäumt, ein exzentrisches Hobby für sich zu entdecken. Eine Klassenkameradin zum Beispiel spielt im Gedenken an Generationen entfernte schottische Vorfahren begeistert keltische Harfe. Und Alma ist auch nicht auf mediale Aufmerksamkeit für eigennütziges soziales Engagement aus. In der Lokalpresse wurde kürzlich über eine Sechzehnjährige berichtet, die mit »therapeutischen Poledancing«-Videos bei TikTok in einer vermeintlich philanthropischen Aktion Spenden für Maßnahmen gegen Fettleibigkeit bei Kindern eingespielt hatte. Man lässt nichts unversucht, um sich vom Rest der Welt abzuheben, Alma hat dagegen eisern und diszipliniert gepaukt. Und das bewundert Julia zum einen um seiner selbst willen, aber zum anderen, weil nicht irgendein mittelalterliches Instrument erworben werden musste oder von ihr Applaus dafür erwartet wurde, dass die Tochter für ein paar Dollar mit den Hüften wackelt. Ihre Tochter will hin und wieder den Sportunterricht schwänzen, um mit Freundinnen einen Smoothie trinken zu gehen. Ihre Tochter hat mit siebzehn noch keinen 10-Jahres-Plan. Ihre Tochter ist aufmerksam, interessant und voller Selbstvertrauen. Und Julia weigert sich, ein System als funktionierend anzuerkennen, in dem das alles *nicht reicht*, und betet gleichzeitig zu einer überirdischen Instanz, dass alles so kommt, wie Alma es sich wünscht.

Aber seit kurzem – die Bewerbungen sind schon lange abgeschickt, in den Kosmos abgefeuert wie Raumfahrtraketen, jede einzelne der insgesamt siebzehn gegen eine völlig überzogene Bewerbungsgebühr – stellt sie fest, dass sich der Stress bei ihrer Tochter bemerkbar macht. Almas Nagelhaut ist abgeknibbelt, das Haar nur mit den Händen gekämmt, unter den Augen zeigen sich tiefe Ringe, und vom Frühstückstoast bleibt oft noch ein Rest liegen. Seit Monaten ist ihnen nichts anderes übriggeblieben als zu warten, und ihre Tochter ist nicht mit Geduld gesegnet. Offiziell hat während des Schulsemesters die Phase begonnen, in der Alma vernünftigerweise mit einer Antwort rechnen kann – »Larson hat schon jetzt eine Zusage von Duke«, hat sie gestern Abend beim Essen verkündet, so ernst, als würde sie die Familie über eine anstehende Kriegserklärung in Kenntnis setzen. Sie schleicht durchs Haus wie ein Panther und faucht Mark und sie bei jedem falschen Blick sofort an.

Andere, bessere Mütter hätten zu Sport geraten oder sie zu ergebnisorientierten Aktivitäten mit anderen ermuntert, den Kleiderschrank neu sortieren zum Beispiel, oder gemeinsames Erlernen einer Fremdsprache. Aber Julia hat es in der Erziehung ihrer Kinder schon immer an kreativer Überzeugungskraft gemangelt, und so verbringen sie und Alma gemeinsame Zeit vor dem Fernseher. Ihre Lieblingsserie heißt *Gold Beach*, ein jeweils einstündiges Drama um Superreiche und ihre privaten Tragödien in einer idyllischen Küstenkleinstadt in Oregon. Der Film folgt dem Alltag einiger Schüler an einer Highschool, die sich beständig in Liebesaffären verstricken und außerdem beträchtlichen physischen Gefahren für Leib und Leben ausgesetzt sind, etwa Surfunfällen und unberechenbaren antiquarischen Pistolen.

Stumpfsinniges Fernsehschauen gehört eigentlich nicht zu den Aktivitäten, die man mit seinem Kind unternehmen sollte, aber es bildet neben den Mahlzeiten und verbalen Ausfällen seitens Alma einen Hauptpfeiler in der Mutter-Tochter-Beziehung. Diesmal hat ihre Tochter fürs Fernsehschauen Brownies gebacken. Sie sitzen auf dem Sofa so dicht beieinander, dass sich jeweils ein Ende der Backform auf einem Schoß befindet, und verzehren das Gebäck mit Suppenlöffeln, unterdessen schnüffelt Suzanne interessiert von ihrem Platz auf der breiten Lehne hinter ihnen.

Eigentlich ist sie am glücklichsten, wenn sie mit Alma so dasitzen kann, nah genug, um den unverwechselbaren Duft ihres medizinischen Shampoos und die Wärme ihrer Haut und ihres Atems wahrzunehmen, und auch nah genug, um für eine Berührung nur ihren Arm ausstrecken zu müssen, auch wenn sie das nur selten wagt. Beim Seriengucken ist ihre Tochter die Ruhe selbst, ohne ihr übliches grantiges und überspanntes Teenagergehabe, und gestattet sich ausnahmsweise mal eine unverkrampfte Unterhaltung mit ihrer Mutter. Würde Julia das auch nur mit einem Wort würdigen, wäre es sofort wieder vorbei, und so bleibt sie reglos und zufrieden sitzen, gleich einem Fels in der prallen Sonne, und genießt diese wunderbare eine Stunde, in der ihre Tochter eine Freundin ist.

»Die ist zu intelligent für ihn«, meint Alma und zeigt mit ihrem Löffel auf eine Darstellerin. »Aber wetten, dass sie trotzdem mindestens miteinander rummachen?«

Sie wirft einen verstohlenen Blick auf ihre Tochter, wie immer sucht sie in beiläufigen Kommentaren nach Hinweisen, die ihre blassen Vorstellungen der Stunden, die Alma außer Haus verbringt, mit frischen Farben beleben könnten. Sie ist sich ziemlich sicher – so sicher, wie man beim Zusammenleben mit einem feindseligen und einschüchternden Wesen nur sein kann –, dass ihre Tochter noch Jungfrau ist. Julia weiß auch nicht genau, was *rummachen* in diesem Kontext bedeutet, Sex oder eine Stufe davor? Aber sich danach zu erkundigen würde gegen die ungeschriebenen Gesetze ihrer gemeinsamen Abende bei *Gold Beach* verstoßen.

Im Fernseher bewegen sich zwei Darsteller Richtung Couch und entledigen sich unterwegs ihrer T-Shirts. Ist das schon *Miteinander-Rummachen?* Die Liebesbeziehungen in dieser Serie haben außerdem oft eine athletische Komponente, man schiebt den jeweiligen Partner gern gegen eine Wand oder springt ihn oder sie wie ein Affe vor irgendwoher an.

»Diese Frau ist viel zu dünn«, bemerkt sie etwas zimperlich.

»Mom«, sagt Alma, kurz angebunden und mokant, aber mit fragendem Unterton. »Meine Güte, warum bist du nur so komisch, sobald es um Sex geht?«

Sie spannt sich innerlich an. »Bin ich nicht.«

Seit Alma elf ist, hat sie mindestens einmal im Jahr mit ihr darüber gesprochen, das Wichtigste erklärt und Raum für Fragen gegeben. Und sie hat ihr ein bebildertes Sachbuch gekauft, in dem es ein ganzes Kapitel lang nur um verschiedene Formen von Masturbation ging, bei den anderen Müttern war das höchst umstritten. Sie hat es also wenigstens *versucht*. Sie hat auch brav die vorsichtigen Fragen ihrer elfjährigen Tochter beantwortet, ob man sich an einem Trinkbrunnen Herpes einfangen könne (»Unwahrscheinlich«, lautete ihre spontane Antwort, die sie sich hinterher online bestätigen ließ) und wie alt sie beim ersten Geschlechtsverkehr gewesen sei (»Zweiundzwanzig«, was großzügig aufgerundet war, und mehr sagte sie auch nicht dazu). Aber irgendwann hat Alma bei dem Thema das Ruder selbst in die Hand genommen, sich kaum noch dazu geäußert und ihnen dann vor ein paar Monaten Margo Singh vorgestellt.

Ihre eigene Mutter hat nie ein Wort über Sex verloren, aber er war in ihrem gemeinsamen Leben eine recht feste Größe. Anita hatte fast immer einen Partner, und Sex passierte einfach, und zwar häufig. Erst im Teenageralter nahm Julia diese Geräusche, die sich in ihren Ohren von dem weißen Rauschen abhoben, aus Anitas Schlafzimmer wahr, aber da erschien es ihr zu spät, um nachzufragen.

»Wie läuft's denn so mit Margo, mein Schatz?«, fragt sie beim Einsetzen der Werbung.

Mit dieser Frage betritt sie vermintes Gelände. Sie selbst hat sich in ihrer Kindheit immer so lange gewünscht, ihre eigene Mutter würde sie etwas fragen, bis diese es dann tatsächlich tat. Und darum ist sie gegenüber Alma immer vorsichtig gewesen, signalisierte lediglich Gesprächsbereitschaft, blieb aber sonst unaufdringlich wie ein Wäschekorb. Weder sie noch Mark dachten sich etwas dabei, als ihre Tochter sie darüber informierte, dass sie mit einer Frau zusammen war. Sie mochten Margo, und für Julia, die ihre Tochter schon kannte, bevor sie auf der Welt war – was nicht bedeutete, dass sie Alma besser kannte als der Rest der Welt, aber besser als die meisten Leute –, ergab Almas Wahl instinktiv Sinn. Und sie war überhaupt nicht überrascht, dass Alma sich immer mehr in Margo verliebte, *Ollies Margo*, wie sie fortan für Mark und sie hieß, denn die Postbotin hatte den gleichen Vornamen.

»Alles gut.« Alma hat wieder zu ihrem Augenrollen zurückgefunden. »Und? Warum fragst du mich?«

»Ist es ernst zwischen euch?«

»Mom«, ruft Alma. Überraschenderweise sagt sie dann: »Keine Ahnung. Das hängt wohl davon ab, wo wir beide nächstes Jahr studieren?«

Ihr Mädchen! Einstmals winzig und in schwierige Umstände hineingeboren, in eine Lebensphase, in der Julia unsicher war, ob sie es als Familie schaffen würden. Mitzuerleben, wie Alma gerade möglichst jeden Blickkontakt meidet, sie ihre wenigen Worte mit großem Bedacht wählt – dieser Versuch, erwachsen und reif zu wirken –, versetzt Julia einen Stich.

Ihre Tochter scheint in Gedanken etwas abzuwägen und fügt hinzu: »Wir haben uns in der letzten Zeit oft darüber gestritten.«

»Ach ja?« Sie selbst hat Margo immer nur sehr zurückhaltend erlebt, bei Tisch war ihre Stimme lustigerweise so sanft und leise, als schliefe in der Nähe ein Kind. »Na ja, Streit ist ja eigentlich ein wichtiger Bestandteil einer Beziehung. Das klärt die Luft.«

»Du und Dad, ihr streitet euch nie so richtig.«

»Aber natürlich tun wir das.«

»Ihr habt vielleicht eine Auseinandersetzung darüber, ob Boz Skaggs ein Weißer ist«, sagt Alma, »oder wann der Hund Geburtstag hat. Aber ihr fetzt euch nie richtig.«

»Selbstverständlich fetzen wir uns auch mal.« Was sagt man noch mal über Paare, bei denen zu viel Harmonie herrscht? Verbirgt sich bei solchen Leuten unter der Oberfläche nicht was Dunkles, gibt es da nicht Leichen im Keller oder massiven Verrat, alles Dinge, die eine Katastrophe auslösen würden, sollten sie je ans Tageslicht kommen?

»Wann zum Beispiel?«

»Es gibt in meinem Leben Dinge, von denen du nichts mitbekommst, Ollie.«

»Igitt.«

Ihre Tochter wäre entsetzt, zweifellos fürs Leben traumatisiert, hätte sie eine Ahnung vom Geburtstagsgeschenk ihrer Mutter an den Vater, den bunten Seidenschals. Einmal war sie als Kleinkind ins Schlafzimmer geplatzt, wo sie und Mark gerade miteinander schliefen – bitte, lieber Gott, hoffentlich erinnert sie sich nicht mehr daran –, worauf Julia versuchte, ein Spiel daraus zu machen, und ihrer Tochter zurief, in den Flur zu verschwinden und dort bis zehn zu zählen. Alma tat das auch und zählte folgsam auf Deutsch, denn das lernte sie damals gerade im Montessori-Kindergarten. Und sie und Mark zogen sich rasch an und mussten ihr Lachen unterdrücken, während Alma mit piepsiger Kinderstimme brav *vier, fünf, sechs* skandierte.

»Dad und ich streiten uns wahrlich genug«, sagt sie.

Alma hebt abwehrend die Hände. »Wenn du's sagst.«

Im Fernseher preist eine Frau gerade einen besonders saugfähigen Wischmopp an.

»Wenn du über was reden willst«, sagt sie, »über Margo oder was auch immer, Liebes, ich bin für dich da, okay?«

Und ihr kleines Mädchen, gleichmütig und unbeeindruckt, erwidert: »Klar, Mom.«

Und darin schwingt so viel Selbstvertrauen, dass Julia ihr das fast abnimmt und sich auf diesen einen glücklichen Augenblick konzentriert und nicht auf alles, was ihrer Tochter noch bevorsteht, auf die Augenblicke, die sich ihrer Kontrolle entziehen. Sie konzentriert sich stattdessen darauf, dass die Tochter ihr gerade nah genug ist, um sie zu riechen und zu fühlen. Sie streicht Alma einige noch feuchte Strähnen nach hinten, und ihre Tochter lässt sie gewähren.

10

Die Russos verbrachten, da ihre Kinder erwachsen waren, die ersten anderthalb Monate eines Jahres im Haus eines Cousins auf Sanibel Island. Julia war schon weit im Voraus betrübt über Helens Abwesenheit und fragte sich, wie sie ohne ihren einzigen sozialen Kontakt, dem gegenüber sie sich öffnen konnte, überleben sollte.

»Ich möchte, dass du den Schal fertig strickst, während ich weg bin«, sagte Helen am Tag vor ihrer Abreise am Telefon. »Und ich möchte, dass du morgen nach unserer Abfahrt vorbeikommst, ich habe für Ben eine kleine Geburtstagsüberraschung vorbereitet.«

»Du hast ... wirklich?« Ben mochte die Russos ebenfalls, besonders Pete. Sobald er irgendwo aus dem Haus ein Klopfen hörte, machte er sich auf den Weg dahin. Am Anfang war Julia immer nervös geworden, doch Helen versicherte ihr, dass Pete es verstand, Kleinkinder in kleine Handwerker zu verwandeln, ohne dass es gefährlich wurde. Und auf dem Heimweg erzählte Ben dann aufgekratzt, dass er Unterlegscheiben in blaue Plastikdosen sortiert oder mitgeholfen hatte, Kügelchen aus Spachtelmasse in Wandlöcher zu schieben. Und jetzt hatte Helen sich nicht nur an seinen vierten Geburtstag erinnert, sondern sogar etwas für ihn vorbereitet. Julia war gerührt.

»Klar«, sagte Helen. »Ich habe ihm eine Galette gebacken.«

Julia blinzelte. »Oh, wow, das ist ...«

»Mit Aprikosen. Er mag doch Obst.«

Das stimmte, Ben mochte Obst, wenigstens die paar süßen Sorten, die den meisten Kindern schmeckten: Äpfel, Erdbeeren und gelegentlich auch mal eine kleine Clementine. In der Rangfolge dessen, was er am liebsten mochte, kam Obst jedoch weit nach Weißbrot, Crackern und gefüllten Gummibärchen.

»Die wird er lieben, da bin ich sicher, Helen, vielen Dank.«

»Die Galette steht im Kühlschrank«, erklärte Helen. »Im mittleren Fach. Komm sie morgen abholen, Pete und ich brechen schon im Morgengrauen auf. Den Schlüssel findest du unter dem Geranientopf. Und vor dem Servieren musst du sie nur noch bei 180 Grad zehn Minuten lang aufbacken.«

»Okay«, sagte Julia. »Mach ich ...«

»Gut, meine Liebe. Wir sind – eine Sekunde, mein Schatz, ich bin gerade am Telefon – großer Gott, der treibt mich noch in den Wahnsinn. Also. Ich muss jetzt noch Petes Koffer neu packen, denn *er vergisst immer, seine Klamotten zusammenzurollen.*« Der letzte Halbsatz galt eindeutig Pete. Julia stellte sich die beiden im Schlafzimmer vor, wo sie zwei Samsonites mit Strandkleidung aus Leinen befüllten. Zweifellos hakte Helen dabei eine einschlägige Liste ab.

»Julia, du wirst mir fehlen!« Die Worte kamen Helen so leicht über die Lippen, und sie klangen derart aufrichtig, dass Julia erneut gerührt war.

»Du mir auch«, entgegnete Julia sanft und beispiellos untertrieben.

»Nächstes Jahr solltest du für eine Woche mitkommen. War Ben schon mal am Meer?«

»Noch nicht«, sagte sie.

»Das ist also abgemacht«, meinte Helen. »Okay, also

wir – Pete, *lass* das, ich habe dir doch gesagt, ich mache das – Wir sehen uns, wenn wir wieder zurück sind, okay? Hab dich lieb, meine Süße. Und amüsiere dich nicht zu sehr ohne uns.«

Und damit war sie fort, und Julia blieb zurück und wälzte das von Helen zweifellos gedankenlos und liebenswert wie einen Luftkuss durch die Leitung geschickte *Hab-dich-lieb* in ihren Gedanken. Im Laufe des Tages kam es ihr immer wieder in den Kopf und zauberte ein Lächeln hervor, selbst als sie gerade das schmutzige Geschirr vom Abendessen spülte.

»Da sieht aber jemand froh aus«, sagte Mark und trat hinter sie. Julia zuckte zusammen, und er küsste sie aufs Haar. »Wie schön, das steht dir gut, Jules«, fügte er hinzu.

*

Am nächsten Tag fuhr sie, nachdem sie Ben bei Serenity Smiles abgesetzt und einen kurzen Stopp beim Zahnarzt eingelegt hatte, zum Haus der Russos. Der Anblick der verlassenen Einfahrt deprimierte sie entsetzlich. Zum ersten Mal, seitdem sie sich regelmäßig mit Helen traf, spürte sie wieder diese innere Leere, ein Gefühl des Terrors. Jetzt war sie wieder allein mit all der Zeit und nichts als den eigenen trüben Gedanken zur Zerstreuung. Sie fasste es kaum, aber ohne Helen war ihr Leben auf der Stelle so viel farbloser, war das nicht furchtbar? Helen schwebte wahrscheinlich gerade über den Wolken, trank mit ihrem Mann ein Glas von dem Wein, der im Flugzeug ausgeschenkt wurde, und war erleichtert, dass sie die vielen Leute, die sie brauchten, darunter vermutlich auch Julia, hinter sich lassen konnte.

Sie ging langsam den Weg zum Haus hoch, angelte den Schlüssel aus dem Geranientopf und hoffte die ganze Zeit, Helen würde den Kopf aus einem der oberen Fenster stecken und rufen, sie solle reinkommen.

Aber im Haus war alles still, unbelebt. Auf dem Tischchen für die Post, gleich neben der Haustür, lag ein Bündel mit 20-Dollar-Scheinen, darauf eine mit Büroklammer befestigte Notiz: *Bitte vergiss die Orchidee nicht! Danke, Marta!* Julia registrierte mit einem leichten Anflug von Eifersucht das Herzchen, das unter den Namen gemalt war.

Sie ging weiter in die Küche. Dort lag auf dem Tresen eine weitere Notiz, ein pinkfarbenes Post-it, auf das Helen schwungvoll *Bens Kuchen!!!* gekritzelt hatte. Es war unklar, ob es der Selbsterinnerung gedient hatte oder für Julia bestimmt war, aber sie nahm von Stolz erfüllt den Zettel an sich – da lag in der Küche der Russos, inmitten vom allgemeinen familientypischen Chaos, tatsächlich ein Post-it mit dem Namen ihres Sohnes, ein Beweis, dass sie dazugehörten –, und steckte ihn in ihr Portemonnaie.

Im Kühlschrank stand die Galette auf einem blauen Glasteller im mittleren Fach, genau wie Helen gesagt hatte. Helen hatte aus Teigresten Bens Namen geformt und oben auf den Kuchen gelegt. Julia hatte für ihren Sohn einen Blechkuchen gebacken, den sie mit Zuckergussfiguren aus der Serie *Blue's Clues* verzierte. Blue sah am Ende zwar nicht wie ein freundliches Hündchen aus, sondern eher wie ein Cartoon-Bazillus aus der Werbung eines Pharmakonzerns. Sie fragte sich, woher Helen ihre Vorstellungen von den Gaumenfreuden eines Vierjährigen hatte, vielleicht waren aber auch ihre eigenen Vorstellungen das Problem, und sie zog Ben zu einem öden Langweiler heran.

»Sind Sie eine Einbrecherin?«

Ihr entfuhr ein Schrei, und um ein Haar hätte sie den Teller fallen lassen. Nathaniel stand im Türrahmen, eine nackte Fußsohle seitlich gegen das jeansumhüllte Knie des anderen Beins gestemmt.

»Himmel, Herrgott«, rief sie.

»Und?«, fragte er.

»*Nein*, natürlich nicht. Wir sind uns bereits vor ein paar Wochen begegnet. Ich bin eine Freundin deiner Mutter. Ich wollte nur ...«

»War nur ein Scherz«, sagte er. »Du weißt aber, dass sie nicht da ist, oder?«

»Sie hat gesagt, ich soll das hier abholen kommen.« Dabei hob sie leicht den Teller und kam sich absurderweise vor, als hätte man sie *tatsächlich* in flagranti bei einem Diebstahl ertappt.

»Und was hältst du von Natey?«, hatte Helen sie nach der Begegnung anlässlich der Dieffenbachie gefragt, und sie hatte geantwortet: *Er ist nett.* Was sonst hätte sie antworten sollen? Dass er Bizeps wie eine Renaissance-Skulptur hatte?

Er musterte sie, den Kopf leicht zur Seite gelegt. Sie bildete sich ein, zuerst den Duft seines dunkelkarierten Flanellhemds wahrzunehmen und den weichen, leicht aufgerauten Stoff erst danach optisch zu registrieren. Und sie hatte den Eindruck, dass sein Blick auf ihren Ausschnitt gerichtet war, aber sicher war auch das nur Einbildung.

»Du siehst nicht aus wie eine von diesen Kirchenfrauen, die Flohmärkte veranstalten«, sagte er kurz darauf. »Die machen immer ein ziemliches Aufheben um alles. Und für eine aus Mutters Wandergruppe bist du zu blass, die sind ja alle geradezu versessen auf Hautkrebs.«

»Nein, ich ...«

»Planned Parenthood«, rief er unvermittelt aus. »Seid ihr vielleicht dafür zusammen unterwegs? Du siehst aus, als könntest du die Mitglieder der Lebensrechtsbewegung durchaus von deiner Sache überzeugen.«

»Danke«, sagte sie verunsichert. »Nein, ich habe sie vor ein paar Monaten im botanischen Garten kennengelernt, und sie ...«

»Hat sie dich unter ihre Fittiche genommen?«

»Vermutlich.«

»Das macht sie gern. Bist du Baumpflegerin?«

»Was? Nein, ich bin öfter mit meinem Sohn dort.«

»Der Kleine mit den Windeln fürs Töpfchentraining? Lass mich raten: *Ben?*«

Er machte eine vage Handbewegung Richtung Galette. Offenbar hatte er sich an die Windelpakete im Auto erinnert.

Sie öffnete den Mund, entschied sich dann aber gegen einen Kommentar. Sie wünschte sich vage, er hätte Bens Namen nicht in den Mund genommen und ihr Sohn würde bei diesem seltsamen Frage-Antwort-Spiel außen vor bleiben.

»Und wie heißt *du?*«, fragte er weiter.

»Julia.«

»Hübscher Name.«

Sie errötete. »Danke.«

»Dein Kleiner kann nicht älter sein als ungefähr fünf, oder? Nur nach den Windeln zu urteilen, auch wenn das vermutlich Unsinn ist, denn einer von meinen Brüdern hat noch mit dreizehn ins Bett gemacht.«

»Morgen wird er vier«, erklärte sie.

»Wer zum Teufel backt für einen Vierjährigen eine Galette?«

Sie lächelte zerknirscht. »Sie hat gesagt, dein Bruder Eric hat die immer sehr gemocht ...«

»Jaja, ich weiß. Eric hat uns alle schon als Zweijähriger mit seinem Geschmack in den Schatten gestellt.« Er verdrehte die Augen. »Aber woher weiß *ich* überhaupt, was eine fucking Galette ist? Das ist hier doch die eigentliche Frage.«

»Eine Familie von Feinschmeckern.«

»Und trotzdem gibt's unter uns ein paar, die ins Bett machen«, sagte er. »Mich selbst ausgenommen.«

»Darauf bist du sicher stolz.«

Er lächelte sie an, ein gewinnendes Lächeln, das sein ganzes Gesicht strahlen ließ.

»Ich muss los«, sagte sie. »Tut mir leid, dass dir deine Mom nicht gesagt hat, dass ich vorbeikomme.«

»Möchtest du ein Bier?«, fragte er.

»Möchte ich ... was?«

Es war vormittags, kurz vor zehn Uhr. Nathaniel musterte sie ununterbrochen, abwartend. Er wirkte zwar noch etwas verschlafen, doch in seinem Blick schimmerte die Gewitztheit der Mutter durch.

Er wies vage auf einen Hocker hinter ihm. »Darf ich dir den Mantel abnehmen?«

»Oh«, sagte sie. »Ich ... danke.« Sie hatte beim Zahnarzt Marks Spezialzahnpasta abgeholt, war also vernünftig angezogen und hatte sich die Wimpern getuscht, und dafür war sie gerade richtig dankbar. Nathaniel legte den Mantel ordentlich gefaltet über die Lehne eines Küchenstuhls. Er gehörte zu den Männern, die einem gerne und oft in die Augen sahen, immer ein Lächeln auf den Lippen, als ginge ihnen etwas Lustiges durch den Kopf, das sie einem aber nicht verraten würden.

»Was hattest du zum Frühstück?«, fragte er.

Sie hatte die Reste von Bens Honig-Nuss-Cheerios aufgegessen, ein paar Bananenscheiben, die er auf seinem Teller mit Cartoon-Motiv zurückgelassen hatte, und ein Stück von einem alten Halloween-Riegel, den sie in ihrem Auto zufällig im Becherhalter gefunden hatte.

»Frühstücksflocken«, antwortete sie souverän.

Er nickte bedächtig. »Das wollte ich auch essen«, sagte er. »Aber jetzt.« Er öffnete eine Schublade und zog ein Messer heraus. »Kann dein Sohn gut mit anderen teilen?«

»Ja, das kann er.«

Nathaniel nickte erneut und schnitt die Galette ohne ein weiteres Wort mittendurch.

»Deine Mom hat gesagt, man sollte sie noch mal aufbacken«, erwähnte sie. »Bei hundertachtzig Grad.«

»Von mir wird sie nichts erfahren, wenn du nichts sagst.«

Sie nippte an ihrem Bier und sah zu, wie er zwei Dessertteller aus dem Schrank nahm, dazu zwei Gabeln und – ein unbedeutendes, aber formvollendetes Detail – zwei Servietten, die er zu zwei ordentlichen Dreiecken faltete. An die Kücheninsel gelehnt machte er sich ohne Umschweife über sein Stück her. Als sie von ihrem kostete, fühlte sie sich eigentlich nur ein ganz klein bisschen schuldbewusst.

»Exzellent«, meinte sie.

Er hatte sein Stück bereits fast aufgegessen. »Eigentlich bist du ja so gut wie immer bei uns.«

Sie war verblüfft, dass jemandem das aufgefallen war, vor allem *ihm*.

»Nur so eine Beobachtung«, redete er weiter. »Meine Mom muss dich wirklich ins Herz geschlossen haben.«

»Ich mag deine Mom. Vielleicht verlasse ich mich mittlerweile ein bisschen zu sehr auf sie.«

»Oh ja, das geht mir auch so«, sagte er leichthin. »Das geht uns eigentlich allen so.«

»Hat sie ... einen großen Freundeskreis?« Sie wappnete sich innerlich für die Antwort.

»Freunde, mit denen sie Rad fährt«, erzählte er und ließ die Hände kreisen. Er schnitt sich noch ein Stück von der Galette ab. »Im Augenblick bist du ihr auf jeden Fall die liebste.«

Sie glühte vor Freude und sah zu, wie er sein zweites Stück runterschlang.

»Sie sagt, du bist humorvoll.«

»Freut mich, dass das jemand so sieht«, erwiderte sie.

»Auf mich wirkst du eher depressiv«, sagte er.

»Oh.« Sie war sich nicht sicher, wie sie darauf reagieren sollte. War das eine implizite Beleidigung oder nur dreiste Anmaßung?

»Aber meine Beobachtungsgabe ist nicht immer die beste.«

»In diesem Fall schon«, gestand sie. »Aber du machst auf mich auch keinen besonders glücklichen Eindruck.«

Er schob die Krumen auf seinem Teller mit der Gabel zusammen und versuchte ein Häufchen davon aufzunehmen wie mit einer Schneeschaufel.

Sie schob ihm über den Tresen ihr Stück hin, und er hatte die Reste in zwei Bissen verschlungen.

»Und du bist jetzt auf unbestimmte Zeit hier?«, fragte sie.

Er zuckte mit den Schultern. »Mal sehen. Ich bin mit ein paar Dingen beschäftigt.«

»Tja«, sagte sie, »ich glaube, mir geht es genauso.« Sie

erhob sich von ihrem Hocker. Jetzt stand er so nah bei ihr, dass sie den Aprikosengeruch seines Atems wahrnahm und etwas süßlich Verschlafenes, als wäre er eben erst aus dem Bett gekommen, was vermutlich zutraf. »Ich lass dich dann mal wieder an die Arbeit gehen«, ergänzte sie und überlegte, wie sie wohl gerade roch, vielleicht nach saurer Milch wie so manche Mütter. So verharrten sie kurz, nur wenige Zentimeter zwischen ihnen, dann wandte er sich ab, um ihren Mantel zu holen.

»Schau gern mal wieder vorbei, wenn du Lust hast«, sagte er. »Sie sind bis zum Valentinstag weg.«

Er hielt den Mantel, um ihr hineinzuhelfen, und sie ließ, sich jeder Faser ihres Körpers bewusst, ihre Arme hineingleiten, und als sie sich zu ihm umdrehte, küsste er sie sanft auf die Lippen.

»Oh«, sagte sie, und bevor sie wusste, wie ihr geschah, erwiderte sie seinen Kuss. Und als sie nach einer Minute – oder waren es zehn? – von ihm abließ – ihr war tatsächlich jedes Zeitgefühl abhandengekommen, und sie hatte keine Ahnung, was ihr Verstand unterdessen gemacht hatte –, konnte sie kaum glauben, wie unglaublich gut sich dieser Kuss angefühlt hatte. Leicht und zugleich lebendig, und zwar derart lebendig, dass sie beim Küssen glatt vergaß, wie sehr sie sich mittlerweile an einen halbtoten Daseinszustand gewöhnt hatte.

11

In ihrer Vorstellung ist Sunny blond, mit allen Wassern gewaschen, Typ männermordender Vamp, um ganz ehrlich zu sein. Die Sunny, die vor der Tür steht, ist zwar blondlich, ansonsten aber ganz anders als in ihrer Fantasie, nämlich zierlich, gerade mal ein Meter fünfzig groß, sommersprossig, mit glänzend dichtem Haar, symmetrischen Gesichtszügen und großen grünen Augen – eine kleine, brav angezogene, stupsnasige Studentin.

Mark geht sofort auf sie zu und umarmt sie – kaum zu glauben, ausgerechnet sie hat einen Mann geheiratet, der andere *gerne* umarmt –, und Sunny lacht überrascht und wedelt mit ihren zarten Händchen vor dem Gesicht, bevor auch sie ihre Arme um ihn schlingt.

»Tut mir leid«, sagt sie. »Ich habe nicht damit gerechnet, dass Sie so *nett* sind.«

»Tja«, entgegnet Julia. »Mit der Wasserfolter warten wir bis zum Sonnenuntergang.«

»Meine Mom«, sagt Ben, und Sunny wendet sich von Mark ab, hält wieder die Händchen vors Gesicht und gibt ein Kichern von sich, ein hohes Quietschen, das an ein Aufziehspielzeug erinnert. Das Haar ist seitlich zu idiotischen französischen Zöpfen geflochten wie bei einer verdammten Elfenkönigin. Offenbar versucht sie zu begreifen, ob das Umarmen von allen Familienmitgliedern praktiziert wird, worauf Julia die Hände verschränkt und damit jede Aussicht auf eine Umarmung verbaut, auch wenn ihr das kleine Gewissensbisse verursacht.

»Wie schön, Sie kennenzulernen, Mrs Ames«, lächelt Sunny. Normalerweise würde sie an dieser Stelle bereitwillig sagen, *Bitte, nenn mich Julia*, aber in diesem Fall begnügt sie sich mit einem Nicken.

»Dito«, fügt sie dann noch an, obwohl sie dieses Wort, das sie von Alma gelernt hat, eigentlich nicht leiden kann. Einige Sekunden lang herrscht eine peinliche Stille, dann legt Mark einen Arm um ihre Taille und zieht sie an sich. Er sagt nicht laut und deutlich, *Sei einfach nett*, aber seine liebevolle Geste hat etwas Unterkühltes.

Eigentlich will sie sich nicht so benehmen, jedenfalls *normalerweise* nicht. Und eigentlich ist sie auch nicht so, aber im Augenblick fühlt sie sich selbst entfremdet und empfindet zugleich eine belebende Kühnheit. Außer ihr geben sich offenbar alle damit zufrieden, so zu tun, als wäre alles in bester Ordnung, und da ihre Familie ohnehin damit rechnet, dass sie sich danebenbenimmt, ist das für sie ein zusätzlicher Ansporn.

Immerhin hat sie den improvisierten Brunch mühevoll vorbereitet, es gibt French Toast, Obstsalat und verschiedene hausgemachte Marmeladen. Alma sitzt auf dem Rand der Spüle, sie überragt Sunny zwar um einen guten Kopf, aber ansonsten könnten sie Altersgenossinnen sein.

»Wow«, sagt Sunny zu Alma. »Deine Haare sehen einfach *fantastisch* aus.«

Das Kompliment kommt ihr frank und frei über die Lippen – und sie hat recht, Almas Haare sind fantastisch! –, und Zeuge zu werden, wie jemand anders die Tochter so offen würdigt, ist Balsam für die Mutterseele.

»Oh«, macht Alma, und dabei leuchtet ihr Gesicht vor Freude und Stolz darüber, ehrliche Bewunderung von einer bewundernswerten älteren Person zu erfahren. »Ich wollte sagen, danke, deins aber auch.«

»Nein«, widerspricht Sunny, als hielte sie den letzten Halbsatz für wahrhaft fragwürdig. »Diese Farbe ... ich würde wer weiß was dafür geben. Mein Gott, Sie haben ja die gleiche.« Und auf der Stelle streckt Sunny eine Hand zu Julia aus wie ein Kind in einem Kunstmuseum und dringt in Julias intime Distanzzone ein, um ihr Haar zu berühren.

Sie will nicht zusammenzucken – macht man das überhaupt jemals bewusst? –, aber Sunny bemerkt es sofort und zieht ihre Hand zurück. Julia registriert ihren leicht entgeisterten Gesichtsausdruck, ehe Sunny hinzufügt: »Na ja, wollen wir hoffen, dass das Baby *diese* Gene mitbekommen hat.«

Alle halten kurz inne wie erstarrt. Sunny erwartet ein Kind von Ben, der, klar, teilweise die gleichen Gene hat wie Alma, seine Schwester, und zwar weil sie beide die gleichen Eltern haben, nämlich Mark und Julia, in deren Küche sie sich wie Schauspieler auf der Bühne einer absurden Billigmatinee aufgestellt haben. Alles unbestreitbare Fakten! Nichts als *Fakten*, warum reagieren dann bloß alle so? In diesem Fall entscheidet doch vor allem Sunny darüber, welche Informationen bekannt gegeben werden und wann. Aber Julia, sonst immer eine Freundin klarer Worte, würde sich trotzdem am liebsten in Luft auflösen. Sogar Suzanne spitzt argwöhnisch die Ohren, auch wenn Julia überlegt, dass das vielleicht daran liegt, dass Sunny »sich in der Gesellschaft von Hunden nicht superwohl fühlt«, zumindest hat Ben das gestern Abend am Telefon so gesagt.

»Ihr habt alle so schönes Haar«, sagt Sunny. »Ihr Vater hatte bestimmt keine Glatze, Julia.«

»Ich ... wie bitte?«

»Das wird über die Mutter weitervererbt. Wenn man selbst einen Vater mit Glatze hat, wird der Sohn ziemlich wahrscheinlich auch glatzköpfig.«

»Ach, ich ...« Sie wirft Mark einen raschen Blick zu. Das ist genau das Problem mit einer Familienhistorie wie ihrer. Ein aufrichtiger Kommentar würde jetzt noch mehr gegen den guten Geschmack verstoßen als Sunnys Weisheiten. »Nein«, sagt sie stattdessen. »Keine Väter mit Glatze.«

»Ich glaube, darüber müssen wir uns auf jeden Fall keine Sorgen machen«, bemerkt Ben, legt einen Arm um Sunny, nimmt eine Handvoll Haar und – obwohl sie dabei zuschaut, traut sie ihren Augen nicht – knabbert verspielt an dessen Spitzen. Diesmal geht es nicht um Fakten, sondern alle wenden befremdet den Blick ab, weil die Szene unangenehm ist, ein Zurschaustellen von Intimität, denn Sunnys Haarspitzen in Bens Mund, beide lachend, das hat etwas sehr Intimes. Sie hätte große Lust, das Haus zu verlassen, die Zufahrt hinunter, über die Ben und Sunny gerade angefahren kamen, irgendwohin in weite Ferne. Doch Marks Hand in ihrem unteren Rücken gibt ihr Halt, *nimm's, wie es ist, Jules*, und mit einem Mal nimmt sie einen verbrannten Geruch wahr, geht zur Backofentür, und beim Öffnen schlägt ihr dunkler Qualm entgegen. Der French Toast, den sie eigentlich nur aufbacken wollte, hat sich in Holzkohle verwandelt.

»Da ist was angebrannt«, lautet Almas hilfreicher Beitrag.

*

Am Morgen war sie in aller Frühe erneut in den gleichen Supermarkt gefahren, in dem sie Helen Russo wiederbegegnet ist, weil sie noch Räucherlachs kaufen wollte. Dessen Fischabteilung hatte einfach ein viel besseres Angebot als der näher gelegene, so rechtfertigte sie sich vor sich selbst, das Krabbenfleisch für die Küchlein war der beste Beweis dafür gewesen. Während sie dort herumlief, stellte sie sich die ganze Zeit vor, dass Helen Russo vielleicht frühmorgens auf die Idee gekommen war, Pinienkerne zu besorgen.

Aber sie ist Helen nicht über den Weg gelaufen, und als sie jetzt den Räucherlachs zum Brunch serviert, springt Sunny auf und stolpert schwankend aus dem Raum.

»Sie reagiert seit kurzem sehr empfindlich auf bestimmte Gerüche«, sagt Ben entschuldigend und stellt den Räucherlachs ans andere Tischende. Julia, die, als sie mit Alma schwanger war, selbst monatelang unter Übelkeit gelitten hatte, sich überall erbrechen musste, sobald sie etwas weitaus weniger Aufdringliches roch als einen rosafarbenen Batzen geräucherten Fisch, hat plötzlich ein schlechtes Gewissen, weil sie das nicht bedacht hat, und ist selbst ein wenig angewidert vom Anblick der feucht glitzernden Scheiben Fisch.

Kurz darauf kehrt Sunny zurück, leicht verschwitzt und fahl im Gesicht. Sie entschuldigt sich wortreich.

»Als wäre ich wieder ein *Kind*«, stöhnt sie, greift nach einem Bagel und beißt hinein wie in einen Apfel. »Für die nächste Zeit habe ich also jede Kontrolle über meinen Körper verloren. Okay. Und das Einzige, das mich nicht zum Kotzen bringt, ist essen, also mache ich den lieben langen Tag nichts anderes als *das hier*«, damit beißt sie theatralisch ein weiteres Stück von ihrem Bagel ab, »oder eben das Gegenteil. Ich bin auf Partys die reinste Spaßbremse.«

»Es ist eine entwürdigende Lebensphase«, sagt Julia und meint es mitfühlend, aber es klingt, als würde sie Sunnys Würde anzweifeln – klar, wie soll es auch anders sein, denn wer *sagt* auch so was. Mark hebt die Augenbrauen, und sie beeilt sich, einen peinlichen Zwischenfall aus ihrem Alltag als Schwangere zum Besten zu geben, zum Beispiel ein Inkontinenz-Desaster, aber als sie im Geiste rasch ihren persönlichen Horrorkatalog rund um Schwangerschaft und Geburt durchblättert, fällt ihr nichts ein, was für einen Brunch geeignet wäre.

»Ben hat uns erzählt, dass Sie aus Connecticut stammen.« Mark hat das Ruder übernommen und präsentiert Sunny diese höfliche Feststellung wie einen welkenden Blumenstrauß.

»Dort geboren und aufgewachsen«, bekräftigt Sunny.

Die Unterhaltung gerät erneut ins Stocken. Julia und Mark haben beide ihre Probleme mit Small Talk, wenn auch aus unterschiedlichen Gründen. Wenn sie etwas weniger exzentrisch wäre und Mark etwas mehr, dann könnten sie mit vereinten Kräften vielleicht etwas Passables zustande bringen.

»Und was hat Sie nach Chicago geführt?«, fragt sie.

»Meine Eltern sind Narzissten«, sagt Sunny, als wäre das eine logische Erklärung.

Julia hat beobachtet, dass Leute, die so etwas dreist von ihren Eltern behaupten, meist selbst Narzissten sind. Ihre eigene Mutter ist vermutlich narzisstisch veranlagt, Sunnys Eltern hat sie noch nicht kennengelernt, und so verspürt sie den Impuls, diese zu verteidigen, nach dem Motto, *nur ein Narzisst erkennt Narzissten*.

»Meine Familie ist absolut toxisch«, fährt Sunny fort. »Ich wollte so weit weg von denen wie möglich.«

Sie bemerkt, dass Ben eine Hand unter den Tisch verschwinden und vermutlich auf Sunnys Knie wandern lässt. Außerdem ist ihr während des Essens aufgefallen, dass Sunny ihren Kopf fast unmerklich Richtung Ben neigt, sobald dieser etwas sagt, als wäre der Klang seiner Stimme für sie wie ein Signal. Eigentlich sollte die Vertrautheit zwischen den beiden sie freudig stimmen. Ihr ist auch klar, dass sie selbst einst einen untrüglichen Radar für Bens Stimme und deren Nuancen hatte. Sobald er als Baby nur leicht hustete, wurde sie aus dem Tiefschlaf gerissen.

»Das tut mir leid«, sagt Mark.

»Kein Problem«, erwidert Sunny und lächelt Ben an. »Es hat sich ja alles zum Guten gewandelt.«

»Ich Glücklicher«, grinst Ben. Ganz kurz fragt Julia sich, wie sie einen solchen Schwachkopf großziehen konnte, ohne dass es ihr aufgefallen ist. Aber dann bemerkt sie Bens Gesichtsausdruck, und dort ist nicht blöde Vernarrtheit zu lesen, sondern tiefes, echtes Gefühl, er ist stolz auf Sunny, er mag sie. Und davon ist sie für den Bruchteil einer Sekunde tief gerührt.

»Jules ist auch ein paar Mal umgezogen, nicht wahr, mein Schatz?«, sagt Mark, und sie spürt Bens Blick auf sich. Das war der Stoff manch einer Gutenachtgeschichte in seiner Kindheit gewesen – irgendwann fiel einem einfach nichts mehr ein, weder ein banales Märchen noch eine Fabel mit Moral, und so kramte sie damals in ihrer eigenen Geschichte, erzählte von den Autofahrten kreuz und quer durchs Land und den wundervollen ersten Augenblicken, wenn man an einem neuen Ort angekommen ist.

Bevor sie wieder dorthin zurückkehrte, war Chicago

ihre *Heimat* gewesen und bestand für sie aus ein paar einsilbigen Wörtern – *der See, das Vic, die El*. Damals hatte sie keine Ahnung, was sie dort später erwarten würde – *All-Aboard, Serenity Smiles, unspezifizierte, perinatale Stimmungsschwankungen und Angststörungen, Helen Russo*. Chicago war lange Zeit Metapher für etwas Größeres, Düsteres gewesen, wie der kleine Bungalow an der Washtenaw Avenue, in dem sie wohnten, bis sie sieben Jahre alt war, die quietschende Schaukel auf dem Spielplatz der Nightingale Elementary, zu dem der Vater sie manchmal begleitete, der Winterabend, als sie auf dem Schoß ihrer Mutter saß, nachdem ihr Vater gegangen war, draußen Reifenspuren im Schnee, durch die nass der Asphalt schimmerte.

»Das stimmt«, sagt sie und verspürt Gereiztheit, ist mit der Situation überfordert. Außerdem wünscht sie sich jetzt, sie hätte doch Mimosa-Cocktails eingeplant, gegen die sie sich aus Rücksicht Sunny gegenüber entschieden hatte. »Ist ja nichts Besonderes.«

Mark und Ben sehen sie beide eindringlich und bittend an.

»Wie lange sind Sie beide schon verheiratet?«, fragt Sunny.

»Länger, als Sie auf der Welt sind«, antwortet sie und Mark versetzt ihr unterm Tisch mit dem Knie einen Stoß. Sie versucht es mit einem Lächeln. »Aber wer zählt schon die Jahre?«

»Ben hat mir erzählt, Sie hätten wunderschöne Hochzeitsfotos«, sagt Sunny, eine wirklich merkwürdige Aussage. Bis zu diesem Augenblick hatte sie keine Ahnung, dass Ben von der Existenz solcher Fotos Kenntnis hat, geschweige denn eine Meinung dazu. »Die würde ich mir gerne mal ansehen.«

»Ihr zwei solltet euch die gemeinsam ansehen«, sagt Mark laut und deutlich, als wollte er ein einander entfremdetes Paar zusammenbringen, und als er sie mit dem Knie erneut auffordernd anstößt, tritt sie zurück. »Ollie muss noch Hausaufgaben machen, stimmt's, mein Schatz?«, fügt er an und erhebt sich vom Tisch. »Bennie und ich können uns währenddessen ums Geschirr kümmern.«

Ben steht ebenfalls auf und legt Sunny kurz die Hand auf den Scheitel, bevor er in die Küche verschwindet.

»Sollten wir uns tatsächlich für einen professionellen Fotografen entscheiden, hätte ich gerne ein paar von den Aufnahmen in Sepia«, erzählt Sunny.

»*So* alt sind wir auch wieder nicht, wir haben ja nicht während des Goldrauschs geheiratet.«

Alma schnaubt erneut.

»Nein, das weiß ich natürlich«, sagt Sunny, als müsste sie das klarstellen.

»Keine Ahnung, wo wir unsere Fotos haben. Ich kann schauen, ob ich sie finde, wenn Sie nächstes Mal ...« Sie unterbricht sich kurz. »Sagen Sie mir vorher kurz Bescheid.«

Solche Augenblicke, in denen sie etwas ohne jedes Entgegenkommen abblockt, hat es in ihrem Leben schon oft gegeben. Und jedes Mal ist sie beschämt darüber, dass sie dem Umgang mit anderen nicht gewachsen ist, gefolgt von dem bohrenden Selbstvorwurf, aus eigenen Fehlern nicht zu lernen. Mit Alma geht es ihr ständig so, ihre Beschämung sieht sie im Gesicht ihrer Tochter gespiegelt, in dem die ungerührte Frage steht: *Warum kannst du so was nicht besser?*

»Nach der Hochzeit hat man eine Leiche gefunden«, bringt sich Alma jetzt vergnügt ein.

Sunny runzelt die Stirn.

»So war das nicht«, widerspricht Julia. »Ein paar Meilen von dem Schauplatz unserer Hochzeit ist eine Leiche am Strand angespült worden. Und zwar letztes Jahr. Mehr als zwanzig Jahre *nach* unserer Hochzeit.«

Ihre Hochzeit war in aller Stille und ohne großen finanziellen Aufwand über die Bühne gegangen, eine überschaubare Feier in einem Park. Und das Ganze machte Spaß, es war ein wirklich schöner Tag, obwohl sie von Hochzeiten – und von der Ehe generell – nicht viel hielt. Eine Eheschließung war eine Entscheidung von derartig großer Tragweite, dass sie schon wieder nichtssagend wurde, Teil eines Spiels, sie war leicht zu treffen, weil sie irreal wirkte. Sie hatte sich auf Details konzentriert, auf die Feiererlaubnis im Park, die Recyclingtonne mit Eis und billigem Weißwein, das cremefarbene Vintage-Slip-Dress, das nur dreizehn Dollar gekostet hatte, auf die Einladung von Verwandten, die Mark in seinem Leben noch niemals gesehen hatte, um den Eltern einen Gefallen zu tun. An die Ehe in ihrer ungeheuerlichen Dimension, darum, was es bedeutete, zwei Lebensfäden miteinander zu verknüpfen, hatte sie keinen Gedanken verschwendet. Sie hatte zu viel Make-up aufgetragen, Mark hatte zu viele Cousins, sie gaben zu viel Geld für Essen aus. Und sie durchlebte diesen Tag aus Distanz, nicht einmal wie ein geladener Hochzeitsgast, sondern eher aus der Perspektive eines Vogels, der sich nach der Feier, wenn alle gegangen sind, auf die übrig gebliebenen Krumen stürzt.

»Allein beim Versuch, die Logistik auf die Reihe zu bekommen, verliere ich schon den Verstand«, sagt Sunny. »Wir sind jetzt bei drei möglichen Tagen und zwei Locations, aber ich kann mich erst für einen Ort entscheiden, wenn der Hochzeitsplaner aus seinem Urlaub zurück ist, und außerdem planen wir unseren Umzug, und es ist Semesterende, und meine Mitbewohnerin macht diesen Sommer Urlaub in Griechenland, und sie entscheidet sich beim Reisedatum immer wieder um, dabei soll sie doch meine Trauzeugin sein. Außerdem zieht Noah gerade nach New York um, und er sagt immer nur, *egal, wann*, er kommt auf jeden Fall, das hilft aber auch nicht weiter. Wir haben für beide Locations eine Anzahlung geleistet, nur für den Fall, dass, und außerdem ist es wirklich wichtig zu wissen, ob wir genauso viele Brautjungfern wie Brautführer haben. Aber wir geben euch Bescheid, sobald wir Genaueres wissen. Mir ist klar, das erfordert alles recht viel Planung.«

Innerlich unbeteiligt überlegt sie kurz, was für Planung hier denn erforderlich ist, und dann wird ihr mit einem Schlag bewusst, dass ihr eigener Sohn heiratet und sowohl ihre Anwesenheit als auch ihre Mithilfe erwartet werden.

»Welcher Noah?«, fragt sie mit Verzögerung.

»Bens Noah?«, fragt Sunny leicht erstaunt, und dann dämmert es ihr, *natürlich* Noah. Der Name ist ihr seit zwanzig Jahren ein Begriff, aber ihn aus Sunnys Mund zu hören, bringt sie kurz aus dem Konzept.

»Und er zieht gerade nach New York um?« Ben und Noah zusammen auf der Schaukel, mit Stöcken fechtend, die langen Beine unter den Küchentisch geklemmt und gemeinsam über Chemie gebeugt, die Fingerspitzen orange von Cheetos. Er war Bens erster Freund, beide von eher stiller Natur und vorsichtig, außer wenn sie zusammen waren. Sie war so glücklich, als sie einander fanden, aber sie war auch, und dafür schämte sie sich, ein bisschen eifersüchtig – ihr Kleiner wurde größer und fand außer ihr noch andere Gesellschaft.

»Die *Times* hat ihn angeheuert«, sagt Sunny bedeutsam, als würde sie selbst den neuen Job annehmen.

Julia hat sich stets gefragt, ob Ben vielleicht wegziehen würde, nach New York oder in eine weniger anstrengende Stadt, Denver oder Berkeley. Und sie hat immer die Hoffnung gehegt, dass er sich in der Welt ein wenig umsehen würde, um dann am Ende doch wieder nach Hause zurückzukehren. Sie hat gehofft, vielleicht egoistischerweise, dass er all das ausprobieren würde, was ihr selbst versagt geblieben war oder was sie sich versagt hatte, dass er die Experimentierfreude an den Tag legen würde, die ihrer damaligen Selbsteinschätzung nach für sie nicht möglich war, sowohl finanziell als auch mental.

»Gibt es ein Datum, das für Sie nicht infrage kommt?«, fragt Sunny.

»Wie bitte?«

Die junge Frau blinzelt sie an. »Bestimmte Wochenenden in den nächsten zwei Monaten?«

»Ah, nein, ich ... Mark ist unter Umständen beruflich unterwegs, aber darüber kann man immer verhandeln.«

»Mom?«, fragt Alma beleidigt. »Und mein *Abschluss?*«

»Ach ja«, sagt sie. »Entschuldige, mein Schatz, den habe ich glatt verdrängt.« Sie nutzt die Gelegenheit und legt einen Arm um Almas Schultern, weil diese sie in Anwesenheit einer supercoolen Überzwanzigjährigen wahrscheinlich nicht abblitzen lassen würde. »Also nicht das letzte Wochenende im Mai«, sagt sie zu Sunny.

Sunny verzieht leicht das Gesicht. »Okay, das stand auf unserer Favoritenliste. Damit wird die Auswahl enger.« Sie holt ihr Handy hervor und tippt etwas. Dann sieht sie Julia mit einem breiten Lächeln an, bei dem sie ihre weißen Zähne entblößt. »Machen Sie sich keine Sorgen«, beschwichtigt sie. »Ich habe immer alles unter Kontrolle. Das bekommen wir hin.«

»Ich habe nie was unter Kontrolle«, sagt Julia und versucht ebenfalls, ein Lächeln aufzusetzen. »Also mache ich mir auch keine Sorgen.«

»Ja«, meint Sunny und blickt stirnrunzelnd auf ihr Display. Offenbar ist sie durch etwas abgelenkt, etwas, das zu diesem Abenteuer gehört, zu dieser neuen Familie, in der Julia und Mark und Alma im Augenblick lediglich Randfiguren darstellen. »Das hat Ben auch gesagt.«

12

Bens vierter Geburtstag wurde dann im engsten Familienkreis gefeiert, ein Ausflug in Eiseskälte zum Brookfield Zoo und dann ab nach Hause für die Geschenke und den knallblau verzierten Geburtstagskuchen. Als sie und Mark ihm mit ihren dünnen Laienstimmen ein Ständchen sangen und ihr Sohn im Schein der Geburtstagskerzen fast platzte vor Freude, stiegen ihr Tränen in die Augen. Was für ein kleiner Sonnenschein er doch war. Vier Jahre alt. All das hier seit vier Jahren, irgendwie.

Mark bekam mit, dass ihr kurz die Stimme brach, und lächelte sie über den Tisch hinweg an. Ben blies seine Kerzen aus, und auch seine Augen glänzten verdächtig. Sie dachte an jenen surrealen Morgen zurück, als er gerade auf die Welt gekommen war, nach stundenlangem, immer heftigerem Kreischen waren aus zwei mit einem Mal drei geworden. Und sie und Mark hatten eine gefühlte Ewigkeit lang kein Wort gesagt, beide waren sie wie verzaubert gewesen und hatten das Baby zwischen sich hin- und hergereicht, ihm die Wangen gestreichelt, über die runzligen Handgelenke und die unbegreiflich erscheinenden Augenbrauen. Ein solcher Moment musste einen mit Ehrfurcht erfüllen, genau auf diese Art und Weise verführte einen der Kosmos dazu, die Elternrolle anzunehmen, immerhin hatte er sein *Versprechen* eingelöst, zum Beispiel das wundersame Vorhandensein von Augenbrauen.

Als Mark aufstand, um Ben dabei zu helfen, die vier

Kerzen aus der Torte zu ziehen, küsste er Julia auf den Scheitel. Sie überlegte kurz, was sich ihr Sohn wohl gewünscht hatte, ob er das Konzept des Wünschens überhaupt schon verstehen konnte. Falls ja, hoffte sie, dass es etwas Materielles war, etwas, das sich leicht beschaffen ließ und einfach nur Spaß machte. Sie war unsicher, ab wann man sich im Leben etwas wünschte, das existenzieller und weniger greifbar war – an ihrem zehnten Geburtstag hatte sie sich gewünscht, dass ihre Mom sie mehr lieb hatte –, aber sie hoffte inständig, dass jene Phase für ihren Sohn noch nicht begonnen hatte.

Er wollte, dass sie ihm beide vor dem Schlafengehen vorlasen, und so klemmten sie sich jeweils neben ihn und lasen abwechselnd etwas aus dem hohen Bücherstapel vor. Sie beobachtete Ben dabei, wie er Mark musterte, der gerade ein Opossum mit walisischem Akzent nachahmte, und ihr wurde warm ums Herz.

Während ihres vergleichsweise unspektakulären Vortrags von *Der Regenbogenfisch* fielen Ben die Augen zu. Als sie merkte, dass nur noch Mark zuhörte, war sie verunsichert.

»Entschuldige«, sagte sie. »Aber passt es für dich, wenn du das Ende nicht mehr erfährst?«

Er lächelte sie an.

»Ich würde ihn gerne für immer so *bewahren*, wie er gerade ist«, bemerkte sie. Ihre eigene Lebensphase gefiel ihr nicht unbedingt, aber für Ben war diese Zeit unglaublich, so viele Synapsen, die unter der Oberfläche in Höchstgeschwindigkeit Reize übertrugen, so viele Zellen, die wuchsen und ihre Form veränderten. Ein perfekter kleiner Mensch in der Entwicklung. Und genau das war Muttersein: Sie würde bis in alle Ewigkeit hier in ihrem Unglück gefangen sitzen wollen, wenn das bedeutete, dass sein süßes Köpfchen sich nie mehr von ihrem Bauch erhob, wo es gerade ruhte.

»Schauen wir mal«, sagte Mark. »Es gibt bestimmt schon Experimente dazu.«

Sie veränderte ihre Position unter Bens ruhendem Gewicht, seufzte und lehnte sich tiefer in die Kissen. Mark angelte ein Plaid vom Schaukelstuhl und bedeckte ihre beider Füße damit.

»Danke«, entgegnete sie, worauf er einen Arm um sie legte und sie zu sich heranzog.

Sie war nur noch selten allein mit ihm, und während Mark neben ihr nichts ahnend mit ihren Haarspitzen spielte, kam ihr prompt der Vorfall mit Nathaniel in den Sinn, und sie schämte sich. Eigentlich war heute ein perfekter Tag gewesen, jedenfalls der schönste, an den sie sich erinnern konnte, seitdem sie damals zusammen Bens Augenbrauen begutachtet hatten. Eigentlich hätte sie glücklich und zufrieden sein sollen, hier im Bett mit ihrer kleinen Familie, um sie herum nichts als Liebe, Atemgeräusche und das Hämmern aus dem Heizkörper, aber mit einem Mal fühlte sie sich sehr einsam, gefühlskalt und minderwertig. Neben ihr lagen diese beiden aufrichtigen Menschen, aber sie fiel aus dem Rahmen, weil ihr Herz nicht bei der Sache war und sie gestern mit dem Sohn einer anderen Mutter glatt die Geburtstags-Galette ihres eigenen Kindes vernascht hatte.

»Hast du Lust, heute Abend einen Film anzugucken?«, fragte Mark. Ein vollkommen vernünftiger Vorschlag für einen Szenenwechsel, eine völlig normale Idee. Sie waren doch beste Freunde – oder nicht? –, Partner, und zwar genau deswegen, weil sie gerne zusammen Zeit verbrachten.

Und sie kam nach kurzer Überlegung zu dem Schluss, dass sie das auch wirklich *wollte*. Sie hätte gern etwas Nettes, Banales mit ihrem Mann unternommen, etwa bei einer Flasche Wein nebeneinander auf der Couch vor der Serie *The Wire* über russische Spione einzudösen.

»Ich bin …« Sie unterbrach sich. Marks Finger hörten auf, durch ihr Haar zu fahren.

»Oder auch was anderes«, sprach er weiter mit einem verzagten Unterton, den sie länger nicht mehr gehört hatte. Es war die nervöse Unsicherheit aus ihren ersten gemeinsamen Tagen, als er dachte, er müsste sich ins Zeug legen, um ihr Herz zu gewinnen, was übrigens weitaus weniger der Wahrheit entsprach, als er annahm.

»Ich bin ziemlich müde«, erklärte sie und merkte, wie er innerlich resignierte. »Tut mir leid.«

»Nein«, sagte er. »Kein Problem.«

Die Vorstellung, neben ihm zu sitzen, ohne Ben als Puffer dazwischen, war ihr unerträglich, allein der Gedanke daran war zu viel, denn sie hatte erfolgreich dafür gesorgt, dass es kein unbeschwertes Schweigen mehr geben konnte.

»Vielleicht sollten wir einfach noch ein bisschen hierbleiben«, schlug sie vor und spürte, wie er zu neuem Leben erwachte. Seine Armmuskeln entspannten sich und er ließ seinen Handrücken kurz zärtlich in ihrem Nacken ruhen.

»Gern«, sagte er. »Das können wir gern machen, Jules.«

Ben schnarchte leise, und Mark durchkämmte gleichmäßig ihr Haar, alle machten genau das, was man von ihnen erwartete, nur sie nicht. Sie hatte am Vortag einen anderen geküsst.

*

Und doch war sie genau eine Woche nach ihrer Begegnung mit Nathaniel Russo wieder dort. Sie hatte Ben im Kindergarten abgeliefert und sehnte sich nach einem typischen Mittwochvormittag bei Helen – knisterndes Kaminfeuer, hausgemachter Chai und dazu Helens vergnügtes Geplauder. Natürlich war daran im Augenblick nicht zu denken. Sie konnte aber auch beim besten Willen nicht die Erinnerung daran verdrängen, wie sie mit Nathaniel in der Küche gestanden und sein Kuss sie fast um den Verstand gebracht hatte. Das Leben als Frau war oft genug demütigend, und ein Leben als Single-Frau war, was Schmach und Schande anging, noch mal was ganz anderes, und ihr war klar, dass sie wirklich den Verstand verloren haben musste, wenn sie ohne Not riskierte, eine zu werden. Aber in ihrem Fall hatten bestimmte Entscheidungen dazu geführt, dass sie aus freien Stücken bei einem unterbeschäftigten Neunundzwanzigjährigen, der noch bei den Eltern wohnte, an einem Werktag aufkreuzte.

Und *doch*. Sie strich um das Anwesen der Russos wie eine Besessene und überlegte, ob Nathaniel vielleicht noch im Bett lag oder – hoffentlich nicht! – vielleicht bereits Besuch hatte. Sie wollte schon zurück zu ihrem Auto eilen, als sich die Haustür mit einem Schwung öffnete.

»Hey«, begrüßte er sie. »Was machst du bei Minusgraden da draußen?«

Eigentlich war sie an einem Punkt in ihrem Leben angelangt, wo sie sich nicht mehr mit *Hey* ansprechen lassen musste. Und doch.

»Komm rein oder lass es«, sagte er, nicht unbedingt die freundlichste Einladung, die sie je erhalten hatte. Und *doch. Und doch* folgte sie ihm ins Haus.

»Ich wollte … einfach mal vorbeischauen«, erklärte sie lahm.

»Schön.«

»Wirklich?«, fragte sie. *Weil ich Mutter eines Kleinkinds bin und unter Depressionen leide. Weil ich nicht mehr sicher bin, ob das, was zwischen uns passiert ist, wirklich passiert ist.* Denn falls es wirklich passiert ist – in diesem Fall *ganz besonders* –, sollte ich mich *hier* überhaupt nicht aufhalten.

»Ich schaue gerade die Schallplatten von meinem Vater durch. Magst du was trinken?«

»Ich … nein, danke.« Was hatte sie sich eigentlich erhofft? Er hatte sie ins Haus gelassen, aber jetzt wollte sie am liebsten auf dem Absatz kehrtmachen.

Er ging zum Plattenspieler. »Magst du Musik?«

»Ja«, flüsterte sie fast unhörbar und sah zu, wie er einen Stapel von Petes Alben durchsah. Er trug wieder sein blödes, unwiderstehliches Flanellhemd, dessen Ärmel er so weit hochgeschoben hatte, dass es einfach sexy aussah, nämlich bis knapp unter die Ellbogen, dort wo der Unterarm, der *Brachioradialis*, wie sie sich aus einem Anatomiekurs erinnerte, am muskulösesten war. Er entschied sich für eine Platte, und sie setzte sich hinter ihm auf die Couch und betete zu Gott, dass es kein Jazz war oder irgendwas Klassisches, nichts, bei dem sie zustimmend nicken musste, wenn er ihr in gemessenem Tonfall die musikalische Einzigartigkeit des Stücks erklärte. Das hatte sie in ihrer Teenagerzeit und ihren Zwanzigern zur Genüge erduldet.

Es setzte »Second Hand News« ein, und er gesellte sich zu ihr.

»An dem Tag, als ich mir selbst gegenüber eingestehen konnte, dass ich ein Fleetwood-Mac-Fan bin, hab ich gemerkt, dass ich erwachsen war, so voll und ganz erwachsen.«

»Ein Wendepunkt in jedermanns Leben.«

»Meine Mom hat uns das vorgespielt, als wir klein waren. Wenn wir sie zur Weißglut brachten, war dieser Song das Signal. Dann wussten wir, dass wir ins Wohnzimmer kommen sollten, um uns auszutoben, nehme ich an. Für sie war er ein *Galopp-Song*. Wir sollten dann rumrennen oder tanzen oder ausflippen, damit sie ein paar Minuten Zeit für sich hatte.«

Sie spürte ein Ziehen in der Magengrube und wusste nicht genau, warum. Freude über diesen gänzlich unerwarteten Blick auf Helen aus fremder Perspektive? Oder Eifersucht aus ebendiesem Grund? Beides passte nicht ganz. Und dann drang eine vage Erinnerung in ihr Bewusstsein – die Küche ihrer Kindheit, das Gesicht ihrer Mutter –, aber bevor sie richtig Gestalt annehmen konnte, spürte sie Nathaniels Knie an ihrem eigenen.

»Tolles Armband«, sagte er.

»Ah?«, krächzte sie.

Es handelte sich um verzwirbelte Plastikschnüre, die Ben bei Serenity Smiles anlässlich einer Präsentation von »indigenem Kunsthandwerk« für sie »gewoben« hatte. Objektiv betrachtet waren seine Anekdote über die Mutter und ihre Erinnerung an den eigenen Sohn im Vorschulalter alles andere als sexy, und doch ging ihr Atem schneller, und sie spürte wieder genau die Erregung, jenes zaghafte, unausgereifte und aufregende Gefühl für den eigenen Körper, wie einst in Partykellern mit Teppichboden und auf den verdreckten Matratzen von Studentenwohnheimen, Welten entfernt von den berühmten Vorzügen einer ehelichen Vertrautheit.

»Danke«, hauchte sie, und er ließ seine Finger unter ihr Armband gleiten.

»Ist das okay?«, fragte er.

»Was?«

Und dann küsste er sie wie beim ersten Mal, und seine Hand lag plötzlich auf ihrem Oberschenkel, und sie merkte, wie sie innerlich schwach wurde und ein leises Stöhnen von sich gab, das aufgesetzt klang, aber echt war. Sie ließ sich in den weichen Leinenbezug des Russo'schen Luxussofas sinken, spürte Nathaniels warmes Körpergewicht, seine Lippen, verlor jedes Zeitgefühl. Der nächste Song war »Don't stop«, bei dem ihr unangenehmerweise Bill Clinton in den Sinn kam, und ihr Blick landete auf einem Bild über Nathaniels Schulter, ein großes, gerahmtes Foto von Helen und Pete und einem Baby, vermutlich Cal, das auf Helens Hüfte saß, während Pete beide mit einem Arm umschlungen hielt. Es war das perfekte Bild einer jungen Familie. Pete sah seine Frau gerade liebevoll an, und Helen lachte lauthals. Julia hielt unvermittelt inne.

»Was ist los?«, fragte Nathaniel.

»Ich gehe jetzt besser«, erwiderte sie.

Sie hatte den Eindruck, Helen starre sie an.

»Du bist doch gerade erst gekommen«, sagte Nathaniel und küsste sie erneut, und sie veränderte ihre Körperposition so, dass sie Helen nicht mehr im Blickfeld hatte.

»Na gut«, lenkte sie ein. Beim nächsten Mal – denn selbstverständlich würde es ein nächstes Mal geben, und sie würde am Freitag, dem nächsten Serenity-Smiles-Tag, wiederkommen – würde sie darauf bestehen, dass sie sich außer Helens Sichtweite, im Kutscherhaus, trafen.

*

Anfangs war es nur Knutschen. Gieriges, fummeliges Knutschen und das gute alte Petting, über das während des Sexualunterrichts an der Highschool so viel Aufhebens gemacht worden war. Ein paar Mal schob er eine Hand unter ihr T-Shirt, aber sie gebot ihm stets Einhalt, bevor er den BH erreichte, murmelte *noch nicht* wie eine unerfahrene Sechzehnjährige. Sie wolle es *langsam angehen lassen*, sagte sie zu ihm. Sie sei *noch nicht bereit*, und sie war froh, dass er nicht nachfragte *wofür*, denn sie wäre um eine Antwort verlegen gewesen.

Intime Fummeleien in voller Bekleidung also. Sie redete sich ein, dass nichts dabei sei, es nicht zählte, keinerlei Bedeutung habe, *es passierte einfach*. Das ganze absurde Theater nahm seinen unwillkürlichen Lauf, und mit einem Mal lag sie neben Nathaniel auf dem weichen Teppich vor dem Bett, und er fuhr mit seinen Fingern auf der zarten Haut ihres inneren Unterarms auf und ab, und sie bekam eine Gänsehaut.

Es war, als wäre sie eine Figur in einem Stück oder befände sich in einem Zustand vollkommener Geistesabwesenheit. Hin und wieder hörte er kurz auf, sie zu küssen, und redete mit ihr, und sie starrte seine Lippen an und hörte nur halb zu. Nathaniel arbeitete Teilzeit in einem modernen Antiquariat, schrieb an einer *Essaysammlung*, erwog ein *Masterstudium* und interessierte sich für die *Fluidität von spekulativer Fiktion*. Wäre sie eine seiner Kommilitoninnen gewesen, hätte sie ihn unerträglich gefunden. Wäre sie seine Mutter gewesen, hätte sie sich Sorgen gemacht. Aber sie war weder das eine noch das andere und empfand deshalb Antipathie und Sorge zugleich, aber sobald sie sich küssten, löste sich beides in Luft auf. Er schien immer zwischen unbeschwerter Freude und tiefer Traurigkeit zu schwanken. Er seufzte oft, versank in nachdenkliches Schweigen, ließ seinen niedergeschlagenen Blick in die Ferne schweifen, und in den Phasen dazwischen war er quicklebendig, brachte sie zum Lachen und erzählte ihr allen möglichen Unsinn. Mitunter wirkte er wie ein Durchschnittstyp, und in solchen Momenten fragte sie sich, was er eigentlich an ihr fand, aber dann erzählte er ihr irgendwas Merkwürdiges, er habe *Jesus' Son* von Denis Johnson neun Mal gelesen, zum Beispiel, oder er habe seit elf Jahren mit einem seiner Brüder kein Wort gewechselt, weil sie sich an einem Thanksgiving über die Todesstrafe uneins waren, und mit einem Mal ergab auch alles andere mehr Sinn. An der Highschool habe er es *nicht leicht gehabt*, erzählte er ihr, irgendwann habe er sich *in die falsche Person verliebt* und *ein paar schlechte Entscheidungen getroffen. Wer hat das nicht?*, hätte sie darauf gern gesagt, aber sie ließ es bleiben und fragte auch nicht weiter nach, denn sie wollte eigentlich nicht mehr darüber erfahren, und er hatte den Anstand, ihr seinerseits ebenfalls keine weiteren Fragen zu stellen.

Es kam ihr so vor, als würde ihnen beiden etwas fehlen, das die meisten Leute besaßen. Jedem von ihnen fehlte etwas anderes, aber trotzdem. Keiner von ihnen beiden würde jedenfalls irgendwann vor die Haustür treten und sich eins mit der Welt fühlen.

»Mir geht ein Song von den Doors durch den Kopf«, sagte sie, »aber ich weiß nicht, welcher.«

Bei ihm fühlte sie sich schwerelos und ungebunden und tat so, als wüsste sie nicht ganz genau, dass beides nicht der Realität entsprach.

Er ließ seinen Kopf kurz unterhalb ihrer Brüste ruhen, wärmte sie. »Sing ihn mir vor.«

»Ich kenne den Text nicht, irgendwas mit *beer, southern*

California, flowing hairstyles.« Sie versuchte Jim Morrisons Gesinge nachzuahmen.

Nathaniel konnte sich kaum halten vor Lachen, sie spürte das Beben seines Körpers durch ihre Bluse. Sein Lachen war anziehend, aber das war ihm leider offensichtlich auch bewusst. »Dieser Song von den Doors ist mir vollkommen neu.«

»Trotzdem ist er wie *alle* Songs von den Doors«, bemerkte sie. »Jede Aufnahme von einem Song klingt nämlich genau wie die andere.« Sie konnte flirten, wenn sie wollte, und sie konnte charmant sein, bemerkte sie jetzt wieder, solange sie beides nicht lange durchhalten musste. »Sie haben in Wahrheit nur einen einzigen Song geschrieben, den sie dann leicht verändert unzählige Male auf den Markt gebracht haben.«

Es war ihr fünfter Besuch im Kutscherhaus, und sie fühlte sich immer noch nicht ganz wohl. Nathaniel war es eindeutig gewöhnt, Frauen zu küssen. Julia hatte seit über sechs Jahren keinen anderen Mann mehr geküsst als Mark. Sie konzentrierte sich auf Nathaniels ungewöhnlich warmen Körper und auf Details der Zimmereinrichtung – Blumentopfüberzüge aus Makramee und bunte handgewebte Teppiche –, zweifellos hatte Helen die Hand im Spiel gehabt. Hätte sie sich auch nur eine Sekunde lang damit auseinandergesetzt, was sie da gerade tat, hätten der ungeheuerliche Verrat, die Schwere ihres Vergehens sie erschlagen. Es war schier unglaublich, dass sie Mark das antat, der, auch wenn sie ihm manchmal am liebsten den Hals umgedreht hätte, der freundlichste und großherzigste Mann war, mit dem sie jemals in einer Beziehung gewesen war.

»Dein Philodendron braucht Wasser«, sagte sie.

»Ich glaube, *dein* Philodendron braucht Wasser«, erwiderte er und presste die Lippen auf den Blusenstoff über ihrem Bauch. Dann hob er den Stoff an und küsste sie in einer Linie über ihren Nabel hinweg bis hinunter zum Hosenschlitz ihrer Jeans. Beim Gedanken an ihre Schwangerschaftsstreifen erstarrte sie. Er schien sie überzeugen zu wollen, dass man es immer noch *es langsam angehen lassen* nennen konnte, wenn sie ihm die ganze Arbeit überließ.

»Dein Körper ist wunderbar«, bemerkte er. »Ich weiß wirklich nicht, was du hast.«

Sie legte eine Hand auf seinen Kopf. »Wie oft machst du's?«

»Was?« Sein Atem drang warm durch ihre Jeans.

Sie atmete ein. »Deine Pflanze gießen.«

Er presste seine Lippen auf ihre Haut. »Meinen Philodendron? Keine Ahnung.« Er legte eine Hand an ihr Schambein und rieb den Jeansstoff. Sie setzte sich auf und rückte hastig ein Stück von ihm ab.

Er ließ sich auf den Rücken fallen. »Mann, du bringst mich um.«

»Ich gebe ihm jetzt etwas Wasser«, erklärte sie. Sie erhob sich, und als sie seinen Blick im Rücken spürte, verlangsamte sie ihre Bewegungen. Unglaublich, dass nicht nur ihr Sohn – der Hinterteile ganz besonders lustig fand –, sondern tatsächlich auch jemand anderes sich für ihren Arsch interessierte.

Und mit diesem Gedanken war plötzlich auch Ben im Zimmer. Sie erschauderte, wurde innerlich ganz klein und rieb ein Blatt zwischen Daumen und Zeigefinger. Auf der Küchenplatte stand eine leere Flasche Cabernet – von der Billigmarke, die Helen durchgehen ließ – mit Bodensatz. Sie spülte die Flasche aus. Über der Spüle hing ein postkartengroßes Schwarz-Weiß-Foto von Fiona Apple, auf dem sie nicht viel anhatte und bedrückt dreinblickte. Ein merkwürdiges Detail, so typisch für einen verunsicherten männlichen Teenager, dass sie das Foto kurz musterte, bevor sie sich der Pflanze widmete. »Du solltest sie ungefähr alle drei Tage gießen. Nicht zu viel, mit einer halben Weinflasche.«

»Wein?«

»Bist du etwa auf den Kopf gefallen?«

»Mit einer halben Weinflasche. Verstanden.« Er rollte sich auf den Bauch. »Zimmerpflanzen sind eigentlich eher Moms Angelegenheit.«

Und so war neben Ben auch Helen im Zimmer, sie standen nebeneinander und guckten sich die Augen aus dem Kopf. Mit einem Mal war es im Raum zu heiß, waren zu viele Leute da. »Wie oft kommt sie denn hier rein, wenn sie zu Hause ist?«

»Ungefähr jeden Tag.«

»Im Ernst?«

»Sie stellt Sachen in den Kühlschrank.«

Helen, die sich mit Tüten voller Lebensmittel und sorgsam gefalteten Klamotten, noch warm vom Trockner, zu stiller Stunde hereinstiehlt. »Dann gieß sie eben nur einmal in der Woche. Wenn sie zurückkommt und die Pflanze sieht plötzlich super aus, schöpft sie Verdacht.« Helen kam in drei Wochen zurück. Mit einem Mal wurde ihr das bewusst, auf ihrem inneren Kalender pulsierte über dem Datum ein rotes Herzchen.

»Ich bezweifle, dass ihr das auffällt.«

Sie überlegte kurz beiläufig, ob sie vielleicht sogar *wollte*, dass es Helen auffiel, dass sie stolz war auf Julias grünen Daumen und erotische Abenteuerlust. »Das wird ihr garantiert auffallen.«

»Kommst du bitte wieder her?«

Sie schwebte wieder zu ihm hinüber und ließ sich von ihm zu Boden ziehen. Er schob eine Hand unter den Bund ihrer Jeans. Bei Bens Geburt war ihr jedes Körpergefühl abhandengekommen, und fortan fühlte sie sich wieder wie zu Teenagerzeiten: unsicher, linkisch, mit zu vielen Körpergliedern, davon einige zu lang, andere zu kurz. Sie rasierte sich die Achseln nur noch, wenn es ihr gerade einfiel, und kümmerte sich nicht weiter um die Schambehaarung. Mark war das immer egal gewesen, oder zumindest hatte er nie ein Wort darüber verloren, aber selbstverständlich fiel das anders ins Gewicht bei jemandem, der ihr nicht auf diese Weise verbunden war. Und *doch. Und doch* schien Nathaniel von dem, was er unter ihrem Slip vorfand, nicht abgeschreckt zu sein und fand sich in dem Gestrüpp ganz gut zurecht.

»Okay?«, fragte er, und sofort darauf nickte sie.

Er streichelte sie sanft, achtsam und übertrieben langsam, wie es gerne Männer taten, die von sich behaupteten, Feministen zu sein. Manches hatte sich in den vergangenen fünfzehn Jahren eben doch nicht geändert. Sie kniff die Augen gegen das Sonnenlicht zusammen und hätte ihn, diesen unerwarteten geschenkten Gaul, gerne gebeten, endlich zur Sache zu kommen, verzichtete aber darauf.

»Soll ich die Jalousien schließen?«, fragte er, und sie schüttelte den Kopf. Er zog die Hände aus ihren Jeans, fummelte an ihrem Reißverschluss herum, und kurz darauf hob sie ihre Hüften unelegant, damit er die Hose leichter über die Schenkel ziehen konnte. Ihr Gefühlskarussell drehte sich um zwei empirisch unwiderlegbare Tatsachen: Zum einen ging alles in ihrem Leben seit ein paar Jahren den Bach runter, deshalb war ihr Bedürfnis nach Trost und Freundschaft eigentlich *nicht* überraschend und auch nicht, dass sie beides außerhalb ihrer Familie suchte. Aber zweitens war sie ein furchtbar schlechter Mensch, und was sie da gerade tat, war eindeutig falsch und trotz der differenzierten Plattitüden von Tatsache Nummer eins unentschuldbar.

Er zog ihr die Jeans von innen nach außen gekehrt von den Beinen.

»Licht meines Lebens«, säuselte er und machte sich ans Werk, indem er ihre Beine langsam mit den Händen spreizte. *»Feuer meiner Lenden.«* Er zog ihr den Slip aus. Sie hatte für heute absichtlich den unspektakulärsten angezogen, in dem Glauben, das könnte sie davon abhalten, ihm zu erlauben, sie nackt auszuziehen. Sie ließ sich nach hinten fallen, suchte Entspannung. *»Die Zungenspitze unternimmt eine Reise* ... Juu. Lii ...«

»Igitt«, sagte sie. »Hör auf. Das ist nicht witzig.«

Er stützte sich auf seinen Handflächen hoch und betrachtete sie mit gerunzelter Stirn, ein paar Sekunden lang sah er aus wie Ben vor einem Wutanfall. Nathaniel konnte kindisch und ähnlich unberechenbar sein, kleine verbale Spitzen verzogener Unverschämtheiten von sich geben. Es war zu erwarten gewesen, aber trotzdem enttäuschend: Ein Kindskopf von Mann, der sie in einem Außengebäude seines Elternhauses verführte, war – ebenfalls erwartungsgemäß – nicht die Lösung für ihre Probleme, was auch immer die waren.

»Ich kann so was nicht«, erklärte sie und bedeckte die Augen mit einem Arm. »Tut mir leid.«

»Du hast ja auch viel um die Ohren.« Er schob sich über sie und gab ihr einen Kuss. Gerade meinte sie, sie hätte ihn durchschaut, da hatte er schon wieder einen anderen Gang eingelegt. »Ich nehm dir was von deinem Stress.« Er arbeitete sich küssend wieder abwärts, während Fiona Apple sie von der Spüle aus anstarrte. »Julia, Julia, Julia«, murmelte er, jede Silbe betonend.

Sie legte eine Hand auf seinen Kopf, um sie beide zu erden. »Fühlt sich das nicht …«, sagte sie.

Er küsste sie innen am Schenkel, und sie atmete kurz scharf ein. Sein warmer Atem zwischen ihren Beinen. »Fühlt sich das *wie* an?«

»Na ja, ich …« Sie gab sich Mühe, ihre Verlegenheit in Schach zu halten und nicht zusammenzuzucken. »Keine Ahnung. Fühlt sich das nicht …«

»Du machst dir zu viele Gedanken.«

»Fühlt sich das nicht alles irgendwie *ungehörig* an?«

Er lachte, und sie umklammerte instinktiv seine Schultern.

»Voll«, sagte er. »Ungehöriger geht's nicht.«

*

Sie fragte sich, ob Mark die Veränderung an ihr bemerkte, denn für sie selbst war sie unübersehbar. Dass sie die ganze Zeit so etwas Schreckliches tat, ohne es in irgendeinem äußerlichen Makel offenbart zu sehen, konnte sie kaum fassen. Mitunter blickte sie in den Spiegel und rechnete damit, dass ihr Haar über Nacht weiß geworden war oder ihre Ohren auf die dreifache Größe angewachsen waren, aber es blickte stets eine Verräterin zurück, und Mark schaute sie offenbar weiterhin nur flüchtig an.

Eigentlich waren mittlerweile Kollegen aus ihnen geworden, einander freundlich zugewandt für den Zeitraum einer Aufzugfahrt. Vermutlich passierte genau das, wenn zwei relativ konfliktscheue Menschen heirateten und die Sache nicht mehr so gut lief. Die Ehe wurde nicht unansehnlich, aller Unrat, alles Ungemach verschwanden einfach hinter einer Fassade, und beide Parteien arrangierten sich damit. Man gab einander den üblichen Guten-Morgen-Kuss und klärte höflich logistische Belanglosigkeiten. Mark arbeitete oft bis spät in die Nacht, und sie füllte ihre Tage mit einem Freund, Ben, der unerklärlicherweise immer liebenswürdig und angenehm blieb, und in Sachen Erotik neuerdings mit einem Ersatz, nämlich Nathaniel. Alles ebenso unvorstellbar wie unvermeidbar.

Jedoch war ihr nicht geheuer, wie ruhig ihr Gewissen währenddessen blieb. Sie hätte erwartet – obgleich sie nie erwartet hatte, sich in dieser Situation wiederzufinden – von Gewissensbissen geplagt zu werden, nachts wach zu liegen, wenn sie an ihre Affäre dachte, an die Hände eines anderen, die ihren Körper berührten. Aber zu ihrer Überraschung schlief sie besser als zuvor. Ihr Schlaf war tief, gefüllt mit schulmädchenhaften Träumen, in denen Helen und Nathaniel die Hauptrollen spielten. Helen saß neben ihr in einer Yogastunde und kritisierte ihre Stupsnase, Nathaniel fuhr sie in Helens Volvo zum Indiana Dunes National Park und fickte sie in einer öffentlichen Dusche, an deren Wänden Sand klebte. Sie träumte derart eindrücklich von einem Orgasmus, dass sie mit einem sehr lebendigen Gefühl zwischen den Beinen erwachte, unsicher, ob sie im Schlaf gekommen war oder nicht.

Nach einem solchen Traum schob sie halb wach eine Hand unter den Bund ihrer Schlafanzughose, neben ihr der schlafende Ehemann. Der Orgasmus im Traum machte glücklicherweise einen weiteren im Wachzustand nicht unmöglich. Behutsam ließ sie sich auf den Bauch rollen, schob die Beine auseinander und hob die Hüften leicht an, um Platz für die Hand zu machen. Ihr Kopf war fast frei von Gedanken, und wo normalerweise die Fantasie zu Hause war, herrschte nur warme Leere und ein schwacher Nachklang – sie konnte in diesem Moment Traum und Erinnerung nicht voneinander unterscheiden – von Nathaniels Lippen auf ihrer Haut. Sie presste das Gesicht ins Kissen und rieb sich an ihrer Hand. Sie hob kurz den Kopf, um Luft zu holen, und stöhnte ungewollt.

Die Matratze bewegte sich auf Marks Seite leicht nach unten. Sofort hielt sie inne. Ein Rascheln, ein Räuspern, *Haha, ich schüttele gerade mal kurz mein Kopfkissen auf und tue so, als würde ich nicht mitkriegen, dass meine Frau neben mir gerade eifrig masturbiert.* Sie drückte den Körper in die Matratze, zog die Hand aus der Hose und hielt mühsam den Atem an. Beim nächsten Atemzug musste sie förmlich nach Luft schnappen. Sie spürte, dass Mark hellwach war. Er hatte sich mittlerweile auf den Rücken gelegt und die Decke ordentlich bis unter die Achseln hochgezogen, wie in einer altmodischen Karikatur eines Vaters am Weihnachtsvorabend. Ihre Finger waren nass. Sie ließ sie unauffällig unter ihrem Shirt verschwinden und wischte sie am Bauch ab.

Sie war daran gewöhnt, neben ihm wach zu liegen, aber dass er ebenfalls wach war – noch dazu unter diesen Umständen –, machte sie mit einem Mal unfassbar traurig.

Sie öffnete den Mund, um etwas zu sagen – nur was? Dass es ihr leidtat, ein paar Zentimeter entfernt von ihm zu masturbieren, dass es ihr leidtat, dass ein anderer Mann es ihr mit der Zunge besorgte, *sorry, sorry, sorry, Mark*, dass ich die bin – konnte das für sie beide wirklich eine Überraschung sein? –, die ich immer schon gewesen bin.

*

Da sie sich bereits in den vergangenen paar Jahren kaum noch wie ein Mensch vorgekommen war, schien es nicht abwegig, dass ihr Verhalten bald überhaupt nicht mehr als menschlich zu erkennen sein würde. Als sie die vertraute Strecke von Serenity Smiles zu den Russos entlangfuhr – für den Fall der Fälle hatte sie sich die Beine rasiert –, bemühte sie sich um eine objektive Einschätzung, *wie* sie sich gerade verhielt, warum sie so handelte und ob es ein Zurück gab. Die besonderen Umstände dieser Zeit – Helen war nicht da, es war die kälteste Zeit im Winter, und Nathaniel wirkte wie ein zufällig vorbeischwebender Geist der Vergangenheit – sorgten dafür, dass alles verschwommen und surreal erschien.

Und sie war fast verrückt vor Vorfreude auf Helens Heimkehr, und dieses Hochgefühl war genauso erfüllend wie der Sex mit Nathaniel, aber fraglos moralisch weniger verwerflich. Vielleicht würde ihre Rückkehr dem, was sie in Helens Abwesenheit getan hatte, etwas von der Wucht nehmen, zumindest erhoffte sie sich das. Und selbstverständlich waren sie und Nathaniel sich darüber im Klaren, dass ihre Affäre enden würde, sobald Helen und Pete wieder im Haus waren. Nathaniel wollte ebenso wenig von seiner Mutter mit Julia erwischt werden wie Julia von Helen mit einem ihrer Söhne.

Doch noch war Helen nicht wieder zu Hause, und wenn Nathaniel sie mit der Verve des ungebundenen Herzensbrechers küsste, verfiel sie ihm auf der Stelle. Es fühlte sich an wie zu der Zeit, als sie gerade ihren Mann kennengelernt hatte, oder noch eher wie vor seiner Zeit beim Gelegenheitssex, wo der Ort keine Rolle spielte und eine schäbige Matratze im Studentenwohnheim es ebenso tat wie die freie Natur.

»Heute riechst du richtig gut«, murmelte er in ihren Nacken, und sie verschwieg ihm, dass sie das Duschgel von L'Occitane auf Empfehlung seiner Mutter erworben hatte.

»Du auch«, sagte sie. Sie lagen auf seinem Bett, und sie war schon den ganzen Morgen lang in Gedanken damit beschäftigt, dass sich bei Ben eine Erkältung anzubahnen schien, der Trockner komische Geräusche machte und sie am Abend zuvor einen blöden Ehekrach mit Mark darüber gehabt hatte, ob sie unbedingt zu dieser Valentinsparty von Brady und Francine gehen mussten. Und überhaupt musste sie unentwegt an Valentinstag denken, ein knallrotes Herz im Kalender, eine Woche noch, dann würden Helen und Pete zurückkommen. Aber dann entschwanden all diese Themen aus ihren Gedanken, und es fühlte sich *gut* an. Vielleicht müsste sie moralischen Bankrott anmelden, war verantwortungslos bis zum Gehtnichtmehr und völlig durch den Wind, aber wenn sie mit ihm zusammen war, spielte das für ein paar Augenblicke alles keine Rolle. Und je weniger man sich im Spiegel betrachtete, desto einfacher wurde es, es schließlich ganz bleiben zu lassen, so hatte sie festgestellt. Zum ersten Mal öffnete sie selbst den Reißverschluss ihrer Jeans und fummelte darauf an seinem herum.

»Bist du sicher?«, fragte Nathaniel und zog bereits die Schublade von seinem Nachttisch auf, kramte nach einem

Kondom. Ob Helen wohl eine Ahnung davon hatte, dass er sie dort aufbewahrte, überlegte sie. Und was hielten die Russos als Eltern von fünf Söhnen, die alle ungefähr zur selben Zeit im Teenageralter gewesen waren, eigentlich generell von Sex im Kutscherhaus? Und was würde Helen jetzt sagen, wenn sie Julia so sehen könnte, wie sie sich in ihrer mit Bedacht gewählten, aufreizenden Unterwäsche – sie hatte sich extra Spitzendessous gekauft – ihrem Sohn lustvoll darbot? Sie schloss die Augen, denn damit wollte sie sich jetzt nicht befassen, und außerdem wollte sie nicht die kleine Sammlung von Seeanemonen sehen, die Helen auf der Fensterbank arrangiert hatte.

Nur noch eine Woche, die sie hinter sich bringen musste, dann würde Helen zurück sein.

»Ja«, sagte sie. »Ganz sicher.«

Als sie nach Hause kam, fühlte sie sich von Kopf bis Fuß quicklebendig, wie elektrisiert. Ihr blieb immer noch eine Dreiviertelstunde, bis sie Ben abholen musste, und sie wusste, dass es das Beste wäre, ganz kurz in Schlafposition die Augen zu schließen. Sie kroch unter die Decke, die nach Mark und ihr roch, ein seltsamer Geruch nach Schlaf mitten am Tag. Sie stellte Marks Wecker auf eine halbe Stunde, falls sie doch einschlief, zog sich die Decke über den Kopf und schloss fest die Augen. Dann fuhr sie mit der Zunge über Zähne und Gaumen, dachte an Marks Bemerkung über die Muskeln im Schlaf, presste die Zunge gegen den Mundboden und zwang sich mit aller Willenskraft zum Einschlafen.

Sie stellte sich Mark vor, wie er ihr nachsichtig wie einem kleinen Kind erklärte, dass das so nicht funktionierte.

13

Das Treppenhaus von Bens Wohnblock ist schäbig, und das beruhigt sie. Es ist genau die Art Gebäude, in der ein Vierundzwanzigjähriger wohnen sollte. Alles wirkt unbeständig, eine typische Übergangsbleibe. An der Tür zu seiner Wohnung liegen in einem Haufen aussortierte Sachen, ein einzelner Joggingschuh, ein zerfleddertes Exemplar von Stephen Cranes *The Red Badge of Courage* und mehrere Rührlöffel. Auf die Rückseite eines aufgerissenen Briefumschlags hat Ben ZU VERSCHENKEN gekritzelt.

Ben öffnet die Tür, er ist für seinen Job als Lehrassistent angezogen, zerknitterte Khakihosen und ein grau gemustertes Hemd. Er ähnelt seinem Vater so sehr, dass sie sich nicht mit einer Begrüßung aufhält und sofort sagt: »Ich glaube kaum, dass vor deiner Tür viele Interessenten für deine Sachen vorbeikommen ...«

Er wirft einen Blick auf den Haufen. »Du würdest dich wundern. Dal hat vor ein paar Wochen das Schneidemesser von seinem Mixer hier draußen hingelegt, nur das Messer, nichts anderes, und nach einer halben Stunde war es weg.« Er öffnet die Tür ein Stück weiter, um sie hereinzulassen.

»Wie beruhigend«, erwidert sie. »Ich bringe ein paar Kartons vorbei.« Ihr Tonfall ist bewusst zwanglos. Sie bemüht sich, sie gibt sich Mühe, unglaublich viel Mühe, diese freundliche Mom in ihren weiten Clownshosen mit

Kartons in den Armen. »Dad meinte, du kannst sie gebrauchen, und das Restaurant neben meinem Büro hat ein paar entsorgt.«

»Toll, vielen Dank.« Er klingt fast stolz, als er hinzufügt: »Ich habe schon die Hälfte aller Sachen gepackt.«

Er zeigt auf eine Reihe Mülltüten, die wie eine Kunstinstallation in einer Wohnzimmerecke gestapelt sind, vollgestopft mit Klamotten und eckigen Gegenständen und, wie sie annimmt, tatsächlich auch mit Müll.

»Sind die anderen Sachen noch ... in deinem Zimmer?« Sie beäugt misstrauisch etwas Türkises, einen Plüschsessel in Form einer gekrümmten Banane, die wie ein erigierter Penis aus einer runden, drehbaren Basis aufragt.

»Dals Spielsessel«, erklärt Ben.

»*Spiel*sessel? Dafür braucht man einen speziellen Sessel?«

»Er hat ein totales Faible für die alten Sega-Games aus den Neunzigern entwickelt.«

»Na ja«, sagt sie. »Warum auch nicht.« Neben dem Sessel liegt der alte Futon von Ben, er stammt noch aus Marks Singlehaushalt und fand später in Bens Kinderzimmer Platz. Manchmal machte sie auf dem Futon tagsüber ein Nickerchen, der Kleine schlafend auf ihrer Brust, und durchs Fenster, das nach Paulina Station rausging, von der blassen Sonne gewärmt, oder lag dort nachts, wenn Ben aufwachte, weil er ihre Nähe brauchte, sein verschlafenes Gesicht von Scheinwerferlicht erhellt. Jetzt sieht sie ihn an, diesen hochgewachsenen, müden Mann, den sie zur Welt gebracht hat. Er hockt ihr gegenüber, das Hemd zerknittert, die Gesichtszüge angespannt. Wieder erinnert er sie so sehr an Mark, damals, als sie sich kennenlernten, zweiunddreißig, ganz zerzauster Naturwissenschaftler.

»Alles gut?«, fragt er.

»Klar, alles gut.« *Weißt du noch, als du auf meiner Brust ein Nickerchen gemacht hast?* Es gibt keinen Rahmen, in dem man eine solche Frage stellen könnte, Gott sei Dank, aber trotzdem war es auch sehr ungerecht.

Stattdessen spaziert sie den Flur hinab. »Hat Dal schon einen neuen Mitbewohner gefunden?«

»Emma zieht ein.«

Wie ein Engelchen auf ihrer Schulter taucht Mark vor ihrem inneren Auge auf und ermahnt sie, sich den Kommentar zu verkneifen, dass offenbar jetzt alle Welt zusammenzieht und Emma noch ihre liebe Mühe haben wird, wenn sie mit jemandem zusammenleben will, der einen *Spielsessel* besitzt.

Die Tür zu Bens Zimmer steht offen, sie ist überrascht, wie ordentlich es dort aussieht. Marks alte Wohnung war ähnlich spartanisch eingerichtet: ein harter Stuhl zum Lesen und unter einem Poster von Magritte – zwei Liebende mit Tüchern über ihren Köpfen, sie konnte damals nicht entscheiden, ob es von Kunstgeschmack zeugte oder als Drohung gemeint war – ein riesiger beiger Desktop-Computer. Ben hat ein Pavement-Poster, das sie ihm zu seinem fünfzehnten Geburtstag hat einrahmen lassen, und eine mit fetten Fachbüchern vollgestellte Fensterbank, *Parameter Estimation and Inverse Problems, Relativistic Geodesy*. Ihr Blick wandert zu dem BH, der an einem Träger vom Griff seines Kleiderschranks baumelt, feine Spitze und winzige Körbchen. Sie zieht ordentlich die Decken über sein Bett, dabei fliegt eine Unmenge Staub auf, dazu Haare, Fäden und Textilfussel aus dem Trockner.

»Hat Sunny denn ein normal großes Bett?«, fragt sie.

»Was meinst du damit?«

Sie zeigt auf seines. »Größer als deins, groß genug für zwei Erwachsene.«

»Ah, nein, das hier ist groß genug, da haben wir beide Platz.«

Sie sieht ihn nicht an, nickt kurz und verdrückt sich an ihm vorbei aus dem Zimmer. Sie steckt ihren Kopf noch ins Bad, das viel sauberer aussieht als das von Alma zu Hause – junge Frauen sind in diesem Punkt nachlässiger, verklebte Tuben mit Gesichtscreme, hamstergroße Haarknäuel, papierumwickelte gebrauchte Tampons im Badezimmereimerchen oder auch mal daneben –, aber dann wendet sie sich ab und geht zurück ins Wohnzimmer.

»Alles gut?«, fragt Ben erneut, und sie kann ja nicht sagen, *nein, rein gar nichts*, weil sie sich doch Mühe geben will, denn etwas anderes bleibt ihr nicht übrig.

»Lass uns einkaufen gehen«, sagt sie.

*

Sie fahren zu einem chaotischen, scheußlichen Einkaufszentrum im South Loop, und sie überlegt, wie oft sie ihrem Sohn schon ihre Mutterliebe demonstriert hat, indem sie ihm Sachen für die Schule kaufte, Riesenvorräte an Snacks für kalte College-Winter, unzählige Boxershorts und Sportsocken. Das gelingt ihr besser als so manches andere, sie kann die Bedürfnisse von anderen gut erahnen, was zum Teil daran liegt, dass sie bis zu ihrer Heirat mit Mark selbst sehr bedürftig war.

»Als ich deinen Vater kennenlernte, hat er als Zahnbürstenhalter eine leere Toilettenpapierrolle benutzt«, erwähnt sie, und Ben blinzelt sie verständnislos an.

»Ich nehme dafür einen Becher«, sagt er.

»Das hier ist ein Becher für genau diesen Zweck.«

Er inspiziert ihn. »Das ist ein ganz normaler Becher. Du brauchst mir keinen speziellen Becher zu kaufen.«

Die Herablassung in seinem Ton irritiert sie, dazu kommt die Tatsache, dass er sich von ihr durch das Einkaufszentrum führen lässt, um Gegenstände für den täglichen Gebrauch zu erwerben, die er als Vierundzwanzigjähriger eigentlich längst besitzen sollte. Aber sind diese Startschwierigkeiten nicht vor allem ihre Schuld? Sie lässt den Blick über den mittlerweile vollgepackten Einkaufswagen schweifen. Badetücher, Handtücher, Besteck aller Art, Kästen mit Seltzer und eine Riesenpackung Toilettenpapier, die sie kurzerhand auch noch mit hineingeworfen hat.

»Besitzt du eigentlich Handtuchhalter?«, fragt sie, und angesichts seiner verständnislosen Miene mustert sie die Warenmuster an einer Wand. »Einen elektrischen Schraubenzieher?«

»Mom?«

Sie wirft ihm einen Blick zu. »Was?«

»Ich muss dich was ... Komisches fragen.«

Immer geduldig und bemüht, die freundlichste Mutter, die man sich vorstellen kann: »Schieß los.«

»Sunny und ich haben eine Gästeliste erstellt.« Die Hochzeit, so wurde mittlerweile beschlossen, wird Ende Mai stattfinden, eine Woche vor Almas Highschool-Abschluss. Sie fragt sich, welche sadistische höhere Macht bestimmt hat, dass sie diese beiden Meilensteine in ihrem Leben derart kurz nacheinander ertragen muss? »Und ich dachte ... na ja, wir *kennen* nicht so viele Leute. Sunnys Mom und ihr Stiefvater kommen, aber ansonsten hat sie kaum noch Verwandte, die man einladen könnte.« Ein betrüblicher Sachverhalt, der in ihr Empathie auslöst, weil bei ihrer eigenen Hochzeit auch niemand von der Familie erschien. Es gab keine Sitzordnung getrennt nach Gästen der Braut und des Bräutigams, sondern nur Marks herzlichen Clan aus Wisconsin, seine Freunde aus der Uni und von der Arbeit sowie Brady und Francine Grimes. Julia hatte ein paar Kolleginnen und Kollegen eingeladen, aber eigentlich nur, weil es ihr peinlich war, nicht mehr Freunde zu haben. Und die Arbeitskollegen kamen, so vermutete sie, auch nur aus Mitleid oder, viel wahrscheinlicher, aus Neugier. Wichtige Ereignisse können dazu führen, dass die eigene Einsamkeit erst richtig zur Schau gestellt wird.

»Ich habe überlegt, ob wir nicht Grandma einladen könnten«, sagt Ben. Sie bleibt wie angewurzelt stehen.

Grandma. Das Wort ist unweigerlich mit dem Bild einer heiteren, Geborgenheit spendenden Märchenfigur mit üppigem Busen verbunden. Es passt auf keinen Fall zu irgendeinem noch lebenden Familienmitglied. Marks Mom wurde Nana genannt und ist bereits verstorben, als Alma noch ein Baby war. Damit bleibt nur Julias Mutter, für die es keine allgemeine Bezeichnung gibt, von *Julias Mom* oder *Anita* ist ebenfalls niemals die Rede gewesen. Ben hat sie im Leben ganze zwei Mal gesehen – beide Male rein zufällig, und nur bei einem davon war er alt genug, um sich daran zu erinnern –, und die Familienbande sind so dünn geworden, dass man Anita sogar so gut wie nie in Anekdoten erwähnt.

Sie sollte an dieser Stelle begreifen, und sie begreift es tatsächlich, dass sich diese beiden jungen Leute ohne nennenswerte Verwandtschaft nach Menschen sehnen, die kommen und ihr Baby lieb haben werden. Sie und Mark haben auf der eigenen Hochzeit Normalität vorgetäuscht, sie stützten sich auf die tröstliche Anwesenheit von Marks Verwandtschaft und ignorierten die Tatsache, dass Julias Mutter, die damit gegen alle ungeschriebenen biologischen Gesetze verstieß, diese Veranstaltung egal war.

»Ich dachte, sie würde sich vielleicht freuen, miteinbezogen zu werden«, erklärt Ben gerade leicht verunsichert.

»Man hat sie niemals ausgeschlossen«, entgegnet Julia. »Es ist ja nicht so, dass man sie übergeht, sie hat ...« *Sie hat uns nie besuchen wollen,* bringt sie nicht über die Lippen. Der Impuls, die eigenen Kinder vor anderen Leuten, deren Herzlosigkeit und Desinteresse zu schützen, ist immer noch übermächtig, wird es immer sein. »Sie ist seit fast achtzehn Jahren nicht mehr bei uns gewesen. Du hast nicht mit ihr gesprochen, seit du ...«

»Wir waren ein paar Mal miteinander in Kontakt«, sagt er, und es verschlägt ihr kurz die Sprache, wie er wahrscheinlich vorausgesehen hat. »Ich habe im Rahmen eines Geschichtsprojekts im College von ihr erzählt.«

Sie lässt sich nicht aus der Ruhe bringen. »Davon wusste ich nichts.«

»Ich dachte, du wirst vielleicht sauer.« Ben ist erst sehr spät in den Stimmbruch gekommen. Selbst heute klingt er hin und wieder noch leicht heiser, als würde die Stimme im nächsten Moment wieder kippen.

»*Wovon* erzählt?« Von Entwicklungshemmung? Gin?

»Von ihrem Leben, was weiß ich, das ist kein Grund, sofort auszurasten.«

»Ich *raste überhaupt nicht aus*. Du wirst aber schon verstehen, dass ich ein bisschen überrascht bin. Hast du sie etwa *besucht?*«

»Nein, wir haben telefoniert.«

»Wie bist du an ihre Nummer gekommen?«

»Die hängt am Kühlschrank.«

Sie geht im Geiste durch, was dort alles hängt, alles so altbekannt, dass sie es schon gar nicht mehr wahrnimmt, und dann fällt ihr ein blaues, vom Licht zu einem fahlen Grün ausgebleichtes Post-it ein. In ihrer Handschrift stehen dort unter ANITA zehn Telefonnummern. Der Zettel hängt, wenn sie sich nicht irrt, tatsächlich immer noch dort, aber sie hat immer angenommen, dass die Zeit ihn wie abgelaufene Restaurant-Gutscheine und Supermarktcoupons obsolet gemacht hat.

Die letzten achtzehn Jahre haben sie und ihre Mutter quasi ein in die Länge gezogenes »Spiel mit dem Untergang« gespielt, keine von ihnen wollte die Verbindung gänzlich abbrechen und damit die Verantwortung übernehmen. Beide sind sie aber mehr oder weniger davon überzeugt, glaubt Julia, dass die jeweils andere die Hauptschuld an der Funkstille trägt. Alle paar Jahre ruft ihre Mutter mitten am Tag an, wenn davon auszugehen ist, dass niemand zu Hause ist, und hinterlässt eine knappe Nachricht mit ihrer aktuellen Adresse oder Telefonnummer auf dem Anrufbeantworter. Und ebenfalls alle paar Jahre schreibt Julia in einem Anflug von Nostalgie eine Weihnachtskarte – eine neutrale Nachricht, ihren Namenszug, dazu ein Foto von den Enkeln mit ins Kuvert –, und sobald die Karte im Briefkasten verschwunden ist, bedauert sie ihren Anflug.

»Hat sie sich denn gefreut, von dir zu hören?«

Er betrachtet sie mit einem leicht misstrauischen Blick. »Ja, schon.«

»Und warum genau hast du dich bei ihr gemeldet?«

»Ich wollte fragen, ob ich sie interviewen darf. Irgend so

ein blödes Projekt fürs erste Jahr, *Die eigene Geschichte entdecken*«, spielt er die ganze Angelegenheit herunter.

Er zieht sie wieder auf seine Seite, er weiß genau, dass sie für solche gefühlsbetonten Bachelorprogramme wenig übrighat, und nutzt das für seine Zwecke. Sie dankt es ihm heimlich.

»Aber du hast mir nichts davon gesagt«, erwidert sie und greift sich eine Spülbürste. »Deine *Großmutter* und ich standen einander nie sehr nah, aber ich habe sie dir nicht absichtlich *vorenthalten*.«

Du klingst gekünstelt, sagt Mark immer, wenn sie so redet, eine freundliche Umschreibung für *Jetzt chill mal, Julia*. Sie kontrolliert ihre Atmung und nimmt die Wäschekörbe näher ins Auge.

»Wir haben nur ein paar Mal miteinander telefoniert. Sie hat mir aus ihrem Leben erzählt.«

»*Was* genau?«

»Alles«, erwidert er, und sie hofft inständig, dass das nicht der Wahrheit entspricht, will sich lieber nicht vorstellen, was Anita über ihre Tochter preisgegeben hat. »Na ja, oder auch nicht, eigentlich ging es um Banalitäten. Hast du gewusst, dass sie mit einem von den Temptations zusammen war?«

»Keiner aus der Originalband«, sagt sie und entspannt sich innerlich. Anita hat Ben die gleichen Highlights aus ihrem Leben serviert, mit denen sie auch Julia abgespeist hat, Häppchen, mit denen man nicht viel anfangen konnte.

»Über deinen Dad hat sie nicht viel gesagt«, merkt Ben leise an, und Julia, die gerade einen Trocknerball in der Hand hält, erwidert: »Da gibt's auch nicht viel zu sagen.«

Zwischen ihnen tritt ein seltsames Schweigen ein, undurchschaubar, unangenehm, fast feindselig.

»Mom, wir können gerne noch weiter darüber reden, aber mir ging es gar nicht darum, irgendwelche alten Kamellen aufzuwärmen. Ich würde sie nur gern einladen, vielleicht kommt sie ja. Wir sind gerade ein bisschen überfordert, besonders Sunny. Wir möchten einfach sicher sein, dass ein paar Leute mehr kommen als nur die engste Familie. Mein Kind soll wissen, dass es Menschen gibt, die ihm nahestehen.«

Dass *ihr Kind* von *seinem Kind* spricht, geht ihr nahe, und auch die plötzliche Erkenntnis, dass sie selbst auch nicht der Vorstellung einer typischen *Grandma* entspricht. Es warten auf sie noch unzählige Gelegenheiten, um ihr Kind zu enttäuschen, und seit neuestem auch das Kindeskind.

»Weißt du, mein Schatz«, tastet sie sich vor, »sie ist nur einfach ein bisschen unberechenbar, und ich möchte nicht, dass du enttäuscht wirst.«

»Aber ist es nicht einen Versuch wert?«

Sie kann unmöglich sagen, *nein, mein Schatz, ist es nicht.*

»Mein Bauchgefühl sagt mir, dass es keine gute Idee ist.«

Er wirkt resigniert. »Ah. Meinetwegen.«

»Ich möchte nicht, dass deine Gefühle verletzt werden.«

Er öffnet den Mund, um etwas zu sagen, überlegt es sich anscheinend aber anders. »Gut«, entgegnet er. Aber sie merkt, dass die Stimmung zwischen ihnen umgeschlagen ist, mit einem Mal ist da eine aggressive Bitterkeit, die sie auch im Magen spürt, dabei streitet sie sich mit Ben eigentlich nie.

»Eine Sorge weniger«, sagt sie, und es soll unbeschwert klingen, hört sich aber nicht ganz so an. »Tut mir leid, mein Schatz.«

»Ach, ja?«, fragt er, und sie bleibt stehen und sieht ihn an. »Ich wollte nur ... ist das wirklich dein Ernst? Dass ich meine eigene Großmutter nicht zur Hochzeit einladen darf?«

»Es ist nicht so, dass du sie nicht einladen darfst«, betont sie. »Du kannst tun, was du möchtest. Ich habe lediglich gesagt, dass es in meinen Augen keine gute Idee ist.«

»Das ist ein indirektes Nein«, sagt er. »Was übrigens emotional manipulativ ist, nur dass du es weißt.«

»Du hast mich nach meiner Meinung gefragt, mein Schatz. Und meine Meinung ist eben, dass ich sie an deiner Stelle nicht einladen würde. Meine Meinung zu diesem Thema ist, dass immer jemand verletzt wird, sobald sie in der Nähe ist.«

»Aber solltest du es nicht mir überlassen, ob ich dieses Risiko eingehen will?«

»Aber du hast mich gefragt«, wiederholt sie, bemerkt jedoch, dass Ben nun richtig wütend wird.

»Du machst dir permanent Gedanken über Probleme, die dich eigentlich nichts angehen. Nichts, von dem man *will*, dass sich die eigene Mutter Gedanken darüber macht. Um die Probleme können wir uns nämlich wunderbar selbst kümmern. Du wirst immer *dann* aktiv, wenn wir dich *nicht* brauchen. Und wenn wir mal *tatsächlich* deine Hilfe benötigen, bist du immer noch viel zu sehr mit dem anderen Mist beschäftigt, um für uns da zu sein.«

Sie schweigt und lässt einen Augenblick lang den merkwürdigen Umstand auf sich wirken, dass er seinen Ärger eine Weile mit sich herumgetragen haben muss und ihr gegenüber laut geworden ist. *Und wenn wir mal tatsächlich deine Hilfe benötigen, bist du immer noch viel zu sehr mit dem anderen Mist beschäftigt.*

Sie ist ratlos, wie sie darauf reagieren soll. Es gibt in

einer derartigen Situation allerlei denkbare Mom-Reaktionen, von *Wie-kannst-du-nur* über *Diesen-Ton-lass-ich-mir-nicht-bieten* bis zur typischen Reaktion ihrer eigenen Mutter, dem *Was-willst-du-eigentlich-von-mir*. Als Ben noch klein war, hielt sie, weil ihr der nötige Instinkt fehlte, in solchen Momenten inne, trat einen Schritt zurück und fragte sich: *Wie würde eine normale Mutter jetzt reagieren?* Und sie entschied sich für die Antwort, die ihr am sinnvollsten schien, und wenn das nicht weiterhalf, probierte sie eine weitere aus.

»Ich will dich nur beschützen«, sagt sie vorsichtig.

»Ich kann mich selbst beschützen. Ich bin erwachsen, Mom.« Er reibt sich die Stirn. »Ich wollte damit nicht gerade jetzt anfangen.«

»Womit?«

»Vergiss es«, meint er. »Tschuldigung.«

»Ebenfalls Entschuldigung«, entgegnet sie. *Entschuldigung, dass ich dich in den Schlaf gesungen habe, bis du fünf warst. Entschuldigung, dass ich dir geholfen habe, aus Legos ein maßstabgetreues Modell von Hogwarts zu bauen. Entschuldigung, dass ich dich zu deinem siebzehnten Geburtstag ins Hideout geschmuggelt habe, damit du Andrew Bird live erleben kannst. Mein Gott, was bist du undankbar.*

Sie bleibt vor den Saugglocken stehen, eine lächerliche Übersprungshandlung, sucht eine aus und stellt sie behutsam in den Einkaufswagen. *Ich liebe dich so sehr, weil ich so große Angst hatte, dass ich dich nicht lieben könnte, aber meine Liebe ist deswegen nicht minderwertiger.*

»Wollen wir gehen?«

Mit einem Mal ist ihr nach Weinen zumute. »Klar«, sagt sie. »Ich muss ohnehin nach Hause. Ollie wartet auf mich.«

Ollie wartet nicht auf sie. Es ist niemand mehr von ihr abhängig, und es heißt immer, das sei Anlass zur Freude.

Sie stehen schweigend in der Schlange vor der Kasse, Ben starrt auf seine Schuhspitzen und Julia geradeaus, als wäre gar nichts passiert, als wären sie einfach nur eine Mutter und ihr Sohn, die zusammen einen Zahnputzbecher einkaufen.

*

Sie ist seit zwanzig Jahren nicht mehr hier gewesen, aber an das letzte Mal erinnert sie sich noch lebhaft. Spät in der Nacht, wenn Helen mit Sicherheit schlief, war sie eigens zu Fuß gekommen, um ihr Auto abzuholen. Es hatte am Randstein geparkt, als sie in Petes Pick-up gestiegen war. Eine peinvolle und peinliche Erinnerung, die sie stets verdrängt hat.

Eigentlich gibt es für sie keinen vernünftigen Grund, hier am Straßenrand zu stehen, Helens Straße ist eine Sackgasse. Und doch ist sie hier und *überlegt* tatsächlich, wie eine Welt aussehen müsste, in der sie einfach den Weg zum Haus hinaufgeht und auf die Türklingel drückt, ein schmutzig weißer Knopf, der in der Mitte orange leuchtet. Ihre Erinnerungen sind noch so klar. Was wohl passieren würde, wenn sie sich einen *Ruck* gäbe und unter einem Vorwand vorbeischaute. *Es war so schön, dir vor ein paar Tagen beim Gemüse über den Weg zu laufen*. In ihren Venen vibriert es, sie verspürt eine aufkommende Panik, als würde ihr der Boden unter den Füßen weggezogen. Sie ist bedrückt wegen der Auseinandersetzung mit Ben, nervös wegen der möglichen Einladung an ihre Mutter, und sie fühlt sich so einsam wie seit Jahren nicht mehr.

Das Haus der Russos ist anders als in ihrer Erinnerung, unscheinbarer, denn an den beiden benachbarten Häusern sind leicht verunstaltende Anbauten wie Tumore herausgewachsen. Den Blick auf das Kutscherhaus vermeidet sie und schaut stattdessen zur alten Ulme, auf den seitlichen Teil des Gartens mit seinen vielen Vogelbädern, das Rund der Eingangstür, die aussieht wie das Tor zu einem Märchenland. Es gab niemals ein Haus, das sie von Kindheit an kannte und zu dem sie hätte zurückkehren können, sie fühlte sich keinem Ort derart verbunden wie diesem hier. Anstelle von Helens altem Volvo steht ein glänzender Hybrid-Kleinwagen in der Einfahrt. Die Russos gehörten zu ihren ersten Freunden, die wohlhabend genug waren, um aller Welt gelassen zu demonstrieren, wie sie es mit Autos hielten, wohlhabend genug, um sich nicht darum zu scheren, was andere von ihren Autos hielten, wohlhabend genug, um an bestimmten Marken mit leidenschaftlicher Überzeugung festzuhalten. *Audi oder Aldi.*

In ihrer eigenen Kindheit waren Autos alte, gebrauchte Klapperkisten gewesen, die ihre Mutter, kurz bevor sie endgültig den Geist aufgaben, einer Zufallsbekanntschaft mit kleinen Scheinen abgekauft hatte. Schon kurz darauf kamen sie auf den Schrottplatz, weil sie auf dem Highway liegen geblieben waren oder weil der Motor, wie einmal auf einem Supermarktparkplatz, explodierte. Glücklicherweise waren Julia und ihre Mutter da gerade beim Einkaufen gewesen. Marken spielten keine Rolle. Man kaufte ein, wo es am billigsten war, und nur das Nötigste. Helen und Pete aber waren Volvo-Fahrer und Charles-Saw-Wein-Trinker (preisgünstiger Wein war gestattet, stellte sie fest, solange man ihn *mit Achtsamkeit* trank und gelegentlich auf eine Flasche von Domaine Leflaive zurückgriff), und sie waren außerdem Heimgärtner, offenbar immer noch, denn an den Rasenrändern wachsen üppige Blumenstauden.

Mittlerweile hat sie sich ebenfalls in einem Leben in Suburbia eingerichtet und kann vieles mit einer Prise Zynismus betrachten: die Selbstgefälligkeit, mit der man etwas guthieß, das eigentlich unter der eigenen Würde war, weil man nicht darauf *angewiesen* war, die Anmaßung, mit der man bodenständigen Hobbys nachging, weil Geld keine Rolle spielte. Aber damals hatte sie sich an alldem berauscht. An Helens Vorliebe für eine bestimmte billige Eiscreme-Marke (ihrer Meinung nach besser als alle Luxusvarianten), ihre abgetragenen Clogs für den Garten und die Tatsache, dass sie, obwohl sie eine antike Vitrine voller Kristallgläser besaß, Drinks stets in jahrzehntealten Plastikbechern von Tupperware servierte.

Sie erinnert sich aber auch daran, wie sie in Helens Volvo stolz auf dem Beifahrersitz thronte, auf dem Weg zu einem Bauernmarkt oder Flowgurt – eine ganz normale Frau, die ganz normal mit ihrer extravaganten, aber trotzdem irgendwie normalen Freundin unterwegs war, eine Freundin, die ihre Mutter hätte sein können, was Julia wiederum interessanter machte, denn ihre eigene Mutter war nie *nur zum Spaß* mit ihr irgendwohin gefahren.

Es schien ihr manchmal verrückt, wie wohl sie sich in Helens Gesellschaft fühlte, ihre eigene überschäumende Begeisterung war geradezu peinlich. Hin und wieder lag sie nachts neben Mark wach, lauschte mit einem Ohr, ob Ben sich rührte, und während ihr Verstand weiterratterte, dachte sie an Helen wie einst an ihren Mann, als sie sich gerade kennengelernt hatten. Sie ließ noch einmal alle Besuche der letzten Zeit Revue passieren und malte sich künftige aus. Es war obsessiv, krankhaft, bis es sich schließlich in etwas anderes verwandelte und ihr mit einem Knall um die Ohren flog. Die Begegnung mit Helen im Supermarkt hat sie allerdings auch wieder daran erinnert, dass sie wichtige Gefühle – Angst, Eifersucht oder auch Liebe – immer wie eine Faust um ihr Gedärm gespürt hat.

Sie fährt langsam aufs Haus zu, im Geiste sieht sie immer noch ihren Sohn, mittlerweile ein erwachsener großer Mann und böse auf sie, hinten in seinem Kindersitz. Alles in allem gibt es schlimmere Orte, an die sie ihn damals hätte bringen können.

Ihr kommt erst jetzt in den Sinn, dass Helen vielleicht nicht mehr hier wohnt, streng genommen ist es sehr wahrscheinlich, dass sie umgezogen ist. Es ist absurd, dass sie sich hier aufhält, ein gänzlich unpassendes Verhalten für die Person, die sie zu sein anstrebt. Andererseits ist sie eine Frau *mittleren Alters*, eine nicht weiter bemerkenswerte Mom in einem alten Subaru, und sie könnte den ganzen Abend lang hier im Auto sitzen und würde niemandem auffallen. Auch ihrer Familie würde die Abwesenheit des nutzlosen weiblichen Oberhaupts wahrscheinlich nicht weiter auffallen. Die Kinder werden weiter ihre eigenen Wege gehen, und ihre Mutter wird weiter an den Rändern des Familienlebens ihr Unwesen treiben. Sie könnte einfach einschlafen wie so oft damals auf dem Parkplatz von Whole Foods. Sie könnte alles Mögliche tun, und es würde keine Rolle spielen.

Aber dann klingelt das Handy. Es ist Alma.

»Mom«, ruft Alma mit so einem Nachdruck, dass Julia sofort das Schlimmste befürchtet. »Mom, Mom, Mom, oh, mein Gott, Mom.«

Und das holt sie wieder aus der Gefahrenzone heraus, die sie unbeabsichtigt betreten hatte: Ihre Tochter fleht sie an, braucht sie.

»Was ist denn, mein Schatz?«

»Mama«, sagt Alma, und erst jetzt bemerkt Julia die Freude in der Stimme ihrer Tochter und wird automatisch davon angesteckt, wie bei einem Gähnen. Bis sie Kinder hatte, hat sie mit diesem Gefühl ihre Schwierigkeiten gehabt. Aber sobald es um die beiden geht, stellt sich die Freude spontan ein, und darauf ist sie ausnahmsweise stolz, auch wenn ihre mütterlichen Qualitäten in anderen Bereichen zu wünschen übrig lassen mögen. »Stell dir vor, ich hab's geschafft!«, jubelt Alma.

Sie fühlt sich kurz wie unter Strom gesetzt.

»Nein«, sagt sie, aber dann ist sie wieder Herrin der Lage und ergänzt: »Oh, du Süße, wie hättest du das denn auch nicht schaffen sollen?«

Sie legt die Hände fest ums Lenkrad und lässt sie zwischen neun und drei Uhr auf- und abgleiten, während sie Alma zuhört, die atemlos Details referiert. Herzog-College, *mein Gott, was bin ich erleichtert*, ein Plan-B-College, natürlich geht sie da *nicht* hin, denn der Gouverneur von Iowa ist ein Vollidiot, aber es ist doch schön zu wissen, dass sie jetzt eine *Option* hat, stimmt doch, Mama, oder?

»Na klar«, bestätigt sie und blinzelt gegen Tränen an. »Klar, mein Schatz, ich bin so stolz auf dich.«

»Wo bist du gerade?«, fragt Alma, als wüsste sie genau, dass etwas nicht stimmt und ihre Mutter in ihrem Wagen vor diesem Protzhaus steht wie jemand mit Entführungsabsichten.

»Ich bin fast zu Hause«, sagt sie. »Ich bin auf dem Weg.«

Aber dann öffnet sich Helens Haustür, und Helen selbst

erscheint mit einer Gießkanne auf der Schwelle, und Julias Blickfeld verengt sich, und sie hört Alma kaum noch zu. Helen ist immer noch rüstig, hat immer noch ihre schlanken langen Beine, und anders als Julia trägt sie trotz ihrer achtzig Jahre keine weiten Clownshosen. Ihr Pferdeschwanz schwingt nicht mehr hin und her, aber er hüpft auf und ab wie der Schwanz eines gesunden Hundes. Und sie erkennt auf der Stelle, wie ihrer beider Leben hätten verlaufen können, wenn nicht alles dermaßen schiefgegangen wäre. Eigentlich könnten sie doch wieder Freundinnen sein, könnten einfach dort weitermachen, wo sie damals aufgehört haben, denn das Leben fühlt sich gerade sehr ähnlich an wie damals. Helen könnte Julia Ratschläge für ihre neue Rolle als Großmutter erteilen, Helen könnte ihr Ratschläge für alles und jedes erteilen, denn das war damals schon ihre Spezialität. Helen hatte das Talent, allem seinen Schrecken zu nehmen.

Helen ruft etwas nach hinten über die Schulter, und Julia bleibt kurz das Herz stehen, als ein Mann aus der Haustür tritt, hochgewachsen, mit Baseballkappe und in schwarzem T-Shirt.

»Mom?«, fragt Alma.

Er scheint direkt auf sie zuzukommen. Aber nein, er geht nicht auf sie zu, vor ihr steht ja noch ein grauer Pickup. Völlig verrückt, was sie hier gerade macht. Dabei hat sie Mark damals versprochen, diesen Ort niemals wieder aufzusuchen.

»Ich höre dich«, sagt sie zu Alma, aber jede Silbe kostet sie Kraft. »Ich komme, bin schon fast da.«

Sie lässt den Motor an und wendet in drei Zügen, um vom Haus der Russos in die andere Richtung wegzufahren. Sie weiß immer noch, wie dieses umständliche

Manöver funktioniert, damals muss sie es unzählige Male ausgeführt haben. Und als sie den Wagen in die Gegenrichtung gelenkt hat, sieht sie im Rückspiegel, dass der Mann sie beobachtet und Helen Russo, die ihre Augen mit der Hand beschirmt, ebenfalls. Aber da ist sie bereits in Fahrt und über ihre körperlichen Fähigkeiten verwundert, denn trotz ihrer aktuellen Gefühlslage besitzt sie immer noch die Geistesgegenwart, ordnungsgemäß den Blinker zu setzen, bevor sie um die Straßenecke biegt.

14

Helen kehrte tief gebräunt von ihrer Reise zurück, war überglücklich, Ben und Julia wiederzusehen und lud die beiden zum Keksebacken ein.

»Ich sollte wirklich eine Medaille dafür bekommen, dass ich Petes Cousine nicht den Hals umgedreht habe«, sagte Helen, gerade damit beschäftigt, gemeinsam mit Ben den Teig auszurollen, über dessen Kopf hinweg. »Sie gehört zu den Frauen, die, sobald sie etwas machen, jeden Handgriff kommentieren, als würden sie eine *Bustour* begleiten, einfach nervig.«

Mit gemischten Gefühlen – ähnlich wie bei ihrem ersten Besuch – war sie mit Ben an der Hand über die Einfahrt zum Haus gegangen. Damals wäre sie am liebsten in den Erdboden versunken und war besorgt gewesen, bei der falschen Adresse gelandet zu sein. Zum Kutscherhaus hatte sie heute bewusst nicht geschaut.

»War richtig schön«, hatte sie beim letzten Stelldichein vage den Abschied eingeläutet. Und Nathaniel, der gerade in einem neu erworbenen Exemplar von John Kennedy Tooles *Confederacy of Dunces* blätterte, hatte darauf erwidert, »Was?«, und dann zerstreut ergänzt, »Ja, genau«. Angesichts dieses offenkundigen Mangels an Interesse unterließ sie es, die Affäre offiziell zu beenden, sie hatte ja auch nie einen offiziellen Anfang gehabt. Außerdem würde er gegebenenfalls problemlos Ersatz für sie finden.

»Ich habe außerdem festgestellt, dass sie irgendeinen Tic am Auge hat«, sagte Helen, strich sich eine Haarsträhne aus den Augen und hatte dann Mehl an der Stirn kleben. »Es ist nicht unbedingt ein *träges* Auge, sondern eins mit *Eigenleben*. Was meinst du, mein Schatz, ist der Teig jetzt dünn genug ausgerollt?«

Ben inspizierte den Keksteig und nickte dann. Helen lächelte zu ihm hinunter und legte eine Hand auf seinen Kopf.

»Meine Güte, was habe ich euch beide *vermisst*«, bemerkte sie.

Julia, die sich damit begnügt hatte, den beiden vom Küchentisch aus zuzusehen, dachte das Gleiche und lächelte Helen an. Sie war so froh, wieder im Haupthaus zu sein, über Helens Anwesenheit darin.

»Wir haben dich auch vermisst.«

»Hat dir dein Geburtstagskuchen gefallen, mein Herz?«, erkundigte sich Helen, und Julia überfiel kurz Panik, aber ihr ahnungsloser Sohn nickte einfach kräftig und dachte dabei zweifellos an die abstrakte Darstellung von Blue, dem Hund.

»Sag Danke, mein Schatz«, ermahnte sie ihn sanft, und er sah sie fragend an, kam der Aufforderung aber nach, und sie hatte nur den Anflug eines schlechten Gewissens. Sie strengte sich so sehr an, alles Verwerfliche in ihrem Leben von ihm fernzuhalten, aber in diesem Fall leistete er lediglich ein wenig Schützenhilfe.

»Also erzähl mal, was habt ihr beide denn so getrieben, während ich nicht da war«, fragte Helen mit glänzenden Augen. »Du trägst deine Haare anders, oder?«

Sie war ein paar Wochen zuvor beim Friseur gewesen, weil sie sich für ihre Affäre mit einem sexy Neunundzwanzigjährigen aufhübschen und nicht mehr aussehen wollte wie Emily Dickinson.

»Und wie fühlen wir uns gerade?«, hatte der Friseur sie gefragt und ihr dabei das Haar mit beiden Händen aus dem Gesicht gestrichen. »Ist dir mehr nach einem sexy Look, nach Victoria's Secret, nach verführerisch verwuschelt, oder willst du was Neutrales und Unkompliziertes?«

Julia war errötet. »Ich glaube ... Letzteres.«

»Hab's nur ein bisschen nachschneiden lassen«, erklärte sie jetzt.

»Natey hat gesagt, er hätte dich zufällig getroffen, als du hier warst«, sagte Helen plötzlich.

Ein Satz wie ein Schlag ins Gesicht. »Ach ja?«

Aber Helens Gesichtsausdruck blieb gelassen und vorwurfslos. »Ich glaube, er mag dich. Na, wer will ihm das verdenken?« Sie reichte Ben ein Förmchen zum Ausstechen. »Stimmt's, mein Herz? Deine Mama muss man mögen.«

Ben, die Stirn vor Konzentration in Falten gelegt, nickte.

»Keine Ahnung, worüber ihr beide euch unterhalten habt«, sagte Helen erneut an Julia gewandt. »Aber ich wollte mich trotzdem bei dir bedanken.«

»Bei mir?«

»Auf mich wirkt er ... keine Ahnung, etwas weniger orientierungslos als bei unserer Abreise. Ich will ja nicht neugierig sein, aber darf ich dich fragen, ob er dir erzählt hat, was gerade mit ihm los ist?«

Ihre Kehle war trocken, sie hatte Mühe zu schlucken. »Ein bisschen«, erwiderte sie. »Wir haben nicht sehr viel miteinander geredet.« *Ungehöriger geht's nicht.*

Helen nickte nachdenklich. »Für ihn war alles immer ein bisschen schwieriger als für die meisten.«

»Ja, das kann ich verstehen«, sagte Julia.

Helen lächelte sie an. »Was auch immer du zu ihm gesagt hast, es hat ihm bestimmt weitergeholfen.«

*

Es gab nichts Anstrengenderes als eine Spielverabredung der Kinder, zu der auch die Eltern ausdrücklich eingeladen waren. Normalerweise tat Julia sich diesen Sozialhorror nicht an, aber bei Francine Grimes war das nicht möglich, und nachdem Francine Ben zum Schwimmen in ihrem beheizten Infinitypool eingeladen hatte, war Julia an der Reihe. Francine erschien mit einer anderen Mom, ein neues Gesicht aus dem Kindergarten, und als Julia die beiden auf ihr Haus zumarschieren sah, malte sie sich kurz aus, wie es wäre, wenn sie sich mit Ben einfach durch die Hintertür davonstehlen und zu Helen fahren würde. Kein Mommy-Getue, kein Ich-bin-die-bessere-Mom, nur Matchbox-Autos und Mimosa-Cocktails.

Francines Zwillingstöchter kamen fröhlich und voller Energie hereingerauscht und fielen gleich begeistert über Ben her. Sie waren sechs – wirklich schon sechs? Lieber Gott, sie erinnerte sich noch gut an sie als Neugeborene – und damit in einem Alter, wo jeder, der jünger war, eine Sensation darstellte. Ben ließ sie gerne gewähren, und als sie ihn so beobachtete, war sie erstaunt über seine bereitwillige Freundlichkeit, seine offene Bereitschaft zum gemeinsamen Spiel.

»Die beiden haben sich schon so darauf gefreut«, sagte Francine und küsste Julia auf beide Wangen. »Julia, das ist Monica. Monica, Julia.«

Monica erfüllte ihrerseits alle Erwartungen an eine Serenity-Smiles-Mom – geistlos, in sündhaft teuren Jogginghosen, klapperdürr, mit einem üppigen Pferdeschwanz. Sie trug ein Faux-Vintage-Brooklyn'79-Shirt, ein Baby auf der Hüfte, und schob einen Buggy vor sich her. Sie bedachte Julia mit einem ausdruckslosen Lächeln.

»Angenehm«, entgegnete sie. »Das hier ist Nash«, fuhr sie fort und machte mit dem Kinn eine Geste zum Baby. Dann nickte sie Richtung Buggy, in dem, tumb wie eine Kartoffel, ein weiteres Baby saß. »Und das ist Cure.«

Cure. *Cure!* Am liebsten hätte sie auf der Stelle Mark angerufen. Der Impuls, ihm jeglichen Irrsinn mitzuteilen, lebte in ihr fort, und das war tröstlich.

»Willkommen«, sagte sie und kam sich sofort unzulänglich vor, ihrer Umgebung nicht gewachsen, wie ein unbeliebtes Schulkind, das Klassenkameraden in Empfang nimmt, die man gezwungen hat, auf seine Geburtstagsparty zu gehen. Sie fühlte sich generell unwohl, wenn sie mit anderen Menschen zusammen war, es lag also nicht daran, dass es zwei andere Frauen waren. Aber in Gesellschaft dieser spitzzüngigen Luxusfrauen aus dem Kindergarten fühlte sie sich besonders unwohl. In deren Nähe schrumpfte sie im Geiste augenblicklich um einige Zentimeter und legte dafür einige Kilos zu. Ihr Haar wurde kraftlos, sie verlor ihre Daseinsberechtigung. Francine war der Typ kurvige, wohlgebräunte Eleganz mit einer blassblonden Haarwolke, die bei keiner Bewegung mitging. Julia hatte ihr nie ganz über den Weg getraut, und dass Francine sich gerade im Foyer umsah, als würde sie stichprobenartig eine Hausinspektion durchführen, machte die Sache nicht besser.

»Dieses Haus ist sooo süß«, rief Francine, die in einem scheußlichen Herrenhaus à la *Wuthering Heights* wohnte, das eher für ein Privatgymnasium ausgelegt war als für eine vierköpfige Familie.

»Ich hole uns Wein«, verkündete Julia, worauf beide Frauen zustimmend brummten und ihr in die Küche folgten. Sie warf einen Blick auf Cure in dem Buggy, fette Beinchen, herzloser Blick, und hatte keinerlei Lust, Monica zu fragen, ob *Junge oder Mädchen*. Ihrer Erfahrung nach war mit einer selbstgefälligen Antwort zu rechnen, entweder herablassend im Ton oder künstlich genervt, nach dem Motto, *das erklärt sich doch wohl von selbst*, was von einer Mutter, die ihrem Kind einen dermaßen idiotischen und nichtssagenden Namen gegeben hatte, auch nicht anders zu erwarten war.

»Zwillinge«, bemerkte sie einfallslos, nur um etwas zu sagen, während sie mit dem Korkenzieher kämpfte. Ein Wein nach Helens Geschmack, ein fassgereifter Sancerre mit »ausgeprägtem Charakter« – was auch immer das bedeuten sollte –, nicht vom Supermarkt, sondern aus dem Fachhandel. »Keine Ahnung, wie ihr das schafft.«

»Für uns war es perfekt«, sagte Monica und begann Nash ungeniert am Küchentisch zu stillen. »Zwei auf einen Streich. Hast du die Schwangerschaft denn nicht gehasst? Mir ging sie voll auf die Nerven.«

Julia hatte ihre Schwangerschaft tatsächlich nicht gehasst. Ganz im Gegensatz hatte sie sich in dieser Zeit endlich intakt gefühlt, mit einer Existenzberechtigung, an der Schwelle zu etwas Neuem und in permanenter Gesellschaft von jemandem, der keine Urteile fällte, dessen Bedürfnisse ihr Körper automatisch zu erfüllen wusste, jemand, der ihr niemals das Gefühl gab, dass sie eigentlich gerade etwas anderes tun sollte. Und in dieser Zeit hatte sie sich Mark besonders nah gefühlt. Sie warteten gemeinsam auf etwas und waren ausnahmsweise, was ihre Ängste anging, auf der gleichen Wellenlänge und darüber einander verbunden. Ihre Gefühle waren dort, wo sie hingehörten, knapp unter der Oberfläche und immer bereit, sich zu melden, ob sie es wollte oder nicht.

»Mir fehlt es ein bisschen«, rutschte es ihr heraus.

»Plant ihr ein weiteres Kind?«, fragte Francine.

Noch so ein Ding, das sie an Begegnungen unter Frauen hasste – es wurde erwartet, dass man unverkrampft sexuelle Praktiken und Pläne zur Fortpflanzung ausplauderte, während einem gerade jemand gegenübersaß, der eine blasse, mit blauen Venen durchzogene nackte Brust zur Schau stellte.

»Noch ein Kind?« Sie überlegte kurz, wie offen die Kommunikation zwischen Francine und Brady war. »Nein, haben wir nicht geplant.« Es fühlte sich an, als hätte sie Mark gerade verraten.

»Nash«, mahnte Monica mit Nachdruck und schüttelte das Baby leicht, dessen Blick aus großen hellen Augen durch die Küche wanderte, die Lippen kraftlos geöffnet. »Nash, Mama will, dass du dich *konzentrierst.*«

Julia begegnete kurz Francines Blick und registrierte eine leichte Belustigung darin. Außerdem – sie traute ihren Augen kaum – zog Francine ganz leicht entschuldigend die Schultern hoch.

»Wir wollen uns jetzt *konzentrieren*, Nash«, sagte Monica, und Julia musste wegsehen, denn sie befürchtete, dass sie und Francine – eigentlich kaum zu fassen! – einander zum Lachen bringen würden.

Als es klingelte, dachte sie sich nichts dabei. So war das eben, wenn man in einer Suburb wohnte. Jemand stand ungebeten vor der Tür, und aus einem unerfindlichen Grund wurde erwartet, dass man aufmachte. Sie ließ Francine und Monica in der Küche zurück und fühlte sich einigermaßen okay – sie war stolz auf den Wein, ihr süßes Haus und darauf, dass sie trotz Monicas blödem Pferdeschwanz immer noch zufrieden mit ihrem Haar war –, bis sie die Haustür öffnete und Nathaniel Russo, die Hände in den Taschen eines roten Parkas vergraben, vor ihr stand.

»Hallo.« Er lächelte sie an, ganz unterbeschäftigter, sorgloser Charmeur, wie der junge, sexy Dad in einem Modekatalog, der wahrscheinlich Steuern hinterzog und mit einem Callgirl schlief, aber das war alles nebensächlich, denn neben seiner Frau und dem Golden Retriever sah er einfach perfekt aus.

»Bin sofort zurück«, rief sie über die Schulter und hoffte, ihr Tonfall verriet nicht, dass sie gerade den Boden unter den Füßen verlor. »Auf der Stelle weg von hier«, zischte sie Nathaniel zu.

Sie schlüpfte aus dem Haus und zog ihn in den Schatten der Fassade. Es war März und die Sonne hatte an diesem Tag das Eis und den Schnee auf dem Dach aufgeweicht, und aus den überlaufenden Rinnen tropfte es heftig. Ein dicker Tropfen landete auf ihrem Kopf und lief ihr über die Stirn.

»Nathaniel«, sagte sie. Sie sprach ihn so gut wie nie mit seinem Namen an, meist sagte sie nur, *hey*, oder wenn ihr nach Flirten war, *hey, du*, und die Silben fühlten sich nun seltsam und sperrig in ihrem Mund an. »Was *zum Teufel* machst du hier?«

Er schaute zwar nicht völlig entgeistert, reagierte dennoch leicht verwirrt und beleidigt. Wahrscheinlich war er gewohnt, dass man ihn jederzeit und allerorten mit offenen Armen empfing.

»Oh«, sagte er. »Na ja, okay.«

»Was willst du hier?«

»Ich war spazieren und gerade in der Nähe«, erklärte er.

»Du bist immer in der Nähe, du *wohnst* in der Nähe.«

»Freut mich auch, dich zu sehen.«

»Woher hast du meine Adresse?«

»Die hast du mir selbst verraten«, sagte er. »Superior Street, blaue Haustür.«

Hatte sie ihm das wirklich verraten? Aber *warum?* Hatten sie je mehr ausgetauscht als Speichel und verlegen rezitierte Popkultur-Referenzen? Vielleicht hatte sie die Adresse bei einem öden Fakten-Check zur Sprache gebracht. Obwohl sie nur wenig miteinander sprachen, gingen ihr stets die Themen aus, und sie griff auf ihren wundersam reichen Trivialitätenschatz zurück. *Wusstest du, dass der Satz »Die liebe Tote! Beileid!« ein Palindrom ist? Wusstest du, dass eine Gruppe von Walen »Schule« genannt wird? Wusstest du, dass der Song »I Will Always Love You« ursprünglich von Dolly Parton stammt?*

»Hör auf, dich zu benehmen, als wäre ich ein Serienmörder. Ich wollte nur kurz Hallo sagen. Ich hab dich eine Weile nicht mehr gesehen.«

»Und wenn gerade mein Mann zu Hause wäre?«

Er blinzelte erstaunt. »Du bist verheiratet?«

»Klar bin ich verheiratet, was hast du denn gedacht? Ich habe einen Sohn.«

Wie bitte klingt »geschieden«?

»Julia, es gibt viele alleinerziehende Mütter«, sagte er, und sie hörte aus seinem Tonfall den studentischen Besserwisser von einst heraus. »Ich bin einfach davon ausgegangen, dass du eine bist.«

»Und warum?«

»Keine Ahnung«, entgegnete er. »Du hast auf mich einfach nicht gewirkt wie eine verheiratete Frau, der es was ausmacht, wenn sie mit jemand anderem ins Bett geht.«

Sie zuckte innerlich zusammen.

»Ich finde, deine Wut ist unfair.«

Oh je, dieser verhätschelte Nachzügler. Es war aber weder ihre Aufgabe noch ihr Wunsch, sich um Nathaniels komplexe Gefühlslage zu kümmern, dieser Neunundzwanzigjährige, dem die Mutter immer noch die Wäsche machte und vermutlich auch den teuren Parka gekauft hatte, dieser Wohlstandsschnösel, der in seinem bisherigen Leben wahrscheinlich immer alles bekommen hatte, was er wollte.

»Wenn das für dich schon Wut ist, hast du mich noch nicht wütend gesehen.« Mit einem Mal klang sie wie ihre Mutter, es passierte ihr selten, aber der Kommentar war typisch Anita gewesen. »Zum Teufel.«

»Jetzt beruhig dich mal, ich geh ja schon«, sagte Nathaniel.

»Vielen Dank«, erwiderte sie. »Prima, perfekt, danke.«

»Ich wusste einfach nicht ... Das ist jetzt gerade ziemlich unfreundlich. Als hättest du nur auf die Rückkehr meiner Eltern gewartet, damit du deine Zeit wieder mit ihnen verbringen kannst.«

»Hab ich nicht«, log sie, aber genau das war natürlich der Fall, und sie war zweifellos gerade richtig unfreundlich. Sie stellte sich dichter an die Hausfassade. »Es ist nur so ... Nathaniel, es tut mir leid. Mein Leben ist ein bisschen komplizierter, als ich vielleicht habe durchblicken lassen.«

Er schaute sie eindringlich an und nickte dann. »Okay«, sagte er, als verhandelten sie hier etwas. »Das kaufe ich dir ab.«

Sie spürte die pulsierende Nähe von Francine Grimes. »Drinnen warten Leute auf mich.«

»Gut«, sagte Nathaniel und dann, nach einer kurzen Pause, die sich quälend lang anfühlte: »Okay.«

»Danke«, entgegnete sie erleichtert.

»War schön mit dir, Julia«, fügte er hinzu und beugte sich unbeholfen vor, um sie auf den Mund zu küssen. Noch Jahre später würde ihr beim feuchten Duft erster Frühlingstage genau dieser Moment in den Sinn kommen, als sie sich von Nathaniel löste und Ben bemerkte, der sie beobachtete, und gleich hinter ihrem Kleinen Francine Grimes.

»Ist das dein Sohn?«, fragte Nathaniel.

»Ja«, sagte sie und hob reflexhaft die Hand zu einem Winken, dazu ein steifes Lächeln, von dem ihr die Wangen schmerzten, der verzweifelte letzte Versuch einer Ehebrecherin, noch zu retten, was zu retten war. Dann ging sie zu Ben und hoffte inständig, Nathaniel würde sich auf und davon machen. Er machte auf jeden Fall den Eindruck, als wüsste er, wie man sich aus Schlafzimmerfenstern rettete. »Alles gut, mein kleiner Kürbis?«

Ben starrte sie ausdruckslos an. Er war zwar in intellektueller Hinsicht frühreif, aber auf zwischenmenschlicher Ebene optimistisch-naiv und vertrauensselig.

»Wer ist das, Mama?« Sein Gesichtsausdruck blieb neutral, als er Nathaniel musterte, der einfach immer noch dastand. Würde so der Moment aussehen, überlegte sie, in dem sie alles, ihr Leben, ihre Ehe ruinierte: totes Laub und schmelzender Schnee, ein fiependes Eichhörnchen und ihr kleiner Junge, dessen heile Kinderwelt durch ihr achtloses Verhalten gerade einen Riss bekommen hatte. Und würde die Erinnerung daran Jahre später in Ben lebendig werden, der feuchte Duft erster Frühlingstage ihn in jenen Moment, an jenen schrecklichen Tag, als er vier Jahre alt war, zurückversetzen?

»Das ist Nathaniel«, sagte sie und ging neben ihm in die Hocke. »Das ist der Sohn von Helen, mein Schatz. Er hat mir nur was vorbeigebracht, das ich ... in ihrem Haus vergessen habe.« Und dann sah sie Francine an, deren Gesicht wie ein allwissender heller Mond über ihr hing, und sagte, als wäre sie ihr eine Auskunft schuldig: »Helen ist eine Freundin von mir.«

»Okay«, sagte Ben zu ihr, und zu Nathaniel, »Hallo«, und dann wieder an seine Mutter gewandt: »Mama, kannst du dir meine Hunde anschauen?« Ihr Geheimnis war fortan auch seins, ihr Versagen war registriert, aber sofort darauf als irrelevant abgetan worden. Ein kleines, freundliches Zugeständnis von diesem kleinen Menschen, ob er sich dessen nun bewusst war oder nicht, und später beim Zubettbringen würde sie ihm sagen, wie dankbar sie war, was für ein unglaubliches Glück sie hatte, dass er ihr Sohn war.

»Ja«, hauchte sie, »ja, mein Süßer, klar. Nur noch ganz kurz.«

»Ich werde ... ich habe ein Auge auf ihn«, sagte Francine und wich ihrem Blick aus.

»Tut mir leid«, warf sie vage in die Runde, und dann war sie mit Nathaniel auf der Haustreppe allein.

»Alles klar«, sagte er. »Zurück an die Arbeit. Viel Glück bei allem.«

»Dir auch.« Sie sah ihm nach, während er quer über den Rasen ging. Das Wasser aus den Dachrinnen lief über die Einfahrt bis auf die Straße, ein breites Rinnsal aus Schmelzwasser, über das Nathaniel einen kleinen, kühnen Satz machte, und dann ging er mitten auf der Superior Street weiter, als wäre er der letzte Mensch auf dieser Erde.

Sie atmete drei Mal tief durch und kehrte zurück ins Haus, wo Francine immer noch im Foyer stand.

»Alles in Ordnung?«, fragte Francine sanft.

Monica saß immer noch in der Küche und war mittlerweile dabei, das andere Kind zu stillen und ihm zu erklären, wie wichtig es sei, alles zu Ende zu bringen, was man anfängt.

Sie merkte erst jetzt, dass sie am ganzen Körper zitterte. »Alles gut«, sagte sie. »Prima. Francine, ich wollte nur noch sagen, das Ganze ... hat einen bestimmten Eindruck gemacht, aber der ist falsch. Keine Ahnung, was er hier wollte.« Sie weinte, merkte sie, Tränen der Verzweiflung, die ihr die Kehle hochkrochen und sie zum Schluchzen brachten. »Mein Gott«, sagte sie und vergrub ihr Gesicht in den Händen. »Wir kennen uns nicht sehr gut, das weiß ich, aber ich muss dich bitten ...«

»Julia.« Francine tätschelte kurz ihre Schulter. Unbeholfen, aber dennoch mitfühlend. »Das bleibt unter uns, okay?«

Sie nahm die Hände vom Gesicht und schaute in Francines blaue Augen mit den perfekten, braun getuschten Wimpern.

»Danke dir«, sagte sie, und ihr war fast schwindelig vor Erleichterung. Ihre Erleichterung war derart groß, dass ihr in diesem Augenblick gar nicht in den Sinn kam, die Zusage anzuzweifeln. Erst als sie später, allein mit ihren Gedanken, die Szene vor ihrem geistigen Auge noch einmal ablaufen ließ, war ihr keine Sekunde davon geheuer.

15

Vielleicht bildete sie es sich nur ein, aber schon beim nächsten Besuch bei Helen hatte sich die Atmosphäre zwischen ihnen verändert. Sie hoffte, dass der Kosmos es gut mit ihr meinte und dieser wunderbare Teil ihres Alltags ihr erhalten bleiben würde, auch wenn sie mit ihrer Rücksichtslosigkeit alles aufs Spiel gesetzt hatte.

Auf dem gewohnten Weg zur Seitentür sah sie Helen durch das Küchenfenster und klopfte drei Mal gegen das Glas. Zu spät bemerkte sie den Telefonhörer zwischen Schulter und Ohr. Helen blickte auf, zeigte mit einer Grimasse auf den Hörer, sie war offenbar nicht wild auf dieses Gespräch, und bedeutete Julia ins Haus zu kommen.

»Na ja, mein Lieber, ich kann mir vorstellen, dass sie nicht wirklich wertschätzen, wie viel ... aber hör mir zu, Frankie, ich glaube trotzdem, dass es klug wäre, wenn du ...«

Sie unterbrach sich, verdrehte gegenüber Julia die Augen und machte dazu mit den Fingern eine eindeutige Geste, das Gequatsche wollte offenbar kein Ende nehmen, eine Vertraulichkeit, die Julia ein paar Monate zuvor noch überglücklich gemacht hätte. Jetzt wurde ihr jedoch übel, im Zimmer schien es mit einem Mal wärmer als sonst und es roch nach verbranntem Kaffee.

»Dad hat die Überweisung bereits getätigt, mein Schatz ... nein, mein Süßer, ich *weiß*, aber es gibt da ...«

Sie wartete erneut ab und ließ ihn reden, legte dann

eine Hand über den Hörer und flüsterte: »Mach's dir gemütlich, das hier kann noch dauern.«

Sie setzte sich auf den gleichen Hocker an der Kücheninsel, auf dem sie vor Nathaniels erstem Kuss gesessen hatte, und gab sich Mühe, Helen nicht zu belauschen, die offenbar mit einem ihrer Söhne telefonierte. Nach allem, was sie trotzdem mitbekam, hatte er am Arbeitsplatz ein Problem, das für die meisten erwachsenen Männer kein Grund für einen Anruf bei der Mutter gewesen wäre. Sie fragte sich, ob alle Russo-Söhne derart lebensuntüchtig waren und ob Pete und Helen die Probleme ihrer erwachsenen Kinder grundsätzlich mit Geldüberweisungen lösten.

Es war ein heimtückischer Gedanke, der sie kalt erwischte.

»Meine Güte«, rief Helen ein paar Minuten später und knallte das Telefon in die Ladestation. »Ich brauche Wein, wenn's geht, gleich mehrere Gläser.«

Julia hatte eine Flasche mitgebracht. Helen hatte sich erfreut über diese Geste gezeigt, aber jetzt sagte sie mit einem Blick aufs Etikett nur: »Ah.« Julia sah ihr durch die Küche hinweg dabei zu, wie sie die Flasche geübt entkorkte, sich einen kleinen Schluck einschenkte, am Glas nippte und leicht das Gesicht verzog. Sofort wurde Julia nervös. Sie hatte die Flasche in demselben Geschäft gekauft wie den Sancerre für die unglückliche Spielverabredung.

»Ein italienischer Wein«, erklärte sie verzagt, worauf Helen nickte und schluckte.

»Ein bisschen süß für meinen Geschmack. Lass uns den Muscadet öffnen, den hier kann Pete dann trinken.«

Sie sagte das so leichthin, dass es im ersten Augenblick

gar nicht unverschämt klang und Julia auch nicht entsprechend reagierte. Doch dann merkte sie, wie ihre Wangen warm wurden. Sie war gekränkt. Der Wein hatte siebenundvierzig Dollar gekostet. Hätte ihr jemand eine derart teure Flasche – oder auch eine Flasche für nur sieben Dollar – mitgebracht, hätte sie den Wein höflich und umstandslos getrunken. Aber die Russos waren in so mancher Hinsicht unflexibel. Helen hasste Unannehmlichkeiten und machte anderen zuliebe auch nur ungern Zugeständnisse. Julia erkannte die Logik dahinter – warum *sollte* man auch etwas trinken, das man nicht mochte, wenn man über sechzig Jahre seines Lebens damit verbracht hatte, alles so einzurichten, wie man es gerne hatte. Helens Reaktion war nicht nur grob *unhöflich*, sondern sie bewies Julia auch, dass man sie nicht ernst nahm. Bei jemandem, der sie beeindruckte und den sie wertschätzte, hätte Helen sich den Wein fröhlich reingeschüttet, davon war Julia überzeugt. Aber Julia hatte sich mit ihrer Heulerei, ihrer Kleidung und ihrer Unsicherheit vom ersten Tag an als eine Person präsentiert, der man nicht auf Augenhöhe begegnen musste. Und Helen war das nur recht, wie so viele andere steckte sie Menschen schnell in Schubladen, und da blieb man dann, selbst wenn die entsprechende Schublade längst nicht mehr passte. Eine ihrer Schwiegertöchter war selbst viele Jahre und Präsidentenwahlen später aufgrund einer entsprechenden Äußerung als Zweiundzwanzigjährige bei einem Weihnachtsessen immer noch *die Libertäre*. Nathaniel war *der Schriftsteller*, auch wenn sein Arbeitsleben sich derzeit auf zehn Wochenstunden beschränkte, in denen er antiquarische Exemplare des Kinderklassikers *Old Yeller* unter die Leute brachte. Sie überlegte, was sie in Helens Augen war – ein nervliches

Wrack? ein hoffnungsloser Fall? eine, die zu süßen Wein verschenkte? –, und war plötzlich zutiefst beunruhigt.

Ihr fiel auf, dass sie eigentlich schon viel zu lange geschwiegen hatte, aber Helen schien das nicht zu stören. Sie entkorkte unbekümmert ihren Muscadet.

»Halt mir bitte kurz die Tür auf«, sagte sie. »Und komm mit nach draußen.«

Sie hielt Helen die Tür auf und folgte ihr wie ein folgsames Hündchen in den Garten.

»Hast du Melinda schon angerufen?«, fragte Helen.

»Wen?«

Helen wandte sich lächelnd zu ihr um. »Meine Freundin, die Bibliothekarin.«

»Oh«, sie errötete. »Nein, noch nicht, ich hatte ziemlich viel um die Ohren.«

»Ach ja, womit?«

Das war das Problem, wenn man jemanden gut kannte: Ausflüchte wurden schwieriger.

»Ach, nur Familienkram.« Es war das erste Mal, dass sie Mark und Ben gegenüber Helen als Ausrede gebrauchte.

»Mmm«, machte Helen, und Julia hörte in ihrem Tonfall etwas heraus, das ihr neu war, aber als sie Helen einen Blick zuwarf, war dieses wissende Funkeln in ihren Augen nach einem Wimpernschlag verschwunden und sie lächelte nur. »Hast du schon gesehen, dass die Krokusse unter dem Judasbaum ihre Köpfchen rausstrecken?«

»Nein«, antwortete sie. Und als Helen darauf zeigte: »Oh.«

»Es soll bald wieder schneien, das werden sie nicht überleben«, sagte Helen. »Aber es ist doch schön, sich der Illusion hinzugeben und daran zu erfreuen.«

Wieder spürte sie ein Prickeln im Nacken.

»Ist alles in Ordnung, Julia?«, fragte Helen. »Irgendwas stimmt doch nicht.«

Ausflüchte wurden auch schwieriger, wenn man jemanden mittlerweile gut kannte und mit deren Sohn eine Affäre gehabt hatte. Sie hätte Helen gern über den Zwischenfall am Nachmittag der Spielverabredung erzählt, über Ben und Francine, die in der Tür standen, aber das war ausgeschlossen. Es war ausgeschlossen, weil sie alles wegen ein paar Augenblicken hingebungsvoller Lust kaputt gemacht hatte. Ganz kurz konnte sie nachvollziehen, warum ihre Mutter getrunken hatte, und als sie Helen so zusah – die mitten am Tag ein Glas Wein genoss, ohne dabei gleich die Kontrolle über ihr Leben zu verlieren, weil sie sowohl die finanziellen Mittel als auch genügend Verstand besaß, den Alkoholkonsum zum Genuss zu erheben –, durchströmte sie große Wut und sofort darauf tiefe Traurigkeit. Helen hatte nichts falsch gemacht, Helen tat nichts, was sie, seitdem Julia sie kannte, nicht ohnehin getan hätte. Helen war einfach nur Helen. Und Julia war offenbar auch nur sie selbst, wenn sie durchs Leben stolperte und Menschen wehtat, die sie gernhatten.

»Süße?« Diesmal wirkte Helen besorgt, und sie wünschte sich, sie könnte sich ihr offenbaren wie am ersten Tag ihrer Freundschaft. *Ich bin wie ein Kind, ich bekomme nichts hin, ich brauche deine Hilfe.* Aber den richtigen Zeitpunkt dafür hatte sie verpasst.

»Alles gut«, sagte sie lächelnd. Sie kannte den Klang des Totenglöckchens, der das Ende einer Beziehung einläutete, oder besser, die spürbar veränderte Atmosphäre, wie vor einem Sturm. Ihrer Erfahrung nach fing es genau so an: mit unbedeutenden Notlügen, die sich nach und nach auftürmten, mit kurzen Gesprächspausen oder befremdlichen Blickkontakten oder einer Bemerkung des Gegenübers, die einen aufhorchen ließ. Natürlich hatte sie am Anfang einer Bekanntschaft stets *gehofft*, dieses Mal würde es zu keinem Ende kommen, aber sie hatte es trotzdem immer *erwartet*. Allerdings nicht bei Helen, nicht bis zu diesem Moment.

Sie nippte an ihrem Wein. Mittlerweile hatte sie ihren mitgebrachten Wein, der immer noch in der Küche der Russos stand, so gut wie vergessen. Helens Muscadet war erwartungsgemäß exzellent.

16

Alma wird morgens nicht gern geweckt, aber sie wacht auch nicht von ihrem Wecker auf, aus dem dann plötzlich ein paar Takte aus »Blitzkrieg Bop« dröhnen, die einen hochreißen und Mark und Julia zu Tode erschrecken, egal wo im Haus sie sich aufhalten. Und so ist Alma fast jeden Tag spät dran, was bedeutet, dass Julia sie fast täglich zur Schule fahren muss.

»Ollie, nun mach schon«, ruft sie die Treppe hoch und klimpert dabei gewohnheitsmäßig mit dem Schlüsselbund, weil das Geräusch den Hund immer auf die Beine bringt. Sofort erscheint Suzanne in der Tür und blickt sie erwartungsvoll an.

Von oben ist Poltern zu hören, was nicht unbedingt als Reaktion auf ihre Aufforderung zu verstehen ist, dann tritt wieder Stille ein.

»Entschuldige«, sagt Julia zu Suzanne. »Das war missverständlich.«

Julia würde gerne den Zug zur Arbeit nehmen, sie hätte jetzt bereits die Hälfte der Strecke hinter sich und wäre mit einem Kreuzworträtsel beschäftigt, während jemand anders das Fahren übernahm. Aber ihre Tochter, oder vielmehr ihre eigene Nachgiebigkeit, ihr Versagen, die Tochter zu einem angenehmen und pünktlichen Menschen zu erziehen, der ohne elterliche Hilfe in der Schule erscheint, stehen dem im Wege.

Um zehn Uhr hat sie ein Meeting und auf den Straßen

wird viel los sein. Sie will gerade erneut rufen, als Alma an ihr vorbeirast. Sie hat immer ein paar Stufen auf einmal genommen, und davon ist tatsächlich ein Luftzug spürbar. Ihr Outfit ist wie so oft zusammengewürfelt: abgeschnittene Jeans, schwarze Nylonstrümpfe, eine geblümte Bluse, die lose über einem Oberteil hängt, das Julia bekannt vorkommt, und über der Schulter eine Tasche mit der Aufschrift *AllAboard*. Alma läuft einmal um die Kücheninsel herum und greift sich dabei eine Banane, einen Energieriegel und ihre Aluminiumflasche, die wie immer im Abtropfständer für sie bereitsteht, nachdem ihre Mutter-Schrägstrich-Sklavin, die sie selbstredend keines Blickes würdigt, bevor sie durch die Seitentür entschwindet, diese gestern Abend noch per Hand ausgespült hat.

Julia verharrt einen Augenblick in der plötzlich eingetretenen Stille und kommt sich vor, als wäre sie gerade von einer Welle überrollt worden – wie so oft im Umgang mit Alma, auch wenn sie kein Wort miteinander wechseln. Sie hört eine Autotür zuschlagen, zählt im Geiste bis sechs, verabschiedet Suzanne und folgt ihrer Tochter nach draußen.

»Guten Morgen«, sagt sie provokativ freundlich, als sie sich zu Alma ins Auto setzt.

Alma hat den Kopf gegen die Scheibe gelehnt und starrt sehnsuchtsvoll durchs Glas, als blickte sie einem Lover nach, der sich gerade verabschiedet hat. »Hi.«

Sie ist nicht *immer* unangenehm, und in Momenten wie diesem, wenn ihre Tochter mal nicht streitsüchtig, sondern fix und fertig wirkt, einfach bis auf die Knochen *müde*, fällt es Julia leichter, sie lieb zu haben. In solchen Augenblicken erneuert sich der problematische Kreislauf aus Verhätschelung und Unterstützung. Für ein gelegentliches Miteinander in Ruhe wie hier und jetzt im Auto würde Julia es bis zum Ende ihrer Tage auf sich nehmen, zu spät zur Arbeit zu erscheinen. Ihre Tochter ist nicht von Natur aus ein Giftzwerg, nicht durch und durch ungenießbar, sondern mit ihren abgekauten Fingernägeln und den lächerlichen Shorts einfach nur *siebzehn*.

Sie setzt den Wagen rückwärts aus der Einfahrt. »Steht heute was Wichtiges an?«

»Nein«, entgegnet Alma, und dann: »Ein Mathetest.«

Zwei leidenschaftslos hingeworfene Worte, aber immer noch besser als schwelendes Sich-Anschweigen oder gemeines Beschimpft-Werden, und sie steigt sofort darauf ein. »Mathe, oh. Nervös?« Unbewusst reduziert sie in der Kommunikation mit Alma ebenfalls die Wortanzahl, denn mit jedem Wort wächst das mögliche Fehlerpotenzial und damit die Gefahr, unabsichtlich etwas zu äußern, das die höchst empfindsame Tochter aufbringt. Sie hat keine Ahnung, was sie sonst noch fragen könnte. Sie selbst hatte vor jedem Mathetest Bauchschmerzen und kritzelte sich mit Tinte winzig kleine Formeln auf die Handfläche.

»Nein«, antwortet Alma.

Sie wartet, wirklich vollkommen lächerlich, auf eine nähere Ausführung.

»Die Ampel ist grün«, bemerkt Alma.

Sie nimmt den Fuß von der Bremse und fährt über die Kreuzung.

»Hast du Sunnys Mail bekommen?«

Julia wirft ihr einen Blick zu. »Was für eine Mail?«

»Hast du die mit deiner altertümlichen E-Mail-Adresse denn nicht erhalten?«

»Ich habe noch nicht nachgesehen. Um was geht's denn?«

Alma zuckt mit den Schultern. »Die Mail ist lang, ich habe sie nur überflogen. Irgendwas mit der Hochzeit.« Sie hat die Füße gegen das Armaturenbrett gestützt, die Knie fast unterm Kinn, und starrt immer noch aus dem Fenster. Julia bemerkt, dass ihre Augen leicht verquollen sind.

»Hast du nicht gut geschlafen, mein Schatz?«

»Nein.«

»Warum?«

»Ich habe keine Ahnung, Mom. Vielleicht sollte ich mir so eine bescheuerte Uhr wie die von Dad besorgen, damit ich jede Sekunde meines Lebens analysieren kann.«

»Auf deine Polemik kann ich verzichten, okay? Ich habe dich nur was gefragt.«

»Und ich habe geantwortet.« Alma lässt die Haare vors Gesicht fallen, umklammert mit beiden Armen ihre Knie, und Julia sieht wieder etwas Türkises aufblitzen, das ihr bekannt vorkommt. Klar, das ist das T-Shirt von einem Konzert der Band Jesus and Mary Chain, dort war sie mit Mark, kurz nachdem sie sich kennengelernt hatten. Sie würde es als eines ihrer absoluten Lieblingsteile bezeichnen, falls sie wie Mark die Zeit und Energie für eine Hitliste ihrer persönlichen Besitzstände hätte – es ist als Schlafshirt unentbehrlich, perfekt ausgewaschen und ein intimes Wahrzeichen ihres Lebens, bevor sie beide festen Boden unter den Füßen hatten, vor *dem* hier, dem Subaru und der schlecht gelaunten Siebzehnjährigen und dem Routine-Sex einer jahrzehntelangen Ehe, den man schon am nächsten Tag wieder vergessen hat. Was sie selbst einst für cool gehalten hat – Beck-Konzerte und lederne Halbstiefel, die Unbesonnenheit, mit der sie durchs

Leben stolperte –, ist längst nicht mehr cool, und das gilt insbesondere für ihre Kinder, und weil nichts mehr in ihrem Leben nur ihr gehört, stibitzt ihre Tochter ihr einfach das Lieblings-T-Shirt und trägt es dreist unter einer scheußlich gemusterten Secondhandbluse, eben *weil sie es kann*.

Sie würde gern lautstark protestieren und ihrer Tochter klarmachen, dass sie *buchstäblich ihr ganzes Leben für sie geopfert hat* und ihr besagtes T-Shirt gern ausgeliehen hätte, wenn Alma sie nur darum gebeten hätte, und dass Alma eines Tages ebenfalls an einem blöden T-Shirt hängen werde, als Erinnerung daran, wie leicht und frei sie einmal gewesen ist.

»Süße«, sagt sie. »Ist das mein ...«

»Ist *was* dein?«, faucht Alma.

Sie holt tief Luft und beißt die Zähne zusammen. »Nichts«, sagt sie. »Schon gut. Kommt Margo nach der Schule vorbei?«

Keine Antwort, und als Julia zu ihrer Tochter blickt, um herauszufinden, ob sie noch immer in Ungnade gefallen ist, stellt sie überrascht fest, dass Alma mit einem Mal bedrückt wirkt.

»Süße?«

»Nein«, sagt Alma und hat die Tür praktisch geöffnet, noch bevor der Wagen vor der Schule zum Halten gekommen ist.

»Tschüss, Ollie«, ruft Julia und verkneift es sich gerade noch rechtzeitig, ihrer Tochter auch noch einen guten Tag zu wünschen. Als Alma ihr kurz zuwinkt und im Schulgebäude verschwindet, bemerkt sie ihre knochigen Schultern, das verfilzte Haar am Hinterkopf und dass die rot gefärbten Spitzen inzwischen zu einem undefinierbaren

Braun ausgebleicht sind. »Ich hab dich lieb«, schiebt sie hinterher, weil sie nicht anders kann, aber da ist Alma bereits im Gebäude verschwunden.

*

Noch 47 Tage!!! steht in der Betreffszeile von Sunnys aufscheuchendem Hochzeitsinformationsupdate, und Julia öffnet die Mail voll böser Vorahnungen, als wäre sie virusbehaftet. Heute verbringt sie ihren Nachmittag turnusmäßig in der Spezialsammlung der Bibliothek – das bedeutet Ruhe, die sie sehr schätzt – und damit hat sie die Muße, die Mail genau durchzulesen.

Es sind noch weitere siebzehn Empfänger angegeben – das zählt sie nach –, darunter Mark, Ben und Alma. Sie scrollt durch die Nachricht, die mit unterschiedlichen Farben unterlegt ist und kein Ende nimmt. *Vielen, vielen Dank, dass ihr bei diesem besonderen Tag mit dabei seid!! Wir freuen uns so, mit euch zu feiern!!!* Dazu eine Liste mit einzelnen Punkten, manches davon in fetten Lettern, Aufforderungen wie *Jordan kümmert sich um die Cupcakes,* gefolgt von einschlägigen Emojis, ein Stück Kuchen, ein winziger Blumenstrauß, Nadel und Faden, beides so klitzeklein, dass sie ihre Lupe zur Hand nehmen muss. *Lettuce Pray, Organisation: Mark* steht weiter unten grünlich hinterlegt und dann, zu ihrem Schrecken, *Julia: Pfingstrosen!* Diese Mail hätte wirklich gleich in den Spam-Ordner gehört, die hätte der Virenschutz der Bibliothek gar nicht durchgehen lassen dürfen.

Bevor sie nachgedacht hat, ist sie auch schon in die Ecke des Kellerraums gegangen, wo der Empfang am besten ist, und ruft Ben an.

»Hallo, mein Schatz«, sagt sie, als er antwortet. Zuckersüßer Tonfall, der ihm sofort allen Wind aus den Segeln nehmen soll.

»Mom, was ist los?« Er klingt nicht unfreundlich, aber ungewohnt kühl.

»Ich habe gerade Sunnys Mail gelesen«, sagt sie.

»Welche von den Mails?«

»Gibt's denn mehrere?«

»Ich habe keine Ahnung, von welcher Mail du gerade sprichst«, entgegnet er langsam und stur.

»Na, die bezüglich der Hochzeit«, erklärt sie. »Du bist auch unter den Empfängern.«

»Ich arbeite gerade«, erwidert er.

»Na ja«, sagt sie und kommt sich idiotisch vor. Sie stört ihn mit dieser Bagatelle bei der Arbeit wie ein gelangweiltes Kind, das der Mutter unbedingt erzählen will, dass die Sonne scheint. »Die Nachricht ist sehr detailliert, und ich wollte nur ein paar Dinge ... besser verstehen.«

Eine kurze Pause, und dann: »Die Mail ist von Sunny, da musst du mit ihr reden.«

»Klar, ich kann gerne Sunny anrufen. Ich dachte nur, ich rufe erst mal dich an, weil ...« Ja, warum? *Weil du mein Sohn bist?* »Ich habe ihre Nummer nicht«, sagt sie kurzerhand.

»Ich schicke sie dir.«

»Danke«, sagt sie. »Das wäre sehr hilfreich.«

Es entsteht eine ungewöhnliche Gesprächspause.

»Gibt's noch was?«, fragt er in dem Moment, als sie gerade fragt: »Wie geht es dir?«

»Gut, alles gut.«

»Und Sunny?«

»Auch gut.«

»Prima«, sagt sie.

Immer wieder muss sie an ihren letzten Wortwechsel denken, seine beispiellose, offenbar schon länger schwelende Verärgerung. *Emotional manipulativ*, das klingt nach populärem Selbsthilfebuch und/oder nach einem überengagierten Psychotherapeuten. Vor ihrem geistigen Auge entsteht ein Szenario, in dem Ben und Sunny nebeneinander auf einer Liege Platz genommen haben. Er spricht über seine lieblose Mutter und sie über ihre narzisstischen Eltern, und beide geloben, es selbst als Eltern besser zu machen. Es ist genau die Strategie, die sie als Mutter verfolgt hat – *alles, bloß nicht so wie Anita* –, aber sie hat es mit der Erziehung doch besser hinbekommen, sie kann doch unmöglich eine Kandidatin für dieses *Alles-bloß-nicht-so-wie* sein, sie hat sich doch solche Mühe gegeben.

»Wir bereiten gerade alles fürs Wochenende vor«, sagt er.

»Was findet da statt?«

Kurze Pause, dann in einem gereizten Ton: »Wir ziehen um?«

»Oh, Gott, stimmt. Tut mir leid. Können Dad und ich euch irgendwie helfen?«

»Nein, danke, wir kommen klar.«

»Gut. Prima.«

»Noch was, Mom? Gleich kommt ein Student.«

»Nein«, sagt sie. »Entschuldige, ich wollte dich nicht stören, mein Schatz.«

Als sie an ihren Schreibtisch zurückkehrt, wartet dort ein mürrischer Bibliotheksbesucher, der Hilfe mit einem Mikrofiche benötigt. Sie macht sich, dankbar über die Ablenkung und die Tatsache, jemandem nützlich zu sein, wieder an die Arbeit.

17

Eigentlich hätte sie alarmiert sein müssen, als Mark, etwa eine Woche nach der Spielverabredung, um fünf Uhr morgens – die Stunde, in der sie immer bereits wach und noch ganz für sich war – in der Küche auftauchte.

»Da steht Kaffee«, sagte sie.

»Danke.« Er nahm die Tasse vom Reiman-Aquarium aus dem Schrank.

»Gehst du heute schon so früh zur Arbeit?«

Er schüttelte den Kopf. »Konnte einfach nicht schlafen.« Er setzte sich ihr gegenüber, das Haar vom Schlaf zerdrückt, in einem gelb-weißen Stanford-T-Shirt und Schlafanzughosen aus Flanell. Sie konnte sich nicht erinnern, wann sie das letzte Mal im Wachzustand miteinander allein gewesen waren, aber es war merkwürdig, in seiner Nähe zu sitzen und überhaupt kein Bedürfnis nach Austausch zu verspüren.

»Ich habe den Eindruck, wir sollten miteinander reden. Können wir? Miteinander reden?«

»Klar.« Sie schluckte schwer. »Natürlich. Worüber?«

»Ich mache mir Sorgen um dich«, erklärte er.

»Okay«, sagte sie, als hätte er gerade angeboten, ihr Auto waschen zu lassen, »mir geht's gut.«

»Jules.« Er senkte den Kopf und starrte in seinen Kaffeebecher, als könnte er darin bevorstehendes Unheil erkennen. »Ich weiß nicht mehr, was ich tun soll.«

»Ich habe dich nicht darum gebeten, etwas zu tun.«

»Aber genau das solltest du. Wenn es ein Problem gibt, dann solltest du mich darum bitten, etwas zu tun. Wir sollten doch füreinander da sein.«

Sie verließ ihren Platz am Küchentisch und ging unschlüssig zur Spüle. Dort lehnte sie sich an, ließ ihren Blick durch die Küche schweifen und behielt zugleich Mark im Auge. Wie war es noch mal dazu gekommen, dass sie ausgerechnet hier gelandet waren? Im Geiste zählte sie Orte auf, an denen sie sich gerade ebenso gut aufhalten könnte – in einem Supermarkt, einer Jurte, in England, Forest Glen, einem Gartencenter, San Diego, einem Kino oder Amphitheater, in Bens Bett, in dem von Nathaniel, in Helens Haus.

»Julia?«

»Das hat doch keinen Sinn«, sagte sie und meinte es so. Ein Tag hatte einfach nicht genügend Stunden. Als würde man die Bausubstanz eines alten Hauses unter die Lupe nehmen – sobald man sie aus nächster Nähe betrachtete, wurde einem klar, dass eigentlich alles reparaturbedürftig war und recht viele Reparaturen andere voraussetzten, folglich eine Reihenfolge einzuhalten war. Wenn das Haus also noch stand und nicht gerade abbrannte, tat man vermutlich gut daran, nicht zu genau hinzuschauen.

»Was soll das heißen? Natürlich hat das einen Sinn. Genau darum geht es doch, Julia. Wir müssen ehrlich zueinander sein, sonst sehe ich nicht, wie wir weitermachen …« Er unterbrach sich und mied ihren Blick. Sie sah ihn neugierig an.

»Wie wir was weitermachen?«

Er schüttelte den Kopf.

»Du siehst nicht, wie wir was weitermachen?«

»Wie wir mit dem weitermachen können, was uns ausmacht, wie wir ... Ich habe das Thema nicht anschneiden wollen, weil es eine Zeitlang so aussah, als würde es dir besser gehen, aber, Jules, du wirkst ... so unglücklich.«

»Bist du denn glücklich?«

»Nein«, erwiderte er geradeheraus. »Ich liebe dich und Ben, und unser Leben gefällt mir im Großen und Ganzen. Aber ich bin nicht glücklich, weil du es nicht bist, und ich habe den Eindruck, dass das an mir liegt.«

»Es liegt nicht an dir.«

»Das weiß ich. Rational. Ich ... magst du dich nicht setzen, mein Schatz?«

Sie setzte sich im Schneidersitz auf den Küchenfußboden, und Mark warf ihr einen Blick zu, als hätte sie gerade etwas richtig Seltsames getan, etwa begonnen, eine Weste zu häkeln oder sich einen Schwanz wachsen zu lassen. Aber dann erhob er sich vom Tisch, kniete sich ihr gegenüber hin und nahm ihre Hände.

»Julia, ich liebe dich«, sagte er. Es *störte* sie, dass er derart nett zu ihr war, obwohl sie sich quasi alle Mühe gegeben hatte, ihr gemeinsames Leben in den Sand zu setzen, und er eigentlich vom ersten Tag an hätte ahnen können, dass sie genau das tun würde.

»Ich liebe dich auch«, entgegnete sie. »Aber ich glaube nicht, dass das ...« Sie wusste nicht, wie sie den Satz zu Ende bringen sollte. *Genug ist.* »Das ist nicht unser Problem, glaube ich, ich hatte nie die Sorge, dass du mich nicht *liebst.*«

Er wirkte besänftigt und lächelte sie leicht an. »Machst du dir Sorgen, dass *du mich* nicht liebst?«

»Nicht ... wirklich«, sagte sie und sah ihm die Enttäuschung an.

»Zum Teufel.« Er ließ ihre Hände los.

»Das kam anders raus, als es sollte.«

Er sah sie erwartungsvoll an, gab ihr eine zweite Chance, aber sie ließ sie ungenutzt verstreichen.

»Es ist nicht persönlich gemeint.«

Mark lachte trocken und stemmte sich vom Boden hoch. Sie hörte ein leises Krachen in seinem linken Knie und fuhr leicht zusammen. »Es ist nicht persönlich gemeint, dass du mich nicht liebst?«

»Wir können einander lieben und trotzdem unsere Probleme haben, Mark. Alles andere im Leben kann trotzdem schieflaufen.«

»Alles andere? Du hast den Eindruck, dass alles andere in deinem Leben schiefläuft?«

»*Nein*. Oh, Gott, das ist es nicht ...«

»*Was* ist es nicht, Julia, nun sag schon.«

Mit einem Mal war sie sehr müde. »Mit *mir* stimmt was nicht, okay?«

»Was soll das heißen?«

»Ich passe einfach nicht dazu, das ist das Problem.«

»Wozu?« Doch als sie nicht antwortete, wich die Verärgerung aus Marks Gesicht, und er wirkte bedrückt.

»Julia«, sagte er. »Schau her, das ist genau der Grund, warum ich finde, du solltest ...«

»Ich sollte *was?*«

Er ließ sich wieder auf den Küchenstuhl fallen und sah sie nicht an, als er sagte: »Hör mir zu und werde nicht gleich wütend, okay? Kannst du mich erst ausreden lassen, bevor du wütend wirst?«

Sie hob die Augenbrauen. Vielleicht bot sich ihr nun der rettende Ausweg in einer unvorhergesehenen Wendung des Schicksals: dass Mark sie ebenfalls betrogen hatte.

»Ich habe mit Francine gesprochen«, fügte er hinzu.

Ja, sie hatte den stechenden Schmerz verdient, der ihr wie ein Pfeil durch die Brust fuhr, als er den Namen aussprach. Und nein, jener Name, *Francine*, sollte eigentlich keine Überraschung sein, wenn man bedachte, was diese Frau mitbekommen hatte, trotz des Versprechens, ihren Mund zu halten. Brady und Francine waren in erster Linie Marks Freunde und nicht ihre. Warum war sie jemals davon ausgegangen, dass Francine ihr zuliebe etwas verschweigen würde?

»Mark«, sagte sie. »Lass mich – warte.«

Aber er fuhr unbeirrt fort. »Eine Freundin von ihr namens Philly hat hier gerade eine Praxis eröffnet, sie soll wirklich sehr gut sein.«

Sie sah ihm erst nach einem Augenblick ins Gesicht.

»Eine Therapeutin«, fügte er erläuternd hinzu, und weil sie sich auf Vorwürfe gefasst gemacht hatte, fiel es ihr schwer, die Freundlichkeit in seiner Stimme einzuordnen. »Das wäre vielleicht eine Überlegung wert.«

»Ich soll ... was?«

»Es könnte hilfreich sein, mit jemandem zu reden.«

Endlich begriff sie, worum es ging. »Ich war letztes Jahr bei einem Therapeuten.«

»Schon, ja«, sagte er. »Aber er war nicht ... ich wollte sagen, er kann nicht sehr gut gewesen sein, wenn es dir so geht wie momentan.«

»Du hast also mit Francine über uns beide geredet«, bemerkte sie, probierte die Frage aus, hörte zu, wie der Satz aus ihrem Mund klang.

»Ich habe ihr ... ich erzähle Brady so ziemlich alles, Jules. Und ich nehme mal an, er hat es Franny gegenüber erwähnt, und die hat diese Freundin von ihr vorgeschlagen, weil sie helfen wollte.«

»Was genau hast du ihr erzählt? Was meinst du mit *so ziemlich alles?*«

Das war doch wirklich etwas anderes, als wenn sie Helen von Mark erzählte, oder? Mark wusste nicht einmal von Helens Existenz. Und er musste ihr bei langweiligen Dinnerpartys auch nicht gegenübersitzen, und zwar wohl wissend, dass sie über alle seine Fehler bestens im Bilde war. Ihr war, als würde sie ein paar Zentimeter über dem Küchenboden schweben, ihre pulsierende, schamerfüllte Wut der einzige Anker, der sie in der Realität hielt.

»Du wirkst vollkommen deprimiert, mein Schatz. Das ist doch kein Geheimnis. Ich wollte nicht hinter deinem Rücken handeln. Ich weiß nur einfach nicht mehr, was ich tun soll, Julia.«

»Hast du dir schon mal überlegt, dass das vielleicht ein Grund für unsere Probleme sein könnte?«, fragte sie. »Sobald was nicht läuft, wie es soll, rennst du zu deinen zwei supertollen, supererfolgreichen Freunden, anstatt mit mir zu reden.«

Marks Gesichtszüge verhärteten sich. »Und wann genau sollte ich das tun? Wenn ich zu Hause bin, schläfst du, obwohl ich mir dauernd anhören muss, dass du *nie* schlafen kannst.«

»Ich tu so, als ob ich schlafe«, sagte sie. »Damit ich nichts mit dir zu tun haben muss.«

»Das *weiß* ich. Wir sind jetzt seit acht Jahren zusammen, Julia. Glaubst du wirklich, dass ich ein völliger Idiot bin und nicht mitbekomme, was du neben mir im Bett so treibst?«

Sie blickte ihm in die Augen, ihrem neuen Feind. Von der ungewohnten Verbitterung in seinem Blick wurde ihr unbehaglich.

»Natürlich nicht. Du bist ja der Schlaumeier von uns beiden, das wissen wir doch.«

»Oh, Gott.«

»Du wusstest genau, dass ich das alles nicht wollte.« Selbst in ihren Ohren klang das erbärmlich.

»Das alles? Was soll das heißen? Und, Julia, wen zum Teufel schert es, was du irgendwann mal wolltest? Wir sind jetzt hier, wir haben *das alles* gemacht und getan, und du kannst jetzt nicht einfach beschließen, dass du nicht mehr weitermachen willst.«

»Und du kannst nicht einfach beschließen, dass du dich für die Falsche entschieden hast.«

Sie erhob sich lautlos und behutsam vom Fußboden und fegte ein paar Krumen von ihrer Schlafanzughose. Er hätte sich jemanden suchen sollen, der bei der Hausarbeit gründlicher war. Er hätte sich jemanden suchen sollen, der in allem besser war als sie.

»Ich weiß nicht, was du von mir erwartest.« Er klang nicht länger bissig, sondern erschöpft.

»Frag doch sie«, sagte sie, obwohl sie wusste, dass das unfair war. »Warum fragst du nicht deine bescheuerte Francine, denn ich habe keine Ahnung, Mark.«

18

Sie war bereits in Tränen aufgelöst, als sie die Einfahrt zum Haus der Russos entlanglief. Mit der Verzweiflung war es wie mit Kaninchen, sie pflanzte sich unaufhörlich fort, und mit einem Mal erschien alles bedrückend, und was bereits vorher Grund für Kummer gewesen war, war es nun umso mehr. Mark hatte das Haus ohne ein Wort des Abschieds verlassen. Ben hatte sich brav vor dem Kindergarten absetzen lassen, obwohl ihre Schweigsamkeit ihn bekanntermaßen beunruhigte. Sie wischte die Tränen mit dem Mantelärmel weg und drückte auf die Hausklingel.

Es war das erste Mal, dass sie uneingeladen bei Helen auftauchte, und während sie wartete, überlegte sie besorgt, dass es zu aufdringlich war. Sie dachte daran, wie Helen den mitgebrachten Wein abgelehnt hatte, und stellte sich vor, wie diese im Wohnzimmer an den Vorhängen vorbeilugte und darauf wartete, dass Julia wieder verschwand.

»Mein Liebling.« Die Tür ging auf, und Helen ließ sie herein. »Oh je, da geht es jemandem aber nicht so gut.« Genau diesen Satz hatte sie bei ihrer allerersten Begegnung auch gesagt, aber wenn Julia sich nicht irrte, war Helens Empfang heute eher lauwarm, als habe der Küchenstreit in der Superior Street negative Auswirkungen auf das gesamte Viertel gehabt. »Was ist los, mein Herz? Komm, setz dich.«

Helens lustloser Tonfall ließ sie aufhorchen. Wenn

Helen sich nicht gerade über die rechtlichen Grundlagen der Fortpflanzungsmedizin oder ihre Schwiegertöchter ausließ, klang sie niemals lustlos.

»Entschuldige, passt es gerade nicht?«, fragte sie.

»Oh.« Helens Miene heiterte sich auf, und sie lächelte. »Selbstverständlich passt es. *Mir* geht es gerade nicht so gut, das ist alles.«

Auch Helen hatte also hin und wieder einen schlechten Tag, aber dass diese Tatsache sie derart überraschte, war ihr doch peinlich. »Entschuldigung ... möchtest du darüber reden?«

Helen entzündete das Gas unter dem Wasserkocher. »Nein, nein, nichts Schlimmes. Bei Eric ist nach einem Sturz von einem Hoverboard, was immer das sein soll, das vordere Kreuzband an einem Knie gerissen. Francis hat finanzielle Probleme und Natey, na ja.« Helen sah ihr kurz in die Augen, und Julia spürte, wie ein kalter Schauer ihren Körper durchfuhr. »Möchtest du einen Kaffee? Ich hätte zwar lieber einen Martini, aber ...« Sie machte eine unbestimmte Geste und löffelte Kaffee in die French Press. »Was bedrückt dich heute? Hat sich der Kosmos momentan gegen uns beide verschworen?«

»Ich ... Mark und ich hatten Streit.« Ihre Kehle schnürte sich wieder zu, aber diesmal aus Verlegenheit. Es war genau, wie sie befürchtet hatte: Die Dynamik zwischen ihnen hatte sich verändert, sie gingen vorsichtiger miteinander um. Das unvermeidliche Ende der Freundschaft rückte näher.

»Ein Krach reinigt die Luft«, sagte Helen. »Mal ganz ehrlich, mein Schatz, vielleicht braucht ihr gerade genau das. Worum ging es?«

»Er hat sich mit Freunden über mich unterhalten«, erklärte sie. »Mit diesen Reichen. Über ... Dinge zwischen uns, persönliche Probleme. Seine Freundin Francine hat vorgeschlagen, ich solle eine Therapeutin aufsuchen.« Als Helen nicht sofort reagierte, legte sie nach. »Ist das nicht ein ... ein Vertrauensbruch?«

Helen ließ sich Zeit mit der Antwort. »Kein besonders großer, wenn man bedenkt, was so alles möglich ist.«

Sie fühlte sich wie so oft den Tränen nahe.

»Ich will damit sagen ... angesichts der Mittel und Wege, mit denen man einander in einer Ehe wehtun kann, entspringt es bei euch wenigstens Zuneigung, wenn auch fehlgeleiteter. Aber Mark hat dich gern. Du hast eine Familie, die dich *lieb hat,* Julia. An deiner Stelle wäre ich dankbar dafür. Oder gib dir wenigstens Mühe und bring dich dazu, diese Familie zu wollen.«

»Ich will sie ja.« Stimmte das? »Ich gebe mir Mühe, sie zu wollen.«

»Wirklich?«

»Ich ... natürlich. Warum fragst du?«

»Du machst einfach den Eindruck, soweit ich das beurteilen kann«, sagte Helen vorsichtig, »als wärst du wild entschlossen, alles kaputtzumachen.«

Sie erstarrte innerlich. »Was?«

Helen seufzte und massierte sich kurz die Schläfen. »Julia, du weißt, wie sehr ich es hasse, so zu tun als ob.«

In ihrem Herzen wusste sie bereits, was nun folgen würde.

»Ich weiß über dich und Natey Bescheid, mein Schatz. Das kann für dich kaum eine Überraschung sein.«

Natürlich nicht, aber *natürlich* auch wieder schon. Helen hatte von Anfang an die Gabe gehabt, sie zu überrumpeln. *Vielleicht eine Depression?*

»Du … Wie?«

»Er hat's mir erzählt«, sagte Helen leichthin, als sei das selbstverständlich, als hätte Julia damit rechnen müssen. Es war der gleiche Tonfall, mit dem sie, in der Annahme, dass Julia wusste, wovon die Rede war, exotische Reiseziele in aller Welt fallenließ oder komplizierte Namen von Gerichten. »Allerdings wusste ich bereits vorher Bescheid. Wenigstens habe ich es schon *geahnt*. Du bist wie ein offenes Buch, wusstest du das, Julia? Bei Natey ist es das Gleiche. Das ist einer der Gründe, warum ich dachte, ihr beide würdet euch gut verstehen.«

»Gut verstehen«, wiederholte sie tonlos.

»Was dich angeht, ist die Entscheidung nicht ganz so nachvollziehbar. Aber bis zu einem gewissen Grad ergibt es Sinn, du und er. Ihr habt beide keine Orientierung im Leben. Und außerdem hat mir die Vorstellung gefallen, dass er sich dir anvertraut.«

»Helen, ich bin nicht sein … er hat sich mir nicht *anvertraut*.«

»Ihr befindet euch beide in einer ähnlichen Lebensphase. Ihr seid zwei wunderbare Menschen, die beide in einer Sackgasse stecken.«

Bislang hatte sie Helen auf diese Art und Weise nur über andere reden hören, und die Bemerkung verletzte sie tiefer als erwartet.

»Ich habe … einen kleinen Sohn«, sagte sie stockend. »Ich bin … immer noch *verheiratet*. Mark ist keine Sackgasse.«

»Aber hast du mir nicht bei unserer ersten Begegnung gesagt, dass du die meiste Zeit deines Lebens unglücklich warst?«

»Ich habe mich anders ausgedrückt, glaube ich«, erwiderte Julia. »Und das ist auch nicht ... Marks Fehler. Es hat nie an ihm gelegen.«

»So wie es nicht an mir liegt, dass Natey im Leben keine Orientierung hat«, entgegnete Helen. »Aber deswegen darf ich für ihn trotzdem etwas Besseres wünschen.«

»Die Parallele ist nicht fair, finde ich.« Julia spürte, zum ersten Mal, seit sie Helen kennengelernt hatte, Ärger in sich aufsteigen, der überhebliche Tonfall machte sie fast rasend vor Wut. »Und vielleicht liegt es *sehr wohl* an dir, weil du ihn weiter verwöhnst.«

»Wir sprechen uns in zwanzig Jahren wieder«, sagte Helen. »Dann reden wir noch mal darüber, wie leicht man das *Verwöhnen* einstellt.« In Helens Miene war für den Bruchteil einer Sekunde Genugtuung zu lesen, und Julias Magen verkrampfte sich. Sie würde niemals so stolz wie Helen auf ihr Leben blicken, niemals ihre eigenen Standpunkte derart vehement verteidigen. Sie würde niemals so zufrieden mit sich selbst und ihrem Leben sein.

»Helen, hast du das ...« Sie wusste nicht, wie sie die Frage formulieren sollte. »Hast du das alles beabsichtigt?«

»Meine Güte, Julia, das war doch nicht perfide von langer Hand geplant. Ich wollte nur sagen, dass das Ganze für mich Sinn ergibt. Zwei Leute, die anscheinend jemanden an ihrer Seite brauchten.«

»Unter Umständen ist meine Ehe kaputt, Helen.«

»Du machst jetzt hoffentlich nicht mich dafür verantwortlich, mein Schatz.«

Sie schüttelte benommen den Kopf. »Nein, es war mein Fehler.«

»Weiß Mark davon?«

Julia fokussierte einen Astknoten auf der Tischplatte. »Ich bin nicht sicher.«

»Wolltest du, dass er davon erfährt?«, fragte Helen. »Hast du nicht bedacht, dass genau das passieren könnte?«

»So weit habe ich gar nicht gedacht. Das habe ich irgendwie gekonnt ausgeblendet.« Wie dumm diese Worte laut ausgesprochen klangen, wie dumm *sie* gerade klang, Julia, die dumme Egoistin.

»Genau das begreife ich nicht«, sagte Helen sanfter, als Julia erwartet hätte. »Diese ganze Geschichte ... Na ja, bitte versteh mich nicht falsch, aber Natey sieht das ähnlich. Aber du, mein Schatz, du bist doch vernünftig, und trotzdem wirkst du ...«

»Wie wirke ich?«, fragte Julia.

»Vor allem darauf bedacht, alles um dich herum in Schutt und Asche zu legen«, erwiderte Helen behutsam.

Sie machte sich gar nicht erst die Mühe, diese Aussage zu bestreiten, und gewährte Helen die Genugtuung, wieder einmal den Nagel auf den Kopf getroffen zu haben.

»Warum, glaubst du, ist das so?«, fragte Helen.

Wie hätte ihr Leben wohl ohne Mark ausgesehen? Eine karge, kinderlose Existenz. Sie konnte sich eine Welt ohne Ben nicht vorstellen und war doch fest davon überzeugt, dass er auch ohne sie geboren worden wäre, denn er war so wunderbar, eine kleine Quelle an Lebenskraft, einfach unentbehrlich, damit alles auf der Welt, das ganze Universum fortbestehen konnte.

Es fiel ihr leichter, sich Mark ohne sie an seiner Seite vorzustellen. Ihm würde es gut gehen. Er würde ein guter Vater bleiben und würde sich jemand Neues suchen, der besser zu ihm passte. Hatte sie dieser Entwicklung lediglich auf die Sprünge helfen wollen? Hatte sie ihn mit der Nase darauf stoßen wollen, damit das Unvermeidliche endlich eintrat?

»Ich weiß sehr gut, dass ich die beiden nicht verdiene«, sagte sie. »Ich weiß sehr gut, dass ich das alles nicht verdiene.«

»Oh, Julia, was denn? Ein angenehmes Leben? Freude? Menschen, die dich lieben? Warum glaubst du, du verdienst das alles weniger als andere?«

»Ich mache immer alles kaputt. Ich bin für so was einfach … nicht gemacht.« In ihren Ohren klang es kläglich und das Mitleid in Helens Gesicht war derart offenbar, dass ihr übel wurde.

»Oh, mein Schatz«, sagte Helen voller Mitgefühl. Ihre Hand legte sich auf Julias, eine Geste reinster Freundlichkeit. Und doch fühlte sie sich bloßgestellt, schmerzlich zurechtgewiesen. Helens Mitleid strahlte seine Hitze auf sie ab, es war – wie hatte sie das nur nicht bemerken können? – von Anfang an da gewesen.

»Ich gehe jetzt besser«, erklärte sie.

Helens Miene verfinsterte sich. »Julia.«

Helen würde es auch ohne sie gut gehen, ihre Last war um ein Krisenbündel leichter geworden.

»Helen«, sagte sie. »Ich möchte nicht …« Sie hatte sich mit Abschieden schon immer schwergetan, niemand hatte ihr beigebracht, wie man sich richtig verabschiedete. Wie konnte sie Helen sagen, dass sie sie furchtbar vermissen wird? Wie konnte sie sich bei ihr dafür bedanken, dass sie ihr das Leben gerettet hatte, selbst wenn das nur aus moralischer Verpflichtung geschehen war, so wie wenn man einem Vogel den gebrochenen Flügel schient.

»Julia, bitte.«

Helen, ich hab dich lieb, aber das konnte sie nicht aussprechen. *Es gab Tage, Helen Russo, an denen habe ich dich mehr geliebt als meinen Mann.*

Sie spürte Helens Blick, als sie in ihren Mantel schlüpfte. All das hätte sie sagen können, stattdessen schwieg sie, aber das schien ebenfalls angemessen.

*

Da sich das Universum an diesem Tag ohnehin gegen sie verschworen hatte, war es wenig verwunderlich, dass sie auf dem Weg zum Auto ausgerechnet Nathaniel Russo in die Arme lief. Er trug gerade ein Paar Langlaufski die Stufen vom Kutscherhaus herunter.

»Oh«, sagte er, als er sie sah. Sie war in Tränen aufgelöst, wurde ihr bewusst, sie hatte es scheinbar nicht mehr aus Helens Haus geschafft, ohne zu weinen. »Alles gut?«

Sie presste die Handballen gegen die Augen. »Alles gut.«

»Um ehrlich zu sein, sieht es nicht danach aus«, bemerkte Nathaniel.

Sie registrierte Petes Pick-up vor dem Kutscherhaus, auf der Ladefläche befanden sich ein paar Reisetaschen und ein ordentlicher Stapel Feuerholz.

Er folgte ihrem Blick. »Am Wochenende soll es so richtig schneien. Ich fahre für eine Weile zu unserem Haus am See.«

»Ich wusste gar nicht, dass ihr ein Haus an einem See habt«, sagte sie zerstreut, aber *natürlich* besaßen die Russos ein Haus an einem See, das verstand sich eigentlich von selbst. Sie schaute zum Himmel und sah nichts als Blau. »Es soll schneien?«

»Heute Nachmittag soll's losgehen. Ist wirklich alles okay?«

Sie nickte, traute sich aber nicht, etwas zu sagen. Eigentlich traute sie sich auch nicht hinters Steuer, streng genommen traute sie sich in diesem Augenblick überhaupt nicht zu, irgendetwas zu tun.

»Und was machst du dort?«, fragte sie schließlich und zu hektisch, fast schon hysterisch. »Am See?«

»Ich will nur für einige Zeit raus aus der Stadt. Ich brauche ...« Er machte eine Geste, die die Einfahrt und das Kutscherhaus einschloss, und wenn sie sich nicht irrte, auch sie selbst. »... eine kleine Pause«, beendete er den Satz.

»Klar. Kann ich verstehen.«

Er musterte sie kurz und drehte sich dann zur Ladefläche um.

»Wo steht das Haus?«

»Außerhalb von Sheboygan«, antwortete Nathaniel, und sie nickte, als sagte ihr der Ort etwas. Wenn sie zu seinen Eltern in Wisconsin fuhren, übernahm stets Mark das Steuer.

»Klingt nett.«

»Ist auch nett«, sagte Nathaniel und schloss schwungvoll die Heckklappe. Er warf ihr einen Blick zu. »Warum? Willst du mit?«

»Meinst du das ernst?«

Die Frage schien ihn etwas zu bremsen. »War nur ein Scherz. Auf der anderen Seite ... willst du mitkommen? Mit mir?«

Sie ging im Geiste alles Punkt für Punkt durch wie manchmal vor dem Einschlafen, ganz nüchtern, einen Schritt nach dem anderen. Das Auto könnte sie hier stehen lassen. In seines einsteigen. Auf dem Weg könnten sie anhalten, um ein paar billige Klamotten einzukaufen und Kontaktlinsenflüssigkeit. Die Lösungen flogen ihr überraschenderweise nur so zu. Sie war stolz auf ihren Verstand und zugleich machte es ihr Angst, wie rasch er für alles eine Antwort fand. *Ben würde es besser gehen, Ben würde es besser gehen, Ben würde es besser gehen*, tönte es wie ein Mantra in ihrem Kopf. So war das also, wenn man ganz unten angekommen war, überlegte sie. Aber eigentlich kam sie sich gerade vor wie im freien Fall, und unter ihr ging es noch ganz weit in die Tiefe.

»Okay«, sagte sie.

Nathaniel neigte den Kopf zur Seite. »Jetzt ernsthaft?«

»Ernsthaft«, bekräftigte sie. Sie wandte sich zum Haus um. Die Sonne spiegelte sich gleißend in den Küchenfenstern, und so konnte sie nicht sehen, ob Helen sie beobachtete.

19

Auf dem Weg aus der Stadt wurden sie von einer Wagenkolonne anlässlich einer Beerdigung aufgehalten, und sie merkte, dass sie nervös wurde. Vielleicht würde jemand sie bemerken – eine Mom von Serenity Smiles oder ein Nachbar – *was zum Teufel will diese chronisch unzufriedene und sozial inkompetente Zicke, die von diesem Idioten aus der Superior Street, mit diesem geilen, halb erwachsenen Typen in einem Pick-up?*

Nathaniel fing an zu singen: »I see a line of cars and they're all painted black ...« Vor langer Zeit hatten sie in einer Kellerbar in ihrem Viertel, einem unglücklichen Einfall folgend, das Konzert einer Bluegrass-Band zu Ehren der Rolling Stones besucht. Nach drei Songs hatte sie Mark durch die Hintertür hinaus auf die Straße gedrängt, weil sie die Musik nicht mehr ertrug.

»Was ist los?«, hatte er sie alarmiert gefragt, während sie nach ihren Zigaretten kramte.

»Das da«, hatte sie gesagt und hinter sich auf die Bar gedeutet, »ist das Schlimmste, was ich je gehört habe.«

Darauf hatten sie beide lachen müssen, und Mark hatte sie noch Monate danach von hinten umschlungen und ihr rau ins Ohr gesungen, »She is a *rayn*-bow«, worauf sie losplatzte, bis ihr die Rippen wehtaten.

Nathaniel klopfte gegen das Lenkrad und summte den Refrain, kurz darauf warf er ihr einen Blick zu.

»Was ist los?«, fragte er, und dann: »Oh, Scheiße, das

ist wohl ein Sakrileg, nach dem Motto, über Tote macht man sich nicht lustig?«

»Irgendwie schon. Aber ich ...«

Plötzlich kam sie sich albern vor. Bei einem Song von den Rolling Stones zu sagen, *Der geht nur mich was an, mich und meinen Mann*, war genauso idiotisch wie zu sagen, *Aber das hier ist mein Supermarkt.*

»Vergiss es«, sagte sie. Sie ließen die Wagenkolonne hinter sich, Nathaniel trat aufs Gas, damit sie noch über die rote Ampel kamen, und dann waren sie mit einem Mal auf dem Highway. Sie fuhr ohne ihren Sohn auf einem Highway – ihr wurde leicht schwindelig. Trotz der Stille schien Nathaniels Gesumme im Wagen unangenehm nachzuhallen.

»Erzähl mir von dem Buch, an dem du schreibst«, bat sie, obwohl sie keinerlei Lust auf das Thema hatte. Plötzlich kam sie sich vor wie seine Lehrerin oder als müsste sie einen transatlantischen Flug mit einem Sitznachbarn hinter sich bringen. Bislang hatte sie die Zeit mit ihm nie mit Small Talk füllen müssen, sie wussten sich immer anders zu beschäftigen.

»Naja«, sagte er ausweichend. »Es ist immer noch in der Entwurfsphase.«

Sie schloss die Augen und drückte den Hinterkopf gegen das Rückenpolster. Ein Memoir über seine Teenagerjahre, in denen er illegal Clubs in Chicago besucht hatte, erzählte er. Das Ganze war unglaublich langweilig, aber immerhin ergiebig genug für die Fahrt am Lake Michigan entlang und über die Grenze nach Wisconsin. Es war dieselbe Route, die sie nahmen, wenn sie Marks Eltern in La Crosse besuchten. Nathaniel erzählte gerade von seiner Highschool-Zeit, davon, wie er versuchte, sich für ein Konzert von den Built to Spill in den Club Empty Bottle zu stehlen und dann vor der Polizei wegrannte.

»Ich glaube, bei dem Konzert war ich auch.«

»Wahnsinn, wirklich?«

Sie nickte und presste die Finger in die Oberschenkel. Sie wusste nicht mehr, mit wem sie dort gewesen war. Mark hatte es damals noch nicht in ihrem Leben gegeben, aber es war auf jeden Fall irgendwann in ihren kärglichen trüben Zwanzigern gewesen, als es keine Rolle spielte, wo sie war und was sie tat, weil sich kein Schwein dafür interessierte. Dagegen erinnerte sie sich an jedes Konzert mit Mark. Das letzte war Paul Simon im Auditorium gewesen, fünfte Reihe, sie war im sechsten Monat schwanger und bei »Still Crazy After All These Years« hatte sie weinen müssen.

Nathaniel war bereits zum nächsten Thema übergegangen und referierte über die Vor- und Nachteile eines Studiums, ohne Rücksicht darauf zu nehmen, dass sie neben ihm gerade einem Nervenzusammenbruch nahe war. Und warum sollte er auch? Es war schließlich nicht seine Verantwortung, dass sie das tat, was sie gerade tat, und sich ungeheuerlicherweise in einem anderen Bundesstaat befand und niemand davon wusste. Wie lebte es sich wohl als junger, gut aussehender Mann, mit großem Selbstbewusstsein und ohne Verpflichtungen, mit reichen Eltern, die einen bedingungslos liebten, und der Überzeugung, dass jeder hören wollte, was man zu sagen hatte, überlegte sie.

»Meine Mom hält nichts von einem Studium«, erzählte er gerade, und sie zwang sich zur Konzentration.

»Na ja.« Sie dachte daran, wie Helen sein schriftstellerisches Talent eingeschätzt hatte. Sie richtete sich solidarisch in ihrem Sitz auf und nahm die selbstbewusste Autorität einer Mom aus den Suburbs an, eine Rolle, die sie für Elternabende einstudiert hatte. »Es kostet ja auch eine Stange Geld.«

»Oh je, sollst du mir das von ihr ausrichten?«, fragte er.

»Nein«, erwiderte sie und hielt sich am Angstgriff fest, weil er gerade viel zu schnell fuhr. Für Mark – er hatte an der Highschool einen Freund, der rote Ampeln grundsätzlich ignorierte – war es der *Ach-du-Scheiße*-Griff. Mark überschritt nie die Geschwindigkeitsbegrenzung, selbst wenn sie ihn darum bat, weil sie zu spät ins Kino kamen oder sie dringend auf Toilette musste.

»Kostbare Fracht«, sagte er dann manchmal, was ihr ein schönes Gefühl gab und sie von ihrer Blase oder ihrer Lust auf Vorschauen ablenkte.

»Könntest du ein bisschen langsamer fahren?«, fragte sie.

Sie sah zu, wie die Tempoanzeige auf 130 runterging.

»Danke«, sagte sie leise.

»Meine Mom hat keinen blassen Schimmer, was Leute heute so machen«, erklärte Nathaniel. »Sie glaubt, es muss bei uns allen so laufen wie bei ihr, und wir müssen die Karriereleiter hochklettern oder so was, obwohl die Möglichkeiten von damals für uns gar nicht mehr existieren.«

Sie dachte an Helen, die alles für ihre Söhne tun würde und hart gearbeitet hatte, um alles für sie tun zu können, und spürte einen Anflug von Empörung.

»Ich würde behaupten, dass du *immer* mehr Möglichkeiten gehabt hast als sie.«

»Oh je«, sagte er. »Fang bloß nicht damit an. Das ist mir alles klar, okay? Ich sage nur, dass sie die Welt heute nicht mehr begreift.«

Aber sie war verletzt, weil er Helen derart kritisiert hatte, Helen, die so nett zu ihr gewesen war, ihr geholfen hatte, einen Job zu finden, und ihr beigebracht hatte, wie man Paella zubereitet. Die schicke Helen mit ihren weiten Hosen und den auffälligen westafrikanischen Ketten, immer freundlich und großzügig, sie hatte geahnt, wie schlecht es ihr ging, und sie zu einem Softeis eingeladen. Wahrscheinlich war es einfacher, Mitgefühl für die Mutter von jemand anderem zu empfinden als für die eigene.

Die Stimmung im Auto war spürbar umgeschlagen. Er hatte sie nackt gesehen, doch das spielte mittlerweile keine Rolle mehr. Wichtig war jetzt die Tatsache, dass sie nicht alt genug war, um seine Mutter zu sein, aber die Gesellschaft wie auch offenbar er von ihr erwarteten, sich wie eine Mutter zu verhalten. Sie überlegte frustriert, ob Nathaniel sich gerade deshalb zu ihr hingezogen gefühlt hatte. Sie wurde sich ihres Körpers bewusst wie schon lange nicht mehr, seiner physischen Autonomie und Präsenz, und wie schäbig sie damit Regeln verletzt hatte. Sie hätte gerne alle Bilder gelöscht, die Nathaniel von ihr im Kopf behalten hatte, von ihrem Schamhaar, ihrer Blässe, ihrer Lust. Sie kreuzte die Arme vor der Brust.

»Mütter begreifen mehr, als man ihnen zutraut.« In ihrer Kehle stieg Übelkeit auf. In loyaler Verbundenheit mit Helen fügte sie hinzu: »Muttersein ist das Schwierigste, das es gibt.«

Nathaniel schnaubte. »Wo hast du diesen Blödsinn gehört?«

Sie lehnte ihre Wange gegen das kühle Fensterglas.

»An diesem einen Ort im botanischen Garten.«

»Was?«

Sie schüttelte den Kopf. »Kannst du mich rauslassen?«

»*Was?*«

»Kannst du rechts ranfahren und mich rauslassen?«

»Musst du kotzen?«

An manchen Morgen weinte sie in der Dusche und schleppte sich im Supermarkt zur Kasse wie eine Außerirdische, die Bio-Erdnussbutter-Pralinen erstanden hat, und hatte keine Ahnung, wer sie eigentlich war, keine Sekunde lang. Aber Mark hatte recht, es war zu spät, um ihre Meinung zu ändern. Sie hatte sich für dieses Leben entschieden, ob sie wollte oder nicht. Sie hatte sich für Ben entschieden, diesen Kleinen, den sie natürlich wollte und der sich auf sie verließ. Und bis zum heutigen Tag hatte man sich immer auf sie verlassen können.

»Ernsthaft jetzt?«, fragte Nathaniel.

»Ja.«

»Verdammte Scheiße.«

»Nathaniel.« Sie berührte ihn an seiner wohlgeformten Schulter, diesen Mann, an dessen Mutter sie ihr Herz verloren hatte. Es war alles nicht seine Schuld. »Bitte.«

*

Sie versuchte sich vorzustellen, wie Helen reagieren würde, wenn sie erfuhr, dass einer der Söhne ihre Ersatztochter auf dem Land an einer Tankstelle abgesetzt hatte. Seit Ben auf der Welt war, wusste Mark im Grunde genommen immer, wo sie war. So verloren hatte sie sich nur gefühlt, als sie mit siebzehn ihr Zuhause verließ, um aufs College zu gehen. Sie wusch die Hände mit einer schreiend pinken Flüssigseife, deren eklig süßlicher Geruch noch stundenlang, vielleicht auch jahrelang an ihr kleben würde.

Nachdem sie die Toilette verlassen hatte, sah sie sich erst einen Ständer mit Auto-Lufterfrischern an, dann einen mit Nummernschildern aus Wisconsin, die auch noch Namen trugen – Dennis, Mallory, Rick: *America's Dairyland* –, und schließlich einen dritten mit Aufklebern, auf denen nur *Forward* stand.

»Das Motto unseres Bundesstaats«, erklärte der Kassierer im Teenageralter.

»Verheißt nichts Gutes«, sagte sie mit einem Krächzen in der Stimme. »Darf ich kurz Ihr Telefon benutzen?«

Sie wählte Marks Handynummer. Als er antwortete, klang er müde, aber immer noch so wunderbar vertraut, dass es ihr sofort die Kehle zuschnürte. Erstaunlich, dass ihr Streit erst ein paar Stunden zurücklag und er keine Ahnung hatte, dass sie fort war. Es war erst zwanzig nach elf an einem Freitag und noch war nicht alles verloren.

»Ich bin's«, sagte sie.

Ihr Tonfall musste ihn alarmiert haben, denn seiner wurde sofort schärfer. »Alles in Ordnung?«

»Du musst Ben abholen.«

»Was?«

»Vom Kindergarten«, erklärte sie und fühlte Panik aufsteigen.

»Mark, ich möchte ... Er ist noch im Kindergarten, und ich werde nicht kommen können.« Ihr Blick glitt über den Kassierer, die Aufkleber, einen Drehgrill mit Hotdogs. Sie dachte an Ben, der davon ausging, dass seine Mom nach dem Kindergarten auf ihn warten würde, und brach in Tränen aus.

»Und warum nicht?«, fragte Mark. »Julia, was zum Teufel ist ...«

»Spätestens um Viertel nach zwölf«, sagte sie. »Du solltest ... du solltest am besten gleich losfahren. Sofort. Wenn wir zu spät kommen, flippt er aus, du weißt, wie nervös er ist. Ich will nicht, dass er dort steht und wartet.« Mit seinem kleinen Rucksack und den Basteleien vom Vormittag, ihr kleiner Junge. »Es tut mir leid«, sagte sie zu Mark, der am anderen Ende der Leitung schwieg. »Mark, mir ist klar, das ist alles mein Fehler, und ich sollte dir jetzt nicht auch noch sagen, was du zu tun hast, aber du weißt, wie er ist, er bekommt Panik, und ich ...«

»Ich habe gerade alles zusammengepackt, ich bin jetzt auf dem Weg zum Aufzug. Sag mir endlich, was los ist.«

»Ich weiß nicht genau.«

»Was soll das ... Wo zum Teufel steckst du? Bist du an einem sicheren Ort?«

»Ich bin ... ja.« Sie schluckte schwer. »Ich weiß nicht, wie ich es sagen soll.«

»Was sagen soll?«

»Ich habe Scheiße gebaut«, beichtete sie. »Ich wüsste nicht, wie ich es sonst sagen ...«

»Julia.« Sein Tonfall war ruhig und kühl. »Was ist los?«

»Ich möchte, dass du mich auch abholen kommst«, sagte sie sanft. So weit war es mit ihr gekommen – sie war eine erwachsene Frau, die den Vater anrief, damit er sie abholen kam.

»Wo bist du?«

»An einer Tankstelle. Ich bin ... mein Gott, keine Ahnung wo, an irgendeinem beschissenen Ort am Ende der Welt ...«

»Kneeland«, half der Teenager an der Kasse weiter, und sie blinzelte.

»Kneeland heißt der beschissene Ort«, sagte sie. Der Herzschlag dröhnte ihr gewaltsam in Ohren und Kehle.

»Abfahrt vom Highway 43«, fügte ihr neuer Freund hinzu.

Sie gab die Information an Mark weiter.

»In Wisconsin?«, fragte er. »Was machst du denn in Wisconsin?« Dann folgte eine längere Pause, in der sie es mit der Angst zu tun bekam, doch dann sagte er nur: »Okay, gut, bin auf dem Weg.«

»Danke dir. Die Tankstelle heißt Budny's Ultramart.«

»Bundy? Wie der Serienmörder?«

»*Bud*ny«, verbesserte sie ihn und musste plötzlich lachen, ihre Verzweiflung war in Hysterie umgeschlagen. »Entschuldige. Alles gut, ich warte mit ...« Sie warf einen Blick auf das Namensschild des Teenagers. »... mit Stefan auf dich. Komm einfach, wenn es dir nichts ausmacht.«

»Jules, zum Teufel.« Sie hörte ihn ausatmen. »Nein, es macht mir nichts aus.« Mark hatte sich nur ein normales Leben gewünscht, aber stattdessen war er ihr begegnet. Ihr Lachen ging wieder in Weinen über, und Stefan beäugte sie skeptisch.

In der Leitung entstand eine lange Pause, in der einer von ihnen oder sie beide normalerweise gesagt hätten, *ich liebe dich*.

»Danke«, sagte sie. »Es tut mir leid.«

»Wir sind so bald wie möglich da.«

»Aber weißt du, wie du ...«

»Ich finde dich schon«, sagte er.

20

Mark, Alma und Suzanne – Letztere hockt ebenfalls auf einem Küchenstuhl wie ein Mensch – sehen alle mit ernstem Blick auf, als sie von der Arbeit heimkommt. Sie überlegt sofort, ob sie sich gerade über Sunnys Hochzeits-Mail unterhalten haben.

»Ich dachte, heute Abend mach ich was im Wok«, erwähnt sie, legt ihre Sachen auf dem Stuhl neben Suzanne ab und krault den Hund hinter den Ohren. »Es sei denn, einer von euch bietet sich an, was Ausgefalleneres zu kochen.«

»Mein Schatz«, sagt Mark, und erst in diesem Augenblick nimmt sie sich die Zeit für einen Blick in die Runde und registriert Almas verheultes Gesicht, rot und zerknautscht, wie damals als Neugeborenes, nur dass es jetzt auch noch mit Wimperntusche verschmiert ist und sehr viel bedrückter wirkt – als Baby hat Alma jeglichem Unbehagen mit Gusto Luft gemacht –, oder vielleicht ist es auch nicht der Grad der Bedrückung, sondern ihre Komplexität, denn Frust und Bedrückung werden mit dem Alter immer unbegreiflicher, sie akkumulieren, bis der Ursprung nicht mehr auszumachen ist.

»Was ist los?« Sofort spürt sie Panik im Bauch, wie immer, wenn es jemandem in der Familie nicht gut geht. Sofort steigt Angst um ihre Tochter in ihr auf, nicht ungewöhnlich, wenn ein Mädchen zur Frau heranwächst. Das Leben hat so viele Mittel und Wege, um eine junge Frau zu schwächen, ihr wehzutun und sie daran zu hindern, sich das zu nehmen, was ihr zusteht. Klar, sie hätte es kommen sehen sollen, aber sie war in Gedanken woanders. Gemäß einer Logik, die vom Schlimmsten ausgeht, ist es daher durchaus denkbar, dass ihre Tochter schwanger ist, kokainsüchtig oder sich an einem Trinkbrunnen Herpes zugezogen hat. Bens Leben ist schon aus dem Gleis geraten, warum sollte nicht auch Alma etwas zugestoßen sein?

»Alles gut«, sagt Mark, der ihre Panik erahnt und sie am Handgelenk berührt. »Alles wird gut.«

Sie sieht ihre Tochter an. »Was ist los?«

Alma schüttelt den Kopf, wischt sich mit dem Handrücken über die Augen, murmelt etwas Unverständliches und bricht erneut in Tränen aus. Ihr Kinn zittert vom Schluchzen, sie ist gerade wieder Kind und doch schon erwachsen, es ist ein bizarres Dazwischen. Julia lässt sich ihr gegenüber auf einen Stuhl sinken.

»Ollie hat Antworten auf ihre anderen Bewerbungen erhalten«, erklärt Mark sanft, eine Hand auf dem Rücken seiner Tochter. »Es sieht nicht gut aus, Jules.«

Und ihre erste Reaktion ist tiefe Erleichterung, nach dem Motto, *das ist alles?* Dann sieht sie ihre Tochter länger an, die am Boden zerstört ist – als hätte sie eine furchtbare Odyssee durchgestanden, nur um festzustellen, dass ihr Ziel gar nicht existiert –, ihre Schultern in dem T-Shirt mit dem Jesus-and-Mary-Aufdruck so ungemein schmal.

»Oh, meine Süße. Wann, Ollie?«

»Ich habe vor ein paar Tagen per Mail ein paar Ablehnungen bekommen.«

»Warum hast du uns nichts davon gesagt?« Ihr Tonfall ist kritischer als beabsichtigt, und sie bemerkt Almas augenblickliche Entrüstung. »Ich wollte nur sagen, mein Herz ...«

»Es war mir so *peinlich*«, sagt Alma. »Es zieht einem den Boden unter den Füßen weg ... Mein Gott, ich habe alles gemacht, was ich machen sollte. Klar denke ich da, dass mit mir was falsch sein muss.«

»Mit dir ist überhaupt nichts falsch«, widerspricht Mark. »Und du hast bereits die Zusage vom Herzog-College. Es ist ja nicht so, als ob du *nirgendwo* zugelassen wärst.«

Alma funkelt sie wütend an. »Toll. Damit ich nach fucking Iowa ziehen darf?«

»Es ist ein gutes College, mein Schatz.«

»Darum geht es nicht«, entgegnet Alma und erhebt sich so hastig, dass sie Suzanne erschrickt, die sofort bellt und das Fell am Rücken aufstellt. »Warum habe ich mich eigentlich so angestrengt? Darum geht es! Warum habe ich gebüffelt wie eine Irre, wenn es am Ende doch keine Rolle spielt?«

Am liebsten würde sie Alma in die Arme nehmen, aber zwischen ihnen befindet sich der Tisch. Außerdem hat Mark bereits einen Arm um sie gelegt, und sie weiß, sie kann ihre Tochter nicht mehr beschützen, vor allem jetzt, da sie das Elternhaus bald verlassen wird, es sei denn, sie beherbergt sie wieder in ihrem Bauch. Sie befiehlt Suzanne, Ruhe zu geben, und nimmt sie dann auf den Schoß. Ihr Blick begegnet Marks, und sie sieht ihre eigene Hilflosigkeit darin gespiegelt. Besonders seit der Geburt ihrer Kinder ist sie immer wieder erstaunt darüber, dass ständig alles auf einmal passiert. Krisen ereignen sich nicht vereinzelt und in überschaubaren Intervallen, womit sie zu bewältigen wären, sondern in unregelmäßigen Zeitabständen, und dann natürlich in der Mehrzahl.

Sie streckt ihre Hand über den Tisch, um nach Almas zu greifen.

Aber ihre Tochter zieht ihre Hände sofort aus der Reichweite. »Ich habe letztes Jahr im zweiten Semester ein paarmal Margos ADHS-Medikamente genommen«, gesteht Alma und reckt dabei trotzig das Kinn. »Und das hat so gut funktioniert, dass ich die Adderall für einige von den Biologie-Zulassungsprüfungen noch mal eingeworfen habe.«

»Ach, mein Herz«, sagt sie.

»Das ist richtig gefährlich, Ollie«, schimpft Mark.

»Die Noten waren megagut«, erwidert Alma trotzig. »Und keiner von euch hat's gemerkt. Und das soll jetzt alles nichts zählen? Das ist alles dermaßen *bescheuert*. Alle Welt tut so, als wäre diese Bewerberei superwichtig, aber niemand sagt einem, was wirklich dahintersteckt, oder was man machen soll, wenn es nicht funktioniert hat.«

Julia und Mark haben nie so getan, als wäre die ganze Angelegenheit besonders wichtig, aber im Augenblick sieht es so aus, als hätten sie auch nichts unternommen, um ihre Tochter davon abzuhalten, nur noch ihre Bewerbungen im Kopf zu haben, was ebenfalls ein Versagen darstellt.

»Es wird alles gut, Alma«, sagt sie. »Ich weiß, im Augenblick ... ist es furchtbar, mein Schatz, aber am Ende wird alles gut.«

»Oh Gott, Mom, du kannst doch nicht einfach ... das waren vier Jahre meines Lebens! Und du hast es *zugelassen*, dass ich mich da so reingestürzt habe. Und jetzt kommst du mir mit nem lächerlichen, pseudo-weisen Zitat, das auf einem deiner bescheuerten Teebeutel stand, und denkst, damit machst du etwas wieder gut?«

»Hey, Ollie, lass das Fluchen«, mahnt Mark.

»Alles gut«, sagt sie, auch wenn ihr Gesicht sich taub anfühlt. Sie hören Alma die Treppe hochstampfen, und Julia zuckt kurz zusammen, als sie ihre Zimmertür zuknallt.

»Ich gehe hoch«, verkündet Mark, kommt zu ihr und drückt leicht ihre Schultern. »Das hat sie nicht so gemeint.«

»Alles gut«, wiederholt sie und berührt seine Hand. »Geh nur.«

Er wendet sich zum Gehen. Suzanne springt von ihrem Stuhl und folgt ihm die Treppe hoch, bleibt aber stehen, als sie bemerkt, dass Julia nicht reagiert. Sie wirft Mark einen sehnsuchtsvollen Blick nach und darauf einen in Julias Richtung, als könnte sie so ihre Meinung ändern und sie zum Mitkommen überreden.

»Geh du nur auch«, sagt Julia mitfühlend, und der beschwichtigte Hund eilt Mark hinterher. Julia geht zum Treppenabsatz und lauscht. Sie hört, wie ihr Mann an Almas Tür klopft, und kurz darauf seine leise Stimme und Almas knappe Erwiderungen. Nach einer Weile entwickelt sich daraus ein gleichmäßiger Gesprächsrhythmus, und sie begibt sich ins Wohnzimmer und lässt sich auf die Couch fallen.

Zweifelsohne ist Ben das Kind, zu dem sie die engere Bindung hat, und Alma steht Mark näher. Das wusste sie bereits, bevor an Alma überhaupt zu denken war. In Bens ersten Lebensstunden wurde ihr klar, dass es niemanden gab und geben würde, der ihr so viel bedeutete wie er, er war für sie ohnegleichen. Sie liebte Alma ebenfalls von ganzem Herzen, aber als sie kurz nach Almas Geburt erschöpft und müde in die Zukunft blickte und im Geist all die Möglichkeiten aufzählte, wie das Leben ihrer Tochter das Herz brechen würde, wusste sie, dass ihre Tochter ihr das Herz brechen würde, dass Mark Alma mehr lieben würde als

Ben und das kein Vergehen war, denn für diese Art Liebe gab es kein Maß, kein Mehr oder Weniger, sie war nicht quantifizierbar, sie existierte einfach. Sie betrachtete ihn, wie er sich, die Schultern nach vorne gezogen, schützend über das kleine Bündel beugte, und es zerriss ihr schier das Herz, es fiel ihr aber auch eine Last von der Seele, denn nun herrschte Ausgleich zwischen ihnen. Und sie hatte bereits ein schlechtes Gewissen, weil ihre eigene Liebe ungerecht verteilt war, und sie war in einem erschöpften Winkel ihrer Seele neidisch auf diese bedingungslose, stabile Liebe, mit der Alma aufwachsen würde, eine Liebe, auf die sie zählen konnte und die sie folglich als selbstverständlich betrachten würde. Mark trug sie als Baby mit verträumter Miene herum und sang ihr leicht abgeänderte Schlaflieder vor – »I've been to Ollie-wood, I've been to Redwood«, oder »I'am so happy 'cause today I found my friend, she's going to bed« – und Julia sah zu, kam sich überflüssig vor und wusste, dass es richtig und gerecht war.

Wann immer sie Alma und Mark zusammen sieht, will in ihr ein Gefühl aufsteigen, das sie unterdrückt – keine Eifersucht, natürlich nicht, wenigstens nicht ganz der Definition entsprechend. Sie möchte, dass Alma endlose Liebe erfährt, alle Liebe dieser Welt. Aber manchmal wünscht sie, Alma würde besser verstehen, wie zerbrechlich alle Liebe ist und dass man sie verlieren kann. Manchmal möchte sie Alma bei den Schultern packen und ihr einschärfen, Marks Beständigkeit – die Tatsache, dass er immer für sie da ist – nicht als selbstverständlich zu betrachten und sich nur einen Augenblick lang vorzustellen, wie es wäre, eines Tages aufzuwachen und festzustellen, dass alles mit einem Mal verschwunden ist, so wie Julia es erlebt hat. Die Ausgangssituation ist ihr vertraut, was den weiteren Verlauf ihrer eigenen Geschichte umso schmerzlicher macht. Sie hat einen Bezugsrahmen. Sie wusste mal, wie es war, einen Vater zu haben, ihn lieb zu haben und zu spüren, dass er sie lieb hatte, kannte diesen geschlossenen Kreis aus natürlicher, bedingungsloser Zuneigung, so selbstverständlich wie die Luft, die man atmet, und sie weiß, wie es ist, das alles zu verlieren.

Mark tut sich leichter als sie mit pragmatischen Ratschlägen und versteht es besser, sie überzeugt und taktvoll weiterzugeben. Zweifellos hat er mittlerweile Almas Tränen getrocknet und arbeitet mit ihr an einer To-do-Liste für die nächsten Schritte, mit dem Versprechen, alles wieder in Ordnung zu bringen.

Im Vergleich hat sie Alma wenig zu bieten. Sie kann ihr etwas über die längst überholte Dewey-Dezimalklassifikation beibringen und ihr raten, in den Tagen vor der Menstruation ihre Haut in Ruhe zu lassen oder einen Kaschmirpullover zur Reinigung zu geben, aber nichts Substanzielles, keinen Ratschlag, wie man *tatsächlich* leben sollte, wie man sich mit Leichtigkeit in der Welt bewegen, sich verlieben oder Selbstvertrauen aufbauen kann, nichts dazu, wie man angesichts all der Gegenkräfte, bei denen man zu Boden gehen könnte, den Kopf hochhält.

»Schläfst du?« In der Tür steht Mark, er wirkt müde. Sie hat sich in ihren Gedanken verloren und die Zeit vergessen.

Sie setzt sich auf. »Alles in Ordnung bei ihr?«

Er lässt sich neben sie aufs Sofa fallen. »Das wird schon wieder. Aber ich würde am liebsten jemandem den Kragen umdrehen. Sie ist so enttäuscht und fertig. Hast du die Ringe unter ihren Augen gesehen? Warum ist mir das nicht schon längst aufgefallen?«

»Hat sie noch was zum Thema Adderall gesagt?«

»Angeblich hat sie die Tabletten nur ein paar Monate lang genommen und seit dem letzten Jahr nicht mehr.«

Sie beißt in die Innenseiten ihrer Wangen.

»Ich glaube ihr das«, sagt er und legt eine Hand auf ihren Oberschenkel. Er schließt die Augen und lässt den Kopf nach hinten fallen. »Wir werden das beobachten.«

»Ja.«

»Ich habe sie dazu überredet, zu diesem Begegnungswochenende für die zugelassenen Studenten am Herzog-College zu fahren«, erzählt er. »Das findet in ein paar Wochen statt. Und dann hat sie davon angefangen, wie man einer Glyphosat-Vergiftung durch die nahe gelegenen Monsanto-Fabriken vorbeugt, und das ist ja schon mal ein gutes Zeichen.«

»Warum?«

»Sie denkt voraus und engagiert sich«, sagt er. »Und das bedeutet, dass sie sich vorstellen kann, dort zu sein.«

Sie muss lachen, und Mark stimmt ein. Es ist das ausgelassene Lachen, in dem sie über die Jahre immer wieder Zuflucht gesucht haben. Die elterliche Krise ist besänftigt, aber noch nicht ausgestanden, und ihnen bleibt für den Augenblick nur, darüber zu lachen, *hahaha, was für eine Scheiße kommt wohl als Nächstes*, und es ist völlig in Ordnung, dass ihr die Tränen kommen, das Brennen in den Augen ist tröstlich. Sie lehnt sich gegen ihn.

»Mark?«

»Hmmm.«

»Was bedeutet eigentlich Lettuce Pray?«, fragt sie, vergräbt ihr Gesicht leicht in seinem Hemd und spürt, wie ihr Atem es wärmt.

Er lacht wieder. »Oh je, diese Mail.«

»Ich finde, wir sollten uns um die wirklich wichtigen Dinge kümmern.«

»Ich habe ihnen gesagt, dass wir das Essen übernehmen. Sunny hat dieses Restaurant in Wicker Park gefunden, das ist … das folgt der Paleo-Diät, glaube ich. Ich habe heute dort angerufen und meine Kreditkarteninfo jemandem namens *Blessing* gegeben.«

Sie gibt dem Impuls zu lachen nach und sagt ihm nichts von der Unterhaltung mit Ben am Nachmittag. Sie hat ihm bereits eine stark gekürzte Version von der Diskussion im Supermarkt gegeben, Ben wolle Anita einladen und sie habe versucht, ihm das auszureden. Sie wusste, darin würde Mark sie unterstützen. Obwohl er mit ihrem Verhalten nicht immer einverstanden war, würden sie sich einig sein, wenn es um die Entscheidung ging, ihre Mutter nicht einzuladen. Sie hat ihm verschwiegen, was Ben sonst noch zu sagen hatte, und somit auch, wie sehr sie das Ganze aus der Bahn geworfen hat und wie viel Zeit sie seitdem darüber immer wieder nachdenkt, dass sie deswegen nachts wach liegt.

»Jules?« Sein Kinn ruht auf ihrem Scheitel.

»Was soll ich eigentlich mit den Pfingstrosen machen?«, fragt sie um einiges unbeschwerter, als sie sich gerade fühlt. »Kannst du mir das erklären?«

»Das musst du Sunny fragen«, entgegnet Mark, und sofort denkt sie an Bens Tonfall am Telefon, an die unvertraute Kälte.

Sie hebt den Kopf von seiner Brust. »Ich mache Alma was zu essen. Etwas, das sie tröstet.«

Ihre Familie amüsiert sich stets über ihre Versuche, Probleme mithilfe von Kohlehydraten und Geselligkeit erträglicher zu machen. Vielleicht ein Vermächtnis ihres

Vaters, der in ihr schlummernden italienischen Gene, oder aber ihre leise Überzeugung stammt noch aus der Zeit mit Helen Russo, die ihr beigebracht hat, dass sich mit einem Glas Wein und dem Duft von frisch gebackenem Brot alle Probleme lösen oder zumindest zeitweise vergessen lassen.

»Etwas *Veganes*, das tröstet«, verbessert sie sich, weil es ihr gerade wieder einfällt.

»Die Phase ist vorbei, sie isst wieder Käse«, sagt Mark.

Sie macht leuchtend orangefarbene Makkaroni aus der Packung. Alma hat sie in ihren jungen Tagen nur so in sich reingestopft, was sie besorgniserregend fand. Kurz hält sie die Luft an, bevor sie, Schüssel in der Hand, an Almas Tür klopft.

»Ja«, antwortet Alma, und als sie eintritt, sieht sie ihre Tochter mit ihrem Laptop im Bett liegen und Suzanne wie ein zimtfarbenes Bündel auf dem Kopfkissen zusammengerollt, hat die Schnauze unter ihrem buschigen Schwanz versteckt.

»Ich dachte, du hast vielleicht Hunger«, sagt sie und versucht, die allgemeine Stimmung einzuschätzen. Weder gut noch schlecht, entscheidet sie und setzt sich auf die Bettkante. Die Schüssel stellt sie auf dem Nachttisch ab.

»Tut mir leid, dass ich so ein Biest bin.«

»Bist du nie«, erwidert Julia, eine klägliche Lüge, die ihr die hartgesottenen Schutzgötter von Teenager-Eltern trotzdem nachsehen würden. »Es tut mir so leid, dass das so gelaufen ist, mein Schatz.«

»Danke«, sagt ihre Tochter ausdruckslos.

»Wir finden schon eine Lösung. Das weißt du, nicht wahr, mein Schatz? Alles wird gut.«

»Ich weiß«, sagt Alma und fügt dann versöhnlicher hinzu: »Mom? Ich schaue mir gerade eine blöde Show an, in der Leute aus Kuchen Büsten von Promis formen. Ist es okay, wenn ich mir die weiter anschaue, anstatt mich mit dir über alles zu unterhalten?«

»Aber klar«, meint sie und wartet tatsächlich auf eine Einladung zum gemeinsamen Anschauen, aber als die ausbleibt, steht sie auf. »Viel Spaß beim Chillen, Ollie. Sagt man das heute nicht so?«

Ihre Tochter verdreht die Augen.

»Ich bin für dich da«, sagt sie, bevor sie das Zimmer verlässt. »Jederzeit. Aber das weißt du, nicht wahr?«

Alma und Suzanne entlassen sie jeweils mit einem kurzen Blick und relativ freundlichem Gesichtsausdruck, als wäre sie eine Bedienung im Restaurant und sie hätten noch ausreichend Wasser an ihrem Tisch, danke.

*

Es ist schon lange nach Mitternacht, als sie sich mit einer Decke auf die Hollywoodschaukel zurückzieht, auf der sie Brady Grimes vor einer gefühlten Ewigkeit mit seiner Flasche Wein erwischt hat, obwohl es tatsächlich erst einen Monat zurückliegt. Suzanne besteht darauf, an ihrer Seite zu bleiben, und so hat sie dem Hund sein blaues Mäntelchen übergezogen.

Ihr Mann und ihre Kinder scherzen über ihr Verhalten gegenüber Suzanne, aber ihrer Meinung nach begreifen sie schlicht nicht, wie komplex ihr Verhältnis zueinander ist, übersehen die verbindenden Gemeinsamkeiten. Suzanne – im Tierheim hat man sie herablassend *Sneakers* genannt – hatte einst vermutlich den naturgegebenen Instinkt, zu lieben und zu vertrauen, aber Erfahrung belehrte sie dann eines Besseren. Über Suzannes Herkunft ist nichts bekannt, aber ihr anfängliches Leben hat dazu geführt, dass sie vor allem und jedem Angst hat, insbesondere vor Staubsaugern, herumstolpernden Kleinkindern und diesen riesigen, aufblasbaren Weihnachtsdekorationen für den Rasen. Sie schenkt ihr Vertrauen nur sehr zögerlich, aber dann von ganzem Herzen.

Mitunter wundert sie sich darüber, wie offensichtlich erleichtert der Hund ist, bei ihnen zu leben. *Wirklich?*, denkt sie, *ausgerechnet wir?* Aber eigentlich kann sie es verstehen. Der Hund hat sich so angestrengt, in ihrer Familie ein Zuhause zu finden, und hat entsprechend wenig Lust auf Veränderung. Sie streichelt Suzanne den Rücken.

»Du bist eine gute Freundin, meine kleine Lady«, murmelt sie, worauf der Hund ein Auge öffnet, mit dem ganzen Körper seufzt, weil man ihn beim Schlafen gestört hat, aber zugleich rückt er noch ein wenig näher an Julia heran, bis sein Hintern an Julias Bein klebt. »Du bist meine beste kleine Freundin«, sagt Julia in ihrer Suzanne-Stimme und schaut zu, wie der Hund wieder einschläft.

Dann beobachtet sie das Haus, ihr Haus, die Spuren von Leben darin. Von der Lampe über der Küchenspüle dringt ein schwacher Schein nach draußen, dazu die Lichthöfe der Solarlaternen, die Mark in akribisch ausgemessenen Abständen auf dem Gehweg zur Garage angebracht hat. Das Haus mit seinen Bewohnern, die zu dieser Stunde schlafen, liegt dunkel da, eine Dunkelheit, die man nur ermessen kann, wenn man selbst nicht schläft, weil einem abertausend Dinge durch den Kopf gehen. Es ist lange her, dass sie in diese ganz besondere Dunkelheit gehüllt war, aber sie ist ihr noch allzu gut vertraut.

21

Mark fand sie – eigentlich hatte sie schon kurz nach ihrem Kennenlernen gewusst, dass er sie immer finden würde. Als sie sein Auto in die leere Tankstelle einfahren sah, wurde ihr schwindlig. Sie spielte mit Stefan gerade Rommé, legte dann aber sofort die Karten nieder und stand auf.

»Ist er das?«

Sie machte die vertrauten Umrisse von seinem Kopf hinter dem Steuer aus. »Ja, das ist er.«

Auf der Fahrt nach Hause setzte schon nach wenigen Minuten Schneefall ein, genau wie Nathaniel es vorausgesagt hatte. Die Reise selbst ging so still vonstatten wie kaum eine andere in ihrem Leben. Es herrschte tiefes Schweigen, nur von den Atemgeräuschen des schlafenden Ben unterbrochen und wenn Mark, der sie seit Verlassen des Parkplatzes keines Blickes gewürdigt hatte, hin und wieder tief Luft holte. Aus dem Radio tönte anlässlich einer Retrospektive leise Jazzmusik. Als sie die Grenze zu Illinois erreichten, stellte Mark es ab.

»Wollen wir jetzt über alles reden?«, fragte er. »Oder warten, bis wir zu Hause sind? Bringe ich dich überhaupt nach Hause?«

»Du – ja, natürlich.«

Er schaute sie kurz an. »Ich finde, die Frage ist durchaus berechtigt.«

»Solange ... ich wollte sagen, ja, natürlich, solange es

für dich passt. Und wir können … wann immer du willst, Mark. Wir können jederzeit über alles reden.«

Er fuhr mit ausdrucksloser Miene weiter, die Hände fest ums Steuer geklammert. »Ich möchte nicht, dass Ben was mitkriegt«, erklärte er schließlich.

»Ich auch nicht«, sagte sie und fuhr bei dem Blick zusammen, den er ihr zuwarf, auch wenn sie diesen Blick verdient hatte. Nach ihrem abscheulichen Verhalten, nachdem sie sich in fremden Autos hat herumchauffieren lassen. »Ich … Mark, ich weiß nicht genau, was ich sagen soll, aber ich möchte dir gegenüber so ehrlich sein wie möglich. Ich will, dass wir … du kannst mich alles fragen, was du möchtest …«

»Und wir tun so, als ob je ein Zweifel daran bestand, dass es am Ende eigentlich immer nur darum geht, was *du* willst.«

»Das habe ich nicht …«

»Ich habe keine Fragen an dich.«

Sie blickte ihn überrascht an.

»Julia, ich weiß Bescheid.« Einen verhängnisvollen, düsteren Augenblick lang sah er ihr direkt in die Augen. »Okay?«

»Du weißt Bescheid? Worüber?«, fragte sie. »Woher?«

»Ich kann eigene Schlussfolgerungen ziehen. Ich weiß genug und habe beschlossen, dass mich der Rest nicht interessiert.«

Ihr Atem ging flach, die Atmosphäre zwischen ihnen war aufgeladen, düster. Sie rüstete sich innerlich für das schlimme Nachspiel. Alle ihre Unzulänglichkeiten der letzten paar Monate, ja *Jahre*, ihre Unsicherheiten, Zweifel und Stimmungsschwankungen würden nun auf den Tisch kommen, auch ihre Affäre, die in dieser Gemengelage kurioserweise eher unbeträchtlich schien, eine dumme Gedankenlosigkeit, die alles auf den Punkt brachte, was schiefgelaufen und weniger greifbar war. Sie hatte sich auf einen Wutausbruch eingestellt und diese Stille machte ihr Angst.

»Mich interessiert nur eine Frage«, sagte er.

»Selbstverständlich, alles, was du willst.«

»Du ...« Er atmete kurz scharf ein. »Liebst du diesen Typen etwa?«

Sie hätte ihn gern umarmt, doch das hätte er nicht zugelassen, selbst wenn er nicht hinterm Steuer gesessen hätte, das wusste sie. »Natürlich nicht. Zwischen uns war ... nichts, Mark.«

Die Antwort betrübte ihn offenbar noch mehr. »Was soll das heißen, *natürlich nicht?*«

Zu beobachten, wie Marks Gesicht sich verfinsterte, ging ihr nahe, viel näher, als wenn sie andere dabei beobachtete, wenn sie innerlich aufgebracht waren. Selbst nach all den Lebensjahren hatte Mark keine Übung darin, seine Emotionen zu verbergen, Kränkung, Ärger und Ratlosigkeit standen ihm unverblümt ins Gesicht geschrieben wie bei einem Kind. Mittlerweile fiel der Schnee in dichten, schweren Flocken, und als sie merkte, wie der Wagen leicht ins Schlittern kam, richtete sie sich in ihrem Sitz auf. Mark, der im Mittleren Westen das Fahren gelernt hatte, steuerte nicht gegen, wie er es auch ihr beigebracht hatte. Er hielt das Lenkrad so fest, dass die Knöchel weiß hervortraten, und hatte die Schultern bis zu den Ohren hochgezogen.

»Wenn es nichts war«, sprach er weiter. »Worum ging es dann? Warum?«

»Ich weiß selbst nicht genau, worum es da ging«, erklärte sie. »Es ist alles ein bisschen komplizierter, ich bin mit seiner Mutter befreundet.«

»Seiner *Mutter?*«

»Die Frau aus dem botanischen Garten? Ich habe sie irgendwann erwähnt, da bin ich mir sicher.«

Mark sah sie an, als spräche sie gerade Arabisch mit ihm. »Und was hat das mit ... Hast du dich mit ihr angefreundet, um an ihn ranzukommen?«

»*Nein*, natürlich nicht. Wir haben uns angefreundet, und dann ist alles andere einfach passiert.«

»Klar, die übliche Geschichte«, kommentierte er ausdruckslos.

»Ich weiß, das ergibt keinen Sinn«, sagte sie, auch wenn es für sie durchaus Sinn ergab.

»Ist er jemals Ben begegnet?«

Ein kurzes Zögern, nur der Bruchteil einer Sekunde – dieser Tag Anfang März, Schneeschmelze, und ihr Kleiner sah zu, wie Nathaniel sie küsste. Sie schob das Bild gewaltsam beiseite. »Nein.«

»Und jetzt ist es vorbei? Es ist ... deine Extratouren sind ...«

»Vorbei, Mark. Du kannst dir nicht vorstellen, wie leid mir das alles tut. Alles, was mir dazu einfällt, klingt nach Klischee, aber ich meine, was ich sage, das Ganze war nur –«

»Interessiert mich nicht.«

»Aber ich ...« Sie wollte sich freisprechen, von ihrer Affäre erzählen und sie damit zu einem gemeinsamen Thema machen. Sie sollte auch zu Marks Angelegenheit werden, etwas, worüber sie ausführlich redeten, auch wenn das schmerzhaft war, denn so könnten sie das Ganze immer weiter hinter sich lassen und wie alles aus ihrer Vergangenheit in eine Anekdote verwandeln. Ging es in einer Ehe nicht darum, die Last zu teilen?

»Du wirst diese Geschichte nicht bei mir abladen«,

sagte er. »Das ist unfair, Julia, und gemein, und du … wirst deine Scheißverantwortung dafür übernehmen. Du kannst dich nicht einfach freisprechen, das hast du nicht verdient, okay? Denn diese Geschichte wird mir bis ans Ende meiner Tage wehtun, okay?«

»Das ist mir klar. Mark, es tut mir leid … ich will, dass es mit uns weitergeht.« Sie errötete beschämt, als dieses *Ich-will* ihr wieder über die Lippen kam.

»Ich auch.« Seine Stimme versagte, er mied ihren Blick. »Aber ich will nie wieder über ihn reden. Was immer zwischen euch war, ich will nichts davon hören. Okay? Du hast mir diese Geschichte so verdammt lange verschwiegen, jetzt kannst du sie auch bis in alle Ewigkeit für dich behalten.«

Sie bemerkte seine Tränen erst, als er verärgert mit dem Handrücken über seine Wange fuhr.

»Mein Schatz«, sagte sie, aber sobald sie die Worte ausgesprochen hatte, begriff sie, dass sich die Spielregeln zwischen ihnen geändert hatten.

»Lass das.«

»Gut.«

»Ich hatte aufgehört, mir über so was Sorgen zu machen«, sagte er. »Ganz am Anfang, als wir uns kennenlernten, da schon, monatelang habe ich mir Gedanken gemacht, dass ich … dass du jemanden brauchst, der anders ist als ich, oder dir das zumindest einredest, oder dass du einfach was tust, ohne dir Gedanken darüber zu machen, was das für mich bedeutet.«

»Ich habe gar nicht …«

»Ich hatte *aufgehört*, mir Sorgen zu machen«, wiederholte er. »Ich dachte … sobald ich dich richtig kannte, dachte ich … Ich hatte aufgehört, mir Sorgen zu machen, denn es sah danach aus … dieses typische Verhalten von dir, es schien einfach ein Abwehrmechanismus zu sein. Also habe ich beschlossen, dass ich aufhören kann, mir Sorgen zu machen, weil du wusstest, dass ich dich liebe, und du mir vertrauen kannst, und ich dachte, du liebst *mich* auch und ich –«

»Ich liebe dich doch.«

»Mir ist gar nicht in den Sinn gekommen, dass du dieses Verhalten nicht ablegen würdest«, fuhr er fort. »Ich komme mir so naiv vor, weil es mir nie in den Sinn gekommen wäre, dass du zu so einer beschissenen Gemeinheit fähig sein würdest.«

Mit einem Mal wurde ihr klar, dass die schlimmste Rache, die ihm einfiel, darin bestand, sie zum Schweigen zu verurteilen, sie dazu zu zwingen, mit ihrer Schuld allein zu bleiben. Und erst in diesem Augenblick, in dem der gutmütigste Mann der Welt ganz kurz Gemeinheit bewies, wurde ihr bewusst, was sie da angestellt hatte. Es war ein Wunder, dass er immer noch neben ihr saß und sie nicht einfach in einer Schneewehe absetzte.

»Ich wollte dir nicht wehtun«, sagte sie. »Nicht wirklich.«

Er warf ihr einen vage neugierigen Blick zu.

»Ich glaube, ein Teil von mir wollte dir Gelegenheit geben, dich aus dem Ganzen zu verabschieden.« Natürlich war das ihre Absicht gewesen, so lächerlich und kindisch es war, es lag auf der Hand. Sie hatte versucht, ihn auf eine Art und Weise wegzustoßen, die er ihr nicht verzeihen würde.

»Was zum Teufel soll das heißen?«

»So hast du dir das am Anfang nicht vorgestellt. Das … was immer mit mir los ist, du hast dir das alles … So war das nicht vereinbart.«

Es würde ihm leichter fallen, sie zu verlassen, wenn er wusste, dass er der Betrogene war, das war ihr zumindest unterbewusst immer klar gewesen. Und zu wissen, dass er sie nicht deswegen verließ, weil sie nicht aus ihrer Haut konnte, würde es für sie ebenfalls weniger schmerzhaft machen.

»Willst du mich verlassen, ist es das, was du mir da gerade sagst?«

»Nein. Ich sage nur, das wäre früher oder später ohnehin passiert. Jedenfalls mir wäre es passiert, egal mit wem, aber du würdest mir das nie antun, ohne einen guten Grund zu haben.«

Sie hatte die ganze Zeit darauf gewartet, dass die Tür sich schloss, und vielleicht, überlegte sie, hatte sie jetzt nur ein wenig nachgeholfen.

»Du hast mir also eigentlich einen Gefallen getan?«

»Du hast was Besseres verdient. Als all das hier. Du hattest immer schon was Besseres verdient.«

»Ich kann selbst entscheiden, was ich verdient habe. Okay? Julia, du hast hier nicht die Deutungshoheit, okay? Ich habe mich dafür entschieden. Und du auch. Wenn du nicht mehr weitermachen willst, dann ist das deine freie Entscheidung.«

In ihr stieg bittere Verzweiflung auf. »Ich hätte nie ... Ich wünschte, ich könnte ... ich könnte das ungeschehen machen.« Es klang – wenig überraschend – erbärmlich und dumm.

»Das glaube ich dir«, sagte er versöhnlicher, als sie erwartet hätte. »Aber ich glaube nicht, dass das viel ändert.«

»Weiß ich.«

»Du willst mich also nicht verlassen?«

»Nein. Mark, das könnte ich nicht.« *Bitte zwing mich*

nicht dazu. Jemanden zu verlassen war ein tollkühner Akt und erforderte mehr Mut, als sie aufbringen konnte. Dass Julias Vater die Familie verließ, hatte ihre Mutter stets als Feigheit abgestempelt. Aber zum Verlassen brauchte es Mumm – das begriff Julia erst, als auch ihre Mutter sie verließ. Und um für immer wegzubleiben, musste man Durchhaltevermögen besitzen. Wie oft hatte sie in den letzten Jahren gehen wollen? Aber ihr fehlte jedes Mal die notwendige Kraft, es durchzuziehen. Sie hatte eben kein Durchhaltevermögen.

»Mark?«, fragte sie.

»Was?«

»Es tut mir leid. Es tut mir so leid, Mark. Sag mir, was ich ...«

»Ich will, dass du ihn nie wiedersiehst. Okay? Und seine ... seine *Mom*, ich glaub's nicht, ebenfalls nicht. Ich will, dass du dich von ihnen fernhältst. Ist das klar?«

»Alles klar«, sagte sie. »Mach ich.«

»Sie gehören ab sofort nicht mehr zu unserem Alltag. Ich will nie mehr darüber reden, und ich will, dass sie nicht mehr in unsere Nähe kommen.«

»Okay«, entgegnete sie.

Bens Stimme vom Rücksitz ließ sie beide hochfahren. »Hallo«, rief er. Julias Sicht hatte sich geklärt und sie sah zu ihrer Linken eine Weide mit Kühen vorüberrauschen. »Hallo«, wiederholte Ben mit seiner Kinderstimme. Für ihn gab es nur die Kühe, er hatte, so hoffte sie inständig, nichts davon mitbekommen, dass seine Mutter kurz davor gewesen war, alles, was ihm vertraut war, in Schutt und Asche zu legen. Sie griff nach hinten und nahm eines seiner Füßchen in die Hand.

22

Sie verspürt das dringende Bedürfnis, ihre Mutter anzurufen. Vielleicht aus einem rückwirkenden Mitgefühl, das sich einstellt, wenn man mittlerweile selbst Mutter ist und begreift, was für ein furchtbares Gefühl einem die eigenen Kinder geben können, gleichgültig, ob sie es darauf angelegt haben oder nicht. Und sie überlegt auch, ob Ben nicht vielleicht doch recht gehabt und sie die Situation falsch eingeschätzt hat. Vielleicht hat sie sich tatsächlich jahrelang über ihre Mutter den Kopf zerbrochen, wenn sie sich besser über anderes hätte Gedanken machen sollen.

Mark sagt sie nichts davon. Sie wartet bis zum Freitag, ihr arbeitsfreier Tag, und ruft an, als sie gerade mit Suzanne Gassi geht. Während das Freizeichen ertönt, fällt ihr auf, dass sie sich nicht einmal mehr daran erinnert, wann sie Anita das letzte Mal angerufen hat.

Nach vier Mal Läuten, als sie sich gerade innerlich entspannt hat, klickt es in der Leitung, und jemand spricht: »Oh ... Hallo?«

Sie bleibt stehen. »Hallo?«

»Wer spricht da?« Eine junge Stimme, nicht unfreundlich, aber abgelenkt. Sie muss unwillkürlich an jemanden denken, der sich einen altmodischen Telefonhörer zwischen Ohr und Schulter geklemmt hat, um die Hände frei zu haben.

»Tut mir leid, ich habe mich wohl ... ich will eigentlich mit Anita Greene sprechen.«

»Klar, Entschuldigung, sie ist gerade kurz weg, um … Anita, Telefon.«

»Wer ist dran?«, erklingt unverkennbar die Stimme ihrer Mutter im Hintergrund. Sie hat sie so lange nicht mehr gehört und ist überrascht, wie traurig es sie stimmt. Ihre Mutter lebt ihr eigenes Leben, sie unterhält sich mit jemand anderem.

»Entschuldigung, wer ist noch mal dran?«

»Ihre … Julia«, sagt sie. »Die Tochter.«

»Oh.« Sie stellt sich den Gesichtsausdruck der Unbekannten vor, dramatisch hochgezogene Augenbrauen und ein lautlos mit den Lippen geformtes: *Deine Tochter?*

Ein Rascheln, dann dringt ihr die Stimme ihrer Mutter ins Ohr. »*Wer* ist da?«

»Hallo, Mom.«

»Du lieber Gott, ich … Einen Augenblick.«

Eine Tür wird mit quietschenden Angeln geschlossen.

»Bist du noch dran?«, fragt ihre Mutter.

»Ja. Wer war das eben am Telefon?«

»Lydia.«

»Und wer ist das?«

Es folgt ein deutliches, sekundenlanges Zögern, bevor ihre Mutter antwortet. »Eine, mit der ich arbeite. Alles okay?«

»Ja«, sagt sie. »Alles gut. Tut mir leid, ich wusste nicht, dass du gerade bei der Arbeit bist.«

»Es ist ein Uhr mittags.«

»Um diese Zeit hast du immer bei uns angerufen«, erwidert sie spitz. »Und du hattest eigentlich immer in Frühschicht gearbeitet.«

»Tja, das ist eben mittlerweile anders.«

»Wenn es gerade nicht passt …«

»Nein, ist schon gut. Ich hab ein paar Minuten.«

Sie sieht zu, wie Suzanne gründlich ein paar hervorsprießende Pfingstrosen inspiziert. Zum ersten Mal seit gut zehn Jahren sehnt sie sich nach einer Zigarette. Keine Sekunde später hört sie das Klicken eines Feuerzeugs und dann, wie ihre Mutter tief einatmet.

»Wie geht es dir?«, fragt sie.

»Gut«, sagt Anita, atmet geräuschvoll aus. »Und dir?«

»Prima.«

»Du klingst irgendwie anders. Bist du erkältet?«

»Nein.«

»Ist irgendwas Besonderes los?«

»Nein«, sagte sie, obwohl das nicht ganz der Wahrheit entspricht. »Eigentlich rufe ich an, weil ... Ben heiratet.«

Eine seltsame kurze Funkstille folgt, und ihr kommt der Gedanke, dass ihre Mutter vielleicht gar nicht mehr weiß, wer Ben ist.

»Na, ist doch schön für ihn«, bemerkt Anita.

»Ein bisschen kurzfristig«, sagt sie. »Schon im nächsten Monat. Er ... er und seine Partnerin erwarten ein Kind.« Es ist das erste Mal, dass sie jemandem davon erzählt, ein Déjà-vu, von dem ihr für einen Augenblick schwindelig wird. Suzanne zieht sehnsüchtig an der Leine.

»Wow, wie alt ist er? Achtzehn?«

»Vierundzwanzig.«

»Schon?«

Sie kneift verärgert die Lippen zusammen. »Ja, schon. Er möchte dich gern zu seiner Hochzeit einladen.«

»Ach, wirklich?«

»Am dritten Maiwochenende«, sagt Julia. »In ungefähr sechs Wochen. Das ist schon bald, ich weiß, aber es würde ihn so freuen, wenn du –«

»Da kann ich nicht«, unterbricht Anita sie.

»Du ... Bist du sicher?«

Ihr Mutter schweigt und sagt dann: »Ja, ich bin sicher. Da arbeite ich.«

Mit einer derartig unverblümten Absage hat sie nicht gerechnet: »Ich weiß, das ist ein bisschen viel auf einmal. So kurzfristig und dann auch die Reise selbst.« Zumindest das kann sie doch tun, oder? Auch wenn es nicht viel ist und alles andere, das sie tut, längst nicht so relevant ist, wie sie sich immer erhofft hat, auch wenn sie laut Ben die ganze Zeit das Falsche getan hat. »Wenn es irgendwas gibt, womit ich dir logistisch unter die Arme greifen kann, dann gern.«

Sie kommt sich großspurig vor.

»Bietest du mir gerade Geld an?«

»Nur ... damit es klappt, können wir gerne ...«

»Was? Das Datum nach hinten verschieben?«

»Na ja, das nicht. Aber Mark hat von der Arbeit viele Flugmeilen, oder ...«

Anita schnaubt verächtlich.

Mark, der eigentlich jeden mag, konnte Anita noch nie leiden. Er hat für Julia einen Großteil von Anitas Seitenhieben eingesteckt und ihrer Wut, ihrem Frust und ihren verletzten Gefühlen die Spitze genommen, indem er diese auf sich nahm. Sie selbst hat früh gelernt, dass es reinste Gefühlsverschwendung ist, wenn man auf die Mutter zu heftig reagiert, aber Mark – der sich vor allem rückwirkend mit Anita auseinandergesetzt hat und ihr nur ein paarmal persönlich begegnet ist – ist immer wieder von Neuem aufgebracht, eine großzügige Geste seinerseits, für die sie ihm immer schon dankbar gewesen ist.

»Meine Güte, ich lebe doch nicht auf der *Straße*. Ist für dich jeder, der nicht so lebt wie du, ein Kandidat fürs Armenhaus? Ich habe dich noch nie um Geld gebeten.«

»Das weiß ich doch. Ich dachte nur, es wäre vielleicht nett –«

»Ich kann nicht kommen, weil ich arbeite. Nicht jeder kann sich freinehmen, wann er Lust hast.«

»Ich arbeite Teilzeit. Und ich erwarte nicht von dir, dass du –«

»Vergiss es«, sagt ihre Mutter. »Vergiss es einfach. Ich mach da gerade eine viel zu große Sache draus.«

Julia ist überrascht. »Ja, stimmt, irgendwie schon.«

»Danke für das Angebot«, sagt ihre Mutter. »Aber ich nehme es nicht an.«

»Es würde Ben viel bedeuten, er mag dich sehr.« Sie fügt nicht hinzu, *keine Ahnung, warum,* sie sagt nicht, *obwohl er mit dir gerade mal ein paarmal in seinem Leben geredet hat.* Die Giraffe, ein Geschenk von Anita, als er noch ein Baby war, nahm er mit ins Bett, bis er neun war.

»*Ben*«, sagt ihre Mutter, »kennt mich kaum.«

»Vielleicht hat er dich genau deswegen so gern«, erwidert sie, denn das ist genau die Art von Witz, die ihre Mutter mag.

Zu ihrer Erleichterung hört sie Anita lachen. »Keine gute Idee, Julia.«

»Warum nicht? Und ... ist es keine gute Idee, oder hast du keine Zeit?«

»Beides«, antwortet Anita traurig, was für sie untypisch ist.

»Okay.« Ihr fällt keine andere Strategie mehr ein, und sie ist sich auch nicht sicher, ob sie eine weitere Zurückweisung ertragen würde. »Alles gut, vergiss es.«

»Nett von dir, mich anzurufen«, sagt Anita, und dann nach kurzer Pause: »Geht es dir gut?«

Mit der Frage hat sie nicht gerechnet. »Mir? Doch, schon.« *Ich bin überflüssig,* aber das verschweigt sie. *Meine Kinder brauchen mich nicht mehr. Ich habe wieder das Gefühl, dass ich den Boden unter den Füßen verliere. Ich glaube, ich brauche mit 57 meine Mama, Mom.* »Mir geht's gut.«

»Schön«, sagt Anita.

»Und dir?«

»Ja, gut.«

Es entsteht eine Pause, in der sie sich vorzustellen versucht, wo ihre Mutter gerade ist, was sie gerade arbeitet, ob ihr Haar immer noch so dunkelblond ist wie früher und ob sie wie Helen Russo als ältere Frau genauso selbstbewusst durchs Leben geht wie als junge.

»Ich mach jetzt besser Schluss«, meint Anita. »Gratulier Ben von mir.«

»Mach das doch selbst. Ich bin sicher, er freut sich, von dir zu hören.«

Anita schweigt. »Richte es schon mal von mir aus«, sagt sie dann. »Alles Gute, Julia.«

»Danke, tschüss, Mom.« Sie ist froh, dass sie gerade spazieren geht, denn sie stellt sich besorgt vor, wie es wäre, wenn sie auflegt und immer noch am gleichen Fleck steht.

23

Alle Welt riet einem dazu, sich nicht zu sehr auf den errechneten Geburtstermin zu verlassen, aber sie blieb doch zuversichtlich, als ihrer näher rückte. Es war Anfang September, für die Jahreszeit war es ungewöhnlich warm, und der Tag an der Tankstelle lag anderthalb Jahre zurück. Seit Anfang der Woche arbeitete sie nicht mehr in der Bibliothek, sondern war in Mutterschutz. Nachdem sie Ben morgens zur Schule gebracht hatte, zog sie sich ins Schlafzimmer zurück, wo es dank der Klimaanlage angenehm kühl war, immer noch erstaunt darüber, dass sie hochschwanger war, auch wenn ihr Baby offensichtlich keine Eile hatte, auf die Welt zu kommen.

Als es an der Haustür läutete, überlegte sie kurz, ob sie hingehen sollte, aber es war ohnehin fast Zeit, Ben abzuholen, und so hievte sie sich aus dem Bett und tappte nach unten. Das dauerte eine Weile, wie alles in letzter Zeit, vielleicht würde, wer auch immer an der Tür war, das Warten in der Zwischenzeit aufgeben.

Aber das war nicht der Fall. Auf der Veranda stand ohne jeden Zweifel ihre Mutter, schlanker, als Julia sie in Erinnerung hatte, und tiefgebräunt auf eine Art und Weise, die nicht unbedingt gesund wirkte. Sie trug Jeans und hatte eine bunt gemusterte Reisetasche dabei, die Julia bekannt vorkam, und Julia fühlte sich unangenehm in die Vergangenheit zurückversetzt.

Ihre Mutter musterte sie von oben bis unten und verzog die Mundwinkel zu einem undeutbaren Gesichtsausdruck. »Ich wusste es«, rief sie, und Julia dachte daran zurück, wie sie ihre Mutter angerufen hatte, um zu erzählen, dass sie mit Ben schwanger war: Vielleicht, so hoffte sie, existierte tatsächlich eine Welt, in der eine Mutter, auch wenn sie einen nicht lieb hatte, Dinge trotzdem einfach *wusste*.

»Wirklich?«, fragte sie und hatte das Gefühl, jemand hätte ihr gerade den Boden unter den Füßen weggezogen, aber dann lachte ihre Mutter und sagte: »Meine Güte, natürlich nicht. Woher auch? Aber wow, nicht schlecht. Junge oder Mädchen? Wann ist der errechnete Termin?«

»Eigentlich heute«, erklärte sie, legte mit einem merkwürdig distanzierten Gefühl eine Hand an ihren Bauch, und ihre Mutter ließ ein unbeschwertes, helles, recht unvertrautes Lachen vernehmen. »Warum bist du hier?« Julia war sich sicher gewesen, dass die Mutter nach den Erfahrungen von ihrem letzten Besuch, kurz nach Bens Geburt keinen weiteren unternehmen würde.

»Ich will ein paar Sachen holen, die ich eingelagert habe.«

»Ich wusste gar nicht, dass du einen Raum gemietet hast.«

»Doch, seitdem wir aus dem Haus an der Washtenaw Avenue ausgezogen sind«, sagte ihre Mutter. »Was glaubst du denn, wo all die Sachen hin sind? Die Schallplatten von Lawrence, die ganzen Nachschlagewerke?«

»Daran habe ich gar nicht gedacht. Sind wirklich noch Sachen von Dad dort?«

Anita sah ihr direkt in die Augen. »Freut mich auch, dich zu sehen, Julia.«

Sie blinzelte. »Tut mir leid. Ich ... mir war einfach nicht

klar, dass er Sachen zurückgelassen hat.« Sie hatte sein Rasierzeug behalten und in einer Schachtel zusammen mit anderem Krimskrams durch all die Umzüge gerettet. Die Schachtel befand sich derzeit im Keller, da war sie sicher, auch wenn sie seit Jahren nicht mehr daran gedacht hatte.

»Hübsches Haus, hübscher als das letzte.«

»Das, was du damals gesehen hast, war eigentlich das vorletzte.« Sie hatten ein neues Haus in einer neuen Suburb gefunden und waren in der Suburb-Hierarchie nach oben geklettert. Außerdem lag es eine Viertelstunde Fahrt von Helen Russo entfernt und eine halbe von Brady und Francine Grimes. »Ich hatte dir beim Umzug die neue Adresse geschickt.«

»Und was meinst du, wie ich dich gefunden habe?«

Anscheinend zog sie immer den Kürzeren.

»Woher kommst du gerade?«, fragte sie.

»Aus New York«, antwortete Anita.

»Stadt oder Bundesstaat?«

«Ach ...« Sie wedelte vage mit der Hand über dem Kopf. »Du weißt schon.«

»Hör zu«, sagte Julia, »ich muss Ben von der Schule abholen.«

Anita sah sie abwartend an. Sie wollte ihre Mutter nicht einladen, mitzufahren, hatte aber auch keine Lust, sie allein im Haus zurückzulassen, und zwar nicht, weil sie dort etwas *anstellen* könnte, sondern weil sie es sich einfach nicht vorstellen konnte.

»Ist gleich um die Ecke«, fügte sie hinzu. »Falls du mitkommen willst.«

Sie zog die Haustür hinter sich zu und ging den Fußweg zur Straße hinunter.

Anita blickte ihr ungläubig nach. »Wir gehen tatsächlich zu *Fuß?* Mein Gott. Es ist bullenheiß, und du hast einen Riesenbauch. Soll ich ihn nicht einfach abholen?«

Sie erstarrte innerlich. »Wir sind nicht mehr in den Siebzigerjahren. Es darf nicht einfach irgendeine Fremde den Sohn von der Schule abholen.«

Ihr wurde zu spät klar, was sie da gerade gesagt hatte. Aber es stimmte. Ben wusste nicht, dass Anita seine Großmutter war.

»Komm ruhig mit«, sagte sie und fügte eine versöhnliche Lüge hinzu, denn unwillkürlich empfand sie wie immer, wenn ihre Mutter in der Nähe war, diesen Funken Hoffnung. »Er freut sich bestimmt, dich zu sehen.«

*

Sie wusste nicht recht, wie ihr geschah, nachdem sie Ben gemeinsam von der Schule abgeholt hatten. Entweder stimmte die Chemie oder die Sterne standen günstig, auf jeden Fall stellte Julia fest, dass sie sich zunehmend entspannte, als sie Ben und Anita einander in der Schule vorstellte, Anita ihn dann bei ein paar Süßigkeiten nach den Leuten befragte, die er nicht mochte, und nach seinen Lieblingsfarben, und sie später vom Griechen für drei Personen so viel Essen liefern ließen, dass es für eine ganze Mannschaft gereicht hätte. Zu ihrer Überraschung lachte sie über Anitas Witze und bewunderte ihre Art, sich mit Ben zu unterhalten, als wäre er ein kleiner Erwachsener, den sie gerade in einer Bar kennengelernt hatte und sympathisch fand. Sie erkannte an ihrer Mutter eine Seite wieder, die sie ganz vergessen hatte, eine unbeschwerte, amüsante und joviale Seite, aber auch die war, wie alles bei ihr, mit Vorsicht zu genießen. Niemals würde Julia gegenüber ihrer Mutter die allzu vertraute Angst loswerden, dass alles schon im nächsten Augenblick aus dem Ruder laufen könnte.

»Deine Frau ist ein ganzes Stück schwangerer als bei unserer letzten Begegnung«, sagte Anita zu Mark, als er nach Hause kam.

Worauf Mark lakonisch erwiderte: »Ja, ist ja auch sechs Jahre her.«

Aber selbst darauf reagierte Anita mit dem gleichen koketten Lachen, das Julia innerlich auf die Palme gebracht hatte, wann immer einer der zahlreichen zwielichtigen Partner ihrer Mutter in der Wohnung an der Stony Island Avenue zu Besuch gewesen war. Doch an jenem Abend tangierte es sie nicht, und während sie alle nach dem Dinner ihr Eis am Stiel leckten, fragte sie ihre Mutter, ob sie ein Bett für die Nacht hatte.

Mark warf ihr über den Tisch hinweg einen unmissverständlichen Blick zu.

»Klar«, erwiderte Anita.

»Ah«, sagte sie ein wenig enttäuscht. »Freut mich.«

»Aber falls ihr mir eins anbietet«, meinte ihre Mutter nach einer Weile.

»Gern«, entgegnete Julia, Marks Blick meidend und ganz verlegen darüber, dass sie so aufgeregt war. »Falls du dich ... Ich will sagen, für die Zeit, in der du hier bist und wo es der Zufall will, dass du ausgerechnet jetzt hier bist, kannst du ... bei uns bleiben.«

Nach einer kurzen Verlegenheitspause sagte Anita: »Einverstanden.«

»Wir könnten uns für morgen doch was Nettes vornehmen«, schlug sie vor.

Zum ersten Mal seit einem Monat kam ihr der Gedanke, wie schön es doch war, dass das Baby auf sich warten ließ, weil sie so mit dieser Person, die verdächtig nach ihrer Mutter aussah und die sie dennoch *mochte* – wie war das möglich? –, kostbare Zeit verbringen konnte. Sie hätte noch eine weitere Woche Schwangerschaft in Kauf genommen, wenn es bedeutete, in dieser schönen alternativen Realität zu verweilen.

»Wir könnten vielleicht das Aquarium besuchen? Hast du Lust, morgen die Schule zu schwänzen, Ben?«

Ben jubelte, und Mark blickte befremdet in die Runde.

»Ich rufe nur kurz meinen Freund an, um ihm zu sagen, dass ich nicht komme«, sagte Anita und legte ihr Eis direkt auf dem Tisch ab. Mark und Julia konzentrierten sich, ohne einander auch nur einmal anzusehen, auf das schmelzende Eis und die rote Pfütze, die langsam in das Holz einsickerte.

*

Mark wartete mit seiner Frage, bis sie im Bett lagen.

»Jules«, sagte er. »Was wird hier gerade gespielt?«

»Was meinst du damit?«

»Julia.«

Sie sah ihn an. »Keine Ahnung. Normalerweise benimmt sie sich anders.«

»Nimmt sie vielleicht was ein? Irgendwas, um die Stimmung zu heben?«

»Was?«

»Auf mich wirkt sie ein bisschen überdreht«, erklärte er.

»Ich meinte damit, dass sie gerade richtig freundlich ist,

keine *Drogen*. Meine Güte, sie hat noch nie Psychopharmaka genommen.«

Zwischen ihnen machte sich ein unangenehmes Schweigen breit. Es gab immer noch kurze verletzende oder ärgerliche Augenblicke, in denen sie sich plötzlich ihrer selbst und der körperlichen Nähe des jeweils anderen sowie der Tatsache gewahr wurden, dass sie ein Bett miteinander teilten. Sie wuchtete sich ganz bewusst auf ihre Seite des Bettes und drehte ihm den Rücken zu. Draußen fiel leichter Regen, die Tropfen klopften leise gegen die Fensterläden, und der Himmel wurde hin und wieder von einem Blitz in kränkliche Farben getaucht. Sie atmete den Duft von feuchter Erde ein.

»Gewitter hat sie immer gemocht«, bemerkte sie und hörte die verzweifelte Selbsttäuschung in ihrem Tonfall.

Sie erinnerte sich daran, wie sie auf dem Balkon der Wohnung an der Fünfundvierzigsten saß, alle Welt hatte sich nach drinnen verkrochen, und anfangs hatte auch sie noch Angst gehabt. Sie sah zu, wie der Himmel kurz grün aufleuchtete und der Wind die Rauchschwaden von der Zigarette ihrer Mutter forttrug. Anita hatte überhaupt keine Angst. Es war eine schöne Erinnerung, das einzige Mal, dass sie sich innerlich entspannte und die Schultern lockerte, obwohl ein Unwetter im Anzug war.

»Vielleicht wäre es gar nicht so schlecht, wenn noch jemand da wäre«, fuhr sie fort. »Auch für Ben. Du müsstest nicht immer vom Krankenhaus hin- und herfahren, sie könnte ihn zum Beispiel bei Bedarf von der Schule abholen …«

Hatte sie einen solchen Vorschlag nicht noch wenige Stunden zuvor abgelehnt?

»So ist das«, sagte sie mit leiser Verzweiflung. »Mit der

Zeit vergesse ich ganz, dass sie ... ein Mensch ist und ich ihr eigentlich vertrauen kann.«

Mark schwieg kurz und fragte dann: »*Kannst* du ihr denn wirklich vertrauen?«

»Ich glaube schon.« Sie hatte eine Hand auf den Bauch gelegt und spürte die Bewegungen des Babys. Als sie ein Kind war, hatte sie nie darauf zählen können, dass die Eltern für sie da waren, und im Alter von neununddreißig – immerhin – malte sie sich urplötzlich aus, wie schön es wäre, die Mutter vor und nach der Geburt um sich zu haben, mit dem Neugeborenen im Arm von Menschen umgeben zu sein, die einen liebten, verträumte Nachmittage und noch ein Paar helfende Hände mehr. Man gewöhnte sich vielleicht daran, dass jemand aus dem eigenen Leben verschwunden war, aber der Wunsch, dass es anders wäre, verschwand nie.

»Ich kann es nicht anders erklären.« Sie merkte, dass ihr die Tränen kamen. »Ich schaffe es nicht ... ich will nicht genauer hinsehen, denn es ist gerade alles so *schön*.«

»Schon gut«, sagte Mark behutsam. »Es ist gut, mein Schatz.« Früher hätte er sie in den Arm genommen, aber so weit waren sie noch nicht, und momentan sah es auch nicht so aus, als würde sich das jemals wieder ändern.

»Ich stelle mir einfach vor ... ach, wäre es doch wie bei normalen Leuten, wo die Mütter sich freuen, da zu sein, wenn die Enkel auf die Welt kommen. Das wäre so toll, selbst wenn es jetzt ganz unerwartet kommt und unser Verhältnis bislang nie so war.«

»Das wäre schön«, entgegnete Mark neutral.

»Ich glaube, die Hormone gehen gerade mit mir durch.«

»Schon gut«, murmelte er und legte vorsichtig eine Hand an ihre Schulter.

»Das sollte keine *Entschuldigung* sein«, fauchte sie ihn an, und gleich darauf: »Tut mir leid.« Sie rollte sich auf den Rücken und bedeckte die Augen mit einem Arm. »Kann ich das Ganze nicht einfach nur genießen?«

»Was du möchtest, Jules. Ich will nur sichergehen, dass du nicht enttäuscht wirst.«

»Meinst du, die Gefahr besteht?«

»Keine Ahnung. Mich überzeugt das, was hier gerade gespielt wird, einfach weniger als dich.«

»Vielleicht liegt es daran, dass sie Ben kennengelernt und gemerkt hat, was sie alles verpasst hat und wie ... mein Gott, wie toll er ist, man *muss* ihn doch einfach gern um sich haben wollen.« Und ganz kurz fiel ihr Helen ein, die sie und Ben in ihr Leben aufgenommen hatte, als gehörten sie zur Familie, trotz einer riesigen eigenen Verwandtschaft, und prompt traten ihr wieder Tränen in die Augen.

»Das mag sein«, sagte Mark.

»Könnte es denn nicht sein? Wie verrückt klingt das, was ich da gerade sage? Auf einer Skala von eins bis zehn?«

»Jules, es klingt überhaupt nicht verrückt. Es ist großherzig, aber ich frage mich ... ich will einfach nicht, dass man dir wehtut.«

Ausgerechnet Mark – von ihnen beiden war doch er derjenige mit dem großen Herz, ihm hatte sie es zu verdanken, dass sie immer noch neben ihm lag, mit einem wachen Baby im Bauch und dem gemeinsamen Sohn, der in seinem Zimmer schlief.

»Komm, du musst schlafen«, sagte er.

In dem Versuch, sich innerlich zu beruhigen, schloss sie die Augen und atmete langsamer.

»Ihr beide habt die gleiche Stimme«, bemerkte Mark kurz vor dem Einschlafen. »Das ist wirklich komisch. Sobald sie den Mund aufmacht, ist es, als würdest du aus ihr sprechen.«

*

Vor ungefähr sechs Monaten war Helen Russo ihr wieder über den Weg gelaufen. Sie arbeitete Teilzeit in einer Bibliothek und war während ihrer zweiten Schwangerschaft andauernd müde bis auf die Knochen. Als sie Helen sah, fühlte sie sich gerade derart vernebelt, dass ihr Verstand den vertrauten Pferdeschwanz, die Beuteltasche und die Begleitung, eine Frau in den Mittdreißigern und ein etwa dreijähriger Junge, erst nach ein paar Sekunden registrierte und mit Verzögerung reagierte. An jenem Tag war sie zufällig für eine Kollegin eingesprungen und hätte sich sonst außer Reich- und Sichtweite unten im Archiv aufgehalten. Und hätte sie nicht gerade auf einer Trittleiter gestanden, um einige neue Romane in die Regale einzuordnen, hätte sie die kleine Gruppe, die zur Kinderabteilung unterwegs war, gar nicht bemerkt, und die geradezu gespenstische Erkenntnis, dass an die Stelle von ihr und Ben mittlerweile ein anderes Paar, ebenfalls Mutter und Sohn, getreten war, wäre ihr erspart geblieben. Und doch war sie überrascht, wie stark sie sich erneut zu Helen hingezogen fühlte, wie schnell der wohlvertraute Wunsch wieder auftauchte, den Alltag dieser Frau und ihre eigene Position darin zu kennen, zu erfahren, wo genau sie zwischen allen anderen stand. Es ging über simple Eifersucht hinaus, grenzte fast schon an Obsession, und an jenem Tag inmitten von Bücherstapeln wurde sie sich bewusst, dass dieses Gefühl sie niemals verlassen hatte.

»Helen.« Der Name war aus ihrem Mund, bevor sie darüber nachdenken konnte, und sie konnte es kaum fassen, als Helen sich auf der Treppe zu ihr umdrehte, wie schön es war, sie wiederzusehen.

»Oh.« Selbst Helen mit ihren tadellosen Umgangsformen konnte ihren Schock nicht verbergen. Dann entspannten sich ihre Gesichtszüge, auch wenn ihr Lächeln, wie Julia schmerzhaft bemerkte, nicht bis in die Augen wanderte. »Na, da sieh einer an.«

Die Frau und das Kind blieben stehen, um zu sehen, mit wem Helen redete, und die bedeutete ihnen weiterzugehen.

»Geht ruhig schon, ich muss hier kurz Hallo sagen.«

Ich muss, nicht *ich will*. Aber war das wirklich so überraschend?

»Melinda hat mir erzählt, dass sie dich eingestellt hat«, meinte Helen. »Merkwürdig, dass ich dir bisher nie hier über den Weg gelaufen bin.«

»Ich bin normalerweise unten«, sagte Julia. »Im Archiv, meine ich. Es ist nicht so, dass ich mich –«

»Verstecke?« Helen schmunzelte.

Als sie sich ein paar Monate, nachdem sie jeglichen Kontakt zu Helen abgebrochen hatte, entschloss, Melinda Wolcott anzurufen, hatte sie noch kurz überlegt, ob die ergatterte Visitenkarte überhaupt noch zum Einsatz kommen durfte. Vielleicht gab es in der Welt der Reichen, in der eine Hand die andere wusch, ein ungeschriebenes Gesetz zu sexueller Transgression, das in diesem Fall jeden Versuch zum Netzwerken obsolet machte. Aber nachdem sie sich die Frage beantwortet hatte, ob Helen es jemals zugelassen hätte, dass Privatangelegenheiten der eigenen beruflichen Karriere im Wege standen, griff sie zum Telefon.

»Wie schön, von Ihnen zu hören«, hatte Melinda gesagt. »Helen hat erst kürzlich in den höchsten Tönen von Ihnen geschwärmt. Erzählen Sie mir von sich.«

Die Vorstellung, dass Helen von ihr gesprochen hatte, rührte sie ebenso wie die Tatsache, dass sie nach allem, was geschehen war, immer noch lobende Worte fand.

Sie war im Begriff, Melinda zu sagen, dass ihr eigentlich die erforderlichen Qualifikationen für den Job fehlten, da spürte sie im Geiste Helens Blick, der sie unmissverständlich aufforderte, ihr Licht nicht unter den Scheffel zu stellen und im Zweifelsfalle so zu tun, als ob. Infolgedessen begriff sie, dass viele Leute auf diese Weise Jobs ergatterten, durch Schwindel und Selbstlob. Am Ende des Telefonats hatte sie eine Einladung zum Vorstellungsgespräch, und während des Vorstellungsgesprächs wurde ihr der Job auf der Stelle angeboten.

»Wir waren gerade im Zoo«, erzählte Helen. »Ich wollte nur eben vorbeikommen und Melinda Hallo sagen. Außerdem haben wir den Hinweis auf die Vorlesestunde um zwei Uhr gesehen.«

»Die ist im zweiten Stock«, sagte Julia und stieg von der Trittleiter. »Heute liest Miss Amanda. Sie macht das ganz ausgezeichnet. Ich wollte deine Pläne nicht durcheinanderbringen.«

»Ach.« Helen machte eine wegwerfende Handbewegung über die Schulter. »Meine Schwiegertochter mit Sohn. Sie sind diese Woche aus Boston zu Besuch. Die können sich gut ein paar Minuten ohne mich vergnügen.«

»Ich dachte, du magst deine Schwiegertöchter nicht

so«, sagte sie und bemühte sich um einen unbeschwerten Tonfall.

Helen lachte und beugte sich vor, ihre körperliche Nähe weckte in Julia kindliche Vorfreude, eine vertraute Erregung.

»Dem ist auch so«, flüsterte sie, und Julia konnte ihr Parfum riechen. »Die Auswahl ist in unserer Gegend nicht so groß.« Helen musterte sie. »Wann ist es denn so weit?«

Sie schwieg, wie vom Donner gerührt. Man konnte zwar erkennen, dass sie schwanger war, aber nach ihren eigenen paranoiden Kriterien – denn laut Expertenmeinung war sie viel zu alt und forderte das Schicksal geradezu heraus – war es noch zu früh, die Schwangerschaft hinauszuposaunen. Das Baby war ein Geheimnis zwischen ihr und Mark: ein neues Geheimnis, das die Grundlage für einen gemeinsamen Neuanfang darstellte.

Sie dachte, sie hätte die Schwangerschaft geschickt mithilfe von Marks Klamotten verborgen. Jetzt blickte sie prüfend an ihrem sich verändernden Körper runter.

»Ich habe einen siebten Sinn für so was«, bemerkte Helen.

Helen war die Erste, die das neue Leben in ihr erkannt hatte, sie war nach Julia, Mark und ihrem Frauenarzt die Erste, die jetzt davon wusste. Ganz kurz fühlte sie sich wie nackt, als wäre sie für diese Frau ein offenes Buch, alle ihre Geheimnisse offenbart, die unsäglichen Diskussionen mit Mark spät in der Nacht, die vielen Male, in denen sie ihre Entscheidung im Nachhinein angezweifelt hatte.

Aber darauf folgte ein Gefühl intensiver Wärme, von dem ihr fast die Tränen kamen. Jemand durchschaute sie, jemand kannte sie selbst nach all den Monaten noch gut genug, um eine Veränderung zu spüren. Und in diesem

Augenblick wurde ihr klar, wie sehr sie Helen davon erzählen *wollte* und dass sie diesen Wunsch *die ganze Zeit* verspürt hatte.

»Im September«, sagte sie.

»Ein *Baby*. Das ist wirklich eine schöne Neuigkeit.« Und mit einem Mal lehnte Helen sich nach vorn und nahm Julia in die Arme. Sie standen kurz eng umschlungen da, und Julia merkte, dass sie sich auch danach die ganze Zeit gesehnt hatte. Helen mit ihrer tröstlichen, beständigen Nähe. »Es wird ein Mädchen«, flüsterte ihr Helen ins Ohr. »Ich wette drauf.«

Ihre Stimme ließ auf Julias Nacken einen Funkenregen tanzen.

»Dieses innere Leuchten gibt es also wirklich, du siehst ... meine Güte, du siehst fantastisch aus«, sagte Helen. Sie löste die Umarmung und musterte Julia ernst. »Ich habe mir ziemliche Sorgen um dich gemacht.«

Wenn sie nachts wach lag und sich vorstellte, wie sie ihr Leben wieder in Ordnung brachte, hatte sie sich nie ausgemalt, dass sie einmal erleichtert sein könnte. Sie hatte sich vorgestellt, dass Helen wahrscheinlich wütend auf sie war, nicht aber, dass sie sich Sorgen gemacht hatte. Und jetzt wurde ihr bewusst, dass es ein Fehler gewesen war, Helens Mitgefühl derart grob zu unterschätzen. Sie wusste, um sich das Leben einfach zu machen, hatte sie die Tendenz, Menschen im Geiste zu Feinden zu erklären, bevor ihr diese überhaupt etwas angetan hatten. Bis zu dem Gespräch mit Mark auf der Rückfahrt von Wisconsin war ihr gar nicht bewusst gewesen, wie furchtbar sie ihn damit verletzt hatte, und als sie jetzt Helens Gesichtsausdruck sah, verstand sie, dass sie diesen Fehler erneut begangen hatte. Sie hatte jemanden aus ihrem Leben ausgeschlossen, den sie lieb hatte und der ihre Gefühle erwiderte – konnte das wirklich sein? –, weil die Beziehung für sie, aber auch nur für sie, ohnehin auf das unvermeidliche Ende zugelaufen war.

»Ihr müsst bei Nacht und Nebel abgehauen sein. Ich bin irgendwann an eurem Haus vorbeispaziert und habe gesehen, dass es leer steht.«

Sie errötete. Sie hatten erst die neue Bleibe gekauft und dann die alte zum Kauf angeboten.

»Ich habe dich öfter angerufen«, fügte Helen hinzu.

Sie senkte den Blick. »Helen, ich weiß. Es tut mir leid, ich ... Es war alles kompliziert.«

»Das habe ich mir gedacht«, sagte Helen. »Bist du jetzt wenigstens glücklicher?«

Wie sollte sie diese Frage beantworten? Sie fühlte sich immer noch verdammt einsam und verängstigt und wünschte sich trotz allem, was geschehen war, und da jetzt unvermutet eine reelle Chance darauf bestand, Helens Rat. Sie stand etwa dreißig Zentimeter von ihr entfernt und gestand sich ein, wie sehr sie Helen in den letzten beiden Jahren vermisst hatte, wie viele Male sie kurz davorgestanden hatte, zum Telefon zu greifen und sie anzurufen. Ihre Augen füllten sich mit Tränen.

»Keine einfache Zeit«, sinnierte Helen laut. »Diese ersten Wochen. Freut sich dein Mann?«

Ihre Schwangerschaft, die sie beide eigentlich wieder zusammenbringen sollte, schien sie mitunter zu entfremden. Sie hatte sich vorgestellt, dass Mark sich verhalten würde wie damals, als sie mit Ben schwanger gewesen war. Da wollte er sie ständig *berühren*, um die unmerklichen Veränderungen an ihrem Körper mitzubekommen, ganz begierig darauf, zu begreifen, wie es war, an ihrer Stelle zu sein. Wie *fühlst* du dich, Jules, *wie* fühlt es sich an, lass mich daran *teilhaben*. Aber dieses Mal zeigte er weniger Interesse, war kühl und distanziert.

»Schwer zu sagen«, flüsterte sie.

»Na ja, er ist damals ja bei dir geblieben«, bemerkte Helen. »Folglich muss ihm das auch was bedeuten, zumindest teilweise.«

Sie trat einen Schritt zurück. »Ich ... Wie bitte?«

Doch Helens Gesichtsausdruck blieb heiter und unbeschwert. »Freut mich für dich.«

»Danke«, sagte sie kraftlos.

»Viel Glück, okay, mein Herz?« Sie registrierte die aalglatte Verbindlichkeit in Helens Stimme, die sie auch bei Kassierern und Telemarketern einsetzte, und spürte ein schmerzliches Ziehen im Bauch.

»Dir auch«, erwiderte sie verhalten, doch bevor sie sich abwenden konnte, sagte Helen noch etwas.

»Julia.«

Sie blickte der Frau ins Gesicht, das sanfter wirkte als noch eine Sekunde zuvor.

»Ich trage dich immer in meinem Herzen, meine Liebe.«

Und sie wusste, dass das, wenigstens für diesen einen Augenblick, die Wahrheit war.

24

Die gemeinsamen Tage mit ihrer Mutter vergingen wie in einem Traum, die Zeit glitt gemächlich dahin. Sie besuchten mit Ben das Aquarium. Anita mit ihrem merkwürdigen Fimmel für Sauberkeit schrubbte die Küche, wusch die Trommel der Waschmaschine aus und entfernte die Spinnweben an der Kellertreppe. Sie tranken Eistee im Wintergarten, falteten Wäsche zusammen und unterhielten sich über alte Nachbarn an der Fünfundvierzigsten. Es fühlte sich nicht so an, als würde sie mit der Mutter Zeit verbringen, die sie von früher kannte, sondern mit *einer* Mutter, und Julia ließ sich nur zu gerne darauf ein.

Am dritten Abend saßen sie auf der Veranda und spielten Rommé; Mark war noch auf der Arbeit, und Ben lag bereits im Bett.

»Vielleicht könnten wir morgen einen Ausflug in unser altes Viertel unternehmen, wenn das Baby sich immer noch Zeit lässt«, sagte Anita. »Ich wette, es hat einen großen Kopf. Das liegt nämlich in der Familie.«

»Ach ja?« Sie spürte, wie sich ihr Bauch leicht verkrampfte, als würde das Baby mithören.

»Auf jeden Fall. In der Familie deines Vaters. Hat mich damals fast kaputt gemacht.«

»Wow«, sagte Julia ganz leise, aber wenn sie es recht bedachte, hatte sie gerade zum ersten Mal ein Detail zu ihrer Geburt erfahren. »War die eigentlich schwer? Ich meine, meine Geburt?«

»Wir haben's überlebt«, antwortete ihre Mutter.

»Bin ich zum errechneten Termin auf die Welt gekommen?«, fragte Julia.

»Ein paar Tage danach. Und, mein Gott, du hast dir wirklich Zeit gelassen. Aber keinerlei Komplikationen oder so was. Du warst ziemlich taff. Ich glaube, ich habe dich zum ersten Mal weinen gehört, als du drei Tage alt warst.«

»Wirklich?«

»Die Schwestern haben dich Charlie Chaplin genannt. Ich dachte, mit dir stimmt was nicht, aber du warst einfach ... wie du immer bist. Hast alles um dich herum beobachtet. Vielleicht hast du auch was ausgeheckt.«

Sie überlegte, ob das ein Seitenhieb sein sollte, aber ihre Mutter lächelte schwach.

»Es wäre tatsächlich schön, nach Hyde Park zu fahren«, sagte sie nach einer Weile, denn mit einem Mal klang der Vorschlag wirklich gut.

»Wetten, dass Mrs Richardson noch lebt?«, fragte Anita. »Ich glaube schon, und wetten, dass sie immer noch dieses Glasauge hat?«

»Na klar, ein Auge wächst ja nicht einfach nach.«

Ihre Mutter lachte ihr typisch boshaftes Lachen und schnappte sich Julias abgelegten Buben. »Ich wette um fünf Dollar.«

Es war viel einfacher, sich so mitreißen zu lassen, als den Tatsachen ins Auge zu sehen, es war schon immer einfacher gewesen.

»Du bist dran«, sagte Julia. »Sag Mark nur nichts davon, dass wir ohne ihn losgezogen sind. Er trauert den Unizeiten und dem Viertel immer noch nach.«

»Ich glaube, er mag mich nicht besonders«, sagte Anita zu ihrer Überraschung.

»Doch, natürlich mag er dich«, widersprach sie nicht sehr überzeugend. »Mark kommt mit jedem klar.«

Anita lachte. »Na, das ist ja ein schönes Kompliment.«

»Er hat nichts gegen dich. Er möchte mich nur beschützen.«

»Muss man dich denn vor mir in Schutz nehmen?«

Sie errötete. »Das war allgemein gemeint.«

»Meiner Erfahrung nach musste man dich nie vor irgendwas beschützen«, erwiderte ihre Mutter.

Sie blickte auf, um die Bemerkung besser einordnen zu können, aber der Gesichtsausdruck ihrer Mutter war friedfertig.

»Ich hoffe, er unterschätzt dich nicht«, sagte Anita.

»Nein, eher das Gegenteil.«

»Oh? Wie kommst du darauf?«

Sie hatte ihrer Mutter in den vergangenen zwei Tagen mehr über ihr Leben erzählt als je zuvor, hatte sich dabei aber auf Unverfängliches beschränkt. Es ging um kleine Episoden im Job, komische Eltern aus der Grundschule, um andere und ihre endlosen Probleme. Über ihre Gefühle oder Mark verlor sie kaum ein Wort. Aber der Tonfall ihrer Mutter hatte in ihren Ohren gerade etwas Einladendes gehabt, und auch wenn sie nicht recht wusste, ob darin wie in dem Gesang einer Sirene Unheil lauerte, hatte sie mit einem Mal Lust zu erzählen.

»Wir haben gerade einiges hinter uns«, erklärte sie. »In den letzten Jahren.«

»Offensichtlich«, entgegnete ihre Mutter und zeigte auf Julias Bauch.

»Nein, ich wollte sagen ... wir hatten eine ziemlich schwierige Phase. Für mich war alles ... ich weiß auch nicht so genau ... es war alles richtig schwierig geworden, und dann habe ich was gemacht, das ich ... besser nicht gemacht hätte.«

Ihre Mutter zog abwartend die Augenbrauen hoch.

»Ein ...« Wie sollte sie das ausdrücken? *Ein massiver Verrat auf allen Ebenen. Das Gemeinste, was ich dem nettesten Mann der Welt antun konnte. Ich habe einen Monat lang meinen Verstand verloren.* »Ich habe sein Vertrauen missbraucht«, sagte sie schließlich und wich dem Blick ihrer Mutter aus.

»Tja, klar, das hast du eben auch von deinem Vater«, entgegnete Anita.

Die Bemerkung traf sie unerwartet, als würde ein entblößter Nerv kurz intensiv gereizt. Sie versprach dem Wesen in ihrem Bauch, zukünftig alles daranzusetzen, ihm einen solchen Schmerz zu ersparen.

»Was soll *das* heißen?«, fragte sie. Sie hatte mit Helen darüber sprechen wollen, was sie getan hatte, aber das war natürlich nicht möglich. Und ihre Mutter war keine naheliegende Alternative, wie sie an Anitas leicht nach unten gezogenen Mundwinkeln unschwer erkennen konnte, ein Ausdruck von Belustigung und perverser Schadenfreude, selbst wenn es um die eigene Tochter ging.

»Ach, hör doch auf damit«, sagte ihre Mutter. »Meine Güte, du bist derart *empfindlich*.«

Aber ihre Wut war entbrannt, eine Wut, die sie in ihrem hochschwangeren Zustand eigentlich nicht empfinden sollte. Sie war kein ungezogenes Kind gewesen, dazu hatten ihr schlicht die Gelegenheiten gefehlt. Dafür verfiel sie gerne in eine *Boshaftigkeit*, die sie selbst als unnormal empfand, eine reflexhafte Abneigung gegenüber anderen mit der Tendenz – wie ein von Dämonen besessenes Kind aus einem Film –, Klassenkameraden, die ihr unrecht getan hatten oder Dinge besaßen, die sie selbst gerne gehabt hätte, insgeheim Unglück an den Hals zu wünschen. Und gerade stieg wieder dieses wohlbekannte Gefühl in ihr auf, ein umfassender Neid auf das Leben anderer. Sie hatte immer Mühe gehabt, sich das Leben von normalen Leuten vorzustellen, aber das hatte sie niemals davon abgehalten, es zu versuchen. Andere Frauen, die auf die ersten Wehen warteten, gingen zusammen mit ihren Müttern zur Maniküre, backten Bananenbrot und lauschten mutmachenden Geschichten über die eigene Geburt. Sie mussten bestimmt nicht Zigarettenrauch wegwedeln, während die Mutter auf ihre Kosten taktlose Witze machte.

»Das war nicht lustig«, meinte sie.

»War auch nicht als Witz gemeint«, sagte ihre Mutter und ließ sich beim Offenlegen ihrer Karten Zeit, drei Dreier und drei Buben. Darauf bedachte sie ihre Tochter mit einem harten, unnachgiebigen Blick, den Julia als extrem lieblos empfand. Die Mütter von normalen Leuten sahen einen bestimmt nicht so an.

»Wollen wir drüber reden?«, fragte Julia. »Können wir gerne, wenn das gerade so gemeint war.«

»Nein«, Anita blies eine weitere Rauchschwade in die Luft und sah ihr immer noch direkt ins Gesicht. »Können wir nicht.«

Julia wandte ihren Blick ab und sah stattdessen zu, wie die Hände ihrer Mutter die Karten zum Mischen aufnahmen, erst ein präziser Fächer und darauf eine noch präzisere Brücke, wie eine optische Täuschung. Als Kind war sie von diesem Trick ihrer Mutter gebannt gewesen, hatte ihn aber niemals selbst zustande bringen können.

»Mach jetzt nicht alles kaputt, okay, Julia? Mein Gott. Wir haben doch eine so schöne Zeit miteinander.«

Natürlich war alles wieder ihr Fehler, natürlich war sie wie immer diejenige, die alles kaputt machte.

»Ja.«

»Gut«, sagte Anita trocken. »Du gibst aus.« Sie reichte ihr die frisch gemischten Karten und Julia verteilte sie gehorsam auf dem Tisch.

Anita ließ den Kopf gegen die Stuhllehne sinken, zog, während sie ihre Karten aufnahm, heftig an ihrer Zigarette, ordnete die Karten zu einem Fächer und inspizierte sie. »Oh, Julia«, sagte sie, als sie den Rauch ausstieß, und Julia wartete eine Weile, aber offenbar war das alles, was ihre Mutter zu sagen hatte.

*

Am nächsten Morgen stellte sie sich, nachdem sie den Zettel gelesen hatte, unter die Dusche, der Ort in den Suburbs, wo man beim Weinen am sichersten war, und blieb darunter stehen, bis das Wasser kalt geworden war. Als sie das Badezimmer verließ, saß Mark auf der Kante des Ehebetts und wartete auf sie, und sie sah ihm an, dass er den herausgerissenen Zettel, der mit Tesafilm an der Kaffeekanne klebte, ebenfalls gelesen hatte.

»Nur dass du's weißt«, sagte sie. »Ich bin wütend auf dich, weil du recht hattest.«

»Du bist wütend auf mich?«, fragte Mark.

Sie setzte sich neben ihn. »Nein.«

»Jules, ich wünschte so sehr, ich hätte nicht richtiggelegen.«

Pläne geändert, musste schnell los, stand auf dem Zettel. In der Dusche hatte sie sich das Geschriebene gründlich durch den Kopf gehen lassen, das Komma in der Mitte bemerkt, den hastigen Wechsel zwischen Schreib- und Blockschrift. *Viel Glück mit allem.*

»Ich fühle mich so …« Trauer mit Tupfern von Scham aufgrund der eigenen Idiotie. »… im Stich gelassen.«

»Sie hat dich im Stich gelassen.«

»Aber ich hätte das nicht *zulassen* dürfen.«

»Hör auf, Jules.« Er strich ihr übers feuchte Haar, und sie spürte die Wärme der Geste bis in den Nacken.

»Du kommst noch zu spät zur Arbeit«, bemerkte sie, worauf Mark den Kopf schüttelte.

»Ich habe Brady angerufen. Ich trete heute meinen Vaterschaftsurlaub an. Zu deinen Diensten, Jules, wofür auch immer.«

Wieder kamen ihr die Tränen, da war er wieder … Mark! Der Mark von früher! Nach so langer Zeit war er wieder da, weil er wusste, dass sie ihn jetzt brauchte.

»Ist gestern Abend was passiert?«

»Zuerst dachte ich, ja, aber dann dachte ich, nein. Als sie dann zu Bett ging, schien noch alles in bester Ordnung.« Sie hielt inne. »Mark? Ich muss dir was sagen.«

Ein Satz, der in den letzten zwei Jahren neue Bedeutung erhalten hatte und Angst verbreiten konnte, aber Mark sagte ruhig: »Okay.«

Sie hatte es noch niemandem erzählt. Eigentlich war es unglaublich, dass es bei allem Geschwätz und sinnloser Betriebsamkeit, die zum Menschsein gehörten, tatsächlich immer noch etwas gab, das sie noch niemandem erzählt hatte. Sie hatten so viel Zeit miteinander verbracht, so viele Worte miteinander gewechselt, und doch gab es da etwas, von dem Mark nichts wusste.

Sie erzählte ihm alles, von Anfang bis Ende, ganz sachlich.

»Oh, Jules«, sagte Mark, als sie zu reden aufhörte. Und dann – eigentlich war es ebenso unglaublich, da gab es tatsächlich etwas, das noch niemand zu ihr gesagt hatte: »Du warst noch ein Kind, Julia.«

»Ich wusste genau, was ich da tat.«

»Das konntest du nicht wirklich überblicken.«

»Ich war siebzehn.«

»Da ist man noch ein *Kind*, Julia. Das ist ... Ach, mein Schatz.« Und sie dachte bei sich, dass sie Mark noch niemals so niedergeschlagen gesehen hatte, nicht einmal, als er sie an der Tankstelle abholte.

»Tut mir leid, dass ich dir das nie erzählt habe.«

»Das ist schon in Ordnung, Jules. Das ist alles ... Oh, mein Gott, ich wünschte *wirklich*, sie wäre noch hier ... Ich würde ...«

»Nein«, unterbrach sie ihn. Hass gehörte, anders als bei ihr, nicht zu seinem Charakter. Hass in seiner Stimme zu hören fühlte sich an, als wäre ihre Mutter immer noch da oder als hätte sie etwas Schädliches in der Atmosphäre hinterlassen.

»Sie hätte dich beschützen müssen. Mit ihr läuft es, wie es immer läuft, weil sie es so will. Du kannst nichts dafür.«

»Ich habe sie von mir weggestoßen.«

»Aber sie ist deine Familie. Und das lässt man in einer Familie nicht einfach so zu.«

Sie sah zu ihm auf, zu dem Mann, der jetzt ihre Hände hielt, ihre Familie. Er war entschlossen gewesen, nicht zuzulassen, dass sie ihn von sich wegstieß, obwohl sie es mit solcher Kraft versucht hatte.

»Das alles tut mir so leid«, sagte er. Sie war nicht sicher, worauf er sich bezog, aber was Anita betraf, konnte der Satz sich auf vieles beziehen. Plötzlich war sie erschöpft und ließ ihren Kopf in die Kissen sinken. Mark neigte sich weiter zu ihr und drückte ihren Kopf an seine Brust.

»Du bist so viel besser als sie«, fügte er hinzu. Sie wusste, dass das nicht ganz der Wahrheit entsprach, aber es war auch nicht ganz falsch.

»Danke dir.« Und auch das konnte sich auf vieles beziehen.

Kurz darauf kam Ben verschlafen hereingeschlichen, und sie machten in ihrer Mitte Platz für ihn. Sie lag wach, während die beiden schliefen, und lauschte wohlig ihrem Atem – ihre kleine Familie, die Menschen, die ihr etwas bedeuteten, mit ihr in einem Bett.

In jener Nacht kam Alma mit ihrem riesigen Kopf und in aller Gemächlichkeit auf die Welt.

TEIL II

Via Chicago

25

Der Eingangsbereich vor Bens und Sunnys neuer Wohnung ist tadellos aufgeräumt, hier liegt kein verwaister Joggingschuh oder Mixerzubehör herum. Ben begrüßt Vater und Schwester wesentlich herzlicher als seine Mutter. Er umarmt Alma – die sich anlässlich der Einladung zum Abendessen zusammenreißt, aber immer noch recht dünnhäutig wirkt – und gibt Mark ironisch einen Faustcheck. Julia hat die Hände voll – auf dem Weg hierher haben sie bei einem Taiwanesen Essen geholt –, und das nutzt er als Vorwand, um sie mit einem knappen Hallo zu begrüßen, und sieht sie dabei nicht einmal an, als wäre sie eine unwillkommene Nachbarin. Es ist, als wäre zwischen ihnen eine hauchdünne Wand, die ihrer Kommunikation etwas Instabiles, Wechselhaftes gibt.

»Wir freuen uns so, dass ihr kommen konntet«, sagt Sunny, die sie mit viel mehr Begeisterung willkommen heißt. »Das war für uns ein Antrieb beim Kistenauspacken.«

Die Wohnung ist hübsch, mit Holzböden und einem ausgedienten Kamin, und obwohl sie erst eine Woche zuvor eingezogen sind, sieht alles aus wie aus einem Einrichtungskatalog: ein cremefarbenes modulares Sofa, bei dem Julia sofort an die Flecken denken muss, die Babys hinterlassen, Vorhänge an den Fenstern, dazu geschmackvolle Teppiche. Auf den Regalen stehen nur vereinzelt Bücher, dafür umso mehr Krimskrams wie plumpe Schmuckkerzen und Quarzbrocken.

»Meine Mom hat mir … ein paar Sachen geschenkt«, erklärt Sunny und wirkt ein wenig verlegen.

Es entsteht eine peinliche Pause, und dann sagt Mark: »Na, sieht doch toll aus.«

»Sehr schön«, echot sie bemüht, und Sunny lächelt sie an, aber Ben wirft ihr nur einen skeptischen Blick zu und wendet sich dann seinem Vater zu.

»Könntest du bitte mit mir einen Blick auf den Router werfen?«

»Ja, geht ihr nur«, sagt Sunny, und dann an Alma und Julia gewandt: »Ich zeige euch beiden währenddessen Babys Zimmer.«

Sie folgen ihr durch den Flur. Julia fühlt sich durch die Gegenwart ihrer Tochter gestärkt, die sich in Sunnys Nähe offenbar viel wohler fühlt als sie selbst.

»Hier wird Baby wohnen«, sagt Sunny bedeutsam und bleibt in einer Tür stehen.

Julia ist sich im Klaren darüber, dass sie an dieser Stelle warme Nostalgie empfinden und vor ihrem geistigen Auge herzerwärmende Bilder von ihrem Enkelkind entstehen sollen, aber auf sie wirkt der Raum wie ein einfaches Schlafzimmer. Aus einem Wandanschluss hängt ein nabelschnurähnliches Telefonkabel und auf dem Holzfußboden verlaufen diagonal ein paar blassgraue Linien, als wäre etwas Schweres bewegt worden, ohne dass man zum Schutz einen Teppich daruntergelegt hätte.

»Man sieht, das ist der einzige Raum, wo wir noch nichts gemacht haben. Die Wiege ist noch nicht angeliefert.«

Sie überlegt, was sie darauf antworten soll, aber dann flötet Alma mit einer hellen Wir-sind-unter-uns-Frauen-Stimme (die Julia bisher noch nie aus ihrem Mund gehört hat): »Wirklich *super*süß.«

»Stimmt doch, oder?«, meint Sunny.

»Tolles Licht hier drin«, bemerkt ihre Tochter, die zum ersten Mal in ihrem Leben Lichtverhältnisse kommentiert, und Julia kommt sich ganz kurz verraten vor.

»Sehr hübsch«, pflichtet sie bei, und wieder klingt ihre Stimme vergleichsweise hohl. Sie fühlt sich der Situation nicht gewachsen, es ist ein ähnliches Gefühl wie damals, als Freundinnen und Bekannte Kinder bekamen und ihr nichts einfiel außer *Sie sieht niedlich aus!* oder *Ich mag seine Haare*. Auch später, als sie selbst Mutter war und bei in ihren Ohren absurden Fragen von anderen ins Schleudern kam, änderte es sich nicht. Sie hatte nie genau parat, wie viele Wochen Ben alt war – einundzwanzig oder dreiundzwanzig, keine Ahnung, und wen *interessierte* das auch –, und außer dem mehr oder weniger verzweifelten Ausruf *Hier ist er!*, der ihren bestimmt offenkundigen Mangel an Hingabe überspielen sollte, fiel ihr auch wenig ein, wenn sie ihn anderen vorstellte.

Sunny stellt sich neben Alma. »Und hier stellen wir einen Schaukelstuhl hin, damit er sich an die Geräusche von der Straße gewöhnen kann, wenn wir ihn nachts stillen.«

Sie hat ein eigenartiges Déjà-vu, bei dem sie einer hochschwangeren und sehr selbstzufriedenen Francine Grimes in einem Sitzsack gegenüberhockt. Francine wäre vermutlich die ideale Schwiegermutter für Sunny, blond wie sie, bestimmt ganz begeistert vom Babybettchen und immer mit dem richtigen Kommentar auf den Lippen.

»Wir haben uns für eine thematische Gestaltung entschieden«, erklärt Sunny. »Alles wird in Naturtönen gehalten und auf die Westwand kommt mit einer Schablone ein großer Baum.«

Es wirkt wie ein Witz, als würde man sich ein Themen-Haus oder Themen-Leben einrichten, aber sie nickt nur und ist ein bisschen überrascht, dass in irgendeiner mysteriösen Ecke von Sunnys Pinterest-Account tatsächlich bereits Vorbereitungen im Gange sind, wenigstens visuell.

»Sag mir, wenn du Hilfe brauchst«, meint Alma. Es ist genau der richtige Satz, sie ist stolz auf ihre Tochter und zugleich ärgert es sie, dass Alma ihr zuvorgekommen ist.

Julia legt eine Hand auf Almas Rücken. »Ausgezeichnete Idee, mein Herz«, sagt sie und merkt sofort, dass sie etwas zu enthusiastisch geklungen hat. Alma wirft ihr einen vernichtenden Blick zu, sie hat verstanden, dass ihre Mutter sie aus dem Haus haben und damit verhindern will, dass sie weiter in ihrem Zimmer hockt und sich alte Folgen von *Meerkat Manor* reinzieht.

»Das wäre toll«, sagt Sunny, aber da hat sich Alma bereits über den Flur auf und davon gemacht, wahrscheinlich, um beim Thema Router zu helfen.

»Sie hat mich gerade besonders lieb«, erklärt Julia verlegen.

»Wie geht es ihr?«, fragt Sunny.

»Sie versucht damit fertigzuwerden«, sagt Julia. »Sie ist richtig enttäuscht, man kann es kaum mitansehen.«

»Ben hat nach dem Telefonat vor ein paar Abenden genau das Gleiche gesagt. Dass er sich wünscht, er könnte ihr helfen.«

»Sie haben miteinander telefoniert?« Es ist eine Überraschung, ausnahmsweise mal eine angenehme.

»Sie haben die ganze Zeit miteinander getextet, und Ben hat sich ... über seine superlangen Antworten den Kopf zerbrochen, und ich meinte, ruf sie doch einfach an. Das hat er dann gemacht, und sie haben über eine Stunde lang telefoniert.« Sunny geht in die Küche und spricht etwas leiser. »Ich verstehe sie nur allzu gut. Ich habe das alles selbst erlebt, das ist noch gar nicht so lange her, kürzer als bei Ben, und kenne diesen Albtraum. Es kommt einem so vor, als würde das *Leben* davon abhängen, wo man am Ende reinkommt.«

»Hat es bei dir denn geklappt?«, fragt Julia. »Ich meine, wurdest du angenommen, wo du hinwolltest?«

»Ja. Weit weg. Eines der wenigen Colleges im Land, das mein Studiengebiet anbietet, also zwei Fliegen mit einer Klappe.«

Julia holt die Schachteln mit dem Essen aus den Tüten und widersteht der Versuchung, Sunny nach zeitgenössischer Barockmalerei zu fragen. Im Augenblick wäre sie der Antwort emotional bestimmt nicht gewachsen. Vor ihrem geistigen Auge sieht sie immer noch das Bild von ihren beiden normalerweise einsilbige SMS-schreibenden Kindern, die tatsächlich am Telefon miteinander reden, und fühlt sich tief gerührt davon wie schon lange nicht mehr.

»Aber ich war nicht annähernd eine so gute Schülerin wie Alma«, fährt Sunny fort.

Julia lächelt schwach. »Tja, ich auch nicht.« Und auf einer kleinen Welle Selbstvertrauen reitend, fragt sie: »Haben sie ... weißt du, worüber die beiden sich unterhalten haben?«

»Oh«, sagt Sunny.

»Ich meine ... Entschuldige, es geht mich eigentlich nichts an, ich habe nur gerade überlegt, ob er vielleicht erwähnt hat, womit sie sich beschäftigt, es ist derzeit schwierig, aus ihr schlau zu werden, und da ...« Aber sie hat das Gefühl, dass sie mit ihrer Frage eine Grenze überschritten hat. Und so unbehaglich, wie Sunny gerade wirkt, wird ihr klar, dass sie auch die abweisende Kühle ihres Sohnes nicht bedacht hat. »Vergiss meine Frage«, sagt Julia.

»Mir gefällt die Hose, die du da anhast«, bemerkt Sunny nach einer Weile.

Die Woche zuvor ist sie derart mit ihrem Erscheinungsbild beschäftigt gewesen, dass sie einen virtuellen Einkaufswagen mit neuen Klamotten füllte, darunter nicht eine Clownshose. Sie möchte nicht zu gründlich überlegen, warum sie sich ausgerechnet diese Hose gekauft – weiter Schlag, hohe Taille, ganz im Trend – oder sie ausgerechnet heute angezogen hat. An Sunny liegt es nicht, jedenfalls nicht konkret, obgleich die junge Frau mit ihren Zöpfen, der in ihrem Fall vertretbaren BH-losigkeit und den Slippers in buntem Wildleder sie im Vergleich wie eine Matrone erscheinen lässt. Neben ihr fühlt sie sich alt, saft- und kraftlos, typisch Suburb.

Letzte Nacht hat sie ein Kleid für die Hochzeit bestellt. Nachdem Alma und Mark ins Bett gegangen waren, ist sie mit ihrem Laptop nach unten geschlichen und hat sich ängstlich durch Satin und Stoffe mit Blumenmustern geklickt, als wären es Hardcore-Pornos. Dem allgemeinen Konsens nach hatte die Mutter eines Bräutigams auszusehen wie eine altmodische Stewardess oder wie der vom Begräbnisunternehmen aufgehübschte Leichnam eines viktorianischen Kindes. Eine Menge verspielter Kostümchen mit gerade geschnittenen Schultern und Bubikragen, steife, aber leichte Stoffe. Sie hatte sich eingeredet, aus reiner Neugierde zu recherchieren, denn selbstverständlich kümmerte es niemanden, was sie zur Hochzeit trug, aber je länger sie sich diesen Horror ansah (All diese Muschelsäumchen! Die hohen Hacken!), desto entschlossener wurde sie, nach etwas Normalem zu suchen, etwas, das sie kleidete, das nicht zu sehr auffiel und wenn möglich auch noch hübsch aussah. Sie kann schwer sagen, warum sie sich plötzlich Gedanken über ihr Erscheinungsbild innerhalb der Familie macht, es muss sich um eine neue, wenn auch etwas lästige Form von dreidimensionaler Selbstwahrnehmung handeln.

Sunny schiebt sich gerade eine ganze Frühlingsrolle in den Mund. Sie steht an den Küchentresen gelehnt da und hält, während sie kaut und schluckt, eine Hand am Hals. »Ich bin am Verhungern. Ich muss mich zusammenreißen, dass ich nicht auf den Boden kotze, und trotzdem …« Sie nimmt die Schachtel mit den restlichen Frühlingsrollen in die Hand. »War dir mit Ben eigentlich oft schlecht?«

Sie ist noch neu im Club der Mütter und deren einschlägigen Leiden, und Sunny scheint Anteilnahme zu genießen, was Julia damals schwergefallen ist. Während die anderen sich über Beckenboden und Windeln austauschten, kreisten ihre Gedanken um die potenzielle genetische Veranlagung zu Wahnsinn.

»Oh je, das ist Ewigkeiten her«, aber die Worte sind noch nicht ganz über die Lippen, da wird ihr klar, dass sie damit jegliche Plauderei im Keim erstickt. Sie sollte sich wirklich mehr ins Zeug legen, selbst wenn es um das Thema Kotzen geht.

»Jetzt fällt mir ein«, sagt sie in fröhlicher Erinnerung, »dass ich mich einmal auf dem Bahnsteig von Sheridan Red Line übergeben musste.«

»Ich habe ganz vergessen, dass ihr bei seiner Geburt noch in der Stadt gelebt habt«, wirft Sunny ein.

»Bis Mark uns in die Suburbs verschleppt hat.«

»Ben hat mir noch gar nicht erzählt, wie ihr beide euch kennengelernt habt.«

»Zufällig«, sagt sie. Etwas Soße aus Almas grünem Currygericht tropft auf ihre Hand. »Er hat mir etwas Wechselgeld geliehen. Frag ihn, er wird's dir gern erzählen.«

Wann immer Mark diese Geschichte zum Besten gibt, eine sorgfältig arrangierte, auf Hochglanz polierte Anekdote mit einprägsamen Formulierungen, ärgert sie sich ein bisschen. Er hat sich eine Version zurechtgelegt, die man gut auf Partys vortragen kann, im Kern wahr, aber an den Rändern zurechtgeschliffen: ein koreanisches Restaurant, ein Parkautomat, die zukünftige Frau ohne entsprechende Münzen und ein Mark ganz ohne tollpatschiges Unbehagen, obwohl genau das, wie sie ihm später gestand, sie für ihn eingenommen hat. Dabei war der Anfang alles andere als perfekt gewesen, und es machte ihr etwas aus, dass sie für ihn so einfach in eine Schublade passte, dass er die Erinnerung so problemlos frisieren konnte. Wann immer er diese Geschichte erzählt, als wolle er sie seinem Publikum verkaufen, muss sie unwillkürlich an Brady Grimes denken.

»Hast du zufällig eine Papierserviette?«, fragt sie, während ihr die Soße über das Handgelenk läuft.

Sunny greift um sie herum nach einem Geschirrtuch, es hängt an einem der kleinen Haken, die sie auf der Einkaufstour mit Ben erworben hat. Bevor er sie eine schlechte Mutter genannt hat.

»Süß, nicht?«, meint Sunny.

Die habe ich gekauft, liegt ihr auf der Zunge.

»Sie sind ein bisschen ... na ja, nicht ganz nach meinem Geschmack, aber ich finde allein die Vorstellung, wie er sie aussucht, zu niedlich.«

Ein bisschen was?, möchte sie pikiert fragen.

»Ben ist wirklich komisch«, sagt Sunny und holt einen Stapel Teller aus dem Schrank.

»Wie meinst du das?«

»Er ist ... manchmal vollkommen in seiner eigenen Welt, aber dann denkt er an solche Dinge wie kleine Handtuchhaken oder einen Einsatz für den Besteckkasten, die mir nie im Leben in den Sinn gekommen wären.«

Der ist auch von mir. War es nicht genau ihre Absicht gewesen, ihn mit allem auszustatten? Warum fühlt sie sich dann gerade leicht angegriffen?

»Vor ein paar Wochen habe ich mitbekommen, wie er in seiner Zerstreutheit gegen eine Tür gerannt ist, aber dann sehe ich auf seinem Computer, dass er gegoogelt hat, wie sicher sein Auto für Kinder ist. Ist das nicht richtig süß? War er als Kind auch schon so?«

»Ja«, sagt sie lapidar, weil das die Wahrheit ist. Ihr Kleiner, der zu Kühen Hallo gesagt hat und mit allem zufrieden war, was sie ihm geben konnte, und niemals auf die Idee kam, dass es ihm nicht genügen könnte. »Der Allersüßeste.«

Der süßeste Kleine meidet beim Abendessen ihren Blick, während Alma und Mark hochinteressiert Sunnys Ausführungen zu einem Kindersitz lauschen, den ihre Mutter ihnen gerade geschickt hat. Als Ben noch zu Hause wohnte, hat sie diese Abendessen im Kreis der Familie genossen, und zwar nicht wegen der hübschen geometrischen Ordnung - eine Person pro Stuhl, ein Kind pro Elternteil -, sondern im Geheimen auch wegen der schier unglaublichen Tatsache, dass sie und Mark es durch die Krise geschafft hatten, alles wiedergutgemacht und auch noch *Alma* gemacht hatten, und dass der Kosmos sie trotz allem, was sie angestellt hatte, gänzlich unverdient mit einem zweiten perfekten Menschen gesegnet hatte.

Gerade fühlt sie sich überflüssig, wie ein fünftes Rad

am Wagen. Der Tisch ist quadratisch, und sie sitzt allein an einer Ecke. In ihrem ersten Jahr nach dem College hat sie zehn Straßenzüge weiter mit drei anderen jungen Frauen von der Kansas University zusammengewohnt. Es war ein verlorenes Jahr wie so viele in ihren Zwanzigern. Die Lücke, die es in ihrem Leben hinterließ, war so winzig, dass sie sich sofort danach schloss, wie das Loch im Ohrläppchen, wenn der Ohrring fehlt. Morgens arbeitete sie in einem Café, und abends hörte sie ihre Mitbewohnerinnen flüstern, dass sie ganz schön deprimiert sei, was offen gestanden stimmte. Ihre Mutter hatte Chicago einige Zeit zuvor verlassen und war, ohne ihrer Tochter ein Wort zu sagen, zurück nach Columbus gezogen, ein Umzug, der so beliebig und sinnlos schien wie eine Suche nach Atlantis. Als Julia schließlich von Heimweh geplagt nach Chicago zurückkehrte, erkannte sie die Stadt kaum wieder. Sie trank damals viel, las traurige Romane, hatte kurze Beziehungen mit vielen jungen Männern, von denen keiner einen bleibenden Eindruck hinterließ, schlief auf abgenutzten Jerseylaken, trug Shirts von der Band Hüsker Dü, die zu eng saßen, und wollte eigentlich nur ihren Spaß haben. Bis Mark auftauchte, fühlte sie sich wie bestellt und nicht abgeholt, und als sie beide einander fanden, war das ein gegenseitiges Finden, oder etwa nicht? Dass sie ihn fand, war das größte Geschenk in ihrem Leben. Eigentlich gleicht es einem Wunder, dass sie einander gefunden haben, dass sie einander ausgleichen und gemeinsam so viel durchgestanden haben, ohne – wie hat Helen das damals noch mal formuliert? –, ohne sich selbst oder den anderen umzubringen.

Ihr Mann fängt ihren Blick ein und lächelt ihr über den Tisch hinweg zu.

26

Die wahre Geschichte ihrer Begegnung beginnt wie folgt: Ein kalter Donnerstagabend, ein Parkautomat in South Loop und sie ohne einen Groschen Wechselgeld. Und das war zu der Zeit nicht die einzige Sorge in ihrem Leben – der Abfluss in der Dusche war halb verstopft, und so stand sie beim Duschen im Wasser, dessen Pegel anstieg; die Milch wurde immer viel zu schnell sauer; das Holz an der Haustür war so aufgequollen, dass man sie nur noch schwer zubekam. Alles kleinere Probleme, die sich mit ein bisschen Einsatz lösen ließen, aber zusammengenommen zu einem Dauerzustand von leiser Verzweiflung führten.

Sie würde bald ihren dreißigsten Geburtstag feiern, ein Jahrzehnt ihres Lebens war für sie unglaublich schnell und zugleich unerträglich langsam verstrichen, und sie hatte eine Pause eingelegt, um aufzuräumen, Inventur zu halten, Bilanz zu ziehen. Mitunter hatte sie solche Phasen, vermutlich in regelmäßigen Abständen, in denen sie innehielt und sich bemühte, ihr Leben objektiv einer Bestandsaufnahme zu unterziehen: Sie wollte Dinge wissen, hatte Interessen und Gründe, um morgens aufzustehen, also, weiter, was gab es da noch. Sie war gesund. Nach außen hin lebte sie ein normales Leben mit Verpflichtungen, eigenem Besteck, einem Wecker und bis vor kurzem einem Mann, der sie mindestens zwei Mal im Monat oral befriedigte.

Aber mittlerweile war sie so weit, dass sie das alles

mühelos hinterfragen und jeden Selbstbetrug aufdecken konnte. Sie hatte alles gemacht, was sie sollte, und dennoch war ihr Leben leer und prekär. Sie hatte keine Freunde, auf die sie zählen konnte. Sie hatte drei Jobs und ging trotzdem immer noch in den Schulden vom Studium unter. Und trotz aller Mühsal hatte sie in drei Jahrzehnten auf Erden kaum sichtbare Spuren hinterlassen.

Ihr Job in der Harold Washington Library brachte so wenig ein, dass sie dazuverdienen musste. Also arbeitete sie unter der Woche morgens in einem Café im Untergeschoss des John Hancock Center und am Wochenende nachts in einem abgewrackten irischen Pub in Loop. Und nun waren ihre Zwanziger fast vorbei, und der Typ, mit dem sie schlief, hatte hinter ihrem Rücken eine Affäre mit ihrer Schichtleiterin namens Kristin angefangen, ein kleines Gesicht in einem Riesenkopf, und sie konnte es einfach nicht fassen, wie unbarmherzig das Leben ihr gegenüber war. Andererseits – wieso war sie eigentlich so verwundert darüber?

Sie hatte keine Ahnung, welchen Grad von Verlorenheit sie erreicht hatte oder wie tief sie gefallen war, denn sie hatte auch keine Ahnung, wo sie anfangs gestanden hatte, ob sie ihr Potenzial gerade verschleuderte oder nie welches besessen hatte. Und so hatte sie beschlossen, sich wenigstens eine Pause zu gönnen, wenn sie schon nicht ihren Job aufgeben, eine Zeitreise unternehmen oder überhaupt irgendwohin reisen konnte, außer vielleicht zur nächsten Apotheke. Gerade war der dritte Tag ihres selbsternannten Sex-Sabbaticals angebrochen, denn das klang immer noch besser als das Eingeständnis, von einem Scheißkerl betrogen worden zu sein, den sie eigentlich nicht einmal besonders gemocht hatte.

Sie hatte alles gemacht, was von ihr erwartet wurde, und dennoch war sie hier, allein – und sie mochte es, allein zu sein, sie war gut darin, aber nun fühlte sie sich zu allein, weil es ihr vorkam, als hätten alle um sie herum im Gegensatz zu ihr verstanden, wie das Leben lief, und sie abgehängt.

Es war Donnerstagabend und sie wollte sich wie immer mit einem kleinen Ritual verwöhnen: koreanisches Essen bei einer Lektüre, und zwar an einem perfekt ausgeleuchteten Tisch im Restaurant Saenggang. Yong-rae, der Sohn des Besitzers, war ein bisschen in sie verliebt und gestattete ihr, bis zur Sperrstunde still an ihrem Tisch zu sitzen. Donnerstagabends aß sie ihren asiatischen Reis und musste sich mit niemandem unterhalten. Ann, ihre Mitbewohnerin, hatte dann die Wohnung für sich allein und konnte ihre Grafiker von der Chicagoer Kunstschule vernaschen, während Ralph, der irische Setter – Ralph, nach dem Schauspieler Ralph Fiennes – schweigend zusah und sich seinen Teil dachte. Es war einer der festen Termine in ihrem Kalender, den sie selbst bestimmt hatte, kein Termin wie Schlafen, Arbeiten oder am Sonntag im Keller die Wäsche Machen, und sie wollte, dass alles lief wie geplant.

Aber das erste Hindernis ließ nicht lange auf sich warten – Parkuhr, kein Wechselgeld – und sie merkte, dass es ihr richtig naheging, sie war absurderweise derart überwältigt, dass ihr die Tränen kamen.

»Scheiße«, fluchte sie.

Er tauchte wie von Zauberhand zu ihrer Linken auf, erschien kurz in ihrem Sichtfeld und verschwand dann wieder, bevor sie begriff, wie ihr geschah. »Oh, warten Sie, lassen Sie mich machen!«

Ein Junge – *Mann* wäre übertrieben gewesen – ging in

großen Schritten zu seinem Wagen zurück, einem zweitürigen Civic, der nicht weit entfernt parkte. Er wirkte schlaksig, irgendwie zu groß für seinen Körper. Seine Cordhosen hingen ihm lose an den Hüften, als er sich über die vordere Sitzlehne nach hinten beugte. Sie registrierte den Aufkleber von der Band Soundgarden auf der Stoßstange und runzelte genau in dem Augenblick die Stirn, als sein Kopf wieder aus dem Auto auftauchte. Als er zurückkam, hielt er etwas in der Hand, aber es klimperte nicht, und sie war etwas beunruhigt. Erst als er ihr die Rolle mit Quarterdollars hinhielt, entspannte sie sich ein bisschen.

»Oh«, sagte sie. »Wow ... danke, aber das ist ...«

»Gern geschehen.« Er riss das Papier auf und befreite die Münzen aus ihrer engen Umhüllung. Eine rutschte ihm aus der Hand und fiel mit einem kalten Klirren auf den Gehsteig, ein Geräusch, das die Ruhe durchbrach, und ihr wurde innerlich ganz anders, denn wer wusste schon, was das für ein Typ war. Sein Haar stand nach allen Seiten ab, als wäre er aus irgendeiner Anstalt entlaufen, und er hatte offenbar auch Mühe, Augenkontakt zu halten. Außerdem war er *ziemlich* groß, und er ließ zwar keine betrügerischen Absichten erkennen, aber sie war sich unsicher, ob sie die im Zweifelsfall überhaupt erkennen würde. Diese Vierteldollarmünzen waren ihr jedenfalls suspekt, die Menge und auch die Papierhülle. Vielleicht war er ein Bankräuber oder Ladendieb.

»Waschtag«, erklärte er, als könnte er Gedanken lesen. »Seien Sie froh, dass Sie mir heute begegnet sind und nicht gestern, denn diese Woche habe ich es nicht so genau genommen.«

»Was?«

»Normalerweise wasche ich jeden Sonntag, aber ich hatte viel zu tun und bin nicht dazu gekommen, also hatte ich gestern nichts mehr im Schrank.«

»Oh.« Ihr rutschte noch heraus: »Und was haben Sie die ganze Zeit … angezogen?«

»Nichts Schlimmes«, sagte er. »Aber trotzdem nicht ganz mein üblicher Standard. Nicht so präsentabel wie das hier.« Er verwies von oben bis unten auf seine Kleidung, und sie musste unwillkürlich lachen. Er lächelte sie an, als hätte sie ihm gerade etwas Wundervolles mitgeteilt.

»Na, da hatte ich aber Glück«, entgegnete sie. Dann fiel ihr das Sabbatical wieder ein, und sie fügte hinzu: »Na, dann.«

»Hier«, sagte er und hielt ihr wieder die Münzen hin. »Damit Sie keinen Strafzettel bekommen.«

»Sie müssen aber nicht …«

»Bitte, das ist doch fast nichts …«

»Wirklich. Ich riskier's einfach. Aber nochmals vielen Dank.«

»Sie wollen es riskieren?« Er traute scheinbar seinen Ohren nicht. »Das kostet mindestens dreißig Dollar. Und die Kontrolleure in dieser Gegend spielen gerne Gott und kennen kein Pardon.« Und dann: »Oh, Sie denken wohl … schauen Sie, ich bin nicht irgendein Spinner, ich habe Sie einfach nur gesehen und dachte, Sie könnten vielleicht ein bisschen Glück gebrauchen.« Und dabei sah er ihr ganz kurz in die Augen, und etwas durchfuhr sie – etwas freundlich Harmloses, eine kurze, unerotische Verbundenheit mit einem anderen Menschen –, aber ihr war auch kalt, und eigentlich war sie innerlich immer noch gegen alles und jeden aufgebracht, und so schulterte sie ihre Tasche mit ihrem Portemonnaie, dem Roman *Blood Meri-*

dian von Cormac McCarthy, Lipgloss und Tampons, einer Kassette mit dem Album *Surfer Rosa*, die sie bei ihrem bescheuerten Ex-Freund unabsichtlich hatte mitgehen lassen, und mehreren Vielzweckklemmen, die sie absichtlich aus der Bibliothek entwendet hatte, aber ohne Kleingeld.

»Na ja, der Wagen gehört meiner Mitbewohnerin«, erklärte sie. »Dreißig Dollar?«

»Das Rathaus verleiht Dennis ein bisschen Amtsautorität, und er hält sich für den Bürgermeister.«

»Sie kennen den Kontrolleur mit Namen?«

»War nur so geraten.« Er hielt ihr wieder die Münzen hin, und diesmal griff sie zu.

»Klingt so, als hätten Sie Erfahrung mit Strafzetteln«, bemerkte sie und schob die braune Papierumhüllung zurück. Sie nahm sich zwei Münzen.

»Noch einen mehr, und man nimmt mich fest.« Er nahm die Rolle mit dem Wechselgeld wieder an sich, sah kurz zu Boden und dann erneut in ihr Gesicht. »Stimmt nicht, ich habe noch nie einen bekommen.«

»Noch nie einen Strafzettel bekommen?«

»Ich bin ein ziemlicher Pedant«, sagte er errötend. »Oder kein ... meine Güte, Mark, du weißt wirklich, wie man sich verkauft. Nein, kein Pedant, ich bin nur ...«

»Gesetzestreu.«

»Genau. Das klingt ein bisschen besser.«

»Ist Mark auch einer von Ihren erfundenen Stadtangestellten?«

»Nein, Mark, das bin ich.«

»Ich heiße Mark, meinen Sie?«

»Sie heißen auch Mark?«

Während sie die Parkuhr mit Münzen fütterte und den Hebel umlegte, bis die Anzeige *Zeit abgelaufen* verschwand und der Zeiger auf zwei Stunden sprang, unterdrückte sie ein Lächeln. »Also dann, danke.« Sie rief sich ihr Sabbatical erneut in Erinnerung und dass solche Geschichten für Leute wie sie niemals ein gutes Ende nahmen.

»Klar, immer gerne«, erwiderte er.

»Alles Gute.« Im Mittleren Westen schlug man mit diesen Worten einem Handelsreisenden die Tür vor der Nase zu.

Er wirkte ein wenig überrascht. »Ich ... ja, Ihnen auch.«

Sie ging an ihm vorbei, und erst als sie die Hand bereits am Türgriff des Restaurants hatte, hielt sie einer inneren Eingebung folgend inne und drehte sich zu ihm um. Er stand immer noch da, wie nach einem Überfall.

»Gute Nacht«, sagte sie, und dann – welch ein Fluch, in diesen Zeiten eine Frau zu sein, immer dieser übertriebene Hang zu Dankbarkeit und Schuldgefühlen: »Danke, Mark.«

*

In den vergangenen zehn Jahren hatte sie ein Talent darin entwickelt, Leute aus ihrem Leben zu verbannen. Es war überraschend, stellte sie fest, wie leicht man andere Menschen dazu brachte, einen zu vergessen, und wie schwer es war, das Alleinsein zu beenden, wenn man einmal damit angefangen hatte. Und sie war gerade im Begriff, sich mit diesem Zustand zu arrangieren: Manch einer war Investmentbanker, ein anderer Serienmörder, und sie, Julia, war eben für sich allein.

Im Restaurant saß sie in ihrer angestammten Nische und bestellte frittierten Tofu. Yong-rae, der ihre innere Unruhe spürte, servierte ihr eine Ochsenschwanzsuppe und eine Extraportion Reis. Als ein Schatten auf ihren Tisch fiel – es konnte noch nicht der nächste Gang sein –, blickte sie auf und sah den Mann vom Parkautomaten, groß, mit einem Ausdruck der Entschuldigung im Gesicht. Sie hatte ihn vorhin nur flüchtig wahrgenommen, hatte seine genauen Gesichtszüge ebenso wenig registriert wie seinen Haarton oder den Klang seiner Stimme. Erst später würde sie diese Details aufnehmen, sie immer wieder vor ihrem geistigen Auge vorüberziehen lassen. Es war keine filmreife Liebe auf den ersten Blick, aber es waren, soweit sie es beurteilen konnte, dennoch große Gefühle im Spiel. Mitunter überlegte sie, ob ihre Liebe vielleicht deswegen robuster und gewichtiger war, weil sie behutsam herangezüchtet worden war, ein Keimling, den man gehegt und gepflegt hatte, bis daraus eine Pflanze wurde.

Er stand also vor ihr, stolz und in voller Größe, schlaksig, ungekämmt, wie gelähmt vor Nervosität und mit Extremitäten, die anscheinend für einen Schrank von Mann gedacht waren.

»So mutig war ich noch nie«, sagte er. »Aber ...«

Und er verstummte mitten im Satz und blickte sie mit einem angedeuteten Lächeln und einer albernen Erwartungshaltung an, die typisch für Männer war, *schau her, was ich da gerade gemacht habe, ist eine Kleinigkeit, aber schau trotzdem her! Und nimm sie zur Kenntnis!* Er sah ihr den Bruchteil einer Sekunde lang direkt in die Augen, und sie musterte ihn von oben bis unten, seine Cordhosen, angeblich frisch gewaschen, aber immer noch ausgebeult, als stammten sie aus der Altkleidersammlung.

Sie legte einen Finger zwischen die Seiten ihres Buchs. »Aber?«

Er öffnete den Mund und schloss ihn gleich wieder.

»*Was* haben Sie gemacht, wenn Sie sich mal so richtig mutig fühlten?«

Er streckte ihr merkwürdig förmlich die Hand entgegen, und sie ergriff und schüttelte sie aus einem höflichen Impuls heraus. Die Geste wie sein nervöser, schneller Atem machten sie neugierig. Sie setzte ihre Brille ab und sah interessiert zu ihm auf.

»Entschuldigen Sie«, sagte er. »Was haben Sie eben gesagt, wie war Ihr Name noch mal?«

»Den hab ich eben gar nicht gesagt.«

Er wartete ab, aber sie hatte mehr Ausdauer, und irgendwann ließ er ihre Hand los. »... ich habe überlegt, ob Sie vielleicht ...« Er trat von einem Fuß auf den anderen. »Ich habe überlegt, ob Sie vielleicht etwas unternehmen wollen ... vielleicht ...«

Sie rief sich abermals ihr Sabbatical in Erinnerung, zum dritten Mal an jenem Abend. Sie rief sich die statistisch gesehene, auf jüngsten sowie auf alten Erfahrungen basierende Unwahrscheinlichkeit in Erinnerung, dass aus dieser Geschichte etwas wurde, das länger als ein paar Wochen andauerte und nicht wieder unvermeidlich in Enttäuschung mündete.

»Mark«, entgegnete sie. »Hören Sie mir zu. Sie haben meine Parkgebühren bezahlt. Das war sehr nett von Ihnen. Wirklich. Aber ...«

»Das würde ich für jeden machen«, sagte er schulterzuckend. »Ich habe immer eine Menge Kleingeld dabei.«

»Ein Kleingeld-Fanatiker also?« Das war ihr herausgerutscht.

Ein kurzes Zögern, und dann: »Ich war immer schon ein Fan von Thomas Jefferson.« Er errötete. »Er ist vorn auf dem Fünf-Cent-Stück. Das war nicht wirklich lustig, Entschuldigung. Hören Sie, könnten Sie mir aus der Patsche helfen? Ich mache mich hier nämlich gerade in aller Öffentlichkeit zum Affen. Glauben Sie wirklich, ich habe so was schon öfter gemacht? Glauben Sie, ich treibe mich gewohnheitsmäßig in halbseidenen koreanischen Restaurants herum, um mich mit einem weiblichen Gast zu verabreden?«

»Ich kenne Ihre Gewohnheiten nicht«, sagte sie. »Und dieses Restaurant ist überhaupt nicht halbseiden, gleich neben der Tür hängt eine ausgezeichnete Bewertung der *Zagat Review*. Und Sie haben sich auch noch nicht mit mir verabredet ...«

»Ich habe die Entscheidung eben spontan getroffen. Sie können das nicht *wissen*, aber ich treffe höchst selten spontane Entscheidungen.«

»Und jetzt ist es an mir, Sie dafür zu belohnen?«

»Sie betrachten sich selbst als Belohnung?«

»Ich habe viel zu tun«, erwiderte sie tief errötend. »Sehr viel. Und zwar für die absehbare Zukunft.«

»Ich auch«, sagte er.

»Übrigens lese ich gerade.«

»Ich wollte mich ja auch nicht für *sofort* mit Ihnen verabreden.«

Sie wand sich. »Ich habe Männern gerade entsagt.«

»Eine Art Fasten?«

Sie schloss die Augen. »Das ist es weniger ... ich *glaube* nicht an Männer.«

Er blinzelte. »Wir sind doch keine Glücksbringer.«

»Ein Glücksbringer kann sich selbst nicht als solchen bezeichnen. Das ist und war schon immer so.«

Er musterte sie. »Wenn Sie Nein sagen wollen, können Sie's dann einfach tun?«

»Aber Sie haben mich doch noch gar nichts gefragt.«

Er atmete tief durch. Er hatte bereits einen bleibenden Eindruck hinterlassen, er war nett und ernsthaft – aber überall im Mittleren Westen gab es junge Männer wie ihn, ebenso nett, ernsthaft und ungekämmt. Seine offensichtliche Unsicherheit ließ ihn allerdings aus der Masse hervorstechen, er gehörte zu den Männern, die etwas riskierten, obwohl sie sich mit dem Ergebnis nicht sicher waren. Sie bemerkte seine zittrige Nervosität, ahnte, wie viel Nerven es ihn gekostet haben musste, das Restaurant überhaupt zu betreten.

»Darf ich mich zu Ihnen setzen?«, fragte er.

Sie musterte sein Gesicht und entdeckte darin eine Naivität und Offenheit, die eine entwaffnende und besorgniserregende Wirkung auf sie hatte. So etwas war ihr noch nie begegnet, und sie blieb auch später unschlüssig, ob sie sich zu ihm hingezogen fühlte oder einfach mit den Nerven am Ende war, als sie seiner Bitte nachgab. Sie nickte nicht gänzlich freiwillig zum Platz gegenüber, und Mark setzte sich.

27

Zu der Preisverleihung, die an der Highschool unter dem Motto *Feier der Zukunftstalente* läuft, in Almas Worten aber lediglich eine *Feier von Bullshit* ist, müssen sie ihre Tochter praktisch schleifen. Es wird scheinbar jeder einzelne Schüler für etwas geehrt – für Sportlichkeit, für besondere Verdienste in den naturwissenschaftlichen Fächern, für Freundlichkeit gegenüber Mitmenschen, Tieren und recycelbaren Objekten. Für Julia klingt das Ganze in der Tat nach Bullshit, aber Mark – der eingesteht, in der *Chicago Tribune* einen Beitrag zu Teenagern und übermäßigem Leistungsdruck gelesen zu haben – besteht darauf, dass es für sie alle wichtig sei, dort zu erscheinen. Für Alma sei es wichtig, nicht länger Trübsal blasend in ihrem Zimmer zu hocken und für sie als Eltern sei es wichtig, aller Welt zu zeigen, wie stolz sie auf ihre Tochter sind, auch wenn sie selbst nicht stolz auf sich ist.

»Das wird bestimmt schön«, sagt sie, wird dann unter Almas wütendem Blick kleinlauter: »Dir tut es hinterher vielleicht leid, dass du nicht hingegangen bist.« Und verliert dann weiter an Schwung: »Dein Haar sieht heute richtig toll aus.« Es stimmt und ist umso überraschender, da Alma die vergangenen zwei Wochen mit ihrer Show um Promi-Büsten aus Kuchen verbracht und den Kopf kaum vom Kissen gehoben, geschweige denn ihr Haar gebürstet hat.

»Sara Carmody wird überall damit angeben, dass sie

bei der Rhode Island School of Design genommen wurde, obwohl alle Welt weiß, dass sie ihre Empfehlungsschreiben, die von ihrem kreativen visionären Talent schwärmen, gefälscht hat«, sagt Alma. »Und Laurents Mom wird sich daran aufgeilen, dass mit ihm jetzt die vierte Generation in der Familie Yale besucht – ja genau, wir wissen's, danke, du hast ihn ja nicht umsonst *Laurent* getauft. Und ich? Was soll ich sagen? *Wie toll, herzlichen Glückwunsch, ich bin überhaupt nirgendwo genommen worden?*«

Julia freut sich ebenfalls nicht auf die Unterhaltungen mit den anderen Eltern. Es ist ihr egal, was Laurents Mom vom Herzog-College hält, aber allein angesichts der Vorstellung, sich mit Leuten außerhalb des engen Familienzirkels abgeben zu müssen, verlassen sie die Kräfte. Sie befürchtet, dass sie schlicht nicht mehr weiß, wie Kommunikation funktioniert, selbst mit Leuten, die sie eigentlich mag, Tim und Barbara und Pari und Alan, die noch vor kurzem zu Gast bei ihnen waren. Von Almas Enttäuschung hat sie ihnen noch gar nicht erzählt, vom Thema Ben und Sunny ganz zu schweigen.

»Sag einfach, du überlegst noch«, schlägt Julia vor. Das wäre nicht einmal gelogen, denn nächste Woche fahren sie alle drei zu dem Begegnungswochenende der zugelassenen Studenten nach Iowa. »Oder sag einfach nichts. Sag ihnen, sie sollen sich um ihre eigenen Angelegenheiten kümmern.«

Aber eigentlich macht sie sich Sorgen um Alma. Wie lange wird die düstere Stimmung ihrer Tochter andauern? Wann werden es zu viele Kuchenbüsten und Erdmännchen? Sie will nicht zu der Feier gehen, aber es wird ihrer Tochter bestimmt gut tun, auch außerhalb der Familie Anerkennung für ihre Einzigartigkeit zu bekommen.

»Dad hat schon Blumen für dich gekauft«, erwähnt sie, ihr Ass im Ärmel, denn niemand in der Familie kann den freundlichen Gesten des Oberhaupts widerstehen.

»Meine Güte, ihr müsst immer alles gleich *übertreiben*«, entgegnet Alma, schleppt sich aber aus dem Bett. »Übrigens fahre ich *nicht* mit euch dahin«, sagt sie, steckt ihren Kopf in den Kleiderschrank, und ihre Stimme klingt gedämpft, als sie hinzufügt: »Ich sehe euch dann später dort.«

Eine Stunde später – der alte Veloursbezug des Stuhls im Auditorium juckt sie durch die Bluse hindurch, neben ihr sitzt Mark mit seinem Strauß orientalischer Lilien – macht sie sich Sorgen, dass Alma am Ende doch nicht auftaucht. Sie lauschen einer unbegabten Flötistin bei einer kaum erkennbaren Darbietung von »Candle in the Wind« und sehen einem hochnervösen jungen Mann namens Sebastian – er wird für seine Leistungen im Badminton-Team geehrt – dabei zu, wie er bei seinem Abgang von der Bühne über ein Verlängerungskabel stolpert und der Länge nach auf die Nase fällt. Sie verfolgen, wie drei ungewöhnlich mürrisch dreinblickende Teens für die Gründung des ersten Comedy-Clubs an der Schule geehrt werden. Und dann endlich hört sie den Namen ihrer Tochter – Alma wird für ihr Engagement bei der Umstellung auf recycelbares Besteck in der Mensa ausgezeichnet, das war im Herbst –, und da steht sie auch schon auf der Bühne, in abgeschnittenen schwarzen Jeans, Netzstrümpfen und einem geblümten Blazer, darunter ein T-Shirt mit dem Schriftzug *ouais*. Julia atmet erleichtert auf und Mark greift nach ihrer Hand. Der Schulleiter überreicht Alma ihr Diplom, und ihre Tochter wendet sich kurz dem Publikum zu und lässt ihren Blick schweifen. Als sie ihre Eltern ausmacht, öffnen sich die Lippen zu einem schwachen Lächeln, und sofort wird Julias Herz ganz weit.

Hinterher taucht Alma mit roten Wangen und glänzenden Augen am Ende des Korridors auf, um einiges lebensfroher, als Julia sie in den letzten Wochen erlebt hat.

»Dürfen wir dich zum Dinner einladen?«, fragt Mark, einen Arm um Almas Schultern.

»Also«, sagt Alma, den Strauß Lilien im Arm, »es gibt da eine Party? Bei Farina? Emmys Mom hat für uns die Dachterrasse gemietet, aber viele Eltern setzen sich unten ins Restaurant, wenn ihr also Lust habt ...«

Aus dem Munde ihrer Tochter muss das als Einladung genügen – *wenn wir uns schon im gleichen Gebäude aufhalten müssen, bleibt in sicherer Entfernung und haltet den Mund, während ich so tue, als wären wir nicht miteinander verwandt* –, und sie willigen ein. Alma sagt, sie fahre bei anderen mit und werde sie dann dort sehen, aber bevor sie davoneilt, tritt sie ganz nah an Julia heran, nah genug, um sie auf die Wange zu küssen.

»Mom? Kann ich deinen Lippenstift borgen?«

»Ah.« Die Frage kommt so unerwartet, dass sie fast ihre Handtasche fallen lässt. Es ist ihr letzter Lippenstift von Power Raisin, vor sieben Jahren wurde er aus dem Handel genommen, worauf sie die letzten Exemplare, sechs in drei verschiedenen Läden, aufkaufte. Seitdem rationiert sie diesen Lippenstift, als wäre er überlebensnotwendig, aber sobald sie ihn jetzt ganz unten in der Tasche ertastet, reicht sie ihn Alma.

»Danke!« Und schon ist ihre Tochter mit dem Lippenstift auf und davon, und sie kann ihr nur noch hinterhersehen.

Mark hat von ihrem gerade erlittenen Verlust nichts mitbekommen und legt eine Hand zwischen ihre Schulterblätter.

»Weg ist sie«, sagt er. »In die weite blaue Ferne.«

»Ich glaube, es sollte heißen, in die wilde blaue Ferne«, entgegnet sie, lehnt sich leicht gegen seine Hand und beobachtet, wie das Blumenmuster auf Almas Rücken mit jedem Meter mehr verschwimmt. Vor gar nicht allzu langer Zeit war ihre Tochter klein genug, um in ihren Armen zu schlafen.

*

Das Restaurant ist rappelvoll und vom Stimmengewirr so laut, dass der Boden leicht vibriert. Mark hält ihr die Tür auf, aber sie würde lieber auf dem Absatz kehrtmachen.

»Eine Dreiviertelstunde bis zu einer Stunde«, sagt die Restauranthostess ausdruckslos und ohne sie eines Blickes zu würdigen. Normalerweise würde Mark jetzt anmerken, dass es auf der Welt kein Gericht gibt, das diese lange Wartezeit wert ist, aber sie sind wegen ihrer Tochter hier, und so zuckt er nur mit den Achseln.

Julia setzt ihre Namen auf die Liste und lässt sich von Mark zur Bar führen, wo er für sie den letzten freien Platz ergattert, während er neben ihr stehen bleibt. Sie bestellt gerade Drinks, als ein anderes Paar sich herandrängelt, die Frau in eine dichte Parfumwolke gehüllt.

»Lassen Sie mich raten«, sagt der Mann. »Sie sind wegen der Konferenz hier.«

Julia sieht ihn verständnislos an und seine Frau lacht.

»Sollte ein Witz sein«, entgegnet sie. »Aber er hat es noch nie geschafft, Lacher zu ernten.«

»Zur Feier der Zukunftstalente?«, fragt der Mann und lächelt verlegen.

»Wie haben Sie das nur erraten?«, sagt Mark. Etwas in seinem Gesicht scheint die Gedemütigten und Hoffnungslosen magisch anzuziehen, Menschen, die sonst überall vergeblich nach Freundlichkeit gesucht haben. Julia kocht innerlich, denn jetzt werden sie gleich mit einigen unfassbar langweiligen Fragen bombardiert werden: *Sohn oder Tochter? Welche Klasse? Noch andere Kinder?* So wie sie Mark kennt, werden sie sich über Blutgruppen, Sternzeichen und die Legalisierung von Marihuana austauschen, noch bevor sie ihr Glas Wein ausgetrunken hat.

Der Platz neben ihr ist frei geworden, die Frau setzt sich und sie schütteln einander alle umständlich die Hände. Die beiden heißen Nick und Elise Mooney, ihr Sohn Sebastian ist in der Abschlussklasse und damit höchstwahrscheinlich der arme Kerl, der bei der Feier der Länge nach hingefallen ist. Julia tritt Mark leicht gegen das Schienbein, er lächelt und vermeidet gekonnt jeden Blickkontakt.

»Wir waren ein bisschen beleidigt, weil er nicht mit uns essen wollte«, sagt Elise. »Aber wahrscheinlich müssen wir lernen, ihn ziehen zu lassen, denn im Herbst geht er ja dann aufs College.«

»Unsere Tochter auch«, erklärt Mark, und plötzlich wird sie nervös, weil sie hier mit zahllosen spießigen Fremden zusammengepfercht in einem Restaurant sitzt und weil die Tatsache, dass ihre Tochter auszieht, plötzlich zu einem Gesprächsthema wird, für das man an einer Bar Mitgefühl ernten kann.

»Sind Sie auch so außer sich?«, fragt Elise. »Oder geht es nur uns so?«

»Vor Freude oder Traurigkeit?«, fragt Julia mit einem schwachen Lächeln.

»Eigentlich beides«, antwortet Elise. »Natürlich ist es toll, dass die Kinder ihre eigenen Wege gehen. Aber wenn ich mir das Haus ohne Baz vorstelle, mein Gott.« Sie greift nach dem Arm ihres Ehemanns.

Julia nippt an ihrem Wein und hofft inständig, dass Nick keinen anzüglichen Witz reißen wird. »Na ja, wir sind gerade auf der Suche nach einem kleinen Findelkind, das uns auch künftig voneinander ablenkt«, sagt sie.

Ihre beiden neuen Bekannten wirken ein wenig befremdet, Mark lächelt und lehnt sich stärker gegen ihre Schulter.

»Jules hat noch nie einen Witz erzählt, bei dem man sich nicht unwohl fühlt«, erklärt er.

»Und Mark hat einfach überhaupt noch nie einen Witz erzählt.« Ihr Glas ist fast leer.

»Aber um bei den Tatsachen zu bleiben ...«, sagt Mark. »Wir erwarten ein Enkelkind. Das Nest wird also nicht vollkommen leer und verlassen sein.«

Nick und Elise überhäufen sie plötzlich mit Komplimenten – was, schon? Ihr seid doch noch so *jung* –, aber Julia bleibt ungerührt und fragt sich, was Mark geritten haben kann, diese Neuigkeit mit zwei vollkommen fremden Menschen zu teilen. *Wir erwarten ein Enkelkind*, als wären sie zwei liebenswürdige Rentner in ihren Siebzigern, die sich aufs Land zurückgezogen haben.

»Junge oder Mädchen?«, erkundigen sich Nick und Elise. »Wann ist denn der Geburtstermin? Ist es euer erstes Enkelkind? Ganz *bestimmt* ist es das, oder?«

Vielleicht hat Mark aber auch recht, überlegt sie und überlässt ihm die Beantwortung der Fragen. Sie verlieren ihre Tochter, doch zugleich – ob es ihr gefällt oder nicht – erhalten sie Großelternstatus und werden auf einen Schlag alt. Wenn sie diesen Leuten das nächste Mal über den Weg laufen – lieber Gott, bitte, mach, dass das nicht geschieht –, hat Mark wahrscheinlich eine dieser faltbaren Hüllen für Fotos in seiner Brieftasche und zeigt jedem unaufgefordert und stolz die Babyfotos. Am Wochenende zuvor ist ihr zu ihrer großen Irritation aufgefallen, dass Sunny nicht müde wurde, das Kind zu erwähnen – »Da müssen wir Baby nächstes Jahr auch hinbringen«, »Baby braucht einen guten Raumbefeuchter« –, und nicht *das Baby*, sondern nur Baby, als wäre es ein Vorname. Jedes vierte Wort bei Sunny war Baby und es klang furchtbar künstlich und aufgesetzt – »Gerade rechtzeitig für Baby!«, »Das lesen wir Baby dann vor!«. Während sich der Rest der Familie benahm, wie es sich gehörte, weil sie instinktiv wussten, was sich gehörte – nämlich sich auf das Baby *freuen* und *glücklich* über das neue Leben sein –, war sie ganz auf Sunnys Spleen konzentriert und innerlich damit beschäftigt, dass ihr die Schwiegertochter in spe auf die Nerven ging. Was war nur *falsch* mit ihr?

Mark berührt sie leicht am Rücken, Erde-an-Julia heißt das, und sie taucht aus ihren Gedanken auf, bemüht sich um ein Lächeln und bestellt noch ein Glas Cabernet. Mark wird bestimmt ein wunderbarer rüstiger Rentner vom Land sein, ein toller Großvater. Sie selbst sieht sich nicht in so einer Rolle, kann sich gerade noch als düstere Randgestalt vorstellen, als Hexe, die bei der Taufe des Kindes auftaucht und es mit einem Fluch belegt.

»Zum Wohl«, sagen Nick und Elise Mooney. »Mazel tov.«

»Prost, auf Sebastian«, stimmt Julia ein, und dann, um

das Gespräch in weniger gefährliche Fahrwasser zu lenken: »Was will er denn studieren?«

Und schon ist sie mit ihren Gedanken wieder woanders, horcht aber plötzlich auf, als Elise sagt, *meine innere Bedürfnisbatterie wieder aufladen*.

»Ihre was?«, fragt sie.

»Meine Bedürfnisbatterie«, erwidert Elise.

»Sie lesen gerade dieses Buch, mein Schatz«, sagt Mark mit Nachdruck und berührt sie erneut am Rücken, *Erde-an-Julia*. »Das ist eine von acht kleinen Liebesbezeugungen.«

»Nur acht?«

»Nun, zu jeder gibt es ganz viele Unterpunkte«, erklärt Elise. »Gut zuhören, zum Beispiel, und dazu gehört nicht nur aktives Zuhören, sondern auch Achtsamkeit beim Reden. Man soll sich selbst so zuhören, als wäre man der andere.«

»Und alles miteinander teilen«, fügt Nick hinzu und nimmt theatralisch einen Schluck von Elises Martini.

»Dann muss man also nur *eine* Batterie aufladen«, rutscht es Julia über die Lippen.

»Ich weiß, es klingt ein bisschen doof«, sagt Elise. »Typisch, eine Paartherapie zu machen, wenn das Kind anfängt zu studieren. Aber wir waren beide derart lange auf Baz konzentriert, dass ... na ja. Wir dachten, eine kleine Auffrischung, wie man miteinander allein ist, kann da nicht schaden.«

Die harmlose Formulierung, *wie man miteinander allein ist*, berührt etwas in ihr. Sie stellt sich vor, wie Mark und sie durch ihr leeres Haus geistern und die Ruhe beim Abendessen ohne die empörten Ausbrüche ihrer Übergangs-Veganerin genießen.

»Ich finde das überhaupt nicht doof«, sagt sie sanft. »Ich glaube, wir brauchen jede Hilfe, die wir kriegen können.« Sie versucht Elisa anzulächeln, um ihre Aufrichtigkeit zu beteuern, aber in letzter Zeit hört sich kein Satz an wie beabsichtigt.

»Jerry!«, brüllt die Hostess, und sie begegnet Marks Blick, und gemeinsam treffen sie eine Entscheidung. Die schweigende Übereinkunft angesichts nerviger Unbekannter ist einer der großen Vorzüge in einer Ehe.

»Das sind wir ...«, sagt Mark.

»Oh, ich hatte verstanden ...«

»Wie schön, Sie beide kennenzulernen«, sagt Julia und lässt sich von Mark an der Hostess vorbei, aus dem Restaurant, hinaus in den milden Frühlingsabend führen. Sie eilen die nächste Häuserzeile hinunter, vorbei an anderen Eltern, die ihnen mit ihrem vielversprechenden Nachwuchs entgegenkommen. Am Eingang zum nahe gelegenen Park blickt sie zurück zum Restaurant mit einem Anflug von Wehmut und Herzschmerz, als hätte sie einen Teil von sich dort zurückgelassen. »Wir können Ollie doch nicht einfach im Stich lassen.«

»Schreib ihr eine SMS, ihr macht es bestimmt nichts aus.«

Mit einem flauen Gefühl im Magen kramt sie ihr Handy aus der Tasche und ruft die Nachrichten an Alma auf.

Dad und ich haben keinen Tisch bekommen und fahren jetzt nach Hause. Alma hat sich immer verzweifelt wie ein kleiner rotgesichtiger und von aller Welt verratener Klammeraffe an den Maschendrahtzaun vom Kindergarten geklammert, nachdem sie sie dort abgesetzt hatten. *Es sei denn, du möchtest, dass wir bleiben, in diesem Fall können wir uns auch gerne an die Bar setzen.* »Meine Güte, das klingt immer, als hätte einem Herman Melville höchstpersönlich geschrieben«, hat Alma vor kurzem verlauten lassen und dabei Julia eine zugegebenermaßen lange Kurznachricht von ihr unter die Nase gehalten. *Kommen dich auch gerne jederzeit abholen.* Immer dieses *gerne.* Sie drückt stirnrunzelnd auf die Sendetaste und überlegt, ob ihre Nachricht zu nüchtern klingt. Sie tippt erneut, fängt an mit *Du siehst toll –*, gefolgt von *Wir sind so stolz auf –*, und dann *Wir werden dich so –*, aber in dem Augenblick erscheinen graue Pünktchen, Alma schreibt schon eine Antwort.

kein ding! Ein ungewohntes Ausrufezeichen, ungewohnte Freundlichkeit, entweder weil sie sich gerade gut amüsiert oder – was nicht zu hoffen wäre – als Folge von Alkoholkonsum, denn wie wachsam Emmys Mom auch gewesen sein mag, auf der Dachterrasse wird sicher getrunken.

fahre mit m nach hause

11???

Es folgt eine Reihe betender Hände-Emojis.

Nachrichten von Alma lesen sich für sie wie ein Gedicht von William Carlos Williams, drei oder vier Wortcluster hintereinander, die einen wie digitale Hagelkörner in Echtzeit treffen.

»Sie möchte eine Stunde länger bleiben als vereinbart«, informiert sie Mark, der ein paar Meter weiter, leicht nach vorn gebeugt und die Hände auf dem Rücken, zwischen den Bäumen herumspaziert und die Gedenktäfelchen an den Stämmen inspiziert.

»Lass sie doch.«

Keine Minute später, schreibt sie mit leichter Melville-Attitüde zurück, die ihre Tochter ausnahmsweise mal amüsiert und nicht verärgert.

thx!!!

Die Sorge, dass sie vielleicht doch etwas getrunken hat, beschleicht sie abermals.

und thx fürs kommen

hdl

Wir haben dich auch lieb, schreibt sie zurück, *und sind richtig stolz auf dich.*

Alma ins Bett zu bringen war immer eine unglaublich aufreibende Prozedur, erst stundenlanges Vorlesen und Singen, dann ein endlos langsamer Rückzug zur Tür, während ständig die Versicherung *Ich hab dich lieb* hin- und herflog. Alma wollte es *nie* als Letzte sagen, wollte es *immer* als Letzte sagen, denn sie hatte Angst, wie sie einmal zugab, dass einer von ihnen beiden im Schlaf sterben könnte, und wollte sichergehen, dass ihre Eltern es für diesen Fall *wussten*. Ihre Tochter war als Kind von Fantasie- und Horrorgestalten fasziniert – von Geschichten aus der Gruft und endlosen Buchreihen über Vampire, Zeitreisen und zeitreisende Vampire – und fürchtete sich eher vor alltäglichen Schrecken: Unfälle, Krankheit, Tod. Dann steigerte sie sich in eine Verzweiflung rein, heulte immer lauter und lauter, bis sie ihre Augen irgendwann nicht mehr offen halten konnte und mitunter erschöpft mitten im Satz einschlief.

Julia hat als Kind ganz andere Erfahrungen gemacht – sie ging wie selbstverständlich davon aus, dass Beziehungen flüchtig waren und sie selbst früher oder später von Unglück befallen werden würde, es hatte also keinen Sinn, sich schon vor dem Ereignis Sorgen zu machen. Aber später hat sie dann die Sichtweise ihrer Tochter übernommen, vielleicht in einem unbewussten Versuch, diesem kleinen Mädchen mit den riesengroßen Ängsten etwas von der Last abzunehmen.

»Jetzt mach einfach die Tür zu«, pflegte Mark vom Flur aus zu sagen, ratlos und auch ziemlich verärgert, denn das Ganze verlief nicht gerade leise. Alma bestand darauf, dass der Satz jedes Mal gut hörbar war. Doch Julia brachte es nie übers Herz, die Tür zu schließen. Sie fand nicht heraus aus dieser komischen Endlosschleife von *Ich hab dich lieb, ich hab dich lieb*, während Vater und Sohn einen weiten Bogen um sie machten und ihr Leben weiterlebten.

Die Vorstellung, dass ihre Tochter mit dem Gedanken ans Sterben einschlief, dass sie davon träumte, brach ihr schier das Herz. Und sie wusste auch nicht recht, was für sie selbst schlimmer war, Tod oder Verlassenwerden.

»Drüben steht eine Roteiche, die einem *Bacon Daniels* gewidmet ist.« Mark ist wieder zu ihr zurückgekehrt.

Sie wirft erneut einen Blick aufs Handy, wartet noch einige Sekunden auf ein Antwortzeichen, diese hüpfenden grauen Pünktchen, aber nichts geschieht.

»Hoffentlich ein Hund«, sagt ihr Mann.

»Hmm?«

Er legt ihr einen Arm um die Schulter. »Wollen wir endlich was essen?«

»Gern.« Sie lehnt sich an ihn. »Wie ist die Unterhaltung mit diesen Leuten eigentlich auf Paartherapie gekommen?«

»Sag mal, wie schaffst du es nur, so komplett abzuschalten?«

»Überlebensinstinkt«, antwortet sie. »Irgendein Teil unseres Gehirns macht einfach dicht, sobald wir mitbekommen, wie man uns die Knochen bricht.«

»Du hast dir doch noch nie einen Knochen gebrochen.«

»Soweit ich mich *erinnern* kann.«

»Braucht man zur Vorbereitung aufs Alleinsein mit dem Ehepartner wirklich eine *Therapie?*«

»Glaubst du, wir brauchen eine?«, fragt sie und mustert ihn aus den Augenwinkeln.

»Ich glaube nicht ... nein. Was ist mit dir?«

»Das habe ich bislang nicht geglaubt, nein«, sagt sie.

»Ich habe das auch nicht geglaubt.«

»Und jetzt schon?«

»Nein«, sagt er. Und dann: »Du?«

»Nein, Doktor Seuss. Meine Güte.«

Mark lacht und zieht sie an sich. Sie spazieren schweigend eine halbe Häuserzeile entlang, und Julia denkt an Alma oben auf der Dachterrasse.

»Schon komisch«, erwidert sie. »Ich habe mir so oft ausgemalt, wie es sein wird, wenn ich wieder mehr Zeit für mich habe und sie zum Beispiel weniger in der Gegend herumkutschieren muss, aber jetzt ... mein Gott, es ging einfach alles so schnell.«

»Ich mach mir keine Sorgen darüber, mit dir allein zu sein«, sagt er. »Nur dass du's weißt. Ich glaube, es wird Spaß machen. Wie ganz am Anfang unserer Beziehung. Nur dass wir heute ein richtiges Bett haben und uns die Versicherung für einen Zahnarzt leisten können.«

»Und dass wir gerne schon um neun ins Bett gehen.«

»Wir *werden* um neun ins Bett gehen«, bemerkt Mark. »Na, siehst du? Ich kann es kaum erwarten.«

Er lächelt sie an und küsst sie auf die Schläfe. Dann bleibt er vor einem mediterranen Restaurant stehen und überfliegt die Speisekarte im Glaskasten mit zusammengekniffenen Augen und gerecktem Hals – diese Haltung nehmen sie beide seit einiger Zeit an, wenn sie etwas auf dem Handy lesen wollen. Alma sagt dann immer: »Du machst dein Handygesicht.« Seine Altmännermiene rührt sie.

»Paare teilen alles miteinander«, zitiert er mit einem Blick auf sie. »Wir teilen doch alles miteinander, oder nicht?«

Die Frage macht sie nervös. »Willst du mir damit zu verstehen geben, dass du Chlamydien hast?«

Er lacht. »Nur ein kleiner Rückfall.«

Sie gesellt sich zu ihm, um ebenfalls einen Blick auf die Speisekarte zu werfen, und nimmt ihn am Ellbogen. »Kommt in den besten Familien vor.«

28

Eine unvollständige Liste von Dingen, von denen die neunundzwanzigjährige Julia Marini nicht überzeugt war: Rosinen, Libertarismus, Duftkerzen, Weiße mit Dreadlocks, Leute mit einem IT-Abschluss, Chardonnay, Zahnstocher, das britische Königshaus, Eltern, die ihre Kinder als *unsere Sprösslinge* bezeichneten, aromatisierter Kaffee, Astrologie, Amerikaner, die zu enthusiastisch über entfernte irische Vorfahren sprachen.

Aber von Mark Ames war sie überzeugt, stellte sie fest.

Mark, der als Wissenschaftler an der University of Chicago arbeitete, konnte es nicht fassen, dass sie nur ein paar Häuserzeilen von dem Labor entfernt aufgewachsen war, in dem er seine Tage verbrachte.

»Es ist eine große Stadt«, insistierte sie.

»Aber eine kleine Welt«, erwiderte er.

»So klein nun auch wieder nicht.«

»Hast du an der Vierundfünfzigsten gewohnt?«

»Ich habe an vielen Orten gewohnt.«

Sie tranken Cocktails in einer kleinen Außenbar auf der Van Buren in Nähe der Bibliothek. Er lächelte ihr über den Tisch hinweg zu, und sie spürte ihr Herz schwach werden. Die Bekanntschaft mit Mark fühlte sich an wie ein geliebtes altes Sweatshirt wiederzufinden, dessen Verlust man bis dato vergessen hatte. Sein Geruch war angenehm. Ihre Körper passten umstandslos zueinander. Als wäre er immer schon da gewesen.

Mark lud sie zu einem Wilco-Konzert im Auditorium ein, er hielt ihr Türen auf (sie wusste, dass sie sich davon nicht beeindrucken lassen sollte, aber sie fand es trotzdem schön), und soweit sie begriff, ging er keinen dämlichen, prätentiösen Hobbys außer Jogging nach, war immer auf die Minute pünktlich und ausnahmslos jedes Mal froh, sie zu sehen. Sie war noch nie mit jemandem zusammen gewesen, der wie er strahlte, sobald er sie die Treppe zu seiner Wohnung hinaufkommen sah. Und sie hatte das Gefühl, dass er niemals ihren Geburtstag vergessen würde, nicht einmal nach einer Trennung.

Die außergewöhnliche Leichtigkeit ihrer Beziehung schien sie beide zu verblüffen. Plötzlich waren ihre Schicksale miteinander verwoben und standen in einem komplexen Verhältnis zueinander, eigenen ungeschriebenen Gesetzen folgend. Sie trafen sich drei, dann vier Mal, plötzlich waren daraus zehn Dates geworden, und sie hörten auf zu zählen. Sie verbrachten einfach *viel* Zeit miteinander, und das war doch auch richtig so, oder? Es war eine leidenschaftliche Phase voll blinder Bewunderung für den Partner, noch ungetrübt von Unvermeidlichem wie Versprechen, Verrat, Bösartigkeit und Missverständnis. Sie war nicht romantisch veranlagt, aber beim Händchenhalten wurde ihr warm ums Herz. Es war unglaublich, wie sehr die Welt an Lebensqualität gewann, wenn er da war. Unversehens war sie nicht länger allein, er war mit einer Präsenz in ihr Leben getreten, die sie schier überwältigte. Und ihr gefiel es sehr, wenn er ihr bei Tisch gegenübersaß.

»Erzähl mir von deiner Mom«, bat er, unter ihrem Stuhl hatte er einen Fuß mit ihrem verschränkt. Er fragte das nicht mit theatralischer Ironie – »erzähl mir doch mal von deiner *Mutter*«, sondern mit beiläufigem Interesse.

»Sie ist eine Naturgewalt«, sagte sie störrisch. Seit sie aufs College gegangen war, hatte sie mit Anita lediglich ein paarmal telefoniert, kurze, steife Gespräche, in denen man sich oberflächlich nach dem allgemeinen Befinden des anderen erkundigte, aber das letzte lag mindestens ein Jahr zurück.

»Das liegt wohl in der Familie.« Er streichelte ihr Knie unter dem Tisch. Er war ein bisschen angetrunken. Dieser gut aussehende, intelligente Wissenschaftler mit dem freundlichen Blick war in jeder Hinsicht eine angenehme Überraschung für sie. Endlich einmal meinte es der Kosmos gut mit ihr.

»Jaja, die Sache mit dem Apfel und dem Stamm«, sagte sie und wollte nicht weiter darüber reden. Die wichtigsten Fakten aus Marks Biografie waren ihr bereits bekannt: geboren und aufgewachsen in La Crosse, Wisconsin, Eltern namens *Bonnie und Skip* wie menschliche Versionen von PlaySkool-Farmern. Der Vater arbeitete als Mechaniker, die Mutter als Sekretärin in einer Grundschule. Er hatte einen älteren Bruder namens Dew. Dass er nach der Highschool sein Zuhause für Stanford verließ, sorgte in der Familie für Stolz und Schmerz, der anschließende Umzug nach Chicago erstaunte sie immer noch.

Sie hatte ihm im Gegenzug nur wenig von sich erzählt, vielleicht gab es auch einfach nicht viel zu erzählen. Der Vater verstorben, die Mutter in Colorado, somit würde er ihre Eltern nicht so schnell kennenlernen. Das entsprach so weit alles der Wahrheit, und bis vor kurzem hatte er auch nicht weiter nachgebohrt. Aber es wurde zunehmend ernster zwischen ihnen, ihre Leben hatten, ohne dass sie es bemerkt hätte, sich immer mehr vereint, und das machte sie nervös.

»Was für ein Baum wäre sie?«, fragte Mark, eine für ihn recht alberne Frage.

Sie lächelte ihm zu. »Du solltest was essen.«

»Eine Birke? Ulme? Trauerweide?«

»Was für komische Gedanken du hast«, sagte sie schärfer als beabsichtigt.

Er verlor seinen Elan. »Warum hast du so schlechte Laune?«

»Hab ich nicht.«

Er griff über den Tisch hinweg nach ihrer Hand und drückte sie. Wie immer war sie von seiner Zärtlichkeit überrascht.

»Was ist los mit dir, Jules?«, fragte er aus purer, unschuldiger Neugierde – *Ich möchte dich doch nur kennenlernen*, hatte er vor kurzem zu ihr gesagt –, und sie zuckte mit den Schultern und schluckte schwer, weil ihr irgendetwas unangenehm sauer aufstieß. »Lass mich doch ein bisschen teilhaben. Du bist wie ein Buch mit sieben Siegeln.«

»Okay, fang an«, sagte sie mit einer wegwerfenden Geste. »Frag mich, was du willst.«

»Was ist deine früheste Erinnerung?«

»Keine Ahnung, Oprah.«

»Dein allerschönster Urlaub.«

»Liest du die Fragen von irgendeiner Liste ab?«, fragte sie. »Meine Güte, ich habe keine schlechte Laune, sondern ich habe einfach keine Lust auf *so was*.« Sie war noch nie im Urlaub gewesen, es sei denn, man definierte den Tagesausflug in ihrer frühen Kindheit – komisch, sie hatte seit Jahren nicht mehr daran gedacht – in die Dünen von Indiana, eine seltene Unternehmung mit beiden Eltern, als Urlaub. Mit einem Mal spürte sie wieder den heißen Fahrtwind, der durch die offenen Autofenster blies, auf der Haut, sah ihren Vater, der aufs Gaspedal trat, wenn auf dem Highway nicht viel Verkehr war, und sich dramatisch nach links und rechts lehnte, als würden sie Achterbahn fahren, sodass Julia die Hände über den Kopf hob und vergnügt immer wieder quietschte, *noch mal, noch mal, noch mal.*

»Jules, hallo?«, sagte Mark leise. »Du kannst mir wirklich alles erzählen, weißt du.«

Und sie überlegte, ob das stimmte, ob dieses scharfe, qualvolle und zugleich prickelnde Ziehen im Bauch vielleicht Liebe war. Plötzlich wollte sie ihn, sehnte sich nach ihm und presste die Knie zusammen, fing seine Hände dazwischen ein.

»Meine Mutter ist ein Telefonbaum«, sagte sie, hob seine Handfläche an ihre Lippen, und der Moment verging ohne Zwischenfälle.

*

Sie hatten sich beim Gehen wegen der Kälte eng aneinandergeschmiegt, die Arme verschränkt. Er war zu einer Konferenz im Chicago Loop gekommen und begleitete sie gerade zu der Bar, wo sie freitagnachts arbeitete. Sie erzählte ihm lebhaft von einer Kollegin, einer griesgrämigen jungen Frau, die sie heimlich Squeaky Fromme nannte, redete dabei laut gegen den Wind an und beobachtete Mark verstohlen, wenn er über ihre Witze lachte.

Sie musste erst lernen, mit fremder Bewunderung umzugehen. Bevor Mark in ihr Leben gekommen war, hatte sie das nicht üben können. Und sie merkte, wenn man sich in jemanden verliebte – so heftig hatte sie sich noch nie verliebt –, verliebte man sich auch ein ganz klein wenig in sich selbst. Sobald sie *ihm* etwas erzählte, wurde es gleich lustiger und interessanter.

»Sie hat Maya gesagt, sie könne heute nicht arbeiten, weil sie eine Abtreibung habe.«

»Oh«, sagte er.

Mark war ein sehr besonnener Mensch, er hatte seine Meinung zu den Dingen, aber er war zurückhaltender als sie. Mark dachte immer erst ein paar Minuten nach, bevor er ein Urteil fällte, was alles auf eine nicht unangenehme Art und Weise verlangsamte.

»Aber wenn das wirklich stimmt, dann ist es in diesem Monat ihre dritte.«

Zugegebenermaßen versuchte sie manchmal, diesen wohlbehüteten, jungen, ewigen Studenten aus Wisconsin mit dem wachen Blick ein bisschen zu schockieren. Er war leicht zu schockieren, und die allermeiste Zeit fand sie das süß und erfrischend, wenngleich sie sich nicht zuletzt deswegen zurückhielt, intime Details aus ihrem recht bewegten Studentenleben preiszugeben. Sie servierte ihm die Einzelheiten häppchenweise, ließ die Luft langsam aus dem Ballon entweichen, anstatt sie ihm in voller Ladung ins Gesicht zu blasen. Dinge, die ihm hätten zu denken geben können, hatte sie bislang verschwiegen, auch wenn sie mitbekommen hatte, dass er seine Überraschung herunterschlucken musste, wenn sie bestimmte Formulierungen ihrer Mutter zum Besten gab.

Sie blieben vor ein paar Schaufenstern stehen, die in unmittelbarer Entfernung von der Bar lagen und zu einem zweifelhaften Laden für Billigkoffer gehörten. Er legte einen Arm um sie und fragte: »Kommst du später noch zu mir?«

Sie nickte in seinen Mantel. »Wird aber spät werden.«

Wenn sie in zynischer Stimmung war, überlegte sie, ob diese Blüte allen Anfangs vielleicht auch deswegen so rosig war, weil ihnen nicht viel Zeit füreinander blieb, sie dadurch gierig aufeinander wurden und die langen Trennungen ihnen reichlich Raum für romantische Träumereien boten.

»Ich kann dich gern abholen kommen.«

Sie schüttelte lächelnd den Kopf. Dieser Wortwechsel war nicht neu, und sie freute sich jedes Mal darüber. Jemand sorgte sich um ihr Wohlergehen, obwohl sie dazu durchaus selbst in der Lage war.

»Dann nimm aber ein Taxi.«

»Versprochen«, entgegnete sie und löste sich schließlich aus seiner Umarmung. »Bis später.«

Vom See blies ein heftiger Wind herüber, und er zog seinen Mantel enger um sich, wippte auf den Zehen und gab ihr, bevor er allein zu seiner Konferenz aufbrechen würde, noch einen Kuss.

»Hoffentlich hast du eine gute Schicht«, sagte er und fügte spontan und gedankenlos wie ein Händeschütteln an: »Ich liebe dich.«

Sie erstarrten beide, als hätte er sich gerade eine Dreistigkeit oder Gemeinheit geleistet, sie beleidigt oder in die Hose gepinkelt. Sie sah zu, wie seine Augen sich weiteten, seine Wangen waren vom Wind ohnehin gerötet.

»Ich wollte sagen ...« Und dann: »Warte.«

Sie lächelte leicht amüsiert. »Worauf?«

Manchmal wirkte er wie ein kleiner Junge. Seine Gesichtszüge wurden weicher, wenn er nervös oder müde war, und in ihrer Gegenwart war er häufig nervös oder müde oder beides.

»So sollte das eigentlich nicht herauskommen.«

»Wie denn dann?« Mit einem Mal und zum ersten Mal, seitdem sie ihn kennengelernt hatte, verspürte sie die vertraute Nervosität, unerbittlich stieg die Befürchtung in ihr auf, dass ihm gerade bewusst wurde, dass sie doch die Falsche war, und er jetzt gleich die Maßgeblichkeit der Worte zurücknehmen würde.

»Ich wollte, dass es bedeutungsvoller klingt«, sagte er, und sie musste lachen.

Sie legte eine Hand an seine Wange. Ihr Herz raste, aber sie wollte nicht, dass er es bemerkte, und war froh über die Schichten Mantelstoff zwischen ihnen. »Eigentlich solltest du mich mittlerweile gut genug kennen, um zu wissen, dass ich eine feierliche Liebeserklärung *furchtbar* fände.«

»Nein, ich weiß, aber ich wollte nicht ... mein ganzes Pulver auf einmal verschießen.«

»Was für eine Formulierung.«

Er blinzelte. »Die stammt aus dem Bürgerkrieg«, erklärte er, »und bezieht sich auf Kanonen, die verfrüht losgehen.«

»Meinetwegen. Du bist zwar der einzige Mensch auf Erden, der das so versteht, aber meinetwegen.«

»Darf ich das noch mal machen?«

»Dein ganzes Pulver verschießen?«

Einen Augenblick später sah sie die Lachfältchen in seinen Augenwinkeln und ahnte, dass sie ebenfalls verliebt war. Sie war niemals anfällig für große Gefühle gewesen, erst mit ihm spürte sie diese überschwängliche Wärme in ihrer Brust. Keine Gewissheit, dabei hatte sie immer gehört, dass man dann innere *Gewissheit* hatte. Aber in ihrem Leben hatte sie bislang nur die Erfahrung von innerem Terror gemacht.

Mark liebte sie also, aber was sollte sie damit anfangen? *Liebe*, das war für sie nichts konkret Greifbares, ein Sammelbegriff, den Leute – wie *Sport machen* – in den Mund nahmen, um aller Welt zu vermitteln, dass es in ihrem Leben voranging, wie es sollte. Falls es sich bei Liebe tatsächlich um etwas *Konkretes* handelte, würde sie diese wahrscheinlich nicht einmal erkennen, und das war aus ganz eigenen Gründen ebenfalls traurig und furchteinflößend.

Und trotzdem war sie, als sie ihm gegenüber im Wind stand, überzeugt davon, dass sie ihn irgendwie ebenfalls liebte.

»Darf ich das noch mal sagen? Nicht sofort, zu einem … geeigneteren Zeitpunkt.«

Bis dahin hatte sie das unvermeidliche Ende bei Beziehungen immer vorausgeahnt, sie klangen langsam aus oder endeten mit einem Knall, je nachdem, aber mit Mark konnte sie sich kein Ende vorstellen, hatte keine Ahnung, wie es für ihn weitergehen würde, wenn er nicht mehr mit ihr zusammen war. Sie merkte, dass sie ihn vermisste, kein Herzschmerz, sondern ein leicht dumpfes Gefühl mit Anflügen von Panik – Mark! –, als hätte sie das Haus nackt verlassen oder vergessen, den Herd abzustellen. Ihr gefiel das alles nicht, sie misstraute Bindungen wie generell jeder Vorstellung von Glück. Und ihr war jeder verdächtig, der ihr erzählte, dass sie etwas auf der Stelle erkennen würde, wenn sie es mit eigenen Augen sah. Bisher war sie sich niemals sicher gewesen, wenn es um Gefühle oder Empfindungen ging: Liebe, zum Beispiel, oder Orgasmus. Ganz ordentlicher Sex, Zuneigung, alles okay. Und doch war sie innerlich stets überzeugt gewesen, dass es da noch höhere Gefilde gab. Sie dachte viel über diese

Zusammenhänge nach und aus Angst vor Enttäuschung oder Abhängigkeit mied sie es, in diese Gefilde vorstoßen zu wollen, und ging aus dem gleichen Grund auch Drogen aus dem Weg.

Sie trat nah an ihn heran und umarmte ihn. Er hielt sie fest, legte eine Hand auf ihr Haar und wartete ab. »Hallo, Mark?« Sie umarmte ihn fester und hoffte, dass sie ihm damit alles signalisierte, was sie wollte, auch wenn sie es selbst nicht genau in Worte fassen konnte. Ihre Stimme war von seinem Mantel gedämpft, als sie sagte: »Ich dich auch.«

29

Sie hat Almas Begegnungswochenende für die zugelassenen Studenten am Herzog-College mit gedämpfter Begeisterung entgegengesehen, wollte nicht zu viele Gedanken darauf verschwenden und redete sich wie früher bei Zahnbehandlungen oder Entbindungen ein, dass *alles schon nicht so schlimm* werde. Alma hat sich bedrohlich an der Fahrertür aufgebaut, als würde sie gleich das Auto kapern, und trägt damit auch nicht unbedingt zu einem vielversprechenden Aufbruch bei.

»Darf ich fahren?«, fragt ihre Tochter.

Sie hätte es eigentlich ahnen können. Ihre Mutter – das muss sie Anita lassen – hat ihr auf frühmorgendlichen Runden über den Friedhof Saint Casimir das Autofahren beigebracht. Sie selbst hingegen hat die Fahrausbildung der Kinder dem Vater überlassen, denn trotz all ihrer Verkehrskompetenz war ihr die Vorstellung unerträglich, die Kinder durch dieses Ritual des Erwachsenwerdens zu begleiten, das diese nur noch weiter von ihr entfernen würde.

»Vielleicht auf der Heimfahrt«, sagt sie, und Alma lässt sich wutentbrannt auf den Beifahrersitz fallen und zieht sich die Kapuze ihres Sweatshirts bis ins Gesicht.

Ihre Tochter ist ohnehin sauer, denn Mark hat in letzter Minute einen Rückzieher gemacht und als Grund einen geschäftlichen Termin in New York angeführt, den seine Assistentin nicht in den Kalender eingetragen hatte.

»Tut mir leid«, sagte er am Abend zuvor, während er atmungsaktive T-Shirts zusammenrollte und in seinen idiotischen ergonomischen Rucksack stopfte. »Diese Studenten von der Columbia ... meine Güte, die sehen aus wie Zwölfjährige, aber, Jules, wenn du wüsstest, was die zustande bringen. Der Roboter ist nicht größer als ein Spermium und hilft dem Körper dabei, sich nach einer größeren OP schneller zu erholen.«

»Und was machen die dann? Machen sie ihn kaputt, wenn du morgen früh nicht zum Kaffee auftauchst?«

»Die stehen kurz vor dem Studienabschluss«, erklärte er. »Das ist meine einzige Gelegenheit, mit ihnen ins Gespräch zu kommen, bevor ein anderes größeres Unternehmen sie sich schnappt.«

»Ollie steht auch kurz vor ihrem Abschluss«, wandte sie ein, aber er meinte darauf nur: »Ist doch prima, dass ihr zwei mal Zeit für euch habt.«

Aber als sie jetzt mit Alma im Auto sitzt, ist es gar nicht prima. Ihre Tochter strahlt pure Feindseligkeit aus.

»Oh, meine Güte, Mom«, sagt sie, als Julia im Rückspiegel dem Fahrer zuwinkt, der sie zum Einfädeln in den fließenden Verkehr vorgelassen hat. Sie verkriecht sich noch tiefer in ihren Sitz. »Den kennst du doch gar nicht.«

*

Das Herzog-College brüstet sich damit, um Haaresbreite der Schauplatz der Lincoln-Douglas-Debatten gewesen zu sein, eine nur schwer verifizierbare Behauptung. Julia fragt sich deshalb, warum man sich bei einer schieren Hypothese nicht etwas Spektakuläreres, Aufregenderes ausgedacht hatte, zum Beispiel, dass Dolly Parton beinahe ein Fotostudio gestiftet hätte oder das Internationale Olympische Komitee das College einmal als Austragungsort in Betracht gezogen hätte.

Die Tour nimmt im luxuriösen Empfangsraum des College-Präsidenten ihren Anfang.

»Mir ist klar, wie schwer das unter Umständen alles sein kann«, sagt er. »Allein die Vorstellung, von unseren Kleinen Abschied zu nehmen.« Es ist eine seltsame Bemerkung, die er übertrieben emotional vorbringt, wahrscheinlich hat seine Frau ihm die Rede geschrieben, denkt Julia bei sich.

»Wir bringen sie auf die Welt«, fährt er fort, und bei dem *wir* stellen sich ihr sofort die Nackenhaare auf. »Wir ziehen sie groß, sorgen uns um ihr Wohl und helfen ihnen dabei, die richtigen Lebensentscheidungen zu treffen. Und dann müssen wir sie ziehen lassen.« Plötzlich nimmt sie die Präsenz ihrer Tochter, die neben ihr steht, mit einer neuen Intensität wahr. »Und ich bin hier, um Ihnen zu versprechen«, sagt der Präsident voller Inbrunst wie ein Demagoge, »dass wir für Ihre Kinder alles tun, damit sie wachsen und gedeihen.«

Eine Mutter hebt die Hand, um sich nach dem Speiseplan der Mensa zu erkundigen, wobei sie ihre Frage mit einem romanhaften Kommentar über die Gluten-Intoleranz ihrer Tochter einleitet. Dann hat die Tour auch schon begonnen, und die Menschenmenge zerstreut sich langsam über den Campus, man schiebt sich in einen alten Glockenturm, anschließend in ein Kunstgebäude mit sehr großen und vielen Fenstern (*Das hat uns fast Paul Newman gestiftet*, hätte man hier zum Beispiel behaupten können) und erreicht schließlich ein Zimmer in dem Studentenwohnheim aus Beton mit abgetretenem Teppichboden und zwei getrennten Einzelbetten in einer Ecke.

Das Herz klopft ihr bis zum Hals. In der Hoffnung, dass Alma ihren angestrengten Atem nicht bemerkt, holt sie ganz langsam Luft. Eine kleine, gemeine Stimme in ihrem Kopf flüstert ihr, wie bei so manchen Begebenheiten, mögliche verurteilende Beschreibungen ein. Die Sorte Mutter, die (bitte Entsprechendes eintragen): *nach Zigarettenrauch stinkt, wenn sie die Kinder vom Kindergarten abholt, nicht gut Herzchen malen kann, ihr Kind mit Chips füttert.* Heute gehört sie offenbar zu der Sorte Mutter, die beim Treffen der zugelassenen Studenten fast eine Panikattacke erleidet.

»Ich muss kurz an die frische Luft«, sagt sie zwar leise, aber lauter als beabsichtigt zu Alma. Ein paar Elternpaare drehen sich zu ihr um. Sie würde gerne für ihre Tochter durchhalten, damit die nicht vor Scham im Erdboden versinkt. Aber ihr wird schon ein wenig schwarz vor Augen, und so schiebt sie sich durch die Menge, einen schmalen, künstlich beleuchteten Gang hinunter, an einem Verkaufsautomaten vorbei, der merkwürdigerweise nur Plastikflaschen mit Milch im Angebot hat, und eine klebrige Treppe hoch. Als sie die schwere Tür aufschiebt, strömt ihr warme und schwüle Luft entgegen. Hier draußen könnte man denken, man befände sich an einem exotischen Ort und nicht irgendwo in Iowa. Alma wird ihr den Hals umdrehen, wenn man wegen ihr einen Krankenwagen zum Campus rufen muss, und so lässt sie sich auf eine Bank fallen, atmet ein, so tief sie kann, und senkt den Kopf zwischen die Beine.

Ein Schatten fällt auf ihre Füße. Eigentlich fehlt ihr das Rauchen nicht, aber sie vermisst die sofortige Erleichterung, die damit verbunden war, und die toxische Rauchwolke, die Unbekannte fernhielt.

Doch der Schatten gehört keiner Unbekannten. Julia erkennt den Kopfumriss und schaut auf. Dort steht Alma, strafft die Schultern und kneift gegen die Sonne die Augen zusammen.

»Tut mir leid, mein Schatz«, sagt sie. »Es ist mir da drinnen einfach ein bisschen zu warm geworden.«

»Mais *schwitzt*«, sagt Alma. »Wusstest du das? Deswegen wird es hier auch so schwül.«

»Nein, das wusste ich nicht.«

Alma setzt sich neben sie. »Alles gut?«

Sie legt eine Hand auf Almas Knie. »Alles okay. Geh du doch wieder rein.«

Alma lehnt sich leicht an sie an, und das ist so schön, trotz dieser Hitze. Wenn sie könnte, würde sie einfach hier sitzen bleiben, mit der leicht verschwitzten Tochter an ihrer Seite.

»Und wie findest du alles bis jetzt?«, wagt sie sich zu fragen und spürt Almas Schulterzucken.

»Ganz nett.«

»Stimmt.« Sie stellt sich vor, wie ihre Tochter spätnachts mit lässiger Zielstrebigkeit, die Hosentaschen mit Keksen aus der Mensa vollgestopft, über den Campus in Richtung Wohnheim schlendert. Sie stellt sich vor, wie sie in ihrem XL-Einzelbett mit College-Bettwäsche einschläft, und mit einem Mal kommen ihr die Tränen.

»Als Baby haben wir dich in eine Kinderkrippe gebracht«, erzählt sie. »Angeblich die beste in der Gegend, aber sie ... Ich erinnere mich, als ich dich da den ersten Tag hinbrachte, haben sie mir den Raum gezeigt, in dem die Kinder Mittagsschlaf hielten. Er war fensterlos und an den Wänden standen aufgereiht Bettchen, wie in einem Puppengefängnis, und ich habe mir vorgestellt, wie du in einem davon liegst, und habe sofort weinen müssen. Am Ende habe ich dich wieder mit nach Hause genommen. Ich habe die Vorstellung nicht ausgehalten, dass du an einem solchen Ort deinen Mittagsschlaf halten würdest.«

Alma beäugt sie von der Seite. »Hast du gerade einen Schlaganfall?«

»Bin nur gerade etwas mit den Nerven am Ende. Mach dir keine Sorgen, Ollie.«

»Soll ich dir aus diesem komischen Automaten eine Milch ziehen?«

Sie empfindet gerade eine derart große Liebe für ihre Tochter, dass ihr davon erneut schwindelig wird.

»Gleich gehen alle zum Speisesaal«, sagt Alma. »Der Leiter der Tour erzählt die ganze Zeit was von einem *Frozen Joghurt Buffet*.«

»Was haben diese Leute eigentlich die ganze Zeit mit *Milch?*« Ihr kommt nichts in den Sinn, was noch weniger einladend klingen würde, aber dann erinnert sie sich daran, dass sie den Nachwuchs aufmuntern, die bockige Tochter zur Unabhängigkeit bewegen sollte. »Sollen wir ...«

»Für mich ist das ein Albtraum«, bemerkt Alma. »Alles hier, diese *Tour*, diese Moms mit ihren Nahrungsmittelallergien – meine Güte, zieh doch deinen Sohn gleich in einem *Käfig* auf, wenn du dermaßen Angst hast, dass er mit Hanfsamen in Berührung kommen könnte. Können wir ... vielleicht woandershin? Statt hier zu bleiben? Nur für ein bisschen?«

Der Hauptgrund, warum es damals so schwierig gewesen war, einen Krippenplatz für Alma zu finden, war Almas Reaktion – sie wollte auf keinen Fall alleingelassen werden, weinte jedes Mal heftig, wenn Julia sie dort abliefern wollte, und klammerte sich bei ihrer Mutter verzweifelt an jedes Körperteil, das sie zu greifen bekam. Ihre Fingerchen hinterließen auf Schenkeln und Armen blaue Flecken. Die Fähigkeit ihrer Tochter, derart intensiv zu fühlen, schien ihr nahezu beängstigend. Auch die kleinste Freude, der kleinste Schmerz verschafften sich temperamentvoll Luft, hässliche Szenen konnten innerhalb von Sekunden in strahlendes Glück umschlagen. Aber sie reagierte so, wie Julia es sich immer gewünscht hatte: wie ein Kind, das aufgehoben genug war, um der Welt zu zeigen, wie es sich gerade fühlte. Ihr schlechtes Gewissen bezüglich Bens früher Kindheit wog daher umso schwerer und sie gab, während Alma um sie herumwirbelte, diesem Schuldgefühl seinen Raum. Alma raste, sie drängte sich auf, sie hängte sich an einen dran. Sie begann eine Geschichte atemlos und mitten in einem Satz, weil sie viel zu ungeduldig für einleitende Worte war.

»Und Yurtle hat *Salat* gegessen, und dann haben wir gedacht, wir hätten einen Glücksbringerkobold gesehen, aber Sadie sagt, das stimmt nicht und sie muss es wissen, denn ihre Mom war schon mal in *Irland*, Mama, können wir dieses Wochenende was backen, einfach so, nicht wegen irgendwas oder vielleicht weil *Herbst* ist, warst du schon mal in *Irland*, ich habe dich *so* vermisst, Mama.«

Und Julia berauschte sich an ihren Worten.

»Können wir?«, fragt Alma gerade wieder. *Ich bin auch ganz brav, wenn wir jetzt nach Hause fahren, Mama.*

Sie hat ihr noch nie etwas abschlagen können.

*

Sie finden ein Café in Campusnähe, das wahrscheinlich davon lebt, dass immer mal wieder Eltern zu Besuch kommen und Fakultätsmitglieder sich dort verabreden. Sie versucht sich ihre Tochter in dieser Kleinstadt vorzustellen, wie sie sich mit der Innenstadt vertraut macht, mit ihrem neuen Zuhause, seine Eigenarten und liebenswürdigen Seiten kennenlernt. Mit Bauchgrimmen malt sie sich aus, wie sie im August, wenn Alma ihr neues Quartier bezieht, wieder hier sind und sie und Mark ihrer Tochter gegenübersitzen und sich innerlich aufs Abschiednehmen vorbereiten. Sie fantasiert, wie Alma über Thanksgiving bereits leicht verändert nach Hause kommt, vielleicht sogar äußerlich, ein neuer Haarschnitt, ein Piercing im Ohr, aber viele Veränderungen werden elementarer Natur sein, Bewegungen, eine bislang unbekannte Körperhaltung, ein ausweichender Blick, im Geiste immer noch in dem neuen, unabhängigen Leben, das sie leider zurücklassen musste, um nach Hause zu fahren. Aber auch sie selbst und Mark werden sich nach einigen gemeinsamen Monaten in ihrem leeren Nest verändert haben. Alle Welt spricht seit kurzem darüber, wie dieser neue Zustand Ehen zerstört oder wiederbelebt, und sie ist im Augenblick unschlüssig, ob ihre eigene Ehe ein Kandidat für das eine oder das andere ist.

Sobald sie das College besuchte, fuhr sie nicht mehr nach Hause. Über Weihnachten hütete sie fremde Häuser, die Sommermonate verbrachte sie mit unterschiedlichen Jobs, als Kellnerin in Restaurants oder Bars, und währenddessen wohnte sie am Rande des Campus in Unterkünften, die für Kurzzeitmiete angeboten wurden. Stets diagnostizierte sie ihre eigenen Defizite, bevor andere es tun konnten, bezeichnete sich selbst als Weird Scholarship Girl, als komische Studentin mit einem Stipendium, um die Deutungshoheit zu behalten und nicht Opfer der Beurteilungen anderer zu werden. Das College hatte ihr, anders als es das wahrscheinlich jetzt bei Alma tun wird, keine Türen geöffnet. Alma wird den Luxus einer Welt gegen den etwas anderen, überschaubareren einer neuen Welt eintauschen, mit dem Komfort eines zuverlässigen elterlichen Sicherheitsnetzes.

Sie bestellt eine Karaffe Chianti und schenkt einen Schluck in das leere Wasserglas ihrer Tochter ein.

»Und?«, fragt sie. »Was geht dir so im Kopf rum?«

Alma schwenkt den Wein in ihrem Glas, schnüffelt kurz am Rand – dieses Getue muss sie im Fernsehen gesehen haben – und zuckt mit den Achseln.

»Ich bin ein bisschen nervös, weil hier irgendwie alles so *klein* ist? Und was ist, wenn ich jemanden nicht ausstehen kann? Dann bin ich hier eingesperrt, und zwar mit ganz vielen furchtbaren Leuten.« Alma lässt den Wein an ihrem Gaumen kreisen, um sich wieder besonders kultiviert zu geben, sieht aber aus wie damals als Kleinkind, wenn sie in ihrer Milch Luftblasen machte.

Die meiste Zeit kann Julia sich selbst schwerlich in ihrer Tochter wiedererkennen; wenn dann, wie jetzt, unverkennbare Ähnlichkeiten auftauchen – fast immer sind es dunkle Seiten, ein kurzes Aufblitzen von Misanthropie oder Fatalismus –, weiß sie nicht, ob sie stolz sein soll oder beschämt. Andere Mütter kennen dieses Problem bestimmt nicht, weil sie in ihrem Nachwuchs nur die eigene Großzügigkeit und Lebensfreude gespiegelt sehen.

»Ich glaube, die Chancen, dass du wirklich niemanden leiden kannst, sind relativ gering«, entgegnet sie. »Es ist auch denkbar, dass du dir an einem großen Campus umso … na ja, einsamer vorkommst.« Sie selbst hat damals am Studentenleben kaum teilgenommen, in ihren Augen das kleinere Übel, schließlich konnte man nicht verlieren, was man nicht besaß.

»Ja, wenn man dann unter Tausenden keine einzige Freundin findet, ist man wirklich am Arsch«, sagt Alma.

Sie wünscht sich mittlerweile, sie wäre all die Jahre, in denen sie sich Gedanken darüber machte, dass andere sie seltsam finden könnten, *wirklich* seltsam gewesen. Es besteht rückblickend die realistische Chance, dass sich am Ende niemand darum geschert hätte, wenn sie nur lange genug geblieben wäre, um von ihrer Umwelt überhaupt wahrgenommen zu werden. Nach dem College stopfte sie ihre Tage und Nächte erneut mit Arbeit voll, unterbrochen von kurzem komatösem Schlaf und gelegentlichen Männerbekanntschaften. Und einige Jahre später, mit dem kleinen Ben vor der Brust, als sie die Serenity-Smiles-Moms beim Absetzen und Abholen mied, sofern sie konnte, war es das Gleiche.

»Und was passiert, wenn es mir hier nicht gefällt?«, fragte Alma.

Julia betrachtet ihre Tochter aufmerksam, sie hat sie ihr ganzes Leben lang aufmerksam betrachtet und zugeschaut, wie sie sich vom tapsigen Kindergartenkind zum griesgrämigen Teenager entwickelte, und die Jahre sind dabei unbarmherzig schnell verflogen.

»Gar nichts passiert«, antwortet sie und bemüht sich um einen leichten Tonfall. »Dad und ich sind nur ein paar Autostunden entfernt.« Sie empfindet den Gedanken als tröstlich, dass Alma nicht an der anderen Ecke des Landes in Stanford oder Vassar sein wird. Außerdem gesteht sie sich ein, dass sie sich genau die Worte, *Ich bin für dich da, wenn du mich brauchst*, von ihrer eigenen Mutter gewünscht hätte. Sie denkt daran, was für einen Unterschied es wohl macht, zu wissen, dass man Menschen an seiner Seite hat, die an einen denken und nicht darauf hoffen, dass man scheitert, sondern helfend bereitstehen, wenn es so kommt.

»Margo findet, ich sollte dem Ganzen eine Chance geben«, erwähnt Alma.

»Ich sehe das so wie Margo«, sagt Julia. »Ich glaube, wenn du willst, kannst du was Tolles draus machen. Und wenn nicht, ist das auch okay. Fast nichts ist am Ende so schlimm, wie es anfangs aussieht. Jedenfalls ist das nur bei wenigem so.«

»Und was, wenn das hier zu dem wenigen gehört?«

»Mein Bauchgefühl sagt mir was anderes.«

»Ich weiß, ich nerve gerade ziemlich«, sagt Alma. »Ich hatte einfach nur ... auf was anderes gehofft. Ich wollte *sagen* können, dass ich an ein bedeutendes College gehe, weil das anscheinend alle anderen tun.«

Sie verändert ihren Sitz leicht, sodass sie ihre Tochter besser im Blick hat. »Als ich so alt war wie du, habe ich ein Stipendium bekommen. Von der Northwestern. Ein ziemlich großes.«

Alma runzelt die Stirn. *»Was?«*

Sie hat, unbewusst oder auch nicht, ihren Kindern nur wenig von ihrer eigenen Kindheit und Jugend erzählt, gerade so, als hätte ihr Leben erst mit deren Geburt begonnen. Und auch wenn Letzteres in gewisser Weise zutrifft – ihre Tage vor Alma und Ben und vor Mark sind unscharf und verschwommen und muten an wie eine Serie schlecht synchronisierter Kurzfilme –, hat sie stets den Verdacht gehegt, dass sie mit dieser frühen Zeit noch nicht vollständig abgeschlossen hat, sondern sie leicht zugänglich in sich herumträgt, um Dinge zu begreifen, für Selbstvorwürfe oder Selbstvergebung.

»Ich habe es nicht angenommen, das sollte doch klar sein«, sagt sie.

»Wieso?«, fragt ihre Tochter. »Ich meine, ich will dir ja nicht zu nahe treten, aber *warum* bloß?«

»Es war für mich zu dem Zeitpunkt nicht das Richtige.«

»Und deine Mom hat das zugelassen?«

Almas Verblüffung und die Schlichtheit dieser Frage lässt sie innerlich verkrampfen. Offenbar ist ihre mütterliche Sorge für ihre Tochter so selbstverständlich, dass sie in ihren Augen für alle Mütter gilt. Ihre Mutter hat sie damals ziehen lassen. Ihre Mutter hat sie genau genommen vor die Tür gesetzt.

»Meine Mom war … an meinem Leben nicht im gleichen Maße interessiert wie ich an deinem.« Und weil sie sich immer, wenn sie schlecht über Anita redet, ein bisschen wie eine Verräterin vorkommt, fügt sie hinzu: »Das waren andere Zeiten.«

»Aber das ist eine richtig gute Uni.«

»Stimmt. Aber ich musste vor allem weg und war nicht so sehr an einer guten Uni interessiert.«

Alma, ganz die Tochter ihres Vaters, wirft ihr einen Blick zu, als hätte sie gerade ein Verbrechen gestanden.

Sie berührt ihre Tochter leicht am Handgelenk. »Ich erzähle dir das, um dir zu sagen, dass das damals für mich nicht das Ende der Welt bedeutete. Kansas war nicht mein Traum, nicht das, was ich mir vorgestellt oder geplant hatte, aber am Ende hat alles ganz gut geklappt. Das meiste klappt, Ollie, und ist weniger schlimm, als wir uns das am Anfang vorstellen.« Sie ergreift die Hand ihrer

Tochter und geht das Risiko ein, dass diese sie wegzieht, aber das tut sie nicht. »Und Alma, meine Güte, du bist so viel *fähiger* als ich damals. Und liebenswürdig, witzig, brillant, offen. Und all das wirst du bleiben, egal, was du am Ende machst.« Ihr versagt die Stimme.

Sie verschweigt den Satz: *Meine Süße, du warst eigentlich gar nicht geplant. Fast hätte es dich nicht gegeben.* Sie denkt daran, wie sie über den Campus der Kansas University gehuscht ist, sich stets am Rand des Geschehens hielt. Immer hat sie es eilig gehabt, erinnert sie sich jetzt, aber der Grund fällt ihr nicht mehr ein. Hätte sie damals die Erfahrung von heute gehabt – dass am Ende tatsächlich so wenig eine Rolle spielte und dass sie selbst auch gar nicht so seltsam war, wie sie annahm, dass es ganz bestimmt eine Chance auf Freundschaften und Gemeinschaft gab und für sie nicht nur pflichtbewusste Einsamkeit vorgesehen war –, wäre sie vielleicht länger dort geblieben, hätte ihr Studium genossen, anstatt es möglichst unbemerkt durchzustehen. Aber dann wäre natürlich alles anders gekommen. Wäre sie damals während der Collegezeit sozial engagierter gewesen, wäre sie vielleicht nicht zurück nach Chicago gezogen und mit ziemlicher Sicherheit nicht Mark begegnet. Die Vorstellung erschlägt sie geradezu in ihrer Ungeheuerlichkeit, ganze Lebenswelten brechen vor ihrem geistigen Auge zusammen wie Kartenhäuser und geben den Blick auf weitere Katastrophen frei – wäre sie Mark nicht begegnet, gäbe es Ben nicht, und ohne Ben hätte sie Helen Russo sehr wahrscheinlich niemals kennengelernt, und in diesem Fall gäbe es keine Alma, oder nicht? Sie spürt ein nervöses Flattern in der Kehle.

Alma windet sich verlegen. »Danke.«

Julia lächelt sie an. »So ist es einfach.«

Wie bist du zu uns gekommen, meine Kleine? Aber das verschweigt sie, denn sie kennt die Antwort nur zu gut.

*

Sie überlässt Alma am nächsten Tag auf der Rückfahrt das Steuer. Ihre Tochter ist eine umsichtige Fahrerin, allerdings mit Bleifuß, und Julia ist mehr als einmal kurz davor, den *Ach-du-Scheiße*-Griff zu umklammern. Zu Hause angekommen hat Alma kaum die Handbremse gezogen, da hält sie schon das Handy vor der Nase. Während sie ins Haus stolpert, tippt sie wie eine Wilde, und für die Mutter-Tochter-Freundschaft, auf der Tour so behutsam kultiviert, bricht eine neue Eiszeit an. Julia lässt sich mit dem Ausladen Zeit, denn aus dem Augenwinkel hat sie bereits das verwünschte Paket auf der Veranda bemerkt, in dem ihr Kleid für die Hochzeit steckt. Nach einem kurzen Blick auf den Adressaufkleber hat Alma es sofort ignoriert.

Sie nimmt das Paket unter den Arm, muss es aber wegen Suzanne wieder absetzen, die sich nach vierundzwanzig Stunden mit einem Hundesitter aufführt, als hätte sie Wochen allein in einer eingestürzten Bergwerksmine verbracht. Sie stellt sich auf ihre Hinterbeine und wedelt mit den Vorderfüßen in der Luft, damit Julia sie auf den Arm nimmt. Dann springt sie sofort wieder herunter und die Begrüßung beginnt von vorn.

»Es ist nicht leicht, ich weiß«, beruhigt Julia sie. »Das Leben ist für uns alle ein Kampf, Suzanne.« Und dann: »Das hast du sehr gut gemacht.« Worauf der Hund sich einem seiner bevorzugten Versöhnungsrituale zuwendet und versucht, Julia in den Mund zu lecken. »Komm, mein Schatz. Stellen wir uns unseren Ängsten.«

Sie und Suzanne marschieren nach oben, um sich mit dem Paket zu beschäftigen.

Sie hängt das Kleid an die Badezimmertür und betrachtet es kritisch. Suzanne beschließt ihr ausgiebiges Beschnüffeln des Saums mit einem einzigen, feierlichen Lecken. Das Kleid ist aus blaugrüner Spitze – eine Farbe, die Mark an ihr mag –, und sie fürchtet sich vor dem Anprobieren. Wenn man Geld hat, kann man sich glücklicherweise Maskerade leisten, ausladende, unförmige Capes aus Alpakawolle und handgefertigte Yeti-Boots und als Mutter des Bräutigams ein Dreihundert-Dollar-Kleid, das das Bäuchlein versteckt, mit seidenen Volants über den hängenden Schultern.

»Ich brauche deinen Rat«, sagt sie ein paar Minuten später zu Alma, und ihre Tochter, die am Küchentisch vor ihrem Laptop kauert, schaut träge auf. Seit der *Feier der Zukunftstalente* hält sie sich nicht länger ausschließlich in ihrem Bett auf, sondern lümmelt sich hin und wieder unbeschwert auf dem Wohnzimmersofa oder verlässt das Haus auf eine Acai-Bowl mit Margo Singh. »In meinem Schlafzimmer.«

»Muss das sein«, entgegnet Alma, verdreht die Augen und steht auf, um ihr nach oben zu folgen.

»Dein Vater wird so oder so sagen, dass ich hübsch aussehe«, sagt Julia und holt das Kleid aus seiner metallfarbenen Hülle. Das heißt, auch wenn sie es nicht ausspricht: *Ich brauche jemanden, der mich genügend hasst, um ehrlich zu sein.* Alma nimmt auf dem Bett eine komplizierte Lotus-Position ein und sieht sie erwartungsvoll an. »Ich habe letzten Monat vier Pfund abgenommen.«

»Leute haben Studien darüber gemacht, dass Töchter Probleme mit dem Körperbild von ihren Müttern übernehmen, wusstest du das?«, fragt Alma.

»Sind diese Leute siebenundfünfzig? Haben sie zwei riesengroße Babys zur Welt gebracht? Verlangsamt sich auch gerade ihr Stoffwechsel und haben sie Wassereinlagerungen, weil sie sich in der Postmenopause befinden?«

»Oh Gott, Mom.« Am Abend zuvor im Hotel hatte Alma ihren schwarzen Lieblingspullover ausgeliehen und Julia hatte ihre Tochter betrachtet, wie sie barfuß durchs Zimmer schritt; der Pullover wirkte an ihr nicht matronenhaft, sondern umspielte glamourös die schlanken nackten Knie.

»Ich hätte nur gerne deine ehrliche Meinung.«

»Gut. Mein Güte. Zieh es einfach an.«

»Ist es nicht nett? Wir beide so zusammen?«

»Mom.«

Sie hört auf, ihre Tochter zu ärgern, und geht zum Umziehen ins Badezimmer. Während sie sich auszieht, vergleicht sie ihren Körper mit dem ihrer unfreundlichen Tochter, die gerade als menschliche Brezel auf ihrem Bett sitzt. Mark findet sie immer noch attraktiv, das weiß sie – oder zumindest hat er sie gern genug, um überzeugend zu lügen –, aber leider sind ihre Brüste erwartungsgemäß kleiner geworden, und seit Almas Geburt hat sie an der Hüfte zehn bis fünfzehn üble Pfund zugelegt, die sich hartnäckig halten.

Das Alter hat Julia nicht ihrer Mutter ähnlicher werden lassen, sondern sie in eine andere Fremde verwandelt, die sich in unförmige Kleidungsstücke aus grauem Cashmere hüllt, deren Augen von tiefen Krähenfüßen gezeichnet sind, ob beim Lachen oder Stirnrunzeln, und deren Stirnrunzeln überhaupt nur noch schwer vom Lächeln zu unterscheiden ist. Sie wiegt einhundertzweiundfünfzig Pfund. Ihre Oberarme sind gut in Form, aber in der Nähe der Achselhöhlen wabbelt es gewaltig. Ihr Haar hat immer noch seinen glänzend kastanienbraunen Ton, und manchmal vergräbt Mark sein Gesicht darin und behauptet, es sei weich wie Seide.

Sie zwängt das Kleid über ihre Hüften und fährt umständlich in die Ärmel. Dann betrachtet sie sich im Spiegel, zieht die Schultern gerade und setzt ihr *komisches Spiegelbildgesicht* auf, wie Alma es nennt.

»Mom, ich habe gerade was für die Schule gemacht, ungelogen.«

»Komme schon.« Sie zieht den Reißverschluss im Rücken mühevoll so hoch wie möglich und verlässt das Badezimmer. Mit einem Mal fühlt sie sich ganz verlegen. »Kannst du mir mit dem Reißverschluss helfen?«

Alma erhebt sich vom Bett und kommt zu ihr. »Hübsch. Schöne Farbe.«

Julia dreht ihrer Tochter den Rücken zu und sieht im Geiste die hartnäckigen Fettwülste unter dem Brustkorb und die Hautschäden durch die Sonne im Nackenbereich. Sie zieht den Bauch ein. Almas Finger sind flink und effektiv.

»Alles klar«, meint Alma. »Lass mal sehen.«

Sie wendet sich schüchtern zu ihrer Tochter um, und Alma streckt zustimmend die Daumen hoch.

»Richtig hübsch«, sagt sie. »Supersüß.«

»Wirklich?« Sie ist ein bisschen enttäuscht. Hat sie im Ernst eine Umarmung erwartet? Dass sie sich, einander freundschaftlicher verbunden, als sie es tatsächlich sind, aufs Bett fallen lassen würden, um männliche Herrschaftsansprüche und reproduktive Rechte zu diskutieren und wie schwierig es ist, hübsche und schmeichelhafte Mode für feierliche Anlässe zu finden?

»Ja, Mom. Ich habe wirklich noch eine Menge Hausaufgaben zu erledigen.«

»Klar«, erwidert sie beschämt. »Natürlich. Danke. Ich wollte einfach eine zweite Meinung hören.«

Alma geht zur Tür, bleibt aber auf der Schwelle stehen. »Du siehst wirklich hübsch aus, Mom. Gut ausgesucht. Dad hat recht.«

*

Als Mark vom Flughafen nach Hause kommt, findet er sie schlafend in ihrem Hochzeitsstaat vor, der Reißverschluss lediglich minimal geöffnet. Er weckt sie neckend mit Küssen auf die Schlüsselbeine.

»Halt«, ruft sie, mit einem Mal hellwach. Sie springt vom Bett. »Schau mich nicht an.« Vorhin ist ihr zu spät eingefallen, dass sie den Reißverschluss ohne Hilfe nicht wieder öffnen konnte, aber es war ihr peinlich, Alma wieder zu stören. Und so beschloss sie, auf Mark zu warten, ihren Retter. »Öffne den Reißverschluss, aber mach dabei die Augen zu, okay?«

»Ist das dein Ernst?«

»Nun komm schon«, fleht sie. »Ich glaube, in dem Kleid gefalle ich mir zur Abwechslung sogar mal.«

»Ich versteh auch, warum«, sagt er, während sie sich in die offen stehende Badezimmertür schiebt.

»Wann bekomme ich im Leben noch mal die Chance, ganz nervös zu werden, wenn ich mich vor dir präsentiere?«

»Jules, ich bekomme den Reißverschluss mit geschlossenen Augen nicht auf.«

»Komm, ich helfe dir.« Sie greift nach hinten und führt seine Hand an der Wirbelsäule entlang nach unten, bis das Kleid um ihre Füße fällt. »Jetzt geh weg, damit ich es aufhängen kann.«

Sie hängt das Kleid wieder in seine Hülle zurück, zieht sich aber nicht sofort etwas über, sondern mustert sich zweifelnd im Spiegel, ihre betrüblich hängenden Brüste und die schimmernden Dehnungsstreifen an den Hüften. Als Mark in ihrem Rücken auftaucht, wird ihr bewusst, dass sie nicht mehr weiß, wann er ihren Körper zum letzten Mal von oben bis unten nackt gesehen hat, noch dazu in derart unbarmherzigen Lichtverhältnissen. Sie greift nach einem Handtuch.

»Habe ich eigentlich ein Doppelkinn?«

Mark tritt näher und presst seinen Körper an ihren Rücken. Wie ein Kranich neigt er sanft seinen Hals und küsst sie unten auf die Wange.

»Willst du mich besänftigen?«

Er umschlingt sie an der Hüfte und lässt eine Hand unter das Handtuch gleiten. Sie erzittert leicht.

»Hast du nicht«, sagt er. »Und nein, will ich nicht.« Seine Hand hat ihre rechte Brust gefunden, und er nimmt die Warze sanft zwischen die Finger. Sie lässt das Handtuch fallen. Er fährt ihr zwischen die Beine, der uncharmante blaue Nylonschlüpfer, der etliche Ehejahre hinter sich hat, wölbt sich über seinem Handgelenk, während die Finger sich durch das Haargestrüpp arbeiten, bis sie den Punkt gefunden haben, der sie schwach macht, worauf er ihren Blick im Spiegel auffängt.

»Jules, du bist unwiderstehlich schön.«

»Ach, hör auf.« Sie dreht sich zu ihm um und legt eine Hand an seine Brust. Er berührt ihr Gesicht, hebt es an und küsst sie wie damals, genau deshalb hat sie sich in ihn verliebt, leichthin und zugleich in überlegter Absicht.

»Komm«, sagt sie.

Sie schlafen miteinander, beide nehmen sie dabei Rücksicht auf den anderen. Sie legt sich umsichtig auf den Bauch, denn er bevorzugt präzise Winkel, und er widmet sich seinerseits hingebungsvoll ihrer Klitoris, bis sie schließlich in ihrem Rücken nach ihm greift und haucht: »Okay, jetzt.«

Als er sie danach, fest gegen ihren Rücken gekuschelt und mit dem Kinn über ihrer Schulter, in den Armen hält und ihr mit einer Hand liebevoll und träge über eine Brust streichelt, fragt sie ihn nach seinem New-York-Trip.

»Gut«, sagt er schläfrig. »Nichts Besonderes. Wie war's mit Ollie?«

»Sie will hin«, entgegnet sie, um einen optimistischen Tonfall bemüht, obwohl die Worte sie unglaublich traurig machen.

»Gut«, sagt er, obwohl sie auch in seiner Stimme eine Traurigkeit heraushört. Er zieht sie noch näher an sich und klemmt ein Knie zwischen ihre Beine. Sie ist immer wieder überrascht von seinem Bedürfnis nach Nähe und wie unumwunden er diese einfordert.

»Tut mir leid«, wirft sie ein.

»Was?«

»Ach, die Sache mit dem Kleid. Mit allem. Dieser ganze Unsinn. Es ist blöd von mir. Aber ich fühle mich gerade nur ein bisschen verunsichert.«

Er presst das Gesicht in ihren Nacken, und sie spürt sein Lächeln. »Her mit dem Unsinn.«

30

Auf der Veranda von Marks Eltern lag eine gewebte Fußmatte mit der Aufschrift *Every Bunny Welcome.* Marks Mutter nahm Julia in Empfang, als wäre diese eine verstörende Illustration in einem Bilderbuch, bei der man nicht wusste, ob sie für Kinderaugen geeignet war oder nicht. Und doch war Julia auf der Stelle klar, woher Mark sein nettes Naturell hatte – und wunderbarerweise waren hier alle wie er. In Chicago existierte Nettigkeit nicht, aber die Familie Ames in La Crosse, Wisconsin, war die Verkörperung von Herzlichkeit: Man umarmte einander mit beiden Armen, an den Wänden hingen Stickbilder, man zeigte schmeichelhafte, freudige Aufmerksamkeit, auch wenn das, was jemand gerade erzählte, vielleicht langweilig war. Es war eine umtriebige, aufrichtig herzliche Gastlichkeit, die sie sich sofort wohlfühlen ließ, wenn auch ein wenig verunsichert.

»Wie schön es hier ist«, sagte sie zu Marks Mom. Und es war nicht gelogen: weite, offene Landschaft, grün, üppig und bodenständig. Sie verliebte sich ein bisschen in Wisconsin, den Bundesstaat der netten Menschen, aber diese ganze Nettigkeit machte sie auch ein bisschen nervös, wie damals, wenn sie als Kind woanders zu Gast war und jeder in einer Art der Kommunikation bewandert war, die sie selbst nicht beherrschte, normale Alltagssprache, liebevolle Kürzel, gemeinsame Vergangenheit, *kann mal eben jemand das Salz reichen.*

»Sag das mal Mark«, meinte Bonnie und stieß sie vertraulich mit dem Ellbogen an. »Seit er damals weg ist, versuchen wir, ihn wieder hierherzulocken.«

Diese direkte Erfahrung mit einer Mutter, die sich nichts so sehr wünschte wie in derselben Stadt zu leben wie ihr Kind, eine Mutter, die außer sich war vor Freude, wenn sie wieder mit ihrem erwachsenen Sohn vereint war, obwohl sie ihn regelmäßig sah, ging ihr nahe, aber in einem Maße, das ihr anlässlich der ersten Begegnung mit den Eltern ihres Freundes unangenehm war.

»Aber jetzt sind wir doch hier, oder etwa nicht?«, sagte Mark und legte seiner Mutter einen Arm um die Schultern, und auch diese Geste ging ihr nahe.

Mark wurde, sobald er seine Füße über die Schwelle des hübschen grünen Farmhauses setzte, in dem er seine Kindheit und Jugend verbracht hatte, augenblicklich um Jahre jünger. Sein älterer Bruder nannte ihn aus einem ihr unbekannten Grund *Teddy*, der Vater fing sofort eine Diskussion über die Chicago Bears an, und sie war überrascht, als Mark begeistert darauf einging und einschlägiges Football-Wissen offenbarte, das sie ihm nicht zugetraut hätte. Im Elternhaus wirkte er kleiner und größer zugleich, und ihn auf diese Weise zu erleben war für sie ein Privileg und kam doch auch einer Verletzung seiner Privatsphäre gleich.

Sie waren über das Osterwochenende eingeladen worden. Julia hatte dieses Fest immer, außer den wenigen Malen, als sie noch klein war und ihr Vater mit Schokoladeneiern von Cadbury vorbeischaute, von deren zäher gelber Füllung ihr fast übel wurde, unbemerkt verstreichen lassen. Doch bei der Familie Ames hingen Zierkränze an den Türen, für die beiden Neffen von Mark gab es Körbchen aus geflochtenem Plastik, und beim Abendessen thronte in der Tischmitte ein Schinken, der in seiner künstlichen Perfektion nicht sehr vertrauenerweckend wirkte.

Die Familienmitglieder waren interessiert, locker, neugierig und immer zum Lachen aufgelegt. Sie plauderten in einem fort über eine ganze Reihe von unverfänglichen Themen, Neuigkeiten aus dem persönlichen Umfeld und der Region, die Chicago Cubs und die Kinder, von denen sich nach dem Essen eins neben Julia hockte, das Osterkörbchen über den Kopf gestülpt wie einen Helm, und sie fragte, ob sie einen Witz hören wolle.

»Unbedingt«, antwortete sie. Sie gab sich alle Mühe, die Runde bei Tisch davon zu überzeugen, dass sie genauso liebenswert war wie sie, eine unkomplizierte, wohlmeinende Seele von Mensch, die des Schinkens würdig war, den sie heimlich an den Familienhund unterm Tisch verfütterte.

»Was versteht man unter einer Turbine?«

»Nichts, ist viel zu laut.«

Das Gesichtchen verdüsterte sich, und ihr wurde ihr Fehler bewusst.

»Oh, nein, ich wollte sagen ... tut mir leid.« Ihr war der Umgang mit Kindern nie leichtgefallen, aber im alltäglichen Leben hatte sie auch wenig mit ihnen zu tun, denn in Bars und im Archiv tauchten Kinder eher selten auf.

»Erzähl ihr einfach noch einen«, sagte der Vater des Kindes, Marks Bruder Drew. Und zu Julia meinte er: »Damit vertreiben wir uns gern die Zeit, er weiß noch viele Witze.« Sie hatte ihn ebenfalls in ihr Herz geschlossen, diese Familie war einfach so nett.

»Was machen zwei wütende Schafe?«, fragte der Junge,

und Julia tat so, als wüsste sie die Antwort nicht, und täuschte Amüsement vor, als das Kind rief, »*Sie kriegen sich in die Wolle*«, und dann wegrannte.

»Richtig süß«, bemerkte sie, denn das war in einem solchen Fall vermutlich der richtige Kommentar, worauf Drew sie anlächelte, Bonnie sie anlächelte und Mark, der neben ihr saß, ihr ein paarmal über den Rücken strich. Anscheinend wurde sie hier *gemocht*, der Besuch lief *richtig gut*. Sie konnte es kaum glauben, und ihr Bauch misstraute ihrem Eindruck, aber das war vermutlich das instinktive Gefühl einer Person, die sich stets fehl am Platz vorkam, und so wischte sie es beiseite, lächelte zurück und streichelte Pippen, den wohlgenährten Dachshund, der zu ihren Füßen auf weitere heimliche Gaben wartete.

»Julia, hast du Geschwister?«, erkundigte sich Bonnie.

Es gab auf diese Frage keine ehrliche Antwort, die für diese Zuhörerschaft angemessen gewesen wäre. »Nein«, antwortete sie.

»Wohnen deine Eltern immer noch in Chicago?«

Eigentlich wäre ein schlichtes Nein der einfache Ausweg gewesen, aber kein normaler Mensch wäre so kurz angebunden.

»Mein Vater ist verstorben«, sagte sie, »und meine Mutter lebt in Colorado.« Sie war nicht sicher, ob das noch der Wahrheit entsprach, denn sie hatte nie den Eindruck, in dieser Hinsicht informiert zu sein, aber das war die letzte Adresse, die ihre Mutter vor einem Jahr am Telefon diktiert hatte. Sie war wieder einmal wegen eines Mannes, von dem sie sich zum Zeitpunkt des Telefonats mit Julia aber bereits getrennt hatte, von Columbus nach Fort Collins umgezogen.

»Das tut mir leid«, erwiderte Bonnie, und sie wünschte

sich wie so oft, dass ihre Geschichte eine andere, eine schönere wäre oder in diesem Fall die von zwei liebenswürdigen Rentnern, die weiter in Chicago ihren Wohnsitz hatten, aber neuerdings ihre Winter in Scottsdale verbrachten, ein wie füreinander geschaffenes Elternpaar, das sich darauf freute, vorbeizuschauen und die nette Familie Ames kennenzulernen.

»Keine Ursache, das ist lange her«, sagte sie, um einen unbefangenen Tonfall bemüht.

»Colorado soll nett sein«, bemerkte Marks Dad, weil er zu den nettesten Menschen in Amerika gehörte. Und weil es wirklich zu traurig gewesen wäre, wenn sie an dieser Stelle zugegeben hätte, dass sie ihre Mutter noch nie besucht hatte, obwohl diese mittlerweile seit einigen Jahren dort lebte, stimmte sie ihm zu.

Auch der restliche Abend schien unkompliziert vonstattenzugehen, Julia verfolgte alles gebannt, aber unbeteiligt wie ein Waisenkind, das von der Straße in ein erleuchtetes Fenster blickt. Es wurde Kuchen verzehrt, den Bonnie gebacken hatte, ein Lamm mit Kokosraspeln als Wolle. Dann versammelte man sich zu einer Runde Kategorum, und anschließend ging es ins Bett. Mark und sie waren ein Vierteljahr zuvor zusammengezogen, doch Bonnie hatte ihnen bei der Ankunft ausdrücklich zwei getrennte Zimmer zugewiesen, und so lag Julia allein in Drews ehemaligem Jugendzimmer in einem Einzelbett und versuchte es unter einem Poster von Wayne Gretzky nicht mit der Angst zu tun zu bekommen.

Alles war gut gegangen. Mehr als gut. Julia hat die erste offizielle Begegnung mit den Eltern ihres Freundes erfolgreich hinter sich gebracht. Und sie *mochte* seine Familie. Sie mochte Bonnie in ihrem Sweater mit dem aufgedruckten Osterei und der mütterlichen Güte, sie mochte Skip, der ihr geduldig die Unterschiede zwischen Tannen und Kiefern auseinandersetzte, sie mochte Drew, der mit sechsunddreißig bereits die leutselige Abgeklärtheit eines Großvaters besaß. Und auch ihre Zuneigung zu Mark, der achtzehn Jahre lang in einem Bett wie diesem hier in den Schlaf fand, hatte eine Auffrischung erfahren. Und doch gesellte sich jetzt der allgemeine Zweifel dazu, warum er, der so glücklich und wohlbehütet aufgewachsen war, ausgerechnet mit jemandem wie ihr zusammen sein wollte.

Finger trommelten leicht gegen die Tür, und sie rappelte sich hoch, griff schnell nach einem der Bücher auf dem Nachttisch, blätterte darin herum und tat beschäftigt.

Aber es war Mark. »Bist du noch wach?«, fragte er und schlüpfte durch die Tür mit dem rissig gewordenen Holz. »Liest du gerade im *Guinnessbuch der Rekorde?*«

»Was glaubst du eigentlich, wo wir hier sind?«, fragte sie, während ihre Aufregung nachließ und sie zur Seite rückte, um für ihn Platz zu machen. »In einem Bordell?«

Er legte sich neben sie. »Hallo.«

»Der größte Teenager der Welt misst zwei Meter zweiundsiebzig«, erwähnte sie. »Na, viel Glück mit diesem Bett hier, Robert Wadlow.«

»Tut mir leid«, sagte er.

»Ist das eine spezielle Schikane, bevor man offiziell in die Familie aufgenommen wird?«

»Um Gottes willen, nein«, sagte er. »Sie mag dich wirklich sehr.«

Ihr wurde zwar etwas warm ums Herz, aber sie fragte trotzdem nervös nach: »Und dein Dad nicht?«

»Doch, er auch«, entgegnete Mark und legte eine Hand auf ihr Knie. »Jeder mag dich. Alles okay?«

Sie nickte und lehnte sich gegen das Kopfkissen. Sie lagen eine Weile schweigend nebeneinander, Mark rieb ihr gedankenverloren übers Knie, und Julia musterte das Poster von Wayne Gretzky, dessen Blick wahrscheinlich jeder Bewegung von ihr im Raum folgen würde.

»Tut mir leid«, sagte Mark schließlich. »Wenn es nicht ... wenn es nicht gut gelaufen ist.«

Sie erstarrte. »Was?«

»Wenn es nicht so war ... wie du es dir erhofft hattest.«

»Es ist doch toll gelaufen. Finde ich zumindest. Oder findest du das nicht?«

Er stützte sich auf einen Ellbogen. »Doch, richtig prima.«

»Und was tut dir dann leid?«

»Keine Ahnung, du wirkst bedrückt. Ist was passiert?«

»Sie sind einfach wunderbar«, entgegnete sie. »So richtig liebenswürdig. Normalerweise benutze ich dieses Wort nicht. Sie sind einfach *liebenswürdig*, Mark. Es gab selbst gebackenen Kuchen in der Form eines Lamms. Sie sind toll. Ich hatte eine richtig schöne Zeit.«

»Ah. Das ist wunderbar, Jules, ich bin so froh. Ich fand das alles auch, aber du hast ...«

»Du hast die netteste, normalste Familie in der Geschichte der Menschheit.« Vielleicht war sie deshalb so gereizt, vielleicht war es der Neid auf ihn und sein Kuchenlamm. Oder vielleicht lag es an der inneren Erschöpfung, weil sie sich innerlich auf einen Angriff eingestellt hatte, der dann ausblieb.

»Na ja«, sagte er, als würde er ihr das nicht abnehmen. »Ich habe den Eindruck, du verschweigst mir was.«

»Wusstest du, dass es auch einen Rekord fürs Schaukeln in einem Schaukelstuhl gibt?«

»Jules.«

»Sie sind alle so ... Es ist, als würdet ihr euch alle so richtig *mögen*. Wo ich herkomme, ist das anders. Deine Eltern spielen Brettspiele, meine sind Soziopathen.«

»Jules«, sagte er wieder, und ihr missfiel sein mitleidiger Tonfall.

»Nein. Alles gut. Ich will damit nur sagen ... falls deine Gefühle für mich sich deswegen ändern sollten ...«

»Tun sie nicht.«

»Aber falls doch.«

»Dann?«

»Keine Ahnung«, erwiderte sie.

Er sagte lange kein Wort, es schien fast, als wäre er gar nicht mehr im Raum, aber sie roch den Rauch des Holzfeuers in seinen Haaren und spürte seinen Atem am Ausschnitt ihres T-Shirts.

»Ich fühle mich immer ein bisschen deprimiert, wenn ich hier bin«, gestand er, und sie wurde ganz still. Sie hatte gar nicht bemerkt, dass er heute Abend, als die ganze Familie fröhlich bei Tisch saß, niedergeschlagen gewesen war, und das beunruhigte sie.

»Ich fühle mich nicht gesehen«, fuhr er fort. »Das war schon so, als ich noch klein war, und so ist es immer noch, ganz egal, was ich während meiner Abwesenheit alles gemacht habe. Das ist der Preis für die nette Zeit zusammen. Ich muss akzeptieren, dass es ihnen am Ende gleichgültig ist, was ich mit meinem Leben anfange.«

»Aber deine Eltern machen den Eindruck, als würden sie sich freuen, dass du da bist.«

»Das ist auch so. Aber es ist ... zwischen uns bleibt

alles oberflächlich, Jules. Außerdem fanden sie mich immer schon ein bisschen seltsam. Sie können ihren Freunden nicht recht erklären, was ich beruflich mache, ich will auch kein Haus ein paar Straßen weiter wie Drew, und sie wissen nicht, wie sie damit umgehen sollen.«

»Was meinst du mit seltsam?«

»Drew hat immer gewitzelt, ich wäre der Unabomber«, sagte er. »Bevor Witze über den Unabomber salonfähig waren.«

»Sind sie denn *heutzutage* salonfähig?«

»Und das nur, weil ich gerne für mich war«, erzählte er weiter und rollte sich auf den Rücken. »Und weil ich mich für Naturwissenschaften begeisterte, als wäre das was Schlechtes. Im Vergleich war ich in den Augen der anderen ein Sonderling, und lange haben sie sich einfach nicht für die Einzelheiten interessiert. Mittlerweile tun sie so, als wäre ich einfach nicht da, oder wenn schon, dann tun sie, als hätten sie den Mark vor sich, der ich vor zwanzig Jahren war. Das ist zwar immer noch besser als ... Ich will sagen, das ist nicht wie ...«

»Wir befinden uns nicht in einem Wettstreit«, sagte sie und griff nach seiner Hand. »Du musst das alles nicht erzählen, damit ich mich besser fühle.«

»Mache ich auch nicht, es ist die Wahrheit. Ich habe ... ebenfalls ein Davor und ein Danach. Das wollte ich dir sagen.«

Wayne Gretzky beobachtete sie von oben.

»Du wirst gesehen.«

»Von dir schon.«

»Gut.« Sie fuhr mit den Fingern über die Härchen auf seinem Unterarm. »Gut.«

»Und wie viele Male Schaukeln waren es auf dem Schaukelstuhl?«

»Der Rekord wurde in Stunden gemessen«, erklärte sie. »Das waren Hunderte.«

Er zog sie zu sich heran und presste sein Gesicht in ihren Nacken. »Du wirst ebenfalls gesehen.«

»Danke.« Sie lehnte ihren Kopf unbeschwert an seine Schulter, als bedeute es ihr nicht allzu viel, dass sie gesehen wurde und ihn nicht in die Flucht getrieben hatte, oder falls doch, dann ließ er sich das, ganz Diplomat aus dem Mittleren Westen, nicht anmerken. Offenbar wollte er sie nicht verlassen, sondern hielt sie in dem schmalen Bett umarmt, neben sich das *Guinnessbuch der Rekorde*, und schlummerte ein, denn das fiel ihm, der unbefangen und in sich ruhend durchs Leben ging, leicht. Sie hatte ihm gegenüber mehr von der Wahrheit preisgegeben als irgendjemandem sonst, und er war immer noch da, und obwohl sie ihm nicht die ganze Wahrheit erzählt hatte, musste auch sie eingeschlafen sein und mittels Osmose etwas von seiner inneren Ruhe aufgenommen haben, denn als sie erwachte, war es bereits Morgen.

31

Sie soll sich nicht nur um Pfingstrosen kümmern, sondern um alle Blumen, um die Blumenarrangements für den Tisch, den Blumenschmuck für die Brautjungfern und auch um die *Pocket Square Boutonniers*, wie Sunny sie nennt, die Einstecksträußchen für die Herren.

»Wir dachten, das macht dir Freude«, hat Sunny gesagt, als wollte man ihr einen Gefallen tun, um ihr darauf eine ganze Reihe von ellenlangen E-Mails bezüglich Farbauswahl und Stiellängen mit vielen blau unterlegten Links im Fließtext zu schicken.

Julia sitzt bei einem Glas Wein an der Kücheninsel und scrollt lustlos durch die letzte dieser Mails, klickt zufällig auf einen der Links, findet sich auf einem »Luxus-Landhaus-Lifestyle«-Blog namens Sincerely Shespoke wieder und liest dort einen Post, in dem die Autorin sich über ihre »Scheunenhochzeit« auslässt. Sie schließt die Augen und klappt ihren Laptop zu. Ein Abend allein – schon bald Normalität, aber momentan noch selten genug, dass sie es genießen kann. Mark und Alma sind außer Haus, und sie sollte die Gelegenheit eigentlich nutzen, um in aller Ruhe den Gartenkatalog mit Samen für den Sommer durchzublättern und in einem Rutsch alle Episoden einer britischen Krimiserie anzuschauen, die laut Mark *angestrengt charmant* ist.

Doch bevor sie damit beginnen kann, klingelt es an der Tür, worauf Suzanne fast durchdreht. Sie hat keinen

Besuch erwartet und bestimmt nicht das leicht verwässerte, verzerrte Gesicht von Brady Grimes im Glas der Haustür. Am liebsten würde sie ihn ignorieren, aber Suzanne ist außer sich und hüpft auf und ab, als hätte sie Sprungfedern unter den Pfötchen, und so bleibt Julia nichts anderes übrig, als die Tür zu öffnen, damit das ein Ende nimmt.

Sie will es kurz halten – Zurückhaltung hat ihr Verhältnis zu Brady von der ersten Minute an geprägt –, aber als sie ihn aus der Nähe sieht, eingefallene Wangen und verquollene Augen, stutzt sie.

»Man sollte meinen, sie würde mich mittlerweile kennen«, bemerkt Brady und beugt sich runter, um Suzanne zu streicheln, die gerade gewissenhaft seine Schuhe beschnüffelt.

»Sie erkennt dich«, entgegnet Julia. »Aber sie traut dir nicht.«

Er lächelt sie schwach an, was sie besorgniserregend findet, denn Brady lacht sonst immer viel zu laut über ihre Witze.

»Mark ist nicht zu Hause«, sagt sie. Sie nimmt Suzanne auf den Arm und spürt durch den Hundebrustkorb wütendes Herzklopfen. »Er ist mit Ollie bei einem Spiel von den Cubs.«

»Oh.« Er wirkt dermaßen niedergeschlagen, dass sie die Tür weiter öffnet.

»Komm doch rein. Was ist los?«

Er tritt ein und geht direkt Richtung Küche. »Franny ist weg.«

Den Bruchteil einer Sekunde lang geht sie davon aus, dass von Francines Tod die Rede ist.

»Wir haben uns gestritten«, fügt er erklärend hinzu. Er

greift nach der Flasche Wein auf der Kücheninsel. »Darf ich?«

Sie überlegt, ob er bereits etwas intus hat. Seine Bewegungen sind träge. Sie holt ihm ein Glas und sieht zu, wie er die Flasche entkorkt, sich die halbe Flasche einschenkt und gierig einen großen Schluck trinkt.

»Der ist gut«, sagt er mit einem gleichgültigen Blick aufs Etikett.

»Brady, sag mir, was los ist.«

Als hätte ihn ein tödlicher Schuss getroffen, lässt Brady sich auf eine Sitzgelegenheit an der Kücheninsel fallen und wirkt noch gequälter als bei Marks Geburtstag vor einem Monat. Normalerweise versucht er seine mangelnde Körpergröße dadurch auszugleichen, dass er immer steht, aber jetzt sitzt er in sich zusammengesunken da. Mittlerweile kennt sie ihn seit über fünfundzwanzig Jahren und hat unterschiedliche Versionen von ihm erlebt – den Brady mit dem Haarknoten und dem Reiko-Kissen, den italophilen Brady, den Brady, der ganz begeistert von Nahrungsergänzungsmitteln ist –, doch alle diese Versionen waren bestimmt von dem charakteristisch arroganten Blick aus seinen blauen Augen. So hat sie ihn noch nie gesehen. Wahrscheinlich zum ersten Mal – bislang hätte sie ihm am liebsten bei jedem Treffen den Kragen umgedreht – hat sie Mitgefühl mit ihm.

»Ich weiß nicht, was los ist. Sie ist zurück nach Philadelphia. Ihre Familie besitzt ein unbewohntes Apartment in Rittenhouse, und sie will dort bleiben – vielleicht für immer, keine Ahnung.«

Ihr Verstand kann das Gesagte kaum begreifen. Brady ohne Francine, dieses Musterpaar, die undurchdringliche Fassade, die maßlose Selbstgefälligkeit. Solange sie die beiden kennt, hat dieses ach so perfekte Paar, fleischgewordenes Ideal ihres Ehemanns, ihre eigene Ehe in den Schatten gestellt. Das Universum, in dem sie und Mark überleben und Brady und Francine Grimes nicht, existiert nicht. »Erzähl mir, was passiert ist.«

»Das geht schon eine ganze Weile so«, sagt er und nimmt einen tiefen Schluck aus dem Weinglas. »Sie sagt, wir würden uns schon seit Jahren auseinanderleben, und ich habe es nicht gemerkt.« Er nimmt erneut die Weinflasche zur Hand, schenkt sich ordentlich nach, gibt ihr den Rest und vernichtet so ohne mit der Wimper zu zucken eine recht teure Flasche Meritage.

»Aber es muss dafür doch einen Auslöser gegeben haben.« Sie denkt an einen Erpressungsskandal und vor ihrem geistigen Auge erscheint die Silhouette einer Geliebten auf der Rückbank von Bradys lächerlichem europäischem SUV.

»Alles unverändert«, entgegnet er. »Alles wie immer. Sie sagt, das sei Teil des Problems. Was einfach unfair ist, oder nicht? Sie ändert einfach die Regeln, ohne mir ein Wort davon zu sagen.«

Brady trinkt sein Glas aus und fragt dann: »Bist du einverstanden, wenn ich auf was Hochprozentiges umsteige?« Und schon ist er auf dem Weg zu dem Flaschensortiment auf der Anrichte im Wohnzimmer. Er kommt mit einer Flasche edlem Bourbon zurück, die Mark von einem Kunden zu Weihnachten bekommen hat. »Ich meine, ist die Bemerkung anmaßend, dass sie meiner Meinung nach eine Midlife-Crisis hat?«

»Ja«, sagt Julia, obgleich sie sich das auch schon gefragt hat.

»Wir haben in der letzten Zeit nicht viel miteinander

geredet«, erzählt er. »Und dann haben wir uns ... und dann rutschen einem plötzlich Dinge raus, von denen man gar nicht wusste, dass man sie im Hinterkopf hatte, und man weiß auch genau, dass man besser seinen Mund halten sollte, aber man sagt sie trotzdem? Und als wir damit einmal angefangen hatten, gab es kein Halten mehr.«

Beim Zuhören wird sie nervös, steht auf, räumt in der Küche herum, öffnet Schränke, den Kühlschrank. Sie holt Butter und einen Mozzarella heraus. Immer noch dieser alte Helen-Russo-Impuls, Krisenbewältigung durch Gastlichkeit.

»Was machst du da?«

»Ich mache dir ein Grilled-Cheese-Sandwich.« Sie hat schon vor langer Zeit damit aufgehört, bei Brady und Francine Aufhebens um ihre Rolle als Gastgeberin zu machen. Die beiden haben Partys mit Kellnern, tagfrisch gefangenen Krabben und Konzerten von namhaften Mitgliedern des Chicago Symphony Orchestra zur musikalischen Untermalung veranstaltet, ein Pomp, dass einem schlecht werden konnte. Daran konnte man ohnehin niemals heranreichen, man *wollte* es nicht, und so versucht sie es auch gar nicht. In der Küche bringt sie jedenfalls auch Ordentliches zustande.

Er lächelt sie plötzlich mit offener Bewunderung an. »Danke, Jules.«

»Hör auf, mich so zu nennen.«

»Hat Franny einen unglücklichen Eindruck auf dich gemacht?«

Sie gibt stirnrunzelnd einen Klumpen Butter in die Pfanne. *Wenn ich nicht unbedingt muss, mache ich mir möglichst über keinen von euch Gedanken.* Aber das sagt sie nicht. Sie hat niemals recht begriffen, wie Francine und ihresgleichen ticken. Das sind Frauen, die mit den ersten Sonnenstrahlen aufzustehen scheinen, immer pünktlich sind, immer eine tadellose Frisur haben und ganz nebenbei noch allergenfreie Leckereien backen, und zwar nicht nur für die Klasse des eigenen Kindes, sondern für die gesamte Jahrgangsstufe. Und doch ist es nicht Francines Schuld, dass sie alles verkörpert, wogegen sich Julia vor ihrer Ehe mit Mark gewehrt hat. Und es ist auch nicht Francines Schuld, dass sie alles verkörpert, was Mark vor seiner Ehe mit Julia gutgeheißen hat. Und so gerne Julia ihr das angelastet hätte, ist es auch ganz und gar nicht Francines Schuld, dass sie damals mitbekommen hat, was sie eben mitbekommen hat, als Nathaniel vor dem Haus in der Superior Street auftauchte.

»Weiß ich nicht. Freude sieht bei jedem anders aus. Vielleicht braucht sie einfach nur ein bisschen Zeit für sich.«

»Glaubst du, es gibt da einen anderen?«, fragt er.

Etwas in ihr wehrt sich bei dieser Frage. Francine, die Unangepasste, Francine, die heimliche Ehebrecherin – diese Möglichkeiten hatte sie nie im Entferntesten in Betracht gezogen.

»Meine Güte, keine Ahnung. Glaubst du's denn?« Sie ist immer davon ausgegangen, dass wenn, dann Brady derjenige mit der Affäre wäre. Eigentlich ist sie fest davon ausgegangen, dass er seine Frau mit schöner Regelmäßigkeit betrog, obgleich es ihr ein Rätsel war, wie er das hinbekam – nicht das Lügen und Betrügen selbst –, sondern wie er es schaffte, eine Frau, die nicht Francine hieß, zu erobern und dazu zu bringen, dass sie ihn ertrug.

»Ich bin mir nicht sicher. Ich habe niemanden im Sinn, aber ich meine ... So was soll vorkommen, oder?«

Der Blick, den er ihr zuwirft, ist nicht zu deuten. Sie

weiß bis heute nicht, wie viel Mark seinem Freund über damals erzählt hat, wie viel von dem, was sie sich während der Ära Helen Russo geleistet hat, im Hause Grimes bekannt ist.

»Darf ich dich was fragen?«

Die Luft im Raum ist mit einem Mal dünner geworden.

»Hast du dich jemals gefragt –«, setzt er an und unterbricht sich dann.

Sie ist darauf konzentriert, das Sandwich zu wenden. »Was?«

»Na ja, ob ... für mich hat es immer so ausgesehen, als wäre da was verwechselt worden. Oder ... oder das ist vielleicht die falsche Formulierung, als hätten wir vier vielleicht ... einen gigantischen Fehler begangen.«

»Einen gigantischen Fehler?«

»Mark und Franny waren immer besser füreinander geeignet, findest du nicht? Als jeweils für uns beide? Und du und ich ... keine Ahnung, wäre das vielleicht nicht sinnvoller gewesen?«

Sie lehnt sich gegen die Kücheninsel und es kommt ihr vor, als wäre sie mit knapper Not einem Bus ausgewichen, um im nächsten Augenblick von einem Taxi überfahren zu werden. »Dieser Gedanke ist mir noch nie gekommen, nein.«

»Nein?« Brady wirkt nicht getroffen, sondern aufrichtig überrascht. »Ich habe das immer gedacht. Francine und Mark sind beide so ... Die wissen, wo's langgeht, die befolgen Regeln, planen alles. Während du und ich ...«

»Du und ich *was?*«

»Wir sind mutiger«, sagt er schlicht. »Und vielleicht auch interessanter? Ich will nicht klingen wie ein Arschloch, aber das stimmt doch, meinst du nicht? Ich wette, wenn du und ich zusammengekommen wären, hätten wir uns nie gelangweilt.«

»Ich verstehe nicht ganz, was Langeweile hier für eine Rolle spielt.«

»Im Ernst?« Er wirft ihr einen Blick zu. »Das ist für mich fast immer der Grund, um mit etwas nicht weiterzumachen. Ich glaube, das ist am Ende für viele Leute so.«

»Ich halte mich selbst eigentlich für ziemlich langweilig«, bemerkt sie.

»Mittlerweile schon«, sagt er. Sie runzelt die Stirn, und sein Gesicht entspannt sich. Er setzt ein kleines Lächeln auf, das sie unwillkürlich zum Lachen bringt.

»Mittlerweile sind wir's alle«, fährt er fort. »Aber damals? Mark hat sich bestimmt nie mit dir gelangweilt.«

»Wann *damals?*«

»Damals, als alles anfing. Als er dich kennenlernte. Du warst so ... ich weiß nicht, frech.«

»Alles Show«, sagte sie, aber ihre Wangen glühen.

»Ich will nur sagen, ich dachte immer, *ich* würde derjenige sein, der alles gegen die Wand fährt.« Der Bourbon hat seine Gesichtszüge aufgeweicht, sie wird dafür sorgen, dass er für die Heimfahrt ein Taxi nimmt. »Ich meine ... alles wirklich bewusst gegen die Wand fährt. Manchmal *mache* ich Dinge einfach und weiß nicht immer genau, warum. Verstehst du, was ich meine?«

»Du hast den Verstand«, sagte Brady bei einem der ersten Gespräche über AllAboard zu ihrem Mann. »Und ich bin der Macher.« Damals musste sie darüber lachen, aber wenn das eine das andere wirklich ausschließt, dann ist sie die ganze Zeit auch so etwas wie eine Macherin gewesen.

»Ja«, sagt sie, »verstehe ich.«

»Das ist genau das, was ich meine. Du verstehst es eben.«

»Iss das hier.« Sie lässt das Sandwich auf einen Teller gleiten. »Bevor du weitertrinkst.«

Er lässt seinen Blick von ihr zum Sandwich wandern, nimmt eines der Dreiecke und stopft es sich zur Hälfte in den Mund. »Danke.«

»Keine Ursache.« Sie setzt sich ihm gegenüber an den Tisch und fühlt sich plötzlich unerklärlicherweise müde.

Brady kaut noch, als er fragt: »Deine Mom war Alkoholikerin, stimmt's?«

Sie spannt sich innerlich an. »Was?«

Er wirft ihr einen Blick zu und schluckt. »Was? Sorry. Stimmt das nicht?«

»Sie hat manchmal getrunken«, antwortet sie knapp. »Aber was hat das mit ...«

»Ich wollte dir nicht zu nahe treten«, sagt er. »Hab mich nur gefragt. Bei deiner Mom. Franny behauptet, ich würde zu viel trinken.«

»Dann stimmt das wahrscheinlich.« Sie steht auf und geht zur Spüle, um die Pfanne abzuwaschen. »Ich kenne mich da nicht aus.«

Sie schweigen einen Moment, die Spülbürste fährt mit einem leisen Kratzen über den Boden der Pfanne, und Brady kaut gehorsam an seinem Sandwich. Sie hört ihn nicht aufstehen und fährt deshalb zusammen, als sie ihn hinter sich wahrnimmt.

»Meine Güte«, sagt sie.

»Entschuldige.« Er hält ihr den Teller hin, und bevor sie ihn entgegennimmt, muss sie ganz kurz an Nathaniel Russo und die erste Begegnung mit ihm denken. Damals standen ebenfalls zwei Leute, beide auf ihre Weise auf dem falschen Dampfer, in einer Küche beisammen und spürten mit jeder Faser ihres Körpers, wie viel Luft noch zwischen sie passte.

Sie nimmt den Teller, aber er rutscht ihr aus der Hand und fällt klirrend in die Spüle.

»Das war gerade keine Anmache«, betont Brady. »Nur damit das klar ist.«

»Das weiß ich doch«, erwidert sie gereizt.

»Julia?«

»Mein Gott, was denn noch?« Sie stellt das Wasser mit einem Ellbogen ab und greift nach einem Geschirrhandtuch.

»Ich weiß nicht, was ich machen soll«, sagt er. »Ohne sie.«

»Ach«, sagt sie, dann öffnet sie ihre Arme und Brady Grimes flüchtet sich hinein wie ein kleiner Junge.

*

Sie schaut Mark im Badezimmerspiegel beim Zähneputzen zu. Nach der Rückkehr vom Basketballspiel hat er mit Brady noch eine Stunde lang im Garten verbracht, bevor er ihn in ein Taxi nach Hause verfrachtete. Sie sieht ihrem Mann an, dass er ebenfalls angetrunken ist. Bei ihr ist die Wirkung des Weins bereits verflogen, und gerade fühlt sie sich dünnhäutig und nervös.

»Was, meinst du, ist passiert?«, fragt sie und holt die sündhaft teure Feuchtigkeitscreme aus ihrer Unterwäscheschublade hervor, wo sie sie vor Alma versteckt hält.

Mark schleppt sich endlich ins Bett. »Weiß nicht genau«, erwidert er. »Es kann nicht so schlimm sein, wie er sagt. Ich ruf Franny morgen früh an.«

»Was? Warum?« Eigentlich neigt sie nicht zu Eifersucht, aber dass ihr Ehemann zu Francine eine Beziehung unterhält, bei der man ganz unbedarft zum Telefonhörer greift, hat sie immer schon gestört.

Er schaut sie vorwurfsvoll an. »Vielleicht möchte sie ja auch darüber reden? Sie würde doch nicht grundlos ihr gemeinsames Leben wegwerfen und einfach abhauen.«

Sie beide begreifen gleichzeitig, was er da gerade gesagt hat. Wie oft ist das im Laufe der Jahre schon vorgekommen? Bei einer zufälligen Filmszene, einer gedankenlosen Formulierung. Eigentlich ist sie davon ausgegangen, dass sie die Phase weit hinter sich gelassen haben – das ging wirklich jahrelang so –, in der alles sie immer wieder daran erinnert.

»Ich wollte damit nur sagen, das sieht ihr nicht ähnlich«, sagt er, nicht entschuldigend, aber auch nicht streitlustig. »So was passiert nicht einfach so. Ich wusste, dass sie gerade Probleme haben, aber nicht, dass es ... Brady übertreibt sicherlich. Ganz bestimmt.«

»Sie haben Probleme?«

»Seit ein paar Monaten«, entgegnet er. Sein Blick scheint ihrem leicht auszuweichen.

»Davon hast du mir gar nichts gesagt.«

»Ich dachte nicht, dass dich das interessiert«, sagt er und sie beschließt, sich nicht provozieren zu lassen. Das Thema war zwischen ihnen lange genug vermintes Gelände. »Ich habe das Gefühl ... keine Ahnung, dass ich ihnen irgendwie helfen sollte.«

»Helfen? Und *wie?*« Sofort wird sie wieder hellhörig. Hat Brady vor zwanzig Jahren etwa auch versucht, Mark zu *helfen?* Und Francine? Meine Güte, sie hat sich antrainiert, der Frau mit der Zeit wieder in die Augen zu blicken, und Francines stoischer Gleichmut war dabei sicherlich eine Hilfe, aber sie hat trotzdem noch die Tauwetter-Szene vor dem Haus im Hinterkopf. »Und was möchtest du tun?«, fragt sie. »Eine Intervention durchführen?«

»Julia, das ist nicht lustig. Die zwei sind unsere besten Freunde.«

Wie oft hat sie sich diesen Satz schon anhören müssen? Und wie oft hat sie sich die Erwiderung *Meine besten Freunde sind das nicht* verkniffen? Wie oft ist es ihr doch herausgerutscht und sie hat ihn damit wütend gemacht?

Sie steht auf. »Ich habe noch Wäsche in der Maschine.«

Mark wird unmutig. »Muss das jetzt sein?«

»Was willst du damit sagen? Willst du morgen früh Ollie erklären, warum ihre Jeans nicht trocken sind?«

Er lässt den Kopf mit einer übertriebenen Geste gegen das Kopfteil des Betts fallen. »Meinetwegen, Julia.«

Sie spürt leisen Trotz in sich aufsteigen, den für eine Ehe typischen Impuls, sich zu behaupten, selbst wenn es nur um die Wäsche geht.

»Bist du jetzt etwa *verärgert?*«

»Wir unterhalten uns gerade über ein ernstes Thema«, sagt er. »Und ich begreife nicht, wie dir da als Erstes die Wäsche einfallen kann.«

»Die Hausarbeit macht sich nicht von allein«, erwidert sie. »Und was ist so ernst an dem Thema? Das hat nichts mit uns zu tun.« Eigentlich will sie nicht so sein. Sie empfindet Mitgefühl mit Brady und Francine, genau wie Mark sein Auftritt heute Abend sie betroffen gemacht. Aber es sind nicht ihre Probleme und sie hat momentan genug um die Ohren. Und wenn sie ganz ehrlich sein soll, findet sie es ein bisschen ärgerlich, dass damit eine alte Wunde aufgerissen worden ist, an deren Heilung sie und Mark hart gearbeitet haben, und das zu einem Zeitpunkt, in dem sie sich für sie beide unbedingt sicheren Boden unter den Füßen wünscht.

»Mein Gott«, sagt er. »Was ist eigentlich seit kurzem los mit dir? Als hättest du dich in eine ...«

»Was?« Sie ist aufrichtig interessiert, zu erfahren, worin sie sich verwandelt haben soll.

»Hast du eigentlich auch nur ein Quäntchen Mitgefühl für andere?«, fragt er und ihr aufrichtiges Interesse verwandelt sich in gekränkte Überraschung.

»Selbstverständlich habe ich das«, antwortet sie und eigentlich sollte er das auch wissen. Besonders er sollte wissen, dass sie kein schlechter Mensch ist, sondern mitunter ihre Schwierigkeiten hat, sich wie ein Mensch zu *verhalten*.

»Seit einiger Zeit lebst du vor allem in deiner Welt«, meint er. »Als wäre man mit einem Teenager zusammen.«

»Es ist gerade viel los.« Sie bemüht sich um einen ruhigen Tonfall. Eigentlich hat sie nicht mehr nah am Wasser gebaut, aber gerade ist sie doch den Tränen nahe und merkt, dass sie in alte Verteidigungsstrategien zurückfällt, um eine emotionale Eskalation zu vermeiden. Eine frühere Version von ihr möchte die aktuelle beschützen. »Alles verändert sich gerade.«

»So ist das Leben. Leben ist Veränderung, Julia. Und normale Leute akzeptieren das einfach. Normale Leute haben keine Probleme, Mitgefühl für ihre Freunde zu empfinden und ihre Kinder zu unterstützen.«

Sie weiß nicht recht, ob er gerade wirklich so verletzend sein will, wie er klingt.

»Das *versuche* ich doch gerade«, fährt sie ihn an. »Und seit wann sind die Kinder das Thema?« Zwanghaft beginnt sie alles, was auf ihrer Kommode steht, in eine ordentliche Reihe zu stellen – wie unproduktiv, so ein Ehestreit in einer Suburb, wenn man über fünfzig ist. Ein wenig fehlt ihr die Heftigkeit ihrer frühen gemeinsamen Tage, das Türenknallen, die wüsten Beschimpfungen, die Gewissheit von Versöhnung. Dieser Tage ist hingegen *Aufräumen* angesagt.

Er lässt die Stirn in die Hände sinken. »Ich weiß, dass du's versuchst«, sagt er kurz darauf und blickt dann mit schweren Lidern zu ihr auf. »Ich wollte nicht ... Mir ist klar, dass gerade viel los ist. Und mich stresst das auch, und es bringt mich durcheinander, oder wie immer es dir gerade ergeht, Julia. Bei mir ist es vermutlich nicht anders. Du kannst nicht einfach davon ausgehen, dass du sensibler reagierst als alle anderen.«

»Tue ich auch nicht«, antwortet sie.

»In der letzten Zeit willst du dir nur ... alle vom Leib halten. Mit Ben redest du kaum. Und mit mir eigentlich auch nicht.«

»Ich rede doch gerade mit dir.«

»Du weißt genau, was ich meine«, entgegnet er. »Du bist nicht bei der Sache. Du lässt dir alles immer wieder durch den Kopf gehen, aber wenn es ums Reden geht, lenkst du vom Thema ab oder witzelst herum oder machst einfach dicht. Und, Jules ... Wir wissen doch beide, dass das so nicht funktioniert. Das macht alles nur schwerer. Für dich vor allem, aber auch für dein Umfeld.«

»Was mache ich denn schwerer? Ich mach doch alles, was ich soll.«

Er schaut sie an wie ein besonders schwieriges Kleinkind, als wäre sie mit Absicht starrköpfig, auch wenn sie das nicht ist, jedenfalls nicht bewusst.

»Ich gebe mir alle Mühe«, fügt sie hinzu und der leicht

defensive Tonfall untergräbt ihre Glaubwürdigkeit, was sie stört, denn sie meint es ernst. Vielleicht sieht es für andere Leute nicht danach aus, aber sie gibt sich tatsächlich größte Mühe.

Mark schließt erneut die Augen. »Jules, das weiß ich doch«, sagt er, und sie weiß, er meint es ebenfalls ernst, aber seine Glaubwürdigkeit wird von seinen guten Absichten untergraben – diese Freundlichkeit, die Munition der Netten. Und sein Beschwichtigungsversuch nagt an ihr und nistet sich schmerzlich ein.

32

Während des ersten Jahres ihrer Beziehung mit Mark blieben Brady und Francine Grimes Leute, über die sie viel hörte, mit denen sie aber wenig zu tun hatte. Mark und Brady waren von frühen Kindertagen bis zum College unzertrennlich gewesen, dann trennten sich ihre Wege, und aus Brady wurde ein Risikokapitalanleger. Sie weigerte sich, nachzufragen, was sich hinter dieser Berufsbezeichnung verbarg, weil sie wusste, dass die Antwort sie langweilen würde. Er und seine Frau lebten zunächst in ihrer Geburtsstadt Philadelphia. Als Mark dann eines Tages verkündete, die beiden würden zu ihnen nach Chicago umziehen, versuchte sie, sich ihre Nervosität nicht anmerken zu lassen. Sie gab sich alle Mühe, froh darüber zu sein, dass ihr Partner einen besten Freund hatte, und wollte seine Loyalität und Fähigkeit, eine Freundschaft am Leben zu halten, liebenswert und nicht bedrohlich finden. Aber jedes Mal, wenn es um Brady ging, empfand sie eine ungesunde Rivalität, gegenüber der sie wehrlos war.

Sie kauften sich ein Haus mitten in einer Suburb der North Shore, einer Gegend, die in ungeahnter Nähe zu ihrem eigenen Wohnort lag. Und Julia wäre recht froh gewesen, weiterhin in Ignoranz von Häusern mit Giebeln und schmiedeeisernen Sicherheitstoren zu leben, die aussahen, als hätten sie einige dunkle Kapitel der amerikanischen Geschichte miterlebt.

»Es leben tatsächlich Leute *in unserem Alter* hier?«, fragte sie, während sie aus Marks Autofenster blickte.

»Nett, oder?«, sagte Mark und wählte damit bestimmt nicht das Attribut, das ihr auf der Zunge lag.

»Wenn man in die Suburbs zieht, ist das, als wenn man sich das Gesicht tätowieren lässt«, entgegnete sie. »Man legt sich bis in alle Ewigkeit auf einen bestimmten Lebensstil fest.«

»Das ist kein Lebensstil, sondern nur ein Ort«, entgegnete er.

Ein paar Abende zuvor hatten sie sich den Film *Apocalypse Now* angeschaut. Und als sie jetzt in die Einfahrt von Brady und Francine einbogen – zu beiden Seiten Laternenpfähle, auf die keine Köpfe gespießt waren, die aber dennoch ganz eindeutig phallisch wirkten –, summte sie die Melodie vom »Walkürenritt« und war sich nur halb bewusst, dass sie ihn damit provozierte.

Er lächelte sie an, und wahrscheinlich war das aufmunternd gemeint. Sie reichte ihm die Flasche Wein, die achtzehn Dollar gekostet hatte, der reinste Luxus, zupfte beim Aussteigen aus dem Auto verlegen am Saum ihres Kleids und der rosafarbene Kies knirschte unter ihren Boots. Die Haustür öffnete sich schon auf ihrem Weg dahin, und darin tauchte eine Frau mit einer steifen blonden Mähne auf, die ein Schwangerschaftskleid mit Schleifchen trug.

»Ihr kommt natürlich pünktlich, und wir sind mit allem vierzig Minuten zu spät dran«, lachte sie und umarmte Mark mit einer vertraulichen Selbstverständlichkeit, die Julia nicht erwartet hatte.

»Keine Eile«, sagte Mark, das Gesicht in ihrem Haar vergraben, und als sie sich voneinander lösten, lächelte er.

»Ich bin in diesen Tagen einfach ein bisschen langsamer als sonst«, erklärte Francine an Julia gewandt. Sie war in der Tat hochschwanger.

»Sieh dich nur an«, sagte Mark, immer noch mit dieser albernen Zuneigung im Gesicht. »Franny, du siehst einfach fantastisch aus.«

Julia beobachtete ihn argwöhnisch aus den Augenwinkeln. Hatte er in ihrer Gegenwart jemals zuvor das Wort *fantastisch* gebraucht? Noch dazu in diesem überschwänglichen Ton? Weder Vokabular noch Tonfall schienen ihr der Situation besonders angemessen zu sein. Und, wirklich, *Franny?*

»Ach, hör doch auf«, erwiderte Francine und versetzte ihm einen leichten Klaps. Sie verdrehte die Augen und sagte zu Julia: »Er weiß ganz genau, dass ich es nicht leiden kann, wenn er mich so nennt. Du bist also Julia.«

»Hallo«, grüßte sie und fügte unbeholfen hinzu: »Glückwunsch.« Ihr kam es so vor, als wären neuerdings überall Babys um sie herum – sie schlüpften durch irgendwelche Öffnungen auf die Welt, wurden anschließend feierlich in Riesenbuggys über Gehsteige gerollt und sorgten für selbstverliebte und zerstreute Zeitgenossen. In unmittelbarer Nähe von einem zu sein machte sie nervös.

Francine lächelte ihr zu. »Wir haben schon so viel über dich gehört.«

Sie fragte sich, wie Mark sie in seinen Erzählungen den beiden ältesten Freunden wohl präsentiert hatte und wie nah sie seinen Beschreibungen gerade kam in ihrem Flohmarkt-Look, dem Kleid mit Spaghettiträgern, das unter einem von Marks Hemden hervorschaute, und den Motorradstiefeln. Beim Verlassen der Wohnung war ihr das Outfit schick vorgekommen, aber jetzt fühlte sie sich verlottert und unseriös.

»Dein Kleid ist *toll*«, sagte Francine, und Julia hörte genau hin, ob sich hinter den Worten vielleicht Spitzfindigkeit oder ein negatives Urteil verbargen, aber konnte nichts davon ausmachen.

»Deins auch«, entgegnete sie und ging Mark nach, der seinerseits Francine durch den mit Marmor verkleideten Eingangsbereich folgte. Im Flur hing ein gerahmtes Schwarz-Weiß-Foto, in dem das Paar händchenhaltend in einem Kornfeld stand. Sie kniff Mark in den Ellbogen, ein Signal, dass hier die unausgesprochene goldene Regel ihrer Beziehung zum Einsatz kam – sie hielten füreinander in jeder Lage den Kopf hin und stimmten in ihrer Geringschätzung für bestimmte Dinge überein –, aber er reagierte nicht.

Brady stand in einer albernen weißen Schürze in der Küche und war mit einem Fisch beschäftigt, der lang wie ein Unterarm und dilettantisch ausgenommen war, ein ganz und gar unschöner Anblick. Er wandte sich zu ihnen um und entlarvte sich sofort als der Typ Mann, der eine Frau mit seinen Blicken auszog, als gehörte das zu einer normalen Begrüßung.

»Es gibt sie also wirklich!«, rief er, und Julia kam einer Umarmung zuvor, indem sie ihre Hand zum Gruß ausstreckte.

»Klar gibt es sie«, sagte Mark, und Julia sah zu, wie die beiden Männer einander umarmten, und aus der selbstverständlichen Herzlichkeit der Geste schloss sie, dass sie einander wirklich vermisst hatten.

»Was findest du an ihm?«, hatte sie Mark mal gefragt, und er hatte etwas verlegen geantwortet: »Ich kenne ihn einfach schon seit Ewigkeiten. Und von wie vielen Leuten lässt sich das behaupten?«

Doch Julia hatte so etwas immer nur bei Mark empfunden – erleichterte Freude beim Wiedersehen eines geliebten Menschen – und es ärgerte sie, diese Freude jetzt mitzuerleben, aber nicht selbst die Empfängerin zu sein.

»Wie schön, dass ihr jetzt auch hier wohnt«, sagte Mark und Brady legte ihm einen Arm um die Schultern.

»Wirklich schön, hier zu sein«, pflichtete er ihm bei.

»Was duftet denn so gut?«, fragte Mark.

»Brade hat seit unserer Italienreise im letzten Sommer als Koch ganz schön was dazugelernt«, antwortete Francine.

»Campania«, sagte Brady verliebt und mit einem leicht gekünstelten Akzent und schenkte ihnen aus einer Flasche, die bereits geöffnet auf dem Tresen stand und ganz bestimmt teurer war als achtzehn Dollar, Wein ein. Dann erzählte er ihnen in einem Wirrwarr aus berühmten Namen, Sehenswürdigkeiten, Villen und Weinen von der Reise. Julia suchte immer wieder Marks Blick, aber er sah sie nicht an, sondern konzentrierte sich auf Bradys Schilderungen. Sie beobachtete, dass er mit Francine sehr wohl Augenkontakt hatte, sie lächelten einander hin und wieder zu wie nachsichtige Eltern, die lauschten, wie ihr hyperaktiver Sohn von seinem Sommercamp erzählte.

»Vielleicht können wir ja das nächste Mal zu viert verreisen«, bemerkte Mark mit einem Lächeln zu Julia, als könnten sie sich ebenfalls problemlos die Mitgliedschaft in einem Sportclub leisten oder eine Reise nach Europa, als gehörten sie *vier*, sie beide und dieses langweilige Pärchen, dessen Bekanntschaft sie gerade erst gemacht hatte, tatsächlich zusammen.

»Bald sind wir zu sechst, vergiss das nicht«, sagte Francine und zeigte unmissverständlich auf ihren Bauch. Julia hätte gerne heimlich ein Trinkspiel daraus gemacht und mitgezählt, wie oft ein Hinweis auf die Schwangerschaft fiel, aber sie hatte ihr Glas Wein schon fast ausgetrunken. Brady rückte ihr beim Nachschenken mit der Finesse eines ausgewachsenen Trampeltiers zu Leibe.

»Zu sechst?«, fragte sie einen Tick zu spät.

»Zwillinge«, erklärte Brady, der mittlerweile so nah bei ihr stand, dass sie seinen Basilikumatem riechen konnte.

»Ah«, sagte sie und freute sich ganz kurz, dass das Rätsel um Francines enormen Körperumfang sich damit gelöst hatte, aber als sie zu Mark hinübersah, wirkte er so, als hätte er das seit langem gewusst.

»Wo wir schon beim Thema sind«, sagte Francine. »Möchtest du das Kinderzimmer sehen, Julia? Ich habe den ganzen Monat gestrichen, und Brady ist mittlerweile am Ende mit seinen Komplimenten.«

Und obwohl sie im Zweifelsfall lieber weiter Bradys Beschreibungen von geschichtsträchtigen Kapellen ertragen hätte, willigte sie ein.

»Amüsiert euch gut, Mädels«, meinte Brady. »Mark, komm und sieh dir den Pool an.«

Francine watschelte voraus, und Julia folgte ihr. Über die Schulter warf sie noch einen letzten Blick auf Mark, der mit Brady davonging, als hätte sie ihn gerade zufällig für immer verloren.

*

Zwischen den beiden weißen Kinderbettchen hing ein weiteres Foto. Es war offenbar auch in dem Kornfeld aufgenommen worden und zeigte nur Francine, die liebevoll ihren Bauch umfasst hielt. Gerade schilderte sie Julia minutiös den Prozess des Streichens, offenbar mit einer besonderen Kreidefarbe, deren Farbton sich beim Trocknen änderte.

»Eine Sekunde«, sagte Julia. »Das hast du nicht alles selbst gestrichen, oder?«

»Doch. Nur die Decke nicht. Brady hat mich nicht auf die Leiter gelassen.«

»Wow«, sagte Julia, und Francine wirkte richtig stolz. Vielleicht hatte sie diese Frau doch unterschätzt, überlegte Julia, jedenfalls auf diesem Gebiet. »Einfach fantastisch«, fügte sie hinzu, ein von Mark geborgtes Kompliment. Und jetzt glühte Francine förmlich vor Freude, was wirklich nett war, bis sie diesen Augenblick freundschaftlicher Annäherung als Ermächtigung interpretierte, sich in privatere Gefilde vorzuwagen und Julia mit weiterhin verstörender Detailverliebtheit aus ihrem Leben erzählte, einschließlich der *Geburtsvorbereitungen*, bei denen Brady eine fast schon pornografische Rolle zufiel.

»Wow«, wiederholte Julia. Ihr war leicht übel geworden. Sie hatte von dem Thema beschämend wenig Ahnung, weil sie sicher war, dass sie selbst niemals schwanger werden wollte und folglich allgemein kein großes Interesse an einer einschlägigen Unterhaltung hatte. Und mittlerweile fühlte sie sich neben Francines gestandener Fruchtbarkeit wie eine jämmerliche Hure und merkte, dass sie tatsächlich ihr Glas Wein ins Kinderzimmer mitgebracht hatte – roter Wein in einem weiß gestrichenen Kinderzimmer, wirklich eine tolle Idee – und noch dazu den Gestank nach kaltem Zigarettenrauch.

»Sorry«, sagte Francine, plötzlich verlegen. Sie lachte. »Du merkst bestimmt, dass ich nichts anderes mehr im Kopf habe, oder? Ich habe meine Zeit damit verbracht, hier alles allein herzurichten, und Brady – na ja, wie gesagt, irgendwann ist bei ihm Schluss mit der Begeisterung.«

»Nein, das ist ganz schön aufregend«, entgegnete Julia. »Ich kann es mir ehrlich gesagt nur schwer vorstellen.«

Francine ließ sich in einen Schaukelstuhl sinken und wies auf einen plüschigen Sitzsack gegenüber. »Möchtest du Kinder?«

»Oh.« Julia hockte sich umständlich auf den Sitzsack und passte auf, dass kein Wein aus dem Glas schwappte.

»Sorry, sorry«, sagte Francine. »Ich bin einfach zu neugierig, du musst die Frage nicht beantworten.« Aber sie schnitt darauf kein anderes Thema an, und so bemühte Julia sich, die entstandene Gesprächspause zu füllen.

»Ich bin mir da nicht sicher«, fing sie an. »Ich bin nicht sicher, dass es für mich das Richtige ist.«

»Ist ja auch nicht für alle das Richtige«, erwiderte Francine, und obwohl es nicht unbedingt selbstgefällig klang, nahm Julia es angesichts des strahlenden hochschwangeren Gegenübers so wahr.

»Willst du denn dann zu Hause bleiben?«, fragte sie und war sich nicht sicher, ob diese Frage erlaubt war. »Oder willst du ... Entschuldige, Mark hat mir gar nicht gesagt, was du beruflich machst.«

»Auf jeden Fall. Wir haben lange hin und her überlegt, aber ich habe beschlossen, dass das sinnvoll ist. Ich mag Kinder sehr, tatsächlich schon immer, und ich hoffe, das wird mir helfen.«

»Ganz bestimmt.« Julia lächelte Francine an wie eine Schwester oder als wollte sie ihr beistehen, oder was immer hier in diesem Kinderzimmer in Gegenwart einer schwangeren Artgenossin von ihr erwartet wurde.

Francine erwiderte ihr Lächeln. »Mark hat gesagt, du arbeitest in einer Bar als Kellnerin?«

Sofort löste sich der gute Wille, ob nun herbeigeredet oder nicht, in Luft auf. Sie fühlte eine merkwürdige drückende Hitze in ihrer Brust. Normalerweise waren ihr fremde Meinungen bezüglich dessen, wie sie ihre Tage verbrachte oder sich ihr Leben verdiente, gleichgültig, sie fühlte sich weder beschämt noch angegriffen, aber aus Francines Mund klang diese Frage respektlos.

»Ja«, bestätigte sie knapp. »Ich bin außerdem Bibliothekarin.« Eigentlich war sie keine Bibliothekarin, sondern Bibliotheksassistentin, aber sie würde ihre Worte nicht auf die Goldwaage legen, solange Francine Grimes nur darauf wartete, ihr Urteil abzugeben.

»Ach, wirklich?« Francine runzelte die Stirn. »Wow, klingt interessant. Macht dir das Spaß?«

An den meisten Tagen mochte sie ihre Arbeit, ihr gefiel es, Bestände in der Grabesstille der Spezialsammlung aufzunehmen und zu sortieren und hin und wieder aufzutauchen, um an der Ausleihtheke zu stehen. Sie wünschte, ihr Job wäre besser bezahlt, aber das war utopisch. Und ein Master im Bibliothekswesen war teuer und trotzdem keine Garantie für eine angemessene Bezahlung. So hatte sie sich das in Gedanken zurechtgelegt, für sie ergab es Sinn, in ihren Augen waren die Argumente schlüssig – aber warum glühten plötzlich ihre Wangen, und warum hatte Mark es versäumt, seinen Freunden von diesem Job zu erzählen?

»Ja, sehr«, antwortete sie.

»Wie schön«, sagte Francine. »In Philadelphia habe ich im Marketing gearbeitet, aber das hat mir nicht genug Spaß gemacht, um mir nach dem Umzug etwas Vergleichbares zu suchen. Deshalb ...« Und damit legte sie ihre Hände erneut an den Bauch, gerade so, als hätte es in ihrem Leben nur die beiden Optionen gegeben – Fortpflanzung oder Marketing.

»Marketing in welchem Bereich?«, fragte sie, bevor Francine ihr eine nächste Frage stellen konnte.

»Hotelwesen«, antwortete Francine und fügte dann fast defensiv hinzu: »Gestalterische Leitung, um genau zu sein. Ich habe in Stanford einen Abschluss in Kunstgeschichte gemacht.«

Sie fühlte sich dermaßen verunsichert, dass sie einen Augenblick brauchte, um diese Information zu verarbeiten. »Du warst in Stanford?«

»Ja, daher kennen Mark und ich uns«, erklärte Francine lachend.

Und bevor Julia des Schlags in die Magengrube gewahr wurde, den ihr dieser Satz versetzte, fügte Francine hinzu: »Wir waren im selben Jahrgang und haben uns bei einer Brandschutzübung kennengelernt.«

»Das war mir gar nicht klar«, sagte sie matt und hätte die Worte am liebsten sofort wieder zurückgenommen. Sie hatte nie wirklich begriffen, wie der Umgang mit Geschlechtsgenossinnen funktionierte, aber offenbar kam es darauf an, sich möglichst nicht unter Wert zu verkaufen, und mit ihrem Eingeständnis hatte sie genau das getan.

»Nein, es war sogar ein Feueralarm«, fuhr Francine fort. »Und auf meinem Stockwerk lebte diese völlig bescheuerte Mitbewohnerin ...« Sie lehnte sich nach vorne mit dieser typischen Art von Leuten, die am College keine Party ausgelassen und sich immer gern über eine Zimmernachbarin den Mund zerrissen haben. »In einem Seminar über internationale Beziehungen wurde uns allen klar, dass sie keine Ahnung hatte, dass in Dänemark Dänen leben.« Sie legte eine dramatische Pause ein. »Und dann ließ sie sich über Niederländer aus und dass es nicht klar sei, ob die auch in Dänemark leben, und wie verwirrend es doch war, dass *German* auf Deutsch *deutsch* heißt und das wie *Dutch* klingt, meine Güte, was war sie blöd. Und irgendwo hatte sie angeblich gelesen, dass man sich den Friseur sparte, wenn man den Spliss an den Haarenden versengte.«

»Oh je«, sagte Julia. »War sie ...«

»Ihr ging es gut, sie war nur bescheuert.«

Sie überlegte, ob diese Beschreibung – sie ist bescheuert, aber es geht ihr gut – vielleicht auch auf sie selbst zutraf, und Francine bestätigte diese Befürchtung mit ihrem distanzierten Lächeln, aus dem Julia auch ein wenig Schadenfreude herauslas.

»Wie lustig, dass du das noch nicht wusstest. Mark hat Brady und mich vorgestellt.«

Einander vorgestellt, dachte sie bei sich und genoss diese flüchtige Überlegenheit, auch wenn sie auf einem Sitzsack hockte, der eigentlich für ein ungeborenes Luxuskind bestimmt war, und das Gegenüber mit ihrem Freund eine Vergangenheit teilte, über die er sie im Dunkeln gelassen hatte.

»Mark macht einen glücklichen Eindruck«, sagte Francine. Sie hob ein flauschiges Plaid von der Armlehne des Schaukelstuhls und faltete es auf ihrem riesigen Bauch zusammen. »Es ist schön zu sehen, dass es ihm so gut geht.«

»Hmmm.« Hatte sie etwa auf ein Kompliment gehofft? Dass Mark, seitdem er sie kannte, so glücklich wirkte wie nie zuvor, oder so etwas in der Art?

»Mark ist ... ein besonderer Mensch«, redete Francine weiter. »Er hat es verdient.« Diese Feststellung schien sich vor allem auf Mark zu beziehen und weniger auf seine recht einfach gestrickte, kellnernde Freundin, die ihren Zigarettengestank in das zukünftige Kinderzimmer trug. »Ich wünschte nur, wir könnten ihm einen anderen Job verschaffen.«

Wieder wurde sie kalt erwischt. Sie verstand nicht viel von Marks Arbeit, aber sie wusste, dass er Spaß an seinem Job hatte und gut darin war, und beides auf einmal war im Arbeitsleben eine Seltenheit.

»Er mag seinen Job sehr«, sagte sie.

»Na klar«, entgegnete Francine. »Aber er hatte nie vor, sich mit so was bis in alle Ewigkeit zu beschäftigen.«

Sie verkniff sich die Frage: *Woher willst du das wissen?* Oder auch: *Was soll das heißen,* mit so was? Und sie verkniff sich auch die Bemerkung: *Er arbeitet an einer der besten universitären Forschungseinrichtungen in unserem Land.* Sie schämte sich für den anmaßenden Impuls, ihn in Schutz nehmen zu wollen.

Von unten tönte ein schwaches Klingeln herauf. Julia hätte es überhört, aber Francine hievte sich aus dem Stuhl.

»Die Crostini sind fertig«, sagte sie und ging den Flur hinunter.

Julia blieb noch kurz staunend auf ihrem Sitzsack hocken. Sie konnte sich unmöglich vorstellen, wie es sich als eine Frau lebte, die alles perfekt im Griff hatte und ihren Platz in der Welt so genau kannte, dass sie die vermeintlichen Probleme von jemand anderem ermitteln und zugleich mit einem Ohr auf den Timer am Herd lauschen konnte.

»Brade?«, rief Francine. »Es ist Zeit, die Acqua Pazza zu pochieren.«

*

Beim Essen trank sie etwas zu viel Wein und auf der Heimfahrt hielt sie eine unangezündete Zigarette zwischen den Lippen, denn Mark hatte generell etwas gegen ihr Rauchen, und im Auto war es ausdrücklich untersagt.

»Die haben ein Bidet.« Sie schauderte sichtlich, die Zigarette in ihrem Mund wippte beim Sprechen auf und ab. »Und oben im Flur hängt eins von den Hochzeitsfotos als gigantisches Ölgemälde an der Wand. Lebensgroß. Ich habe mich schon gefragt, wo dieses Kornfeld ist, in dem sie all die Aufnahmen gemacht haben.«

Er lächelte schwach und sie legte ihm eine Hand in den Nacken.

»Wahrscheinlich dort, wo auch die Leichen vergraben sind«, sagte sie.

Er brummte unverbindlich und konzentrierte sich aufs Fahren. Hin und wieder fiel Mondlicht durch die vorüberziehenden Bäume und erhellte sein Gesicht, dessen Ausdruck sie nicht deuten konnte. Die Stimmung zwischen ihnen war seltsam, irgendetwas stimmte nicht, es schwang etwas mit, das ihr missfiel.

»Bei ihr dreht sich alles um ihre Herkunft aus Philadelphia, stimmt's?« Sie wagte sich behutsam vor – vielleicht wäre sie noch behutsamer gewesen, wenn Brady ihr nicht immer wieder Barolo nachgeschenkt hätte –, aber sie fühlte sich zutiefst verunsichert und hatte das Bedürfnis, Mark wieder nahe zu sein und sich seiner Stellung als ihr engster Vertrauter zu vergewissern.

»Ach, ja?«

»Sie hat immer wieder davon geredet, und zwar vollkommen ohne Zusammenhang, eigentlich fehlte für ihr Gerede immer der Kontext – es ging um alten Geldadel, Philadelphia, Gebärmutterhälse, Philadelphia, auf bäuerlich gemachte Wandleuchten, Philadelphia, Philadelphia in einer Tour. Wie du weißt, sind mir Leute, die sich auf ihre Herkunft was einbilden, noch nie geheuer gewesen.«

»Ja, ist mir bekannt.«

Sie warf ihm einen Blick zu, aber er hielt die Augen fest auf die Straße gerichtet. »Was das eigene Zuhause angeht, meine ich. Heimweh ist okay ... für Belarussen oder Schweden.«

»Schweden«, wiederholte er ausdruckslos.

Sie überlegte, ob er damals vielleicht auch über die junge Frau hergezogen hatte, die Dänemark nicht von den Niederlanden unterscheiden konnte. Sie setzte sich in den Schneidersitz.

»Du magst sie nicht«, sagte er. Es klang halb nach einer Frage, sein Tonfall war immer noch ausdruckslos.

»Na ja«, erwiderte sie und schluckte. »Sie gehören nicht zu meinen Lieblingsmenschen.«

Mark reagierte mit einem trockenen Lachen, das sie beunruhigte.

»Ich meine«, setzte sie erneut an. »Brady ist wirklich ein schmieriger Typ.«

»Schmierig?«

»Okay, gut«, sagte sie. »Nein, ich mag ihn nicht. Erstens ist er langweilig und außerdem ein totaler Angeber. Ich begreife nicht, wie du schon so lange mit ihm befreundet sein kannst.« Sie berührte ihn leicht an der Schulter. »Das war als Kompliment gemeint.«

»Jules, meine Güte.«

»Ich bin bestimmt nicht die Erste, die das denkt.«

Sie fühlte sich vor den Kopf gestoßen und irgendwie ängstlich.

»Ich frage andere doch nicht nach ihrer Meinung zu meinem besten Freund.«

»Tut mir leid, mir war gar nicht klar, dass du erst zwölf und ein Mädchen bist.«

Sie ließ das anschließende Schweigen über sich ergehen und hatte wieder dieses Gefühl von damals, wenn sie als Kind zu Bett ging und ihre Eltern streiten hörte. Sie und Mark stritten sich nicht oft. Er war von Natur aus konfliktscheu, und sie sah das Leben zwar schwarz, schätzte aber seine Seelenruhe und lernte, sich daran ein Vorbild zu nehmen. Und so schluckte sie bei Streit ihren Ärger runter und übte sich ein paar Stunden lang in passiver Aggression, wenn das bedeutete, am nächsten Morgen einigermaßen friedlich nebeneinander aufzuwachen.

»Er hat mir einen Job angeboten«, sagte Mark überraschenderweise.

»Wie bitte?«

»Ich wollte dir das sagen, sobald du damit fertig bist, die beiden nach allen Regeln der Kunst auseinanderzunehmen und alles zu kritisieren, was dir an ihnen missfällt.«

»Das habe ich ... Was für einen *Job*? Wovon redest du?«

»Er möchte, dass ich als sein Chefberater arbeite. Er ist an Investitionen in Start-ups im medizintechnischen Bereich interessiert. Ich sage ihm aufgrund meiner Recherchen, ob wir investieren sollten oder nicht.«

»Du bist bereits beim *wir*«, sagte sie.

»Na ja, rein hypothetisch«, erwiderte Mark unwirsch.

»Du wirst dich also ... über andere Unternehmen informieren und dann entscheiden, ob sie Geld bekommen oder nicht?«

»Das ist alles viel komplexer.«

Sie ließ das kurz auf sich wirken und versuchte ihre Gefühle zu sortieren – eine Mischung aus Überraschung, Empörung und Kränkung. »Aber du magst deinen jetzigen Job doch.« Es war ihr wichtig, ihn gegenüber Francine nicht umsonst verteidigt zu haben. Sie wollte die Bestätigung, dass sie ihn besser kannte als die beiden, dass er sie immer noch mehr liebte als die beiden, auch wenn er sich nicht zu ihr umgedreht hatte, als sie ihn in den Ellbogen kniff.

»Ich mag ihn«, sagte er. »Aber ich ... Er ist nicht ...« Er biss sich innen auf die Wange. »Ich wollte nicht ... Julia, schau mal, ich bin nicht ...«

»Warum nennst du mich mit einem Mal *Julia*?«, fragte sie. »Meine Güte, ich habe dich doch gar nicht unterbrochen, kannst du vielleicht mal ausreden?«

Francine hatte nicht nur ein Talent für beruhigende Farbkonzepte, sondern auch einen über viele Generationen angehäuften beträchtlichen Wohlstand geerbt. Julia hatte aus ihrem alten Leben nicht viel mitgenommen, aber sie hatte zum Beispiel gelernt, dass es leichter war, auf jemanden wütend zu werden als zuzugeben, dass man Angst hatte.

»Ich überlege nur, ob ich das vielleicht nicht ein bisschen strategischer angehen sollte«, sagte er.

»Du hast doch gerade eine Gehaltserhöhung bekommen«, merkte sie an.

»Ich weiß, aber von jetzt an bestehen kaum noch Aufstiegschancen, wenn ich auf dieser Stelle bleibe.«

Sie ahnte, was er damit sagen wollte. »Du hast ihm bereits zugesagt.«

Er schwieg.

»Du hast den Job bereits angenommen.«

»Ich habe ... noch nichts unterschrieben«, sagte er.

»Mein Gott. Okay. Du hast ... okay.«

»Im ersten Moment fand ich das Ganze ein bisschen übergriffig«, bemerkte er. »Er und Francine hatten sich ganz klar bereits über meinen relativ geringen Verdienst und unsere, na ja, Wohnsituation unterhalten.«

»Die da wäre?«

»Nun, wir wohnen in einer Zweizimmerwohnung.«

»Wie viele verdammte Zimmer brauchen wir denn? Meine Güte, diese verdammte Großkotzerei. Wir sind zwei respektable Erwachsene mit ordentlichen Berufen. Und selbst wenn's anders wäre, zum Teufel noch mal ... Was geht die beiden das an?«

»Schau her. Wenn ich mich jetzt defensiv verhalten würde, dann sähe es so aus, als wollte ich ihnen beweisen, dass unser Lebensstil genauso viel wert ist wie ihrer.«

»Unser Lebensstil *ist* genau so viel wert wie ihrer. Und weißt du was? Wir leben nicht in einem Möchtegern-Mini-Disneyschloss, unser Lebensstil ist sogar noch viel *mehr* wert als ihrer.«

»Er hat immer diese Tendenz ... Bei Brady artet alles in einen Konkurrenzkampf aus, und am Ende ist immer er der Sieger.«

»Weil er ...« Sie unterbrach sich, ihr wurde gerade bewusst, was er da gesagt hatte. »Eine Sekunde, das war gerade richtig *gemein*.«

»Nein, ich habe nicht dich damit gemeint ... Es ist nur immer das Gleiche. *Oh, du hast eine Gehaltserhöhung bekommen? Ich habe gerade mein eigenes Unternehmen gegründet.«*

»Deine Partnerin ist Kellnerin? Na ja, meine Frau ist ...«

»Das habe ich nicht gemeint.«

»Und was hast du dann gemeint?«

»Mein Gott, Julia, jetzt mach mal halblang. Ich wollte nur ... Hast du nicht auch manchmal den Eindruck, dass unser Leben … im Gegensatz zu anderen ein bisschen realitätsfern ist?«

»Nein«, widersprach sie. »Diesen Eindruck hatte ich noch nie. Was zum Teufel soll das überhaupt heißen? Wären wir weniger realitätsfern, wenn wir ebenfalls verheiratet wären und für unsere bescheuerten Hauswände in irgendeiner Suburb bescheuerte Fotos in irgendeinem Kornfeld machen lassen würden? Und wenn ich mit Riesenbabys schwanger wäre, den späteren Erben unseres nicht vorhandenen Vermögens? Übrigens stammt all das Geld von ihr, nur dass du's weißt. Sie hat mir erzählt, ihr Großvater hat irgendwas mit Versicherungen erfunden.«

»Und was soll das für eine Rolle spielen?«

»Ich will damit sagen, dass die Kohle für die scheußlichen Damasttapeten und den ganzen Rest nicht von Brady stammt.«

»Ich … keine Ahnung. Aber unser Leben fühlt sich manchmal trotzdem nicht authentisch an.«

»Und du glaubst, das wäre anders, wenn wir … einfach mitspielen wie alle anderen?«

Er hielt an einer roten Ampel. »Vielleicht, keinen Schimmer. Mitspielen scheint für andere jedenfalls der richtige Weg zu sein.«

»Manchmal sieht es auch von außen so aus«, sagte sie.

»Würdest du so was denn wollen? Irgendwann? Mit mir?«

»Und dann, lieber Leser, machte er mir einen Heiratsantrag.«

Sie verfielen in Schweigen. Ihr Gesicht war wie taub. Sie hatte keine Ahnung, was sie wollte. Sie hatte noch nie ernsthaft darüber nachgedacht, war nie über den vagen Wunsch nach etwas Gutem, einer verschwommenen Vorstellung von Glück hinausgekommen.

»Hattest du mal was mit Francine?«, fragte sie.

Sie sah, wie er sich anspannte. »Was?«

»Warum hast du mir nie erzählt, dass du sie zuerst kennengelernt hast?«

»Das stimmt nicht. Ich kenne Brady schon, seit ich ...«

»Warum hast du mir nicht erzählt, dass du die beiden miteinander bekannt gemacht hast?«

»Das habe ich.«

»Mark.«

»Falls nicht, dann war das wirklich aus Versehen.«

Sie fixierte ihn, bis er sie mit einem schuldbewussten Blick bedachte.

»Ich habe dir das nicht absichtlich verschwiegen«, sagte er.

»Und ist zwischen euch beiden mal was gelaufen?«, fragte sie.

»Nein. Definitiv nein. Wir waren nur befreundet. Wir waren auf derselben ...«

»Ja, schon gut, die Geschichte mit dem Feueralarm habe ich bereits gehört. Und die von der Studentin, die sich ihre Haare versengt hat.«

»Ah.« Er sank ein wenig in sich zusammen. »Ja, Heather. Sie hatte so ihre Probleme.«

Sie lehnte den Kopf schwer gegen die Stütze. Genau deswegen liebte sie Mark, weil er zum Beispiel Heathers Namen erinnerte und nicht ihre Beschränktheit.

»Und zwischen euch war nichts?«

»Zwischen Heather und mir?«

Sie starrte ihn an, bis er aufgab.

»Francine ist eine Freundin und mehr nicht«, bekräftigte er.

»Du hast meine Frage von eben immer noch nicht beantwortet«, sagte sie. »Willst du das alles? Wir haben uns noch nie wirklich darüber unterhalten. Bis jetzt hast du dich immer nur unter soziologischen Gesichtspunkten dafür interessiert.«

»Ist *Gebärmutterhälse* eigentlich der korrekte Plural?«, fragte er kurz darauf kleinlaut.

Sie warf ihm einen vernichtenden Blick zu. »Kannst du mir erklären, *warum* du das alles auch willst?«

»Kann man auch etwas wollen, ohne völlig zu begreifen, warum?«

»Und du willst *das* alles? Was uns heute Abend so umgeben hat?«

»Sei doch nicht so kritisch.«

Sie atmete hörbar aus. »Oh Mann. Mark, weißt du was? Deine zurückhaltende Wisconsin-Semantik ist mir nicht *geläufig*, warum sagst du also nicht einfach in klaren Worten, was du sagen willst?«

»Ich meine ... was ist eigentlich so toll an deinem Leben? Was macht es denn um so vieles besser als das von Brady und Francine?«

»Das ist ja gerade *nicht* der Punkt«, sagte sie. »Es geht mir genau darum, dass so etwas wie besser oder schlechter überhaupt existiert. Wir alle haben unseren Job oder auch nicht, wir verdienen Geld oder auch nicht, wunderbar. Ich werde wütend, wenn ich höre, dass ein Lebensentwurf besser sein soll als ein anderer. Wie zum Teufel kommt Brady eigentlich dazu, dir zu sagen, dass dein Job nicht gut genug ist? Oder meiner? Das war gerade übrigens auch richtig gemein. Was so toll an meinem Leben ist? Du verhältst dich gerade wie ein Arschloch.«

»Nein, das stimmt nicht. Jules, du bist für mich der wichtigste Mensch überhaupt. Das weißt du. Ich habe dir das auch ganz oft gesagt. Aber manchmal ... machst du es mir echt schwer. Du willst immer was Besonderes sein, und ich *begreife* es nicht. Ich begreife nicht, wie du dazu kommst oder warum du glaubst, was du im Leben machst, wäre besser als das, was andere machen.«

»Ich habe noch *nie* behauptet, dass ich besser bin als andere. Und, mein Gott, jetzt rede doch endlich mal Klartext, Mark. Zum Teufel. Offensichtlich *halte ich mich für was Besonderes*, seitdem du mich kennengelernt hast. Ich habe mich dir nie aufgedrängt oder dich zum Anpassen gezwungen oder ...«

»Aber ich habe mich dir angepasst. Und zwar in allen möglichen Dingen, und du hast deinerseits rein gar nichts unternommen, um mir entgegenzukommen.«

»Das stimmt nicht.« Sie war froh über ihren harten Tonfall und zugleich war er ihr peinlich. Er klang nach alten, schlimmeren Tagen, als sie Mark noch nicht kannte und niemandem über den Weg traute. »Was soll ich deiner Meinung nach dazu sagen? Mark, wenn das deine Sicht auf die Dinge ist, dann gibt es für uns keinen Grund, zusammenzubleiben. Ich habe keine Ahnung, was du mit mir willst, wenn du die ganze Zeit das Gefühl hast, ich würde dich ...«

»Ich habe dich von der ersten Sekunde an geliebt«, sagte er leise, mit einer ihr unbekannten Emotionalität in der Stimme. »Aber du hast das nicht ... Ich hatte nie den Eindruck, dass du das erwiderst, als wäre ich ... als würde ich mich mit einer Frau begnügen, die mich niemals so sehr lieben wird wie ich sie.«

»Mark, ich liebe dich, verdammt noch mal. Meine Güte, mir geht das vielleicht nicht ganz so mühelos über die Lippen wie dir.«

»Aber ist das nicht ein schlechtes Zeichen?«

»So *bin* ich eben.« Es war möglich, dass sie als Person ein schlechtes Zeichen war. Als sie wieder zum Reden anhob, sprach sie so leise, dass es in ihren eigenen Ohren fremd klang. »Begnügst du dich? Mit mir. Indem du mit mir zusammen bist.« Sie war von Kopf bis Fuß angespannt, hielt den Rücken unnatürlich gerade.

Die Frage nach dem Warum verfolgte sie, seitdem sie angefangen hatten, sich regelmäßig zu sehen. Mark hatte seine Fehler, er konnte starrköpfig sein, kurzsichtig und derart unkompliziert, dass einem der Kragen platzte, aber er war in jeder Hinsicht ein guter Fang, und sie wusste, wäre er nicht mit ihr zusammen, dann könnte er problemlos mit einer anderen Frau zusammenkommen, einer mit weniger Mängeln, einer, die nichts lieber täte, als ihn in einem altehrwürdigen Haus in den Suburbs glücklich zu machen und die durchschnittliche Zahl von Kindern zu gebären, ohne sich damit auseinanderzusetzen, ob man eine Spezies erhalten sollte, die sich früher oder später selbst vernichten würde. Sie hatte nie begriffen, warum er sich für sie entschieden hatte, aber die Tatsache hatte sie bis zu diesem Augenblick an etwas Großes, Überirdisches glauben lassen, sie war Beweis für eine göttliche Vorsehung, die Existenz der Liebe. Bevor sie Mark begegnet war, war sie stets auf Kränkungen gefasst durchs Leben gegangen, den Kopf angesichts unvermeidlicher Enttäuschungen eingezogen.

»Das weiß ich nicht.« Eine Antwort, die für sie überraschend war und auch wieder nicht. Sie verfluchte sich für ihre Naivität, für ihre selbstschonende Zuversicht in etwas jenseits von empirischer Realität.

Er parkte den Wagen vor ihrem Wohnhaus und stellte den Motor ab. Keiner von ihnen beiden rührte sich.

»Ich begnüge mich nicht«, sagte er. »Ich kann mir einfach keine andere vorstellen. Und nicht etwa, weil ich es nicht versuchen würde. Ich gebe mir allerdings auch keine große Mühe. Nein, das kommt gerade alles falsch heraus. Jules, ich versuche es nicht, ich will es auch gar nicht versuchen. Tut mir leid für alles, was ich gesagt habe. Tut mir leid, dass ich gesagt habe ... Ich will es nicht ... tut mir leid.«

Sie fummelte am Türschloss herum. Es gab genau zwei Möglichkeiten, was nun passieren konnte. Sie hatte die Situation völlig unter Kontrolle und wusste nicht recht, ob es sie störte oder nicht. Sie rückte näher an ihn heran.

»Ich meine, wenn man es genau nimmt, begnügst du dich mit mir«, warf sie ein. »Das macht jeder von uns die ganze Zeit, oder nicht?«

»Das ist eine ziemlich zynische Sichtweise auf ...«

»Ich bin zynisch. Du hast dich nun mal für eine Zynikerin entschieden.«

»Stimmt«, sagte er schließlich.

»Aber ich will nicht, dass du es mir jemals verübelst, dass du dich mit mir begnügst.«

»Ich habe nie gesagt, dass ...«

»Ich möchte einfach nicht, dass das wie ein Damoklesschwert über unseren Köpfen schwebt. Wenn das Sich-Begnügen zu unserer Beziehung gehört, kein Problem. Ich möchte nur nicht, dass in einem oder meinetwegen auch in zwanzig Jahren rauskommt, dass du die ganze Zeit den Märtyrer gespielt hast. Ich muss nicht gerettet werden, und man muss mir auch keinen Gefallen tun.«

»Ich tue dir keinen Gefallen.«

»Das werden wir dann sehen.«

»Jules, ich begreife nicht, was du gerade ...«

»Ich versuche, mit dir auf Augenhöhe zu kommen. Willst du das hier? Hand aufs Herz. Pflichtbewusstsein, Mitleid, bessere Optionen oder, keine Ahnung, Reue über die eigenen Entscheidungen – das alles muss außen vor bleiben. Mark, sei ehrlich. Mein Gott, damit komme ich klar. Willst du mit mir zusammen sein?«

Die Worte, die sie sich jetzt eigentlich von ihm wünschen sollte, hätte sie ihm ohnehin nicht geglaubt – *Nur mit dir. Um alles in der Welt.*

»Ich bin zu achtundneunzig Prozent sicher«, sagte er. »So nah an hundert Prozent war ich noch nie.«

Eine Tür hatte sich damit geschlossen. Eine Entscheidung war getroffen worden, mit der sie die letzte Stunde vergessen konnte, denn sie hatte, wie sie jetzt merkte, Angst davor, ohne ihn zu sein.

»Dann sollten wir etwas Gutes nicht kaputtmachen, sagt mir mein Bauch«, erwiderte sie.

»Meiner sagt das Gleiche.« Und diese gemeinsame Erkenntnis, etwas Gutes nicht kaputtzumachen, ob es nun das Beste war oder nicht – aber das existierte ohnehin nicht –, fühlte sich irgendwie erwachsen an. Sie zitterte, aber es war kein angenehmes Zittern, sondern fühlte sich eher an wie ein Schock nach einer knapp entgangenen Katastrophe. Sie musste an Francine in ihrem Kinderzimmer, in ihrem blöden Riesenhaus denken, und sie überlegte, dass Mark ein ganzes Abendessen lang – monatelang, wahrscheinlich die ganze Zeit über, die sie ihn kannte – den Wunsch für sich behalten hatte, genau das zu haben, was Francine und Brady hatten. Und sie überlegte, dass sie selbst so völlig fehl am Platz war, eine unbeholfene Außenseiterin, die die Spielregeln nicht beherrschte. Sie dachte an ihr Leben, bevor sie ihn kannte, an die belebende Einsamkeit. Damals konnte sie nicht ahnen, wie sehr sie diese Einsamkeit irgendwann vermissen, wie sehr sie sich danach sehnen würde. Sie konnte nicht ahnen, dass sie sich dieses karge, einfache Leben, in dem sie sich nach niemandem richten musste, mitunter zurückwünschen würde. Sie kannte nur Mark, und dass er in ihrem Leben war, war eine Gnade, da gab es jemanden im endlosen Nichts. Er legte einen Arm um sie, und sie vergrub ihr Gesicht an seiner Brust.

»Gut«, flüsterte sie, »lass uns heiraten.«

33

Die Fahrt zur jährlichen Spendengala der Bibliothek verbringen sie und Mark schweigend. Julia ist vom Nachrichtentippen an Alma abgelenkt, die sich am Wochenende gerne den Subaru ausleihen würde, um zum Strandhaus von Margos Eltern in Michigan zu fahren. Dafür lässt sie den Abschlussball der Highschool sausen, der ihrer Meinung nach unter ihrer Würde ist. Seit kurzem fassen sie und Mark ihre Tochter wieder mit Samthandschuhen an und schlagen ihr aus Mitgefühl und Sorge nur selten etwas ab. Aber diese Bitte geht zu weit, ihre Kleine, die über die Interstate 94 braust, auf der einen Seite der See, auf der anderen Indiana, beides gleichermaßen gefährlich.

Sorry, schreibt Julia, *aber das ist mir nicht recht.*

Und plötzlich läutet ihr Handy und auf dem Display erscheint ein Foto von Alma als Kleinkind mit Schwimmbrille. Aus dem Lautsprecher von Marks Auto tönt ihre empörte und dezidiert unkindliche Stimme. »Ich könnte *genauso gut* einen tödlichen Unfall bauen, wenn ich das Auto rückwärts aus der Ausfahrt setze.«

»Mit diesem Argument schießt du ein Eigentor, Ollie.«

»Ich durfte das Auto aber doch von Iowa nach Hause fahren.«

Wenigstens wären sie dann gemeinsam gestorben, aber das sagt Julia nicht laut.

»Ben und ich brauchen den Subaru am Wochenende«, mischt sich Mark in die Unterhaltung ein.

Mit dieser Schützenhilfe hat sie nicht gerechnet. Brady Grimes hat sich einen bescheuerten *Junggesellentag* einfallen lassen und will mit Mark, Ben und Noah eine zehn Kilometer lange Radtour zu einer Brauerei an der Grenze zu Wisconsin unternehmen.

»Radfahren und Alkohol«, lautete Julias Kommentar, als Mark ihr davon erzählte. »Eine ideale Kombination für ein Desaster.«

Aber jetzt ist sie froh darum. »Wie schade. Obwohl mein Nein bereits feststand.«

»Kannst du wenigstens so *tun*, als würdest du dich nicht auch noch *freuen*«, ruft Alma. »Mom, du bist richtig gemein.«

»Mein Schatz«, sagt sie, hört jedoch nur noch ein Tuten im Ohr. Alma hat einfach aufgelegt.

»Ganz schön schwer, wenn man so geliebt wird«, bemerkt sie.

Doch Mark hört heraus, wie gekränkt sie ist – offenbar will sie wieder nur davon *ablenken* –, er nimmt eine Hand vom Steuer und klopft ihr kameradschaftlich auf die Schulter.

*

Die Spendengalas der Bibliothek sind stets halbherzige und kärgliche Veranstaltungen, es gibt Bag-in-Box-Wein und Weichkäse mit Rinde, und irgendein Teenagersprössling quält sich an einem Streichinstrument ab. Julia ist der Name der jungen Frau entfallen, mit der sie und Mark sich gerade unterhalten. Sie hat sich Eselsbrücken für die ständig wechselnden Praktikanten gebaut – *Übererernstes Ich-höre-Ihnen-zu-Gesicht*, *Eingebildete Nahrungs-*

intoleranz, Frischgebackener Feminist – und bei dieser hier fällt ihr *Gaucho* ein.

Während Julia ihren Blick durch den Raum schweifen lässt, verwickelt Mark die junge Frau in eine lebhafte Diskussion über ihre Pläne für den nächsten Sommer. Drüben beim Notausgang bemerkt Julia ein altgedientes Vorstandsmitglied; sie ist gerade im Gespräch mit Melinda Wolcott, die Julia vor zwanzig Jahren angestellt hat.

Ihr Verstand registriert indes nicht die Dritte im Bunde, obgleich sich ihr Blick auf das konversierende Trio konzentriert und der Rest des Raums aus dem Fokus gerät.

Ihr Verstand weigert sich träge und beharrlich, das Wahrgenommene zu verarbeiten. Das hochbetagte Vorstandsmitglied der ersten Stunde hat sich gerade an einem Canapé verschluckt, Melinda Wolcott klopft ihr hilflos auf den Rücken, während die dritte Frau einen der Kellner aufhält und einen Plastikbecher mit Champagner vom Tablett nimmt, den sie lachend an das Vorstandsmitglied weiterreicht. Sicherlich witzelt sie dabei, dass die andere es bestimmt nicht mehr bis ins Krankenhaus geschafft hätte und man sich vielmehr überlegen sollte, wie Champagner auch intravenös zu verabreichen wäre. Der Teenager spielt auf seinem Kontrabass und hat gerade für alle hörbar nicht den richtigen Ton getroffen. Die Frau mit dem Champagnerbecher – strahlend, mit einem Schal um die Schultern und lauthals lachend – ist Helen Russo.

»Mein Schatz?«

Sie fährt zusammen. Mark lächelt sie an, eine Hand zwischen ihren Schulterblättern.

»Du warst gerade ganz woanders mit den Gedanken«, bemerkt er.

Gaucho, die Wangen leicht gerötet, lächelt ebenfalls.

»Tut mir leid«, erwidert Julia. »Ich dachte ... ich hätte John Cusack gesehen.«

»Tara hat mir gerade erzählt, was für eine tolle Ansprechpartnerin du bist«, sagt Mark.

»Du kümmerst dich so richtig um einen«, erklärt Tara schüchtern und errötet tiefer. »Du ... Für dich ist es wichtig, dass wir mit den Beständen so umgehen, wie sie es verdienen.«

»Das ist sehr nett von dir.« Julia sieht aus dem Augenwinkel immer noch Helens Silhouette, sie ist wie beim grauen Star nur ein verschwommener blauer Fleck, der sich bewegt. »Würdet ihr beide mich entschuldigen? Nur ganz kurz.«

Sie bemüht sich nicht einmal um eine Erklärung, sagt aber immerhin auch nicht, *Ich stürze mich jetzt erhobenen Hauptes aus einem der Buntglasfenster*, denn dieser Gedanke geht ihr tatsächlich durch den Kopf. Auf dem Weg zum Ausgang merkt sie, dass sie kurz vor einem Ohnmachtsanfall steht, und wendet sich der kärglichen Auswahl von Bag-in-Box-Weinen zu. Sie lässt aus der Plastiköffnung des Cabernet etwas in ein Glas fließen.

»Julia.«

Bevor sie einen ersten Schluck nehmen kann, dreht sie sich um. Sie erkennt den Schal um Helens Schultern, orangefarbene Seide mit einem Muster aus grauen und weißen Pferden, und ihr fällt ein – ganz kurz macht sie das so verlegen, als hätte man sie nur in Unterwäsche gekleidet ertappt –, dass sie ebenfalls einen Schal trägt, wenn auch mit einem abstrakteren Muster in Blau und Dunkelbraun.

Helen lächelt sie an und dann beugt sie sich vor und küsst Julia auf beide Wangen. Der typische Lavendelduft steigt Julia in die Nase, der an Helen überhaupt nicht muffig riecht.

»Zwei Mal in einem Monat«, sagt Helen. »Wie unwahrscheinlich ist das denn?«

»Über die Maßen unwahrscheinlich«, entgegnet Julia, die gar nicht mehr daran gewöhnt ist, ihr Herz so laut klopfen zu fühlen.

»Ich muss gestehen, dass ich ständig zu solchen Veranstaltungen eingeladen werde und fast niemals hingehe – sogar *mit* Pete habe ich sie immer furchtbar öde gefunden –, aber die Einladung kam per Post genau an dem Tag, als ich dein Auto vor meinem Haus stehen sah, und diesen Zufall wollte ich nicht einfach ignorieren.«

Sie sagt das so leichthin, dass Julia im ersten Augenblick nicht einmal verlegen wird. Und sie ist von dem ehrlichen Eingeständnis abgelenkt, dass Helen heute Abend offenbar ausdrücklich gekommen ist, um Julia zu begegnen.

»Sorry, ist mir so rausgerutscht«, fügt Helen an. »Meine Kinder behaupten, ich erwähne ihn zu oft. Scheinbar stören sich andere daran.«

Julia runzelt die Stirn. »Ich wüsste nicht, wie man von dir erwarten kann, das zu lassen«, sagt sie. »Wenn jemand mit einem … so lange, wenn man so lange …«

»Mein Leben, meine andere Hälfte«, sagt Helen. »Julia, danke dir. Ich bin davon ausgegangen, dass du dafür Verständnis hast. Siehst du? Du hast wie damals mehr Lebensweisheit als Lebensjahre. Auf jeden Fall mehr als meine Schwiegertöchter.«

»Es tut mir leid. Wirklich, Helen, mit Pete, ich …«

»Das weiß ich, mein Schatz. Danke dir.«

Und mit einem Mal, als sie Helen in die Augen sieht,

öffnet sich wie damals bei ihrer ersten Begegnung eine Tür, und wieder hat sie das Gefühl, dass sie diese Frau schon sehr, sehr lange kennt. Es gab nichts, was sie sagen könnte, das diese ihr verübelt hätte. Das war eine Großherzigkeit, die sie selbst nie recht erwidert hatte.

»Wie geht es dir, Helen?« Es war die Frage, die sie im Supermarkt nicht stellen konnte und während der intensiven Monate ihrer Freundschaft vor zwanzig Jahren nicht oft genug gestellt hatte.

»Na ja«, antwortet Helen. »Du weißt schon.« Gefolgt von einem Schulterzucken.

»Ganz im Ernst, wie geht es dir?«, fragt Julia.

»Wie es mir ganz im Ernst geht?«, wiederholt sie, als würde sie diese Frage im Geiste von allen Seiten betrachten. Kurz sieht sie Julia eindringlich an. »Um ehrlich zu sein, waren die ersten paar Monate die schlimmsten in meinem ganzen Leben. Und dann wurde es allmählich besser, ohne dass ich es wirklich wahrgenommen habe, und jetzt habe ich mich – oder was immer mittlerweile aus mir geworden ist – in etwas Neuem eingerichtet, das nicht so gut ist wie das Alte. Es hat geholfen, dass ich aufgehört habe, auf *Besserung* zu warten, und mich damit abgefunden habe, dass sie nicht mehr kommt.« Ihr Blick ist weniger traurig als die Worte. »Julia, ganz ehrlich? Das klingt vielleicht gemein, aber ... du wirst bestimmt auch das verstehen. An manchen Tagen freue ich mich, allein zu sein, da kann ich nicht fassen, wie unbeschwert ich mich fühle. Mein Leben, meine Tage gehören mir. Ich kann tun und lassen, was ich will. Dafür werde ich mit ... na ja, Höhen und Tiefen gestraft. Ich befinde mich auf langen Höhenflügen, aber je länger ich glücklich bin, desto schmerzlicher sind dann die Bruchlandungen. Alles Physik, nehme ich an, wenn du erlaubst, dass ich in wilden Metaphern spreche.«

»Und die Bruchlandungen …«

»Bei jeder vermisse ich ihn mehr als je zuvor, bei jeder einzelnen.« Helens Lächeln wird ungewohnt betrübt. »Mein Gott, bei so was hier *alleine* aufzutauchen. Als wäre diese Veranstaltung an sich nicht schon deprimierend genug.«

»Ich möchte mir gar nicht vorstellen, wie sich das anfühlt«, bemerkt Julia sanft.

»Oh, versuche es auch lieber gar nicht«, erwidert Helen. »Das ist nichts, was sich üben lässt, besser, man bleibt davon so lange wie möglich verschont, würde ich sagen.«

»Ich freue mich, dass du hier bist«, sagt Julia.

»Trotz meines Single-Daseins? Ich freue mich auch.« Helen lächelt. »Warum bist du vor ein paar Wochen nicht zur Haustür gekommen? Übrigens war das neben mir Cal. Fast schon unheimlich, wie ähnlich sie sich alle sehen. Und wie sehr sie alle Pete ähneln. Meine Güte, manchmal erschrecke ich richtig, wenn einer von ihnen ins Zimmer kommt. Nur Francis nicht. Ich habe immer gewitzelt, dass eigentlich der Postbote sein Vater ist, und mittlerweile frage ich mich das wirklich.«

»Ich war … Keine Ahnung, warum ich nicht …«

»Es wäre schön gewesen, wenn du uns besucht hättest. Um dich dann von Cal durchs Haus führen zu lassen und zu sehen, was er daraus macht. Du würdest die Gästetoilette nicht wiedererkennen. Vielleicht ist der Gedanke, dass du dich noch an unsere Toiletten erinnerst, aber auch ziemlich anmaßend. Ist es nicht komisch, dass man sich bei einer Hausrenovierung an die banalsten Dinge erinnert und völlig vergisst, dass sie für jemand anderen nicht die geringste Rolle spielen?«

»Ich erinnere mich noch an eure Toiletten«, sagt sie und kommt sich albern vor.

»Dann bist du für mich der ideale Besuch«, lacht Helen.

»Tut mir leid, dass ich genau vor eurem Haus geparkt habe.« Es soll humorvoll klingen, aber ihr glühen die Wangen. »Ich war ...«

Doch Helen steht weiterhin vor ihr und sieht sie mit dieser vertrauten, schmeichelnden Aufmerksamkeit erwartungsvoll an.

»Eigentlich ist das gar nicht meine Gegend«, fährt sie fort. »Ich weiß nicht genau, was ich dort wollte.«

»Und ich weiß nicht genau, was ich *hier* eigentlich will«, sagt Helen. Sie macht mit ihrem Glas, in dem sich ebenfalls Wein befindet, eine Geste hin zu Julias. »Kann ich dich vielleicht irgendwohin locken, wo es was Besseres gibt?«

Im Augenblick wäre ihr nichts lieber, als von Helen Russo ins samtene Halbdunkel einer exklusiven, kerzenbeleuchteten Bar entführt zu werden; es ist unglaublich, wie sehr ihr diese Vorstellung zusagt.

»Da bist du ja.«

Mark steht an ihrer Seite und ihre Loyalität gilt wieder Altbekanntem. Selbstverständlich wird sie sich von einer Achtzigjährigen, die einen Schal mit aufgedruckten Pferden um die Schultern gelegt hat, nicht zu einer Bar locken lassen, sondern sie wird diesen Ort wie geplant mit ihrem Ehemann verlassen.

»Tut mir leid, ich wollte nicht stören«, sagt er und Helen lächelt ihn an.

»Helen Russo.« Sie streckt ihm eine Hand entgegen.

Sie begrüßen einander, und Julia überlegt, ob man sich vielleicht so fühlt, wenn man während einer OP erwacht, bei der man vom Hals abwärts betäubt ist.

»Mark ist mein Mann«, erläutert sie, und dem Blick der beiden nach zu urteilen, hat Mark Helen gerade genau das gesagt.

»Sie hat sich eingebildet, sie hätte John Cusack gesehen«, sagt Mark zu Helen. »Gehören Sie zum Vorstand?«

»Nein, Gott behüte«, antwortete Helen. »Ich werfe mich lieber vor einen Zug, als in irgendeinem Vorstand zu sitzen. Melinda und ich haben vor Ewigkeiten zusammen studiert, und sie überredet mich, alle paar Jahre bei einer solchen Veranstaltung vorbeizuschauen. Eigentlich bin ich als Volkszählerin hier und überprüfe, wie viele von unserer alten Truppe noch am Leben sind.«

Mark lacht und ist, wie sie sehen kann, Helen bereits verfallen – wie sollte es auch anders sein. Verrückterweise verspürt sie den Impuls, ihr Terrain zu verteidigen, auch wenn sie unsicher ist, ob gegen Helen oder gegen Mark.

»Sich auf so einer Veranstaltung irgendwie nützlich zu machen ist in der Tat wichtig«, sagt Mark.

»Und welchen Beitrag leisten Sie?«, fragt Helen. »Sie sind der attraktive Begleiter?«

Helen Russo flirtet mit ihrem Mann.

»Das ist stets mein Beitrag«, entgegnet Mark.

Gütiger Gott, Mark flirtet tatsächlich zurück.

»Er *gefällt* mir«, sagt Helen zu Julia und drückt ihren Arm.

»Ja«, haucht sie. Der Kosmos erlaubt sich irgendein Spielchen mit ihr; irgendeine kindsköpfige allmächtige Entität hat sie gerade spaßeshalber auf dem Kieker. »Ich mag ihn auch sehr.«

Erstarrt sieht sie zu, wie Mark und Helen sich unterhalten – über die Bauarbeiten rund um den Congress Tunnel, über Marks Job. Mit ihren unterschiedlichen Verbindungen in die Wirtschaft stellen die zwei nach einer einschläfernden Runde Namedropping bald fest, dass Anwälte aus Helens ehemaliger Kanzlei AllAboard vertreten haben.

»Die Welt ist wirklich klein«, bemerkt Mark.

Julia stimmt lebhaft zu. Die kleinste Welt auf dem gesamten Planeten. Und doch bleibt die Unterhaltung erstaunlich oberflächlich. Weder Helen noch Mark sieht man an, dass sie beide zu der Handvoll Leute gehören – mehr sind es nicht auf dieser Erde –, die um Julias einstige Verfehlungen wissen. Sie stehen hier zufällig beieinander, und doch wird es mit jedem Augenblick wahrscheinlicher, dass Mark hinterher keinen Gedanken an das Gespräch verschwendet.

»Und was hat Ben so vor?«, fragt Helen, und Julia gibt ihre Hoffnung sofort wieder auf. Natürlich wird sie nicht ungeschoren davonkommen, natürlich wäre das zu einfach gewesen.

Doch Mark findet offenbar nichts merkwürdig an dieser Frage. Gott sei Dank sind Männer mit Blindheit für Details gesegnet. »Vielleicht sollte man besser fragen, was er gerade nicht vorhat«, erwidert er. »In drei Wochen heiratet er nämlich.«

»Kaum zu glauben«, sagt Helen. »Wirklich? Meine Güte, ich erinnere mich noch an den kleinen Knirps, der mir gerade mal bis zur Hüfte reicht.«

Mark blickt amüsiert. Und Julia fühlt sich auf einen Schlag um zehn Jahre gealtert.

»Sie kannten Ben, als er klein war?«

»Er war zufällig einige Male mit bei der Arbeit, als Helen vorbeikam, um Melinda einen Besuch abzustatten«, erklärt sie und fleht Helen mit den Augen an, sie nicht zu verraten. Diese Lüge kommt ihr nach Jahren der

Wahrheitstreue derart leicht über die Lippen, dass sie vor sich selbst erschrickt.

»Das ist Ewigkeiten her«, bekräftigt Helen. »So lange, dass es mir schon fast unwirklich vorkommt.«

»Du würdest dich wundern«, sagt Julia und legt Dankbarkeit in ihre Worte.

Helen lächelt sie an. »Das würde ich bestimmt.«

Sie hört Marks Handy in seiner Hosentasche vibrieren, und er reicht ihr seinen Wein und kramt danach. Sie ist unsicher, ob er das Display absichtlich leicht schräg aus ihrem Blickfeld hält oder sie es sich einbildet, aber sie ist dennoch froh über die zufällige Unterbrechung dieses Albtraums von einer Unterhaltung und dass sie nicht selbst durch irgendeine spektakuläre und demütigende Aktion dafür sorgen musste.

»Oh, nein«, meint er. »Da muss ich ran. Entschuldigt ihr mich?«

Sie nickt, und Helen entlässt ihn mit einer Handbewegung.

»Schön, Sie kennenzulernen«, sagt er zu ihr, hebt das Handy an sein Ohr und schreitet eilig und mit leicht hochgezogenen Schultern aus dem Raum. Sie hört nicht, mit wem er redet.

»Sieht nett aus«, sagt Helen, während sie ihm mit dem Blick folgt.

»Mmmh«, stimmt Julia schwach zu.

»Ich habe mich immer gefragt, was für ein Typ er ist, und habe ihn mir ganz anders vorgestellt.«

»Und wie hast du ihn dir vorgestellt?«

»Na ja, so genau kann ich dir das jetzt nicht sagen. Weniger sympathisch? Und definitiv ohne Brille.«

»Manchmal trägt er auch Kontaktlinsen.«

»Ihr seid ein hübsches Paar, ihr ergänzt einander gut.«

»Findest du?«, fragt Julia.

»Ja. Oder vielleicht liegt es auch daran, dass du *unbeschwerter* wirkst und viel mehr Selbstvertrauen hast.«

»Wirklich?«

»Auf jeden Fall. Du stehst sogar aufrechter. Mir scheint, du bist so richtig in die Gänge gekommen.«

Sie überprüft ihre Körperhaltung. »Alles nur Show.«

Helen lacht. »Klar. Du hast zumindest *begriffen*, dass alles nur Show ist. Du hast den Dreh raus, wie man mitspielt, so wie wir alle.«

Helen Russo hat wie immer den Nagel auf den Kopf getroffen. Ihr wird schlagartig bewusst, wie oft sie in den vergangenen zwei Jahrzehnten mitgespielt hat und wie sehr dieses Mitspielen dazu beigetragen hat, sie im Leben dahin zu bringen, wo sie jetzt steht. Und sie entsinnt sich auch, dass sie in Helens Gegenwart niemals das Gefühl hatte, mitspielen zu müssen.

»Nach unserer zufälligen Begegnung im Supermarkt musste ich immer wieder an dich denken«, gesteht sie. »Dich zu sehen hat vieles in mir wachgerufen.«

»In mir auch«, sagt Helen.

»Wirklich?«

»Meine Güte, selbstverständlich«, antwortet Helen. »Was meinst du, warum ich heute Abend hier bin?«

Bis zu diesem Zeitpunkt hat sie den Gedanken, dass sie Helen vielleicht ebenfalls etwas bedeutet hat, niemals zugelassen.

»Also, was ist? Wollen wir uns mal treffen und ausführlich reden?«, fragt Helen.

»Gerne«, sagt sie, bevor sie darüber nachdenken kann.

»Wirklich?« Helen lächelt und blickt sie forschend an.

»Wirklich gerne«, bekräftigt sie.

»Klingt ganz so, als hätten wir einander eine ganze Menge zu erzählen«, sagt Helen.

»Das kannst du laut sagen.«

Was ist seit jenem Tag vor achtzehn Jahren, als sie sich voneinander in der Bibliothek verabschiedeten, alles passiert? Alles und nichts. Die Kinder schossen nur so in die Höhe, Alma war damals noch ein kleiner Embryo. Marks Mutter starb, sein Vater verlor von einem Tag auf den anderen das Gedächtnis. Sie renovierten die Küche und machten auf Drängen eines Anwalts ihr Testament. Sie verkauften und kauften Autos und ließen die Dachrinnen säubern. Sie brachten Suzanne dazu, ihnen zu vertrauen, und Julia wurde befördert. Kurzum, sie sind erwachsen geworden. Dennoch ist es, als sie jetzt mit Helen Russo zusammensteht, genau wie damals, ein Gefühlsreflex, der längst nicht so verkümmert ist, wie Julia das erwartet hatte. Sie hat gedacht, dass sie Helen nicht länger vermisst, während all der Jahre hat sie alles dafür getan, um sie nicht mehr zu vermissen, aber nun stellt sich heraus, dass die Sehnsucht nach ihr – auch wenn dieses Gefühl durch neue Freundschaften verdrängt und von Kindern und Kollegen überlagert worden ist – die ganze Zeit in ihr geschlummert hat. Und jetzt hat sie wieder eine Kostprobe bekommen – Helens Lachen, ihr nachdenkliches Kopfnicken, ihr nach wie vor exklusiver Weingeschmack – und überlegt, wie sie überhaupt so lange ohne sie überleben konnte.

»Wir organisieren was«, sagt Helen. »Ich gebe dir meine Nummer.«

Während ihrer Freundschaft konnte sie die Nummer von Helens Festnetzanschluss auswendig, und es hat Jahre gedauert, sie zu vergessen. Sie zieht ihr Handy hervor und tippt die Nummer ein, die Helen ihr diktiert.

»Wunderbar«, sagt sie und kann das alles kaum glauben, es ist, als wäre seit damals keine Zeit vergangen, und in diesem Augenblick lehnt Helen sich leicht vor und umarmt sie.

*

»Ich glaube, sie hat einen Narren an dir gefressen«, sagt Mark nach der Veranstaltung, als sie die Ontario Richtung Tiefgarage runterspazieren. Julia, die zum ersten Mal seit einer Stunde wieder befreit Luft holt, stockt erneut fast der Atem.

»Was? Wer?«

»Tara«, sagt er. »Oder wie hast du sie noch mal genannt – Jodhpur?«

Sie entspannt sich. »Gaucho.«

»Ich dachte schon, ich muss mit ihr um dich kämpfen.« Er legt ihr schelmisch einen Arm um die Schultern. »Sie ist hin und weg von dir.«

»Wer hat dich eben angerufen?« Die Frage liegt ihr seitdem auf der Zunge. Und dieses Mal bildet sie sich keineswegs ein, dass sein Arm sich leicht anspannt.

»Was mit der Arbeit«, sagt er, und sie ist sicher – so wie man mitunter Dinge einfach weiß –, dass er gerade lügt. Aber sie ist ebenso sicher, dass sie, würde sie ihn darauf ansprechen, hysterisch und paranoid wirken würde. Und so wartet sie darauf, dass er etwas hinzufügt, und als das nicht passiert, belässt sie es dabei. Sie können einander unmöglich alles erzählen, dafür hat ein Tag nicht genügend Stunden.

»Diese Frau eben kam mir bekannt vor«, bemerkt Mark. »Bin ich ihr schon mal begegnet?«

Diesmal erstarrt sie. »Nein, bestimmt nicht.«

»Vielleicht kam mir nur ihr Schal bekannt vor«, überlegt Mark, dem tatsächlich mal entgangen ist, dass Julia sich das Haar kurz schneiden ließ. Und sie merkt, wie das Herz ihr bis zum Halse klopft.

»Was?«

»Wenn ich mich nicht irre, hatte ich vor kurzem einen ganz ähnlichen im Einsatz«, sagt er neckisch, die Lippen nah an ihrem Ohr.

»Ah.« Sie entspannt sich und schmiegt sich an ihn. »Ja, stimmt, du hast recht, er war *tatsächlich* ganz ähnlich.« Und um wirklich alle Zweifel zu zerstreuen, fügt sie hinzu: »Ich bin froh, dass sie sich dir vorgestellt hat, ich hatte ihren Namen ganz vergessen.«

Sie gehen in einvernehmlichem Schweigen bis zur nächsten Straße, ihre jeweiligen Lügen – womit auch immer er sie gerade angelogen hat – begleiten sie, wenn auch als schwache Schatten.

Ein Tag hat nicht genügend Stunden, um ihm alles zu erzählen, und in einer Ehe gibt es auch einfach nicht genügend Kontext. Nicht immer hat man eine gemeinsame Grundlage, nicht immer passt man zusammen, nicht immer lassen sich Unstimmigkeiten vermeiden. Unwillkürlich muss sie an den Tag denken, als sie Helen kennenlernte, und wie problemlos diese Frau den Finger in ihre Wunden legte und wie freigiebig Julia ihr alles erzählte. Das war noch nicht der schlechte Teil der ganzen Geschichte, der kam später, und die Vorstellung, sich erneut einer objektiven dritten Partei, die offenbar noch Sympathien für sie hegt, anvertrauen zu können, scheint ihr verlockend.

»Woher weißt du eigentlich, was Jodhpurs sind?«, fragt sie Mark.

»Am College habe ich mal eine Arbeit über die politische Geschichte von Polo geschrieben.«

»Klar, was sonst«, sagt sie kaum hörbar.

»Möchtest du was essen? Wonach ist dir?«

Nach Xanax. Nach einer ganzen Packung Zigaretten. Nach einer vollen Dosis von einem Pferdebetäubungsmittel. Plötzlich fühlt sie sich bei dem Gedanken, ihm gegenüber an einem Tisch zu sitzen – die perfekte Gelegenheit, um die Unterhaltung von voriger Woche wieder aufzugreifen, Mark und seine komische Frau, die sich andere möglichst vom Leib hält –, wie eingesperrt. Sie zieht kurz in Erwägung, wieder zurückzugehen und Helen Russo darum zu bitten, ihr den renovierten Toilettenraum zu zeigen.

»Lassen wir das Essen ausfallen«, sagt sie. »Ist das okay? Lass uns einfach nach Hause gehen.«

34

Kinder waren bislang ein Thema gewesen, um das sie und Mark verlegen einen Bogen gemacht hatten, und Julia nahm es Brady und Francine im Stillen ein wenig übel, dass sie es in den Mittelpunkt gerückt hatten. Aber weil Mark eben ein normaler Mensch war, nahm er Bradys Anruf um zwei Uhr morgens mit der dem Anlass angemessenen Freude entgegen, schleppte Julia am folgenden Morgen mit ins Krankenhaus und hielt auf der Fahrt dorthin an einem Blumenladen an.

»Willst du die beiden etwa *verführen?*«, fragte sie, während sie ihm dabei zusah, wie er zweifelnd einen Strauß Rosen aussuchte. Aber als sie bemerkte, wie er sichtlich kleiner wurde – meine Güte, wie *nett* er war, seine Nettigkeit strahlte umso offensichtlicher, weil sie selbst eben nicht nett war, so wie bei einem Neuwagen, der neben einem alten Auto steht –, führte sie ihn sanft ein Stück weiter zu den Nelken.

Im Zimmer der frischgebackenen Mutter war Julia dann seltsamerweise voller Neid und Eifersucht, sie war neidisch auf Francine und ihre Babys, eifersüchtig auf Mark, dass die Babys ihn dazu brachten, sich andauernd aufgeregt mit der Hand durchs Haar zu fahren, was richtig süß aussah, und auf Francine ebenfalls, die sie alle wie ein einfältiger, reicher Engel anlächelte. Als Mark dann die Zwillinge in den Armen hielt, war er restlos begeistert und die Zufriedenheit in Person. Und ihr war es fast peinlich, sich im gleichen Zimmer aufzuhalten, als wäre sie gerade reingeplatzt, um den Müll rauszutragen, während sich alle im engsten Kreis unglaublich freuten.

»Sie sind wunderschön«, sagte sie und war überzeugt davon, dass alle heraushören würden, dass sie bei dem Anblick überhaupt nichts empfand. Denn sie hatte dieses bestimmte Defizit, bei eindeutig erfreulichen Situationen keinerlei Freude fühlen zu können. Und im Augenblick missfiel ihr zudem, was Marks stille Freude implizierte. Sie wollte nicht mit der Nase auf ihr Defizit gestoßen werden, nur weil sie neben ihm stand.

»Du hast süß ausgesehen, als du das Baby in den Armen hattest«, sagte Mark später zu ihr, als sie zur Red Line zurückspazierten. Er wirkte so aufrichtig glücklich, wie er ihre Hand hielt und leicht drückte, so voller Zuversicht. Sein Optimismus nach der Begegnung mit neuem Leben wirkte so *normal*.

»Tja, Babys.« Beim Reden schnürte sich ihr die Kehle zu. »Die sind aus gutem Grund so, wie sie sind.«

»Du hast auf jeden Fall einen glücklichen Eindruck gemacht«, fügte er hinzu und es brach ihr fast das Herz, denn sie hatte sich überhaupt nicht glücklich gefühlt, und er war derjenige im Zimmer gewesen, der das eigentlich hätte wissen sollen.

Es passierte nach und nach, ein allmähliches, kaum spürbares Hineingleiten wie beim Kältetod. Sie sah dabei zu, wie sich winzige Risse bildeten und über Marks Kopf hin und wieder Blasen mit wenig originellen, dafür aber in sich schlüssigen Gedanken aufleuchteten, als würden in einem Haus die Lichter angehen: *Na, wie wäre es, wenn wir … Na ja, wenn diese Leute es machen, dann sollten wir vielleicht auch … Mmmh, ich frage mich, ob das für uns das Rich-*

tige wäre ... Jedes Eingeständnis war ein kleiner Verrat – dass er mit ihrem gemeinsamen Leben nicht so zufrieden war wie sie. Vielleicht, überlegte sie, entwickelte sich das Leben von jedermann auf genau diese Weise als eine Folge von *Vielleicht-sollten-wir-auch*-Entscheidungen, die man traf oder auch nicht und mit denen man, ohne sich darüber im Klaren zu sein, dem stillen Ruf der Gruppe, dem sozialen Druck durch Gleichaltrige nachgab.

Sie gingen zur U-Bahn-Station Chicago/State, und während sie die Treppen zum Bahnsteig hinuntergingen und ihre Tickets in den Drehkreuz-Automaten schoben, hatte er eine Hand auf ihren Rücken gelegt. Auf dem Bahnsteig standen sie dann getrennt voneinander, jeweils an eine Seite einer bemalten Säule gelehnt.

»Kannst du dir so was vorstellen?«, fragte er nach einer Weile und sie sah keine Möglichkeit, so zu tun, als hätte sie keine Ahnung, wovon die Rede war.

»Ich bin mir nicht sicher.« Sie beobachtete, wie eine Ratte mit einem Zigarettenstummel im Maul im U-Bahnschacht verschwand. »Ich nehme mal an, dich muss ich gar nicht erst fragen. So glücklich, wie du aussiehst.«

»Klar, ich freue mich für die beiden. Du etwa nicht?« *Wo du doch im gebärfähigen Alter bist, wird da angesichts von so viel Niedlichkeit nicht doch etwas in dir schwach?*, schwang in seiner Frage mit.

Freute sie sich für die beiden? Sie war unsicher. Beim Anblick der Grimes-Babys wurde sie sicherlich nicht schwach, und ebenso wenig von Babys, die sie in einem Supermarkt oder im Bus sah. Aber zu ihrer Überraschung war sie der Vorstellung auch nicht vollkommen abgeneigt.

»Ich habe vor ein paar Jahren zutiefst mitgelitten, als Baby Jessica in den Brunnen gefallen ist.«

»Jules.«

»Ich kann es nicht sagen, okay? Ich bin mir nicht sicher, wie meine Gefühle dazu sind.«

»Okay.«

»Eins nach dem anderen, John Cheever«, bremste sie ihn. »Einverstanden?«

»Geht in Ordnung«, antwortete Mark.

»Lass uns erst einmal heiraten«, sagte sie. Und dann: »Lass uns das anvisieren.«

»Wusstest du, dass diese Formulierung auch aus dem militärischen Bereich kommt?«

Sie kam um die Säule herum und lehnte sich leicht an ihn. »Das wusste ich nicht.«

»Doch.« Er tat so, als würde er ein Gewehr anlegen.

Sie war gerührt von seiner Güte und Geduld. Er war einsam in einer Familie aufgewachsen, von der er zwar geliebt wurde, in der man ihn aber nicht sehr gut verstand. Wahrscheinlich würde er einen guten Vater abgeben. Mark wollte Vater sein, und weil er ein Baby wollte, wollte sie es auch, wenn auch vielleicht nicht ein Baby an sich, aber die Freude, die ein Baby seiner Überzeugung nach für sie beide mit sich brachte. Und sie vertraute ihm, hatte jedenfalls keinen Grund, ihm nicht zu vertrauen.

»Wir werden das anvisieren«, sagte sie erneut, und er legte ihr einen Arm um die Schultern, und sie ließ diesen Gedanken zum ersten Mal wirklich zu.

*

Mark bat sie nicht darum, aber sie nahm seinen Nachnamen an – *Ames*, eine Silbe mit harten Vokalen –, weil sie mit ihrem neuen Leben zugleich das Ende des alten zelebrieren, die Akte Julia Marini schließen wollte. In der Schule hatte diese Julia Marini erzählt, dass ihr Vater in der Mafia sei. Diese Julia Marini war verlassen worden und hatte ihrerseits Menschen verlassen. Und mit Mark verheiratet zu sein gefiel ihr. Sie gingen mittlerweile behutsamer miteinander um, waren sich ihres Glücks bewusst, der Sex war weiterhin gut, und sie hatte das Gefühl, sich in einem Leben mit ihm weniger im freien Fall zu befinden. Sein neuer Job bei Brady stellte sich ärgerlicherweise als sehr einträglich heraus. Somit hatte er zu tun, war guter Dinge und von einem neuen Sinn für die eigene Wichtigkeit erfüllt, der – ebenfalls ziemlich ärgerlich – daher rührte, dass er mehr Geld verdiente als die meisten anderen Leute. Sie kauften sich eine neue Couch, das erste Möbelstück in ihrem Besitz, das nicht aus zweiter Hand war. Und sie überlegten sich, ein Eigenheim zu kaufen, anstatt weiter zur Miete zu wohnen, und schneiten gelegentlich bei Hausbesichtigungen herein wie ungeladene Hochzeitsgäste und probierten die Wasserhähne aus. Sobald man sich mit größeren Lebensentscheidungen beschäftigte, wurde einem klar, wie bedenklich simpel sie sein konnten, denn die schiere Tragweite ließ den Ernst irgendwie unbedeutender erscheinen.

Sie hörte auf, die Pille zu nehmen. *Schauen wir mal*, ein kleines Experiment, ein Versuch, bei dem es auf nichts ankam, denn was war schon eine weitere große Lebensentscheidung vor dem Hintergrund von so vielen anderen? Aber sie zählte zu den Frauen – wie hätte es auch anders sein können –, die sofort schwanger wurden, und das nach Jahren, in denen sie mit ihrem Körper umgegangen war, als gehörte er einer anderen, trotz einer vermasselten Kindheit und schlechtem Vorbild der Eltern und dem nach wie vor unerfüllten Wunsch, endlich zu begreifen, was es hieß, erwachsen zu sein.

Sie betrachtete ihren Schwangerschaftstest mit neutraler Neugier, gerade so, als hätte sie ihn soeben in einem fremden Mülleimer gefunden. Den Verdacht hatte sie bereits seit einer Woche gehabt, ein Ziehen in ihrem Schambein und eine generelle Empfindlichkeit untenrum verspürt, und außerdem hatte sie plötzlich extrem nah am Wasser gebaut. Die zwei Striche verblüfften sie mithin nicht, sondern lösten in ihr eine Faszination aus, in die sich Horror mischte.

Sie schluckte ihre Gefühle herunter, als ihre Mutter nicht zur Hochzeit erschien, weil angeblich ein älterer Nachbar, der Julias Meinung nach frei erfunden war, ihre Hilfe brauchte. Sie hatte fast alles heruntergeschluckt, sobald es um ihre Mutter ging, und sie schaffte es auch, im ersten Jahr ihrer Ehe alles unten zu behalten. Aber nachdem sie an einem warmen Freitagmorgen Anfang Juni den Test gemacht und noch eine Weile lang mit dem Kopf zwischen den Knien auf dem Badewannenrand gehockt hatte, wählte sie nicht Marks Nummer bei der Arbeit, sondern die von Hand geschriebene auf einem Post-it, der an der Kühlschranktür klebte.

Sie hievte sich auf den Küchentresen und lauschte auf das Freizeichen. Sie überlegte, ob ihr Herzklopfen gesundheitlich unbedenklich war. Als Anita antwortete, war sie gerade dabei, tief Luft zu holen, wenn auch vergeblich.

»Hallo«, sagte sie kurzatmig. »Sorry.«

»Wofür?«

»Hier ist Julia.«

»Das weiß ich.«

Sie knibbelte an einem Faden ihrer abgeschnittenen Jeans, war im Geiste wieder sechzehn, und sie saßen in der

Küche der Wohnung an der Fünfundvierzigsten, schleckten an Otter Pops und tratschten über Anitas Kollegen bei Dominick's. Und Anita erzählte ihr mit niederträchtiger Schadenfreude von irgendeinem Drama im Deli oder der verheirateten Kassiererin, die mit einem Lagerarbeiter eine Affäre hatte. Wenn es um die schmutzige Wäsche von anderen ging, lief ihre Mutter zu Hochform auf. Aber ihre Mutter hatte im Augenblick nicht einmal den Hauch einer Ahnung, wo sie lebte oder arbeitete, und hatte beim letzten Gespräch tatsächlich gesagt, sie solle sich bei ihrer Hochzeit »gut amüsieren«.

»Wie geht es dir?«, fragte sie. »Passt es im Moment nicht?«

»Doch«, erwiderte ihre Mutter. »Gut. Ich bin gerade aus dem Supermarkt zurück.«

»Was hast du eingekauft?«

Eine kurze Pause. »Was ich eingekauft habe? Lebensmittel, was glaubst du denn?«

»Ah«, sagte sie.

»Warum bist du nicht bei der Arbeit?«, fragte ihre Mutter.

»Den Sommer über habe ich freitags frei.«

»Wie schön.«

Sie hatte ihren Job als Kellnerin aufgegeben und arbeitete dreißig Wochenstunden in der Bibliothek. Sobald Mark besser verdiente und sie bei ihm im Krankheitsfall mitversichert war, hatte er sie dazu gedrängt. Aber ihrer Mutter war es mit einigen knappen Worten gelungen, sie in die Highschool-Zeit zurückzuversetzen, als sie lediglich zehn Wochenstunden in einer Apotheke arbeitete, eben weil sie *die Schule besuchte*. Aber Anita hatte schon damals erfolgreich verstanden, ihr das Gefühl zu geben, sie sei faul.

»Das *ist* schön«, entgegnete sie ein bisschen trotzig und bedauerte es sofort. Sie stellte sich vor, wie ihr Gift durch die Venen floss, in die Gebärmutter, und versuchte ruhig zu atmen.

»Ist es heiß bei euch?«, fragte Anita.

»Ein bisschen. Um die sechsundzwanzig Grad.«

»Hier auch. Mehr um die dreißig.«

»Wir haben in unserer Wohnung Deckenventilatoren«, erwähnte sie.

Sie hatte mitgehört, wie andere Leute unglaublich banale Details austauschten, nur um etwas zu sagen. Die Grunderwartung war dabei, dass das Gegenüber wenigstens Interesse vortäuschte. Normale Leute *machten das so.* Mark telefonierte sonntags immer mit seinen Eltern, und sie kam aus dem Staunen nicht heraus darüber, wie trivial die Dinge waren, die er ihnen mitteilte, und wie gebannt seine Eltern ihm anscheinend zuhörten. Sie gingen auf seine Erzählungen über den Auto-TÜV und Straßenbauarbeiten ein, als würden sie alle beisammen an einem Lagerfeuer sitzen. Letzte Woche hatte sie zugehört, als er ihnen von einem Spontankauf erzählte, eine Vorrichtung, die Aluminiumdosen zerquetscht.

Eigentlich hätte sie natürlich ahnen können, dass so etwas mit ihrer Mutter nicht möglich war, aber sie preschte halb verzweifelt voraus. Vielleicht, dachte sie, war mittlerweile ausreichend Zeit vergangen und die Beziehung hatte sich derart normalisiert, dass sie zu einem respektvollen Umgang in der Lage waren, eine schweigende Übereinkunft, die Vergangenheit dort zu lassen, wo sie hingehörte, und an jedem zweiten Weihnachten miteinander zu telefonieren.

»In jedem einzelnen Zimmer, wirklich wunderbar«,

fügte sie hinzu. »Hier wird es nur warm, wenn es draußen richtig heiß ist, aber selbst dann ist es noch erträglich. Wegen dem Luftzug.«

Am anderen Ende der Leitung schwieg ihre Mutter. Julia überlegte schon, ob sie ebenfalls von der Vorrichtung zum Zerquetschen von Aluminiumdosen erzählen sollte, aber dann sagte Anita etwas.

»Du bist schwanger«, sagte sie.

Es war wie ein Schlag in die Magengrube. »Was?«

»Nein?«

Hatte sie das an ihrer Stimme herausgehört? Kannte ihre Mutter sie etwa besser, als sie es ihr zugetraut hätte? War sie sich am anderen Ende der Leitung der molekularen Veränderungen, des neuen Lebens im Leib ihrer Tochter bewusst? Und war es genau das, was Muttersein bedeutete, nach zehn Jahren und auf tausend Meilen Entfernung eine solche Veränderung beim eigenen Kind am Telefon zu spüren?

»Woher weißt du das?«

»Das *weiß* ich nicht«, sagte Anita. »Ich kann mir nur einfach keinen anderen Grund für einen Anruf von dir vorstellen.«

»Ich wollte nur Hallo sagen«, antwortete sie ausweichend.

»Du bist also nicht schwanger?«

»Nein, ich bin schwanger«, bestätigte sie nach einer kurzen Pause.

Auf der Hochzeitskarte aus dem Supermarkt, die ihre Mutter mehrere Wochen nach dem Ereignis geschickt hatte, prangten zwei kitschige Precious-Moments-Figürchen, dazu ein Zitat aus dem ersten Korintherbrief über die Geduld und Freundlichkeit der Liebe. Und obwohl das sicherlich ein Witz war – ihre Mutter sammelte solche komischen, froschäugigen Figürchen nicht und mochte sie auch nicht besonders und hatte, soweit es Julia bekannt war, im Leben kein einziges Mal die Bibel aufgeschlagen –, hegte sie doch immer noch die Hoffnung, dass in der Karte selbst etwas dem Anlass Angemessenes stand, eine Lebensweisheit, die Anita als Entschädigung für ihr Nichterscheinen mit ihr teilen wollte. Aber dort stand lediglich ein gedruckter Glückwunsch – *Die besten Wünsche für ein Leben voller Glück* – und darunter die Unterschrift ihrer Mutter. Sogar auf einen persönlichen Gruß hatte sie verzichtet.

»Wann ist der Termin?«, fragte ihre Mutter. Es war keine Gratulation, aber immerhin etwas.

»Ich habe gerade einen Test gemacht«, antwortete sie. *Und dich dann als Erste angerufen*, aber das verschwieg sie. »Ich bin also nicht ganz sicher, aber ich glaube, ich bin ... keine Ahnung, in der siebten Woche?«

Ihre Mutter schwieg kurz und sagte dann: »Also irgendwann im Januar.« Und Julia stellte sich vor, wie sie im Kopf nachgerechnet und Zahlen abgehakt hatte, wie einst, wenn sie Einnahmen und Ausgaben gegeneinander gerechnet hatte, und aus irgendeinem Grund bekam sie feuchte Augen.

Sie räusperte sich. »Und irgendeine Lebensweisheit von dir?«

»Weisheit«, wiederholte Anita frotzelnd.

Plötzlich wollte sie alles über ihren eigenen Start ins Leben erfahren, wollte all die Fragen stellen, die ihr nie in den Sinn gekommen waren oder bei denen sie mit keiner Antwort rechnen durfte. Als ihre Mutter schwanger wurde, war sie zwanzig Jahre alt und Single gewesen, hielt sich mit einem Mindestlohnjob über Wasser und hatte eine Affäre mit einem verheirateten Mann. Wie lange hatte sie gewartet, bis sie Lawrence davon erzählte? Wann hatte sie Julia zum ersten Mal gespürt? Wie lange hatte die Geburt gedauert, und hatte ihr Vater draußen auf dem Flur darauf gewartet, sie in den Armen halten zu können?

Wie hast du dich gefühlt, als du erfahren hast, dass ich unterwegs bin? Hast du denn was gefühlt? Und warum tue ich das nicht?

»Nimm alle Schmerzmittel, die man dir anbietet«, sagte ihre Mutter. »Und lass uns beten, dass es ein Junge ist.«

Sie erstarrte. »Was?«

»Ich habe gehört, Jungen sind ein ganzes Stück einfacher.«

Sie wusste nicht recht, ob das beleidigend gemeint war, aber sie fühlte sich von der Bemerkung getroffen. Dabei hatte sie, als sie das Testergebnis sah, genau das Gleiche gedacht. In ihr war die Hoffnung aufgeblitzt, dass es kein Mädchen werden würde, denn mit einem Mädchen konnte man so viel mehr falsch machen.

»Und freut Mark sich?«, fragte ihre Mutter. Sie hatte ihn noch nicht persönlich kennengelernt.

»Ja«, log sie, weil sie sich selbst nicht eingestehen wollte, wie dumm es gewesen war, zuerst ihre Mutter anzurufen, und weil sie die Antwort auf diese Frage ohnehin kannte. »Er freut sich sehr.«

»Gut«, sagte ihre Mutter.

»Ja«, wiederholte sie.

»Na, dann halt mich auf dem Laufenden.«

»Klar.«

»Ich räume jetzt besser mal die Einkäufe weg.«

»Okay.«

»Alles Gute, Julia.«

»Danke, dir auch.«

Bevor sie auflegte, lauschte sie noch eine Weile dem Freizeichen. Eigentlich hatte sie als Nächstes Mark anrufen wollen, aber stattdessen legte sie sich auf den Küchenboden, den sie vor dem Telefonat gewischt hatte. Er fühlte sich an den Beinen kühl an. Sie verlor jedes Zeitgefühl und hatte keine Ahnung, wie lange sie dort liegen blieb. Sie hörte, wie Mark die Tür aufschloss, mittlerweile war sie wie hypnotisiert von dem Deckenventilator und wollte sich keinen Millimeter bewegen.

»Jules?« Ein Schatten fiel auf sie.

»Hallo«, sagte sie.

»Geht es dir gut? Bist du … gestürzt?«

»Ob ich *gestürzt* bin?«

Er kniete sich neben sie, und sie versuchte es mit einem Lächeln, als wäre alles normal, als wäre sie normal. Er setzte sich gegen einen Küchenschrank gelehnt und musterte sie. »Was ist los?«

Sie nahm seine Hand und legte sie auf ihren Bauch, als wäre sie jemand, bei dem das alles geplant war, als hätte sie die innere Gewissheit, dass sie es genau so wollte. Und in diesem Augenblick nistete sich in ihr das Geheimnis ein – dass sie eigentlich nicht recht wusste, wie sie das alles fand und ihr der Kosmos wieder einmal jede Gewissheit versagt hatte –, und sie stellte sich vor, wie das Geheimnis zusammen mit dem Baby, ihrem gemeinsamen Baby wuchs und zu etwas anderem wurde.

»Januar«, sagte sie. Er bekam große Augen und auf seinem Gesicht breitete sich ein cartoonhafter Ausdruck freudiger Überraschung aus.

»Was?«, sagte er. Und dann: »Oh, Jules.« Und danach: *»Wirklich?«* Und sie beschloss, dass sie sich die unverstellte

Freude ihres Mannes zu eigen machen würde – denn in einer Ehe ging es doch ums Teilen, man teilte Geschichten, Zahnbürsten und Gefühle, die man in einem bestimmten Augenblick fühlen sollte. Sie würde sich umstandslos alles zu eigen machen, zu ihrer aller Rettung und weil es im Angebot war. Mark hatte genug Liebe für zwei.

35

Plötzlich stehen die Vorbereitungen für Almas Highschool-Abschluss an, sie treffen sie unerwartet wie ein Blitz, und auf der Stelle ist ihre Tochter nicht mehr ums College besorgt, sondern um die Frisur für den Abschlussball, was wenigstens ein konkretes und einfacher zu lösendes Problem darstellt.

»Soll ich es blau färben?« Alma sitzt am Küchentisch und scrollt an ihrem Laptop, während Julia das Abendessen zubereitet. Verblüfft, dass sie tatsächlich nach ihrer Meinung gefragt wird, dreht sie sich zu ihrer Tochter um.

»Sagt man nicht irgendwas über Leute, die sich ihr Haar blau färben?«

Alma schaut zu ihr auf. »Was denn? Was Gutes oder was Schlechtes?«

»Ich weiß es nicht mehr«, weicht sie aus, obwohl sie findet, dass es eine völlig durchgeknallte Idee ist.

»Madison hat sich am Wochenende eine Glatze rasiert«, erzählt Alma. In diesem Fall ist Julia sicher, dass das ein sicheres Anzeichen für lockere Schrauben im Kopf ist, und sagt, »Wow, *cool*«, weil sie weiß, dass ihre Zustimmung Alma davon abbringen wird, es Madison gleichzutun.

»Und wie gefallen dir diese Schuhe?«, fragt Alma, und Julia wendet sich vom Herd ab und wirft einen Blick auf das Display, auf dem ein Paar Sandalen zu sehen sind.

Julia zieht die Nase kraus. »Sind denn jetzt Blockabsätze und eine eckige Zehenpartie wieder in?«

Sie schaut zu, wie Alma weiter durch Bilder von Plateausandalen und Hemdchen mit Spaghettiträgern scrollt. »Meine Güte, ist das alles wieder modern?« Sie kehrt an den Küchentresen zurück und schneidet weiter Grünkohl. »Das war in, als Dad und ich uns kennengelernt haben.«

»Damals, im Jahr 1840?«, kommentiert Alma finster. Aber dann wird ihr Tonfall mit einem Mal so fröhlich, dass jemand anderes als die eigene Mutter der Grund dafür sein muss. »Oh, mein Gott, hallo!«

Sie dreht sich um und erblickt Mark in der Tür, gerade zurück von einem seiner Kurztrips nach New York mit Übernachtung. Hinter ihm steht Ben und sein Anblick versetzt ihr einen leichten Stich.

»Schau mal, wen ich da draußen gefunden habe.« Ihr Mann strubbelt Alma durchs Haar und kommt für einen Kuss zu ihr.

»Ich wollte nur kurz was abholen«, sagt Ben und geht in die Hocke, um Suzanne zu streicheln. »Hallo, Suze, hallo, Suze«, säuselt er, während er mit ihren Ohren spielt, und dann zu seiner Schwester: »Du hast nie auf meine letzte Nachricht geantwortet, Nerd.«

»Es gibt Leute, die tatsächlich noch ein *Leben* haben«, entgegnet Alma, zieht aber ihr Handy hervor.

»Was möchtest du abholen?«, fragt Julia, um zu überspielen, dass ihr Sohn sie bislang nicht begrüßt hat.

»Ich hoffe, ich habe dieses Buch aus der Bibliothek irgendwo in meinem Zimmer«, sagt er. »Ich bekomme meine Abschlussnoten erst, wenn ich es zurückgebe oder dafür bezahle.«

»Schön, dass du hier bist«, meint Mark. »Ich kann dir für die letzte Rate fürs Restaurant einen Scheck ausstellen.

Ist sonst alles geregelt fürs nächste Wochenende? Können wir noch irgendwie helfen?«

»Ich glaube, es passt alles«, sagt Ben. »Außer dass ... also, Sunnys Vater hat gestern Abend angerufen und gesagt, dass er erst am Tag der Hochzeit ankommt. Er wird bei der Probe also nicht dabei sein. Dafür hat ihre Mom heute Morgen angerufen und uns informiert, dass ihre Grandma sich entschlossen hat, zu kommen. Und damit gleicht sie bei der Probe die Abwesenheit des Vaters aus.«

Mark hat sie letzte Woche darüber informiert – sehr vergnügt, als würde sie sich über diese neue Entwicklung tatsächlich freuen –, dass er am Abend vor der Hochzeit Sunnys Familie zu einem Dinner eingeladen habe.

»Ihre Grandma?«, fragt Mark. »Das ist ein Riesending, oder?«

»Sunnys Grandma ist eine bekannte religiöse Fanatikerin«, erklärt Alma, weil Julia ein verwirrtes Gesicht macht. »Sie hat sich über den Ablauf der Zeremonie aufgeregt.«

»Sie ist sehr konservativ«, bestätigt Ben, und Julia überlegt, wann dieses Thema bereits diskutiert wurde und was ihre Familie sonst noch alles bespricht, ohne dass sie es erfährt. »Es ist schon ziemlich besonders, dass sie ihre Meinung geändert hat, Sunny ist richtig erleichtert.«

Sie kann nicht entscheiden, ob er sie in diesem Augenblick absichtlich oder zufällig anschaut. Sie blickt ihm in die Augen und sucht darin nach ... ja was? Vorwurf? Verzeihen? Eigentlich nur nach irgendetwas, damit sie sich besser fühlt.

»Ich hole den Scheck«, wirft Mark ein, verschwindet über den Flur in sein Büro, und alle anderen schweigen sich an.

»Ich habe sie gefragt«, sagt Julia, worauf ihre beiden Kinder sie verständnislos ansehen. »Deine Großmutter.«

Ben zieht die Augenbrauen hoch. »Ach, ja?«

»Letzten Monat habe ich sie angerufen. Sie hat Nein gesagt. Nicht weil ... Sie hat sich für dich gefreut. Aber sie konnte sich nicht freinehmen.« Sie zuckt leicht mit den Achseln, um zu signalisieren, dass sie es für eine halbherzige Ausrede hält. Sie spürt, dass Alma sie beobachtet.

»Warum hast du mir das nicht gesagt?«, fragt Ben.

»Ich wollte dir nicht wehtun.« Sie gerät ins Stocken. »Ich meine ... Ich habe das nicht immer unter Kontrolle, aber wenn möglich ... bemühe ich mich darum.«

»Wo arbeitet sie?«, fragt Alma.

»So weit sind wir nicht gekommen.«

Mark kommt mit dem Scheckbuch zurück. »Wie weit?« Während er am Küchentresen einen Scheck ausstellt, ist er mit den Gedanken sichtlich woanders. Er war mitfühlend, wenn auch nicht sehr überrascht, als sie ihm von dem Telefonat mit ihrer Mutter erzählt hat.

»Das Essen ist so gut wie fertig«, sagt Julia zu Ben. »Willst du nicht mit uns essen, mein Schatz?«

Wie schön wäre es, wenn sie wieder zu viert um den Tisch sitzen würden. Sie würden angeregt erzählen und Julia würde einfach nur dabeisitzen und ihre Blicke zwischen ihren Lieben wandern lassen, sie alle genau dort, wo sie hingehörten.

»Das geht nicht«, entgegnet Ben und sie ist enttäuscht. »Sunny hat heute Nachmittag ihre Abschlussprüfung, und ich möchte da sein, wenn sie nach Hause kommt.«

»Klar, das ist nett«, sagt Julia.

»Ich schaue nur kurz nach dem Buch«, verkündet Ben, und dann nach einer kurzen Pause, in der sie in ihm wieder ihren mitfühlenden kleinen Sohn erkennt, dessen Blick sie nicht zu analysieren braucht, fügt er hinzu: »Aber vielen Dank, Mom. Dafür, dass du dich bemüht hast.«

*

Es ist nach Mitternacht und neben ihr schnarchen Mark und Suzanne um die Wette. Sie tappt lautlos nach unten, um frische Luft zu schnappen, hört aber den Fernseher und steckt den Kopf durch die Wohnzimmertür. Alma liegt in Embryohaltung im bläulichen Licht des Bildschirms auf der Couch und schaut zu, wie ein paar Leute in Kochkitteln komplizierte Torten mit Zuckerguss verzieren. Sie rührt sich nicht, als sie Julia bemerkt, sondern blickt sie lediglich ziemlich resigniert an.

»Ich weiß, das ist blöd«, sagt Alma nüchtern mit einer Geste Richtung Fernseher. »Aber ich mag es einfach.«

Julia erkennt darin einen weiteren Entwicklungsschritt auf der Schwelle zum Erwachsenwerden – stressbehaftete, hartnäckig verfolgte Vorlieben aus Teenagerzeiten, immer schon das Diktat einer Handvoll Leute ohne Geschmack, weichen langsam der Erkenntnis, dass man manches trotz allem mögen darf und sich damit vielleicht von anderen abhebt, und unter Umständen mag jemand anders auch gerade das, was überhaupt nicht angesagt ist, oder er mag einen genau dafür, weil er mitbekommt, dass man es mag. Ihre Tochter entwickelt gerade ihr eigenes Koordinatensystem und für Julia ist das fast so revolutionär wie ihre ersten Krabbelversuche.

Sie interpretiert Almas Worte als Einladung und setzt sich neben sie. Schnell merkt sie, dass sie an der Back-Show von Promi-Büsten ebenfalls ihren Spaß hat, sobald sie die eigentliche Magie begriffen hat. Keiner wundert sich, wenn man beim Zuschauen weint. Man darf seine Gefühle offen zeigen, darf mit exzentrischen, unbekannten Briten leiden, die bei der Show alles geben, und der Blutdruck darf auch kurzzeitig in die Höhe schnellen, wenn ein Ebenbild von Dusty Springfield aus deutscher Schokolade kurz vor dem Kollaps steht.

»Mom?«, fragt Alma, als eine neue Folge beginnt.

Sie wirft einen Blick auf ihre Tochter, die nah ist, aber zu weit entfernt für Körperkontakt. »Hmm?«

»Warum musstest du damals von deiner Mom wegziehen?«

»Oh.« Sie ist verblüfft. »Na ja, mein Schatz, ich ...« *habe was wirklich Dummes angestellt und alle Brücken hinter mir abgebrochen.* »Das ist nicht leicht zu erklären«, fängt sie an, aber ihre Tochter blickt sie erwartungsvoll aus ihren großen grünen Augen an. »Meine Mutter und ich hatten einen Punkt erreicht ... Ich meine, wir haben uns nie wirklich gut verstanden oder vielleicht auch zu gut, keine Ahnung, auf jeden Fall ... hat es für uns beide irgendwann zum Zusammenleben nicht mehr gereicht.«

»Aber sie ist doch immer noch deine *Mutter.*«

»Stimmt.« Die Promi-Büsten verschwimmen vor ihren Augen. »Stimmt, mein Schatz, aber das heißt nicht, dass es nicht auch mal schwierig werden kann.«

Alma denkt darüber anscheinend nach und sagt dann: »Ben kriegt sich schon wieder ein.«

»Oh«, sagt Julia mit einem Blick auf sie.

»Ich glaube, er hat Angst und ist deshalb gerade super defensiv. Er möchte einfach, dass du dich mehr für ihn freust.«

»Ich freue mich für ihn.« Sie muss lachen, als sie Almas

Miene sieht. »Ich kriege mich auch gerade wieder ein. Das Ganze ist ein Riesending.«

»Hast du mir aber nicht erzählt, dass eigentlich nichts ein Riesending ist?«

»Kinder sind die Ausnahme.«

»Du solltest dich bei Sunny melden«, sagt Alma. »Frag sie, ob sie ... keine Ahnung, was Leuten wie ihr so gefällt ... Handtücher mit ihrem Monogramm besticken lassen will? Du solltest die Initiative ergreifen und Zeit mit ihr verbringen. Das würde Ben so richtig freuen. Ich glaube auch, wenn du ihr eine Chance gibst, wirst du sie mögen. Sie ist eigentlich richtig nett.«

»Vielleicht mache ich das«, erwidert Julia. »Danke.«

Ihre Tochter nickt wissend und schaut unkonzentriert auf den Fernsehschirm, wo gerade jemand aus einem roten Biskuitkuchen das Profil von Mick Jagger herausschneidet.

»Mom?«, fragt sie so leise, dass Julia sie kaum hört.

Sie traut sich, ihrer Tochter ein paar Strähnen aus der Stirn zu streichen. »Was ist los, meine Süße?«

»Tut mir leid. Das mit deiner Mom. Dass das für dich so ist.«

Ihr treten Tränen in die Augen. »Ach, mein Herz, kein ...« Aber sie weiß nicht, wie sie den Satz zu Ende bringen soll, denn es stimmt nicht, dass das alles kein Problem ist, und es ist mitten in der Nacht, zu spät, um die Gründe zu erläutern. »... danke, Ollie.«

Und Alma verändert ihre Position und – oh, Wunder – legt ihren Kopf in Julias Schoß.

*

Alma schläft in dieser Position ein, und Julia lauscht ihrem Atem. Sie sitzt da, hat Angst, sich zu rühren, und lässt diesen Tag Revue passieren, ein ungewöhnlich guter Tag, wenn man bedenkt, wie die Dinge in der letzten Zeit für sie gelaufen sind. Mark ist zurück aus New York, und bevor er eingeschlafen ist, haben sie sich noch nett über sein albernes Telefonat mit Blessing, Verfechter der Paläo-Ernährung, von dem Restaurant unterhalten, wo der Hochzeitsempfang stattfinden soll. Ben hat sich bei ihr für ihre Mühe bedankt, und Alma – sie sieht zu und fühlt sich ungewöhnlich geehrt – sabbert ihr im Schlaf einen dunklen Fleck auf die Schlafanzughose. Wie viel schöner es doch ist, so ein Mensch zu sein, ein Mensch, der sich erfolgreich bemüht, ein Mensch mit einer intakten Familie, die sie um nichts in der Welt missen möchte. In knapp zwei Wochen wird ihr Sohn heiraten und ihre Tochter wird in ein Studentenwohnheim ziehen, das fast Mies van der Rohe entworfen hätte, und ihr Hund ist auf ungesunde Art und Weise auf sie fixiert und ihr Mann wird gut damit leben können, wenn die Kinder aus dem Haus sind. Niemand muss befürchten, dass es zum Zusammenleben irgendwann nicht mehr reicht, und so wird es bleiben, wenn sie nicht alles kaputt macht.

Sie greift zu ihrem Handy und schreibt Sunny eine lange Nachricht, die nach einer vagen Entschuldigung klingt, *Ich hoffe, dir geht es gut*, und *Wir freuen uns sehr auf das kommende Wochenende*, und *Wenn es was gibt, das ich tun kann, sag mir nur Bescheid, ich helfe gern*. Nach dem dritten Satz beschließt sie, dass es genug ist, und sendet die Nachricht ab.

Und bevor sie es sich anders überlegt, sucht sie unter den Kontakten nach Helen Russos Nummer und löscht sie, denn eigentlich sollte sie die gar nicht haben. In ihrer persönlichen To-do-Liste von Ich-will-mir-Mühe-geben steht auch, dass sie Helen Russo unter keinen Umständen jemals wieder anruft, und wenn sie sich den heutigen, wirklich gelungenen Tag anschaut, dann braucht sie Helen Russo vielleicht gar nicht mehr und sollte sich für die letzten zwanzig Jahre, in denen sie ohne die Frau ausgekommen ist, ordentlich auf die eigene Schulter klopfen.

36

Während ihrer Schwangerschaft war sie, unter dem Einfluss eines abenteuerlichen Gemischs aus Hormonen, Kohlenhydraten und Vitamin D, auf eine unerklärliche, geradezu verdächtige Weise glücklich. Sie brauchte eine Weile, um diesen aktuellen Gefühlszustand – unterschwellig, ungewöhnlich und am Ende von kurzer Dauer – als Glück zu identifizieren. Das Glück schlich sich an sie heran, es war kein Hochgefühl, sondern Ausgeglichenheit. Es verdrehte ihr nicht den Kopf, hatte nichts Überschwängliches, sondern bedeutete für sie eine bisher unbekannte Seelenruhe, als wäre sie eins mit der Welt und ihrem Leben. Sie schlief tief und fest und hatte lebhafte Träume. Sie schwebte froh durch ihren Arbeitstag und entdeckte in sich völlig neue Reserven an Geduld, Mitgefühl und Toleranz gegenüber Leuten, denen sie sonst am liebsten den Hals umgedreht hätte. Mit dumpfer Faszination registrierte sie die Veränderungen an ihrem Körper und versuchte beim Verlassen der Dusche wie zufällig einen Blick im Spiegel zu erhaschen. Sie betrachtete ihr Leben aus einer merkwürdig entrückten Perspektive, ihren Mann, die Zukunft, den in ihrem Bauch schwimmenden Gefährten. Und obgleich sie ihre Reaktion darauf nicht genau einschätzen konnte – war sie stolz, defensiv, fühlte sie sich eingesperrt oder frei, falls das eine das andere überhaupt ausschloss –, stellte sie fest, dass sie sich weniger Sorgen machte als sonst, weniger grübelte und sich mehr auf die Außenwelt konzentrierte und schon das Terrain sondierte, auf dem das Baby, das ja nicht bis in alle Ewigkeit in ihr war, sich bald bewegen würde.

»Wir könnten uns Kindersitze fürs Auto anschauen«, sagte Mark. Sie waren gerade in einem Gartencenter, um als Geburtstagsgeschenk für seine Mutter irgendeinen Rasenschmuck zu finden. Es war die erste Station von vielen auf einer höllischen Einkaufstour an einem trüben Samstag, an dem die Welt kaufte, was das Zeug hielt, und ihr Kofferraum am Ende randvoll sein würde mit unzähligen Rollen von Toilettenpapier und einer gigantischen Menge an Waschmittel, außerdem einer Box Cheerios in der Größe eines Babybettchens, und vielleicht tatsächlich auch ein Babybettchen oder ein Kindersitz, jedenfalls irgendetwas für den neuen Erdenbürger. Sie trug Latzhosen wie eine füllige Erwachsene in einer pädagogisch wertvollen Kindersendung. Die Belohnungspunkte für Mitglieder, die Ausfahrt zu dem breiten ebenerdigen Einkaufszentrum, die Luft darin, die nach Silikon und Desinfektionsmittel roch – das alles war immer noch neu für sie. Aber an jenem Tag fühlte sie sich beschwingt und ein wenig benommen von dem künstlichen Licht, dem feuchten, chemischen Geruch nach Torf, dem intensiven Staubgeruch von Sägemehl und der Welle von Chlorgestank aus dem Gewächshaus. Sie ließ ihre Finger über die weichen Plastikgriffe von metallenen Werkzeugen gleiten, die an den Wänden hingen.

Sie nahm eines der Werkzeuge vom Haken und summte dazu die Melodie eines Bee-Gees-Medleys mit, das gerade als Hintergrundmusik lief – sang einfach so, in aller Öffentlichkeit, wie die typische leichte Beute in jedem Märchen, aber das war ihr egal, sie fühlte sich heiter und unverletzbar. Sie war in der zweiundzwanzigsten Woche, und seit ungefähr einem Monat erschien ihr die Welt in einem üppigen, lebendigen Grün, voller Möglichkeiten und einer Dreidimensionalität, die ihr fast alle Sinne raubte. Sie hatte fast immer Heißhunger, war energiegeladen und sexbesessen wie noch nie im Leben.

Sie nahm den Schaufelgriff bedächtig in die Hand.

»*Cause we're swimming in a world of pools*«, sang sie mit, der genaue Text war ihr entfallen, derzeit hatte sie ein Gedächtnis wie ein Sieb, momentan der einzige Nachteil ihres Zustands. Mit einem Mal merkte sie, dass Mark schräg hinter ihr stand und sie beobachtete.

Sie runzelte die Stirn. »*Was?*«

Er schüttelte den Kopf und bedachte sie mit einem albernen Lächeln, das einen nervös machen konnte. »Nichts«, sagte er und vergrub seine Nase in ihrem Nacken. »Nichts, nichts, nichts.« Die Silben wärmten ihre Haut, und sie spürte, wie sie von der Brust bis zur Scham ein Schauer durchlief.

Seit kurzem kreisten ihre Gedanken oft um Sex, eine ungewohnte neue Obsession, die alles andere nichtig erscheinen ließ und sie in den unpassendsten Momenten gefangen hielt, während eines Meetings oder einer Zugfahrt. Nur die letzten Monate auf der Highschool waren damit entfernt vergleichbar und allein die gedankliche Verbindung – eine dunkle Zeit ihres Lebens neben einer glücklichen, diese unschuldsvolle Ausgelassenheit im zweiten Drittel ihrer Schwangerschaft überschattet von der gefährlichen, verwerflichen Lust von damals – verstörte sie.

Er umschlang ihre Hüfte, zog sie an sich.

»Jules, du machst mich so glücklich«, sagte er und sie verschlang ihn mit ihrem Blick – die Fältchen an den

Augenwinkeln, seine Art, sie anzusehen, die Liebe in seinem Gesicht, die ihr galt, und sie hatte ein Anrecht darauf, oder nicht? Konnte es nicht sein, dass sie diese Freude verdient hatte, diesen Mann, der sie ansah, als wäre sie einzigartig, und der mit ihr ein Kind gezeugt hatte, wegen dessen Existenz sie mitten im Einkaufszentrum gerade fast verrückt war vor Lust?

»Was ist los?«, fragte er.

»Ich –«, setzte sie an und fühlte Tränen in der Kehle.

»Hmmm?« Der Klang seiner Stimme vibrierte in ihrem Nacken. Sie schüttelte den Kopf und er löste sich von ihr und blickte sie an. »Oh, oh«, sagte er, als er ihre glänzenden Augen bemerkte, und sie musste lachen. Es war ein ganz normales Wochenende während einer ganz normalen Schwangerschaft mit einem ganz normalen Ehemann. Ihr Leben hatte entgegen jeder Erwartung einen Zustand von Stabilität erreicht.

»Mir geht es gut«, sagte sie und küsste ihn zur Bekräftigung und dann noch einmal, verlangender.

Jemand räusperte sich. Eine ältere Frau war ungeduldig und aufgebracht und entschuldigte sich in einem Tonfall, der klarmachte, dass eigentlich ihr eine Entschuldigung zustand. Sie waren schwanger und unzertrennlich und blockierten den Durchgang zu den Gießkannen. Mark lenkte mit einer Hand den Einkaufswagen und hielt sie mit der anderen umschlungen. Sie schmiegte sich enger an ihn und zusammen bahnten sie sich ungeschickt einen Weg den Gang hinunter, und sie stellte sich vor, was für ein Bild sie beide wohl abgaben, so unübersehbar eins mit sich und der Welt. Dann kam ihr eine andere Idee und sie steuerte den Wagen mit einer Hand nach links, wurde im Gehen schneller und spürte seinen Blick, *Was soll das, Jules* – und Gott sei Dank hatte dieser Supermarkt einen großen Toilettenraum für nur eine Person. In ein paar Monaten würde sie sich über das Vorhandensein von einem Wickeltisch freuen, aber jetzt war sie vor allem froh, dass sie hinter ihnen die Tür abschließen konnte.

»Komm her.« Sie machte sich an den Trägern ihrer Latzhose zu schaffen und streifte dabei so heftig eine Brust, dass sie wimmerte.

»Wirklich?«, fragte Mark zweifelnd, küsste sie aber weiter.

»Sei vorsichtig«, sagte sie, worauf er sie sanft auf das Waschbecken hob, während sie jeden Gedanken daran verdrängte, wie dreckig es hier war, und den Gestank nach Zitrone und Ammoniak und etwas Undefinierbarem ignorierte.

Sie mühte sich an seinem Reißverschluss, und er sah ihr zu, ein Leuchten im Gesicht – einer ihr vertrauten Erregung, einer vertrauten Zuneigung, einer vertrauten Unvertrautheit mit ihren spontanen Einfällen. Sie schob eine Hand zwischen ihre Beine, bereits kurz vor dem Orgasmus, eigentlich brauchte sie ihn gar nicht mehr.

»Oh, fuck«, fluchte sie.

Und für den Bruchteil einer Sekunde registrierte sie in seinem Blick etwas, das über Erregung hinausging, eine Überraschung, die fast an Entsetzen grenzte. Scham durchströmte sie bis in die Knie, eine überwältigende Scham, die sie daran erinnerte, dass sie anders war, ihre neue Euphorie nicht das war, was sie sein sollte. Sie war keine sanfte Francine, die in einem Kornfeld liebevoll ihren Bauch umfangen hielt, sondern jemand, der sich unpassend verhielt, wild und nicht, wie es sich für eine Mutter gehörte. Obwohl es ihn offenbar von nichts abschreckte und sie ebenfalls nicht – in ihrem Fall hätte wenig, ja eigentlich nichts sie abgeschreckt; sie *konnte* einfach nicht anders, sie war nicht *geisteskrank*, ihr Körper machte einfach sein Ding –, trat dieser Ausdruck in den kommenden Monaten und Jahren öfter in Marks Gesicht, und Julia gewöhnte sich immer mehr daran und akzeptierte ihn als etwas Gegebenes, das einfach zu ihrem Leben dazugehörte.

*

Während sie den Lake Shore Drive auf dem Weg zum Krankenhaus entlangrasten, stellte sie sich vor, wie es wäre, wenn sie einfach die Autotür öffnete und sich hinausfallen ließ. Nach der Ankunft spazierte Mark mit ihr gespenstisch dunkle Korridore auf und ab und sie blieb immer wieder stehen und warf sich mit einem Schmerzensschrei in seine Arme und übergab sich auch in einen Abfalleimer, den man eilig aus dem Dienstzimmer für die Pflegekräfte herbeigeschafft hatte. Sie wünschte sich ihren Dad an ihrer Seite, oder ihre Mom, die beiden Menschen, die sie gekannt hatten, als sie so klein war wie ihr ungeborenes Kind, oder irgendjemanden, der sie gekannt hatte, als sie noch klein war, und der sie jetzt vielleicht trösten könnte. Eigentlich war dieser Beistand überfällig, sie war der Meinung, dass sie ihn verdient hatte, besonders unter den gegebenen Umständen, den Sinneseindrücken, die sie von allen Seiten überfielen und die Teil der Entbindung waren, die Neonröhren über ihrem Kopf, die Stimme ihres Mannes, der sie beruhigen wollte, der Geruch von ihrem Schweiß, dazu dieser Schmerz, so übergroß, dass es beinahe zum Lachen war. Sie verweigerte die ihr angebotenen Schmerzmittel und auch die Periduralanästhesie.

»Es geht bei Ihnen ein bisschen langsamer voran, als ich es mir wünschen würde«, sagte der Arzt, eine Hand in ihrer Vagina. Sie hätte gerne ihren vertrauten Arzt gehabt, aber der war unverschämterweise gerade auf Anguilla in der Karibik, und dieser hier hatte eben Dienst.

»Ja, das würde ich mir auch wünschen«, murmelte sie und biss die Zähne zusammen, während er in ihr weitertastete.

»Ich bin fast versucht, etwas nachzuhelfen, damit es schneller geht«, sagte er. »Gibt es in Ihrer Familie Fälle von Bluthochdruck?«

»Keine Ahnung«, erwiderte sie und hasste den Arzt für seinen frustrierten Gesichtsausdruck und die Beschämung, die seine Worte in ihr auslösten. Es war ihr peinlich, dass es nicht voranging, und es war ihr peinlich, dass ihr nicht einmal grundlegende Fakten über ihre Eltern bekannt waren, von der Geschwindigkeit, mit der das Blut durch ihre Körper gepumpt wurde, ganz zu schweigen. Sie hasste Marks Hand, die ihre mitfühlend drückte, und sie hasste die Hebamme in ihrer Uniform mit Snoopy-Motiven, die mit dem Ärmel eine Tafel sauber wischte, weil ein Schichtwechsel anstand. Sie alle machten, was man von ihnen erwartete, nur Julia nicht.

Der Arzt musste entschieden haben, trotz ihres Unwissens über die Krankheitsgeschichte ihrer Vorfahren einfach weiterzumachen, denn dann wurde der Schmerz wie aus heiterem Himmel schlimmer als je zuvor, es war, als würde man während eines Tornados eine Straße runterlaufen und links nicht mehr von rechts unterscheiden können.

»Jules«, sagte Mark und wirkte mit einem Mal ganz jung, während er ihr mit wachsender Panik zusah, wie sie sich fluchend vor Schmerz wand. »Nun komm schon, mein Schatz. Lass dir was geben, mein Gott, bitte.«

Bis jetzt war sie einem Mantra gefolgt, das ihr Kopf in einer Endlosschleife abspulte, und dieses Mantra ließ sie alle ihr angebotenen Medikamente ablehnen. Die Stimme ihrer Mutter am Telefon: *Nimm alle Schmerzmittel, die man dir anbietet*, und *Lass uns beten, dass es ein Junge ist.* Es war idiotisch, sich derart kindisch zu verhalten, während man sein Kind zur Welt brachte, aber ihr war tatsächlich der Ratschlag ihrer Mutter eingefallen, gegen den sie sich aktiv auflehnte, obwohl sie vor lauter Schmerzen sterben wollte.

»Das ist eine Tortur, Jules. Bitte, ich kann dir gar nicht zusehen.«

Es war die Angst in seiner Stimme, die sie schließlich zum Einlenken bewegte: »Gut.« Und sie war zu erschöpft, um sich mit Mark darüber zu streiten, dass er um die eigene psychische Verfassung besorgt war. »Gib mir irgendwas, ganz egal was.«

Aber der Anästhesist hatte woanders alle Hände voll zu tun, außerdem war es laut der neuen Hebamme zu spät. Diese hier trug eine Uniform mit Tweety-Motiven und hatte ebenfalls eine Hand in Julias Vagina.

»Ist bald so weit«, verkündete die Hebamme, und danach verschwammen ihre Erinnerungen. Wahrscheinlich konnte Mark alles klar erinnern, aber sie hatte keine Lust, ihn danach zu fragen. Sie wollte nie wieder ein Wort darüber verlieren und hatte sich bereits heimlich geschworen, dass sie so etwas nicht noch einmal über sich ergehen lassen würde. Sie würden auf ewig eine dreiköpfige Familie bleiben, denn sie hatte wieder einmal versagt und wusste, dass sie mehr nicht verkraften würde.

Als sie ihr Baby zum ersten Mal sah, hatte ihr Verstand sich noch nicht erholt, und was sie wahrnahm, ergab keinen Sinn. War das ein Pferdekopf auf einem menschlichen Torso? Ein Bäumchen, das in umgekehrter Richtung wuchs? Wer war das und woher kam er? Und warum schauten alle im Raum so begeistert, sogar die Tweety-Hebamme, die doch andauernd Neugeborene zu Gesicht bekam?

Und so starrte sie ihn nur an und alles, außer Ben, wurde unscharf, denn alles, außer Ben, bedeutete mit einem Mal eine Überforderung.

37

Sie hatte damit gerechnet, dass Sunny ihre Nachricht ignorieren würde, wie ihre Kinder das immer taten, aber sie erhielt umgehend Antworten mit zahlreichen Ausrufezeichen. *Omg das ist perfektes timing*, und *hast du morgen zeit*, und *hilfe!!!!!*, dazu mindestens siebzehn winzige Emoji-Bräute über einer Kolonne von Polizeifahrzeugen. Sie war ein bisschen erstaunt über diese prompte Reaktion und erklärte sich bereit, Sunny eine Woche vor der Hochzeit zu einer Anprobe zu begleiten, weil an ihrem Kleid noch etwas geändert werden musste.

»Letzte Woche hat es noch gepasst«, sagt Sunny jetzt. Sie sitzt neben Julia auf einer brokatbezogenen Chaiselongue in einer trendigen kleinen Boutique in Bucktown, das Gegenteil von dem rüschigen Brautkleid-Emporium, das Julia erwartet hatte. »Wie angegossen. Ich begreife nicht, wie es ... quasi über Nacht? Ich hab's meiner Mitbewohnerin erzählt, und die hat gleich gefragt, ob sie für ihre Griechenlandreise meinen Badeanzug ausleihen kann, weil ich in den doch nicht mehr reinpasse. Richtig eklig, denn wer leiht sich schon *Badekleidung* aus?«

»Eklig und auch ein bisschen taktlos, oder?« Zu ihrer eigenen Überraschung hat sie sich sofort auf Sunnys Seite geschlagen. Ihr fällt auf, dass Sunny an ihren Nägeln kaut.

»Genau«, bestätigt Sunny. »Im Grunde ist es grässlich, von allen Freundinnen die Einzige zu sein, die schwanger ist. Aber es ist auch nicht nur die Schwangerschaft, sondern einfach alles. Keine von denen möchte am Semesterende stundenlang zuschauen, wie mein Kleid geändert wird.« Sunny atmet hörbar aus. »Sorry, ich bin einfach schlecht drauf.«

»Dauert das wirklich Stunden?«, fragt Julia. Sie stellt fest, dass sie eine schlecht gelaunte Sunny lieber mag. »Ich muss nämlich noch nach Hause und mir die Haare waschen.«

Aber Sunny blickt sie nur verständnislos und leicht panisch an, und eigentlich kann sie ihr das nicht übel nehmen, überlegt Julia, denn sie hat Sunny bisher keinen Anlass zu der Annahme gegeben, dass sie Sinn für Humor oder Liebenswürdigkeit oder auch nur ein normales Maß an Anstand besitzt.

»Sollte ein Witz sein«, sagt sie. »Ich habe alle Zeit der Welt.«

Sunny hält einen Ordner mit recht vielen Seiten auf dem Schoß, die in ihrer rundlichen Schrift vielfarbig beschrieben sind. Ganz oben auf jeder Seite steht unterstrichen *Endgültige Termine* oder *Nebensächliches* oder *Essen!!!*, ein Einblick in leicht besorgniserregende Winkel ihres Kopfes, aber doch recht verständlich, findet Julia. Als Ben noch ein Baby war, hat sie ebenfalls so getickt, lag im Bett und arbeitete im Geiste an ihren Listen und redete sich ein, dass sie ihre Lustlosigkeit wettmachte, indem sie notwendige Aufgaben obsessiv abarbeitete.

»Wir sind fast fertig«, sagt eine streng wirkende Frau auf der anderen Seite des Ladens. Sie steckt gerade das Kleid einer hochgewachsenen, dunkeläugigen Brünetten ab, die aussieht wie die Art Frau, die ein Pferd besitzt und als Mädchen Freunde bei Übernachtungen schikaniert hat.

»Danke, dass du mitgekommen bist«, sagt Sunny. »Ben hat gesagt, dass du bei so was richtig gut bist.«

»Bei so was ...?«

Sunny zuckt mit den Achseln. »Einen im Auto irgendwohin zu fahren.«

Sie überlegt, ob die Fähigkeit, jemand im Auto irgendwo hinzufahren, irgendetwas aussagt. Anscheinend bedeutet es auch nicht mehr das, was es in ihrer Jugend versprach.

»Pünktlich zu sein. Da zu sein. So was meinte ich. Ihr, du und Mark, stellt meine Eltern bei all diesen Dingen in den Schatten. Ben hat mir erzählt, das Schlimmste, was du jemals gemacht hast, war, ihn einmal nicht vom Kindergarten abzuholen.«

Die Worte rühren sie seltsam an. »Was?«

Sunnys Miene ist eine bemerkenswerte Mischung aus Belustigung und Ungeduld, wobei Letzteres die Oberhand gewinnt. »Wir haben darüber gesprochen ... keine Ahnung, über unsere Eltern eben, und ich habe ihm von all den grässlichen Dingen erzählt, die meine Mom mir an den Kopf geworfen hat, und Ben ... und das war wirklich das einzig Schlimme, woran er sich erinnerte ... Da war er noch im Kindergarten, und du warst spät dran, und er musste draußen auf dem Korridor, in dem es nach Gummistiefeln roch, mit dem Kunstlehrer auf einer Bank warten, und der Kunstlehrer wollte eigentlich eine rauchen und war super ungeduldig, und irgendwann tauchte dann Mark auf, und Ben dachte schon, du wärst tot, aber es stellte sich raus, dass du einfach vergessen hattest, ihn abzuholen. Oder auch nicht, vielleicht bist du auch im Verkehr stecken geblieben oder so was. Er war damals vier, und wer weiß, ob das alles wirklich ...«

»Es ist passiert«, sagt sie und Sunny wird bei ihrem Tonfall offenbar hellhörig.

»Weißt du, wovon ich gerade rede?«

»Ja.« *Ich wollte alles hinter mir lassen. Ich stand an einer Tankstelle und wollte ihn ihm Stich lassen. Ich war nicht mehr ganz bei mir, das passiert mir manchmal.*

»Er hat das nicht böse gesagt, Julia. Es war nicht ... Und wenn das das Schlimmste ist, woran du dich bei deinen Eltern erinnerst, dann bist du gut dran. Meine Mom hat mal zu mir gesagt, ich hätte verdient, mir den Arm zu brechen, weil ich verbotenerweise auf einen Baum geklettert bin. Als ich klein war, war ich ziemlich aggressiv und wirklich kein Musterkind. Meine Eltern haben oft lediglich reagiert, aber trotzdem, wie kann man so was zu einem Kind sagen?«

Eigentlich müsste sie an dieser Stelle einen Kommentar einwerfen wie *Ich bin sicher, so schlimm ist deine Mutter gar nicht*, aber Julia hat es immer gehasst, wenn andere der Meinung waren, dass ihre Mutter es eigentlich gut meinte.

»Tut mir leid für dich, Sunny.«

»Du wirst sie nächstes Wochenende endlich kennenlernen«, sagt Sunny. »Sie taucht nur auf, um zu sehen, wofür sie ihr Geld ausgegeben hat.«

»Was meinst du mit, deine Eltern hätten lediglich reagiert?«

»Meine jüngere Schwester ist gestorben«, erklärt sie.

Julia hält erschrocken inne. »Oh Gott.«

»Damals war ich fünf«, sagt Sunny, einer kindlichen Neigung folgend, sich anhand der eigenen zeitlichen Entfernung zu einem Ereignis zu orientieren und das Ereignis selbst – wer könnte es Sunny verdenken? – zu verdrängen. »Sie war zwei Jahre jünger. Leukämie.«

»Oh Gott«, wiederholt sie.

»Sie konnte meinen Namen noch nicht aussprechen. Für meine Mom war ich immer *Bunny*, und so hat Naomi mich irgendwann *Sunny* genannt, und irgendwie ist dieser Name geblieben. Als sie dann krank wurde, haben mich meine Eltern ebenfalls so genannt, wahrscheinlich weil ich als Kind so unglaublich optimistisch war. Was wäre mir auch anderes übrig geblieben? Alle Welt um mich herum war ja am Boden zerstört. Sie waren als Eltern einfach furchtbar. Jeder Therapeut, bei dem ich war, hat gesagt, es wäre krank, dass sie mich weiter so genannt haben. Nach ihrem Tod sind sie beide durchgedreht, kein Wunder. Mein Vater hat ein bisschen den Verstand verloren. Er ist ... Ich mag ihn richtig gern, er ist ein guter Mensch, aber er lebt irgendwo einsam in einer Hütte und arbeitet von zu Hause im IT-Bereich und geht so gut wie nie vor die Tür. Meine Mom hat zwei Töchter mit dem Typen, den sie danach geheiratet hat ... und aus ihr ist ... Er hat eine Menge Kohle, und von außen sieht es so aus, als wäre sie nur darauf aus, mit Geld alles unter Kontrolle zu halten.«

»Das muss hart für dich gewesen sein«, bemerkt sie, auch wenn die Worte unzureichend sind.

»Alles Schnee von gestern«, sagt Sunny mit einem Achselzucken, und Julia erkennt darin den Trotz einer Einsamen. Sie selbst hat ihn in ihren Zwanzigern mit sich herumgetragen, war von Depressionen geplagt, ihre Mitbewohner tuschelten hinter ihrem Rücken, und trotzdem bestand sie darauf, dass sie nichts und niemanden brauchte. »Und ich war ... Wenn man ein Kind verliert, liebt man das andere, das bleibt, entweder über alles oder man hasst es dafür, dass es noch da ist. Das war auch bei uns wie aus dem Lehrbuch. Es ist ziemlich deutlich, wofür sich meine Mutter damals entschieden hat. Egal. Aber es tut mir jetzt schon für alles leid, was sie anstellt, wenn sie hier ist. Sie und meinen Stiefvater um sich zu haben ist alles andere als eine Freude.«

»Na, ich habe auf diesem Gebiet in der letzten Zeit auch nicht gerade Meisterleistungen vollbracht«, sagt Julia nach kurzem Schweigen. »Bitte entschuldige, Sunny.«

Sie sieht Sunny an, dass die Entschuldigung bei ihr angekommen ist, und auch den kurzen Zweifel daran, aber dann sagt sie: »Ist schon gut.«

»Es war keine Absicht.«

»Kein Problem«, sagt Sunny. »Ben hat mir schon erzählt, dass du es in deiner Kindheit ... nicht leicht hattest.«

Damit hat sie nicht gerechnet. »Na ja, das stimmt, aber das ist trotzdem keine Entschuldigung für ...«

Doch dann kommt eine Frau mit einem Kinderwagen in die Boutique, und mit einem Mal setzt Sunny sich auf, hellwach, als wäre ihr gerade aufgefallen, dass es nach Gas riecht, und starrt die Frau an, die an einem Ständer Blusen inspiziert und dabei gelassen den Kinderwagen vor- und zurückbewegt. Die Frau kommt näher, schaut sich eine Reihe von Strandkleidern an, und sie können das winzige, in eine Decke gewickelte Baby sehen. Es ist vielleicht einen Monat alt, sieht noch etwas unfertig und zerknittert aus. Jetzt, wo alles hinter ihr liegt und ihr die eigenen Babys buchstäblich über den Kopf gewachsen sind, sich gerne an ihrem Bargeld bedienen und ihr Fehler vorhalten, begreift sie den Impuls von Bösewichten aus Märchenbüchern, die Babys von anderen mit Haut und Haar zu verschlingen. Am liebsten würde sie diesen wirbellosen Winzling vor ihr in die Arme nehmen und an seinem Nacken riechen.

Die Frau bemerkt ihre Blicke, und sie und Julia tauschen ein höfliches Lächeln.

»Wie alt?«, fragt Sunny.

»Sechs Wochen«, antwortet die Frau.

»Hallo, hallo, Baby«, gurrt Sunny und beugt sich über den Kinderwagen.

Julia ist überrascht, als sie bei Sunny das gleiche Unvermögen bemerkt – deplatzierte Begeisterung und bis an den Haaransatz hochgezogene Brauen –, das sie selbst einmal im Umgang mit Kindern an den Tag gelegt hat. Sie ist bisher davon ausgegangen, dass Sunny wie alle Frauen außer ihr das Baby-Gen in sich trägt oder wenigstens als die leidenschaftliche Planerin, die sie ist, einen Kurs zum Umgang mit Neugeborenen absolviert hat.

»Sie ist supersüß«, sagt Sunny. »Oder ... er? Sorry, ich ...«

Die Frau lächelt nun auch sie an. »Es ist ein Mädchen. Lily.«

»Lily stand auch eine Zeit lang auf unserer Namensliste«, erzählt Sunny, als die Frau weitergeht. Sie lässt sich zurück auf die Couch fallen und kaut nachdenklich an ihrem Daumennagel. »Aber ich fand, der Name ist ein bisschen zu schlicht«, fügt sie leise hinzu.

»Ich dachte, ihr seid euch sicher, dass es ein Junge wird.«

»Ben schon«, sagt Sunny und starrt gedankenverloren in den Raum. »Darf ich was sagen?«

»Klar.«

»Mir fehlt jede Erfahrung mit Babys. Bei der Geburt meiner Halbschwestern war ich schon auf der Highschool, und sie waren mir vollkommen egal. Und jetzt bin ich die Erste in meinem Freundeskreis, die Mutter wird. Ich habe buchstäblich keinen blassen Schimmer.«

»Bevor Ben auf die Welt kam, ging es mir genauso«, sagt Julia.

»Ich verstehe einfach nicht ... wenn Leute von sich behaupten, dass sie *Babys lieben*, meinen sie dann alle Babys? Das kommt mir nämlich komisch vor.«

»Diese Behauptung habe ich auch nie begriffen.«

Sunny sieht sie direkt an.

»Wenn Leute behaupten, sie würden *Kinder lieben*, ist das doch eine völlig pauschale und wahllose Aussage. Als würde man sagen, dass man *Erwachsene gernhat*. Wer hat schon alle Erwachsenen gern? Ich jedenfalls nicht, eher im Gegenteil.«

»Genau«, pflichtet Sunny ihr bei. »Manche Kinder sind nicht zum Aushalten. Meine Halbschwestern zum Beispiel.« Sie steckt sich wieder den Daumen in den Mund, und Julia muss an sich halten, um ihn nicht eigenhändig herauszuziehen. »Mir ist klar, dass ich kein Recht dazu habe, so was zu sagen.«

»Doch, das hast du schon«, widerspricht Julia und erinnert sich, wie erfrischend sie es fand, dass Helen Russo es nicht ausstehen konnte, wenn man bei Unterhaltungen Worte auf die Goldwaage legte.

»Klar werde ich das Baby lieben.« Sunny blickt stirnrunzelnd auf einen Ständer mit Hüten und lässt die Hand vom Mund auf den Bauch wandern.

»Das wirst du sicher«, sagt Julia, und sie denkt weiter an Helen, als sie hinzufügt: »Aber mach dir keine Gedanken, Sunny, wenn die Gefühle nicht die sind, die du erwartet hast.«

»Was willst du damit sagen?«

»Ich meine ... Ich wünschte, mir hätte das damals jemand gesagt – es gibt keine richtigen oder falschen Gefühle, es gibt nicht nur einen richtigen Weg, mit allem umzugehen. Es ist völlig in Ordnung, wenn du … Keine Ahnung, wenn du den Eindruck hast, dass du dich nicht so fühlst wie alle anderen um dich herum oder wie man es von dir erwartet.«

»Hast du denn damals nicht das Richtige gefühlt?«

»Ich hatte erwartet, dass ich beim Anblick meiner Kinder von Sekunde eins an vor Freude überschnappen würde, aber das ist nicht passiert. Ich musste erst einmal wieder zu mir finden. Und weil ich nicht vor Begeisterung ausgerastet bin wie alle anderen, hatte ich das Gefühl, als wäre bei mir was falsch.« Seit fast zwanzig Jahren hat sie das nicht mehr laut ausgesprochen, realisiert sie, nicht, seit sie sich damals Helen Russo anvertraut hatte. »Dabei ist das völlig okay, am Ende ist das kein Problem. Natürlich liebe ich meine Kinder, ich habe mich in sie verliebt, aber eben nicht von Anfang an.«

Sie spürt Sunnys Blick und hat keine Ahnung, was sie gerade mit ihren Worten angestellt hat – gegen den guten Ton verstoßen? Den Nagel auf den Kopf getroffen? Oder vielleicht hat sie vor der Frau, die ihr Sohn heiraten wird, auf einer Chaiselongue auch nur ein bisschen wirr aus dem Nähkästchen geplaudert.

»Als Ben klein war, ging es mir nicht gut«, sagt sie. Vielleicht ist Sunny bereits im Bilde. Sunny weiß von dem Tag, an dem sie ihn im Stich gelassen hat, vielleicht ist ihr auch der Rest bekannt.

Sie hat sich schon gefragt – mit ängstlicher Wissbegier, die nahezu obsessiv ist –, was Ben ihr alles anvertraut hat und in welchem Tonfall und ob dieses Hintergrundwissen ihn und Sunny näher zusammengebracht hat, so wie das bei Mark und Julia in Bezug auf Anita der Fall war. Eine verzerrte Allwissenheit, die sich einstellt, wenn man sich in jemanden verliebt, ein vollgestopftes Archiv mit allen Gefühlen, die der Partner jemals durchlebt hat, und allen gespeicherten Erinnerungen, ob sie nun der Wahrheit entsprechen oder nicht. Sie fragt absichtlich milde: »Hat er dir davon erzählt?«

Sunny überlegt sich ihre Antwort anscheinend gut. »Er hat mir gesagt, dass ihr einander sehr nahe gewesen seid. Wirklich sehr nahe. Als er noch ein Kind war.«

Sie spürt, wie ihr Magen darauf leicht reagiert. »Das stimmt. Das grenzte manchmal an Klaustrophobie, glaube ich.«

»Ja, ich …«, Sunny zögert. »Na ja, so hat er das nicht ausgedrückt, aber nach dem, was ich von ihm erfahren habe, ist mir der Gedanke gekommen, ob er sich vielleicht für dich verantwortlich gefühlt hat.«

Bevor sie etwas erwidern kann – aber was soll sie darauf sagen? –, fährt Sunny hastig fort.

»Ich glaube, das ist mir aufgefallen, weil das bei mir so war. Vielleicht war es auch nur eine Projektion von mir.«

»Nein«, sagt Julia nach einer Weile. »Nein, ich glaube, das stimmt. Kinder haben eine exzellente Wahrnehmungsgabe. Sie bekommen viel mehr mit, als ich dachte.« Kinder waren zwar halb blind vor Egoismus, aber sie durchschauten Unaufrichtigkeit sofort und konnten auf der Stelle erkennen, ob jemand etwas ernst meinte oder nicht. Ben besaß immer einen ausgezeichneten Radar für das Elend von Erwachsenen. »Ich glaube, als Alma auf die Welt kam, hatte ich mich besser im Griff. Aber bei Ben war es ein Lernprozess. Und sobald ich nicht mehr bei ihm war, bin ich in Panik geraten, und deshalb habe ich das möglichst vermieden.«

»Wann hat das aufgehört?«

»Irgendwann. Man musste das richtige Gleichgewicht

finden. Und bei Ben ist das immer schon ein bisschen schwieriger gewesen, weil er ... Du kennst ihn ja, und mittlerweile sicher besser als ich.« Das Eingeständnis tut ihr weh. »Es ist nicht immer einfach, zu entscheiden, wann er Hilfe braucht oder wann man ihm zu viel aufbürdet. Jedenfalls für mich. Er wirkt immer so glücklich.«

In ihrer Familie vergisst man Dinge gern oder tut zumindest so. In ihrer Familie wird vorsätzliche Blindheit von einer Generation an die nächste vererbt.

»Manchmal macht mich diese Seite an ihm verrückt«, sagt Sunny. »Besonders in letzter Zeit. Er ist überzeugt, dass alles gut wird, und weigert sich einzusehen, dass wir dafür was tun müssen. Hochzeiten planen sich nicht von selbst, und Babys kommen auf die Welt und haben Erwartungen, und man kann sich nicht einfach in seiner Dissertation vergraben und, wenn man daraus mal auftaucht, erwarten, dass jemand anders sich um alles gekümmert hat.«

Julia weiß nicht recht, wie sie in dieser Situation angemessen reagieren soll, auf welche Seite sie sich schlagen oder ob sie die lebenserfahrene Mutter spielen und dafür plädieren soll, dass es keine zwei Seiten gibt.

»Nur, dass du's weißt«, sagt Sunny. »Mir ist *absolut klar*, dass dieser ganze Hochzeitskram völlig lächerlich ist. Aber Ben ... Ihm ist nicht klar, was für ein Aufwand nötig ist, um von Punkt eins zu Punkt zwei zu kommen. Er kümmert sich nicht um Details. Man kann endlos mit ihm reden, und er greift ein oder zwei Worte auf und macht damit weiter. Verstehst du, was ich meine? Wenn er sich auf etwas eingeschossen hat, nimmt er nichts anderes mehr wahr. Hat er das von Mark?«, fragt sie und errötet dann. »Oder ... sorry, vielleicht bist du ja so.«

»Ich bin absolut detailbesessen«, erwidert sie. »Das, wovon du gerade sprichst, hat er von seinem Vater.« Sie hat diesen Wesenszug an ihrem Sohn immer verzeihlicher gefunden als an ihrem Mann. Vielleicht rührt die Neigung, zu allem stets gute Miene zu machen, auch daher, dass er all die Schatten vertreiben musste, die ihretwegen über seine jungen Jahre fielen. Ihr kleiner Junge, der sich hinten im Auto selbst tröstet. »Ich glaube, es ist ein gewollter Optimismus, der von außen nach Selbsttäuschung aussehen kann.«

»Tut mir leid, dass es für dich so hart war, als er klein war«, sagt Sunny.

»Oh«, sie fährt überrascht auf. »Danke, Sunny. Ich hoffe, ich habe dich nicht beunruhigt.«

»Oh, nein, überhaupt nicht«, besänftigt Sunny sie. In ihrem Tonfall liegen erneut ein Schwung und eine Energie, die ganz eindeutig einem Glücksgefühl entspringen. »Meistens freue ich mich wie wild darauf. Zum ersten Mal in meinem Leben mache ich genau das, wofür ich bestimmt bin, und zwar mit genau der richtigen Person. Ich bin so glücklich, dass mir … der Mensch, der ich vorher war, richtig leidtut. Klingt das blöd?«

»Nein«, sagt sie und denkt zurück an die ersten Monate mit Mark, in denen ihr vollkommen neues Glücksgefühl nur durch die Erkenntnis getrübt wurde, dass sie bislang nicht einmal geahnt hatte, dass auch Leuten wie ihr so etwas vergönnt sein könnte. »Nein, überhaupt nicht.«

»Gut.« Plötzlich ruft die Schneiderin aus dem Ankleidebereich. »Ich bin für Sie bereit.«

Sunny erhebt sich von der Chaiselongue und hält ihren Ordner wie ein Baby an der Hüfte.

»Sind Sie die Mutter?«

Julia bemerkt erst, dass sie gemeint ist, als die Frau sie

mit ihrem Blick fixiert. »Oh, nein, nein«, wiegelt sie ab. Sie sieht in Sunnys Gesicht etwas aufblitzen, das verschwunden ist, bevor sie es einordnen kann.

Die Schneiderin nimmt die Information mit Gleichmut auf und wendet sich erneut an Sunny. »Haben Sie für den großen Tag schon die Lingerie gewählt?«

»Ich trage sie gerade«, sagt Sunny, plötzlich ganz geschäftsmäßig bei der Sache, und wischt ihren blutigen Daumen an einer Tasche ihrer Jeans ab. »Die Schuhe habe ich auch dabei.«

»Wunderbar«, meint die Frau, und mit einem Mal begreift sie, was der Gesichtsausdruck von Sunny bedeutete. Sie steht auf und geht auf die beiden zu.

»Ich könnte als Ersatzmom fungieren«, bietet sie an. »Falls ihr mich für etwas braucht.« Genau das war einer der Gründe, warum ihr Helen so viel bedeutet hat – da war jemand, der ihr versichert hat, *ich bin für dich da*, unabhängig davon, ob sie gerade Bedarf hatte oder nicht. Sunny blickt sie dankbar an und auch diesen Blick kennt sie. Sunny ist nicht die Unbehauste, deren Blick kein Detail entgeht, wie sie es damals bei Helen Russo gewesen ist. Sunny ist nicht Julia. Sunny hat einen *Ordner* dabei. Doch was sich hinter dem Ausdruck verbirgt, der gerade für den Bruchteil einer Sekunde über ihr Gesicht gehuscht ist, weiß Julia nur zu gut – das war die Panik und bodenlose Verzweiflung von jemandem, der sich viel zu lange allein durchs Leben schlagen musste.

»Wunderbar«, wiederholt die Frau, der offenbar alles gleichgültig ist. »Sie können den Rock hochhalten.«

*

Auf dem Heimweg klingelt ihr Handy, tönt in voller Lautstärke im Auto. Die Nummer kennt sie.

»Mom?«

Schweigen am anderen Ende der Leitung.

»Mom?«, wiederholt sie.

»Was?« Anita klingt kurz angebunden und gereizt, als hätte Julia sie bei etwas unterbrochen.

»Bist du ...«

»Kannst du mich jetzt hören?«

Einen Augenblick lang empfindet sie merkwürdigerweise Nostalgie. In den Augen ihrer Mutter war eine schlechte Telefonverbindung persönliches Versagen, außerdem erlag sie dem Fehlschluss, dass man diese durch Brüllen wettmachen konnte.

»Eine Sekunde«, sagt Anita. Längeres Rumpeln, gefolgt von einem Rumms, dann hört man nichts mehr. »Und jetzt?«

Sie umfasst das Lenkrad mit beiden Händen und atmet hörbar aus. »Jetzt ist es gut.«

Ein längeres Schweigen tritt ein, und irgendwann ist sie drauf und dran, etwas zu sagen, um zu prüfen, ob Anita immer noch in der Leitung ist. Diese langen Minuten des Schweigens, weil sie beide nicht in der Lage sind, sie mit Worten zu füllen wie normale Leute, haben sie schon immer traurig gemacht.

Dann fragt ihre Mutter, als wäre es ihr gerade eingefallen: »Wie geht es dir?«

»Alles gut«, antwortet sie.

»Schön«, sagt Anita. Und dann, in einem Tonfall, als würde sie aus einem nicht besonders hilfreichen Ratgeber ablesen: »Erwische ich dich in einem schlechten Moment? Ich will dich auch nicht länger aufhalten, sondern nur fragen ... Ist es zu spät oder kann ich meine Pläne für die Hochzeit noch ändern?«

»Wie ändern?«

»Ich wollte fragen, ob die Einladung noch steht? Ich weiß, das kommt jetzt etwas kurzfristig.«

»Nein, klar. Natürlich steht die Einladung noch.«

»Und ist sie auch bewilligt worden? Von höherer Stelle?«

»Mom, wenn du damit mich meinst, kann ich nur sagen, dass du immer mehr als willkommen bist.« Die Formulierung *mehr als willkommen* klingt längst nicht so einladend wie *willkommen*, stellt sie fest, aber sie lässt es dennoch so stehen.

»Ich habe die Tickets schon«, sagt Anita. »Ankunft Freitagmorgen.«

Ihr fällt keine Erwiderung ein außer: »Midway oder O'Hare?«

»O'Hare, siebzehn Minuten nach elf.«

»Soll ich dich abholen kommen?« Die Frage ist ihr herausgerutscht.

»Na ja, das wäre nett, aber nur, falls du nicht ...«

»Nein, das geht in Ordnung. Ich habe Zeit.«

»Danke«, bedankt ihre Mutter sich höflich.

Vielleicht liegt es daran, dass sie sich gerade von Sunny verabschiedet hat, jedenfalls reitet sie auf einer Welle von familiärer Harmonie und fragt: »Weißt du schon, wo du schläfst?«

»Ich dachte, ich suche mir ein Zimmer in einem Holiday Inn beim Flughafen.« Das ist auch eine altbekannte Reaktion, ihre Mutter möchte sich nicht helfen lassen, macht aber unmissverständlich klar, dass sie Hilfe braucht.

»Wenn du magst, kannst du auch bei uns bleiben.«

Ihre Mutter schweigt kurz. »Ich glaube, da fragst du besser erst mal Mark.«

»Den muss ich nicht erst fragen.« Normalerweise würde sie das tun, aber in diesem Fall setzt sich bei ihr der kindliche Impuls durch, ihrer Mutter die Stirn zu bieten.

»Dann ist das Besuchsverbot aufgehoben?«, fragt Anita amüsiert.

»Ich weiß nicht genau, wovon du redest.«

»Ich möchte es nur noch mal von dir hören, damit es klar ist«, sagt Anita. »Ist es in Ordnung, wenn ich bei euch bleibe?«

»Warum dieses Theater? Ja, für mich passt es.«

»Ich kann nämlich auch problemlos ins Hotel gehen, ich *muss* nicht bei euch übernachten.«

»Du kannst dich entscheiden, wie du willst«, sagt Julia. »Für den Fall, dass du es möchtest, wartet unser Gästezimmer auf dich.«

»Gut.«

»Ben wird sich freuen, dass du kommst.«

»Na ja.«

»Könntest du mir die Daten zu deinem Flug schicken? Schreibst du SMS?«

»Ja, Julia, dazu bin ich in der Lage, meine Güte, ich lebe doch nicht hinterm Mond.«

»Gut. Schick mir eine Nachricht. Und bis Freitag.«

»Alles klar«, sagt ihre Mutter. »Bis dann.«

38

Das Elternsein begann mit Ausdünstungen und einer geschärften Wahrnehmung für frische Atemluft. Sie verbrachten fast jede wache Minute zu dritt, atmeten den Atem der anderen beiden ein und teilten die feuchte Wärme von ungewechselter Bettwäsche. Sie und Mark umgab eine düstere Wolke aus Mundgeruch und passiver Aggression, hier und da ragten Körperglieder hervor, einander fremd und doch näher als je zuvor. Und zwischen ihnen lag das Baby – er war und blieb *das Baby*, und nur gelegentlich und eher als Witz wurde aus ihm *Ben*, denn der Name klang noch viel zu erwachsen. Weil sie sich mit Kosenamen schwertat, nahm sie zu Nonsens Zuflucht und nannte ihn *Eichhörnchen*, *Windrädchen* oder *Zwiebelchen*, wie aus einem verniedlichten NATO-Alphabet. Er nahm jede Ecke im Haus in Beschlag und in ihrem Kopf, er war erstaunlicherweise einfach überall.

Und Mark war ebenfalls überall. Er war in einer großzügig bemessenen Elternzeit und somit eigentlich immer zu Hause, wenn er nicht gerade Lebensmittel einkaufte oder verschlafen durch ihr Viertel joggte. Julia verließ die Wohnung nur in den seltenen Fällen, wenn sie Mark am liebsten umgebracht hätte und sich feindselig einen fadenscheinigen Vorwand ausdachte, »Der Griechische Joghurt ist schon wieder aus!«, »Die Bücher aus der Bibliothek müssen endlich zurückgebracht werden!«. Aber selbst dann beeilte sie sich, denn allein unterwegs zu sein machte ihr mittlerweile Angst. Sie hatte fünf Wochen mit ihrem Mann und ihrem Baby in der Wohnung verbracht, und obwohl sie keinen der beiden mehr bewusst wahrnahm, war ihre Anwesenheit ein Trost. Vielleicht war es die Art von Trost, die in einer Hütte eingesperrte Entführungsopfer dazu brachte, sich mit Kissen oder mit totem Laub anzufreunden, aber es war immerhin ein Trost. Nach der Entlassung aus dem Krankenhaus waren seine Eltern für eine Woche gekommen, und sie hatten an und ab Besuch gehabt, der Söckchen und zweifelhafte Aufläufe mitbrachte. Ihrer Mutter hatte sie in einem kleinen Umschlag Fotos geschickt und gehofft, dass er nicht als unzustellbar zurückkam. Doch eigentlich waren es nur sie drei, ihre kleine Familie, und das war einerseits nett, andererseits fühlte es sich an wie in einem Bunker zu hausen. Die Zeit schritt mit einem Neugeborenen anders voran, aus Minuten wurden ganze Wochen, das Gestern und das Morgen zählte sich in endlosen Stunden.

Eines Abends fuhren sie und Mark mit dem Kleinen für einen Spaziergang zum Loyola Beach. Mark trug ihn in einem Tragetuch vor der Brust, und beide waren sie barfuß und hielten ihre Schuhe in der Hand, obwohl das Wasser Ende März noch eiskalt war. Er hatte gerade angefangen wieder zu arbeiten und in dem Monat darauf wurde sie in der Harold-Washington-Bibliothek zurückerwartet, was, je nachdem, in welcher Stimmung sie sich befand, entweder noch sehr weit entfernt schien oder aber unmittelbar bevorstand. An vielen Tagen konnte sie es kaum erwarten, sich wieder mit Erwachsenen auszutauschen, wieder Kleider zu tragen, auf denen keine Spuren von Babyspucke waren, wieder den vertrauten Gestank von frischem Urin in der U-Bahn wahrzunehmen. Aber dann blickte sie zu Ben hinüber – der Kopf wippte sacht an der Brust des Vaters auf und ab, seine Lider senkten sich langsam – und hatte das Gefühl, sie würde tot umfallen, sobald er nicht mehr in ihrer unmittelbaren Nähe war. Nach wie vor gab es längere Momente voller Glück, die plötzlich auftauchten und in denen sie Ben anschaute und sich in die Welt verliebte, weil er darin war. Es war wie schöner Schein, aber sie war zu ängstlich, um dem nachzugehen, denn je eingehender man etwas betrachtete, desto mehr Mängel entdeckte man, jedenfalls in ihrer Erfahrung.

Mitunter hatte sie den Eindruck, sie wäre durch Zufall mit einem Verbrechen davongekommen. Vor der Geburt war es schrecklich gewesen, sich Schlimmes auszumalen, das einem widerfahren konnte, ein Baby mit einem Gebrechen, ein Baby, das nicht schlafen wollte, ein Schreibaby oder ein Baby mit unheilvollen Anlagen, die irgendwann zutage treten würden. Doch sie hatte ein wunderbares, pflegeleichtes Baby bekommen, wahrscheinlich das beste Baby aller Zeiten, davon war sie insgeheim überzeugt. Sie liebte ihn so inständig und bedingungslos, dass sie mitunter überlegte, ob etwas mit ihr nicht stimmte, denn es war bestimmt unzuträglich für die mentale Gesundheit, einen anderen Menschen derart in sein Herz zu schließen, und sie tat ihm sicherlich keinen Gefallen, wenn sie verrückt nach ihm war. Aber sie konnte nicht anders, und weil es ihrer Liebe beträchtlich an Instinkt fehlte, sobald es um die Fürsorge ging, hielt sie sich fortan permanent in seiner Nähe auf, sang ihm etwas vor – *a shady lane everybody wants one* – und hielt ihn im Arm, solange sie nichts anderes in den Händen hatte, und mitunter selbst dann. Sie entwickelte ein wahres Talent für Multitasking, um möglichst alles in unmittelbarer Nähe ihres Sohnes zu erledigen. Eigentlich sollte sie seine Bedürfnisse vorausahnen, da war sie sich sicher, und weil ihr dafür die Anlagen fehlten, war sie immer in Habachtstellung und auf das Schlimmste gefasst, auch wenn es niemals eintrat. Er blieb von den ersten Lebensmonaten an ein gelassenes, freundliches Kind, das mit großen Augen friedlich in die Welt schaute, und in dem Blick, mit dem er zu ihr aufsah, lag eine Heiterkeit, die auf sie mitunter wirkte wie Resignation. In solchen Augenblicken erfasste sie die Sorge, dass sie ihn ungewollt als Geisel nahm. Der Kleine spürte, wie ängstlich seine Mutter war, und tat entgegen der Natur alles, damit sie nicht vollkommen die Nerven verlor.

»Alles in Ordnung« war ihr Mantra gegenüber Ben, ein gemurmelter Singsang, *Alles in Ordnung, alles in Ordnung*, der ihr selbst ebenso galt wie ihm. Wenn er schlief und sie allein im Haus war, wiederholte sie die Formel mitunter für sich, so wie sie ihren ausladenden Gang beibehielt, auch wenn sie ihn nicht im Arm hielt.

Mark legte behutsam einen Arm um ihre Taille, als wäre sie eine Katze, die er nicht aufschrecken wollte. Langsam lernten sie wieder, einander zu berühren und versuchten, etwas von ihrer Zuneigung für ihr Kind abzuzweigen. Sie lehnte sich etwas ungeschickt gegen seine Schulter.

»Pass auf«, sagte Mark und dirigierte sie um ein paar Scherben herum. An einer Bank zogen sie ihre Schuhe wieder an und auf dem Heimweg die Estes Avenue hinunter griff er nach ihrer Hand. Sie schaute erneut zu ihm auf, während sie an der Kreuzung zur Ashland Avenue darauf warteten, dass eine Ampel umsprang, und er war wieder der Mark von vor drei Jahren, der sie zur Arbeit begleitet hatte, nur dass er gerade dem Baby den Kragen hochzog, damit der schmale Hals bedeckt war.

Er fing ihren Blick auf und lächelte sie an. »Was?«

Die Ampel zeigte Grün und sie gingen weiter. »Nichts«, sagte sie.

Eine Häuserzeile weiter plauderten sie dann über einen Straßenkater in ihrem Viertel, der trotz fehlendem Schwanz seinen Gleichgewichtssinn nicht verloren hatte, als sie auf der Treppe vor ihrem Haus eine Frau erblickte.

»Oh«, sagte Julia und blieb mitten auf dem Bürgersteig, nur einige Meter von ihrem Zuhause entfernt, stehen.

»Siehst du ihn irgendwo?«, fragte Mark und sah sich nach dem Kater um. Aber sie konnte nur den Kopf schütteln, obwohl er sie gerade nicht ansah und mit ihr weiterging, denn sie hielten einander immer noch an den Händen. »Wer ist das?«, fragte er leise, als er die Frau auf der Treppe ebenfalls bemerkte, die gerade eine Hand zum Winken hob.

»Ich dachte, du hast vielleicht beschlossen, mein Klingeln zu überhören«, sagte Anita.

»Ist das ...?«, fragte Mark und sie nickte.

»Keine Sorge, ich bleibe nicht lange«, verkündete Anita wie eine düstere Prophezeiung und klopfte kurz auf ihre Reisetasche. »Bin auf der Durchreise.«

»Was *machst* du hier?«

Ihre Mutter musterte sie eindringlich. »Ich fahre für ein paar Tage nach Columbus, um dort ein paar Dinge zu erledigen«, sagte sie. »Ich war seit zehn Jahren nicht mehr dort. Kaum zu glauben, oder?«

Julia verkniff sich den Kommentar, dass sie es problemlos glaubte. Sie ließ sich auch ihre Überraschung nicht anmerken, dass ihre Mutter allein unterwegs war, ihre Mutter, die, solange Julia bei ihr gelebt hatte, kein einziges Mal verreist war. Ihre grellbunte Tasche sah aus wie die eines Kindes, das beschlossen hatte, von zu Hause fortzulaufen.

»Willst du mich vielleicht mal vorstellen?«, fragte Anita.

»Sorry«, entgegnete Julia. »Ich ... Mark, meine Mutter, Mom, mein ... Mark.«

Mark ließ Julias Hand los und streckte sie Anita zum Gruß entgegen. »Schön, Sie endlich kennenzulernen«, sagte er.

»Ja«, erwiderte ihre Mutter und begutachtete ihn so schamlos, wie Julia sie drei Minuten und eine Häuserzeile zuvor begutachtet hatte, als alles noch in bester Ordnung war.

Ihre Mutter stand also auf der Treppe zu ihrem Haus und schüttelte ihrem Mann die Hand.

»Das hier ist Ben«, sagte Mark und zeigte auf das Baby, und Julia bemerkte im Gesicht ihrer Mutter kurz einen Ausdruck von Verärgerung.

»Ja«, wiederholte sie und blickte Mark direkt ins Gesicht. »Das habe ich mir schon gedacht.«

»Wir waren gerade spazieren«, erklärte Julia und es klang nach einer Rechtfertigung.

»Warten Sie schon lange?«, fragte Mark.

Aber Anita hatte sich mittlerweile Julia zugewandt. »Entweder steht dir dieser Pullover ausgezeichnet, oder du siehst gerade einfach ziemlich gut aus.«

Aus dem Mund ihrer Mutter war das ein großes Kompliment, besonders da sie im Augenblick – noch aufgedunsen vom Wochenbett, ungeduscht, bleich, mit Flecken im Gesicht, stierem Blick und einem unfreiwilligen Mittelscheitel à la Iggy Pop – aussah, als wäre sie einem strikten Kult beigetreten. Sie war wie hypnotisiert vom Blick ihrer Mutter und verspürte eine schmerzhafte Mischung aus Stolz und Scham in der Brust – stolz darauf, dass man ihr sagte, sie sehe *ziemlich gut* aus, stolz darauf, dass sie das alles so gut geschafft hatte. Ihr Körper, der vor kurzem ein Kind hervorgebracht hatte, war ihr dagegen peinlich, er würde aber nicht existieren, hätte ihre Mutter nicht das Gleiche durchgestanden, um Julia hervorzubringen. Ihr Körper sah in den Augen ihrer Mutter, die ihre Tochter seit Jahren nicht gesehen hatte, aber besser kannte als die meisten, weil sie ein Teil von ihr gewesen war und mit ihr fast zwei Jahrzehnte lang unter einem Dach gelebt hatte, zweifellos verändert aus.

»Du auch«, sagte sie, obwohl auch ihre Mutter nicht besonders gut aussah. Sie war um die Hüften und im Gesicht fülliger geworden und hatte tiefe Ringe unter rot geränderten Augen. »Du hättest anrufen sollen«, fügte sie hinzu. »Hätten wir gewusst, dass du kommst, dann hätte ich …«

»Einen Kuchen gebacken?«, trällerte Anita und lachte unangenehm. Ben begann unruhig zu werden und strampelte an Marks Brust.

»Dann hätte ich es jedenfalls gewusst«, sagte Julia.

»Es war eine spontane Entscheidung«, bemerkte Anita. »Mein Bus geht morgen ganz früh.«

»Warum fährst du nach Columbus?«, fragte Julia im selben Augenblick, als Mark fragte: »Wo übernachten Sie?«

Julia warf ihm einen scharfen Blick zu, Anita fing ihn auf und grinste hämisch.

»Ron ist gestorben. Ich hole ein paar Sachen, die er mir hinterlassen hat.«

»Wer in aller Welt ist *Ron?*«

Ihre Mutter sah sie ausdruckslos an. »Meine Güte, Julia, der Mann, mit dem ich drei Jahre lang zusammengelebt habe.«

»Ich habe ihn nie kennengelernt«, sagte sie mit einem Trotz in der Stimme, der ihr selbst sauer aufstieß und der anscheinend auch Mark nicht entging. »Der Name bedeutet mir nichts.«

»Nun, mir bedeutet er etwas«, entgegnete Anita.

Ben wimmerte mittlerweile und Julia umfasste seinen kleinen Körper und signalisierte Mark, die Tragegurte zu lösen. Sie hob ihn hoch und er presste sein Gesicht suchend gegen ihre Brust.

»Schhh.« Sie steckte ihm ihren kleinen Finger in den Mund. »Tut mir leid«, presste sie mit Blick auf ihre Mutter hervor und schöpfte dabei aus den Reserven an Großmut, die sich auftaten, sobald sie Ben anschaute. Die Mutterschaft machte sie sanfter oder vielleicht war sie auch einfach zu müde, um ihren Groll auszuleben. Sie hielt das Baby im Arm, spürte, wie ihr Herzschlag sich verlangsamte, und drückte ihre Nase gegen sein Köpfchen. »Tut mir leid ... wegen Ron.«

»So was passiert.«

»Was hat er dir vermacht?«

»Vor allem sein Auto, eine Schrottkarre, aber besser als nichts.«

»Du hast kein Auto?«

»Jetzt schon.«

»Und damit fährst du zurück nach Colorado?«

»Wenn ich so weit komme.«

»Was für ein Auto?« Als könnte sie die plötzlich entstandene Leere in sich mit belanglosen Fakten zur Reise füllen, kam ihr gerade nur Praktisches in den Sinn.

»Du kennst das doch, ich und Autos«, sagte Anita. Ja, das kannte Julia zur Genüge, mehr als einmal war sie dabei gewesen, als ihre Mutter auf einem Parkplatz, überzeugt, dass es ihr Wagen war, in den falschen einsteigen wollte.

»Ist es denn sicher?«

»Arbeitest du mittlerweile für den TÜV?«

»War nur eine Frage.«

»Ist nicht dein Problem«, antwortete Anita.

Julia schaukelte das Baby in den Armen und Anita sah ihr dabei zu.

»Ich wollte was kochen«, sagte Mark und Julia fuhr leicht zusammen, sie hatte seine Anwesenheit fast vergessen. »Warum bleiben Sie nicht zum Abendessen?«

»Oh.« Der einsilbige Kommentar war ihr unwillkürlich entschlüpft. Ihre Mutter musterte sie und sie schaute ihr Baby an, das immer ungeduldiger wurde und sein Gesicht an ihrer Brust rieb.

»Und was wollen Sie kochen?«, fragte Anita.

Mark errötete leicht unter ihrem abschätzenden Blick. »Wahrscheinlich Pasta. Nichts Besonderes, aber auf jeden Fall essbar. Kommen Sie rein, wir zeigen Ihnen unsere Wohnung. Sie sieht ein bisschen chaotisch aus, aber solange Ihnen das nichts ausmacht, würden wir sie Ihnen gerne zeigen. Und dann können Sie Ben im Arm halten, sobald er – na ja, wir haben ihm den Spitznamen Buchhalter verpasst, weil er auf seiner Routine besteht, und wenn er Hunger hat, setzt er immer diese Miene auf, dann ist er meinem Großvater wie aus dem Gesicht geschnitten, der eigentlich kein Buchhalter war, sondern Schuhe verkauft hat, und ich weiß gar nicht genau, woher wir ... Jules, erinnerst du dich?«

In Julias Ohren klang der Redeschwall nach Überkompensation, aber so war Mark eben. Er agierte nach den Spielregeln, die er kannte, und zu denen gehörte, dass es Eltern interessierte, wie ihre Kinder lebten, dass man seine Enkel im Arm halten und erfahren wollte, woher sie ihre Spitznamen hatten. Nach diesen Spielregeln konnte man bis zu einem gewissen Maß auf Gegenseitigkeit und einem Fundament aus Liebe bauen. Ihm war nicht klar, dass sie und ihre Mutter ein ganz anderes Spiel spielten, dessen ungeschriebene Regeln man beliebig ändern konnte.

»Ich erinnere mich nicht mehr«, sagte sie. Ben weinte mittlerweile, und sie schob ihn in den Armen so weit hoch, dass ihre Lippen fast seinen Kopf berührten. »Schhh«, versuchte sie ihn zu beruhigen, aber jetzt war der Kleine untröstlich, brüllte aus vollem Hals, drückte sein tränennasses Gesichtchen an ihren Hals und sie spürte, wie Milch aus ihren Brüsten tropfte.

»Sie können gern bei uns übernachten«, sagte Mark. »Das Sofa ist ziemlich bequem und im Kinderzimmer liegt auch ein Futon, wenn es Ihnen nichts ausmacht, mit unserem kleinen Buchhalter in einem Zimmer zu nächtigen.« Er legte eine Hand auf Bens Rücken, um ihn zu beruhigen.

Julia stellte sich vor, wie ihr Sohn in dem nachtdunklen Zimmer aufwachte, während Anita in der Nähe schlief. Sie wusste nicht recht, was es bedeutete, wenn sie ihre Mutter zu sich einlud, ob das gegen die derzeit geltenden Spielregeln verstieß, ob ihr das im Zweifelsfall egal war, ob sie ihre Mutter überhaupt bei sich zu Hause haben wollte und ob diese die Einladung annehmen würde. Als Marks Eltern nach Bens Geburt zu Besuch waren, hatte Bonnie Julias Badematte dermaßen über den grünen Klee gelobt, dass Julia zeitweilig richtig stolz auf ihre Wahl war. Sie stellte sich vor, wie sie Anita herumführte, die mit jedem Schritt ernüchterter wurde und gekonnt Julias Stolz, ihre Begeisterung und Besitzansprüche auf das Leben, das sie für sich geschaffen hatte, zurückstutzte. Sie malte sich aus, wie sie einfach weitermachte wie bisher, wenn die Mutter wieder weg war und auf der Bettwäsche ihren Zigarettengeruch und im Abfluss ihre Haare hinterlassen hatte. Und einen beschämenden Augenblick lang wurde ihr übel bei der Vorstellung.

»Ich muss ihn stillen«, sagte sie und ihre Mutter starrte sie an. Julia spürte ihren Blick, mied ihn jedoch hartnäckig, und sie wusste, dass ihrer Mutter klar war, was das hieß.

»Ich übernachte bei einer Freundin«, sagte Anita kurz darauf und Julia hörte ihrem Tonfall die Lüge an. Es war recht wahrscheinlich, dass sie *tatsächlich* in der Hoffnung auf eine Übernachtung bei ihnen vorbeigekommen war, und Julia war sich unsicher, welche Folgen ihre indirekte Weigerung haben würde, vielleicht war Anita jetzt gezwungen, am Busbahnhof zu übernachten.

»Kann ich Sie irgendwo hinfahren?«, fragte Mark, als wäre ihm gerade der gleiche Gedanke gekommen. Sie spürte kurz Zuneigung für seine Geistesgegenwart, typisch Mittlerer Westen.

»Warte. Es ist kein Problem, du kannst gern bei uns bleiben.«

Sie hatte von ihrer Mutter an dieser Stelle einen gehässigen Kommentar erwartet, nach dem Motto, *mit deiner Gastfreundschaft ist es ja wirklich nicht weit her*, aber das folgende Schweigen war noch schlimmer.

»Nein«, lehnte Anita ab und taxierte sie. »Geht nicht.« Sie öffnete ihre Reisetasche und zog eine verknautschte

Tüte mit einem Geschenk hervor. »Hier«, sagte sie und wollte Julia die Tüte geben, aber Julia, zusehends von Verzweiflung übermannt, wie damals mit siebzehn, nachdem alles passiert war, brachte es nicht über sich, sie anzunehmen, und so schritt Mark ungelenk ein.

»Danke«, sagte er.

»Deine Frau hat ihre guten Manieren vergessen«, bemerkte Anita, und es war ein dermaßen dummer, bornierter, gemeiner Kommentar, dass Julia zum ersten Mal seit Monaten – bis dahin hatte ihr neues Mutterdasein sie davor bewahrt – spürte, wie Wut in ihr aufwallte.

»Warte mal«, sagte sie. »Ist das dein Ernst? Willst du mich verarschen?«

»Jules.« Mark berührte sie leicht am Rücken und seine Ruhe brachte sie zur Besinnung und ließ sie zugleich so richtig aus der Haut fahren. Ihr BH war vorne mittlerweile von Muttermilch getränkt, die sich als Fleck weiter auf ihrem T-Shirt ausbreitete.

»Du tauchst hier auf und drückst uns das hier in die Hand, was immer es ist, und verschwindest dann wieder?« Es war die altbekannte Empörung darüber, dass ihre Mutter hereingeschneit kam und gerade lange genug blieb, dass man merkte, wie lange sie fort gewesen war, und sie mit ihrem anschließenden Weggang erneut Leere hinterließ.

»Eine Stoffgiraffe«, sagte Anita mit weiser Gelassenheit wie ein verdammter Swami. »Bei dir tropft Milch durch.«

»Das *weiß* ich«, erwiderte Julia. Sie sah zu, wie ihre Mutter ihre lächerliche Tasche schulterte. »Mom.« Sie hasste sich dafür, wie schrill ihre Stimme klang, wie die Stimme ihres kleinen Babys. »Mom, bitte. Muss das sein?«

»Ich würde an deiner Stelle von Pasta die Finger lassen«,

warf Anita mit einem Nicken in Richtung Julias Hüfte ein. »Ich habe ewig gebraucht, bis ich die Kilos, die ich mit dir zugenommen habe, wieder runter hatte.«

»Bitte, warum wollen wir nicht …«, hob Mark an.

»Tschüss«, sagte Anita und ließ ihn vollkommen links liegen. Sie beugte sich vor und küsste das Baby auf die Wange. Julia nahm den vertrauten Geruch ihres Atems wahr, verraucht und durchdringend, und war überrascht von der intimen Geste. Ben heulte und wedelte mit den Ärmchen, doch Anita kam noch näher und umschlang Julias Taille mit einem Arm. Sie erinnerte sich nicht mehr, wann ihre Mutter sie das letzte Mal umarmt hatte, und konnte die Umarmung mit dem Baby auf dem Arm nicht erwidern. »Pass auf dich auf, Julia«, fügte Anita hinzu, und schon war sie weg, ging eiligen Schrittes die Paulina Street runter Richtung Touhy Avenue, und ihre leicht gebeugten Schultern verrieten nichts über ihre Gefühle.

Mark blieb stehen und sah ihr nach, aber Julia schob sich an ihm vorbei zur Haustür und fummelte mit den Schlüsseln herum.

»Tut mir leid«, sagte sie zu dem Baby, während sie mit ihm die Treppe hocheilte, mittlerweile weinten sie beide. »Sorry, sorry, sorry, tut mir leid.«

In der Wohnung schloss sie sich im Kinderzimmer ein und begann noch im Stehen zu stillen. In allen Ratgebern stand, dass man beim Stillen innerlich ruhig sein sollte. Sie ließ sich auf einen Stuhl sinken und erlaubte sich ein paar schluchzende Atemzüge, um den Puls zu senken. Sie rieb mit dem Blusenärmel über ihre Augen, bis die Tränen versiegten. Mark klopfte leise an die Tür und sie antwortete gefasst: »Alles gut.« Und dann sah sie Ben an, bis nur noch er ihr Blickfeld füllte und die Ereignisse von gerade eben in den Hintergrund drängte. Und wie immer empfand sie innere Ruhe und eine Welle von Zuneigung, so intensiv, dass es fast wehtat. Ben blickte sie träge an, mit müden und vertrauensvollen Augen, eindringlich und lebenserfahren, auf seine typische Art, die sie glauben ließ, dass er alle ihre Schwächen kannte und sie trotzdem lieb hatte.

Ihr Sohn sollte ihr niemals in die Augen sehen und dort erkennen, was sie in den Augen ihrer Mutter gelesen hatte: Distanz und Kälte, als würde irgendeine Fremde vor ihr stehen. Ihr Sohn sollte sich niemals so fühlen wie sie gerade, von Wut und Verlorenheit geplagt, obwohl sie nur ein paar Zentimeter von ihm entfernt war und nur durch einen Flur von Mark getrennt, die einzigen beiden Menschen, die sie mittlerweile zu lieben gelernt hatte.

»Ich lass dich nicht allein«, flüsterte sie ihm zärtlich zu, »alles gut, alles gut, alles gut.«

Sie stillte ihn, bis er eingeschlafen war, zog ihm seinen Schlafanzug mit aufgedruckten Segelbooten an und deckte ihn in seinem Bettchen zu. Im Bad wechselte sie ihre von Muttermilch befleckte Bluse, stellte sich in die Wanne und wusch den Sand von ihren Füßen – Sand vom Strandspaziergang eine halbe Stunde zuvor, als noch alles anders war. Als sie das Bad verließ, duftete es nach Basilikum. Mark wartete in der Küche auf sie, zog sie zu sich heran, und sie ließ ihn gewähren und lehnte sich mit ihrem ganzen Gewicht an ihn, bis sie sicher war, dass sie sich auch ohne ihn auf den Beinen halten konnte.

»Ich weiß nicht so genau, was ich sagen soll«, sagte Mark.

»Tja.« Sie rührte die Pasta in dem sprudelnden Kochwasser um.

»Tut mir leid.« Er legte beide Hände auf ihre Schultern.

»Alles gut.«

»Nein.«

»So ist es eben«, sagte sie, eine Floskel, die sie beide hassten.

»Jules.«

»Ich möchte nicht drüber reden«, entgegnete sie.

»Okay«, sagte er, und sie ließ sich von ihm zum Tisch führen, ein kleines Glas Wein einschenken und ließ es zu, dass er kurz stehen blieb und ihr übers Haar streichelte.

»Vielleicht sollte ich besser doch nicht wieder arbeiten gehen.«

Seine Hand auf ihrem Kopf hielt inne. »Was? Jules ...«

»Ich möchte weiter zu Hause bleiben.«

»Du ...« Sie sah, wie er sich innerlich sammelte. »Okay«, sagte er in neutralem Tonfall.

»Wirklich.« Ihr Ton war defensiv.

»Ich habe dich gehört.«

»Aber du findest, ich sollte das nicht?«

»Das habe ich nicht gesagt.«

»Aber man fühlt es.«

»Lass uns mit einer Entscheidung noch ein bisschen warten.«

Sie sah zu ihm auf. Bislang hatte er immer versucht, sie zu verstehen, auch wenn sie nicht sehr gut darin war, sich zu erklären. Sie hatte den Eindruck, es war schwieriger, alles zu ruinieren, wenn man immer zusammen war, aber sie wusste nicht recht, wie sie ihm das beibringen sollte.

»Ich möchte das so.«

»Das musst du nicht jetzt auf der Stelle entscheiden. Wir sollten ... Vielleicht essen wir erst was, und dann reden wir darüber, mein Schatz.« Er musterte sie. »Oder auch nicht. Egal, lass uns einfach eine kurze Pause einlegen.«

»Ich werde meine Meinung nicht ändern«, insistierte sie, als er die Pasta auftischte.

»Okay.«

»Ich habe nicht den Verstand verloren«, schob sie hinterher, und sein Gesichtsausdruck wurde so milde, dass sie überlegte, ob vielleicht das Gegenteil der Fall war.

»Natürlich nicht.«

»Ich denke nur, dass es vielleicht besser ist«, sagte sie. »Für uns alle.«

Mark mahlte frischen Pfeffer über die Pasta wie ein Kellner und legte dann erneut seine Hand auf ihren Kopf.

»Zwischen ihr und dir besteht keinerlei Ähnlichkeit, das weißt du hoffentlich, oder?«

»Darum geht es nicht«, entgegnete sie, obwohl es genau darum ging.

Sie verschob die Tränen auf den nächsten Tag und weinte ein paar Minuten lang in der Waschküche, als Mark auf der Arbeit war und das Baby schlief. Sie weinte aus verschiedenen Gründen, aber vor allem, weil sie zuvor im Busbahnhof angerufen und man ihr die Auskunft gegeben hatte, dass an diesem Tag frühmorgens gar keine Busse nach Columbus gefahren waren.

39

Und dann kehrt Francine Grimes nach Hause zurück. Ihre Ehepause von Brady ist offenbar wirklich nur als Pause gedacht gewesen und am Wochenende vor Bens Hochzeit wird Bradys Geburtstag gefeiert, als wäre nichts gewesen. Julia steht an der geräumigen weißen Arbeitsfläche der Grimes'schen Kücheninsel, von Francine gönnerhaft damit beauftragt, das Grün von einem Bund Radieschen zu entfernen.

Julia beobachtet aufmerksam, ob ihr vielleicht ein gewisses Unbehagen anzusehen ist, aber sie wirkt wie immer, in einer weiten Bluse mit Lochmuster, die ein bisschen aussieht wie das Taufkleid von einem Baby, ihrer typisch steifen Mähne und zartem Rouge auf ihren Wangen, und das Ärgerliche daran ist, dass alle diese Details zusammen für eine attraktive Eleganz sorgen. Auf sie hat diese Frau stets den Eindruck gemacht, als wüsste sie im Leben genau, wo es langgeht, jedenfalls schien sie niemals hilflos und verloren.

»Alles gut?«, fragt Julia behutsam nach und Francine lächelt sie an wie eine Heilige.

»Alles gut. Jedenfalls so langsam. Bin froh, einen Abend mit Freunden zu verbringen, um ein bisschen runterzukommen.«

Es klingt wie der Begleittext zu einem Foto, das Francine online teilen würde, denkt Julia bei sich.

»Ich komme mir so blöd vor«, sagt Francine mit einem

Mal. »Dass aus der Sache gleich ... Gott sei Dank haben wir uns darauf geeinigt, das alles hinter uns zu lassen, aber es macht mir doch ziemlich was aus, dass Brady gleich zu Mark gerannt ist. Ich hoffe nur, dass das nicht ... Ihr habt gerade weiß Gott genug um die Ohren, ich wollte bestimmt nicht, dass unsere ... was immer gerade bei uns los ist, jedenfalls arbeiten wir dran. Also, ich wollte auf keinen Fall, dass das noch zu euren Problemen dazukommt.«

Sie überlegt verwirrt, was genau Francine damit sagen will.

»Wir freuen uns jedenfalls auf die Hochzeit«, fügt Francine hinzu.

»Oh, wir auch.« Sie unterlässt es, hinzuzufügen, dass sie sich mittlerweile vor allem auf den Zeitpunkt freut, an dem die Veranstaltung *vorbei* ist.

»Ich habe vor kurzem ein paar Tage mit Lila verbracht«, sagt Francine. »Sie hat kein Interesse am Heiraten.«

»Ah?« Francine hat nie zu den Müttern gehört – und das muss man ihr zugutehalten –, die bei Partys schon in den ersten Minuten über jeden noch so kleinen Entwicklungsschritt ihrer Kinder informieren. Und seit die Grimes-Zwillinge sich trotz des beträchtlichen Wohlstands ihrer Eltern zu völlig durchschnittlichen Erwachsenen entwickelt haben, mit einer ordentlichen Schulbildung, wechselnden Interessen und der gleichen verlorenen Unentschlossenheit wie die Welt um sie herum, sind die Kinder noch seltener ein Thema.

»Sie erinnert mich ein bisschen an dich damals«, sagt Francine, und obwohl sie ganz unbeschwert klingt, bleibt es unklar, ob ihre Erinnerungen gut oder schlecht sind. »Sie ist ... anders. Ihr ist alles egal, sie ist ganz cool. Jedes

Mal, wenn ich mit ihr irgendwohin unterwegs war, bin ich mir vorgekommen wie eine alte Matrone. Einmal sind wir abends mit der U-Bahn zum Restaurant gefahren und ich hatte den Eindruck, sie wäre am liebsten im Erdboden versunken, so peinlich war es ihr, mit mir in der Öffentlichkeit gesehen zu werden.«

Julia ist kurz davon abgelenkt, sich Francine in einem öffentlichen Verkehrsmittel vorzustellen, ein recht wundersames und lustiges Bild, und fügt dann an: »Ollie hat sich manchmal im Kombi auf die Rückbank gelegt, wenn ich sie zur Schule gefahren habe. Es sollte sie bloß niemand mit mir sehen.«

»Na ja, das ist was anderes«, sagt Francine abweisend. »Lila hat diese ... Sie ist sechsundzwanzig, das ist nicht mehr die typische Verlegenheit eines Teenagers, sondern, keine Ahnung ... *Abgebrühtheit.* Als hätte sie schon vor langer Zeit als Einzige in einem Meer von Idioten begriffen, worum es im Leben geht.«

»Jaja.« Julia hebt ihr Glas Wein. »Darin haben Töchter ein wahres Talent.«

»So habe ich mich damals auch bei *unserer* ersten Begegnung gefühlt«, sagt Francine, die Julias Kommentar offenbar überhört hat und den Kopf gerade in den Kühlschrank steckt. Sie holt allerlei Gemüse heraus. »Es kam mir vor, als hättest du schon ein ganzes Leben hinter dir. Du warst richtig einschüchternd mit deiner Selbstsicherheit. Könntest du die bitte pulen?« Sie stellt eine Tüte mit Erbsen vor Julia und geht mit einem Bund Grünkohl zur gegenüberliegenden Seite der Kücheninsel. »Wahrscheinlich erinnerst du dich gar nicht mehr an den Abend«, fährt sie fort. »Ich war damals schwanger und passte nur noch in diese scheußlichen Schwangerschaftskleider, die meine Mutter mir geschickt hatte, und du kamst an in Springerstiefeln und diesem sexy Fummel, der aussah wie ein Negligé, und Brady war ganz verrückt nach dir. Und dann hast du bei den Drinks mit ihm mitgehalten, und er war neidisch, weil du und Mark beim Konzert von einer Band waren, von der ich noch nie was gehört hatte. Du warst einfach supercool und die beiden hatten den ganzen Abend lang nur Augen für dich.«

»Das waren Motorradstiefel«, wirft sie ein, peinlich berührt und betont scherzhaft, und pult gehorsam ihre Ladung Erbsen. »Für Springerstiefel hat es mit der Coolness nicht gereicht.«

Francine mustert sie eine Weile und dreht dabei behutsam den Stiel ihres Weinglases zwischen den Fingern. »Vor dir hatte Mark nicht viele Freundinnen gehabt, und wir hatten ihn noch nie so begeistert erlebt. Und dann haben wir dich kennengelernt, und du warst so völlig anders, als ich erwartet hatte, aber ich glaube, es ging mehr darum ... Mir war völlig klar, dass auch wir anders waren, als du erwartet hattest. Und du hast dir auch überhaupt keine Mühe gegeben, das zu verbergen.« Francine zerrupft den Grünkohl und wirft die Blattteile in eine Salatschleuder. »Als du weg warst, habe ich geheult.« Sie schaut nicht auf. »Ich kam mir vor wie ein Ungetüm, und so blöd und klein, alles auf einmal.«

»Oh, Francine.«

»Du hast damals nichts falsch gemacht«, sagt Francine. »Dir war einfach alles egal, das Haus, die Babys, alles, was mir wichtig war. Nach zwei Stunden mit dir kamen mir plötzlich Zweifel an allem, wozu ich mich entschieden hatte, obwohl ich alles reiflich überlegt hatte und glücklich über meine Entscheidungen war.«

»Das wollte ich nicht. So ein Gefühl wollte ich dir nicht geben.«

Francines Blick begegnet ihrem. »Julia, das weiß ich doch. Das ist alles lange her. Damals waren wir beide nicht viel älter als meine Mädchen heute, ist das nicht irre? Und ich glaube, mir ist lieber, dass Lila heute so ist wie du damals und nicht wie ich. Nicht so fixiert auf bestimmte Lebensziele, weniger ängstlich.«

»Mark und ich hätten damals auf der Heimfahrt beinahe Schluss gemacht.«

Auf Francines Gesicht tritt ein Ausdruck von aufrichtiger Verblüffung, wenigstens kommt es ihr so vor.

»Mark bedeutete das nämlich alles was«, sagt sie. »Was ihr gemeinsam hattet und gemacht habt. Und ich wollte auch, dass mir das wichtig ist, oder ich hatte vielmehr das Gefühl, dass das von mir erwartet wurde, aber ich habe es nicht einmal geschafft, so zu tun als ob. Keiner hatte mir die Spielregeln beigebracht, während du sie instinktiv kanntest. Ich fand dich ziemlich einschüchternd.«

Ganz der Wahrheit entspricht das nicht. Nicht das Haus oder die unübersehbaren Symbole des Erwachsenenlebens hatten einschüchternd auf sie gewirkt, sondern das heitere und unbeirrte Selbstvertrauen, das Brady und Francine gleichermaßen ausstrahlten. Nichts fürchtete sie so sehr, wie jemandem gegenüberzustehen, der genau wusste, was er vom Leben wollte und wie er es bekam.

»Ich wollte Mark beschützen«, gesteht Francine. »Seine Gefühle, glaube ich. Er ist nicht labil, aber er ist sensibel. Er hat das Herz auf dem richtigen Fleck, ist großzügig mit seinen Gefühlen. Und ich habe gemerkt, wie sehr er dich mochte, er war vollkommen begeistert von dir. Aber ich habe nicht richtig verstanden, wie viel dir an ihm liegt. Jedenfalls nicht am Anfang.«

»Ja.« Julia lächelt schwach. »Das ging mir genauso.«

»Ich wollte einfach nicht, dass seine Gefühle verletzt werden. Wir haben immer aufeinander aufgepasst. Aber dann, na ja. Nachdem ich euch beide oft genug zusammen gesehen hatte, wusste ich, dass du sein Herz gewonnen hattest. Und ich wusste auch, dass du die Richtige für ihn bist.«

Und an dieser Stelle würde sie endlich gerne die Frage stellen, die ihr seit Jahren auf dem Herzen liegt – was hatte Francine damals bei dieser bescheuerten Spielverabredung mitbekommen, wie hatte sie die Szene für sich interpretiert und wie hatte diese ihre Meinung über Julia geändert? War der Vorfall wie versprochen unter ihnen beiden geblieben, hatte er dazu geführt, dass sie Mark die befreundete Therapeutin empfohlen hatte? Aus der sicheren Distanz von fast zwanzig Jahren würde sie jetzt gerne fragen, ob Francine Mark damals von Nathaniel Russo erzählt hat.

Aber noch bevor sie den Mund öffnen kann, spricht Francine weiter. »Ich wollte mich auch bedanken«, sagt sie. »Für dein Mitgefühl, was ... das Ganze angeht. Ich liebe meinen Mann. Aber es gibt eben Themen, die man totgeredet, und andere, über die man *nie* diskutiert hat. Da fehlt dann der Kontext. Wir entwickeln nach und nach unsere eigene Sprache, nicht wahr? Und manchmal fehlen uns einfach die richtigen Worte. Und mir kam es so vor, als würde Brady mich einfach nicht mehr hören, egal, was ich gesagt habe. Aber Mark hat mir geholfen, meine Gedanken zu sortieren. Und es ist ja so viel einfacher, vor etwas wegzulaufen, als es in Ordnung zu bringen, aber wenn einem das dann gelingt, ist man um eine Erfahrung reicher, stimmt's? Das kennst du sicher auch, bei euch war es doch auch so.«

Sie braucht einen Augenblick, um das Gehörte zu verarbeiten, und selbst dann begreift sie es noch nicht sofort. Sie hat sich über das Falsche Sorgen gemacht. So fühlt es sich vermutlich an, wenn man den Boden unter den Füßen verliert. Dieser Augenblick, in dem sie Erbsen pult, die dann vor ihren Augen herumspringen, ist ihre gerechte Strafe. Wahrscheinlich ist das Gefühl längst nicht so schlimm wie das von Mark an dem Tag, als sie ihn von der Tankstelle aus angerufen hat, denn natürlich hat Francine gerade genau jenen Tag gemeint – jener Tag, an dem sie beinahe alles beendet hätte und den sie bislang als eine Angelegenheit zwischen sich und ihrem Mann betrachtet hat.

Immerzu hat sie sich Sorgen gemacht, dass Francine Mark etwas verraten könnte, und es ist ihr überhaupt nicht in den Sinn gekommen, dass Francine keine Silbe zu sagen brauchte. Mark ist von sich aus auf sie zugegangen.

Francine registriert anscheinend Julias Verblüffung. »Ah«, sagt sie, »ich wollte nicht ...«

»Er hat dir erzählt, was zwischen uns passiert ist?«

Francines Gesicht bekommt einen gequälten Ausdruck. »Na ja. Er brauchte damals einfach jemanden, der ihm zuhört.«

Das Problem an der Affäre mit Nathaniel Russo liegt genau darin: Eigentlich steht ihr das schier unerträgliche Gefühl von Kränkung tief in der Magengrube nicht zu. Sie hat es verdient, und doch stockt ihr fast der Atem davon. Julia hätte Francine am liebsten in die mitfühlend verzogene Visage geschlagen.

»Über all die vielen Jahre ist es uns gelungen, auf diese Weise für den anderen da zu sein«, sagt Francine. »Hast du nicht auch so jemanden?«

»Klar«, erwidert sie distanziert und kommt sich vor wie damals in der Grundschule, als sie log, um nicht als Außenseiterin zu gelten, *Klar hab ich auch schon einen Jungen geküsst,* und *Klar habe ich einen Vater.* Aber in ihrem Leben gibt es so jemanden nicht und hat es nie gegeben, außer vor zwanzig Jahren, ein paar Monate lang.

»Du solltest nur wissen, dass ich ihn nicht darum gebeten habe, mich bei meinen Eltern zu besuchen.«

Zum ersten Mal, seitdem sie siebzehn ist, überkommt sie eine Übelkeit, die sie mit Verrat assoziiert, schrecklichem, schmerzhaftem Verrat. Ihr Gesicht wird taub und sie schaut in Richtung Francine, aber das Einzige, was sie klar im Blickfeld hat, ist das Wappen der Marchesi di Barolo hinter dem Kopf der Frau.

»Bitte reiß mir den Arsch auf«, sagte sie zu Mark, nachdem sie das Wappen zum ersten Mal gesehen hatte. »Wenn wir mal irgendwas besitzen sollten, das auch nur entfernt an *Weinkultur* erinnert.«

Damals hat er über ihre Bemerkung gelacht, so wie er heute Abend auf dem Weg hierher über ihre Geschichte von der Kollegin gelacht hat, die ihrer Meinung nach heimlich ein Scientology-Mitglied ist. Er hat immer mitgespielt, wer weiß, wie lange schon, hat ihr verschwiegen, dass er Francine Grimes im Haus ihrer Eltern richtiggehend *aufgesucht* hat, wozu auch immer. Eigentlich kann es dafür nicht einmal eine Handvoll Gründe geben.

»Ich habe ihm immer wieder versichert, dass mit mir alles in Ordnung ist«, sagt Francine unbeirrt, als hätte sie über Julias Haupt nicht soeben das sprichwörtliche

Schwert niedergehen lassen, »aber das hat nicht gestimmt. Selbst am Telefon hat er das herausgehört. Und er war ohnehin beruflich in New York, gerade mal eine kurze Zugfahrt entfernt, meinte er. So lieb von ihm. So großherzig. Einfach typisch Mark. Aber, Julia, von mir aus hätte ich ihn niemals um einen so großen Gefallen gebeten.«

Sie spürt, wie sich Selbsterhaltungskräfte in ihr regen, kleine deutliche Impulse, die sie dazu drängen, das Gesicht zu wahren und Tonlage und Miene neutral zu halten. In letzter Zeit hat sie ihren Instinkt zur Selbsterhaltung weniger benötigt, aber er ist immer noch da, um ihr im entscheidenden Moment zu helfen.

»Natürlich, das weiß ich«, sagt sie.

»Ich wollte das nur klarstellen.«

»Natürlich«, wiederholt sie.

»Er hat mir wirklich weitergeholfen«, betont Francine. »Ich bin nicht sicher, ob ich sonst ... Ich wäre natürlich zur Hochzeit gekommen, aber ich bin nicht sicher, ob ich im anderen Fall wieder endgültig zurückgekommen wäre.«

»Das ist schön«, sagt Julia und wünscht sich, Francine hätte ihr nicht das Messer für die Radieschen abgenommen. »Ich bin so froh für dich.«

Die Stimmen von draußen werden lauter, kommen näher.

»Meine Güte!« Francine stößt lachend einen tiefen Seufzer aus, trocknet ihre Hände an einem Geschirrtuch und nimmt einen Schluck von ihrem Wein. »Ganz schön schwierige Themen. Und das bei leerem Magen!«

Die Hintertür wird mit einem Ruck aufgestoßen, und Brady erscheint und legt einen rußgeschwärzten Grillwender in die Spüle. Hinter ihm kommt gut gelaunt Mark ins Bild, eine Servierplatte mit Schwertfisch in den Händen, dazu eine Flasche Bier, die wacklig am Rand der Platte steht. Julia sucht in seinem Gesicht nach Spuren von Verrat, die ihr zuvor entgangen sind.

»Ich habe dein Stück ein bisschen länger auf dem Grill gelassen«, sagt er zu ihr und schnappt sich eine Erbse. Es ist ein alter Scherz zwischen ihnen, noch aus den Tagen, als sie gerade kochen lernte und aus Sorge, Fleisch nicht genug durchzubraten, alles zu lange auf dem Herd oder im Ofen ließ. Sie kennt ihn nun schon so lange, kannte ihn bereits, als sie vieles, das sie in dieser Welt zu einer Erwachsenen machte, noch lernen musste, und doch erkennt sie ihn nicht richtig wieder. Im Augenblick ist es, als wäre er eine Version aus einem Paralleluniversum, ein böser Zwilling oder jemand ganz anders.

»Danke«, entgegnet sie vergnügt, weil Francine gerade hinschaut.

»Verdächtig ruhig hier«, bemerkt Brady jovial, gerade so, als hätte er sich nicht zwei Wochen zuvor bei Julia darüber ausgelassen, wie es wohl gewesen wäre, hätten sie beide einander geheiratet.

»Wir sind gerade mit unserem Hallelujagesang fertig«, sagt sie, denn eine solche Bemerkung entspricht der Rolle, die sie hier spielt. Die zynische Julia mit ihrem Sinn für trockenen Humor und Motorradstiefeln, die Außenseiterin, die nie so richtig dazugehörte, sich vor Jahren aber irgendwie reingezwängt hat und irgendwie immer noch da ist.

*

Bradys Geburtstagsdinner bekommt sie nur am Rande mit. Es kostet sie große Überwindung, still zu sitzen. Ihr Gesicht fühlt sich heiß und taub an, sie schmeckt weder den Wein noch die leichte Bitterkeit der Radieschen in dem Salat oder die verkohlten Ränder an ihrem Stück Schwertfisch.

»Jules?«, fragt Mark an einer Stelle und sie merkt, dass alle ihre Blicke auf sie gerichtet und die Gläser erhoben haben und Mark sein typisches Erde-an-Julia-Gesicht aufgesetzt hat und sie anlächelt, als hätte sie gerade etwas ganz Charmantes gemacht. Und sie überlegt, wie es wohl wäre, wenn sie jetzt einfach ausflippen würde, ihm einen Teller an den Kopf werfen, zum Beispiel, oder ihm eine von den brennenden Stabkerzen unters Kinn halten, und in diesem hübschen Esszimmer ein richtiges Chaos anrichten würde.

»Was«, sagt sie, aber ohne das in diesem Fall angemessene Maß von Entschuldigung in ihrer Stimme.

»Wir stoßen gerade auf Brady an«, erklärt Mark. »Willst du auch noch was sagen?«

»Auf den unerbittlichen Lauf der Zeit«, sagt sie und hebt ihr Glas, und kurz darauf lacht Brady laut und stößt sein Glas mit einem Klirren gegen ihres, während Mark und Francine die Szene verwundert mitverfolgen.

*

»Was ist los?«, fragt Mark im Auto.

Sie ist im Begriff zu antworten, aber nachdem sie sich stundenlang dazu zwingen musste, nicht unangenehm aufzufallen, fällt ihr das schwer. Ihre Kiefer sind ganz kraftlos, stellt sie fest.

»Du warst bei ihr«, sagt sie schließlich und hasst sich dafür, wie ihr der Satz über die Lippen gekommen ist.

»Ah.« Mark spannt sich sichtlich an und seufzt. »Mist, Jules.«

»Du bist da heimlich hingefahren? Hast Francine besucht? Während deiner Geschäftsreise nach New York?«

»Warte mal kurz«, sagt Mark.

»Die Studenten von der Columbia?«

»Die gibt es wirklich«, betont er, als wäre das der ausschlaggebende Teil. »Ich habe mich mit ihnen getroffen.«

»Bevor du nach Philadelphia weitergefahren bist, um dich dort mit Francine zu treffen. Ohne mir ein Wort zu sagen.«

»Ich ... Ja, aber es ist nicht so –«

»Wie es klingt? Nach was denn? Nach einer Lüge?«

»Ich habe dich nicht belogen«, sagt er. »Ich habe dir nur nichts davon gesagt. Das ist was anderes.«

»Und warum hast du mir nichts davon gesagt?«

»Das wäre ein Vertrauensbruch gewesen.«

»*Ihres* Vertrauens. Aber es war nichts dabei, Francine heimlich zu besuchen. Was sie mir heute Abend gesagt hat, weil sie davon ausgegangen ist, dass ich davon weiß, was wiederum eine völlig selbstverständliche Annahme ist.« Dann dämmert es ihr. »Es sei denn ... Hast du sie etwa darum gebeten, mir das zu verschweigen, und sie hat es mir trotzdem gesagt?« Bislang hat sie Francine nicht für gerissen gehalten, aber offenbar hat sie die Frau die ganze Zeit unterschätzt, und damit ist diese Variante durchaus denkbar.

»Selbstverständlich nicht. Das würde sie nicht tun. Ich habe ihr gesagt, dass du Bescheid weißt. Ich habe auch sie belogen.«

»Aber mit ihr bist du nicht verheiratet.«

»Das weiß ich, Julia, das kannst du mir glauben.«

»Was soll das heißen?«

Sie stehen an einer roten Ampel. Sie registriert seinen angespannten Unterkiefer, den krampfhaften Griff ums Lenkrad, die steifen Ellbogen und den starren Blick nach vorn. Die Straßenbeleuchtung wirft einen bläulichen Schatten auf sein Gesicht.

»Brady hat mich gefragt, ob ich schon mal überlegt habe, dass wir jeweils den falschen Partner geheiratet haben«, sagt sie. »Hast du das auch schon mal gedacht?«

»Wann hat er dich das gefragt?« Er wirft ihr einen hastigen Blick zu.

»An dem Abend vor ein paar Wochen, als er dich sprechen wollte. Er hat gesagt, manchmal hat er den Eindruck, wir vier hätten ... die Partner wechseln sollen. Oder uns von Anfang an anders entscheiden.«

»Bringt uns dieser Gedanke im Moment irgendwie weiter?«

»Das habe ich nicht behauptet«, entgegnet sie. »Aber hast du dir das auch schon mal überlegt? Warum du nicht eine andere geheiratet hast ...?« *Die nicht so ist wie ich.* Sie schluckt schwer. »Die mehr ist wie Francine?«

Seine Antwort lässt auf sich warten, und als sie dann kommt, klingt seine Stimme ermüdet. »Nein«, sagt er, und bevor sie das als ein gutes Zeichen werten kann, »denn es ist lächerlich, sich darüber überhaupt Gedanken zu machen. Ich habe dich geheiratet.«

Und ich bin so froh darüber.

Und ich habe es nicht ein einziges Mal bereut.

Und, Jules, schau, wie weit wir zusammen gekommen sind.

»Aber Franny hat mich gebraucht.«

Das zu hören tut weh.

»Okay?«, sagt er. »Beide haben mich gebraucht und ich habe getan, was ich konnte.« Sein beherrschter Tonfall bringt sie in Rage. »Ich hätte dir das sagen sollen. Ich wollte dir das sagen.«

»Hast du aber nicht. Du hast ein Geheimnis daraus gemacht, und ich musste es von Francine erfahren.«

»Meine Güte, Julia, es war kein *Geheimnis.*« Er schlägt mit der Faust gegen das Lenkrad und sie fährt erschrocken zusammen. »Das Ganze hatte nichts mit dir zu tun. Das ist doch was völlig anderes. Und der einzige Grund, warum ich dir nichts davon gesagt habe, ist ganz ehrlich dein merkwürdiges Verhalten in letzter Zeit. Ich war mir nicht mal sicher, dass du überhaupt mitbekommst, was ich dir erzähle. Du lebst so völlig in deiner eigenen Welt, bist mit allem überfordert und einfach nicht du selbst. Und ich wollte dich nicht noch zusätzlich belasten, okay? Ich dachte, du verstehst das bestimmt falsch, und genau das ist jetzt auch passiert. Und ganz ehrlich gesagt, fehlt mir dafür gerade die Energie.«

»Tut mir leid, wenn ich mich gerade *merkwürdig* verhalte. Ich bin einfach *traurig*. Eines unserer Kinder heiratet, das andere zieht aus. Das macht mich traurig. Und ich fühle mich *alt*. Das bedeutet aber nicht, dass ich durchgedreht bin. Das ganze Leben ändert sich gerade, und das darf keinen Einfluss auf meine Gefühle haben?«

»Du darfst dich fühlen, wie du willst«, sagt er kühl. »Genau wie immer.«

Diese Bemerkung kränkt sie zutiefst, denn was er sagt, ist ihr neu. Sie hatte nie den Eindruck, irgendetwas unter Kontrolle zu haben, schon gar nicht ihre Gefühle, und ihr missfällt diese neue Sicht auf sich selbst, auf eine Frau, um die alle herumtanzen und die alles schwerer macht, als es ohnehin ist. Aber sie sind beide keine dreißig mehr, und sie kann ihn nicht auffordern, rechts ranzufahren, damit sie allein nach Hause marschieren kann. Ihr Leben ist mittlerweile ein gemeinsames.

»Willst du wissen, was wir bei meinem Besuch gemacht haben? Wir haben *geredet*. Das war alles. Und nachmittags um halb fünf habe ich mit ihrer sechsundneunzig Jahre alten Mutter zu Abend gegessen.«

»Du bist wirklich ein Heiliger«, sagt sie und findet zu ihrem Ärger zurück.

»Ich werde nicht zulassen, dass du daraus etwas machst, was nicht den Tatsachen entspricht.«

»Sie hat mir auch gesagt, dass du ihr von damals erzählt hast. Von dem, was ich getan habe.«

Sie sieht ihm an, dass er sofort begreift, wovon die Rede ist, was diese neue Sicht auf sich selbst nur bestätigt, sie, die immer alles kaputt macht und ins Chaos stürzt.

»Wann hast du ihr davon erzählt?«, fragt sie.

»Kurz nachdem es passiert ist.«

»Weiß Brady Bescheid?«

»Das glaube ich nicht. Franny hat mir damals gesagt, dass sie das ihm gegenüber nicht erwähnen würde.«

Auch das zu hören tut ihr weh, kränkt sie mehr als erwartet.

»Das Ganze war mir peinlich, okay? Er sollte davon nichts erfahren, weil es mir total peinlich war, dass mir so was passiert. Dass du mir das angetan hast. Und ich war ... Damals hatte ich irgendwann genug darüber geredet.«

Sie verschränkt ihre Hände im Schoß, löst sie wieder voneinander.

»Und weißt du was«, fügt er hinzu. »Das ist immer noch der Fall. Ich habe genug über all das geredet.«

»Wir reden gerade mal seit ein paar Minuten darüber«, sagt sie, auch wenn das nicht stimmt. Sie reden seit zwanzig Jahren darüber, seit fünfundzwanzig, vielleicht schon seit dem Anfang. Vielleicht standen sie, zusammen im Auto eingesperrt, die ganze Zeit lang in stockendem Verkehr auf dem Lake Shore Drive.

»Das habe ich nicht verdient.« Sein Tonfall ist hart. »Das weißt du ganz genau. Komm mir wenigstens ein bisschen entgegen.«

»Ich komm dir entgegen. Das habe ich immer getan.«

»Und ich habe dieses Entgegenkommen auch immer verdient«, sagt er. »Also tun wir jetzt nicht so, als würdest du mir einen Riesengefallen tun. Julia, das ist das Mindeste, was du tun kannst.«

Er ist immer noch nicht drüber hinweg. Trotz aller Worte und allem, was sie in gegenseitigem Einverständnis ungesagt gelassen haben. Trotz beidseitiger Zuneigung, liebevoller Gesten, trotz der Zeit, die seitdem vergangen ist, und der Tatsache, dass währenddessen keinem von ihnen wirklich Zweifel gekommen sind. Trotz aller Dinnerpartys und Wochenenden, an denen sie sich gegenseitig zum Lachen brachten, während sie mit nervenzehrenden Tätigkeiten wie Kelleraufräumen beschäftigt waren, oder Nächten, in denen sie in einem scheußlichen Schlafanzug vor alten *Frasier*-Folgen nebeneinander eingeschlafen sind, trotz Alma. Trotz allem ist ihr Mann immer noch nicht über das hinweg, was sie ihm damals angetan hat, und sie kann ihm das schlecht verdenken. Er hat recht, er hat ihr Entgegenkommen verdient. Und das Entgegenkommen von ihrer Seite wird niemals an sein Entgegenkommen heranreichen. Wie lange, fragt sie sich, ist ihre Beziehung schon derart fragil?

Es gab eine Zeit, in der sie Angst davor hatte, ihm nahe zu sein, aber jetzt stellt sie fest, dass sie beide keine Ahnung mehr haben, wie es ist, ohne den anderen zu sein, selbst wenn sie lieber getrennt wären. Und dieser Zustand ist womöglich nicht das, was sie fälschlicherweise immer für Intimität gehalten hat. Sie haben mittlerweile so viel Zeit in dieser undurchdringlichen Wolke aus Intuition, Missverständnissen und vorsätzlicher Blindheit verbracht, die eine langjährige Ehe ausmacht, dass sie nicht mehr weiß, wie es woanders aussieht.

40

Der Ehealltag kurz nach einer Affäre: Sie hätte niemals gedacht, dass man sich so mies fühlen konnte, sie hätte niemals vorausgesehen, dass ihre Traurigkeit körperlichen Schmerz auslösen würde, und auch nicht, dass ihre Traurigkeit im direkten Vergleich mit Marks zweitrangig wäre. Sie sprachen das Thema niemals direkt an, weder jenen Tag in Wisconsin noch Ereignisse, die ihm vorausgegangen waren, und ihr war bewusst, dass Mark damit den beabsichtigten Effekt erzielte: Sie fühlte sich gelähmt vor Einsamkeit, erdrückt von Scham und hatte keine Möglichkeit, sich etwas von der Seele zu reden, und die Not wurde noch größer, weil sie zudem ihre einzige Freundin verloren hatte. An den meisten Tagen vermisste sie Helen von ganzem Herzen und hätte nichts lieber getan, als sich bei einem Glas Wein darüber auszulassen, wie es war, mit jemandem verheiratet zu sein, der einen höchstwahrscheinlich hasste.

Mitunter stritten sie und Mark sich, aber nicht über das, worüber sie hätten streiten sollen, sondern einfach, um Druck abzulassen. Sie nahm an, Mark wollte ihr damit sagen, dass er sie nicht verlassen würde und sie immer noch genug liebte, um sich mit ihr über den Thermostat in den Haaren zu liegen. Sie verstand seine Geste als Einsatz und erhöhte ihrerseits, indem sie Sex initiierte, fand langsam zu ihm zurück, und wenn sie zusammen waren, verspürte sie in ihm eine Wut, die ihr nicht gänzlich ungelegen kam. Sie wusste genau, woran sie war, und musste nichts vortäuschen.

Dieses ganze belastende Chaos aus Tränen und Rotz: Tränen beim Sex, mit Handrücken abgewischte Nasen, aus denen es lief, während sie einander durchs Wohnzimmer hinweg anschrien, Gemeinheiten, die unsichtbar wie Speicheltröpfchen durch die Luft flogen. Besser als Schweigen, dachte sie bei sich, und außerdem fraß der Teufel in der Not eben Fliegen. Sie und Mark waren immerhin noch ein Paar, und Ben – nachts blieb sie auf und las, innerlich erstarrend, in Online-Foren über Kinder aus zerbrochenen Ehen, die ihre Hamster umbrachten oder in die Töpfe von Zimmerpflanzen pinkelten – zeigte keine Anzeichen von Stress. Das Gute war ihr geblieben, das Gerüst ihres geordneten Lebens, und sie beschloss, Helens Rat zu befolgen und sich damit zu begnügen.

An einem Freitagabend war es dann so weit. Es war relativ früh, nach einem für sie mittlerweile normalen Abendessen, in Ruhe und Einvernehmen, mit Ben im Mittelpunkt ihrer beider Aufmerksamkeit. Mark ließ sich Zeit, als er ihn zu Bett brachte – aus der Küche hörte sie die beiden über Shel Silverstein lachen. Während sie ihnen lauschte, das Geschirr trocknete und im Fenster über der Spüle ihr bleiches Spiegelbild betrachtete, redete sie sich selbst Mut zu. Mark und Ben beendeten den Ritus des Zubettgehens mit einem etwas falsch gesungenen »Octopus's Garden«, und ihr brach beim Zuhören fast das Herz.

Sie wartete darauf, dass er herunterkommen würde, aber als das nicht geschah, suchte sie nach ihm und stellte fest, dass er, obwohl es nicht einmal halb neun war, bereits im Bett lag.

»Lange Woche«, sagte er.

»Darf ich mich zu dir legen?«

Er musterte sie. »Wenn du willst.«

Es war nicht die Einladung, die sie sich erhofft hatte, aber immer noch freundlicher als ein Mach-doch-was-immer-du-willst.

»Ich hatte gehofft, wir könnten miteinander reden.«

Mark sah sie müde an. »Jetzt?«

»Ja«, bestätigte sie, und dann, bereits ein wenig verunsichert: »Wenn dir das recht ist.«

»Geht es um ein Problem?«, fragte er. »Denn dafür habe ich heute Abend keine Nerven mehr.«

»Nein«, erwiderte sie und war sich ihrer Sache nicht mehr so sicher. »Kein Problem. Jedenfalls nichts Schlimmes.«

Er klappte seufzend sein Buch zu.

»Halt deine Begeisterung bitte etwas mehr im Zaum«, sagte sie und registrierte die Andeutung eines Lächelns in seinem Gesicht. »Ich will dir was Schönes sagen.«

»Okay, schieß los.«

Sie setzte sich mit untergeschlagenen Beinen vor ihn hin. »Ich glaube ... Na ja, ich bin nicht ...« Sie holte tief Luft und ergriff seine Hände. Es war das Einzige, was sie ihm noch anbieten konnte. »Ich werde die Pille absetzen.«

Für eine ganze Reihe von Reaktionen hatte sie sich gewappnet, aber nicht dafür, dass Mark von ihr zurückweichen, seine Hände aus ihren ziehen würde.

»Bitte?«, fragte er.

»Ich dachte, wir könnten es versuchen«, erwiderte sie. Sie konnte seinen Tonfall nicht deuten. »Jetzt oder nie. Was meinst du?«

Darauf verließ er sogar das Bett. »Julia, soll das ... soll das ein Scherz ein?«

Sie dachte an seine überschwängliche Freude zurück, als sie ihm gesagt hatte, dass sie mit Ben schwanger war, sie beide auf dem Küchenboden, seine Hand auf ihrem Bauch. »Kein Scherz«, sagte sie lächelnd. »Ich fand, es wäre ein guter Zeitpunkt«, fügte sie hinzu, was heißen sollte: *Ich mache mir Sorgen, dass du mich für immer hasst.*

»Ich glaub's nicht.«

»Sehr gut. Genau darauf habe ich gewartet.« Ihre Augen füllten sich mit heißen Tränen.

»Nein. Zum Teufel, Julia, *nein*. Ich fass es nicht. Soll das ein *verdammter Scherz* sein?«

»Nein, das ist kein Scherz, darauf haben wir uns soeben geeinigt. Könntest du ... mein Gott, und ich dachte, du würdest dich *freuen*.«

»Hast du das wirklich gedacht?«

»*Klar*, warum hätte ich das sonst machen sollen?« *Machst du nicht immer alles genau so?*, hätte sie ihn gerne gefragt. Sie hatte eine Liste gemacht und die Punkte nacheinander abgehakt. So ging Mark doch an alles heran, mit einem durchdachten Plan, Logik und Wahrscheinlichkeit gegeneinander abwägend. Mark wollte ein zweites Kind. Mark hatte immer ein zweites Kind gewollt. Es war ihr nicht in den Sinn gekommen, dass es vielleicht nicht länger der Fall, nach ihrem Ehebruch obsolet geworden war.

»Was soll das werden? Ein Trostpreis?«

»So was zu sagen ist furchtbar.«

»Ah, ja? Willst du denn ein zweites Kind?«

»Mittlerweile ...« Sie schluckte. »Mittlerweile schon.«

»Ach ... meine Güte.« Mark setzte sich auf die Fensterbank und vergrub den Kopf in den Händen. Als er erneut sprach, klang seine Stimme müde und heiser. »Weißt du, was mir durch den Kopf geht? Woran ich vor dem Einschlafen immer denken muss? Dass da draußen, ganz in der Nähe, dieser Typ ist. Und ich hier rauswill, aus dem Haus, aus dieser *Stadt*, denn ich könnte diesem Typen, den meine Frau gefickt hat, im Supermarkt über den Weg laufen und hätte keine Ahnung.«

Sie zuckte innerlich zusammen.

»Das geht mir durch den Kopf, Julia. Weiter in die Zukunft kann ich nicht denken, das ist der größte Schritt, den ich mir mit dir vorstellen kann, einen *Umzug*, denn du hast das Leben hier ruiniert.«

»Das tut mir leid.« Ihr fiel nicht ein, was sie ihm noch sagen könnte.

»Ich weiß. Ich *weiß*, dass es dir leidtut. Mein Gott, ich weiß, dass du dir wünschst, das Ganze wäre nie passiert, und ich weiß, dass du dich richtig scheiße fühlst, und dann fühle *ich* mich scheiße, und dann werde ich wieder wütend auf dich, weil ich mich deinetwegen so fühle. Was ist das für ein Leben, wenn wir uns beide die ganze Zeit nur mies fühlen?«

»Fühlst du dich denn die ganze Zeit mies?«

»In letzter Zeit schon. Aber ich will keine Scheidung«, sagte er, und bevor sie innerlich aufatmen konnte, fügte er hinzu: »Dazu habe ich zu viel investiert.«

»Du liebe Güte.«

»*Klar* liebe ich dich, Julia, verdammt noch mal«, explodierte er. »Das ist genau das Problem. Das stand immer außer Frage. Ich habe alles Mögliche getan, um dir das zu beweisen. Ich habe alles Mögliche getan, um für dich da zu sein. Alles, was ich tue, tue ich für dich und Ben und für *uns*, unsere Familie, und damit zeige ich dir, dass ich dich liebe, und ich tue das die ganze Zeit, und trotzdem hast du mir das verdammt noch mal angetan. Also spielt es keine

Rolle, ob ich dich liebe, und es spielt auch keine Rolle, ob du mich liebst, wenn deine Liebe bedeutet, dass du trotzdem mit einem anderen ins Bett gehst, okay? Deshalb versuche ich das Ganze unter praktischen Gesichtspunkten zu sehen, denn alles andere ergibt für mich keinen Sinn mehr. Und aus dieser Perspektive kann ich nicht erkennen, dass eine Trennung irgendjemandem weiterhilft, es sei denn, du willst sie.«

»Nein«, betonte sie.

»Eigentlich bist du nicht egoistisch«, sagte er. »Und genau das macht mich so unglaublich wütend. Ich begreife es einfach nicht, weil dir das Ganze so gar nicht ähnlich sieht.«

»Ich war nicht ich selbst währenddessen«, verteidigte sie sich.

»Und mittlerweile?«

»Ich bin nicht sicher. Ich bin wieder mehr ich selbst. Ich kann ... ich erkenne mich in dieser Person nicht wieder.«

»Und was hält dich davon ab, es wieder zu tun?«

»Ich werde es einfach nicht wieder tun. Du musst mir ... ich *bitte* dich um dein Vertrauen, obwohl ich weiß, wie schwer das ist.«

»Nein, ist es nicht«, sagte er sanft und traurig. »Das ist es eben auch ... ich vertraue dir blind. Wenigstens war das davor so.«

Und zum ersten Mal seit langer Zeit denkt sie an den Moment zurück, als sie als Siebzehnjährige erkannte, dass man jemandem so wehtun konnte, dass es sich nicht wiedergutmachen ließ.

»Wird es jemals wieder so sein ... wie davor?«

Mark musterte sie, nicht ganz unfreundlich. »Weiß ich nicht.«

Sie nickte und senkte den Blick in ihren Schoß, damit

sie die Antwort auf die folgende Frage nicht in seinem Gesicht lesen konnte.

»Möchtest du es denn?«

Sie rüstete sich innerlich für die Antwort, die sie verdient hatte, hörte nicht, wie er zum Bett ging, bekam nicht mit, dass er sich bewegt hatte, bis sie ihn neben sich spürte, an ihrer Seite.

»Ja«, sagte er. »Trotz ... trotz allem. Ja, Jules, ich möchte es.«

Seine Hand in ihrer, die plötzliche Gewissheit, dass Mark es wollte, sie wollte, alles, was sie gemeinsam aufgebaut hatten, erhalten wollte. Es war nicht alles furchtbar gewesen; das war allein rein statistisch gesehen unmöglich.

Absurderweise sprang sie ihm in den Schoß, setzte sich rittlings auf ihn, und ihre Stirnen berührten einander fast. »Warum versuchen wir es dann nicht noch einmal«, sagte sie leise und presste ihre Lippen in seine Halsgrube. »Wolltest du das nicht?« Sie beobachtete den Ausdruck in seinem Gesicht, wie immer konnte er seine Gefühle nicht verbergen.

»Und warum sollte es dieses Mal anders sein?«, fragte er, aber anstelle einer Antwort nestelte sie am Band seiner Schlafanzughose.

»Wir sind anders. Diesmal machen wir es besser. Lass es mich besser machen, für dich.«

»Liebling.« Er legte seine Hände auf ihre, hielt sie auf. »Das ist nichts, was du für mich tun solltest.«

Sie redete sich gut zu, hatte sich selbst schon fast von dem Vorhaben überzeugt. Das hier war ihr Zugeständnis, und Mark würde natürlich so tun, als wäre das nicht der Fall. »Mark«, sagte sie. »Bitte, vertrau mir.«

Kurz darauf küsste er sie, und in dem darauffolgenden

halben Jahr fingen sie mit einer Reihe von äußerlichen und, wie sie hofften, deutlich spürbaren Veränderungen noch einmal von vorne an. Sie zogen in ein einhundert Jahre altes Haus im Queen-Anne-Stil, das in einer anderen Suburb an einer Straße mit dem unauffälligen Namen *Maple Street* lag. Ben kam in eine Vorschule, die von alternden Folk-Musikern geleitet wurde, Julia begann wieder zu arbeiten und hörte ungefähr zur gleichen Zeit auf die Pille zu nehmen, all diese Dinge fügten sich, Schritt für Schritt für Schritt, bis sie zum zweiten Mal unter dem hypnotischen Kreiseln eines neuen Deckenventilators zwei Striche – da war sie, Alma, ihr Liebling, das wunderbare Ergebnis von vielen falschen Entscheidungen – auf einem Schwangerschaftstest bestaunte.

TEIL III

Welt voller Narren

41

Sie wartet mit ihrem Anruf bei Ben, um ihm die Teilnahme ihrer Mutter an seiner Hochzeit zu verkünden, bis sie sehen kann, dass ihr Flugzeug den Flughafen in San Francisco verlassen hat. Denn das kommt einer Garantie, dass Anita tatsächlich auftauchen wird, am nächsten, auch wenn theoretisch immer noch die Möglichkeit besteht, dass sie es sich nach der Ankunft am O'Hare doch in letzter Minute anders überlegt.

»Wahnsinn«, ruft Ben und klingt einen Augenblick lang wieder, als wäre er ein Teenager.

Sie steht gegen den Küchentresen gelehnt und badet in mütterlichen Triumphgefühlen. »Ich hoffe, ein weiterer Gast beim Probedinner heute Abend ist okay.«

»Klar«, bekräftigt Ben. »Ich freue mich so, dass sie ihre Meinung geändert hat. Hat sie gesagt, warum?«

Was für ihre Mutter am Ende den Ausschlag fürs Kommen gab, hat Julia sich auch schon überlegt. Die Motive für ihre Besuche waren stets unklar, aber sie hofft, der bevorstehende wird glatter verlaufen, weil zum ersten Mal das Überraschungsmoment fehlt.

»Na ja, das ist eigentlich ... Es spielt keine Rolle, wichtig ist, dass sie kommt. Sunny hatte den ganzen Morgen lang den Blumenladen an der Strippe, sie wird sich über die Nachricht richtig freuen.«

»Gibt es denn ein Problem mit den Blumen?« Sie stellt die Frage ganz ohne Ironie, mit aufrichtigem Interesse.

Sie hat mit dem peniblen Floristen zusammengearbeitet, um ein »rustikales Lavendelgesteck«, so Sunnys Bezeichnung, für das Tischchen mit den Cupcakes zu entwerfen, sowie schlichte Blumenanstecker aus Pfingstrosen, und ist recht stolz auf sich, ganz abgesehen von den Kosten, die an Almas College-Gebühren heranreichen.

»Stimmt was nicht?«

»Ich weiß nicht ... Sunny, was ist ...« Sie hört Sunnys Stimme im Hintergrund, die mal lauter, mal leiser wird, und dann ist Ben wieder in der Leitung. »Irgendwas mit den Tischgestecken.«

»Die Eustoma?«

»Ich bin nicht ... das besprecht ihr beide besser, wenn wir später bei euch sind. Sie ist schon wieder am Telefon.«

»Sag ihr, wir kriegen das hin. Was auch immer das Problem ist.«

»Mom, danke«, sagt Ben. »Und hör zu, ich wollte dir ... tut mir leid, wenn das für dich alles ziemlich schwierig war. Wenn ich das irgendwie hätte besser managen sollen.«

Sie öffnet den Mund, aber es dringt kein Laut aus ihrer Kehle.

»Das wollte ich nur sagen. Bevor allem ... was jetzt noch kommt.«

Es tut auch mir leid, dass ich alles so richtig schwierig gemacht habe, sollte sie jetzt eigentlich sagen. Sie sollte ihm sagen, was er ihr bedeutet und dass es der Grund für ihr Verhalten ist, der Grund für ihr Handeln, irgendeine bescheuerte überhebliche Entschuldigung, nach dem Motto, *Ich liebe meine Kinder einfach zu sehr!* Sie sollte eigentlich die Male aufzählen, in denen er unwissentlich ihr Rettungsanker gewesen ist oder sie als Einziger glücklich gemacht hat.

Sie sollte sich bei ihm dafür entschuldigen, dass sie ihn damals nicht vom Kindergarten abgeholt hat, und für all die anderen Male, als sie ihn im Stich ließ, ob sie sich dessen bewusst war oder nicht.

»Mir auch«, sagt sie stattdessen, denn mehr bringt sie nicht über die Lippen, und außerdem weiß sie, dass Ben – ganz der Sohn seines Vaters – begreifen wird, was sie damit sagen will.

Als sie das Gespräch beendet hat, sieht sie Mark in der Küchentür stehen.

»Habe ich gerade richtig gehört?«

Seit Bradys Geburtstag die Woche zuvor haben sie sich in ihrer Kommunikation auf das Wesentliche beschränkt – kurzer Info-Austausch zur Hochzeit, Almas Abschlussfeier und den Anmeldungsformularen fürs College, die neuen Reifen für den Subaru –, ein Fortschritt gegenüber der passiven Aggression bei Auseinandersetzungen in früheren Zeiten. Sie sind reifer geworfen, oder aber eine knappe zweckmäßige Kommunikation und gesichtswahrendes Lächeln sind schlicht und einfach energiesparender. Eigentlich wartet sie immer noch darauf, wieder zur alten Form zurückzufinden, auf ein Abkühlen der Emotionen, aber am Ende eines Tages stellt sie immer wieder fest, dass Mark anscheinend noch genauso wütend auf sie ist wie eine Woche zuvor. Und auch in Bezug auf sich selbst kann sie nicht genau sagen, ob das innere Gleichgewicht wiederhergestellt ist.

»Hast du etwa bei meinem Telefonat zugehört?« Die leichte Bissigkeit im Tonfall ist unbeabsichtigt.

Er geht auf ihre Frage nicht ein. »Deine Mutter kommt?«

»Offenbar ja«, sagt sie. Sie hat es ihm verschwiegen, zuerst, weil sie nicht die Nerven hatte, das Thema mit ihm zu diskutieren. Und dann nach Bradys Geburtstag, weil sie nicht recht wusste, wie sie die Bombe platzen lassen sollte – um ihn zu treffen, oder um sich vielleicht – lieber Gott, mach, dass es geschieht – mit ihm zu versöhnen. Denn das Thema liefert ihnen immerhin auch den Vorwand, alles, was sich während der Autofahrt zwischen ihnen aufgestaut hat, zu ignorieren und sich auf einen gemeinsamen Feind einzuschießen. Traditionsgemäß hat Anita bei ihren Kurzbesuchen sofort alle anderen Probleme in den Schatten gestellt, und eigentlich rechnet sie fest damit, dass ihre Mutter erneut mit ihrem Lebenschaos und ihrer düsteren Laune in ihren Alltag hereinplatzt und ihnen bewusst macht, wie froh sie sein können, einander zu haben.

Doch offenbar ist sie gerade auf dem Holzweg. Marks Kiefer ist angespannt. »Wolltest du mir das irgendwann mitteilen? Oder mich vielleicht fragen, ob ich damit einverstanden bin?«

»Dich nach deinem *Einverständnis* fragen?«

»Das Mindestmaß an Höflichkeit, würde ich behaupten«, entgegnet Mark.

»Deine Maßstäbe, was *Höflichkeit* angeht, sind mir in der letzten Zeit nicht mehr ganz klar«, sagt sie. Es ist eine furchtbar kindische Antwort, aber das ist ihr egal. Sie hat sich gerade mit ihrem Sohn ausgesöhnt, und Mark hat sie der Chance beraubt, das zu genießen und ihre Gefühle angesichts des bevorstehenden Wochenendes, eine Feier mit der ganzen Familie plus einigen Stargästen, mit wenigstens einem Hauch von *Hoffnung* zu beruhigen. »Tut mir leid«, sagt sie. »Meine Güte, ich wollte dir das sagen, sobald alles in trockenen Tüchern ist. Ich wollte nicht, dass Ben sich zu große Hoffnungen macht.«

»Übernachtet sie bei uns?«

»Na ja«, murmelt sie, und Mark schnaubt.

»Toll«, sagt er. »Das hat ja bisher immer gut geklappt.«

Sie sieht ihm an, dass er seine Bemerkung auf der Stelle bedauert. Es ist einer dieser Momente in einer Ehe, in denen man sich im Nachhinein gern auf die Zunge gebissen hätte, ein gemeiner Ausrutscher, den man nicht mehr zurücknehmen kann.

»Tut mir leid, das war unangebracht.«

Sie schiebt sich an ihm vorbei durch die Tür. Mittlerweile hat sie den Überblick verloren, wer im Sinne der Gerechtigkeit gerade der Wütendere sein darf, ist aber voller Genugtuung, dass dieses Anrecht unter den gegebenen Umständen gerade bei ihr liegt.

42

Als Zweitklässlerin bekam sie bei der Schulaufführung eines Musicals über die fünf Lebensmittelgruppen eine Rolle mit einem Einzeiler, und sie nahm ihre Aufgabe ernst, übte jeden Abend und prägte sich nicht nur ihren Satz ein – »Ich könnte jetzt einen schönen saftigen Cheeseburger vertragen« –, sondern auch die Sätze davor und die danach sowie die Songtexte, die der grässliche Musiklehrer geschrieben hatte, der in den Pausen immer in seinem Astro-Lieferwagen Kette rauchte.

Am Tag der Aufführung konzentrierte sie sich vor allem auf ihre Textsicherheit und dachte keine Minute daran, ob ihre Eltern kommen würden. Gareth Drews, der Junge auf der Bühne neben ihr, hatte kurz zuvor in die Hosen gepinkelt und trug jetzt fliederfarbene Shorts aus dem Notfallschrank im Klassenzimmer, die zwar stark nach Weichspüler, aber auch recht intensiv nach Pisse rochen. Ihre Gedanken kreisten also um ihren Nebenmann, ihren Einzeiler und darum, dass die Bühnenbeleuchtung sie zum Schwitzen brachte. Sie sang artig bei dem Eröffnungssong über Eier mit und versuchte dabei nicht auf den Musiklehrer zu schauen, der seitlich von der Bühne jede Bewegung seiner Schüler mittanzte und dabei den Songtext lautlos und übertrieben vorsprach. Ihr Blick glitt übers Publikum und suchte ohne große Hoffnung ihre Mutter, die am Morgen gesagt hatte, sie würde versuchen zu kommen, wüsste aber nicht, ob sie sich werde freinehmen können.

Sie suchte nach der weißen Dienstbluse von Dominick's, wo ihre Mutter arbeitete, und war überrascht, sie in der zehnten Reihe in einer hübschen blauen Folklorebluse auszumachen.

Sie nahm zugleich zwei weitere Dinge wahr: erstens den knallroten Lippenstift ihrer Mutter und zweitens ihren Vater. Sie saßen nebeneinander, einträglich vereint, im Auditorium, in ihrer Schule, um ein Uhr mittags an einem Mittwoch. Ihr Dad sah, dass sie ihn bemerkt hatte, lächelte und winkte komplizenhaft, dann beugte er sich zu ihrer Mutter, flüsterte ihr etwas zu, und die sah sie ebenfalls mit einem Lächeln an, *beide lächelten, in ihrer Schule*, und Julia lächelte zurück.

Ihr Vater gehörte zu den Vätern, die in unregelmäßigen Abständen hereingeschneit kamen, und jedes Mal war seine Ankunft entweder ein Festtag oder ein Wirbelsturm, begleitet von leidenschaftlichen Umarmungen oder Auseinandersetzungen, die sie nachts aufweckten und ihr Herz im Rhythmus zu seinem dröhnenden Bass klopfen ließen. Für sie hieß er in erster Linie *Lawrence* und gar nicht unbedingt *Dad*, *Loor-ants*, tönte es aus dem Mund ihrer Mutter durch die Wände, *Loor-ants, wie wagst du es nur, Loor-ants, ich habe dir doch gesagt*. Er war wie ein Onkel auf Besuch, der unerwartet mit üppigen Geschenken auftauchte, die von Plüschtieren bis zu einem leicht ramponierten, aber nicht minder verführerischen Paar Rollerskates reichten. Er arbeitete viel und war deshalb bei Schulveranstaltungen nie anwesend, was sie aber selten persönlich nahm. Sie hatte sich innerlich darauf eingestellt, nicht mit seinem Erscheinen zu rechnen, denn überrascht zu werden war schöner, als enttäuscht zu sein.

Aber diesmal war er gekommen, und sie lächelte so breit,

dass ihr die Gesichtsmuskeln schmerzten. Sie lächelte sogar so breit, dass sie glatt ihren Einsatz verpasste, was sie aber erst bemerkte, als sich auf der Bühne vielsagendes Schweigen ausbreitete und sie die wilden Gesten des Musiklehrers hinter dem Samtvorhang sah. Die anderen Kinder schauten sie an, und sie öffnete den Mund, aber sie brachte ihren Satz nicht heraus, so peinlich war es ihr, dass sie mittlerweile alle anstarrten, *plus* dieser lächerliche Cheeseburger-Einzeiler, vor allem, wo doch ihre Eltern – *ihre Eltern!* – ihr zuschauten. Und so schüttelte sie nur den Kopf und der Lehrer warf ihr wütende Blicke zu und ging dann zum nächsten Schüler über.

Und doch musste sie einfach weiter lächeln. Ihr war es egal, dass sie ihren Auftritt verpatzt hatte und Linda Greely, die alle für hübsch hielten, nur weil ihrem Vater am Grand Boulevard Plaza als Franchisenehmer ein Laden der Burlington Coat Factory gehörte, sie auslachte. Ihr war der Pissegeruch egal und die Hitze der Bühnenbeleuchtung. Das alles war ihr egal, denn *ihr Dad war in ihrer Schule*, ihr toller Dad mit der schwarzen Haartolle vorne und der Tätowierung auf dem Unterarm aus seiner Zeit bei der Navy und dem kleinen Rechteck, das sich in der Brusttasche seines Hemds durchdrückte, weil er dort die Zigaretten aufbewahrte. All das war gerade hier im Auditorium und nicht ganz hinten, wie Linda Greelys Dad, der sich verspätet hatte und jetzt bei den Eingangstüren herumstand, sondern gleich am Mittelgang, neben ihrer Mutter – die so hübsch aussah, richtig *schön*, mit ihrem dunkelblonden Haar, das an den Seiten zurückgesteckt war, sodass man ihr Gesicht sehen konnte. *Ihre Eltern waren hier*, und sie war so überglücklich, dass sie ein bisschen auf und ab hüpfte, aber sie musste noch die gesamte

Aufführung hinter sich bringen, bis sie endlich auf ihren Dad zurennen und sich ihm in die Arme werfen konnte, hin- und hergerissen zwischen der Freude über seine Anwesenheit und der Hoffnung, Hoffnung, Hoffnung, dass alle anderen es mitbekamen.

»Ihr seid *hier*«, sagte sie, nur um etwas zu sagen, denn in seinen Armen fühlte sie sich jetzt ein bisschen verlegen. Dort hielt sie sich selten auf.

»So wahr wir hier stehen«, kommentierte ihre Mutter trocken, aber mit einem Lächeln, ihrem typischen Lächeln, mit den leicht heruntergezogenen Mundwinkeln, heute immerhin lippenstiftrot, und sie betrachtete ihren Vater und sie mit einem Blick, in dem so etwas wie Stolz lag, ein mit Zufriedenheit verwandter Ausdruck.

Ihre Mutter hatte ihr immer erzählt, dass ihr Vater spät von der Arbeit nach Hause kam und morgens sehr früh das Haus verließ. Das leuchtete ihr ein, denn schließlich bekam sie ihn so gut wie nie zu Gesicht. Und deshalb – und weil sie erst sieben Jahre alt war – nahm sie dieses Leben so, wie es war; sie hatte nie etwas anderes gekannt und genoss die Donnerstagabende und hin und wieder auch einen Sonntagmorgen, wenn er tatsächlich zu Hause war. Diese Gewissheiten gaben ihr innere Sicherheit, ein Vertrauen in die Eigenheiten ihrer Lebensumstände. Sie befand sich in einer Phase der Kindheit, bevor ihre Welt größer und weiter und auch vieles andere sichtbar wurde, es war eine Zeit der Schonung, bevor auch andere Leute eine Rolle spielten und ihr vor Augen führen konnten, was für ein seltsames Leben sie eigentlich führte. So war es einfach: Ihre Mutter arbeitete in der Bäckerei von Dominick's und verbreitete, wenn sie nach Hause kam, den leicht künstlichen Dunst von Zuckerguss, der tief in den Fasern ihrer Kleidung hing. Ihr Vater las ihr donnerstagabends immer aus *Goodnight Moon* vor, bevor er sie zudeckte. Aber heute war ein Mittwoch und er war trotzdem da.

»Hast du jemand anderes erwartet?«, fragte ihr Dad. Er roch nach Tabak und Pfefferminzkaugummi und schob sie auf seinem Arm etwas höher. »Du hast das da oben einfach toll gemacht.«

Sie versuchte unauffällig zu erspähen, ob sie vielleicht beobachtet wurde. Dieses Kind war sie bisher noch nie gewesen, dieses Kind mit diesem Leben, das Eltern mit schönen Haaren hatte, die rechtzeitig erschienen und ihr sagten, sie habe das da oben einfach toll gemacht. Sie sah, dass Linda Greelys Vater seiner Tochter Blumen mitgebracht hatte, aber die waren scheußlich, Tausendschön, die schlaff ihre Köpfchen hängen ließen, und Schleierkraut. Sie schmiegte sich enger an ihren Vater und ihre Mutter schob mit einer Hand Haarsträhnen aus Julias Gesicht. Es war, als hätten alle begriffen, dass an diesem Tag andere Spielregeln galten, und jeder tat so, als sei er jemand anders. Julia war jemand mit einem anderen, besseren Leben, und ihre Mutter jemand, der liebevoll eine Klammer aus ihrem Haar nahm und bei ihrer Tochter die Strähnen, die alle verrückt machten, nach hinten steckte. Und ihr Vater war jemand, der fragte, ob *seine Mädchen* Lust auf ein Eis hatten, und das mitten im Dezember.

»Ich schwänze gerade«, sagte er auf dem Weg zum Auto. Julia thronte immer noch in seinen Armen und er streckte einen aus und hakte sich mit einem Finger in einer Gürtelschlaufe bei ihrer Mutter ein.

Auf dem Rücksitz stand neben ihr ein Kasten 7 Up. Ihr Vater führte ein Lagerhaus für Getränkehändler und manchmal brachte er neben Rollerskates und Spielzeug aussortierte Waren mit, Dosen mit Limonade, die Dellen hatten oder einen falschen Label-Aufdruck oder schon ein Jahr abgelaufen waren. Ihr Vater hatte einen Arm über die Sitzlehnen gelegt, nicht wirklich um die Schultern der Mutter, aber auch nicht *nicht* um sie, und seine Handfläche berührte leicht ihr Haar.

»Ich könnte heute Abend was kochen«, sagte ihre Mutter, die niemals kochte, und Julia bemerkte, wie sie ihren Kopf leicht zurücklehnte, bis er sich fest an die Hand ihres Vaters schmiegte.

»Ah«, sagte er und tätschelte ihr ein paarmal den Kopf. »Nein, ist schon okay, Anita, danke.«

Ihre Mutter wandte sich ihm zu, entzog ihren Kopf seiner Hand. »Warum nicht? Es wird nicht spät.«

»Ich muss um drei wieder einstempeln.«

Julia sah ihrer Mutter die Enttäuschung an, und auch ihre Stimmung war schlagartig getrübt.

»Du hast gerade gesagt, du wolltest schwänzen.«

»Nur für ein paar Stunden, ich kann kurz vor den Ferien nicht einfach einen ganzen Tag freinehmen.«

Ihre Mutter schnaubte und Julia hörte ihrem Tonfall an, dass sie ihre Kränkung überspielen wollte. »Klar«, sagte sie. »Den Tannenbaum gibt's nicht umsonst.«

»Anita, bitte.«

»Sondereinsatz für den Weihnachtsbraten.«

»Ich habe mir so viel freigenommen, wie ich konnte.«

»I really can't stay«, sang ihre Mutter und versuchte zu klingen wie Ella Fitzgerald.

»Willst du Eis essen gehen oder nicht? Ich kann euch beide nämlich auch einfach zu Hause absetzen.«

»Nein«, entfuhr es Julia gellend, ihr Magen zog sich vor Angst zusammen. »Nein, können wir? Bitte?«

Ihr Vater warf einen Blick auf ihre Mutter und im Auto herrschte eine Weile Schweigen.

»Okay«, sagte Anita schließlich und starrte dabei beharrlich aus dem Fenster. Der Arm ihres Vaters auf der Sitzlehne wurde kraftlos, erschlaffte wie die Tausendschön von Linda Greely. Julia überlegte, ob sie wohl auch irgendwohin gingen, um die Aufführung zu feiern, die ganze blöde Familie Greely in ihren Burlington-Factory-Mänteln, und ob in ihrem Auto ebenfalls schlechte Stimmung hing wie schwarzer Rauch.

Sie hockte sich auf den Dr.-Pepper-Kasten, damit sie größer war, und versuchte herauszufinden, ob sie das Blatt noch zum Guten wenden konnte. Ganz langsam streckte sie ihre Hand aus, kniff in die papierne Haut am Ellbogen ihres Vaters und rieb sie zwischen Daumen und Zeigefinger. Kurz darauf drehte er sich zu ihr um und zwinkerte ihr zu, und etwas in ihr entspannte sich.

Es war ein Spiel zwischen ihnen – wie hart sie ihn auch kniff oder an den Härchen auf seinem Arm zog, er ließ sich den Schmerz nicht anmerken. Sie beugte sich weiter vor und kniff ihn in den Unterarm.

»Tut das weh?«, fragte sie.

»Nö.«

Sie kniff härter. »Und jetzt?«

»Kein bisschen, Julia Grace.«

Ihre Mutter ließ einen Seufzer vernehmen, den sie beide ignorierten.

»Und wie ist es jetzt?«

»Kneifst du mich etwa gerade? Ich merke gar nichts«, sagte er.

Sie beugte sich noch weiter nach vorn, ihr Kopf war jetzt auf gleicher Höhe mit dem ihrer Mutter, und probierte etwas anderes, drückte ihre Fingernägel fest in seinen Arm.

»Und jetzt?«, sagte sie. »Jetzt?«

Sie bemerkte nicht – wollte es nicht bemerken –, dass ihre Mutter zusehends verärgert wirkte. Sie machte weiter, die Augen auf das Gesicht ihres Vaters fixiert, dessen Miene neutral blieb, nur die Mundwinkel waren von einem leichten Lächeln umspielt.

»Und jetzt?«, fragte sie, brachte diesmal all ihre Kraft auf, verzog vor Anstrengung das Gesicht, und als sie endlich aufgab und sich zurückzog, stieß sie mit dem Ellbogen gegen die Schläfe ihrer Mutter.

»Zum *Teufel*«, sagte ihre Mutter und fuhr herum.

Ihr Vater zog seinen Arm zurück und Julia ließ sich auf den Dr.-Pepper-Kasten sinken.

»Entschuldige«, sagte sie.

»Warum lassen wir es nicht einfach«, sagte ihre Mutter.

»Anita«, sagte ihr Vater.

»Vergessen wir's.«

»Nein«, sagte Julia erneut, mittlerweile verzweifelt. »Bitte, tut mir leid, können wir ...«

»Nun komm schon, Anita.«

»Ich will nach Hause, Lawrence.«

Loor-ants. Julia ließ sich in ihren Sitz fallen.

»Sie hat nicht mal was gesagt, es gibt überhaupt keinen Grund dafür, sie zu *feiern*.«

»Anita, wirklich«, sagte ihr Dad, aber er wechselte die Fahrspur und bog am Lake Shore Drive ab, heimwärts. Sie lauschte dem Motor, während ihr Vater aufs Gas trat.

»Du hast einen ganzen Monat nonstop geübt«, sagte ihre Mutter kurz darauf. »Wie konntest du da diese eine Zeile vergessen?«

43

Alma möchte sie nie irgendwohin begleiten, aber diesmal hat sie gefragt, ob sie zum Flughafen mitkommen könne, und Julia wollte sich diese Gelegenheit zu einem – wenn auch zwangsläufigen – Miteinander nicht entgehen lassen. Und so sitzt ihre Tochter neben ihr auf dem Beifahrersitz – das Auto steht auf einem Kurzzeit-Parkplatz am Flughafen O'Hare –, und sie wirken wie Angehörige im Krankenhaus, die auf Nachricht über den Ausgang einer schweren OP warten. Der Flug von ihrer Mutter hat Verspätung.

»Ich hatte auch mal so eine Bluse«, sagt sie zu Alma und zeigt auf eine Frau mit strengem Haarknoten, die auf Stiefeln mit Stiletto-Absatz vorbeiwankt. Die Bluse hat ein dunkles Blumenmuster, und sie befürchtet, bei Nachfrage würde sie erfahren, dass so etwas mittlerweile als *Vintage* gilt.

Ihre Tochter blickt vom Handy auf und mustert die Frau. »Ah«, sagt sie gleichgültig.

»Trends sind zyklisch, weißt du?«

»Offenbar«, antwortet Alma.

Soll sie jetzt das heimlich entwendete T-Shirt mit dem Jesus-and-Mary-Chain-Aufdruck ansprechen? *Wo wir schon dabei sind, mir ist in der letzten Zeit aufgefallen, dass aus meinem Schrank Klamotten verschwunden sind und in deinem wieder auftauchen.*

»Hör auf, mich so anzustarren«, sagt Alma.

»Ich habe dich gar nicht angestarrt«, lügt sie. Sie lässt den Kopf gegen die Stütze gelehnt ruhen und in genau diesem Augenblick innerer Entspannung fragt Alma: »Warum habe ich sie eigentlich noch nie kennengelernt?«

Sie öffnet die Augen. Ihre Tochter hat über die Jahre lediglich oberflächliches Interesse an Anita demonstriert und ihr großmutterloses Dasein scheinbar akzeptiert. Bei einer Grundschulfeier zu »älteren Familienangehörigen« hatte ihr dieser Status sogar etwas Exotisches verliehen.

»Ganz kurz vor deiner Geburt ist sie tatsächlich mal aufgetaucht«, sagt Julia.

Alma wirft ihr einen scharfen Blick zu. »*Was?* Ich dachte, ihr beide habt euch ewig gar nicht mehr getroffen.« Der Tonfall ihrer Tochter ist eindeutig vorwurfsvoll, als hätte sie gerade herausgefunden, dass ihre ganze Familiengeschichte eine einzige große Lüge ist, und Julia spürt ein nervöses Jucken im Nacken. An diesem Wochenende wird sie sich schon mit genügend Dingen herumschlagen müssen, da fehlt ihr gerade noch, dass sie zu Unrecht angeklagt wird von jemandem, der quietschbunte Haargummis mit ironischer Intention trägt.

»Haben wir auch nicht«, sagt sie. »Tun wir auch nicht. Sie ist einfach ein paar Mal ... kurz aufgetaucht. Die sind aber nie glücklich verlaufen.«

»Und deshalb habe ich sie eben siebzehn Jahre lang nicht zu Gesicht bekommen dürfen.«

Julia holt langsam Luft. »Es geht nicht ums *Dürfen*, sie ist einfach nicht die –«

»Du hast dich nie dafür eingesetzt, dass wir uns kennenlernen.«

Sie seufzt. »Stimmt, Alma, habe ich nicht.«

»Aber *Ben* hat sie kennengelernt.«

»Der Glückliche«, faucht sie, und dann: »Die Begegnung mit Ben war nicht geplant.«

»Trotzdem. Findest du nicht, dass das alles ziemlich scheiße ist?«

»Meine Güte, Ollie! Finde ich das scheiße? Ja. Ich finde es auch scheiße, dass ich meine eigene Mutter seit siebzehn Jahren nicht mehr gesehen habe. Es ist alles ein bisschen komplizierter, als du denkst, okay? Ich wäre dir dankbar, wenn du mal nicht automatisch sofort mich beschuldigst.«

Überraschenderweise scheint Alma das einzusehen. »Sorry«, sagt sie. Und als ihre Tochter weiterredet, hat sie sich offenbar beruhigt und der Tonfall ist weitaus weniger vorwurfsvoll. »Sie ist einfach so vorbeigekommen? Vor meiner Geburt?«

»Kam einfach hereingeschneit«, sagt Julia. »Am errechneten Geburtstermin.«

»Und warum hast du mir nie davon erzählt?«

»Weil ich wirklich traurig über das alles war«, antwortet sie schlicht. Sie ist zu erschöpft für eine Ausrede, zu angespannt, weil sie ihrer Mutter sehr bald gegenüberstehen wird. »Es war ... Ich dachte damals, sie würde bei uns bleiben, und dann hat sie sich's anders überlegt. Ganz ehrlich, Ollie, das war nicht einfach für mich. Und in der Schwangerschaft sind die Gefühle sowieso ... hochgeschaukelt, und Altes kommt wieder hoch.«

»Ich will keine Kinder«, sagt Alma.

Sie wirft einen Blick auf ihre Tochter und fragt sich kurz, ob sie diese Ankündigung persönlich nehmen sollte.

»Zuerst war alles ganz normal. Wir haben uns Sehenswürdigkeiten angeschaut, sind ins Kino gegangen.«

»In welchen Film?«

»Einer von diesen … dieser schreckliche Schauspieler mit dem Eyeliner? … über Piraten?«

Alma zieht die Nase kraus. »Um Himmels willen, wirklich?«, entfährt es ihr, als hätte dieses Eingeständnis lebenswichtige Konsequenzen für sie. »Ist sie deswegen abgehauen?«

Zu ihrer Überraschung muss sie lachen und bemerkt, dass auch Alma ein belustigtes Lächeln zu unterdrücken versucht.

»Ich weiß nicht genau, warum sie gegangen ist«, sagt sie. »Aber damals hat es mich auch nicht vollkommen überrascht.« Sie kann diese Aussage nicht näher erläutern, ohne mehr über ihre Vergangenheit preiszugeben, als sie möchte, und implizit zu behaupten, dass Alma nichts davon nachvollziehen kann, weil sie selbst eben eine *gute* Mutter hat.

»Sie ist also einfach weg, ohne vorher was zu sagen?«, fragt Alma.

»Es hing ein Zettel an der Kaffeekanne.« Sie klingt fröhlicher, als sie sich fühlt. Die Gefühle von damals hat sie immer noch genau in Erinnerung, die Knie wurden ihr weich und sie musste sich auf einen Küchenstuhl fallen lassen, beschämt und betrogen, ein Brennen in der Brust. Sie schluckt mühsam. »Und ein paar Stunden später ist die Fruchtblase geplatzt.«

»Irre«, sagt Alma und die Bemerkung lässt die Spannung, die sich merklich zwischen ihnen aufgebaut hat, mit einem Mal verpuffen. An jenem Morgen in der Küche trat die ungeborene Alma unaufhörlich gegen ihre Bauchdecke, als wollte sie ihr Trost spenden und sie daran erinnern, dass es noch anderes gab, Julias Welt größer geworden war, die Kränkung jetzt anderem, Besserem weichen musste und nicht länger alles in ihrer Gewalt halten durfte.

»Stimmt«, sagt sie. »Und dann bist du gekommen, Ollie, und jetzt bist du immer noch hier.« Sie traut sich, ihre Tochter am Ohrläppchen zu zupfen – diese winzigen Öhrchen mit ihren verwinkelten Gängen, damals hat sie sie betrachtet, bis ihr der Blick verschwamm –, und freundlicherweise zuckt Alma nur ganz leicht zusammen.

Und dann macht ihr Handy *pling*, eine Nachricht von ihrer Mutter, die offenbar den Hang zur Einsilbigkeit mit ihren Enkeln teilt: *Angekommen*. Sie startet den Motor, verlässt den Parkplatz über eine Rampe und fädelt sich in die Schlange vor der Ankunftshalle ein.

»Ist zwischen dir und deiner Mom irgendwas vorgefallen?«, erkundigt sich Alma vorsichtig, was selten vorkommt. »Ich bin nur neugierig ... warum ihr euch überhaupt nicht sehen wolltet.«

Sie versteht das Interesse als ein indirektes Kompliment. »Es war nicht so, dass ich sie nicht sehen wollte«, sagt sie. »Manchmal verschwindet man einfach aus dem Leben einer anderen Person.«

»Aber was ist damals passiert?«

Es ist so viel Zeit vergangen und dennoch weiß sie nicht, wie sie die Frage beantworten soll. *Alles*, aber das kann sie unmöglich sagen, *nichts* wäre allerdings auch nicht korrekt. Sie kann Alma nicht erzählen, was damals passiert ist, als sie selbst siebzehn war, nicht in ihrer jetzigen Lebensphase. Aber es zu verschweigen belastet Julia in einer Weise, die schon damals unfair schien. *Du warst noch ein Kind*. Andererseits – wenn sie sich Alma so im Sitz neben ihr anschaut, die alles Mögliche ist, aber kein Kind mehr, dann kommt ihr diese Charakterisierung unzutreffend vor.

»Sie ist kein schlechter Mensch«, sagt sie. »Es konnte wirklich sehr lustig mit ihr sein, sie hat einen guten Sinn für Humor. Und sie ist sicher aufregender, als ich es jemals war. Als ich es bin«, sagt sie.

»Aufregender?« Alma scheint der Behauptung, dass ihre Mutter immer schon uninteressant gewesen ist, nicht widersprechen zu wollen.

»Keine Ahnung«, sagt sie. »Vielleicht ist das auch das falsche Wort.«

In ihrer Kindheit und Jugend hat sie das anders gesehen. Hin und wieder waren die verbalen Ausfälle der Mutter gegenüber Liebespartnern, Arbeitgebern, eigentlich gegenüber jedem, der ihr auch nur gefühlt in die Quere kam, erheiternd. Und es war – wie soll sie das nach Jahren aus einer sicheren Distanz richtig formulieren – *charakterbildend*, wenn sie innerhalb kürzester Zeit wieder einmal alles zusammenpacken mussten. In einer anderen Welt, in einer anspruchsvollen Komödien-Serie wäre Anita eine exzentrische reiche Dame gewesen, aber erstens war sie nicht reich und zweitens im Grunde auch nicht sehr exzentrisch, sondern eigentlich fehlte es ihr an allem und sie machte es auf kreative Weise wett.

Sie lässt den Wagen vor der Ankunftshalle von United Airlines ausrollen, entdeckt Anita sofort und ist in doppelter Hinsicht überrascht: Erstens ist ihre Mutter richtig klein, und zwar nicht allein des Alters oder des vergleichsweise riesigen pinken Koffers wegen, sondern weil neben ihr – zweite Überraschung – ein breitschultriger, gebräunter älterer Mann mit einer Baseball-Mütze steht. Er lehnt sich zu Anita hinunter und sagt etwas, sie legt lächelnd eine Hand auf seinen Unterarm. Julia hält genau auf ihrer Höhe, und weil ihre Mutter gerade eine finstere Miene aufsetzt, wegen des fremden Autos oder der direkten Sonneneinstrahlung, lehnt sie sich übers Lenkrad und winkt ihr durch die Windschutzscheibe zu. Anitas Gesichtszüge entspannen sich ein wenig, als sie ihre Tochter erkennt, und Julia parkt den Wagen und steigt aus. Sie sieht, dass Alma auf den Knopf für die Warnblinkanlage drückt. Die Augenblicke der Wiedervereinigung mit ihrer Mutter sind ihr in emotionaler Hinsicht bisher ein Rätsel geblieben, sie hat sich immer gefragt, wie es wohl wäre, wenn man im mütterlichen Gesicht jene Freude auslöst, die sie bei anderen Müttern bemerkt hat. Ihre eigene Mutter wirkt hingegen wie gewohnt vollkommen unbeeindruckt.

»Da bist du ja«, sagt sie und öffnet nach einem Augenblick ihre Arme in dem Versuch, Mark nachzuahmen, für den es kein Problem ist, Zuneigung zu äußern, egal ob diese echt oder gespielt ist.

»Wie du siehst«, sagt Anita und lässt sich halbherzig, mit angewinkelten Armen, die für Distanz sorgen, auf die Umarmung ein. Der Mann bleibt, wo er ist, und schaut ihnen lächelnd zu. Anita wedelt zwischen ihnen mit einer Hand hin und her, als wollte sie die beiden verhexen: »Marshall, Julia, Julia, Marshall.«

Er streckt ihr seine Hand entgegen und nach kurzem Zögern ergreift Julia sie.

»Dein Bewährungshelfer?« Es ist ihr rausgeplatzt, bevor der Verstand sich einschalten konnte, aber der Mann bricht in ein dröhnendes Lachen aus, das unter dem Betonvordach widerhallt.

»Julia, ich bin Marshall Torres. Wie schön, dich endlich kennenzulernen.« Und er beugt sich vor und will ihr die Hand küssen, und zu ihrer Überraschung hört sie sich ebenfalls lachen.

»Wie wär's mit ein bisschen Zurückhaltung«, sagt Anita

und blickt erneut stirnrunzelnd Richtung Auto, wo sie offenbar auf dem Beifahrersitz Alma ausgemacht hat.

»Ich wusste nicht, dass du ... in Begleitung bist«, sagt Julia und bedauert es sofort, vor allem, weil Marshalls Gesichtsausdruck verrät, dass er davon ausgegangen ist, dass Anita sie über sein Kommen informiert hat. »Ich wollte sagen ...«

»Er ist höchst unkompliziert«, sagt Anita. »Ist das da Alma?«

Den Namen ihrer Tochter aus Anitas Mund zu hören verursacht ein seltsames Gefühl.

»Ja.« Julia trommelt mit den Fingern gegen die Scheibe, hofft, ihre Tochter interpretiert es als freundliche Geste, und kurz darauf öffnet sich die Beifahrertür und Alma steigt aus. Julia bemerkt erst jetzt, dass ihre Tochter ausnahmsweise etwas anständiger angezogen ist.

»Hallo«, sagt sie, und Julia berührt sie leicht an der Schulter. Ihre Tochter und ihre Mutter Seite an Seite zu sehen ist ein Schock – wie eine Alma aus der Zukunft und eine Anita aus tiefer Vergangenheit. Sie selbst, so überlegt sie, stünde bei einer Aufreihung also in der Mitte, das verbindende Glied.

»Mom«, sagt sie, ihre Stimme klingt merkwürdig. »Ollie, Ollie, Mom.«

»Schön, dich kennenzulernen«, sagt Alma und Julia ist sofort im Verteidigungsmodus, denn Anita bedenkt diesen Menschen, den sie hervorgebracht hat, mit einem kritischen Blick.

»Wie groß bist du?«, fragt Anita.

Alma errötet und zieht die Schultern sofort noch mehr ein als sonst. »Fast eins achtzig.«

»Meine Güte«, sagt Anita.

»Mom«, entfährt es Julia, unsicher, ob eine Rüge angebracht ist.

»Wie Larry Bird«, sagt Anita bewundernd. »Tja, dein Vater ist ja auch richtig groß.« Sie blickt zu Marshall, der Julia kaum überragt, und sagt: »Gott sei Dank hast du wegen deiner Größe nie Komplexe gehabt.« Sie mustert Alma noch einmal von Kopf bis Fuß. »Du bist recht hübsch.«

»Oh, danke. Du ... na ja, du auch.«

Anita reagiert darauf mit einem aufrichtigen Lachen, jedenfalls klingt es echt. »Eine Schwindlerin, genau wie ihre Mutter.«

»Wir sollten uns auf den Weg machen«, sagt Julia. Sie sieht zu, wie Marshall das Gepäck einlädt.

»Es hat früher mal geheißen, nur Lesben würden Subarus fahren«, sagt Anita.

»Mom«, sagt Julia, und im gleichen Augenblick sagt Marshall: »Liebling«, und ihr fällt auf, wie zärtlich er bei diesem Verweis klingt und wie er dabei unbekümmert seine Hand zwischen ihre Schulterblätter legt.

»So was darf man heute nicht mehr sagen«, lässt sich Alma vernehmen und ausnahmsweise gilt ihr harter Tonfall nicht ihrer Mutter.

»Ach nein?« Anita schiebt sich an Alma vorbei und nimmt auf dem Beifahrersitz Platz. »Und warum?« Sie zieht wie immer mit Schwung die Tür zu – so wie sie damals mit einem lauten hohlen *Klong* auch die Tür von dem Oldsmobile zuzog, das später auf dem Parkplatz des White-Hen-Supermarkts explodierte –, und blickt erwartungsvoll in die Runde, als wäre sie schon seit Stunden bereit zum Aufbruch.

44

Wenn ihre Eltern Streit hatten, verspürte sie eine ganz bestimmte Unruhe in der Magengrube, und wenn sie dann abends im Bett lag und die beiden über den Flur hinweg hörte, spannte ihre Bauchdecke sich unwillkürlich an. Manchmal witterte sie, dass ein Streit ins Haus stand, so wie Hunde und Leute mit schlechten Knien es fühlen, wenn Regen in der Luft liegt. Und immer wenn dieses Gefühl sie überkam, nahm sie ihr Plüschnilpferd, ein Geschenk ihres Vaters zur Geburt, und legte die Finger fest um seinen Nacken. Das Fell war nach Jahren davon ganz abgewetzt, aber sie tat ihrem Nilpferd nicht weh, denn sie wusste, das konnte es aushalten.

Einen Monat nach der Schulaufführung kam ihr Vater nach Hause, als sie bereits im Bett lag. Sie war jedoch noch wach und blätterte in einem Buch aus der Schulbibliothek über die Geschichte der Vereinten Nationen. Sie hatte sich das Buch wegen des Umschlags ausgesucht, auf dem das Porträt der lächelnden Eleanor Roosevelt prangte, die aussah wie eine freundliche Großmutter. Und deshalb hatte sie angenommen, dass es ein Buch über eine freundliche Großmutter war, aber stattdessen ging es um den Zweiten Weltkrieg und Leute, die sich zu Konferenzen trafen, und war im Grunde ziemlich langweilig. Als sie die Haustür und die aufgebrachte Stimme ihrer Mutter hörte, klappte sie es zu. Julia war früh zu Bett gegangen, weil ihre Mutter seit dem Abendessen aus der klobigen grünen Flasche trank und in einer ihrer typischen Stimmungen war, die auf den ersten Blick fröhlich wirkten, aber einen harten Unterton besaßen und eine untergründige Bösartigkeit in ihre Augen treten ließen, sodass Julia wegschauen musste.

Die Wände im Haus waren dünn, aber Julia hatte herausgefunden, dass sie den Lärm recht gut dämpfen konnte, wenn sie die Spitzen ihrer Ohren über die Muschel klappte und den Kopf zwischen Kissen und Matratze schob. In der Vergangenheit hatte sie den Fehler begangen und bei den elterlichen Streitgesprächen mehr oder weniger aufmerksam zugehört. Als sie an jenem Abend dalag, schob sie auch die Ohrläppchen über die Muschel und vernahm etwas wie nahes Wasserrauschen und entfernt das Auf und Ab der Stimmen ihrer Eltern, die immer lauter wurden. Und sie erinnerte sich an die Woche zuvor, als die Mutter von Gareth Drews, eine Krankenschwester, in der Schule darüber geredet hatte, wie man gesund blieb. Und ganz wichtig sei, niemals etwas außer vielleicht den eigenen Ellbogen ins Ohr zu stecken. Sie überlegte jetzt, ob das auch für Ohrläppchen galt, veränderte ihre Position unter dem Kissen und ließ die Ohrläppchen los, hielt aber die Ohrspitzen weiter eingeklappt.

»Deine Meinung zählt aber nicht«, sagte ihre Mutter gerade. »Du kannst nicht einfach ein Mal pro Woche hier auftauchen und mir erzählen, wie ich mein Leben zu leben habe. Immerhin bin ich *hier*, oder? Herrgott noch mal. Lawrence, wenn du wüsstest, wie es ist, rund um die Uhr *hier* zu sein, dann wärst du auch ziemlich sauer.«

Loor-ants. Sie presste die Ohrläppchen erneut auf den Gehörgang und hielt sie gut fest. Mrs Drews hatte auch davon geredet, dass sie ausreichend Vitamin D zu sich nehmen und beim Husten oder Niesen die Hand über Mund oder Nase legen sollten, was Julia lustig fand, denn ihr eigener Sohn tat das nie und bohrte auch ständig in der Nase und klebte die Popel unter sein Pult.

Mit dem Kopf unterm Kissen hörte sie, wie ihr Vater sagte, *so gottverdammt egoistisch*, und dann, deutlicher: »Anita, darauf hatten wir uns geeinigt. Ich weiß wirklich nicht, was ich tun soll.«

Bei diesem Satz streckte sie den Kopf unter dem Kissen hervor und ihr Magen verkrampfte sich in unheilvoller Erwartung.

»Wenn's nach mir geht, musst du gar nichts tun«, antwortete ihre Mutter. »Ich habe keine Ahnung, warum du dir überhaupt noch die Mühe machst, hier aufzutauchen.«

»Ich mache mir die *Mühe*, weil sie meine Tochter ist.«

»Meine Damen und Herren, ich präsentiere: der Vater des Jahres. Du machst alles nur schlimmer, das ist dir hoffentlich klar, oder?«

»Was zum Teufel soll das jetzt heißen?«

Sie drückte sich erneut das Kissen auf den Kopf und biss in die Innenseiten ihrer Wangen. Mrs Drews hatte einen weit hochgebundenen roten Pferdeschwanz und an der Uniform eine glänzende Anstecknadel mit einem kleinen Scottish Terrier, und wenn sie lächelte, dann erstrahlte ihr ganzes Gesicht. Und man sah ihr an, dass sie stolz auf Gareth war, trotz der Popel und des Zwischenfalls mit den Notfallshorts, einfach, weil sie seine Mom war. Sie hatten sich alle in einer Reihe vor dem Lehrerpult aufstellen müssen, damit Mrs Drews die Reflexe testen konnte. Julia sah ihre Klassenkameraden nacheinander vortreten und hatte große Angst, etwas falsch zu machen. Das Knie von Linda Greely war nach vorn geschnellt und dann das von Gareth – seine Mutter drückte ihm einen Kuss aufs Haar, nachdem sie mit dem Hämmerchen dagegengeklopft hatte –, und Julia hörte vor lauter Herzrasen ein Rauschen in den Ohren und musste die ganze Zeit an die Male denken, als ihre Mutter ihr wie bei einer Tür auf den Kopf geklopft und gefragt hatte, *Ist da jemand?* Und sie dachte an den Tag, als sie bei der Schulaufführung ihren Einzeiler vergaß und wie ihr das erst viel später beim Einschlafen peinlich gewesen war und sie die Szene in Gedanken immer wieder durchgespielt hatte.

Ihr Hintermann gab ihr einen leichten Schubs, und sie merkte, dass sie nun ganz vorne in der Reihe war. Mrs Drews mit dem Hämmerchen lächelte ihr zu und sie setzte sich aufs Pult.

»Fertig?«, fragte Mrs Drews, und sie schloss ganz fest die Augen und ließ das Bein vorschnellen, weil sie alles richtig machen wollte, so wie alle anderen vor ihr auch.

Sie hörte Mrs Drews lachen und öffnete die Augen.

»Ich habe noch gar nicht geklopft«, sagte sie.

»Oh«, sagte Julia. Ihr Gesicht brannte vor Scham, und sie hörte ein paar Leute in ihrem Rücken lachen.

»Kein Problem«, sagte Mrs Drews und beugte sich ganz nah zu ihr. Sie roch nach Seife und Vanille. »Ich werde auch leicht nervös. Entspann dich einfach.«

Sie schloss erneut die Augen, spürte ein leichtes Klopfen am Knie, und wie durch einen Zauber schoss ihr Bein nach vorn, genau so, wie es sollte, und knallte anschließend mit der Ferse gegen das Metallpult. Sie bekam große Augen und sah, wie Mrs Drews ihren Gesichtsausdruck registrierte und erneut lachte, ein freundliches Lachen, das sich über das ganze Gesicht zog, und sie überlegte, wie es wohl war, wenn man eine solche Mutter hatte.

»Siehst du?«, sagte Mrs Drews und beugte sich wieder zu ihr hinunter und nahm ihr Gesicht in beide Hände. »Du bist ein Naturtalent.«

Und darauf schlang sie spontan ihre Arme um Mrs Drews' Nacken und zog sie fest an sich, und kurz darauf merkte sie, dass Mrs Drews ihre Umarmung erwiderte. Sie vergrub ihr Gesicht an der Brust von Mrs Drews, und der kleine Terrier drückte gegen ihre Stirn. Linda Greely verspottete sie später dafür und nannte sie ein Baby, aber das war ihr egal, denn ihr spukte etwas anderes im Kopf herum, und zwar der Laut, der Mrs Drews entfahren war, bevor sie sich auf die Umarmung einließ. Ein leises *Oh*, ganz überrascht und freundlich, aber auch mitleidig, eine einzige Silbe, die sie wie eine sanfte Ohrfeige daran erinnerte, dass diese Frau nicht ihre Mom war, sondern die von jemand anderem.

Jetzt im Bett nahm sie die Hände von den Ohren und legte sich auf den Rücken. Das Kissen ruhte auf ihrem Gesicht und ihr Atem hinterließ einen kreisrunden feuchten Abdruck.

»Mach dir keine Gedanken, wir kommen auch so klar«, sagte ihre Mutter gerade.

Oh, dachte Julia und dann, *nein, nein, nein, nein, nein.*

»Red leiser«, sagte der Vater.

»Das hier ist mein Haus.«

»Ach ja? Denn als ich das letzte Mal nachgeschaut habe – «

»Ach, Lawrence, verschon mich damit.«

Loor-ants.

»Ach«, hörte sie ihn sagen, darauf Schritte im Flur und ein leises Klopfen an ihrer Tür, während er den Knauf drehte. Dann sah sie die hohe, müde Gestalt ihres Vaters im Türrahmen und sein lächelndes, trauriges Gesicht. »Du bist noch wach.«

Sie beobachtete, wie er sich mit beiden Händen übers Gesicht rieb, leise die Tür hinter sich schloss, und sie wiederholte diesen Satz im Kopf, bis er ganz bedeutungslos wurde, so wie ein Blatt Papier, das man immer wieder faltet, ganz klein wird: *Ach, du bist ja noch wach.* Er setzte sich zu ihr auf die Bettkante.

»Ich dachte, du schläfst«, sagte er und tätschelte ihr Knie durch die Decke. »Tut mir leid.«

»Warum?«

Er blinzelte, das Gesicht ausdruckslos, als würde die Frage ihn aus dem Konzept bringen. Er sagte erneut, »Tut mir leid«, blickte auf den Boden und schüttelte heftig den Kopf. Aus der Küche war ein Krachen zu hören und dann wurde der Fernseher angeschaltet – blecherner Applaus und Lachkonserven in voller Laustärke. Ihr Vater spannte den Kiefer an. »Was liest du da gerade?« Er deutete auf das Buch über die Vereinten Nationen. »Soll ich dir daraus vorlesen?«

»Das habe ich ausgelesen«, erwiderte sie, legte das Buch mit Eleanor Roosevelt hastig auf den Fußboden und nahm stattdessen den Stapel vom Nachttisch zur Hand. »Lieber aus denen.«

Sie reichte ihm die Bücher und mied seinen Blick in der Hoffnung, dass ihm nicht auffallen würde, dass es insgesamt vier waren. Als sie es wagte, ihn anzusehen, hatte sich sein Gesicht entspannt, und er lächelte und begutachtete die Buchrücken, bevor er sie ansah und ihr durchs Haar strich. »Warum nicht«, sagte er und bedeutete ihr mit einer Geste, Platz zu machen, damit er sich neben sie setzen konnte.

Sie kuschelte sich an ihn, die Haut an seinem Unterarm war trocken und zerkratzt. Sie zupfte an den Härchen und kniff ihn probeweise.

»Tut das weh?«, fragte sie und er antwortete nicht sofort. Sie machte einen neuen Versuch. »Und jetzt?«

»Heute Abend nicht, okay?«, sagte er. Sein Tonfall war nicht böse, nur müde, aber sie fühlte sich trotzdem gekränkt und verspürte wieder Unruhe in ihrer Magengrube. Er legte einen Arm um sie, und sie entspannte sich innerlich ein bisschen und hörte schweigend zu, als er *Frog and Toad Together* vorlas. Dann ging es weiter mit *Amelia Bedelia* und *A Bargain for Frances*. Sein Vorlesen war nüchtern, er ahmte keine Tierlaute nach wie normalerweise, und alles klang so öde, dass es ebenso gut das Buch über die Vereinten Nationen hätte sein können. Als er dann im selben monotonen Tonfall mit *Goodnight Moon* anfing – das Buch, das er ihr immer als Letztes vor dem Einschlafen vorlas –, legte sie ihm einen Finger aufs Handgelenk und drückte zu.

»Daddy«, sagte sie und er unterbrach sich seufzend.

»Tut mir leid«, sagte er zum dritten Mal.

»Kein Problem.«

Er schaute lächelnd zu ihr hinunter und klappte das Buch zu, ihr Kopf lag immer noch auf seinem Arm. »Gute Nacht, Donnerstag«, sagte er und seufzte erneut. »Gute Nacht, siebzehnter Januar.«

Sie spürte seinen Atem, aus dem Wohnzimmer brandete erneut Applaus.

»Gute Nacht, Continental Packaging Solutions«, sagte er. »Gute Nacht, Stempelkarten. Gute Nacht, ihr Bürokraten. Gute Nacht, verdammte Gewerkschaftsbeiträge.«

Sie kuschelte sich dichter an ihn und drückte ihre kalten Füße unter der Decke gegen seine Knie. Sie war sich nicht ganz sicher, wie dieses Spiel funktionierte. »Gute Nacht, Licht«, sagte sie zu der Halbmondnachtlampe in der Steckdose neben ihrer Tür.

Ihr Vater lachte, *Loor-ants*, und ein Gefühl von Stolz durchströmte sie. »Gute Nacht, Rucksack«, sagte er. »Gute Nacht, Türknopf.«

»Gute Nacht, Teppich«, sagte sie. »Gute Nacht, Schuhe für die Schule, gute Nacht, Bücherregal.«

»Gute Nacht, Washtenaw Avenue«, sagte er.

Der Fernseher plärrte.

»Gute Nacht, Mommy«, sagte sie.

Kurze Pause, gefolgt von einem rauen, leeren Lachen. »Ja, genau. Gute Nacht, Mommy.«

Sie hatte das Gefühl, dass gerade etwas auf der Kippe stand, dass etwas von ihr erwartet wurde, aber sie hatte die Spielregeln immer noch nicht durchschaut und wusste nicht, wie sie reagieren sollte.

»Gute Nacht ...« Sie zögerte. »Gute Nacht, Kopfkissen.«

Er schwieg so lange, dass sie schon befürchtete, er habe sich in Luft aufgelöst, sei wie so oft verschwunden, obwohl er ihr mit seiner Anwesenheit die kalten Zehen wärmte.

»Oder«, sagte sie, inzwischen nervös, »... oder doch nicht, das Kissen war blöd.« Vor Verzweiflung ging sie im Geiste den Flur durch, Wohnzimmer und Küche, ihr Teller mit Fischstäbchen fiel ihr ein und die grüne Flasche ihrer Mutter, in der sich das Licht fing. »Ich wollte sagen ... gute Nacht ... gute Nacht, Tanqueray.«

Sie würde nie vergessen, dass sie das Wort falsch aussprach, so, wie sie es sich vorstellte, und sie würde auch nie das darauffolgende Lachen ihres Vaters vergessen, das traurigste Lachen, das ihr je zu Ohren gekommen war. *Oh.*

Sie würde sich für immer an die Stille erinnern und wie er ihr Nilpferd von einer Hand in die andere wandern ließ wie eine heiße Kartoffel. »Mein Gott, Kid, da hast du noch einiges vor dir, stimmt's?«

»Was?« Sie ahnte, dass sie etwas falsch gemacht hatte. »Nein.«

»Was tun wir dir nur an? Mein Gott.«

»Daddy«, sagte sie. »Nein, Daddy.« Sie tätschelte seinen Arm. »Hast du meinen Rechtschreibtest gesehen? Auf dem Küchentisch? Ich habe elf von zehn Punkten bekommen.«

Sie zählte vier Atemzüge, bevor er nachfragte: »Elf von zehn?«

»Einen Extrapunkt.«

»Und für welches Wort?«

»*Saite*.«

»Saite«, wiederholte er, dann hielt er seine Hand für ein High Five hoch. »Gut gemacht, Julia Grace.«

Sie schlug ein. »So wie *Geigensaite*«, sagte sie. »Nicht wie *Buchseite*.« Sie hatte dieses Wort vor kurzem in einem Buch entdeckt, und ihr gefiel das Gefühl im Mund, wenn sie es aussprach.

Ihr Vater lachte erneut sein trauriges Lachen. »Wie bist du nur zu uns gekommen?«, fragte er und rieb dabei mit seinen schwieligen Fingerkuppen leicht über ihre Stirn, und sie spürte die Zuneigung in dieser Geste, aber auch das Mitleid darin, ein noch tieferes als das von Mrs Drews. Und ihr Magen meldete sich erneut zu Wort, verkrampfte sich in der Erwartung, dass jeden Augenblick etwas Schlimmes passieren würde. »Wie zum Teufel konnten wir so ein Glück haben?« Seine Stimme klang belegt, als kämpfte er mit seinen Emotionen.

»Gute Nacht, *Füße*«, sagte sie und wackelte mit den Zehen, sie wollte ihn unbedingt wieder zum Lachen bringen, aber er lachte nicht, sondern bedeckte nur wieder das Gesicht mit der Hand und blieb lange so sitzen.

»Du bist ein Wunder, Julia Grace Marini«, sagte er irgendwann, erhob sich von der Bettkante und beugte sich nach unten, um sie auf die Stirn zu küssen. Aber dann beugte er sich noch einmal zu ihr, holte sie unter der Decke hervor und hob sie zu einer festen Umarmung hoch.

»Tut mir leid«, sagte er, das war das vierte Mal. Und instinktiv umschlang sie seinen Körper mit Armen und Beinen wie ein Koalabär und sog seinen Zigarettenduft ein.

»Daddy?«

Er legte sie sanft ins Bett, zog die Decke über sie und lächelte ihr zu.

»Gute Nacht, Julia«, sagte er, und dann war er verschwunden.

*

Obwohl er ohnehin selten da gewesen war, vermisste sie ihren Vater sehr, sobald er noch länger fort war, und ihre Angst steigerte sich langsam und erreichte schließlich einen Höhepunkt, als er an vier Donnerstagen hintereinander nicht auftauchte. In jeder der vier Nächte hatte sie sich so lange wie irgend möglich wach gehalten, las sich selbst laut vor und sang und tanzte im Bett leise vereinfachte Versionen von »Y.M.C.A« und »The Hustle«. Aber am Morgen darauf war sie jedes Mal in einem stillen Haus aufgewacht und ins Schlafzimmer der Eltern getappt, wo sie ihre Mutter schnarchend in einem schweren Tiefschlaf und einer Wolke aus Gin vorfand, dessen lautstarke Wirkung Julias Singerei in der Nacht zuvor übertönt hatte.

»Kämm deine Haare«, sagte ihre Mutter, als sie nach ihm fragte, und stolperte hoch erhobenen Hauptes aus dem Bett, die Augen rot gerändert und mit Make-up verschmiert. »Du siehst aus wie Jim Morrison.«

Die ausgedrückten Zigaretten im Aschenbecher in der Küche stammten allesamt von ihrer Mutter, es war ihre Marke, aber das war nicht weiter ungewöhnlich. Das Rasierset im Badezimmerschränkchen war noch da, und auch die komischen Gummigaloschen bei der Tür, die er bei Regen über seine Straßenschuhe zog. Es war möglich, dass er einfach viele Überstunden machte, überlegte sie. Sie wollte daran glauben, dass er wie die Zahnfee zu ihr kam, wenn der Schlaf sie am Ende doch übermannt hatte, sie auf die Stirn küsste und dann auf Zehenspitzen zur Mutter ins Schlafzimmer schlich, vor Morgengrauen aufstand und sich rasierte und die Galoschen stehen ließ, weil jetzt Februar war und somit draußen alles gefroren und nicht nass.

Aber in ihrer Magengrube nistete sich ein Gefühl ein, nicht die innerliche Unruhe, die sie verspürte, wenn die Eltern stritten, sondern ein nagendes Grauen. Und sie überlegte, ob sie es vielleicht die ganze Zeit vorausgeahnt hatte, ob die nächtliche Nervosität und Schlaflosigkeit nichts als ein Vorspiel gewesen waren und der Hauptakt jetzt folgen würde. Sie überlegte, ob ein Teil von ihr nicht schon immer gewusst hatte, dass die Auseinandersetzungen auf einen Höhepunkt zusteuerten, sich nach und nach auftürmten, bis sie irgendwann implodierten und in einer Rauchwolke aufgingen, und ihr Vater für immer verschwand und nur noch Spuren von ihm in der Garage und im Badezimmerschränkchen zurückblieben.

Am fünften Donnerstagabend schlich sie, als sie schon längst hätte schlafen sollen, den Flur hinunter und fand ihre Mutter mit einer halb geleerten Flasche Wein auf der Wohnzimmercouch und bei geöffnetem Fenster rauchend vor. Sie schlüpfte ins Zimmer, die Aufmerksamkeit ganz auf die in der Luft liegende Stimmung gerichtet, und versuchte die mütterliche Laune einzuschätzen. Der Rotwein deutete auf einen depressiven Gemütszustand hin, und das war zwar besser als ein aggressiver, aber wenig dazu geeignet, etwas in Erfahrung zu bringen.

»Mom«, sagte sie.

Doch als ihre Mutter sich umdrehte, war ihre Miene nicht traurig, sondern nachdenklich und verträumt. »Komm her«, sagte sie und öffnete die Arme. Und Julia, die sich nicht daran erinnern konnte, je auf Anitas Schoß gesessen zu haben, nahm dort Platz und legte ihren Kopf ungelenk an die knöcherne mütterliche Brust. Sie schob ihre Nase in den Bademantel, um den Rauch nicht einzuatmen, und war überrascht, wie warm die Haut darunter war.

»Wo ist Dad?«, fragte sie.

Sie wartete ab, bis ihre Mutter sich den Rest der Flasche eingeschenkt hatte.

»Julia«, sagte ihre Mutter irgendwann. »Ich möchte dir was sagen.«

Sie wappnete sich für den alles entscheidenden Augenblick, in dem ein Erwachsener ihr die ungeschönte Wahrheit mitteilte, und die Vorstellung, dass sie jetzt direkt mit der Welt der Großen konfrontiert würde, machte ihr Angst. Mit einem Mal wollte sie sich die Naivität bewahren, derer sie sich zum ersten Mal richtig bewusst wurde. Sie musste sich zusammenreißen, keine Bauchschmerzen vorzutäuschen.

»Solltest du dich jemals an etwas erinnern, was ich dir beigebracht habe, dann an das hier, okay?«

Sie kramte in ihren Gedanken alles hervor, woran sie sich *schon jetzt* erinnern konnte: dass man Pullover faltete, indem man sie an den Schultern einklappte, dass man die Knie beim Sitzen zusammenhielt, wenn man ein Kleid trug, auch wenn man Strümpfe anhatte, dass es ein Zeichen von Schwäche war, wenn man seinen Kaffee mit Milch trank. Im Wohnzimmer hing dichter Zigarettenqualm, der Wein im Glas der Mutter roch säuerlich und nach Hefe. An jenem Abend schneite es, und vor dem Fenster fuhr unbekümmert ein Auto vorbei, ein dunkler Schatten im weißen Pulverschnee, und kam mit quietschenden Bremsen vor der Ampel am Ende der Straße zum Stehen.

»Niemand hat auf irgendwas einen Anspruch«, sagte ihre Mutter.

Sie überlegte, was genau *Anspruch* bedeutete. Ihre Mutter führte das Glas mit zusammengekniffenen Augen zu den Lippen, ohne zu trinken. »Wir haben nicht automatisch etwas *verdient*, verstehst du? Es spielt keine Rolle, was wir tun oder für wie gut wir uns halten, oder ob wir das Gefühl haben, dass wir uns irgendeine ... eine Auszeichnung erarbeitet haben. Nichts ist sicher. Niemand ist eine Garantie.«

Sie wand sich auf dem Schoß ihrer Mutter und wünschte, sie wäre im Bett geblieben.

»Es ist einfacher, wenn man sich auf niemanden verlässt, weißt du? Das erspart eine Menge Zeit und Energie.«

»Niemand – wie wer zum Beispiel?«

»Einfach alle Menschen.«

»Kann ich mich denn auf dich verlassen?« Sie wagte nicht, nach ihrem Vater zu fragen.

Ihre Mutter schwieg eine ganze Weile. »Ja«, sagte sie schließlich. Und dann: »Aber klar.«

»Okay, aber Mom …« Ihr war nach Weinen zumute. Wahrscheinlich, so überlegte sie, würde diese Unterhaltung noch lange in ihren Albträumen auftauchen, ein Ambiente aus beißendem Zigarettenqualm und dem Rattern von ABS-Bremsen: *Nichts ist sicher*.

Und während sie an ihre Mutter gekuschelt dasaß, mit brennender Kehle und Herzrasen, wie nach dem Sportunterricht am Dienstagmorgen, und den trüben grauen Schwaden im Wohnzimmer mit ihrem Blick folgte, obwohl sie eigentlich längst hätte im Bett sein sollen, überlegte sie auch, dass sie die Galoschen am Ende wohl der Heilsarmee spenden würden.

»Er hat dich lieb gehabt«, sagte ihre Mutter, und der Satz traf sie mitten ins Herz, seine Vergangenheitsform bestätigte genau das, was sie die ganze Zeit befürchtet hatte. »Wozu auch immer das gut gewesen ist.«

»Warte«, sagte sie. »Mom, warte.«

»Dinge passieren nun mal«, sagte ihre Mutter, »und wir kommen darüber hinweg. Okay?«

Sie antwortete nicht, auch weil sie darüber nachdachte, ob es etwas ändern würde, wenn sie sagte, dass es nicht okay war. Sie hörte einen weiteren Wagen vorbeifahren und betrachtete das flackernde Licht einer Straßenlaterne. Und dann merkte sie, dass der Atem ihrer Mutter, warm auf ihrem Scheitel, langsamer geworden war und Anitas Kinn im Schlaf nach vorne sank.

»Mom«, sagte sie. »Mom.«

Doch Anita wachte nicht auf, und Julia nahm ihr behutsam die Zigarette aus der Hand und drückte sie in dem Aschenbecher aus, den ihr Vater offenbar nie wieder benutzen würde. Sie wollte wieder zurück ins Bett, doch die Arme ihrer Mutter umschlangen sie plötzlich fester, und sie drückte mit einer Hand Julias Kopf gegen ihre Brust. Sie hätte am liebsten kurz geschrien – diese Arme um sie, diese heiße Haut, dieser dichte Qualm. Sie wünschte sich nichts sehnlicher, als sich endlich aus der mütterlichen Umarmung zu befreien und zurück in ihr Zimmer zu gehen, das ihr Dad niemals wieder betreten würde, um ihr etwas über Frösche und Kröten vorzulesen. Aber weil normale Leute ihre Mütter umarmten, sie die Verzweiflung im mütterlichen Körper spürte und vermutete, dass sie zum ersten und letzten Mal so beieinandersaßen, blieb sie – sie blieb, obwohl sie mit einem Mal müde war, so müde hatte sie sich noch nie gefühlt, und sich inständig wünschte, sie wäre allein in ihrem Zimmer mit ihrem Nilpferd und der Nachtlampe, denn niemand hatte auf irgendetwas einen Anspruch.

45

Sie kocht etwas Aufwendiges, damit sie sich nicht zu lange an einem Fleck aufhalten muss und im Zweifelsfall einen guten Vorwand hat, wegen irgendeiner vergessenen obskuren Zutat in den Supermarkt zu fliehen. Wie viel lieber würde sie in irgendeiner Lebensmittelabteilung erneut Helen Russo über den Weg laufen, als sich dem auszusetzen, was ihr bevorsteht. Sunnys Familie aus Connecticut wird in ein paar Stunden für ein gemeinsames Essen am Abend vor der Hochzeit eintreffen, und Julia ist sich immer noch nicht sicher, ob es helfen oder eher alles schlimmer machen wird. Die Neuankömmlinge könnten theoretisch dafür sorgen, dass sich aufgestaute Spannungen lösen, aber genauso gut könnte eine bedrückende, unheilvolle Atmosphäre entstehen. Mark hat Marshall, sobald dieser auch nur ein minimales Interesse an technologischen Accessoires geäußert hat, in sein Büro entführt. Ihre Mutter und Alma sitzen an der Kücheninsel und warten auf einen Kaffee. Suzanne hat es sich zu Anitas Füßen gemütlich gemacht, nachdem sie ein paar Minuten zuvor mit ihrem Plüschtaxi in der Schnauze hereingeschlichen kam. Es stammt noch aus dem Tierheim, ist fast so groß wie sie, und Suzanne hat es so gut wie nie mit Julia geteilt, doch jetzt wandert ihr Blick beständig zwischen Anita und dem Taxi hin und her, als wollte sie ihre Aufmerksamkeit darauf lenken. Julia gibt sich große Mühe, ihre Eifersucht zu unterdrücken.

»Zucker?«, fragt sie ihre Mutter, und Anita schüttelt den Kopf, sieht Alma zu, die Hafermilch aus dem Kühlschrank holt, und hat nach wie vor kein Auge für Suzanne.

»Du musst dir ja keine Sorgen machen, dass du nicht mehr wächst«, bemerkt sie.

»Mom«, mahnt Julia.

»Schon gut. Ich *bin* objektiv groß«, erwidert Alma freundlich. Ihre Tochter hat sich in der letzten Stunde recht oft auf Anitas Seite geschlagen. Julia hatte ganz vergessen, wie oft das in Gegenwart ihrer Mutter passiert – Anita mag man, oder man mag sie nicht. Und wenn sie jetzt zwischen ihrer Mutter und ihrer Tochter hin und her schaut, die sich wie Satelliten tapfer an jeweils einem Ende der Kücheninsel positioniert haben, kann sie sich nicht entscheiden, ob sie es schön findet, dass die beiden so gut miteinander klarkommen, oder ob diese Tatsache sie nervös macht. Wahrscheinlich ist es eine Mischung aus beidem, eine instinktive Freude an jeglicher Einvernehmlichkeit zwischen Blutsverwandten und eine tief sitzende Angst, dass die Mutter Alma wehtun oder ihre Art auf sie abfärben könnte.

»Wo ist Ben gleich noch mal?«, fragt Anita. »Beim Blumenhändler?«

»Offenbar gibt es Probleme mit den Eustoma.«

»Eustoma«, sagt Anita, aber es klingt nicht nach einer Frage.

»Eustomae?«, sagt Alma versuchsweise. »Eustomas?«

Julia überlegt, ob sie gerade vor einem Nervenzusammenbruch steht. Sie bringt den beiden ihren Kaffee und beugt sich zu Suzanne, um kurz tröstend ihren Kopf zu streicheln. »Soll ich Marshall fragen, ob er auch einen Kaffee will?«

Anita schüttelt den Kopf. »Er bekommt nur eine Tasse pro Tag, Kaffee ist schlecht für sein Herz.« Und dann: »Ich hoffe, er bringt deine Pläne fürs Dinner nicht durcheinander.«

Julia weiß, dass dieser Satz das höchste der Gefühle im Sinne einer Entschuldigung ist. »Nein«, sagt sie. »Überhaupt nicht.«

»Euer Haus ist groß genug, dachte ich mir. Es sei denn, ihre Familie übernachtet hier auch? Die von der verrufenen Braut?«

»Sie heißt Sunny. Und nein, die Familie übernachtet in der Stadt.« Julia steht vor der Spüle und sieht durchs Fenster zwei Roten Kardinalen mit braunem Gefieder bei ihrem Streit um den besten Platz am Futterhäuschen zu. »Warum hast du nicht gesagt, dass du noch jemanden mitbringst?«

»Ich bin sicher, dass ich das gesagt habe«, behauptet Anita.

»Und ich bin überzeugt, dass dem nicht so ist.«

»Dann müssen wir uns wohl darauf einigen, dass wir verschiedener Meinung sind.«

Julia beißt die Zähne zusammen. »Sie möchte dich begrüßen«, sagt sie kurz angebunden.

»Wer?«, fragt Anita.

»Suzanne«, sagt Julia, und Alma fügt erklärend an: »Der Hund. Mom und sie sind ganz wild aufeinander.«

»Wir sind überhaupt nicht *wild* aufeinander«, entgegnet Julia. »Ich wollte damit nur sagen, dass sie versucht, auf sich aufmerksam zu machen, und du sie ignorierst.«

»Ich habe sie gar nicht *bemerkt*«, sagt Anita, beugt sich nach unten und hält dem Hund ihre Hand hin. »Sie misst ja gerade mal zehn Zentimeter oder so.«

Suzanne leckt Anitas Hand mit einer Hingabe, bei der Julia unwohl wird, und so fragt sie gereizt: »Wie lange seid ihr denn schon zusammen? Du und Marshall?«

»Oh, Gott, keine Ahnung. Schon eine ganze Weile.«

»Und was macht er?«

»Er war Pflichtverteidiger«, sagt sie. »Er ist seit zehn Jahren in Rente.«

»Er macht einen netten Eindruck«, meint Alma.

»Er findet sich selbst ganz in Ordnung«, sagt Anita. »Was man von den meisten Leuten, die ich kenne, nicht behaupten kann.«

Julia wendet sich überrascht um. »Anwesende ganz bestimmt ausgenommen«, sagt sie.

Anita wirft ihr einen Blick zu. »Klar, natürlich.«

Sie ist immer noch erstaunt darüber, wie gut ihre Mutter aussieht. Zierlich ist sie schon immer gewesen, aber was einst knochig aussah, wirkt nun feingliedrig, und unter dem Umhängetuch mit Batikmuster zeichnen sich die Umrisse von schmalen, kräftigen Schultern ab. Ihr Haar ist dunkel und zweifellos selbst gefärbt und der Kajal ein wenig verschmiert, aber das sieht beabsichtigt aus und nicht, als hätte sie sich nicht ordentlich abgeschminkt. Außerdem macht sie einen *geistesgegenwärtigen* und wachen Eindruck und lässt den Blick durch die Küche wandern wie ein munteres, neugieriges Kleinkind, dem kein Detail entgeht.

»Und was weiß man von ihr?«, fragt Anita und mit einem Mal schimmert in dieser in einem ganz neuen Licht leuchtenden Version ihrer Mutter etwas Altbekanntes durch, nämlich ihr geradezu morbides, fast tollwütiges Interesse an dem Leben von anderen. »Von dieser *Sunny*.«

»Sie studiert zeitgenössische Barockmalerei«, sagt Julia mit sadistischer Schadenfreude, sie weiß, es wird Anita amüsieren – was für ein lächerlicher Impuls, ihrer Mutter gefallen zu wollen –, aber Alma schüttelt den Kopf.

»Nein, sie studiert Kunstgeschichte im Nebenfach und macht ihren Abschluss in Soziologie. Oder ... jedenfalls auf irgendeinem soziologischen Fachgebiet, das weiß ich nicht mehr.«

»Ach, ja?« Julia runzelt die Stirn.

Alma rührt Honig in ihren Kaffee und nickt. »Im Augenblick arbeitet sie an einer Studie mit der Frage, ob die zunehmende Digitalisierung zu einer Zunahme von Tankbetrugsfällen führt.«

»Tankbetrug?«

»Wenn man direkt nach dem Tanken einfach wegfährt«, sagt Alma sachkundig.

Julia runzelt erneut die Stirn und überlegt, ob eine soziologische Studie übers Tanken wirklich weniger abseitig klingt als das Studium irgendeiner imaginären Kunstrichtung. Sie fragt sich mit einem Mal, ob sie vielleicht geistig derart abgelenkt gewesen ist – wie immer mit ihren eigenen Emotionen beschäftigt –, dass sie Ben missverstanden hat, als er ihnen etwas von Sunny erzählte. Und macht sich dann weitere Gedanken über das, was ihr vielleicht noch alles entgangen ist, weil ihr Kopf dazwischengefunkt hat.

»Und?«, fragt Anita, worauf Julia und Alma sie beide gleichzeitig ansehen. »Gibt es einen Zusammenhang oder nicht?«

»Ah«, sagt Alma. »Na ja ... keine Ahnung. Ich glaube, sie ist immer noch mit dem Sammeln von Daten beschäftigt.«

»Das Ergebnis wird mit Spannung erwartet«, sagt Julia,

gehässiger als üblich. Ihre Mutter schnaubt, und ganz kurz durchströmt sie ein warmes Gefühl.

»Du gehst doch bestimmt bald aufs College«, sagt Anita dann zu ihrer Überraschung. Sie erinnert sich nicht, dass ihre Mutter jemals eine Unterhaltung über Julias akademische Karriere angefangen hätte.

»Ja, im Herbst. Herzog«, sagt Alma.

»Ein ausgezeichnetes College in Iowa«, informiert Julia ein wenig zu enthusiastisch.

»Ich weiß, wo Herzog ist«, entgegnet Anita.

»Ach, ja?«, fragt Julia, und sowohl Alma als auch Anita kneifen auf die gleiche Art – es ist geradezu unheimlich – verwundert die Augen zusammen.

»Ja, Julia, ich lebe nicht hinterm Mond.« Und zu Alma sagt sie weniger schnippisch: »Die Tochter von Marshall war dort.«

»Marshall hat eine Tochter?« Ihre Stimme ist zu laut.

»Zwei Töchter und einen Sohn«, antwortet Anita. »Du hattest Lydia am Telefon, als du mich letzten Monat angerufen hast.«

Julia blinzelt. »Du hast gesagt, das wäre eine Kollegin.«

»Das stimmt auch, aber eigentlich ist sie meine Chefin. Sie leitet eine Schule für Gehörlose in Rio Del Mar.«

»Du arbeitest an einer Schule für *Gehörlose?*«, entfährt es Julia, und Alma ruft gleichzeitig aus: »Wie cool.«

»Ich mache die Buchhaltung«, sagt Anita. »Und springe auch mal ein, wenn eine Lehrkraft krankheitsbedingt ausfällt.«

»Beherrschst du Zeichensprache?«

»Ich werde immer besser«, sagt Anita. »Lydias Mann und ihre Tochter sind beide taub, und damit bin ich viel in Gesellschaft von ... Julia, was ziehst du für ein *Gesicht?*

Meine Güte, als hätte ich gerade einen Dreifachmord gestanden.«

»Ich bin einfach nur überrascht, das ist alles.«

»Ja, das ist nicht zu übersehen. Und was ist daran für dich so überraschend?«

»Keine Ahnung«, antwortet sie.

Almas Blick wandert besorgt von ihrer Mutter zu ihrer Großmutter. »Du lebst also in Kalifornien«, sagt sie zu Anita, die ihre Aufmerksamkeit nun wieder auf ihr Gegenüber richtet.

»Ja, stimmt.«

»Und warum?«, fragt Alma. »Ich meine ... warum bist du dort hingezogen?«

Julia hat immer der Mut gefehlt, diese Frage zu stellen.

»Aus einer Laune heraus«, sagt Anita. »Ich habe für eine Drogeriemarktkette in Fort Collins gearbeitet, und sie haben mir die Versetzung nach Santa Cruz angeboten.«

»Angeblich soll es dort recht schön sein«, sagt Alma. »Wäre toll, dich dort mal zu besuchen.«

Julia fällt es schwer, andere Menschen in ihr Herz zu schließen, aber bei ihrer Tochter ist es das Gegenteil. Und natürlich ist Ersteres problematischer, das liegt auf der Hand, aber es macht sie nervös, dabei zuzuhören, wie ihre Tochter sich jemandem öffnet, der eine Spur emotionaler Verwüstung hinter sich herzieht.

Doch ihre Mutter antwortet zwischen zwei kleinen Schlucken Kaffee freundlich: »Klar, wann du willst.«

Alma wirft Julia einen leicht vorwurfsvollen Blick zu, nach dem Motto, *Siehst du, fragen genügt*.

»Cool. Weiter als bis nach San Francisco bin ich noch nicht gekommen. Mein Dad ist in Palo Alto aufs College gegangen.«

»Ja, das weiß ich bereits«, sagt Anita. »Deine Mutter hat das mindestens zehn Mal erwähnt, als sie mich angerufen hat, um mir ihre bevorstehende Hochzeit mitzuteilen.«

»Das stimmt nicht«, sagt sie und spürt, wie sie errötet.

»Als hätte man ihn zum Ritter geschlagen oder so was«, fährt Anita fort. »Sie hat in den höchsten Tönen von ihm geschwärmt.«

»Ich habe nicht *geschwärmt*«, sagt sie, »und es wundert mich, dass du dich an das Telefonat überhaupt noch erinnerst. Denn du hast das Gespräch schon nach einer halben Minute beendet, weil du angeblich wieder arbeiten musstest, obwohl es ein Feiertag war. Kolumbus-Tag, um genauer zu sein.«

»Tag der indigenen Völker«, verbessert Alma reflexartig, wirkt aber erneut angespannt, und Julia kommt der Gedanke, dass Alma sie selten so erlebt – kämpferisch, ein bisschen unberechenbar. Sie stellt fest, dass sie selbst sich nur noch selten so erlebt.

»Ein *Biologe*, hast du immer wieder gesagt, mit einem Abschluss von *Stanford*, als wäre das für mich ein ganz neuer Begriff«, sagt Anita.

»So rede ich nicht«, verteidigt sie sich. »Und außerdem ist er Ingenieur.«

»Ach, beruhig dich«, sagt Anita. »Ich will dich doch nur ein bisschen ärgern. Bist du immer noch so ein Griesgram? Schon als Baby war sie so«, sagt sie zu Alma. »Nie hat sie sich über etwas gefreut.«

»Es gibt Dinge, über die sie sich freut«, sagt Alma, und dass sie für ihre Mutter in die Bresche springt, ist wirklich außerordentlich freundlich.

Anita hebt in einer übertriebenen Geste von Resignation die Hände, als wäre sie gerade die Einzige, die nicht überreagiert.

Als plötzlich Ben in der Tür steht, erinnert er sie im ersten Moment nicht an Mark, sondern an ihren eigenen Vater – vielleicht liegt das an Anitas Anwesenheit. Kurz bleibt ihr die Luft weg. Er ist Lawrence, *Loor-ants*, wirklich wie aus dem Gesicht geschnitten: die gleiche Haltung, die gleiche Präsenz, die gleiche Art, den Kopf leicht zur Seite zu neigen.

»Liebling«, sagt sie. Anita hat offenbar mit Mark gerechnet, denn als sie über die Schulter blickt und Ben sieht, streckt sie den Rücken durch und erhebt sich von ihrem Hocker. Julia bemerkt, dass sie ihr Schultertuch zurechtzupft und sich Haarsträhnen hinters Ohr schiebt, typische Anzeichen von Nervosität, wenn man einen guten Eindruck machen will. Doch Bens Lächeln ist das seines Vaters, obwohl Mark seine Schwiegermutter immer recht unterkühlt empfangen hat.

»Wir freuen uns so, dass ihr kommen konntet«, sagt ihr Sohn, und Julia sieht staunend zu, wie er die Arme öffnet und Anita darin verschwindet. Sunny ist hinter ihm in die Küche getreten, fängt Julias Blick auf und lächelt.

»Du bist seit unserer letzten Begegnung ziemlich gewachsen«, sagt Anita fast schüchtern, als sie sich beide voneinander lösen, und Julia sieht ihr die Aufregung deutlich an. »Danke für die Einladung.«

»Danke fürs Kommen«, erwidert Ben, und sie liebt ihren Sohn in diesem Augenblick von ganzem Herzen für seine Großherzigkeit, dafür, dass er taktvoll alle Kontroversen aussitzt, und für sein Talent, jedem das Gefühl zu geben, willkommen zu sein. Er blickt auf und lächelt sie ebenfalls an, und dann – als hätte er die Dynamik im

Raum sofort begriffen und wüsste instinktiv, dass sie es gerade braucht – kommt er auf sie zu und umarmt sie ebenfalls.

46

Allein, ohne den Vater, lebten sie und ihre Mutter zusammen wie zwei Menschen, die sich ein Krankenhauszimmer teilen, zivilisiert, aber – in einer Kombination von Höflichkeit und der Angst, was sich dann möglicherweise offenbart – ohne sich für den jeweils anderen wirklich zu interessieren. Kurz nach dem Verschwinden des Vaters mussten sie die Wohnung an der Washtenaw Avenue aufgeben. Sie packten alles hastig ins Auto und brachen an einem Sonntag in der Morgendämmerung auf, und Julia hegte den Verdacht, dass das Verhältnis zwischen Mutter und Vermieter am Ende alles andere als freundschaftlich gewesen war. Darauf lebten sie in einer Reihe von beengten Wohnungen an der Hyde Park Avenue, nur zwanzig Häuserzeilen weiter nördlich – später war Julia darüber erstaunt, wie nah ihr Vater damals gewohnt hatte, ohne dass sie davon wusste, und offenbar auch, ohne dass es ihn gekümmert hätte –, doch damals war das alles für sie wie eine andere Welt, eine neue Umgebung, eine neue Schule mit neuen Klassenkameraden und zu Hause ein neues Narrativ: Von einem Tag auf den anderen und ohne Vorwarnung und Erklärungen verschwand der Vater aus den Erzählungen der Mutter. Neuerdings verabredete sich Anita mit allen möglichen Männern, die auftauchten wie ausgeliehene Bücher und ein paar Wochen später zurück in die Bibliothek wanderten. Anita übernahm die Frühschicht in einer Bäckerei, verließ daher morgens noch im Dunkeln das Haus und kam nach Hause, wenn Julia in der Schule war. Die Nachmittage verbrachte sie vor dem Fernseher, wenn die Serie *General Hospital* lief, und mit Trinken, oder sie lud Frauen aus der Nachbarschaft ein, die Julia, wenn sie nachmittags von der Schule heimkam, wie Schulmädchen kichernd mit ihren Gin Tonics am Küchentisch vorfand.

Aber das war das Leben, das sie kannte. Es fehlte an allen Ecken und Enden, aber sie waren nicht in tiefer Not, und hin und wieder gab es Ausflüge in ein Leben in Wohlstand, etwa wenn die Mutter einen Weihnachtsbonus bekam oder eine Steuererstattung. Und auch die Launen ihrer Mutter schwankten zwischen himmelhoch jauchzend und zu Tode betrübt. Dann herrschte in ihrem Schlafzimmer entweder tiefes Schweigen oder es gab dramatische Auseinandersetzungen mit den Männern, die für sie am Ende stets eine Enttäuschung waren. Ihre Mutter gehörte nicht zu der Sorte von Alkoholikern, bei denen die Trinkerei wiederholt ins Chaos führt. Es war mitunter beeindruckend, wie wenig ihre schlechten Angewohnheiten die Routine und Funktionalität des Alltags störten. Sie waren einfach ein Teil von ihr. Sie arbeitete in einer Bäckerei, sie verabredete sich mit Männern, denen Julia gerne Persönlichkeitsstörungen andichtete, sie las Ausgaben von *Good Housekeeping*, die sie beim Friseur mitgehen ließ, und sie trank. Und Julia passte sich daran an, und ihr von klein auf in durchwachten Nächten trainiertes Bauchgefühl, wenn sie den elterlichen Auseinandersetzungen zuhören musste, war ihr dabei erwartungsgemäß eine große Hilfe.

Instinktiv wusste sie - ihr Radar für die Mutter war derart geschärft, es schien mitunter sträflich –, dass sie sich aller Kommentare zu den Männerbekanntschaften enthalten sollte und es einfach hinzunehmen hatte, wenn hin und wieder noch jemand mit am Esstisch saß. Sie missgönnte Anita ihr Glück nicht, aber es war doch merkwürdig mitanzusehen, wie ihre Mutter sich öffnete. Und jedes Mal, wenn Julia ihr übertriebenes Lachen hörte, mitbekam, dass sie hübsch aussehen und einigermaßen nüchtern bleiben wollte und sich bemühte, so zu tun, als interessierte sie sich für das, was die Männer – allesamt objektiv uninteressant – zu sagen hatten, verletzte das ihre Gefühle, weil Anita ihr zuliebe nichts davon tat. Ihre Mutter hatte aber keine Geduld für verletzte Gefühle. Sie weigerte sich konstant und vehement, auch nur in Ansätzen darauf einzugehen, und so hatte Julia eben gelernt, ihre verletzten Gefühle zu ignorieren, bis auf Ausnahmefälle, wenn sie müde war oder sich in etwas hineinsteigerte. Aber in diesen Fällen beschloss die Mutter einfach, sie zu ignorieren.

Ihre Mutter hatte viele ärgerliche Eigenschaften, aber ihr Talent, Julia mit wenigen Worten abzufertigen und nicht wichtig zu nehmen, weil ihr gerade danach war, war mit Abstand die schlimmste.

»Sie ist wie eine Lampe«, sagte Anita einmal über sie, und Julia dachte kurz voller Hoffnung, dass ihre Mutter für die Tochter ihre poetische Ader entdeckt hatte und verkünden wollte, dass sie wie ein Leuchtturm in der Dunkelheit war. Doch Anitas folgende Erläuterung – »Lässt sich leicht einpacken und mitnehmen« – hatte Julia desillusioniert, und zwar sowohl emotional als auch hinsichtlich des Wahrheitsgehalts. Bei ihren Umzügen nahmen sie die Lampen nämlich niemals mit – die Lampenschirme und Kabel waren nervig und leicht und billig durch neue zu ersetzen. Und sie hatte zwar bereits mit zehn Jahren die Fähigkeit entwickelt, jedes noch so klitzekleine Gefühl zu unterdrücken, das sich in ihr einen Weg an die Oberfläche bahnen wollte, aber sie war trotzdem verletzt, auch weil sie wusste, dass ihre Mutter gemeint hatte, was sie sagte.

*

In der neunten Klasse erhielt sie ein Stipendium für die Laborschule, und ein Jahr darauf wurde sie zufällig Teil einer Gruppe von verwöhnten, launenhaften Jugendlichen, deren Eltern größtenteils an der Uni arbeiteten und Häuser oder Wohnungen an der Stony Island Avenue besaßen, die viel schöner waren als das Apartment von Julia und Anita. Julia verbrachte ihre Freizeit in dem mit Teppichboden ausgelegten Keller ihres Quasi-Freundes, ein untersetzter, fröhlicher Junge namens Neil, dessen Eltern Geologie-Professoren waren. Bei Joints unterhielten sie sich über Politik oder hörten Jazz; beides war in ihren Augen unerträglich öde, aber immer noch besser als alles andere, und an den meisten Tagen kam sie sich vor wie die Teilnehmerin einer Milieustudie und begnügte sich damit, einfach dazusitzen und die anderen zu beobachten, die scheinbar einer vollkommen anderen Spezies angehörten.

»Geil«, ließ sich eines Nachmittags Catherine, eine hübsche Freundin von Neil, vernehmen. Sie lag mitten im Raum auf dem Fußboden, hatte die Füße gegen den Couchtisch gestemmt und eine gebundene Ausgabe von *The Joy of Sex* aufgeschlagen an die Oberschenkel gelehnt. »Hat deine Mom dieses Buch wirklich gekauft?«

»Mein Dad hat es ihr zum Geburtstag geschenkt«, sagte Neil. »Sie hatten es eine Zeit lang in ihrem Schlafzimmer.« *In ihrem Schlafzimmer*. Eltern, die einander tatsächlich Bücher schenkten. Sie war ganz gefesselt von der Vorstellung.

»Er macht es mit dem Mund«, las Catherine laut vor und zwinkerte Julia und Neil übertrieben zu, worauf beide erröteten. Neil gehörte dem Ringerteam der Schule an und hatte ein Paar ausgeprägte, faszinierend-abstoßende Blumenkohlohren, die Julia möglichst weder ansah noch berührte, wenn sie allein zusammen waren. Ansonsten war er, an den bescheidenen Standards für männliche Teenager gemessen, ganz okay – er hatte ansehnliche Arme, einen Marihuana-Dealer und einen komplett ausgestatteten Partykeller, in dem er machen konnte, was er wollte –, und sie hatte den Verdacht, dass seine körperliche Entstellung mit ein Grund dafür gewesen war, warum Neil sich von allen Mädchen in der Freundesgruppe ausgerechnet für sie entschieden hatte. Sie war weder die Hübscheste – das war die blasse, ausgehungerte und auf morbide Weise hübsche Catherine – noch die sexuell Erfahrenste – das war die unbekümmerte Kitty Schultz – oder die Interessanteste. Streng genommen war sie die *am wenigsten* Interessante, was vor allem daran lag, dass sie den anderen kaum etwas über ihr Leben verriet. Manchmal kam ihr der Gedanke – während sie herumlagen, mit ironischer Attitüde der Musik von Fleetwood Mac lauschten (die Julia gänzlich unironisch mochte), und als Neil sie einmal mit selbstvergessenem Gesichtsausdruck im väterlichen Liegesessel unter der Decke befummelte –, dass diese ihre Anwesenheit glatt vergessen haben könnten.

»Ficken deine Eltern eigentlich noch miteinander?«, fragte Catherine. Julia hatte schon seit langem den Verdacht, dass Catherine sie nicht leiden konnte, und sie selbst mochte Catherine ebenfalls nicht besonders, sie traute dem perfekten Schwung ihrer Augenbrauen nicht und wusste nie, wie viel von der Bösartigkeit in ihrer Stimme ernst gemeint war.

»Iiii«, entfuhr es Kitty.

»Das ist doch was total *Natürliches*«, verkündete Catherine und klang wie kürzlich die Erzählerin des oberlehrerhaften Lehrvideos zu sexuell übertragbaren Krankheiten. »Meine schon, an wichtigen Feiertagen.«

»Ich bin mal reingeplatzt, als meine Mom meinem Dad an seinem Geburtstag einen geblasen hat«, sagte Simon und Kitty machte erneut *»Iiii«*.

Sie war zu der Gruppe eigentlich nur gestoßen, weil sie und Kitty sich im ersten Studienjahr im Laufe eines besonders idiotischen Projekts zur englischen Literatur angefreundet hatten, bei dem man sie dazu zwang, sich als Rosencrantz und Guildenstern zu verkleiden. Aber sie hatte nie das Gefühl gehabt, richtig zu diesem Trüppchen zu gehören, von dem alle nicht nur wohlhabende, sondern auch engagierte Eltern und das zweifelhafte Geschenk jahrelanger intensiver Zuwendung genossen hatten, inklusive der Versicherung, dass sie einzigartig seien, Talent und Berufung besäßen und grenzenlose Selbstanalyse verdient hätten. Niemand in Neils Keller machte sich auch nur eine Sekunde lang Sorgen darüber, in großem Stil zu scheitern, sondern alle waren ständig von – in Julias Augen – lächerlichen Problemchen geplagt: durchkreuzte Reisepläne, Auseinandersetzungen mit den Eltern über den Chicagoer Bürgermeister Michael Bilandic oder welches Familienauto man anschaffen sollte. Einmal kam Catherine hereingestürmt und verkündete den Tränen nahe und völlig entsetzt, als wäre sie soeben Zeugin eines Gewaltverbrechens geworden: »Oh mein *Gott*, meine Mom will eine *Boutique* eröffnen.« Julia beneidete die anderen, ärgerte sich aber auch über sie und hätte Catherine manchmal gerne bei ihren hübschen Schultern gepackt und sie daran erinnert, dass manche Leute echte

Probleme hatten, dass einige Mütter regelmäßig vergaßen, in welcher Jahrgangsstufe ihr Kind war, und nicht im Traum daran denken würden, den Nachwuchs nach der Meinung zu Bürgermeisterwahlen zu fragen, und dass manche Leute auch nicht in der luxuriösen Lage waren, sich über jedes vermeintliche Problem, das ihnen das Leben vor die Füße warf, stundenlang den Kopf zu zerbrechen.

Aber selbstverständlich sagte sie kein Wort, zog sich bewusst zurück, wurde unsichtbar – sie war schließlich eine Lampe – und machte es sich auf dem Teppichboden in Neils Keller bequem, in einem ruhigen, gemütlichen und sicheren Zuhause, das nicht ihr eigenes war.

»Ich glaube, ich bin deiner Mom begegnet«, fuhr Catherine hartnäckig fort. »Sie hat doch immer diese Uniform von Dominick's an, oder? Sie ist echt hübsch. Und sie sieht superjung aus. Ist dein Dad auch so jung?«

Julia fasste die Frage so auf, wie sie gemeint war, nämlich als direkte Beleidigung. »Nein«, erwiderte sie kurz angebunden.

»Er ist alt?«

»Er wohnt nicht bei uns.«

»Ach, ja?«, sagte Catherine betont unbedarft. »Und wo ist er dann?«

Später fiel ihr ein, dass Neil, wenn ihm wirklich etwas an ihr liegen würde, gespürt hätte, wie unwohl sie sich fühlte, und an der Stelle hätte eingreifen müssen, aber stattdessen hatten er und Simon die Ausgabe von *The Joy of Sex* an sich gerissen und amüsierten sich köstlich über den Text zu Analperlen.

»Er ist einfach nicht da«, sagte sie.

»Und was macht er?«, fragte Catherine weiter, deren Vater Psychologieprofessor war. Später gelangte Julia zu der Feststellung, dass die Kinder von Psychotherapeuten und Schriftstellern immer den größten Schaden hatten.

Nach der Grundschule hatte sie angefangen, Fragen zu der Abwesenheit ihres Vaters zunehmend mit Andeutungen auf geheime Hintergründe zu beantworten.

»Eigentlich darf ich nicht darüber reden«, sagte sie und senkte betrübt den Blick. »Aus Gründen der Sicherheit.«

In ihrem Kopf existierte die Legende um ihren Vater bereits länger. Die Rollerskates, immer noch in einer Schachtel im oberen Fach ihres Kleiderschranks verstaut und mittlerweile einige Größen zu klein, waren zerschrammt, weil sie während eines Schmuggeltransports vom Lastwagen gefallen waren. Ihr Nachname lautete *Marini,* und ein Gangster als Dad verlieh ihr – im Gegensatz zur Wahrheit – immerhin ein gewisses Ansehen.

Doch mit Beginn der Highschool war sie diesem Narrativ entwachsen. Ein Mafioso-Vater erklärte nicht, warum die Mutter nachmittags meist betrunken zu Hause saß, und auch nicht den stetigen Strom von unterbelichteten Liebhabern. Ein Mafioso-Vater erklärte nicht, warum sie mit so wenig Geld auskommen mussten oder warum die Mutter sich weigerte, anzuerkennen, wie ungerecht, nein, wie traurig es war, dass Lawrence – *Loor-ants* – über Nacht auf Nimmerwiedersehen aus ihrer beider Leben entschwunden war.

»Er ist tot«, fauchte sie, damit Catherine endlich den Mund hielt, und sobald die Worte über ihre Lippen waren, tat es ihr leid, den Vater für tot erklärt zu haben – ihr Vater, der ihr vorgelesen und der sie lieb gehabt hatte, ihr Vater, der weder tot noch ein Mafioso, sondern nur aus freien Stücken gegangen war.

»Tja, das ging daneben«, murmelte Kitty, die gerade eine Haarsträhne auf Spliss untersuchte.

»Das wusste ich gar nicht«, sagte Neil, der so gut wie nichts über sie wusste und einmal auf einem Zettel, der ihr in einer Mathematikstunde weitergereicht worden war, *Julie* statt *Julia* geschrieben hatte.

»Schon lange her«, sagte sie und versuchte unbeteiligt und traumatisiert zugleich zu klingen. Aber sie sah den anderen an, dass ihr Interesse bereits schwand, Catherines beschämter Gesichtsausdruck löste sich schnell auf, Neil wandte seine Aufmerksamkeit wieder den Analperlen zu, und Kittys Haarsträhne geriet gefährlich nah an den Joint, den sie sich gerade anzündete. Selbst ein toter Vater genügte nicht, um für länger als ein paar Sekunden im Mittelpunkt zu stehen, und sie nahm es ihnen nicht einmal übel. Man durfte eben nicht viel erwarten, wenn man den anderen kaum etwas über sich selbst an die Hand gab, und sie hatte einfach nicht viel zu *geben*. Sie hatte den Eindruck, dass man ihr von Anfang an einige wichtige Lektionen zur Sozialisation vorenthalten hatte, und mit diesem Mangel an Voraussetzungen Freundschaften zu schließen war, als würde man mithilfe ein paar schweigsamer Gestalten eine Fremdsprache lernen, in diesem Fall Gestalten, die bereits beschlossen hatten, dass man ihre Sprache niemals fließend beherrschen würde.

»Ich will Pommes«, sagte Catherine und stemmte sich vom Fußboden hoch. »Lasst uns zu Jimmy's gehen.«

Neil und Kitty und Simon gesellten sich ohne Zögern zu ihr, ließen das Exemplar von *The Joy of Sex*, einen winzigen Haufen von kaputten Haarspitzen und Julia zurück. Aber sie stand auf und folgte ihnen – das fünfte Rad am Wagen, ein hoffnungsloser Fall, eine Lampe –, denn damals schien ihr das immer noch besser, als allein zu sein.

47

Das Haus ist wieder voller Leben, die Artischockentörtchen sind frisch aus dem Ofen, aus der Stereoanlage tönt Wilco und auf jedem Gedeck im Esszimmer liegt eine fröhliche Serviette mit Blumenmuster, aber die Unterhaltung fließt längst nicht so ungezwungen dahin wie bei früheren, weniger aufreibenden Anlässen. Es sind vielleicht nicht genügend Leute anwesend, oder einfach die falschen. Niemand sucht das Gespräch, jeder hat sich scheinbar in die eigene Festung, in sicherer Entfernung zu den anderen, zurückgezogen. Sunnys Halbschwestern im Teenageralter sind künstlich gebräunt, hängen an ihren Handys und strahlen Unfreundlichkeit aus. Sie haben sich bei den Crudités versammelt, und es erscheint nicht unwahrscheinlich, dass sie jeden Anwesenden mithilfe von Babykarotten mit einem Fluch belegen. Ihr Stiefvater ist ein ruhiger, schwerfälliger Mann im Pullunder, der mitten auf dem Sofa Platz genommen hat und gedankenvoll in Julias Gartenkatalog blättert, während Mutter und Großmutter stirnrunzelnd die Wand mit den Familienfotos inspizieren, wie Leute, die beim Besuch des Louvre enttäuscht sind, dass die *Mona Lisa* doch ein recht kleines Gemälde ist.

Anita und Marshall hatten sich eine Stunde vor Partybeginn in ihr Zimmer zurückgezogen, sodass dort oben verdächtige Stille herrschte. Julia hatte versucht, diese mit David Bowie und einem frühen Glas Viognier zu überspielen, während sie in der Küche Gruyère rieb, Artischockenherzen in kleine Stücke schnitt und Blätterteig aus dem Kühlschrank nahm. Was machen die beiden bloß?, hatte sie sich gefragt – schlafen? Stille Freiübungen als Praxis einer alternativen Religion? Doch nicht etwa Sex? Vielleicht hatten sie sich auch nur gründlich über die unerträgliche Überheblichkeit von Julia und ihrer Familie mit ihrer French Press und der Stanford-Vergangenheit ausgelassen.

Doch als Sunnys Familie eintrifft, kommen sie brav nach unten. Anita, ganz die schicke Kalifornierin, trägt ein Wickelkleid aus Leinen, und Marshall verbreitet einen leichten erdigen Duft von Aftershave – ein hübsches Paar. Julia muss gleich zwei Mal hinsehen. Gerade lacht Marshall gemeinsam mit Alma, die Suzanne ein paar Erbsen füttert, während Ben und Anita sich offenbar angeregt unterhalten. Sunny hat sich gegen die Heizung gelehnt, knibbelt an ihrer Nagelhaut und wirkt sehr hübsch und sehr traurig, das Haar nach hinten geflochten wie bei der allerersten Begegnung. Ihr Verhältnis zur eigenen Familie ist gelinde gesagt kompliziert, und sie weiß auch, dass Sunny sich Sorgen über die letzten Details der Hochzeit macht – die *Eustoma*. Sunny hat sie vorhin darüber informiert, dass sie mit Verspätung angeliefert worden sind und am nächsten Morgen als Allererstes beim Blumenhändler abgeholt werden müssen (»Die Blumen werde ich selbst kaufen«, hat sie rezitiert, worauf Sunny sie verständnislos angesehen hat), und außerdem gibt es anscheinend ein Problem mit den Gabeln im Restaurant, das Julia noch nicht ganz begriffen hat. Sie will gerade zu ihr gehen, als Mark ihr zuvorkommt und etwas zu Sunny sagt, das sie zum Lachen bringt. Sie nimmt seine Distanziertheit ihr selbst gegenüber wahr und wünscht sich, sie hätten nicht gestritten, oder wenigstens zu einem anderen Zeitpunkt, und hätten sich im Vorhinein überlegt, damit abzuwarten, bis sie weniger aufeinander angewiesen sind als an diesem Wochenende.

Sie wendet den Blick von ihm ab, geht allein in die Küche, schenkt sich Rotwein nach, rührt im Risotto und wendet die Steaks in der Marinade. Bei Helen Russos Dinnerpartys war es sicherlich nicht auf diese ergrimmte und spröde Art und Weise laut, überlegt sie, als sie Sunnys Schwestern in ein bösartiges, anhaltendes Kichern ausbrechen hört. Seit Bradys Geburtstag hat sie sich ein paarmal Bedauern darüber gestattet, dass sie Helens Nummer gelöscht hat. Nur wenigen Menschen hätte sie erläutern können, warum Mark und sie sich gerade in einem Konflikt befinden, und Helen ist einer davon. Sie hat sich auch die Überlegung gestattet – sobald sie dieser Art von Gedanken Tür und Tor öffnet, fällt es schwer, anderen Themen Einhalt zu gebieten –, was Helen wohl von dem Menü halten würde. Die Musik von Bowie hat eine düstere Qualität angenommen, sein letztes Album etwas zwischen einem Trip und einem Echo: *Way up, oh honey, I've got game.* In einem Anflug von Trotz scrollt sie durch die Playlist, bis sie auf einen Bee-Gees-Song stößt, lässt sich dann auf einen Hocker an der Kücheninsel fallen und atmet tief ein.

»Stören wir?«

Sie schreckt auf und dreht sich um. Sunnys Mutter und Großmutter heißen Melissa und Joyce und sehen aus wie Töchter der Amerikanischen Revolution, in langen, blumigen Kleidern, wie Julia sie einen Monat zuvor im Internet für die Mutter des Bräutigams entdeckt hat. Joyce trägt eine Tweed-Jacke, die an den Schultern eng geschnitten ist, und Melissa hat sich eindeutig etwas in die Stirn spritzen lassen, die jetzt starr bleibt, wenn sie das Gesicht verzieht, und Julia, in ihrem schwarzen, weiten Wombat-Kleid und den gut sichtbaren Stirnfalten, kommt sich vor wie damals in Gesellschaft der Serenity-Smiles-Moms – unkultiviert, unangemessen gekleidet, ein ungeladener Gast, obwohl sie in der eigenen Küche steht.

»Überhaupt nicht. Kann ich euch etwas anbieten?«

»Alles gut«, sagt Melissa und fügt dann steif hinzu, als wollte sie um Gottes willen nichts falsch machen, wie jemand, der einen Kettenbrief weiterschickt: »Ich wollte mich nur noch mal für die Gastfreundschaft bedanken.«

»Wir machen das sehr gern«, sagt Julia. »Es ist so schön, euch alle endlich kennenzulernen.« Sie verkneift sich den Zusatz, dass sie schon so viel über sie gehört habe, denn das stimmt nicht. Sie weiß, dass die Frau vor ihr wegen Geld geheiratet und einmal ihre Tochter angebrüllt hat, weil diese vom Baum gefallen war, und sie weiß natürlich auch, dass eines ihrer Kinder früh gestorben ist, aber abgesehen davon sind ihr diese beiden Frauen ein Rätsel, und sie besitzt, anders als Helen Russo, nicht die Fähigkeit, zu jedem eine Beziehung aufzubauen, der ihr über den Weg läuft.

»Sunny hat deine Familie sehr gern«, sagt Melissa. »Sie redet von nichts anderem.«

»Ah.« Sie hat nicht damit gerechnet, dass sie so eine Aussage rühren würde. »Das ist ... Wir haben sie auch sehr gern ... Ich ... Mark und ich. Und Alma. Und Ben natürlich.« Und sie überlegt nervös, ob sie die Liste einfach weiterführen soll, *Suzanne und Marks Dad und meine Mutter und ihr ungewöhnlicher Lebensgefährte.*

Melissa lächelt verkrampft, Joyce lugt an ihrer Seite vorbei wie ein Kobold.

»Selbstverständlich hat sich das niemand von uns gewünscht«, sagt Joyce, und Julia schaltet nicht sofort, denkt zunächst, die Frau meint das Dinner oder ihr Risotto, das sie dringend umrühren sollte.

»Sunny hat ja immer schon gemacht, was sie wollte«, fährt Joyce fort, ihre Hand um den Arm der Tochter gekrallt. »Aber wir hätten nie gedacht, dass sie ihren *Lehrer* heiratet.«

»Lehrassistent«, sagt Julia wie im Reflex.

Melissa zieht die Augenbrauen hoch, und Julia ist überrascht, dass ihre Stirn das zulässt.

»Ich wollte nur sagen ... Er hat sich nicht für sie interessiert, als sie noch seine Studentin war. Sie war es, die sich mit ihm verabredet hat, und die beiden ... Das ist es also nicht.«

»Was ist es deiner Meinung nach dann, meine Liebe?«, fragt Joyce.

»Mom«, sagt Melissa, und Julia empfindet kurz Solidarität, denn sie hat mit ihrer Mutter heute mehrere Male mit dem gleichen Tadel in der Stimme gesprochen.

»Ben ist sehr reif«, sagt Julia. »Und er ... Ich bin natürlich voreingenommen, aber er ist wirklich ein wundervoller ...« Sie unterbricht sich, bevor ihr *Junge* entschlüpft. »Er ist ein guter Mensch. Und er liebt sie. Ich war auch zuerst skeptisch, aber ...« Sie weiß es nicht recht. Und sie ist auch etwas verblüfft darüber, dass sie diese Argumente vorbringt, nachdem sie in den vergangenen paar Monaten lautstark genau die Gegenseite vertreten hat. »Ich glaube, es wird alles gut«, sagt sie, erneut überrascht von der Feststellung, dass sie daran glaubt. »Sie scheinen einander glücklich zu machen.«

»Glücklich.« Joyce gibt ein Quaken von sich, das auch ein verbittertes Auflachen sein könnte. »Was hat denn *Glücklichsein* damit zu tun?«

Melissa pflückt die mütterliche Hand von ihrem Arm. »Mom«, sagt sie. »Könntest du bitte mal nach den Mädchen sehen?«

Joyce scheint kurz Protest zu erwägen, aber dann schnaubt sie nur beleidigt in Julias Richtung und zieht von dannen.

»Tut mir leid«, sagt Melissa. »Sie ist aufgebracht ... verständlicherweise. Wir alle machen uns Sorgen. Das Leben hat Sunny schon einige Steine in den Weg gelegt. Aber sie wirkt trotzdem immer recht schlecht gewappnet. Ich frage mich oft, worüber sie als Nächstes stolpert.«

»Das kann ich verstehen«, sagt Julia. »Aber auf mich wirkt sie recht stabil. Sunny. Falls das einen Unterschied macht.«

Auf Melissas Gesicht erscheint ein schwaches, offenbar seltenes Lächeln, und sie fragt sich, wie sie wohl mit ihrer sorglosen Einschätzung, der Siebziger-Jahre-Musik, die gerade aus der Stereoanlage tönt, und ihrer recht ungezwungenen Familienatmosphäre auf sie wirkt.

»Tut mir leid«, sagt Julia. »Mit deiner anderen Tochter.«

Melissa wirkt derart überrascht, dass Julia fürchtet, eine Grenze überschritten zu haben.

»Wenn ich das so sagen darf.«

»Ja«, sagt Melissa nach einem Augenblick. »Ja, natürlich, vielen Dank. Hat Sunny von Naomi erzählt?«

»Ja.«

»Es ist merkwürdig«, setzt Melissa an und scheint das eben Gehörte zu verarbeiten. »Ich ... das klingt vielleicht verrückt, aber manchmal vergesse ich ... nicht, dass das damals passiert ist, aber was für einen großen Einfluss es auf alles hatte, was danach kam. Was Sunnys Entscheidungen betrifft, die Dinge, die ihr wichtig sind. Wahrscheinlich wäre alles anders, wenn ihre Schwester noch da wäre.«

»Mir ist so ein Gedanke schon oft gekommen«, sagt Julia. »In Bezug auf verschiedenste Dinge. Aber wer weiß das schon?«

Mark erscheint in der Tür. Normalerweise taucht er immer im richtigen Moment auf, aber diesmal bemerkt er den Ernst, der in der Luft liegt, eine Sekunde zu spät.

»Entschuldigung, ich wollte nicht stören«, sagt er. »Ich wollte nur fragen ... Soll ich den Grill anheizen, Jules?« Er lächelte Melissa an.

»Ja«, sagt sie. »Und vergiss nicht, für Ollie den vegetarischen Burger draufzulegen.«

»Alles klar«, antwortet er und berührt Julia leicht an der Taille, bevor er wieder verschwindet. Auf einen Außenstehenden – Melissa hoffentlich miteingeschlossen – wirkt ihr Umgang miteinander bestimmt liebevoll und routiniert. Nur Julia nimmt die Distanziertheit in seinen Berührungen wahr und hört aus seiner Stimme eine gewisse Härte heraus. Sie trinkt einen Schluck Wein; er ist zu kalt. Sie verspürt ein kurzes Klopfen in den Schläfen, als er ihr die Kehle runterrinnt.

»Deine Mom«, sagt sie zu Melissa auf der Suche nach einer freundlichen Überleitung zu einem weniger bedrückenden Thema. »Sie scheint ... Es ist schön, wie besorgt sie um Sunny ist.«

»So kann man das auch sehen«, erwidert Melissa und lässt überraschenderweise ein herzliches Lachen vernehmen, ein Lachen, aus dem Julia manches heraushören kann – Trauer, Enttäuschung, das lebenslange Bemühen, unbegreifliche Töchter zu begreifen.

48

Julia war siebzehn, als ihre Mutter ein Verhältnis mit einem gewissen Jonathan anfing. Er war ein paar Jahre jünger als Anita, und sein Auftauchen war schlagartig, wie wenn ein Vogel gegen eine Fensterscheibe fliegt. Julia beobachtete fasziniert, wie ihre Mutter ihn nach Hause einlud, und spürte ihre Faszination wachsen, als er blieb und die Zimmer mit seiner Musik und seinen Kochdünsten erfüllte, mit einem schwebenden Miasma aus Hundehaar und pfeifendem, aber ansteckendem Lachen.

Ihre Mutter war wie verwandelt in seiner Gegenwart, jünger und so fröhlich, dass es schon fast suspekt war. Sobald er weg war, schien die gute Stimmung wieder abzunehmen, verschwand aber nicht gänzlich, weshalb Julia davon ausging, dass an ihm etwas anders war. Die beiden hatten sich in der Bäckerei kennengelernt, als Jonathan dort einen Geburtstagskuchen für seine Schwester bestellte. Mittlerweile war daraus eine Anekdote geworden, die jeder sich ungefragt anhören musste, der zufolge Anita ihm ausgeredet hatte, zum Scherz hundert Kerzen auf die Torte zu stecken, und erklärte, dass einige Frauen sehr empfindlich seien, was ihr Alter betraf.

»Gehören Sie auch zu diesen Frauen?«, soll Jonathan sie gefragt haben.

»Sehe ich so aus?«, fragte Anita angeblich zurück, worauf Jonathan schnurrte, »Das weiß ich nicht, aber ich würde es gern rausfinden«, und an dieser Stelle brachen beide jedes Mal in Gelächter aus, während Julia von dieser Show so gefesselt war, dass sie fast vergaß, wie peinlich die Geschichte eigentlich war.

Jonathan hatte einen Pferdeschwanz, zwei Hunde namens Flash und Gordon, trank gerne Energydrinks der Marke Weider Rush, und er unterrichtete an einem Community College in einer südlichen Suburb. Er kam ein, zwei Mal pro Woche zum Abendessen, und Julia blieb dann immer sitzen, anstatt sich wie sonst in ihr Zimmer zurückzuziehen. Mittlerweile hatte sie sich stillschweigend aus der Gruppe in Neils Keller verabschiedet und auch von Neil selbst, der ihr den Abschied erleichtert hatte, indem er sich mit der hübschen Catherine einließ. Sie hatte einen Job bei einer Apotheke in der Nähe gefunden und sich in den letzten Monaten bei vier Colleges beworben, worüber sie und ihre Mutter sich aber nie unterhielten. Allerdings hatte Jonathan angeboten, ihre Essays für die Bewerbungen Korrektur zu lesen.

Das Haus wirkte belebter, wenn er da war. Seine bescheidenen Kochkünste kompensierte er mit Unmengen Knoblauch, und so roch es in der Küche immer gut und war warm. Er spielte ihnen seine Musik vor, Velvet Underground und Talking Heads, Bands, mit denen Julia später bei den übercoolen Männern punkten konnte, mit denen sie sich nach dem College-Abschluss traf, Männer, in deren Augen Frauen mit gutem Musikgeschmack eine Ausnahmeerscheinung waren. Anita jammerte im Hintergrund, dass sie *ihre* Musik hören wollte, und dann waren eben Frank Sinatra und Sam Cooke an der Reihe, und er tanzte mit der Mutter durch die Wohnung, ihr Kopf an seinen Hals gelegt, und Julia sah sich diese Szene verwundert an, ihre Mutter endlich zufrieden, mit einem entrückten Ausdruck von Glück im Gesicht, während sie mit geschlossenen Augen ihre Wange an Jonathans Brust schmiegte. Einmal fing Jonathan ihren Blick auf und zwinkerte ihr komplizenhaft zu, und sie überlegte, wie wohl ihr Leben mit einem Stiefvater ausgesehen hätte, mit einem netten Mann, der in all den einsamen Jahren bei ihnen gewesen wäre, ihre Mutter glücklich gemacht und Julia nicht nur als nervendes Anhängsel betrachtet hätte.

Was dann an jenem Abend passierte, war nicht Jonathans Schuld, aber es wäre wahrscheinlich nicht passiert, wäre er nicht da gewesen, wäre ihre Mutter durch seine Anwesenheit nicht entspannt gewesen und Julia damit ebenfalls und hätten sie beide sich deshalb nicht dem trügerischen Gefühl hingegeben, dass sie eigentlich andere waren. Es war ein Abend Anfang Februar, draußen war es eiskalt und fahl, und Jonathan kochte Spaghetti. In der kleinen Küche roch es intensiv nach Knoblauch, im Hintergrund lief leise das Radio, und Jonathan und Anita nippten bedächtig an ihrem Chianti – Anita hielt sich noch nach Monaten der Beziehung mit dem Trinken zurück, was sie sonst nur in den ersten Wochen tat –, und für Julia war das alles ein Signal, dass sie ebenfalls ein bisschen die Seele baumeln lassen konnte. An den Zeiten, wenn ihre Mutter gerade einen Freund hatte, schätzte sie vor allem, dass ihre Pflichten für ein paar Stunden aufhörten und sie sich um Anita keine Gedanken machen musste, wenn die Männer zu Besuch waren. Das übernahm dann jemand, der vielleicht nicht wirklich auf sie aufpasste, ihr aber auf jeden Fall Beachtung schenkte.

Julia erledigte am Küchentisch ihre Hausaufgaben und konjugierte französische Verben, während Jonathan und ihre Mutter sich über ihren Kopf hinweg über Belangloses unterhielten, ein weißes Rauschen, das sie eher beruhigte als ablenkte.

»Jon, gib ihr doch auch einen Schluck Wein«, sagte Anita, den Körper zur Musik schwenkend. »Verschütte nur nichts über deine Hausaufgaben«, meinte sie zu Julia. »Sonst komme ich ins 26th and California.«

Jonathan schenkte ihr etwas Wein ein und hob fragend die Augenbrauen.

»Ins *Gefängnis*«, übersetzte Julia für ihn und nahm verzagt einen Schluck, in Gegenwart der beiden fühlte sie sich eher wie eine Siebenjährige und nicht wie eine Oberstufenschülerin. Es war kein unangenehmes Gefühl, und sie genoss es, lehnte sich gegen die Stuhllehne, zog ein Knie an die Brust und pinselte auf ihrem Blatt einen Accent aigu auf ein *e*.

»Was ist das da?«, fragte ihre Mutter und tippte mit der Hand auf ein Formular, das aus ihrem Notizbuch herausragte. Sie schob das Blatt mit einem Finger zu sich hin. »Verleih von akademischer Festkleidung?«

»Für die Abschlussfeier«, antwortete Julia. Sie hatte bereits beschlossen, es nicht zur Sprache zu bringen, denn die Zeremonie war keine Pflichtveranstaltung. »Ich gehe da nicht hin«, erklärte sie. »Mein Diplom bekomme ich trotzdem.«

»Da musst du hin«, sagte Jonathan vehement.

Sie sahen ihn beide überrascht an.

»Es ist keine große Sache«, widerprach Julia.

»Klar ist das eine große Sache. Du beendest die Highschool.«

Ihr kam ganz kurz der Gedanke, dass Jonathan zu dieser höchst verdächtigen Sorte von Erwachsenen gehörte, die stets proklamieren, dass die Highschool die beste Zeit ihres Lebens gewesen sei, aber noch bevor sie das für sich entschieden hatte, sagte ihre Mutter: »Er hat recht.«

Julia musterte ihre trotzige Miene, ein *Was-willst-du-ich-bin-doch-gar-nicht-so*, die sie immer aufsetzte, wenn Julia sie dabei ertappte, dass sie sich wie ausgewechselt verhielt, um einen Liebhaber zu beeindrucken. Dann log sie gerne und behauptete, sie gehe regelmäßig zum Gottesdienst oder mache sich nichts aus Alkohol. Aber in diesem Fall ließ Anitas Verhaltensumschwung sie nicht nur in den Augen von Jonathan attraktiver erscheinen, sondern kam auch Julia zugute, was auf eine Art schmeichelhaft war. Und könnte es sogar sein, dass ihre Mutter bei der Abschlussfeier *dabei sein* wollte?

»Das ist ein Anlass zum Feiern«, sagte Jonathan, der aufgestanden war und von hinten ganz nah an Anita herantrat. Sie legte ihren Kopf in den Nacken und sah zu ihm auf.

»Hol mir mein Scheckbuch«, sagte sie zu Julia und schaute Jonathan weiter fest in die Augen.

Später überlegte Julia, ob Anita das Ganze vielleicht inszeniert hatte, auf jeden Fall aber wollte, dass sie die Entdeckung machte. Sie ging den Flur hinunter ins Schlafzimmer ihrer Mutter und öffnete die oberste Schublade der Kommode. Das Blatt Papier klebte statisch aufgeladen an der Plastikhülle vom Scheckbuch: Eine herausgerissene Zeitungsmeldung, an den Rändern sorgfältig zu einem kleinen Rechteck gefaltet, kaum zweieinhalb Zentimeter lang. Aus der Küche tönte gerade »Love Wars« von Womack & Womack, als das Stück Papier sich löste und zurück in die Schublade flatterte. Es war ungewöhnlich, so etwas überhaupt vorzufinden. Ihre Mutter hatte generell einen kurzen Geduldsfaden und verabscheute unnützen Krimskrams. Julia ging deshalb davon aus, dass der Zettel in den Müll gehörte, und wollte ihn schon zerknüllen, las aber dann das darauf Gedruckte.

Sie nahm die Information zuerst mit einer merkwürdigen Gefühlskälte auf. Sie registrierte die ordentlich gefalteten Ränder. Am oberen Rand des Zeitungsausschnitts, der umgeklappt gewesen war, stand *The Daily Southtown* und nicht *Tribune*, die Zeitung, die sie zu Hause lasen, wenn sie überhaupt mal eine kauften. Sie blieb eine ganze Weile so stehen – ihr kam die Galle hoch, über den Flur dröhnte unbekümmert Musik – und wunderte sich, wie ihre Mutter wohl an diesen Ausschnitt gekommen war. Die Meldung war ungefähr sechs Jahre alt.

Marini, Lawrence M., 49, aus Berwyn ist am Mittwoch an den Folgen von Bauchspeicheldrüsenkrebs verstorben. Er wurde in Cicero geboren, war Navy-Veteran und arbeitete über zwanzig Jahre lang als Produktionsmanager bei Continental Packaging Solutions. Er hinterlässt seine liebende Ehefrau Lorraine (geb Leary) und Töchter Cindy und Amy.

Ganz benommen – ihr Gehirn registrierte noch den fehlenden Punkt hinter *geb* – ließ sie sich auf das Bett mit der scheußlichen braunen Tagesdecke sinken, die schon in ihrem Zuhause an der Washtenaw Avenue existiert und unter der ihr Vater gelegentlich geschlafen hatte. Es schmerzte sie besonders, dass sie seinen zweiten Vornamen nicht kannte. Es gab unzählige Möglichkeiten – *Martin, Marvin, Melvin, Maxwell* –, und – bei dem Gedanken schlug ihr Puls schneller – vielleicht würde sie auch ihn niemals erfahren. Hatte die Navy überhaupt eine öffentliche Datenbank?

Kurz darauf wurde sie von einer ganzen Reihe von Erkenntnissen überwältigt: Da war die Alliteration bei liebende Ehefrau Lorraine (geborene Leary). Und offenbar hatte sie zwei Halbschwestern, die sie noch nie zu Gesicht bekommen hatte. Wenn sie ihre Klassenkameraden um mitleidige Beachtung heischend angeschwindelt hatte, war das die Wahrheit gewesen, ihr Vater war tatsächlich tot, und zwar seit sechs Jahren, und davor hatte er nur eine halbe Autostunde entfernt gewohnt, aber jetzt nicht mehr, denn ihr Vater war tot, und er hatte zwei Töchter, und sie selbst gehörte nicht dazu. Offenbar existierte sie nicht, aber ihr Vater ebenfalls nicht, denn er war tot. Sie erhob sich und marschierte einmal in drei langen Schritten von einem Ende des Betts zum anderen. *Cindy und Amy*. Verspielte, typische Mädchennamen. Sie fragte sich, ob ihr Vater damals mit *Julia* einverstanden gewesen war, im Vergleich hart und vokallastig. War er bei ihrer Geburt in der Nähe gewesen? Hatte seine Frau – seine *Frau!* – von allem gewusst? Wie sah wohl deren Haus aus und gab es dort auch ein Exemplar von *Goodnight Moon*? Und hatten ihre Rollerskates – und bei diesem Gedanken setzte sie sich wieder hastig aufs Bett – einmal den anderen beiden Töchtern gehört, seinen richtigen Töchtern? Vielleicht hatten *Cindy und Amy* sie ramponiert, als sie damit durch die Straßen der Suburb Berwyn gekurvt waren. War er bei ihren Schulaufführungen gewesen? Hatte er ein weiteres Paar Galoschen besessen? Wie hatte ihre Mutter von seinem Tod erfahren, war sie an jenem Tag anders gewesen als sonst? Und hatte Julia, damals elf – ja, beim Tod ihres Vaters war sie elf Jahre alt gewesen –, ihre Stimmung wie so oft schlicht für schlechte Laune gehalten? Hatte Anita geweint, auch wenn sie eigentlich niemals weinte?

Und bevor sie über all das nachdenken konnte, stand sie schon wieder in der Küche.

»Als hätte ich dieser Schule nicht schon genug Geld in den Rachen geworfen«, sagte Anita gerade und streckte die Hand nach ihrem Scheckbuch aus, doch ihr Lächeln versiegte, als sie sah, was Julia in der Hand hielt.

Sie hätte ihrer Mutter verschiedene Reaktionen durchgehen lassen, wurde ihr ein paar Momente später klar, als sie draußen am Bordstein hockte, vor Kälte – und vor Schock, vielleicht? – zitternd. Sichtbare Überraschung, zum Beispiel, ein schlechtes Gewissen, sogar Bedauern darüber, dass man sie erwischt hatte.

Stattdessen flackerte in Anitas Gesicht, mittlerweile müde und weinselig, Verärgerung auf – und das konnte und würde ihr Julia niemals verzeihen.

»Oh, meine Güte«, sagte sie. »Leg dich jetzt bloß nicht mit mir an.«

Diese eine Reaktion war nicht akzeptabel – während sie dasaß und mit dem Oberkörper wippte, erschien sie wieder vor ihrem geistigen Auge, war wie eingebrannt in ihre Erinnerung –, und so hatte sie zugegebenermaßen die Nerven verloren, ihrer Mutter den Zeitungsausschnitt ins Gesicht geschleudert und dabei mit dem Ellbogen einen Teller erwischt, auf den Jonathan bereits Pasta gehäuft hatte, worauf dieser zu Boden krachte.

»Ich soll mich nicht mit dir *anlegen?*«

»Julia, wir haben Besuch.«

»Vielleicht sollte ich –«, setzte Jonathan an.

»Nein, bleib«, unterbrach Anita ihn. »Julia, das ist jetzt nicht der richtige Moment.«

»Er ist tot«, sagte sie, probierte aus, wie sich die Worte laut ausgesprochen anfühlten.

»Ich weiß«, sagte Anita abwehrend. »*Mir* hat es damals auch niemand *gesagt*. Seine ehemalige Sekretärin, die sich immer so wichtig gemacht hat, hat mir die Todesanzeige einen Monat später geschickt.«

»Er ist seit *sechs Jahren* tot.«

»Ich habe damals gedacht, dass dort einiges steht, das dich schockieren und traurig machen würde, und mich deshalb dafür entschieden, dir nichts zu sagen.«

»Das hast du nicht gemacht, um mich zu beschützen«, sagte Julia, auch wenn sie sich dessen nicht vollkommen sicher war. »Du kannst nicht einfach so tun, als hättest du das gemacht, um mir Schock und Trauer zu ersparen. Ich war am Boden zerstört, als er damals *ging*, und das war dir egal. Ich *war* schon traurig genug, also tu jetzt nicht so, als hätte es dich gekümmert, ob ich …«

»Und was hätte ich tun sollen, damit er nicht geht? Ihn anketten?«

»Wärst du damals nicht so ein Wrack gewesen, hätte er nicht das Gefühl gehabt, dass es besser ist, wenn er wegbleibt. Außerdem hast du dich immer mit ihm gestritten. Du hast ihm nie auch nur *eine Chance* gegeben.«

»Pass auf, was du sagst«, fauchte Anita. »Versuch du mal, mit einem Mann klarzukommen, der erst für dich Zeit hat, wenn er alles andere erledigt hat. Zum Teufel. Julia, er hat uns verlassen, weil ihm seine Familie wichtiger war. Das ist die schlichte Wahrheit. Und das hätte ich dir damals mit deinen sieben Jahren erklären sollen?«

Sie spürte, wie sich diese Worte in ihrem Kopf in pures Gift verwandelten und auch sie boshaft werden ließen: »Er hat nicht *uns* verlassen«, sagte sie. »Er hat *dich* verlassen.«

Anita musterte sie eine ganze Weile, bevor sie fast fröhlich erwiderte: »Weißt du was? Du hast recht. Vielen Dank dafür.«

»Wer war zuerst da?«, fragte sie. »Die anderen oder wir?«

»Willst du mich jetzt als *Hure* beschimpfen? Nur zu. Er hat mir am Anfang verschwiegen, dass er verheiratet ist. Nicht, dass dich das was angehen würde.«

»Warum geht mich das nichts an?«

»Wir hatten nie vor zusammenzubleiben.«

Allmählich dämmerte es ihr. »Ich war also ein Unfall.«

»Auf geht's, lasst uns jetzt alle uns so richtig gegenseitig bedauern und beweinen«, entgegnete ihre Mutter und Jonathan sagte beschwichtigend: »Anita.«

»Sie macht sich einfach lächerlich«, sagte ihre Mutter und schenkte sich Wein nach, um einiges mehr, als der gute Geschmack erlaubte, ihre gemäßigte Fassade bröckelte sichtlich. »Die meisten von uns sind Unfälle«, fügte sie hinzu. »Das hat nichts zu bedeuten. Ich habe dich doch trotzdem großgezogen, oder? Du bist doch am *Leben*, oder? Und entwickelst dich zu einer richtigen kleinen Drama-Queen, guter Gott.«

»Du hast mich die ganze Zeit glauben lassen, dass er mich nicht sehen wollte«, erwiderte Julia.

»Er *wollte* dich auch nicht sehen, zum Teufel noch mal«, explodierte ihre Mutter. »Julia, er ist schon ein paar Jahre tot. Glaubst du etwa, er ist davor irgendwann noch mal aufgetaucht, weil er unbedingt Zeit mit dir verbringen wollte? Nein. Er hat nicht einmal Geld geschickt. Hat kein einziges Mal angerufen, um zu fragen, wie es dir geht.«

»Du warst der Grund«, sagte sie, bemerkte aber, wie unsicher ihre Stimme klang. »Er hat nicht angerufen, weil er genau wusste, dass du rangehen würdest.«

»Das willst du dir einreden? Schön, dann rede dir das ein.« Anita zündete sich eine Zigarette an und nahm einen tiefen Zug. Sie sah Julia ins Gesicht, während sie den Rauch ausstieß, und in ihrem Blick lag tiefes Mitleid. »Es war einfach Pech«, sagte sie. »Okay? Ich kenne das. Ich verstehe das. Aber das ist doch nichts Neues. Es ist nun mal passiert, und es ist in der Vergangenheit. Was für einen Sinn hat es, sich weiter damit zu beschäftigen?«

Sie hatte keinen Mantel dabei, die Kälte biss sich durch ihre Jeans, und sie zitterte von den Schenkeln abwärts bis hin zu den Füßen. Es war Schnee vorhergesagt, und jemand hatte dort, wo sie saß, zwei Plastikstühle auf die Straße gestellt, um sich einen Parkplatz zu reservieren. Sie war zufällig in eine Pfütze aus Schneematsch getreten. Sie hatte Chemie-Hausaufgaben zu erledigen. Sie würde sich Frostbeulen holen. Ihr Vater war tot.

»Mein Gott«, vernahm sie hinter sich eine Stimme, und bevor sie wusste, wie ihr geschah, lag ein Mantel um ihre Schultern. »Du willst dir wohl den Tod holen.«

Mit einem Mal saß ein warmer Körper neben ihr. Sie registrierte Jonathans unverkennbaren Geruch, Prell-Shampoo und Minzkaugummi. Ein Mann, der einem zuliebe so tat, als würde er nicht frieren, hatte etwas sehr Anziehendes. Bis jetzt hatte ihr noch keiner eine solche Geste erwiesen, und sie zog sich seinen Mantel fester um den Leib.

»Tut mir leid, das war doof ausgedrückt«, sagte er.

Sie stieß ein kurzes, trockenes Lachen aus und nahm sich selbst plötzlich mit neuen Augen wahr. Und sie hörte aus ihrem Lachen den unbewussten Wunsch heraus, möglichst erwachsen und abgeklärt zu klingen.

»Ich bin immer noch nicht ganz sicher, was da drinnen eben alles passiert ist«, sagte er. »Aber das Wesentliche habe ich mitbekommen, glaube ich. Mein Beileid.«

Niemand zuvor hatte ihr jemals Beileid ausgesprochen. »Danke.«

»Deine Mom ... Weißt du, sie kann nicht ... Sie hat ein ...«

»Lass es bitte«, sagte sie und er wirkte erleichtert.

»Geht's dir gut?«, fragte er. Es war eine dumme Frage, denn selbstverständlich ging es ihr nicht gut, und sie hatte auch noch nicht die Zeit gehabt, sich das Ausmaß des Geschehenen klarzumachen. »Sorry«, sagte er, wieder genau das richtige Wort in diesem Moment, und dieses Mal legte er eine Hand auf ihr Bein und das Zittern hörte auf.

49

Das Erste, was ihr während des Abendessens auffällt, ist die Tatsache, dass ihre Mutter keinen Alkohol trinkt. Sie registriert das mit Bedauern, denn sie hat mehrere Flaschen guten Rosé aus der Provence entkorkt, den sie eigens zu diesem Anlass besorgt hat. Ihr Blick ist also immer noch für die Trinkgewohnheiten ihrer Mutter sensibilisiert. Eigentlich ist es unglaublich, woran sich der Körper erinnert, während er anderes umstandslos vergisst. Manchmal entfällt ihr glatt, wie alt sie ist, aber sie kann sich mühelos in Erinnerung rufen, wie sich die kratzenden Wollstrümpfe, die sie in dem einen Jahr auf der Katholischen Schule trug, auf der Haut anfühlten, und wie eiskalt der begehbare Kühlschrank im Café ganz unten im John Hancock Center war, und wie, wenn Mark sie manchmal abholen kam und sie mit der Red Line zusammen nach Hause fuhren, ihre Knie aneinanderstießen, die Wärme eines fremden Beins am eigenen, das Gefühl von Vertrauen. Und auch das Gefühl jetzt ist ihr vertraut, eigentlich verspürt sie es, seitdem sie ihre Mutter vor der Ankunftshalle am Flughafen hat stehen sehen. Eine innere Angespanntheit, die sie in ihren ersten achtzehn Lebensjahren begleitete, ein Barometer für die mütterlichen Stimmungen, dafür, in welche Richtung sie sich bewegten und mit welcher Geschwindigkeit, und wie sehr sie sich durch den Konsum von Nikotin, Alkohol und mitunter sogar *Zucker* verschärften – Letzteres machte ihre Mutter wieder zu einem Kind, führte zu wilder Überspanntheit gefolgt von Schmollen. Seit sie damals von zu Hause weggegangen ist, hat dieses Gefühl in ihr geschlummert und ist der Grund, warum sie heute Abend so gereizt ist – einer von vielen Gründen, um ehrlich zu sein – und sich selbst beim Wein nicht zurückhält.

Ihre Mutter hingegen – frischgebackener Wellness-Guru, sonnenverwöhnte Kalifornierin, *Beistand für Gehörlose*, es ist nicht zu glauben – nippt artig an ihrem Soda, und Marshall tut es ihr nach. Er unterhält sich gerade mit Ben über die Erosion an der Pazifik-Küste, und ihre Mutter, der nur noch ein Heiligenschein fehlt, hat Suzanne dazu gebracht, auf ihrem Schoß Platz zu nehmen, und jetzt streichelt sie ihr mit einer Hand über den Kopf, und die kleinen Hundeaugen klappen langsam zu, während Anita ihren Salat verspeist.

Und genau in diesem Augenblick fällt ihr Blick auf die linke Hand ihrer Mutter. Am Mittelfinger trägt sie einen eleganten Ring aus Silber, in der Mitte mit Steinen besetzt, und sie spürt, wie ihre eigene Hand eine Kälte durchläuft, eine kalte Gewissheit bis in die Knochen dringt. Auch dieses Gefühl ist nicht neu, sie hat ihre Mutter einst fast so gut gekannt wie sich selbst. Sie wirft einen Blick auf Marshalls Linke und bemerkt einen breiten Ring, anscheinend Hämatit. Vielleicht hat sein Ring keine Bedeutung – er trägt auch ein Armband aus Hanf und einen Ohrring –, aber sie weiß trotzdem, dass dem nicht so ist.

»Wie habt ihr euch kennengelernt?«, fragt sie und unterbricht damit unbeabsichtigt alle Gespräche am Tisch. Sunnys Familie, die sich am anderen Tischende zusammengefunden hat, als müsste man sich gegenseitig Wärme spenden, starrt sie überrascht an, fünf Augenpaare, die auf sie gerichtet sind.

»Ich wollte sagen«, sie wirft Mark einen Blick zu, weil sie sich weniger einsam fühlen möchte, aber er hebt nur fragend eine Augenbraue. »Sorry. Mom, du und Marshall. Ich bin einfach nur neugierig, wie ihr euch kennengelernt habt.«

Ihre Mutter betrachtet sie eine Weile und sagt dann: »Über Freunde.«

Sie weiß, dass ihre Mutter nie wirkliche Freunde hatte, was ihre Nervosität im Bauchbereich verschärft, und wahrscheinlich, so überlegt sie, war das sogar die Ursache für diese innere Anspannung. Es war einfach nie ein verlässlicher vernünftiger Erwachsener da gewesen, der das Ruder übernommen hätte. Es war einfach überhaupt ganz selten ein Erwachsener da gewesen, Punkt. Es waren nur sie zwei, Julia und Anita, da gewesen, beide zu jung, um sich im Leben zurechtzufinden.

»Wie lange seid ihr schon zusammen?«, fragt sie, und Marshall – er hat den Arm locker um Anitas Schultern gelegt, der Ring glitzert im Kerzenlicht – lächelt sie an.

»Im nächsten Monat sind es vier Jahre«, sagt er, und sie hört aus seinem Tonfall heraus, dass er annimmt, sie wüsste von der Heirat. Er hat auch jeden Grund zu der Annahme, dass Anita Julia erzählt hat, dass sie heiraten würde, *warum sollte sie ihr das auch verschweigen*. Julia ist immerhin ihre Tochter, und es gehört sich so, wenn man heiratet, das ist das Mindeste. Man informiert die eigene Tochter über die Ereignisse, es sei denn, sie hat es der eigenen Ansicht nach nicht verdient, dass man sie auf den neuesten Stand bringt, es sei denn, man hat beschlossen, dass sie das einfach nicht wert ist.

Sie überlegt, wie wohl ihr gemeinsames Zuhause aussieht. Wie die beiden wohl ihre Freizeit verbringen. Sie überlegt, ob seine Kinder zur Hochzeit erschienen sind, ob sie ihre Mutter lieben, ob sie von ihrer Mutter geliebt werden. Sie überlegt, ob sie beide gemeinsam trocken geworden sind oder es bereits waren, als sie sich kennenlernten, noch etwas, das ihre Mutter unternommen hat, ohne sie einzuweihen, noch etwas, über das sie sich nicht überrascht zeigen darf, etwas, auf das sie keinen Anspruch hat, auch wenn genau dieses Verhalten mit dafür verantwortlich ist, wer sie geworden ist. Nämlich ein Mensch, der niemandem und nichts über den Weg traute, bis sie einen Mann kennenlernte, der sich als vertrauenswürdig erwies, und selbst dann nicht: ein Nervenbündel, ein Griesgram.

»Wie die Zeit vergeht«, bemerkt Anita trocken.

»Das ist nichts im Vergleich zu euch beiden«, sagt Marshall und nickt Julia zu, und kurz denkt sie, er meint Anita und sie, aber dann hört sie neben sich Mark.

»Im September sind es sechsundzwanzig Jahre«, sagt er, aber ohne sie anzuschauen und mit leicht angespannter Stimme, und als er dann die Geschichte von der Parkuhr zum Besten gibt, fragt sie sich, ob sein distanzierter Tonfall – als würde es um zwei Fremde gehen – wirklich Einbildung ist.

50

Sie erhielt den Brief von der Northwestern University an einem Mittwoch im April. An jenem Abend kam sie nach ihrer Schicht in der Apotheke nach Hause, in der Küche roch es nach der Fertigpizza im Ofen, und aus dem Wohnzimmer, wo ihre Mutter auf dem Sofa Wäsche zusammenlegte, waren die Abendnachrichten des örtlichen Rundfunksenders zu hören. Sie nahm den Brief sofort mit in ihr Zimmer, riss, noch während sie die Tür hinter sich zuzog, den Umschlag auf und las, als sie geräuschvoll ins Schloss fiel, die erste Zeile. Beim zweiten Abschnitt über das Stipendium ging sie überwältigt in die Knie. Kein volles Stipendium, aber fast, auf jeden Fall ausreichend, dass ein Studium dort für sie realistisch war. Am liebsten hätte sie geschrien vor Freude, das gemacht, was normale Leute machten, wenn sie begeistert waren. Sie konnte sich nicht einmal daran erinnern, wann sie das letzte Mal begeistert gewesen war.

»Abendessen«, rief ihre Mutter, und sie strich den Brief glatt und las ihn noch zwei Mal, um sicherzugehen, dass sie alles richtig verstanden hatte. Sie malte sich aus, wie es wohl wäre, ihrem Vater von diesem umfangreichen Stipendium für ein Studium an der Northwestern University zu berichten – in der letzten Zeit hatte sie derartige Gedanken zugelassen, und zwar nicht, weil sie ohnehin in ihr schlummerten und nur darauf warteten, an die Oberfläche zu kommen, sondern weil es ihre Mutter ganz bestimmt ärgern würde.

Es hatte sie nicht verwundert, dass sich ihrer beider Verhältnis nach der Geschichte mit der Todesanzeige sofort wieder normalisierte. Anita besaß, wie sie schon immer gewusst hatte, das beachtliche Talent, alles an sich abprallen zu lassen. Offenbar ging ihre Mutter davon aus, wie sie auch deutlich gesagt hatte, dass es für Julia keinen Grund gab, derart empört, verletzt und verwirrt zu sein. Folglich weigerte sie sich, diese Gefühle zur Kenntnis zu nehmen, ignorierte sie, bis sie von selbst verschwanden, und nach ein paar Tagen war alles wie zuvor und das Zusammenleben kehrte zum gewohnten Rhythmus zurück. Jonathan war seit jenem Abend nicht mehr so häufig vorbeigekommen, und wenn er da war, verdrückte Julia sich meistens.

»Ich komme«, erwiderte sie, faltete den Brief wieder in drei Drittel, legte ihn in ihr Notizbuch, vergewisserte sich, dass er wirklich dort lag und sich nicht in Luft aufgelöst hatte, und ging dann ins Wohnzimmer. Die Pizza lag auf dem Tisch, ihre Mutter benutzte die flach gedrückte Verpackung als Unterlage, und der Meteorologe im Fernsehen kündigte leichten Regen an. Julia nahm sich ein Stück Pizza und eine Serviette und machte es sich am anderen Ende des Sofas gemütlich.

»Ich habe gute Nachrichten«, sagte sie und bereute ihre Worte sofort. Sie spürte, dass ihre Mutter in der falschen Stimmung war, so wie meistens, und nicht wohlwollend reagieren würde. Ihre Mutter brachte keine Geduld für das Glück von anderen auf, auch nicht im Falle der eigenen Tochter. Sie überlegte, wie es wohl war, wenn man eine Mom hatte, die sich ihrem Kind zuliebe zu einer anderen Stimmung zwang, aber sie hatte nun einmal diese Mom, die kein Interesse daran hatte, ihre eigenen Gefühle hinanzustellen,und sie vom anderen Ende der Couch ausdruckslos ansah.

»Was?«

Nur wenige Minuten zuvor war sie ein wenig traurig darüber gewesen, mit ihrer guten Nachricht ganz allein zu sein - es war im Grunde noch trauriger, als mit einer schlechten Nachricht allein zu sein -, aber am traurigsten wäre es, ihrer Mutter alles zu erzählen und dann eine lauwarme Reaktion zu erhalten. Der Gedanke, dass ihre Freude kaputt gemacht werden könnte, war in dem Augenblick zu viel für sie.

»Marissa McNeal ist gefeuert worden«, sagte sie. »Das heißt, ich kann ihre Schicht am Samstag übernehmen.«

Und schon leuchtete Anitas Gesicht, das Missgeschick von jemand anderem machte sie so froh, wie es der Erfolg ihrer Tochter nicht vermocht hätte.

»Warum ist sie gefeuert worden?«

»Weiß ich nicht genau. Aber sie ist immer zu spät gekommen.«

»Das ist doch diese Hässliche mit dem Zopf, oder?«

»Das ist gemein.«

»Stimmt aber doch?«

»Diesen Zopf trägt sie ja nicht *immer*«, räumte Julia ein, und Anita kicherte.

In nur wenigen Monaten würde sie abends also in ihr Zimmer an der Uni zurückkehren, das sie sich mit einer klugen Mitstudentin teilte und wo kein Fernseher stand, in dem dumme Lokalnachrichten liefen. Sie würde sich nicht aus einer Pappschachtel bedienen und in einer Mensa essen, um sich herum Leute, die sich tatsächlich unterhalten und nicht nur ihre Schadenfreude angesichts des Unglücks anderer kundtun wollten.

»Das ist einfach eine Tatsache«, sagte Anita mit einem boshaften Lächeln. »Das hat mit gemein nichts zu tun, sie sieht genau so aus wie die grässliche Fratze auf dieser Schachtel mit –«

»Count Chocula«, warf Julia ein, denn es stimmte, und ihre Mutter lachte, und sie lachte mit und merkte, wie ihr unerwartet Tränen in die Augen schossen, denn in einem halben Jahr würde sie nicht länger mit ihrer Mutter beisammen sein, so wie es bisher immer gewesen war, und die Vorstellung machte sie froh und sehr traurig zugleich.

Nach dem Essen ging sie spazieren, nur um sich ein bisschen die Beine zu vertreten, wie sie ihrer Mutter sagte, und Anita rief ihr nach, sie solle noch eine Packung Winstons für sie besorgen. Sie zwang sich zu einem gelassenen, gemächlichen Tempo und steckte die Hände in die Taschen. Erst eine Häuserzeile von Mr G entfernt fing sie an zu rennen und rannte den ganzen Weg zum Münztelefon an der Wand neben den Fahrradständern. Bevor sie den Hörer von der Gabel nahm, blickte sie sich verstohlen um.

Er antwortete beim dritten Klingeln, im Hintergrund bellte einer seiner Hunde.

»Ich muss dir was sagen. Darf ich dir was wirklich Tolles erzählen?«

Als er fragte, »Worum geht's?«, lag eine gewisse Härte in seiner Stimme, und sie bekam Panik, denn sie wusste nicht, ob sie damit umgehen könnte, wenn Jonathan die gleiche Gefühlskälte zeigte, der sie gerade eben bei ihrer Mutter aus dem Weg gegangen war.

Aber sobald sie damit herausrückte, jubelte er derart laut, dass sie den Hörer vom Ohr weghalten musste. Seine beiden Hunde bellten jetzt und sie lachte unwillkürlich, ihre Freude, die sie beim Abendessen im Zaum gehalten, das Lächeln, das sie unterdrückt hatte, als sie die Straße entlangspaziert war, all das machte sich Luft.

»Wow«, sagte er, und, »Klar, das war gar nicht anders zu erwarten«, und, »Ich bin so stolz auf dich, Julia. Oder ist das komisch?«

Und sie strahlte und war sicher, dass sie die gesamte Häuserzeile zum Leuchten brachte. Manchmal malte sie sich aus, was passieren würde, wenn ihre Mutter eine der Unterhaltungen mitbekam und hörte, wie die Zuneigung in der Stimme ihres Partners ganz allein Julia galt.

»Danke«, sagte sie, und »Jonathan, danke«, und, »Nein ...«, und dabei legte sie die Stirn an die Ziegelwand neben dem Münztelefon und ihr wurde ganz schwindlig und warm in der Brust, *stolz, stolz, stolz* – »Nein, das ist gar nicht komisch.«

Zu diesem Zeitpunkt schliefen sie bereits seit zwei Monaten miteinander. Erst viel später, viele, viele Jahre, nachdem sie an jenem Abend Zigaretten für ihre Mutter gekauft hatte und mit diesem Geheimnis im Herzen – wie sehr er sich für sie gefreut hatte – nach Hause gegangen war, kam ihr der Gedanke, dass er vielleicht im ersten Moment deswegen so kurz angebunden geklungen hatte, weil er befürchtete, dass sie angerufen hatte, um zu sagen, dass sie schwanger war.

51

Ihre Mutter folgt ihr in die Küche, als sie die Dessertteller anrichten geht. Julia spürt ihre Gegenwart und nimmt ihren Geruch wahr – vertraut und auch wieder nicht, etwas Neues, ein Hauch Kokosnuss unter dem Duft von Haar- und Babypuder, und darunter eine Ahnung von Anis und Zigarettenrauch –, trotzdem wendet sie sich nicht um.

»Ich wusste gar nichts von deinem kulinarischen Talent«, sagt Anita.

»Nun ja, wie auch.«

»Das Essen war exzellent.«

»Danke.«

»Und dein Haar ist heute Abend wirklich hübsch.«

Sie wirft über die Schulter einen Blick auf die Mutter in ihrer nonnenhaften Güte. »Danke«, sagt sie misstrauisch.

»Hast du ein bisschen zugenommen?«

Jetzt dreht sie sich ganz zu ihr um. »In den letzten achtzehn Jahren? Ja, stimmt, das gebe ich gerne zu.«

»Ich wollte nicht ... Ich habe nur gefragt, weil es dir steht. Du wirkst gesund, das will ich damit sagen. Als Kind warst du so dürr. Ich erinnere mich noch, dass eine Nachbarin an der Fünfundvierzigsten mich gefragt hat, ob du Skorbut hast.«

Sie fokussiert die Rührstäbe des Mixers, während sie fragt: »Wissen eigentlich die Kinder von Marshall, dass ihr geheiratet habt?«

Ihre Mutter seufzt. »Julia.«

»Und?«

»Bitte, mein Schatz.« Das Kosewort scheint sie beide zu verblüffen. Verloren stellt Julia sich vor, wie ihre Mutter die Torres-Kinder leichthin mit liebevollen Worten bedenkt. Sie kann sich nicht entsinnen, dass sie jemals – wenigstens nicht bis zu ihrer Freundschaft mit Helen Russo – mit *Schatz* und in dem Ton leichter mütterlicher Verzweiflung angeredet worden ist.

»Dabei sollte es mich nicht überraschen«, sagt sie, »dass ich für dich nicht wichtig genug war, um –«

»Es ging nicht um *dich*«, unterbricht Anita sie. »Wir haben kaum jemandem davon erzählt. Die *Steuern* waren der eigentliche Grund, auch wenn dich das eigentlich nichts angeht.«

Es kränkt sie mehr als erwartet. Sie wendet sich wieder dem Mixer zu. »Klar, das tut es nicht.«

»Julia, ich wollte damit nur sagen, dass wir beide eben nicht diese Art von Beziehung zueinander haben. Wann hast du mir das letzte Mal etwas aus deinem Leben erzählt?«

»Deine Reaktionen sind eben immer verhaltener geworden«, sagt sie. »Wenn die andere Person nach unzähligen Anläufen kein Interesse an dem zeigt, was man ihr erzählt, wird einem irgendwann klar, dass eben kein Interesse besteht.«

»Tut mir leid, dass du das so siehst«, entgegnet Anita.

»Man hört dir an, dass die Worte von Herzen kommen«, sagt Julia. »Kein bisschen unaufrichtig.«

»Oh, Julia, das ist wirklich nicht der richtige Zeitpunkt, um –«

»Was den Zeitpunkt betrifft, gebe ich dir recht«, redet

sie weiter. »Nur, dass du's weißt, ich stimme dir zu, auch wenn du anscheinend immer entscheidest, wann der richtige Zeitpunkt für etwas ist.«

Anita schweigt eine Weile, es ist die Art von Schweigen, in dem sich etwas zusammenbraut, die Art von Schweigen, die Julia als Kind gefürchtet hat. »Schon merkwürdig, wie unterschiedlich Wahrnehmungen sind.«

»Ach, zum Teufel«, bricht es aus Julia heraus. »Okay, Mom.« Sie geht zum Kühlschrank, spürt aber weiterhin Anitas Blick auf sich. »Gibt's noch was?« Sie bedauert ihren Tonfall. Sie klingt vielleicht nicht bissig, in jedem Fall aber theatralisch und weinerlich, ziemlich wie ihre Tochter, der Teenager.

»Ich wollte nur schauen, ob du Hilfe beim Dessert brauchst.«

»Nein.« Sie reckt das Kinn. »Danke.« Trotzig, fast aggressiv, wäscht sie die Himbeeren in ihrer Plastikverpackung.

»Denn du wirkst ein bisschen ...«

»Ein bisschen was?«

»Du solltest dich vielleicht etwas beim Wein zurückhalten.«

Sie hält inne und dreht sich um, die Himbeeren tropfen auf den Boden. »Soll das ein *Witz* sein?«

Der Gesichtsausdruck ihrer Mutter ist weich und friedlich. »Man verliert so leicht die Übersicht, wie viel man ... trinkt«, sagt Anita, plötzlich ein Sinnbild für großstädtische Mustergültigkeit und Selbstdisziplin.

»In deinem Fall trifft das sicher zu.«

»Julia, ich trinke seit acht Jahren nicht mehr.«

Für den Bruchteil einer Sekunde freut sie sich darüber, sie freut sich für ihre Mutter und ist stolz darauf, dass ihr etwas bestimmt sehr Schwieriges gelungen ist, doch dann weicht dieses Gefühl einem altbekannten aus ihrer Kindheit, wann immer Anita sich für einen neuen Liebhaber besserte und sie sich gekränkt fragte: *Warum für den? Warum gerade jetzt? Warum nicht mir zuliebe?*

»Deswegen kannst du dir noch lange kein Urteil anmaßen. Außerdem hat das nach immerhin *fünfzig* Jahren gar nichts zu bedeuten.« Sie sagt das, weil ihr die Situation natürlich peinlich ist. Weil sie eigentlich nie so viel trinkt. Weil sie gelernt hat, und zwar noch bevor sie wusste, was Lernen heißt, dass sie sich keine Fehler erlauben durfte, denn die machten höchstwahrscheinlich schon die Menschen um sie herum. Weil auch sie sich aber trotzdem hin und wieder einen Fehler erlauben darf, oder nicht? Weil sie sich über sich selbst ärgert, dass ihr das ausgerechnet jetzt, vor den Augen der Mutter passieren muss, und weil sie sich zugleich über ihre Mutter ärgert, die sie dermaßen in die Enge treibt.

»Tut mir leid, dass du dich jetzt ärgerst«, sagt Anita.

»Du weißt aber schon, dass eine Entschuldigung anders klingt, oder?«

»Julia, ich bin nicht diejenige, die hier gerade eine Szene macht.«

»Ich mache überhaupt keine Szene. Ich habe nie Szenen gemacht, Mom, weil ich nie welche machen durfte. Du kannst nicht einfach hier auftauchen, über mich urteilen und dann wieder verschwinden, bevor du alles in Ordnung gebracht hast, was du –«

»Ich urteile nicht über dich.«

»Ich bin angeblich übergewichtig und ich trinke zu viel«.

»Ich weiß nicht, wie du normalerweise lebst, Julia. Ich wollte nur sagen –«

»Ich lebe ganz *normal*, Mom. Mein Leben verläuft *normal*, obwohl du dir große Mühe gegeben hast, dass dem nicht so ist. Ich trinke gerade zu viel, weil dein Besuch jedes Mal – und zwar gilt das für *beide* Male innerhalb von fünfundzwanzig Jahren – für mich im Desaster endet.«

»Julia, dir fällt es schwer, Kritik zu ertragen, ist dir das klar?«, tastet sich ihre Mutter vor.

»Ich habe mir *nichts* zuschulden kommen lassen. Ich akzeptiere keine Kritik, weil ich auch nichts falsch gemacht habe.«

»Du bist damals ausgezogen«, sagt Anita.

»Was willst du damit ... Ich bin überhaupt nicht ausgezogen. Ich bin aufs College gegangen, das ist nicht das Gleiche –«

»Davon rede ich nicht«, erwidert Anita. »Obwohl dir damals anscheinend nicht besonders viel daran lag, mich darüber zu informieren, dass du möglichst weit weg wolltest.«

»Aber du hast mich doch ziehen lassen. Du hast mich einfach aufs College gehen lassen und hast nicht ein einziges Mal ... Danach hast du nichts unternommen, um mir zu zeigen, dass dir was an mir liegt.«

»Ach, ich habe dich *ziehen lassen?*« Sie hört Gehässigkeit im Tonfall ihrer Mutter und merkt, dass sie die ganze Zeit hinter der neuen Fassade nach der wohlvertrauten Wut gesucht hat. »War das wirklich so, Julia? Denn ich erinnere mich daran, dass du mir deinen Auszug lediglich *verkündet* hast. Du hast mir klipp und klar gesagt, dass du ausziehen würdest, und genau das hast du dann auch getan. Wie hätte ich dich davon abhalten sollen?«

»Ich meine das nicht wörtlich. Ich rede hier von *Zwischentönen*. Du hättest mir wenigstens zu verstehen geben können, dass dir was an mir liegt.«

»*Zwischentöne.*« Anita lacht. »Julia, mich interessiert es

nicht, was für eine bescheuerte, sentimentale Erziehungsphilosophie du dir zugelegt hast, weil du die Zeit und das Geld hattest. Ich habe dir Essen und Kleidung gegeben und dich am Leben gehalten, und zwar ganz allein, und da hatte ich wenig Spielraum für *Zwischentöne*, okay?«

Sie hat Mark nie begreiflich machen können, wie es sich anfühlt, in einem anderen Menschen eine derartige Wut auszulösen, indem man einfach existiert. Rückblickend gesteht sie sich nur selten ein, wie ambivalent ihre Mutter ihr gegenüber offenbar war. Sie hat gegen die gleiche Ambivalenz den eigenen Kindern gegenüber angekämpft, bis sie die beiden bedingungslos lieben konnte.

»Ich war damals siebzehn.«

»Du warst reif für dein Alter und alt genug, um zu wissen, was du tust«, sagt Anita.

Es ist kaum zu glauben, dass sie das sagt; es ist kaum zu glauben, dass sie beide endlich darüber sprechen, *jetzt*, am Abend vor der Hochzeit ihres Sohnes. »Aber ich war nicht alt genug, um zu begreifen, was es bedeutet.«

»Und es wäre meine Aufgabe gewesen, dir das begreiflich zu machen?«

»Es wäre deine Aufgabe gewesen, zu sehen ... wie kompliziert alles war und wie sehr ich den Boden unter den Füßen verloren hatte. Du hättest dafür sorgen können, dass ich mich nicht so furchtbar fühle.«

»Du hattest was Furchtbares gemacht. Warum hätte ich dafür sorgen sollen, dass du dich damit wohlfühlst?«

Sie weiß, wie ihre Mutter die Dinge sieht. Sie kennt Anitas offizielle Version der Geschichte – diesen unmissverständlichen Satz, der nichts beschönigt. Aber sie hat ihn seit vierzig Jahren nicht mehr gehört und spürt nun ein tiefes Brennen in der Magengrube.

»Alles gut?«, ertönt Marks Stimme von der Tür aus. Sie beobachtet, wie ihre Mutter sich sofort anspannt, wahrscheinlich ist sie der einzige Mensch, der in seiner Gegenwart nervös wird. »Man kann euch ein bisschen hören«, sagt er sanft.

Ihre Mutter verlässt augenrollend und ohne ein weiteres Wort die Küche.

»Alles okay?«, fragt Mark und sie hätte gern geantwortet, *Na ja, nicht wirklich* und wäre zu ihm hingegangen, aber sie nickt lediglich.

»Alles gut«, sagt sie, und Mark mustert sie ausgiebig, nickt ihr zu und gesellt sich wieder zu den Gästen.

52

Jonathan besaß einen zerbeulten Jeep mit einem Rücksitz, der groß genug war, um seine beiden schokoladenbraunen Labradore zu beherbergen, und auch ihnen beiden genug Platz bot an den Abenden, die Julia mit ihm allein verbrachte. Manchmal holte er sie nachmittags von der Schule ab, und sie ließ sich Zeit, wenn sie auf ihn zuging, in der kläglichen Hoffnung, dass sie von ihren Klassenkameraden beobachtet wurde.

Sie machten Ausflüge mit dem Auto und gingen wandern, und einmal hatten sie wie Elfen Sex auf einem Baumstumpf. Er brachte ihr weiterhin alles über unbekannte Indie-Bands bei, Wissen, für das Mark sie später vergöttern sollte, und sie streichelte seine Hunde, bis ihre Hände feucht vom Sabber waren. Gemeinsam sorgten sie dafür, dass die Fenster seines Jeeps von innen beschlugen, etwas, das sie bis dahin nur aus dem Kino kannte. Sie wurde der Macht, die sie über ihn hatte, nie überdrüssig, diese geheimnisvolle Kunst der Verwandlung, die wie ein Zauber war – eine strategische Berührung mit der Hand genügte und er schmolz vor ihren Augen dahin. Gelegentlich hatte sie deswegen ein schlechtes Gewissen, bereute es danach und recht oft auch währenddessen, aber sie handelte mit voller Absicht. In mancher Hinsicht war es ihr wichtigster Akt von Selbstbehauptung.

Jonathan war sechzehn Jahre älter als sie – und damit fast genau doppelt so alt –, und er war auch der Erste, mit dem sie schlief, obwohl sie ihm das selbstverständlich nicht verriet. Mit Neil Blumenkohlohr und dem braven Kontrabassisten, der in der Musikstunde hinter ihr stand, hatte sie bereits einige Erfahrungen gesammelt. Und auch mit dem freundlichen Lieferboten mit der Haartolle, der für die Apotheke arbeitete und die Highschool abgebrochen hatte. Mit ihm rauchte und knutschte sie, wenn sie eigentlich seine Lieferungen des Erkältungsmittels Sudafed abzeichnen sollte. Sie gab sich alle Mühe, ihre Unerfahrenheit zu verbergen, und glücklicherweise war Jonathan in dieser Hinsicht nicht sehr aufmerksam. Anscheinend war er einfach glücklich, mit ihr zusammen zu sein, und gab ihr gerne Hinweise, die sie dankbar aufnahm, weil sie dachte, dass sie ihr bestimmt noch weiterhelfen würden.

Zuerst bemerkte sie nicht, dass etwas nicht stimmte, als er sie an jenem Nachmittag eine Woche vor ihrer Abschlussfeier von der Schule abholte.

»Was für ein blöder Tag«, sagte sie fröhlich und in der Hoffnung, dass einige Mitschüler sie hörten, und ließ den Kopf gegen den Sitz sinken. Jonathan präsentierte sich gern als Naturbursche und das Wetter war endlich warm. Und so hatten sie die letzten Nachmittage in den Dan Ryan Woods oder im Calumet Park verbracht, wo sie herumliefen wie auf der Suche nach einem geeigneten Ort, um eine Leiche zu begraben, und sich dann auf einem Plätzchen im Schatten niederließen, wo sie niemandem auffallen würden.

Sie rasten über den South Shore Drive. Später war es ihr peinlich, wie blind sie anfangs gegenüber seiner Stimmung gewesen war. Er stieg wortlos aus dem Auto. Und dann fiel ihr auf, dass er seine Hunde nicht dabeihatte.

»Wo sind die Jungs?« Ihre Mutter mochte seine Hunde

nicht. Jonathan zog nur selten Vergleiche zwischen ihnen beiden, hatte ihr aber verraten, dass sie mit Flash und Gordon im Gegensatz zu ihrer Mutter gut umgehen konnte, und genau deswegen hatte sie die Hunde noch lieber um sich.

»Die habe ich zu Hause gelassen.«

»Du bist so schweigsam«, sagte sie und zog an seiner Hand, damit er sie ansah. Seine Miene war auf eine jungenhafte Weise besorgt, was unattraktiv auf sie wirkte, wie sie flüchtig registrierte. Plötzlich war sie von Panik erfüllt, dass er mit ihr Schluss machen könnte. Sie war sich bewusst, dass das Ende irgendwann kommen würde, aber hatte es nicht so bald erwartet. Sie hatte sich vorgestellt, dass ihre Beziehung wenigstens den Sommer überdauern würde, vielleicht könnte er sie während des ersten Semesters an der Northwestern hin und wieder von ihrer Einsamkeit erlösen. Sie drückte ihre Hüften gegen seine. »Ist mit dir alles okay?«

Er lächelte sie an – wenigstens ein kleines Entgegenkommen – und küsste sie. »Alles okay«, sagte er. »Ich wollte dich nur ganz für mich haben.«

Und darauf ließ sie ihn die Führung übernehmen. Er streichelte in einer Weise mit dem Daumen über ihren Handrücken, dass sie sich geliebt fühlte. Sie strichen durchs Unterholz und er zog sie mit sich zu Boden. Erst spürte sie die kühle Erde durch ihren Rock und dann an ihren nackten Schenkeln, als er ihn hochschob. Eine Brise vom See, sein Körper, der sich perfekt an ihren schmiegte, die zugegeben geringe Möglichkeit, dass jemand sie entdecken und die Polizei rufen würde: Als er kam, bebte sein Körper auf ihrem, und obwohl sie selbst noch nicht so weit war, stieß sie ein leises Stöhnen aus.

»Lass uns ein Stück spazieren«, sagte er kurz darauf und wollte von ihr herunterrollen, aber sie hielt seinen Arm fest.

»Nur noch ein paar Minuten.« Sie kuschelte sich eng an ihn und war überrascht, dass sein Körper sich merklich anspannte. »Nun komm schon, mir ist kalt.«

Er ließ sich von ihren Berührungen nicht erweichen. »Denk dran, dich zu Hause auf Zecken abzusuchen.«

»Willst du das nicht übernehmen?«, fragte sie neckisch und stupste seinen Arm mit der Nase an.

»Mein Gott, jetzt hör doch endlich auf«, erwiderte er. Er schob sie zwar nicht weg, aber der Tonfall genügte, dass sie sich von ihm zurückzog.

»Scheiße, was soll das?«, rief sie und versuchte, empört zu klingen und nicht den Tränen nahe.

»Deine Mom weiß Bescheid«, sagte er.

»Dass du ein totaler Griesgram bist?«, fragte sie, aber sie hatte den Satz noch nicht zu Ende gesagt, da erkannte sie ihren Fehler – *Griesgram* war ein typisches Anita-Wort.

War die Erkenntnis schlimmer oder die schiere Tatsache, dass er sich so lange nichts hatte anmerken lassen? Im Auto hatte er sie bei Van Morrison mitsingen und sich die Geschichte von dem Physiklehrer erzählen lassen, der zur Demonstration der Erdanziehung einen Stuhl quer durch den Klassenraum geworfen hatte. Ihr Rock war immer noch bis auf die Hüften hochgeschoben, weil er sie gerade im Moos gefickt hatte. Triebgesteuert wie bei den Kaninchen, als wäre sie kein Mensch mit Gefühlen.

Was war schlimmer? All das oder dass sie einen kurzen Moment lang geradezu *euphorisch* gewesen war, weil ihre Mutter es herausgefunden hatte.

»Wie?«, fragte sie. »Seit wann?«

»Wir haben uns heute zum Mittagessen getroffen.«

Sie sackte gegen einen Baumstamm. Was hätte sie auch anderes erwarten sollen? Ihr war klar, dass sie kein Recht hatte, sich so zu fühlen, besonders nicht jetzt, aber das Wissen, dass Jonathan erst ein paar Stunden zuvor mit ihrer Mutter zusammen gewesen war, erfüllte sie mit etwas wie Eifersucht. Eigentlich versuchte sie immer, sich die beiden nicht zusammen vorzustellen. Und sie überlegte, ob er Anita auch erst gefickt hatte, bevor die herausfand, was er getan hatte. Sie überlegte, ob ihre Mutter sich danach genauso besudelt und erniedrigt gefühlt hatte, wie sie selbst sich in diesem Augenblick fühlte.

»Ich wollte es dir persönlich sagen«, verkündete Jonathan in einer Förmlichkeit, die ihr neu war. »Es muss jetzt ein Ende haben. Tut mir leid.«

»Woher weiß sie davon? Was hat sie gesagt?«

Er seufzte und wirkte plötzlich gereizt. »Ich habe mich verplappert und deinen Namen fallen lassen.«

Es war zwar die ganze Zeit genau ihre Absicht gewesen – ihrer Mutter wehzutun, sie zu provozieren, sie dazu zu zwingen, sich mit ihr zu beschäftigen, sie, Julia, wahrzunehmen –, doch die Erkenntnis, dass sie nun tatsächlich alles wusste, lag ihr schwer auf der Brust. »Was soll das heißen, du hast dich –«

»Ich habe gesagt, ich hätte dich am Wochenende getroffen. Es ist mir einfach so herausgerutscht. Und sie ... keine Ahnung, sie hat es einfach gewusst.«

»Das ergibt keinen Sinn.«

»Sie ist schließlich deine Mom.«

»Ja, schon, aber sie ist nicht ...« Sie setzte sich auf einen toten Ast. Ihre Mutter gehörte nicht zu den Müttern, die

Dinge intuitiv *wussten.* »Das ergibt keinen Sinn«, wiederholte sie.

»Julia, wir hätten nicht ... Ich hätte es besser wissen müssen.«

»Hör auf, dich so aufzuspielen.«

»Ich fahre dich, wenn du willst.«

»Du hast mich verarscht«, sagte sie, und bei allem Schmerz, den sie später empfand, trotz Kummer und Reue, Einsamkeit und Enttäuschung über sich selbst, trotz einer unerschütterlichen Überzeugung, dass etwas mit ihr falsch war, würde sie diesen einen Satz nie vergessen. Wie naiv er klang, die Beschämung schien alles andere in den Schatten zu stellen.

*

Um heimzukommen, musste sie zwei Busse nehmen. Auf beiden Fahrten riss sie sich zusammen, weil sie sich überlegte, dass Tränen im Bus mit größerer Wahrscheinlichkeit als ohnehin schon irgendwelche Perversen anlocken würden. Sie versuchte, die Ereignisse rational zu betrachten, zwang sich, das Gespräch mit Jonathan noch einmal Wort für Wort durchzugehen, aber ihr wurde übel vor Scham, und sie ließ es sein. Sie hielt ihren Rucksack auf dem Schoß umklammert und malte sich aus, womit sie zu Hause zu rechnen hatte.

Sie hatte keine Übung darin, sich gegenüber ihrer Mutter zu verteidigen, denn sie benahm sich nur selten daneben. Für ihre kleineren Vergehen als Kind bekam sie gelegentlich eine Ohrfeige, aber meistens wurden psychologische Taktiken eingesetzt: ausgeklügeltes Nichtbeachten, Anschweigen oder vernichtende Urteile über ihren Charakter. Sie erinnerte tatsächlich nur eine einzige Begebenheit, bei der ihre Mutter sie, kurz nachdem der Vater für immer fortgegangen war, für Fehlverhalten bestraft hatte. Sie waren in einem Einkaufszentrum – ihre Mutter hatte sie an einem Nachmittag dorthin geschleppt, weil an ihrer neuen Schule eine Uniform verlangt wurde –, und Julia entsann sich, dass sie sich nicht ganz auf der Höhe gefühlt hatte: müde von einem Tag mit neuen Klassenkameraden in der damals dritten Klasse, geplagt von einem tief sitzenden Schmerz im linken Ohr und genervt von den Uniformen, die nicht kariert gemustert waren wie im Fernsehen, sondern einfach nur blau. Wenn man auf so engem Raum mit einem anderen Menschen zusammenlebte, baute sich Spannung oft in beiden Parteien auf, und sie und ihre Mutter hatten dafür einen Sensor wie andere fürs Wetter. Ihre Mutter war ebenfalls genervt, und ihre schlechte Laune äußerte sich in Ruppigkeit, sodass sie ungeduldig an Julias Hand zerrte und sie über glänzendes Linoleum, durch Gänge mit Sportschuhen, bis hin zu den Blusen zog. Auf dem Weg durch die Strumpfabteilung wurde Julia von Schnittmustern abgelenkt, und sie schaffte es, sich aus dem mütterlichen Griff zu befreien. Staunend blieb sie vor den Reihen großäugiger Pappmaché-Mannequins mit Wespentaille und bonbonfarbiger Kleidung stehen. Sie hatte keine Ahnung, was genau sie da vor sich hatte, aber wie gern hätte sie diese Frauen in Kleidern mit gerade geschnittenem Ausschnitt oder hochtaillierten Hosen besessen, etwas Schöneres konnte sie sich nicht vorstellen. Sie könnte sie sich in ihr Zimmer hängen und vielleicht sogar eine davon ihrer Lehrerin mit dem lächelnden Lippenstiftmund und weit schwingenden Röcken mitbringen. Sie suchte sich das hübscheste

Modell aus, eins in einem grünen Minikleid, und nahm das Schnittmuster behutsam vom Haken.

»Ach, zum Teufel mit dir.« Plötzlich packte die mütterliche Hand sie am Oberarm und riss sie weg. »Was machst du denn?«

»Darf ich den hier haben?«, fragte sie ängstlich und hielt den Umschlag hoch.

»Darfst du ... Nein, Julia, das darfst du nicht. Wie oft habe ich dir schon gesagt, du sollst in der Nähe bleiben, damit ich dich immer sehen kann? Meine Güte. Weißt du überhaupt, was du da in der Hand hältst?«

»Papierpuppen«, sagte sie überzeugt.

»Damit kann man ein Kleid nähen«, erwiderte ihre Mutter. »Wozu du nicht in der Lage bist, soweit ich weiß.«

Sie konnte sich nicht mehr erinnern, wie es danach weiterging, nur dass sie mit einem Mal zu Boden sackte, als ihre Mutter sie zurück zur Strumpfabteilung schleifen wollte. Sie konnte sich immer noch das Gefühl des kühlen, wächsernen Bodens unter ihrem Gesicht in Erinnerung rufen, er roch nach Gummi und dem übersüßten Popcorn in der Einkaufspassage, sodass ihr übel wurde. Sobald sie einmal mit dem Weinen angefangen hatte, konnte sie nicht mehr aufhören, und je härter ihre Mutter an ihrem Handgelenk zog, desto lauter heulte sie, bis das Weinen gute Gründe hatte – das Ohr schmerzte, sie wollte diese Papierpuppen unbedingt haben, sie hasste es, wenn ihre Mutter so mit ihr umging, und je mehr sie sich hineinsteigerte, desto schwerer wurde es aufzuhören. Außerdem fühlte es sich fast gut an, so wie wenn man sich einen juckenden Mückenstich aufkratzt. Ihre Mutter legte eine Armladung Schuluniformen auf einem Stuhl ab, so erinnerte sie sich noch vage, fasste Julia unter den Achseln und schleppte sie unter den neugierigen Blicken anderer Kunden hinaus auf den Parkplatz.

Als sie beim Auto ankamen, hatte sie sich vor lauter Erschöpfung beruhigt. Für ausgewachsene Wutanfälle hatte sie nicht genügend Energie. Sie legte den Sicherheitsgurt an, ließ den Kopf an der Stütze ruhen und schloss die brennenden, geschwollenen Augen. Erst als der Wagen anfuhr, fiel ihr das Schweigen ihrer Mutter auf und dass sie Julia demonstrativ ignorierte, ihren Blick nicht einen Millimeter in ihre Richtung wandte. Erst später wurde ihr klar, dass das eine Taktik war – Anita gab ihrem Ärger vor allem dadurch Ausdruck, dass sie einen wie Luft behandelte –, aber selbst in dem Moment wusste sie instinktiv, dass diese vollkommene Stille im Auto – kein Radio, keine Kommentare ihrer Mutter zu anderen unfähigen Verkehrsteilnehmern – etwas zu bedeuten hatte, wusste, dass es kein gutes Zeichen war.

»Mom?«, sagte sie. »Sorry. Es tut mir leid. Das wollte ich nicht.«

Ihre Mutter hielt den Blick starr geradeaus gerichtet und blinzelte fast träge durch die Windschutzscheibe. Sie rasten den Highway entlang, das Schweigen zwischen ihnen wie ein unangenehmer Druck auf den Ohren, und es erschien ihr vollkommen denkbar, dass die Mutter nie wieder ein Wort mit ihr wechseln, sie beide für immer in diesem Schweigen ausharren würden, weil sie etwas Dummes getan hatte, was nicht einmal *beabsichtigt*, sondern einfach *passiert* war. Sie überlegte ängstlich, dass sie mit einem einzigen dummen Fehler alles kaputt gemacht hatte, nur weil sie müde geworden war.

Wieder kamen ihr die Tränen, und sie spürte, wie das Schweigen ihrer Mutter lauter wurde, Ärger von ihr ausstrahlte wie eine radioaktive Substanz.

»Mom«, sagte sie, und dann noch einmal verzweifelter: *»Mom.«*

Ihre Mutter setzte den Blinker und bog langsam in eine unbekannte Seitenstraße ein. In der Mitte der Häuserzeile hielt sie am Bordstein. Sie sah Julia immer noch nicht an, sondern streckte nur den Arm an ihr vorbei und öffnete die Beifahrertür.

»Steig aus«, befahl sie.

»Wo sind wir?«

»Sofort.«

»Mom.« In ihr stieg Panik auf, verflüssigte sich.

»Raus aus dem Auto«, sagte ihre Mom, und weil sie klang, als meinte sie es ernst, löste Julia ihren Sicherheitsgurt und stieg aus.

Als ihre Mutter hinter ihr die Autotür zuzog und anfuhr, schaute sie reglos zu, als würde gerade die Mom von jemand anderem wegfahren und dieses Kind vor einem Sandsteinhaus, dessen Haustür von zwei riesigen Töpfen mit Chrysanthemen gerahmt wurde, zurücklassen. Sie verfolgte die Szene von oben, als wäre sie selbst irgendein kleines, tränenverschmiertes Mädchen in Sportschuhen, das eine schlimme Ohrentzündung hat, jemand, den sie aus der Distanz bemitleiden konnte. Sie sah den Blinker am Auto ihrer Mutter leuchten, der Wagen bog langsam um die nächste Ecke, sie schlüpfte wieder in ihren Körper, und ihr wurde klar, dass ihre Mutter fort war.

Sie stand gefühlt eine Stunde am gleichen Fleck, obwohl es vermutlich nicht länger war als eine Minute, oder zwei. Aber diese Minute war für ihren Verstand lang genug, um sich in die schlimmsten Ängste hineinzusteigern, um ein dumpfes, kaltes Grauen zu empfinden, so furchterregend wie nichts zuvor in ihrem Leben, um resigniert zu dem Schluss zu kommen, dass sie einfach so verlassen werden konnte, erst von dem einen Elternteil, dann dem anderen.

Als ihre Mutter wieder vorfuhr, weinte sie nur noch lautlos. Diesmal öffnete sie ihr nicht die Autotür. Julia kam zögerlich näher und zog am Griff.

»Hörst du jetzt endlich auf, dich wie ein Kleinkind zu benehmen?«

Sie nickte und Anita gab ihr mit einer Geste zu verstehen, dass sie einsteigen durfte, und sie stieg ein und legte den Sicherheitsgurt an, und als sie anschließend im Supermarkt ein paar Sachen fürs Abendessen einkauften, hielt sie die Hand ihrer Mutter so fest umklammert, dass ihre Knöchel weiß wurden und ihre Mutter beim Zahlen an der Kasse gewaltsam einen Finger nach dem anderen lösen musste. Danach ging es wie gewohnt weiter, nur als die Mutter ihr an jenem Abend Gute Nacht sagte, beugte sie sich zu ihr hinunter und umarmte sie so innig, dass sie Julia fast aus dem Bett hob. Julia ließ es zu und hing schlaff in den Armen ihrer Mutter, spürte aber die Heftigkeit der Umarmung und ahnte, dass es eine Entschuldigung sein sollte.

»Meine Güte«, sagte Anita, als sie die Szene ein paar Jahre später ansprach. »Ich bin nur einmal um den Block gefahren. Ein wirklich hübsches Viertel war das. Und wer weiß, vielleicht wärst du ja besser dran gewesen, wenn dich jemand entführt hätte.«

Währenddessen hielt der Bus vor der juristischen Fakultät, und ihr gegenüber nahm ein Mann Platz, der die Hände verdächtig in den Manteltaschen verborgen hielt. Sie zog an der Kette, damit der Bus an der nächsten Haltestelle anhielt, und lief den restlichen Weg zu Fuß. Wie würden normale Leute sich einer solchen Auseinandersetzung mit einem Elternteil stellen? Sie erwog reuevolles Auf-die-Knie-Fallen, formulierte halblaut eine wenig überzeugende Entschuldigungsrede, in der sie an das Konzept von freier Liebe aus den jungen Jahren ihrer Mutter appellierte. Aber beide Überlegungen wichen bald einer dritten: Normale Leute müssten sich gar nicht erst auf ein solches Gespräch vorbereiten, denn normale Leute hätten nicht das getan, was sie getan hatte.

Als sie durch die Haustür trat, saß ihre Mutter gerade friedlich am Küchentisch und hatte die Hände um einen Becher Tee gelegt.

»Du bist spät«, sagte Anita.

»Sorry«, erwiderte Julia, öffnete den Mund für eine Lüge, aber dann bemerkte sie den Blick ihrer Mutter und schloss ihn wieder. Sie wartete ab, aber ihre Mutter schwieg, starrte Julia nur weiterhin schweigend an. Julia hängte ihre Jacke an den Mantelständer und schlüpfte aus den Schuhen. Als sie sich umdrehte, starrte ihre Mutter auf einen Punkt neben dem Kühlschrank, also ging sie nervös in ihr Zimmer, um sich endlich den Rock auszuziehen, der vom Moos immer noch feucht war. Wäre sie weniger pragmatisch veranlagt gewesen, hätte sie ihn in den Müll geworfen.

Sie hatte ihr Zimmer gerade wieder verlassen und war auf dem Weg in die Küche, da ergriff ihre Mutter das Wort.

»Ich weiß wirklich nicht, was du dir dabei gedacht hast«, sagte Anita fast freundlich. »So was hätte ich von dir im Leben nicht erwartet.«

Sie war verblüfft, dass sie sofort beim Thema waren. Und noch verblüffter war sie darüber, dass ihre Mutter überhaupt Erwartungen an sie hatte. Natürlich hatte sich ihre Mutter stets darauf verlassen, dass sie selbstständig, folgsam und still war und beim Einkaufen keine Szene machte. Aber es war ihr bislang nie in den Sinn gekommen, dass sie auch noch höhere, feinere Maßstäbe anlegte, Maßstäbe eines zivilisierten Umgangs miteinander. Es war ihr bislang nie in den Sinn gekommen, dass ihre Mutter Vertrauen in sie haben könnte.

Im ersten Impuls wollte sie den Satz vom damals im Auto wiederholen: *Das wollte ich nicht.* Denn das stimmte größtenteils. Natürlich hatte sie ihre Mutter verletzen wollen, aber bei der Geschichte mit Jonathan war es zusätzlich um anderes gegangen. Weil ihr aber vieles davon nicht klar war, konnte sie es auch nicht formulieren.

»Mom, ich wollte das nicht ...«

»Ach nein?«

Hatte sie es gewollt? Selbstverständlich nicht. Aber gleichzeitig irgendwie schon.

»Ich wollte dich nicht ... verletzen. Ich ...«

»Oh, ich fühle mich nicht verletzt. Darum geht es nicht.«

Ihr fehlten im ersten Moment die Worte, und dann spürte sie überrascht Wut in sich aufsteigen. »Klar fühlst du dich verletzt. Du kannst doch nicht einfach behaupten, dich nicht so zu fühlen, wenn es eindeutig nicht stimmt, Mom. Du kannst nicht einfach behaupten, du wärst nicht verletzt, wenn du –«

»Wenn du was gemacht hast, das einen richtig verletzt? Julia, ich bin scheißwütend, damit das klar ist. Aber ich werde dir nicht die Genugtuung geben, mich *verletzt* zu fühlen, okay?«

»Glaubst du etwa, ich wäre *froh* darüber?«

»Keine Ahnung, was dich froh macht. Ich habe ja nicht mal eine Ahnung, wer du überhaupt bist.«

»Ich weiß nicht genau, wie es dazu gekommen ist«, sagte sie leise. »Ich bin nicht ... Er hat einfach ...«

»Keine Sorge, dieser Scheißkerl trägt aus meiner Sicht seinen Teil der Verantwortung. Hast du aufgepasst?« Ihre Mutter verzog die Mundwinkel zu ihrem typisch sarkastischen Lächeln. »Ich wollte damit sagen: Hast du verhütet?«

Sie senkte den Blick. »Ja.«

»Tja, wollen wir hoffen, dass ich hiermit zum letzten Mal über potenzielle Geschlechtskrankheiten deines Partners informiert bin, aber in diesem Fall sollte alles in Ordnung sein.« Und dann folgte eine widerliche und aggressive Formulierung: »Ich gebe Bescheid, falls wider Erwarten bei mir noch was auftritt.«

»Ich habe keine Geschlechtskrankheit.«

»Bravo.« Ihre Mutter hob ihren Becher, wie um ihr zuzuprosten, und nahm einen tiefen Schluck. »Weißt du was, ich könnte nicht mal sagen, dass ich enttäuscht von dir bin.«

Das traf sie wie ein unerwarteter Schlag. »Warum? Warum kannst du denn nicht ... na ja, irgendwas *empfinden?«* Sie merkte, wie lächerlich es im Grunde war, dass sie sich eine stärkere Reaktion wünschte, einen handfesten Krach, irgendeinen Beweis, dass ihrer Mutter etwas an ihr lag, und merkte, wie Panik ihr die Kehle zuschnürte.

»Wir sind fertig«, sagte ihre Mutter, stand auf, und als sie mit ihrem Becher an ihr vorbeiging, roch Julia den verräterischen Lakritzhauch von Gin.

»Mom, bitte.«

»Geh schlafen, Julia.« Ihre Mutter verschwand den Flur hinunter und sie verspürte erneut Panik.

»Mom«, sagte sie verzweifelt und folgte ihr. »Warte.«

Sie ging ihrer Mutter hinterher in ihr Schlafzimmer, wo Anita sich in aller Gemütsruhe bettfertig machte und dabei ihr altes Spiel spielte und ihre Tochter keines Blickes würdigte.

»Mom, du kannst mich doch nicht einfach so ignorieren.«

Ihre Mutter fing ihren Blick im Spiegel auf. »Ach nein? Und warum nicht?«

»Wir können doch nicht ... wir sollten über alles *reden.*«

»Das haben wir bereits getan. Ich bin fertig mit dem Thema. Du hast gewonnen, okay, Julia? Du willst gehen? Bitte.« Sie deutete in Richtung des Flurs.

»Was meinst du ... was willst du damit sagen, ob ich *gehen* will. Das habe ich nie gesagt. Mom, ich weiß nicht, wie das passiert ist. Ich weiß nicht, warum ich das gemacht habe.«

Ihr war nicht klar gewesen, dass sie ihre Mutter auf die Probe hatte stellen wollen, aber jetzt erkannte sie, dass Anita versagt hatte. Sie sah zu, wie ihre Mutter sich in aller Seelenruhe Ponds-Creme ins Gesicht massierte, und ging im Geiste ihre bekannte Liste mit Aktivitäten durch, die andere – normale – Mädchen in ihrem Alter gemeinsam mit ihren Müttern unternahmen: Nägel lackieren, im Fernsehen *Dallas* anschauen, intime Unterhaltungen über normalen Sex mit Jungs im richtigen Alter führen oder sich zu Hause einfach nur in verschiedenen Bereichen aufhalten, und zwar nicht in einer Atmosphäre der Feindseligkeit und mit diesem unguten Gefühl, das Julia zu Hause hatte, seit sie denken konnte. Sie überlegte, wie es wohl wäre, jetzt einfach untätig im Bett zu liegen, und zwar ohne jemals Gefahr zu laufen, die Mutter durch Fehltritte für immer von sich zu stoßen, und ohne jemals das

Gefühl zu haben, dass es der Mutter vielleicht nur recht war, wenn sie weg wäre. »Bitte, Mom.«

»Bitte, was?« Sie sah Julia im Spiegel erwartungsvoll an.

»Es tut mir leid.«

»Ja, da wette ich drauf.«

Auf dem Weg ins Bad rempelte Anita sie leicht an. Julia hörte, wie Wasser lief und ihre Mutter sich gelassen die Zähne putzte, als wäre es ein Donnerstag wie jeder andere.

Sie ging ebenfalls zu Bett. Am nächsten Morgen rief sie im Sekretariat der Northwestern an, um zu sagen, dass sie ihre Einschreibung für den Herbst zurückziehen wolle. Northwestern war zwar besser als Kansas State, aber dort bot man ihr ein Vollstipendium, außerdem wäre sie dann zehn Stunden von zu Hause entfernt. Obwohl sie die Erfahrung gemacht hatte, dass Entfernungen keine Rolle spielten – man konnte eine halbe Autostunde entfernt vom eigenen Vater wohnen und nichts davon ahnen, und der Vater konnte eine halbe Autostunde entfernt von seiner Tochter leben, und es war ihm egal –, entschied sie sich für diese Uni. Ihre Abschlussfeier an der Highschool ließ sie sausen. In der Woche darauf holte sie ihr Zeugnis ab und die gut gelaunte Frau im Sekretariat erkundigte sich nach ihren Plänen, und sie sagte, sie habe sich an der Northwestern eingeschrieben, damit sie das wenigstens einmal laut sagen konnte, als wäre es tatsächlich wahr, als würde einmal in ihrem Leben etwas so laufen, wie es hätte laufen sollen.

53

Sunnys Stiefvater springt vom Tisch auf, als sie gerade die Mousse serviert und Platz genommen hat, und sie ist für einen kurzen Moment besorgt, dass es sich um einen medizinischen Notfall handelt. Sie hat seinen Namen vergessen, schießt es ihr durch den Kopf, aber kann sich dann nicht entsinnen, ob ihr den überhaupt schon jemand mitgeteilt hat. Bei diesem Gedanken schlägt er bereits mit einer Gabel gegen sein Wasserglas.

»Tut mir leid, Entschuldigung«, sagt er. »Ich wollte nur ... um einen Augenblick Aufmerksamkeit bitten.«

Im Zentrum der Aufmerksamkeit zu stehen ist er nicht gewohnt, das sieht man ihm an. An seinem Hemdkragen breiten sich rötliche Flecken aus, er räuspert sich. Sunny blickt ihre Mutter an, die ihrerseits mit Unbehagen zu ihren beiden Töchtern blickt. Sie haben den ganzen Abend unter dem Tisch stummgeschaltete Videos angeschaut und beobachten ihren Vater jetzt mit großen Augen und unverblümter Schadenfreude.

»Das war nur so eine Idee«, sagt er, kramt in der Innentasche seines Jacketts und zieht ein zusammengefaltetes Stück Papier heraus. »Es ist mir zu Ohren gekommen, dass Väter bei dieser Gelegenheit üblicherweise ein paar Worte sagen.«

Mark wirft ihr einen tief besorgten Blick zu.

Sunnys Stiefvater räuspert sich erneut und beginnt zu lesen. Er spricht jetzt sehr viel lauter und neben ihr zuckt

Alma zusammen. Zu Julias Verwunderung liest er ihnen vor, dass Liebe freundlich und geduldig sei, genau das Zitat aus dem Korintherbrief, das damals auf der Precious-Moments-Hochzeitskarte ihrer Mutter prangte. Es ist ein beliebtes Zitat, es kann sich also nur um einen Zufall handeln, aber für sie ist es trotzdem wie ein Schlag ins Gesicht. Sie blickt auf, vielleicht erinnert sich ihre Mutter auch gerade daran – *natürlich* tut sie das nicht –, aber Anita hört lediglich zu, Marshall hat einen Arm auf ihre Stuhllehne gelegt, und Suzanne, die Verräterin, liegt erneut auf ihrem Schoß.

»Viel Glück«, sagt der Mann gerade – sein Name ist ihr dummerweise immer noch nicht eingefallen – und steckt das Stück Papier wieder ein. »Und einen großen Dank an Julia und Mark für ihre Gastfreundschaft.« Aber er hat sein Glas noch nicht erhoben und macht mit einem Mal eine Handbewegung Richtung Mark, als wäre er ein Showmoderator und hätte sich gerade einen Kandidaten aus dem Publikum ausgesucht.

»Oh.« Eine kurze Pause, dann erhebt sich auch Mark. »Gerne, Phillip ... Als Erstes möchten Julia und ich euch danken, dass ihr die Reise hierher auf euch genommen habt.« *Phillip*. Sie weiß, für Mark ist diese Situation ein Albtraum, aber sie ist froh, dass sie nicht aufgefordert wurde, denn für sie wäre das auch ein Albtraum, und bei ihr ist das Maß inzwischen wirklich voll. »Ich muss zugeben, ich bin nicht darauf vorbereitet, eine Rede ... aber das macht nichts ... Julia und ich sind so glücklich.«

Er hat eine Hand nach Beistand suchend auf ihrer Schulter platziert und sie legt ihre Hand auf seine. Eine Partnerschaft am Laufen zu halten ist wahrlich nicht einfach gewesen, sich bei öffentlichen Anlässen blind darauf zu verlassen dagegen nie ein Problem. Die Vorteile im sozialen Kontext konnte man gar nicht hoch genug veranschlagen – immer konnte man sich hinter dem Pluralis Majestatis, dem Wir und dem Partner verstecken. Sie überlegt gerade, wie sie in diesem Fall Unterstützung leisten kann, da hört sie erneut Marks Stimme.

»Ich wünschte, ich könnte in Worte fassen, wie groß die Liebe für unseren Sohn ist«, sagt er. »Von der ersten Sekunde an, es war ... wir konnten einfach nicht anders. Und es war ... seitdem gab es ... immer wieder *Hürden*, aber Ben ist ... Du hast dich nicht beirren lassen, mein Junge. Warst einfach du selbst, die Ruhe in Person. Ich bin so stolz, dein Vater zu sein.«

Die Augenbrauen ihres Sohnes kurz nach der Geburt fallen ihr wieder ein, neben ihr Mark, der sie ebenfalls bewundert. Er hat nicht immer ein Auge für Details, aber für die wirklich wichtigen schon.

»Und wir freuen uns so, dass du Sunny gefunden hast«, fährt er fort. »Dass ihr einander gefunden habt, dass ihr die Erfahrung macht, wie sich das anfühlt, denn es ist ... was ganz Besonderes.«

Sie spürt seine Hand ein paar Mal leicht zucken, schaut auf, ihm direkt in die Augen, und liest dort zwar nicht Vergebung, aber Entgegenkommen. Sie verschränkt ihre Finger mit seinen.

»Wir sind stolz auf euch ... dafür, wie ihr losgelegt habt. Wirklich ein Riesending.« Er entspannt sich sichtlich. Als er fortfährt, ist seine Stimme selbstsicherer. »Wir haben euch beide lieb. Wir sind für euch da. Und Ben, wir werden vermissen, dass du nicht mehr dauernd bei uns auf der Matte stehst, um unseren Kühlschrank leer zu futtern.«

Allgemeines Gelächter. Julia löst ihre Hand aus der ihres Mannes und nippt an ihrem Wein. Sie fühlt sich schwerelos.

»Auf Sunny und Ben.« Mark hebt sein Glas und Julia kommt ihm nach und trinkt sofort weiter. Im Sitzen sieht sie zu, wie ihr Mann und ihr Sohn einander umarmen, sie nimmt wahr, wie Alma sich mit einer Serviette die Augen abtupft. Sie überlegt, ob sie ebenfalls aufstehen soll, um andere zu umarmen und ein paar Tränen zu vergießen, aber sie bleibt wie festgenagelt auf ihrem Stuhl sitzen, denkt an Ben und wie winzig er einst gewesen ist, ein bezaubernder Mitstreiter, stets an ihrer Seite.

Ihre Gefühlswelt war schon immer problematisch, sie hat entweder zu intensiv empfunden oder überhaupt nichts und bereits in jungen Jahren gelernt, sich ein dickes Fell zuzulegen. Sie konnte, so fand sie heraus, ihre Gefühle mit ein bisschen Anstrengung bewusst ausschalten. Gefühle waren wie ein Muskel, den man anspannt, um sich gegen Enttäuschungen zu wappnen, und es funktionierte auch, um öffentliche Tränen zu unterdrücken. Sie spürt Blicke auf sich und ist innerlich über Stegreif-Veranstaltungen wie diese eben verärgert, weil sie dabei automatisch auch ins Rampenlicht gerückt wird. Ihr Schweigen unmittelbar nach Marks Redeschwall fühlt sich an wie eine zusätzliche Person im Raum, und sie nippt weiter an ihrem Glas, damit sie nicht unbeschäftigt aussieht.

Als Mark sich wieder gesetzt hat, drückt sie unter dem Tisch sein Bein. Die Musik setzt wieder ein, dankenswerterweise etwas Fröhliches, »Everybody needs Somebody«, und sie bemerkt, dass ihre Mutter sie beobachtet, wendet den Blick ab, hin zu ihrem Sohn, der zwar in der Nähe seiner Eltern bleiben wird, den sie aber beide so richtig vermissen werden.

*

Sobald alle gegangen sind, stiehlt sich Julia aus dem Haus, um mit Suzanne eine kurze Runde zu drehen und an der kalten, frischen Luft hoffentlich einen klaren Kopf zu bekommen. Sie ist gerade ein paar Meter gegangen, der Hund schnüffelt unter den Fliederbüschen des Nachbarn, als sie hinter sich Schritte hört. Vielleicht wird sie an diesem Abend überfallen und umgebracht, überlegt sie gelassen. Vielleicht ist diese ganze Veranstaltung gar keine Vorbereitung auf eine Hochzeit gewesen, sondern die Einstimmung auf etwas viel Größeres, auf ein im Verhältnis zu allem Vorangegangenen viel simpleres Finale. Sie hat definitiv ein paar Gläser zu viel getrunken.

»Ist das okay?«, fragt ihre Mutter. Sie hat sich Marks Windjacke übergezogen. »Meine Güte, wie erträgst du das nur? Es ist doch schon *Mai*. Ich habe keine Ahnung, wie ich es hier so lange ausgehalten habe.«

Julia wirft ihr einen misstrauischen Blick zu. Suzanne, die auf ihren Spaziergängen ihre Ruhe haben will, schnaubt wenig begeistert unter dem Fliederbusch.

»Ich komme in Frieden«, sagt ihre Mutter. »Ich habe in der Küche eben kurz die Nerven verloren.«

Sie ist dermaßen überrascht, dass es ihr die Sprache verschlägt.

Anita bleibt stehen, um sich eine Zigarette anzuzünden. Sie wedelt damit Richtung Julia, während ihr Qualm aus dem Mund entweicht, und fragt erneut: »Ist das okay?«

»Kein Problem.«

»Ich weiß, ich sollte aufhören«, sagt ihre Mutter. »Aber das Rauchen ist mir als einziges Laster auf Erden geblieben. Auch wenn ich mich damit in einen von diesen ... Erinnerst du dich noch an diese getrockneten Äpfelchen, die sie um Halloween herum gemacht haben?«

»Du siehst gut aus«, sagt Julia zähneknirschend.

»Ich *fühle* mich auch gut. Wahrscheinlich war ich noch nie so gesund. Besser spät als gar nicht, würde ich sagen.« Sie zittert in Marks Windjacke. Julia stellt sich vor, wie er die Jacke am nächsten Morgen anzieht und den Zigarettenqualm riecht. »Das warme Klima hilft auch. Ich hätte nie gedacht, dass du wieder in diese Kälte zurückgehen würdest.«

»Das hier ist meine Heimat«, sagt Julia.

»Du wolltest aber doch unbedingt weg von hier.«

»Ich wollte nicht weg von der Stadt«, entgegnet Julia und spürt, dass die Worte ihre Mutter treffen.

Anita seufzt. »Tut mir leid, wenn du nicht wolltest, dass ich dieses Wochenende hier bin.«

»Bist du unterwegs nach dem Motto, *klingt wie eine Entschuldigung, ist aber keine?* So ein Zwölf-Schritte-Programm?«

»Mach dich darüber nicht lustig.« Anita klingt ernst.

»Entschuldigung«, sagt Julia und kommt sich wieder vor wie mit vierzehn. »Mom, ich bin ...« *Stolz auf dich*. Aber das bringt sie nicht über die Lippen.

»Tut mir leid, dass ich gekommen bin«, verbessert sich ihre Mutter. »Falls du das nicht wolltest.«

»Ich habe dich doch eingeladen. *Du* hast gesagt, es wäre keine gute Idee.« Sie passt sich dem Tempo von Suzanne an, die, die Schnauze ganz nah am Boden, gerade einer unsichtbaren Beute auf der Spur ist.

»Meine Neugier war stärker, nehme ich an. Ich habe mich gefragt, wie es dir, wie es euch allen geht.«

»Verzeih, wenn ich dir das nicht abnehme«, sagt Julia.

»Du musst mir das nicht glauben. Das macht es nicht weniger wahr, und es heißt auch nicht, dass ich nie an euch denke. Meine Güte, Julia, warum, glaubst du, bin ich diesmal gekommen? Oder beim letzten Mal?«

»Ich habe keine Ahnung, warum du beim letzten Mal gekommen bist«, sagt sie. »Bevor es mir klar wurde, warst du schon wieder gegangen.«

»Ich bin *gegangen*, weil ich mir ... *fremd* vorkam«, sagt ihre Mutter und holt dabei Luft, wie Julia es tut, wenn Alma ihr ganz besonders auf die Nerven geht. »Kannst du dir vorstellen, wie es war, bei dir aufzutauchen und festzustellen, dass du schwanger bist, ohne dass du mir was davon gesagt hast?«

»Kein Anschluss unter dieser Nummer, hieß es. Was sollte ich denn machen? Dir Leuchtsignale geben?« Julia hat die Stimme erhoben, und Suzanne dreht sich mit angelegten Ohren zu ihnen um.

»Als ich bei dir war, hatte ich das Gefühl ... dass du mich nicht brauchst. Julia, du hattest dich in deinem Leben eingerichtet und ich ... ich war ein Fremdkörper.«

»Aber ich habe dir keinen Anlass dazu gegeben«, sagt Julia. »Das kannst du nicht gegen mich verwenden. Ich habe dich willkommen geheißen und dich eingeladen, bei uns zu bleiben, und du hast zugestimmt.« Sie ist überrascht, wie dicht unter der Oberfläche die Empörung darüber in ihr geschlummert hat, wie bereitwillig und in alter Stärke sich dieses Gefühl jetzt Luft verschafft. »Du bist in unser Gästezimmer gezogen und hast Ben erzählt, du würdest zu seinem Fußballspiel kommen, und *mir* hast du erzählt, du wolltest mit dem Baby helfen, und dann hast du dich einfach mitten in der Nacht aus dem Staub gemacht. Der Teufel weiß, wohin. Kurz vor der Entbindung. Nachdem ich dich nach fünfzehn Jahren gerade mal zehn Minuten lang gesehen hatte.«

»Mark wollte nicht, dass ich da bin.«

»Mark war damit einverstanden, weil *ich* wollte, dass du da bist.«

»Er war davon überzeugt, dass ich was *genommen* hatte«, sagt ihre Mutter. »Was nicht stimmt, nur damit das klar ist. Ich will nicht behaupten, dass ich damals immer nüchtern war, aber bei euch schon. Ich war einfach nur *glücklich*, Julia.«

»Er war überzeugt ... Wann denn das? Wovon redest du gerade?«

Anita mustert sie. »Ich habe mich immer wieder gefragt, ob du wirklich nichts davon weißt.«

»Nun komm schon, Mom. *Was* weiß ich angeblich nicht?«

»Du bist schon immer eine gute Lügnerin gewesen«, sagt Anita und dann zuckt sie mit den Achseln, als hätte sie gerade einen Entschluss gefasst. »Mark hat mich angerufen. Ein paar Tage später, als ich wieder zu Hause war. Er hat mir gesagt, Alma sei jetzt auf die Welt gekommen, alle seien wohlauf, und wenn ich mich noch mal bei euch blicken ließe, würde er mich nicht ins Haus lassen.«

Sie bleibt stehen. Suzanne bleibt ebenfalls stehen und zieht nicht weiter an der Leine, sie blickt zu ihnen hoch, als wüsste sie auch nicht, was sie von Anitas Worten halten sollte.

»Hat er dir wirklich nichts davon gesagt?«, fragt Anita, und Julia kann mit letzter Kraft den Kopf schütteln. »Hmmm«, fährt ihre Mutter fort. »Ich habe oft überlegt, ob du ihn vielleicht darum gebeten hattest.«

»Hatte ich nicht.«

»Dann hat er vielleicht doch mehr Mumm, als ich dachte«, sagt Anita. »Ihr beide passt aufeinander auf, stimmt's? Eigentlich eine gute Sache.«

»Bist du also wegen Mark gegangen?«

»Nein.«

»Nein.« Ihre Mutter schaut sie wieder mit diesem leisen Mitleid an. »Nein, Julia. Ich bin gegangen, weil ich mitbekommen habe, wie groß deine Angst war, dass ich wieder alles kaputtmachen könnte. Ich glaube, du selbst hast das gar nicht bemerkt. Du hast dir alle Mühe gegeben, dir einzureden, wie schön es doch wäre, wenn ich bleibe.«

Sie sagt daraufhin nichts, denn das ist die Wahrheit.

»Ich wollte nicht bei jemandem sein, der sich selbst einredet, dass er mich dahaben will.«

»Aber ich bin ... Du bist meine *Mutter*, einen Großteil der Zeit ist man eben da, ob die Kinder das nun wollen oder nicht. Und du bist mit mir umgegangen ... Nach der Sache damals kam es mir so vor, als wäre es dir egal, ob du mich in deinem Leben noch mal siehst.«

»Meine Güte, ich habe jahrelang versucht, damit abzuschließen. Julia, was soll ich dazu sagen? Dass ich mir Vorwürfe mache? Natürlich mache ich mir die. Wenn nicht wegen der Sache selbst, dann auf jeden Fall wegen dem, was du getan hast. Dafür, dass es in deinen Augen offenbar ganz in Ordnung war. Ich war verantwortlich für dich, ich hatte dich *gemacht*, und dann ist jemand aus dir geworden, der zu so einer Gemeinheit fähig ist. Klar hatte ich das Gefühl, dass das mein Fehler war.«

»Ich wollte nicht gemein sein. Ich will sagen ... Anfangs wollte ich dir nicht wehtun, aber dann ist daraus etwas anderes ... Mom, er hat mich verführt, er hat meine Situation ausgenutzt, auch wenn ich das *zugelassen* habe.«

»Glaubst du wirklich, das weiß ich nicht?« Die Stimme ihrer Mutter ist scharf. »Glaubst du nicht, dass mich genau das damals *krank* gemacht hat?«

»Auf mich hat das nicht so gewirkt«, sagt sie, nicht aus Boshaftigkeit, sondern weil es stimmt. »Ich dachte, du würdest mich hassen.«

»Ich hasse dich natürlich nicht«, erwidert Anita und klingt mit einem Mal müde.

»Du hast an meinem Leben keinen Anteil genommen«, wirft Julia ein. »Überhaupt nicht. Mein ganzes Erwachsenenleben lang.«

»Nicht alle Mütter stehen ihren Töchtern nahe, Julia«, sagt Anita nachdenklich. »Anders als bei deiner Tochter und dir.«

Sie denkt darüber nach, versucht zu entscheiden, ob die Aussage als Kompliment gemeint war, ob sie überhaupt zutrifft, ob Alma – plötzlich vermisst sie Alma, obwohl diese momentan noch nur ein paar Häuser entfernt in ihrem Zimmer sitzt – das bestätigen oder die Vorstellung, ihrer Mutter nahezustehen, mit theatralischer Geste für lächerlich erklären würde.

»Ich habe ... Marshall hat mir dabei geholfen, in den letzten paar Jahren zu erkennen, dass es sinnvoll sein kann, sich Dinge einzugestehen. Zwischen uns, zwischen dir und mir, ist es nie einfach gewesen. Und das ist ... das müssen wir einfach so akzeptieren. Wir können es im Nachhinein nicht mehr ändern.«

»Und das war's dann? Du gibst einfach auf?«

»Ich gebe *nach*, ich gestehe es mir ein.«

»Und was ist –«

»Jeder ist, wie er ist.«

»Willst du weiter mit beschissenen Klischees um dich werfen, bis dir die Luft ausgeht?«

»Julia, wir sehen die Dinge einfach sehr unterschiedlich, aber das heißt nicht, dass ich dich nicht ...«

Sie geht direkt auf die Haustür zu , ihre Mutter ein paar Schritte hinter ihr. Doch dann hält sie inne und dreht sich um. »Dass ich dich nicht – was?«

Das bedeutet nicht, dass ich dich nicht lieb habe, würde sie an dieser Stelle zu Alma und Ben sagen. Jahrelang hat sie alles dafür getan, damit ihre Kinder wissen, was sie ihr bedeuten, ihnen indirekt zu verstehen gegeben, dass sie vielleicht die eigenen Gefühle nicht immer begreift, sich aber ganz sicher ist, wenn es um die beiden geht.

Ihre Mutter zögert. »Das bedeutet nicht, dass ich nicht froh bin, hier zu sein.«

54

Zehn Minuten später kniet Julia im Badezimmer und erbricht sich heftig. Mark, der in Bezug auf körperliche Ausscheidungen empfindlich ist, steht mit abgewandtem Kopf in der Tür, gibt tröstende Plattitüden von sich und macht nutzlose Bewegungen mit den Händen, als wollte er ihr übers Haar streicheln.

»Alles gut«, sagt er. Und: »Du fühlst dich besser, sobald alles draußen ist.« Dann, langsam nervös: »Mein Gott, ich hoffe, es ist kein Magen-Darm-Virus.«

Als die exorzistische Übung beendet scheint, setzt sie sich in die Hocke und atmet tief und gleichmäßig ein. Dann hebt sie den Kopf und betrachtet die burgunderroten Spritzer auf dem Duschvorhang.

»Warum hast du zugelassen, dass ich mich besaufe«, sagt sie, und er schnaubt.

»Ich habe nicht gesehen, dass du viel gegessen hast. Hast du *überhaupt* was gegessen?«

»Nicht viel.« Sie steht vorsichtig auf und greift nach der Zahnbürste. »Ein bisschen Rucola.«

Sie putzt sich die Zähne, und Mark tut es ihr gleich. Sie betrachtet ihn im Spiegel, das ausgewaschene Sebadoh-T-Shirt und so viel Zahnseide, dass man damit eine Harfe bespannen könnte. Wie gerne wird über solche Augenblicke in einer Ehe gejammert, wenn man völlig unsexy bei der Mund- und Zahnpflege vereint ist, bei Zahnstein, Mundspülung und – ihr besonderes Verdienst – Erbrochenem, aber für sie ist diese unkomplizierte Nähe und Routine, diese alltägliche Vertrautheit mit einem anderen Körper immer schon tröstlich gewesen.

»Geht es dir gut?«, fragt Mark und sie nickt, während sie sich den Mund ausspült.

»Glaub schon.«

»Tief durchatmen.« Sein Tonfall klingt warm, und sie begegnet im Spiegel seinem Blick. Er macht einen Waschlappen nass und hält ihn ihr hin. »Kommen Sie, Miss Rucola«, sagt er, legt einen Arm um ihre Taille und führt sie zum Bett. Sie legt sich flach auf den Rücken und starrt die Decke so lange an, bis diese aufhört, sich zu drehen. Mark streckt sich neben ihr aus und stützt sich auf einen Ellbogen.

»So viel trinkst du sonst nie.« Er betupft ihren Hals mit dem Waschlappen.

»Wollte ich auch nicht. Wahrscheinlich war ich zu nervös.«

»Wichtiger Abend«, flüstert er.

»Ben sah richtig glücklich aus«, sagt sie.

»Stimmt.«

»Wollen wir«, fängt sie an, aber sie ist nicht sicher, ob sie die Antwort hören will. »Ich habe dich heute Abend vermisst«, sagt sie stattdessen.

»Oh, Jules.« Er seufzt. »Muss das jetzt wirklich sein?«

»Warum nicht.«

Er lässt sich auf den Rücken rollen und legt einen Arm übers Gesicht. »Mir fallen ein paar gute Gründe ein. Eine ganze Reihe sogar.«

»Es wird dafür nie einen guten Moment geben. Sollten wir uns nicht einfach … aussprechen?«

»Okay«, lenkt er kurz darauf ein. »Darf ich anfangen?« Er nimmt den Arm vom Gesicht und sieht ihr in die Augen.

»Klar.«

»Ich habe überlegt, wie wir darüber reden sollen. Aber ich habe nicht damit gerechnet, dass wir das jemals wieder tun.«

»Ich auch nicht.«

»Ich dachte, das Thema wäre für mich beendet.«

»Ist es aber nicht?«, fragt sie, und als sie sich daran erinnert, dass sie jetzt einfach nur zuhören soll, fügt sie hinzu: »Sorry.«

»Francine ist eine Freundin.«

»Gut«, sagt sie.»Ich weiß.« Und danach noch: »Tut mir leid.«

»Ich habe es ihr erzählt, weil ich nicht wusste, wem ich es sonst hätte sagen können«, sagt Mark. »Und ich habe dir nichts gesagt, weil ich ganz ehrlich der Meinung war, dass nach dem, was du getan hattest, mir auch ein gewisser Freiraum zustand. Und hätte es dich nicht nur unnötig verletzt, wenn ich dir das gesagt hätte?«

»Ja«, sagt sie. »Das stimmt.«

»Ich wollte mich damals an dir rächen, aber nicht auf diese Weise. Das erschien mir unnötig gemein.« So unnötig gemein wie, dass sie ihm überhaupt von Nathaniel erzählt hat – aber das bleibt ungesagt. Der gute alte Mark, der sich nicht um jeden Preis durchsetzen will, aber eigentlich immer schon ein komplexeres Innenleben hatte, als ihm seine Umwelt zugesteht.

»Ich konnte dir damals nicht verzeihen«, sagt er. »Ich war nicht sicher, ob ich dir jemals verzeihen könnte. Aber die Gespräche mit ihr haben geholfen. Ich konnte alles mit etwas Abstand betrachten. Sie hat mich davon überzeugt, dass ich dir verzeihen sollte. Sie hat uns damals geholfen und uns *gerettet*, Julia.«

Jahre zuvor wäre sie nicht darüber hinweggekommen, dass er beschloss, seine Ehe zu retten, weil Francine Grimes es für richtig hielt, und nicht, weil er es wollte. Aber sie stellt fest, dass die Worte sie nicht treffen, und diese Erkenntnis ist wirklich außerordentlich. Offenbar ist es möglich, dass manches – das hier und vermutlich auch anderes – zu weit in der Vergangenheit liegt, um weiterhin eine Rolle zu spielen und sie beide zu kränken.

»Deshalb wollte ich mich mit ihr in Philadelphia treffen. Sie und Brady bedeuten mir viel, und ich hatte das Gefühl, dass ich ihr das schuldig bin. Ich wollte für sie da sein, so wie sie damals für mich da war. Ich habe sie sehr gern, Julia.« Er blickt ihr direkt in die Augen. Sie spürt, wie eine merkwürdige Kälte ihr kribbelnd bis in die Fingerspitzen kriecht. »Ich habe sie auf die gleiche Weise gern wie ... nicht wie eine Schwester, aber auch nicht ... das ist überhaupt nicht mit dir zu vergleichen, aber auch nicht ganz ... Ich bewundere sie, ich bin gern mit ihr zusammen, und sie ist mir wichtig. Das ist was ganz Eigenes und unabhängig von dir, und so war es schon immer.«

Sie muss an Helen Russo denken, wie sie neben ihr im botanischen Garten sitzt. Helen Russo, die sie auch sehr gerngehabt hat. Es war eine Zuneigung, die sich nicht definieren ließ, sie hatte nicht direkt mit Familie, Erotik, der Mutterrolle oder Bewunderung zu tun, war nicht romantisch, nicht platonisch, und doch schloss sie nichts davon aus, es war eine ganz eigene Zuneigung, die einfach existierte.

»Das kann ich verstehen«, sagt sie.

»Es tut mir leid, dass ich dir nichts von dem Besuch gesagt habe«, redet er weiter. »Mir tut das mittlerweile leid, weil es dich so gekränkt hat. Aber ganz ehrlich war das diese ganze Aufregung nicht wert. Und außerdem, Jules, ich weiß auch nicht – man hat doch auch sein *eigenes* Leben. Ist es so schlimm, wenn man seinen Freiraum hat? Ich will dir nichts verschweigen, aber wir sind jetzt seit fast dreißig Jahren zusammen, sollten wir einander nicht langsam genug vertrauen?«

»Das sollten wir«, pflichtet sie ihm bei. »Und das tun wir auch, oder nicht?«

Mark betrachtet stirnrunzelnd einen Fleck auf der Tagesdecke und knibbelt an einem Faden, der sich aus einer Naht gelöst hat.

»Ich auf jeden Fall schon«, fährt sie fort. »Aber ich verstehe, wenn du ... Wenn das nicht ...«

Er sieht ihr direkt in die Augen. »Ich vertraue dir. Mittlerweile vertraue ich dir wieder.«

»Danke«, sagt sie leise, denn das ist vielleicht das Freundlichste, was man ihr jemals gesagt hat. Vielleicht ist es das Großzügigste, das Mark jemals getan hat, nämlich ihr nach allem, was passiert ist, nach all dieser Zeit, zu vertrauen. Vielleicht ist es möglich – sollte ihre Mutter da recht haben? –, dass man über etwas, das passiert ist, tatsächlich hinwegkommt.

»Nichts zu danken«, flüstert Mark und greift nach ihrer Hand.

»Ich würde dich ja küssen, aber na ja«, meint sie.

Er lächelt, beugt sich über sie und küsst sie auf die Stirn. Sie liegt eng an ihn geschmiegt und entspannt sich gerade, da fragt er: »Und was ist mit deiner Mom?«

»Ich weiß nicht genau, was ich darauf antworten soll«, antwortet sie und richtet sich wieder auf. »Ich hätte zugenommen, hat sie gesagt. Aber wir haben uns eigentlich über vieles unterhalten. Sie hat mir gesagt, du hättest sie angerufen und ihr gesagt, sie solle uns nie wieder besuchen.«

Eine kurze Pause. »Oh«, sagt er. »Meine Güte, Jules, ich bin ...«

»Voller Überraschungen«, wirft sie ein und verändert ihre Position erneut. »Oder?«

»Ich wollte nicht ... Ich war einfach so *wütend*. Und wir haben uns solche Mühe gegeben, diesmal alles besser hinzukriegen. Dass sie die Frechheit hatte, dir das wieder anzutun – egal, ob sie wusste, wie sehr sie dir beim ersten Mal damit wehgetan hatte oder nicht. Ich hätte sie umbringen können. Ich habe mir vorgestellt, dass sie immer wieder auftaucht und dich fertigmacht. So ein endloser Kreislauf. Ich wusste, welche Macht sie über dich hatte – immer noch *hat* –, und ich glaube, du bist zu nah dran, um das wahrzunehmen, aber diese Macht ist immer da, selbst wenn sie persönlich nicht da ist. Und nachdem du mir erzählt hattest, was sie dir angetan hat, was mit dir passiert ist, hätte ich ...« Er schüttelt den Kopf. »Ich wollte, dass sie nicht in deiner Nähe ist, nicht in *unserer* Nähe. Ich habe immer nur Alma angeschaut und bei mir gedacht – ich weiß, es ist ein Klischee, dass man, wenn man selbst Kinder hat, bei der Erziehung einen besseren Job machen will als die eigenen Eltern, aber ich habe die ganze Zeit nur gedacht, wie leicht man ihr *wehtun* könnte. Und wie leicht man dir als Kind wehtun konnte. Und wie leicht das bei uns damals als Familie war – ich dachte, wir würden das nicht überstehen. Dass sie wieder einfach hereingeschneit kommt und dir wehtut.«

Er mustert sie. Sie überlegen beide das Gleiche – wie seine Worte auf sie wirken.

»Du bist sauer.«

»Nein.« Sie schüttelt nachdenklich den Kopf. »Ich bin ... Ein Teil von mir ist der Meinung, du hättest mir das sagen sollen. Ich hätte lieber gewusst, dass sie all die Jahre nicht auftaucht, weil du ihr das gesagt hast, aber ... macht es das wirklich besser? Dass du damals überhaupt dachtest, du müsstest ihr das sagen? Und dass sie auf dich gehört hat? Kannst du dir vorstellen, dass jemand das mit uns macht? Und wir einfach tun, was uns gesagt wird? Meine Güte.«

»Aber dabei geht es um sie. Das ist dir klar, oder? Jules, dabei geht es um sie, nicht dich.«

»Dabei geht es um alles Mögliche.«

»Vielleicht habe ich damals falsch gehandelt.« Er reibt sich über die Stirn. »Vielleicht ... keine Ahnung, ich war einfach so wütend und habe das nicht durchdacht.«

»Wahrscheinlich«, sagt sie ruhig. »Normalerweise tust du das.« Mark passte auf sie auf, zumindest damit hat ihre Mutter recht gehabt.

»Tut mir leid, dass ich dir das damals nicht gesagt habe.«

»Es tut mir leid für ...« *Alles* wäre an dieser Stelle übertrieben großzügig, alles andere nicht großzügig genug. »Für die heftige Kotzerei eben«, beendet sie den Satz. »Eigentlich sollte ich das alles anders angehen. Sollte ich jetzt nicht, keine Ahnung, mit Sunnys Mutter Hochzeitsmandeln in Säckchen verpacken? Oder Tee trinken?«

»Möchtest du einen Tee?«

»Nein. Aber ich sollte jetzt einen Tee wollen. Meine Güte. Wir sind alt. Und ich benehme mich wie ein Teenager. Ich habe ein gewisses Alter und sollte die Dinge anders angehen.«

»Jules.« Er umschlingt sie an der Hüfte und sie schmiegt sich eng an ihn. »Du gibst dein Bestes. Du machst das gut.«

»Wirklich?«, fragt sie. »Ich habe nicht … Habe ich …«

»Schhh«, sagt er. Und flüstert dann neckisch in ihr Ohr: »Ist das mit den Hochzeitsmandeln in Säckchen eine kreative Anmache?«

»Nein«, antwortet sie, schließt die Augen und legt den Kopf an seine Brust. »Nein, Mark, das ist eine Redewendung aus dem Unabhängigkeitskrieg.«

55

Sie hat gehofft, dass sie nach den nervlichen Strapazen und der Trinkerei tief und lange schlafen würde, aber am nächsten Morgen wacht sie wie so oft um fünf Uhr auf, während Mark noch friedlich schlummert. Sie legt sich auf die Seite, um ihn zu betrachten. Erstaunlich, dass sie seine Nähe im Bett einst kaum ertragen konnte. Und noch erstaunlicher ist die Tatsache, dass ihr dieser Gedanke kommt, während er laut schnarcht, was im Übrigen nicht zu seinem entspannten Gesichtsausdruck und den geschlossenen Lippen passt. Sie berührt leicht seine Wange, zieht ihm die Decke über die Schultern und verlässt still und leise das Bett.

Die Küche liegt im nächtlichen Graublau und noch nicht im Pink der Morgenröte da. Ihr hat dieses schwache Licht immer gefallen, es erleichtert ihr das Nachdenken, und vor vielen Jahren bedeutete es Stille, denn morgens um fünf musste man sich nur selten um jemand anderen kümmern. Sie holt sich ein Sweatshirt aus dem Vorraum, eins von Mark, das ihr viel zu groß ist, und legt es sich um die Schultern. Ihr Schädel dröhnt, Zähne und Nerven vibrieren vom vielen Wein. Als sie bemerkt, dass schon Kaffee bereitsteht, registriert ihre Nase einen Wimpernschlag später einen Hauch von Zigarettenrauch in der Luft. Sie schenkt sich eine Tasse ein, blickt aus dem Fenster und entdeckt Marshall, der auf der untersten Stufe der Treppe zum Garten sitzt. Auf Zehenspitzen versucht sie, die Gelegenheit auszunutzen, ihn so zu erleben, wie er ist, ohne dass er weiß, dass sie ihn beobachtet. Sie wird nicht schlau aus diesem Mann in seinen weiten, kurzärmligen Hemden, der ihre Mutter beim Vorübergehen leicht am Ellbogen berührt, als wollte er sie daran erinnern, dass sie immer noch existiert und jemand sie liebt.

Schluckweise trinkt sie ihren Kaffee – sehr viel stärker, als sie ihn zubereitet, er schmeckt fast bitter –, geht zur Gartentür und klopft von innen leicht dagegen, um ihn nicht zu erschrecken.

»Morgen«, begrüßt sie ihn und er winkt ihr mit der Zigarette zu.

»Ich hoffe, ich störe dich nicht.«

»Überhaupt nicht. Danke für den Kaffee.«

»Deiner Mutter ist er immer zu stark.«

»Offenbar haben wir was gemeinsam.«

»Setz dich zu mir, wenn du magst«, sagt er, und nach kurzem Zögern folgt sie seiner Einladung und zieht das Sweatshirt enger um die Schultern. »Stört dich das Rauchen?«

»Nein, nur bei Menthol-Zigaretten.«

»Glück gehabt.« Er bläst den Rauch in die ihr entgegengesetzte Richtung. »Das hätte ich schlecht vertuschen können.«

»Schläft meine Mom noch?«

»Jupp.«

»Schön für sie«, sagt sie ausdruckslos.

Er zieht an seiner Zigarette und antwortet dann: »Auch wenn es mir nicht zusteht, das zu sagen. Aber du hast zu wenig Vertrauen in sie.«

Sie lacht schrill und stellt sich vor, wie die Vögel in den Nestern davon aufwachen. »Ja«, erwidert sie. »Das war immer schon das Problem.«

»Ich will damit nicht sagen …« Er räuspert sich. »Ich will mir nicht anmaßen zu wissen, wie es für dich in deiner Kindheit und Jugend war. Aber sie denkt mehr an dich, als du glaubst. Macht sich Sorgen um dich.«

»Mir geht's gut«, entgegnet sie.

»Es geht nicht immer um *rationale* Sorgen.« Er lächelt. »Du als Mutter verstehst das bestimmt.«

»Wenn sie nur einen Bruchteil der Zeit damit zubringt, in der ich mir Gedanken um meine Kinder mache …«

»Du lebst in ganz anderen Umständen, Julia.«

Sie schweigt kurz. »Wenn du mir jetzt gestehen willst, dass du einer von diesen Betrügern bist, die mit einem Schneeballsystem ihr Geld machen, habe ich kein Problem damit, die Polizei zu rufen.«

»Deinen Sinn für Humor hast du auf jeden Fall von ihr«, sagt er.

»Vielleicht ist es auch umgekehrt, und sie hat ihn von mir.«

»Ich rede nicht von Geld«, erklärt Marshall. »Ich meine … Optionen, Möglichkeiten. Ein Mann, der dich liebt, Freunde, ein Job, den du magst.«

»Für all das habe ich hart gearbeitet«, sagt sie. »Ich musste das alles erst finden.«

»Das weiß ich. Ich will nur sagen, dass deine Mutter im Vergleich zu dir ganz anderes durchmachen musste.«

»Durchmachen wollte«, entgegnet sie.

»Meinst du wirklich, es ist so einfach?«

Ihre Wangen glühen. »Natürlich nicht.«

»Sie freut sich, dass du das alles im Leben hast. Nur, dass du das weißt. Das hat sie mir oft genug gesagt. Und ich freue mich auch für dich. Ich habe im Laufe der Jahre so viel über dich erfahren, dass ich den Eindruck habe, dich zu kennen. Und wir wünschen dir das Beste, deine Mom und ich.«

»Okay, lieber Weihnachtsmann«, sagt sie peinlich berührt.

»Julia, ich liebe deine Mutter. Und damit liebe ich dich auch. Ich möchte, dass du das weißt.«

»Gut, ich ... Danke.«

Marshall grinst. »Nicht dafür.«

Er lehnt sich zurück, hält sein Gesicht in die aufgehende Sonne und genießt jeden Zug an seiner Zigarette. Sie lehnt sich ebenfalls zurück und schließt die Augen.

»Sie hat dir von unserer Heirat nichts gesagt, oder?«, fragt er.

Sie öffnet blinzelnd die Augen. Offenbar mag sie ihn, denn aus einem Impuls heraus will sie ihn anlügen.

Aber er scheint ihr Zögern zu bemerken. »Alles gut«, sagt er. »Ich war nur neugierig. Du hast gestern Abend beim Essen so geschaut, da ist mir der Gedanke gekommen.«

»Nein, sie hat mir nichts davon gesagt. Hat sie ... Gab es eine Hochzeit?«

»Nichts Großes.«

»Deine Kinder waren da?«

Diesmal zögert Marshall.

»Sie wollte mich nicht dabeihaben«, sagt Julia.

»Sie hat gedacht, du würdest nicht kommen wollen.«

»Du hast bestimmt gedacht, dass ich ...« Sie zwingt sich zu einem Lachen. »Meine Güte, ihr denkt offenbar alle, ich wäre eine richtige Furie.« Aber die Worte tun ihr weh und ihr verbitterter Tonfall lässt sie innerlich zusammenzucken. Selbstverständlich erinnert sie sich noch gut an das Mitgefühl in den Gesichtern von Marks

Familie, nachdem sie ihnen verkündet hat, dass sie zwar noch eine Mutter hatte, diese aber nicht zur Hochzeit erscheinen wollte. Nachts lag sie wach und malte sich die Gespräche zwischen Bonnie und Skip hinter geschlossener Tür aus, eine mit Erstaunen bemäntelte Verurteilung im Stil des Mittleren Westens – *Was für eine Mutter macht denn so was?*

»Niemand denkt so was über dich, Julia«, beschwichtigt Marshall sie. »Ich habe das nicht eine Sekunde lang gedacht und deine Mutter hat nie ein Wörtchen in diese Richtung fallen lassen.«

»Hat sie dir viel über mich erzählt?«

»Ja«, bestätigt Marshall. »Ich nehme an, so viel wie ihr eingefallen ist.«

Sie bringt es nicht übers Herz, zu fragen, ob Anita ihm auch erzählt hat, was sie damals getan hat, als sie siebzehn war. Stattdessen sucht sie nach einem Anzeichen dafür in seinem Gesicht, aber sein Ausdruck ist ein bisschen wie der von Mark, zufrieden, mitfühlend, ohne jegliche Spur von bösem Willen.

»Ich meine, sie redet über deine Kinder«, sagt er. »Deinen Job. Über die Fotos, die du ihr schickst. Wie lustig du als Kind warst, dass du der Katze vom Nachbarn im Sommer draußen Eis hingestellt hast.«

»Daran kann ich mich nicht mehr erinnern«, flüstert sie.

»Sie schon«, sagt Marshall mit Nachdruck und zwingt sie, ihm in die Augen zu schauen. »Ich weiß, dass es zwischen euch nicht einfach ist. Aber darüber verliert sie kein Wort. Und ich bedränge sie auch nicht. Wenn man in späteren Jahren einen Lebenspartner findet ... keine Ahnung, dann akzeptiert man die Tatsache, dass es in der Vergangenheit des anderen Dinge gibt, in die man keinen Einblick bekommt.«

Überrascht stellt sie fest, dass ihre Augen feucht werden. Es ist durchaus denkbar, dass Anita ihm nie erzählt hat, was damals passiert ist, weil es ihr peinlich ist, aber es fühlt sich eher an – und sie kennt ihre Mutter gut, sie kennt sie seit so vielen Jahren – wie ein Akt der Loyalität gegenüber Julia, dass sie diese dunkle Periode in ihrem gemeinsamen Leben für sich behalten hat.

»Ich weiß jedenfalls, dass sie keine Ahnung hat, wie sie als Mutter mit dir umgehen soll«, sagt Marshall.

Wieder gewinnt ihr Ärger Oberhand. »Meine Güte, das weiß doch niemand. Gehört das nicht dazu? Aber man kann doch wenigstens so tun, als würde einem etwas an dem –«

»Du hast dich in eine Richtung entwickelt, wo sie nicht mehr mitkommt«, unterbricht Marshall sie sanft. »Unsere Kinder entwickeln sich alle irgendwann in eine Richtung weiter, die wir nicht mehr verstehen, wo wir nicht mehr folgen können, meinst du nicht?«

»Bei meinen war das schon vor der Geburt so.«

An der Unbefangenheit, mit der Marshall lächelnd den Kopf hebt, sieht sie, dass er sie gernhat, obwohl er sie erst seit vierundzwanzig Stunden persönlich kennt. Er hat sie auf die tolerante und unkomplizierte Art und Weise gern, mit der man die Menschen gernhaben sollte, die der Mensch, den man liebt, gernhat. In ihrem Fall Brady Grimes und Sunny.

Die Vorstellung, dass jemand ihre Mutter liebt, ist ebenso merkwürdig wie die Vorstellung, dass ihre Mutter jemanden liebt. Im Leben ihrer Mutter fehlte meist der Kontext dafür. Für Menschen wie Helen Russo, das begreift sie jetzt, Menschen, die Liebe erfahren hatten, ist es einfacher, Liebe zu geben, denn sie wissen, wie sich Lieben anfühlt. Nach jahrelangem Üben hatte sie selbst gelernt, dass es viel leichter war, Zuneigung zu äußern, wenn man eine Ahnung hatte, was das eigentlich war.

»Ist sie glücklich?«, fragt sie.

»Ich glaube schon«, antwortet er. »Ich hoffe es.« Und dann: »Bist du glücklich?«

»Ich bin alt genug, dass mir das egal ist.«

»Du bist ihr so ähnlich«, bemerkt er.

»Wie kannst du das behaupten? Du kennst mich doch kaum.«

»Ich hoffe, das wird sich noch ändern«, sagt er. »Jedenfalls hoffe ich, dass wir Gelegenheit haben, uns besser kennenzulernen. Du solltest uns mal besuchen kommen.«

Sie bemüht sich um ein Lächeln. »Sie hat ein enges Verhältnis zu deinen Kindern, stimmt's?« Allein die Frage schmerzt ein bisschen.

»Ja, schon. Besonders zu meiner Tochter Lydia.«

»Wie kommt's?« Als würde man in einer offenen Wunde stochern. »Vom ersten Tag an?«

»Nein.« Marshall lächelt schwach. »Da gab es auf beiden Seiten einiges zu lernen. Meine Kinder sind sehr loyal gegenüber ihrer Mutter, was ich gut verstehen kann. Sie waren dagegen, dass ich jemand Neues heirate. Und deine Mom hat nicht gerade einen einfachen Charakter.«

»Nein«, sagt Julia. »Hat sie nicht.«

»Aber Lydia auch nicht. Ich glaube, deswegen haben sie mittlerweile ein so enges Verhältnis zueinander. Sie haben jemanden auf Augenhöhe gefunden. Lydia hat sie davon überzeugt, dieses Wochenende zu kommen. Sie hat ihr ziemlich den Kopf gewaschen und ihr gesagt, wie unmöglich es ist, wenn sie deine Einladung nicht annimmt.«

Sie enthält sich jeden Kommentars.

»Es ist alles einfacher, wenn es sich nicht um die eigenen Kinder handelt«, fügt Marshall sanft hinzu.

»Ja«, sagt sie.

Und natürlich fällt ihr dabei wieder Helen Russo ein.

56

Es war nicht alles furchtbar gewesen. Das war allein rein statistisch gesehen unmöglich. Sie und ihre Mutter schauten sich *Fantasy Island* und *Emergency!* an und sahen zu später Stunde auf dem Lokalsender gescheiterten Existenzen beim Karaoke zu. Sie gingen am Symphony Lake spazieren und fütterten die Enten mit altem Briochebrot. Sie erhitzten Olivenöl in der Mikrowelle und kämmten sich damit das Haar, um Spliss vorzubeugen. Sie blätterten durch den Bestellkatalog von Sears und kreuzten das Schönste auf jeder Seite an. LifeSavers-Fruchtgummi und Winterjacken, die sie sich teilten, die Hingabe, mit der sie eine Frau im dritten Stock beobachteten, die scheinbar nie das Haus verließ und dennoch mit ihrer Katze ein erfülltes Leben hatte – das war der Kitt, der ihr gemeinsames Leben zusammenhielt. Eine Zeit lang teilten sie alles. Sie tanzten in der Küche zu der Musik von *The Supremes A'Go-Go*, *Runaround Sue* und *Hunky Dory*, jeweils ein ganzes Album lang. Ihre Mutter kam nach Hause und sie spürte, dass etwas Gutes in der Luft lag, die sie von draußen hineintrug, und zusammen probierten sie irgendein Rezept aus – es brauchte immer einen guten Grund dafür, dass sie sich im gleichen Raum aufhielten, Brownies oder Bananenpudding – und ließen es wieder sein. Dann sang ihre Mutter, abgekämpft von einem Arbeitstag und abendlicher, wenn auch halbherziger Fürsorge für ein Kind, selbstvergessen bei einem Song mit, und Julia fiel kurz darauf ebenfalls in den Gesang ein: *»I love you and nobody else.«* Und beim richtigen Song – er musste bestimmte Kriterien erfüllen, musste genau der richtige Mix aus harmloser Romantik und Herzschmerz, Ernst und Power sein, mit leidenschaftlichem Text, aber nichts Unanständiges – fingen sie beide an zu tanzen: *»Yes indeed, all I really need.«* Als sie noch klein war, nahm Anita sie hin und wieder auf den Arm, und in der Kuhle zwischen den Schlüsselbeinen roch es unverwechselbar nach Schweiß, Zucker und etwas anderem, das ihr niemals wieder begegnete. Sie steppten, sprangen und kreiselten durch die Küche, manchmal unter hysterischem Gelächter, aber genauso oft mit einem demonstrativ heiligen Ernst, und ihre Mutter bewegte sich mit athletischer Anmut, als wäre es ihr Beruf und sie allein im Raum, als würden die Bewegungen sie an irgendein Ziel bringen. Julia wusste nie, ob ihre Anwesenheit willkommen war oder nicht, und so tanzte sie ebenso leidenschaftlich mit, die Augen geschlossen, ein Kleinkind, das sich um die eigene Achse dreht und mit den Armen wedelt.

»Sehr schön«, sagte ihre Mutter einmal, nahm sie hoch und vergrub ihr Gesicht in Julias Bauch, und sie erinnert sich, dass sie sich in diesem Augenblick von ganzem Herzen geliebt fühlte, einfach dafür geliebt, dass sie auf der Welt war.

Irgendwann hörten sie auf damit, aber sie hat vergessen, in welchem Jahr das war. Nachdem ihre Wege sich getrennt hatten, tanzte sie noch eine Weile für sich allein und fragte sich jedes Mal, ob ihre Mutter vielleicht auch gerade tanzte.

57

Der Blumenladen ist ausgerechnet nur eine halbe Meile entfernt von ihrem ehemaligen Haus an der Superior Street. Sie steht daneben, während eine ganze Truppe von verschlafenen männlichen Teenagern Eustoma im Wert von achthundert Dollar in den Kofferraum ihres Subaru laden, und am Ende legt sie einen Strauß mit roten Anemonen auf den Beifahrersitz, ein Spontankauf. Die Blumen schauen sie mit ihren schwarzen Augen an, während sie die vertraute Strecke zum Haus von Helen Russo fährt.

Auf dem Weg zur Haustür kann sie einen Moment lang nicht mehr atmen. Die Luft vor ihren Augen ist vernebelt, verschwommen, aber das bildet sie sich bestimmt nur ein. Die gewohnte Umgebung hat mit einem Mal etwas Kulissenartiges, wie Baumwollattrappen von Spinnennetzen zu Halloween. Liebevoll berühren ihre Fingerspitzen ein Stück buntes Glas in der Haustür, dann klingelt sie.

Bis sich die Haustür öffnet, ist ihre Nervosität verflogen, aber die Person, die vor ihr steht, ist ein Mann in ihrem Alter und eindeutig nicht Helen Russo.

»Hi«, sagt er freundlich und unbedarft, ohne ein Zeichen des Wiedererkennens. Offenbar haben alle Russos diese Art an sich, sie bewegen sich leichtfüßig durch die Welt und sind nicht gewöhnt, mit Unerwünschtem konfrontiert zu werden. »Kann ich Ihnen weiterhelfen?«

Er hat einen gestutzten hellen Bart und tiefe Lachfalten

um die Augen, die – und bei dieser Beobachtung beruhigt sie sich innerlich – mittelbraun sind. Davon abgesehen sieht er Nathaniel zum Verwechseln ähnlich, vor allem angesichts der Tatsache, dass sie zu dem Bild in ihrer Erinnerung zwanzig Jahre hinzufügen muss, aber der Mann hier ist auf keinen Fall Nathaniel, sondern ein blasses Faksimile.

»Du musst Cal sein«, sagt sie. Jetzt bemerkt sie den Bauschrott um sich herum, offenbar ist da ein Mann in ein Projekt vertieft, vor den Fliederbüschen liegen abmontierte Dachrinnen und zu ihrer Linken türmt sich ein kleiner Kieshaufen.

Er lächelt sie an. »Wollen Sie zu Mom?«

Sie hat Erwachsenen stets misstraut, die gegenüber Außenstehenden einfach nur von *Mom und Dad* reden und nicht von *meiner Mom und meinem Dad* und dem Gegenüber damit indirekt zu verstehen geben, dass die eigenen Eltern ihm oder ihr bekannt sein sollten. Außerdem impliziert diese Ausdrucksweise, dass der Sprecher sich, ungeachtet des Alters, für jemanden hält, der elterliche Fürsorge braucht oder zumindest ein Anrecht darauf hat. Sunnys Wiederholung von *Baby* wirkt vergleichsweise entschuldbar, Ausdruck von überschwänglicher Mutterliebe anstatt dieses merkwürdigen Zeugnisses von Entwicklungsstörungen, ein sechzigjähriger Mann, der immer noch an der Nabelschnur hängt.

Vielleicht ist sie aber auch unfair. Vielleicht ist sie nur neidisch, dass der Mann so sorglos die Frau erwähnt, die ihn zur Welt gebracht hat.

»Helen«, sagt sie. »Ich wollte zu Helen.«

»Sie ist hinten im Garten«, erwidert er. »Kommen Sie rein.« Und schon hat er die Tür weiter geöffnet und winkt sie herein, während er durch die Diele in die Küche geht. Sie betritt das Haus zögerlich, ein Schritt nach dem anderen, schließt zaghaft die Tür und streift die Schuhe an der abgenutzten Matte ab.

Es passiert nicht oft, aber Augenblicke wie dieser, in denen ihr olfaktorisches Gedächtnis geweckt wird, der Hauch eines bestimmten Parfums oder der Geruch von Bleistiftspänen, die sie in eine andere Zeit oder an einen anderen Ort versetzen, gehören zu den eindrücklichsten ihres Lebens. Im Haus der Russos riecht es genau wie damals, nach Toast mit Butter und Holzimprägnierung und frischer, feuchter Luft, nach der gemütlichen Atmosphäre eines Ortes, in dem geliebt und gelebt wird, und diese Erinnerung trifft sie wie ein Schlag. Sie hat das Haus damals geliebt, wie man einen Menschen liebt, und so viel mehr als ihr eigenes Zuhause.

Nur wenig hat sich verändert. Das Durcheinander ist größer als damals – eine Schachtel mit Bohraufsätzen, eine Plastikplane am Eingang zum Wohnzimmer zeugen von Cals Renovierungsarbeiten –, aber ansonsten ist alles gleich: der Tisch für die Post mit seinen Bergen von Papier, die große kitschige, mit Blumen bemalte Deckenlampe, alle möglichen Schuhe, die aus einem Korb herausragen. Damals war sie von den Spuren alltäglichen Lebens beeindruckt, alles wirkte benutzt, aber mittlerweile sieht ihre eigene Diele ähnlich verwohnt aus, sie ist ebenfalls mit allem möglichen Krempel zugestellt, mit Almas zahllosen, nicht auseinanderzuhaltenden Converse, Marks komischen Yaktrax-Stiefeln und Suzannes Ausrüstung, Einkaufstaschen mit aufgedruckten Weltverbesserer-Parolen, irgendwelchen Accessoires, die allen und niemandem gehören und nicht zueinanderpassen, Gartenhandschuhen und Ohrstöpseln und Handtüchern, um dem Hund die nassen Pfoten abzutrocknen. Alles einfach nur Zeug und nicht mehr, aber dennoch Zeugnis von Leben, einem chaotischen, aber dennoch funktionstüchtigen Alltag, der *ihr* Leben ausmacht.

Cal geht durch die Küche voraus. Sie sieht den vertrauten Tisch in der Frühstücksecke, spürt unwillkürlich unter ihren Fingerspitzen die leicht aufgeraute Holzplatte mit den jahrzehntealten Ringen von Kaffeebechern, mit all der Marmelade und Babynahrung, die in seiner Maserung verschwunden ist. In Helens Zuhause war das, was woanders schmuddelig gewirkt hätte, gelebtes Leben. In der Ferne hört sie Fetzen von einem Johnny-Cash-Song, der ihr bekannt vorkommt: *I grew up quick and I grew up mean.* Zu gerne hätte sie irgendetwas von sich selbst gefunden, etwas Zurückgelassenes, einen Beweis dafür, dass sie hier gewesen ist. Vergeblich sucht sie mit dem Blick die chaotische Collage an der Kühlschranktür nach einer Spur von sich selbst ab – ihre Handynummer auf einem vergilbten Post-it oder die Weihnachtskarte, die sie Helen im ersten Jahr des Kennenlernens geschickt hat, auch wenn sie das Motiv nicht erinnert. Eine Seite des Kühlschranks ist mit Kinderzeichnungen zugepflastert, ein kreatives Chaos aus Schmierpapier, Seiten, die aus Malbüchern herausgerissen wurden, und mit Bleistift, Markern und Kugelschreiber angefertigte Kunstwerke, und sie gibt sich mit der Möglichkeit zufrieden, dass sich darunter auch etwas von Ben befindet, dass dort eines seiner Bilder mit viel Grün und Blau, fantasievolle Interpretationen von Hunden und Dinosauriern, weiter unten vergraben ist.

»Ich habe gerade Ihren Namen nicht verstanden«, sagt Cal.

»Julia.«

»Sie sind Julia?« Er lächelt sie über die Schulter hinweg an. »Sie hat Sie ein paarmal erwähnt.«

»Ach ja?« Der Stolz, der sie gerade erfüllt, ist ebenfalls wohlvertraut.

Auch die Veranda ist noch wie damals, die Stuhlkissen mit ihrem verblichenen Blumenmuster und Helen, die es sich gerade in einem der Stühle gemütlich gemacht, die Füße auf dem Hocker aus Rohrgeflecht, eine majestätische Erscheinung in der Sonne.

»Ma«, ruft Cal. »Besuch für dich.«

Helen erkennt sie und begrüßt sie mit einem strahlenden Lächeln. »Wie schön«, sagt sie und winkt Julia zu sich. »Julia Ames, *umwirbst* du mich?« Sie öffnet die Arme in ihre Richtung und Julia weiß nicht genau, ob sie mit der Geste eine Umarmung oder den Blumenstrauß fordert.

»Bleib sitzen«, wirft Cal über die Schulter, während er wieder ins Haus geht.

Helen verdreht die Augen und nimmt die Anemonen entgegen. »Ich habe mir heute Morgen den Fuß verstaucht, weil ich über eins seiner Superwerkzeuge gestolpert bin«, erklärt sie. »Ich glaube, er macht sich Sorgen, dass ich ihn anzeige, wenn die Schmerzen sich verschlimmern.«

»Geht es einigermaßen?«, fragt Julia. »Kann ich dir etwas bringen? Passt es gerade nicht?«

»Mein Gott, ich hatte ganz vergessen, was für ein Nervenbündel du bist. Es passt wunderbar und mir geht es ausgezeichnet. Setz dich und erzähl, was dich zu mir führt.«

»Ich bin hier, um dir eine Vorladung zu überbringen«, sagt Julia und setzt sich ihr gegenüber.

»Dafür wärst du genau die Richtige«, entgegnet Helen. »Undurchschaubar. Umtriebig. Bis zu einem gewissen Grad unkalkulierbar. Ich muss zugeben, ich war nicht sicher, ob ich dich noch einmal zu Gesicht bekommen würde.«

»Ich zugegebenermaßen auch nicht.«

»Und was führt dich hierher?«

»Ich war in der Gegend«, antwortet sie, weil das zumindest die halbe Wahrheit ist. »Mein Auto ist bis oben hin voll mit Blumen. Ben heiratet heute Nachmittag.«

»Und dann bist du *hier?*«

Sie errötet leicht. »Ich – na ja …«

»Ich beschwere mich auch nicht«, sagt Helen. »Es ist wirklich schmeichelhaft, dass du hier bist. Ich bin nur überrascht, dass du deswegen nicht bis über beide Ohren in Arbeit steckst.«

»Ben ist … Sunny *plant gern* und überlässt nur wenig dem Zufall.«

»*Plant gern*. Erzähl mehr. Können wir sie trotzdem mögen?« Das klang genau nach der Helen von damals, es war diese typische, verschmitzte Spitzzüngigkeit, die trotz allem niemals bösartig wurde.

»Ja.« Julia lächelt. »Wir schließen sie so langsam ins Herz.«

»Das klingt doch vielversprechend. Bei meinen Söhnen ging keine Hochzeit ohne Vorhaltungen über die Bühne. Auch wenn ich mich mittlerweile manchmal frage, ob ich nicht ein bisschen zu streng gewesen bin.«

Julia runzelt die Stirn.

»Ich habe viel Zeit zum Grübeln«, sagt Helen. »Als alte Schachtel mit Lebensweisheit, die in ihrem verfallenen Haus sitzt.«

»Du bist keine *alte Schachtel*«, entgegnet Julia.

»Seht ihr«, richtet Helen sich an ein unsichtbares Publikum. »Sie umwirbt mich.«

Sie unterdrückt ein Lächeln. »Du siehst immer noch aus wie damals«, lügt sie. »Das Haus auch. Fast genau so, wie ich es in Erinnerung habe.« Aber das stimmt auch nicht ganz. Beim Betreten des Hauses hat sie sofort festgestellt, dass etwas fehlt, und zwar das, was jeder Mensch zur Atmosphäre in einem Haushalt beiträgt, ob gerade anwesend oder nicht. Im Haus herrscht eine öde Stille, als hätten sich die Moleküle in der Luft neu geordnet, weil Pete nicht mehr da ist.

»Schon ein bisschen ruhiger hier, oder?«, sagt Helen, als hätte sie ihre Gedanken gelesen. »Und ohne ihn auch viel staubiger. Wie das kommt, habe ich immer noch nicht begriffen. Es hat mich ganz krank gemacht. Ich kam morgens die Treppe runter und auf dem Tisch lag mit einem Mal eine feine Staubschicht. Das fand ich so unfair. Mein Leben ist nur noch die Hälfte wert, und ich soll trotzdem weiterhin *sauber machen?*«

Als sie eben durchs Haus gegangen ist, hat sie das zwar registriert – sanft in der Luft schwebende Staubpartikel im Sonnenlicht –, sich aber keine Gedanken darüber gemacht. Jetzt überlegt sie, wie sich mit der Anwesenheit von mehreren Leuten in einem Haus die allgemeine Kinetik verändert. Vermutlich ist die Menge an Staub immer noch die gleiche, aber er wird von mehr Leuten aufgewirbelt und kann sich nicht mehr so einfach auf Oberflächen absetzen.

»Doch dann habe ich herausgefunden, dass ich das Staubwischen einfach sein lassen kann. Richtig befreiend war das. Das ist schon mal etwas. Tut mir leid, wenn du unter Allergien leidest.«

»Ich werd's überleben«, sagt sie, und Helen lächelt sie an. »Es tut mir leid, dass ich nichts davon wusste«, fügt sie leise hinzu. »Dass Pete ... Sonst wäre ich zur Trauerfeier gekommen.«

Helen hebt fragend die Augenbrauen. »Wirklich?«

Sie errötet. »Ich hätte ... wenigstens eine Karte geschickt, oder ... eine Karte hätte keinen ... Es geht ja auch nicht um mich, und es hätte auch keine große Rolle gespielt, ob *ich* auch noch da bin oder nicht, aber ... ich habe ihn sehr gemocht.«

»Er mochte dich auch sehr«, sagt Helen. »Ich meine, er hat die meisten Leute gemocht, um ganz ehrlich zu sein, aber du warst in unserem Haus sehr gern gesehen. Ben auch. Er ist mittlerweile wahrscheinlich ein Riese.«

»Gigantisch.«

»Und jetzt heiratet er, meine Güte. Ist das nicht unglaublich? Ich bin zu alt, um von so was noch vollkommen *schockiert* zu sein.«

»Ich auch.«

Aber sie fühlt sich unwohl unter Helens Blick und steht auf, geht zum Verandageländer und lehnt sich darüber, um das Beet davor zu betrachten.

»Celosia«, sagt Helen. »Mein Enkel meinte immer, die Form erinnert an die Köpfe von Dr.-Seuss-Figuren. Auch unter dem weniger eleganten Namen Hahnenkamm bekannt.«

»Wie hübsch.«

»Was willst du damit sagen – es ging auch ohne dich?«

Julia wendet sich ihr zu. »Oh, na ja, ich meine ... Ich weiß, wir hatten uns seit Jahren nicht gesehen, aber ich habe ...«

»Was?«

»Es tut mir einfach leid. Ich wünschte, ich wäre dir eine bessere Freundin gewesen, Helen. Du warst so nett zu mir, das hättest du nicht sein müssen. Ich hätte deine Freundlichkeit wenigstens erwidern können.«

Helen mustert sie eindringlich. »Dass ich in meinem Leben viele Leute um mich habe, heißt nicht, dass ich die Leute auch alle *mag*. Dich habe ich sehr gemocht. Mit dir war es schön. Das ist eine Frage der Chemie, stimmt's? Geht es dir nicht auch manchmal so, dass dir jemand spontan sympathisch ist? Als wäre es mehr als nur ein Zufall, dass man einander begegnet ist? Genau dieses Gefühl hatte ich bei dir. Als würde ich dich bereits von irgendwoher kennen.«

Sie lässt sich wieder auf den Stuhl Helen gegenüber sinken und spürt das Flattern in der Brust, wie jedes Mal, wenn Helen ihr die Haustür geöffnet oder über einen ihrer Witze gelacht hat, wie jedes Mal, wenn sie etwas ausgesprochen hat, das ihr Angst machte, und Helen es ganz gelassen aufnahm.

»Meine Güte! Ich war bestimmt nicht nett, weil ich das für meine *Pflicht* hielt. Ich war nett, weil ich gerne mit dir Zeit verbracht habe. Und klar, auch weil du einen verlorenen Eindruck gemacht hast. Aber das ist bei vielen Leuten so. Aber ich habe sie nicht alle zu mir eingeladen. Dich habe ich eingeladen, weil ich das Gefühl hatte, dass uns beiden eine Freundin guttun würde. Macht das nicht jede Beziehung aus? Jemand anderen zu brauchen und selbst gebraucht zu werden? Das ist nie ganz im Gleichgewicht. Und im Idealfall verändert sich das Verhältnis von Brauchen und Gebrauchtwerden immer wieder, denn beides erfordert auf seine Weise Kraft. Vielleicht hast du mich damals mehr gebraucht als ich dich, aber das bedeutet nicht, dass ich nicht auch eine Freundin in meiner Nähe haben wollte und nicht davon profitiert habe, dass du Teil meines Lebens warst. Natürlich war das so.«

»Aber –«, setzt sie an.

»Ich muss zugeben«, fährt Helen fort, »dass es natürlich auf eine ganz bestimmte Weise schmeichelt, wenn ein jüngerer Mensch einem zuhört, und damals waren alle meine Kinder schon aus dem Haus, und es war schön, dass jemand diese Lücke füllte. Aber, Julia, ich habe mich in erster Linie gern mit dir unterhalten. Ich hatte einen Draht zu dir. Und was ist so verwerflich daran? Aus *Mitleid?* Manche Leute haben einfach mehr Probleme als andere. Was ist verwerflich daran, sich das einzugestehen? Sich einzugestehen, dass man etwas anbieten kann, das ihnen vielleicht gerade fehlt? Ist das nicht besser, als sie sich selbst und ihrem Gedankenkarussell zu überlassen?«

»Das stimmt«, pflichtet Julia ihr bei, denn das weiß sie aus eigener Erfahrung.

»Ich habe ein paar Freundinnen, die in betreutem Wohnen leben«, sagt Helen. »Und deren Kinder – na ja – Leute dafür bezahlen, dass sie ihnen Gesellschaft leisten. Keine Pflegekräfte, sondern Freiwillige, die vorbeischauen, um Karten zu spielen oder Kreuzworträtsel zu lösen. Und mich hat das so traurig gemacht, allein die Vorstellung, aber mittlerweile weiß ich nicht mehr genau, ob das Ganze egoistisch ist oder mitfühlend. Man hat jemanden so lieb, dass man für diesen Menschen einen Freund oder eine Freundin kauft. Wenn es möglich gewesen wäre, hätte ich das damals auch für meine Jungs getan, als sie klein waren. Man würde doch alles dafür tun, dass die eigenen Kinder sich niemals einsam fühlen, oder nicht?«

Nachts im Bett spürt sie manchmal immer noch die

Körper von Ben und Alma, die sich eng an sie schmiegen, spürt ihre warmen Rücken an ihrer Brust, wie damals, während sie ihnen die Stirn streichelte und hoffte, damit böse Träume oder psychosomatische Bauchschmerzen zu vertreiben. Und sie hat vergessen, mit wie vielen Notlügen sie größeren Kummer zu verhindern suchte oder dafür sorgte, dass ihnen die unangenehmen Seiten des Lebens vorerst erspart blieben.

»Manche von diesen Freundinnen mögen diese Freiwilligen mittlerweile sehr«, sagt Helen. »Sie haben sich miteinander angefreundet. Und man kann natürlich argumentieren, dass die Kinder ihre Angehörigen öfter besuchen sollten – das stimmt natürlich –, aber vielleicht haben die Verwandten trotzdem mehr davon, dass sie stattdessen Zeit mit einem Freund oder einer Freundin verbringen. Kann man sich da ein Urteil erlauben?« Helen zuckt mit den Achseln und lehnt sich wieder zurück. »Wie auch immer, wenn meine Jungs mich nicht mehr besuchen kommen, nachdem wir das Haus verkauft haben, müssen sie dran glauben.«

Leute, die den Orten ihrer Kindheit nachtrauerten, sind ihr immer auf die Nerven gegangen – sie erinnert sich an eine Mitbewohnerin, die wie bei einer Todesnachricht in Tränen ausbrach, als ihre Eltern das Haus gegen eine Wohnung eintauschten. Aber ist dieses Gefühl, das in ihr gerade hochkocht – dieses Heimweh nach dem von der Sonne gebleichten Holz der Veranda, dem Tropfen aus den Regenrinnen, nach allem, was dieses Haus ausmacht, in das sie seit zwanzig Jahren keinen Fuß mehr gesetzt hat, das ihr aber immer noch so sehr am Herzen liegt –, wirklich etwas anderes?

»Du verkaufst das Haus?«

»Oh.« Helen sieht sie mitfühlend an. »Du hast natürlich eins und eins zusammengezählt. Ich drücke mich davor, weil ich lieber nicht darüber nachdenken will, wenn ich ehrlich sein soll. Irgendein Immobilienfonds oder ein Schönheitschirurg mit einem Kind und einer Frau ohne Geschmack wird sich das Haus unter den Nagel reißen. Sie werden sofort die Küche und alle Bäder runderneuern und einen Raum mit einem Squashcourt oder einen Bunker für den Fall der Fälle einbauen, und nach nicht einmal einem Jahr ist das Haus dann von dem nebenan nicht mehr zu unterscheiden. Klar, es ist blöd, sein Herz an etwas ... na ja, Materielles zu hängen. Und was für ein *Privileg* das ist. Aber um die Wahrheit zu sagen, Julia, es macht mich richtig traurig.«

»Warte mal«, sagt sie. »Heißt das ... Wohin willst du denn gehen? Falls das Haus ...« Helen und ihr Zuhause sind in ihrer Vorstellung eins, und sie wird fast panisch, als würde Helen ohne ihre Umgebung aufhören zu existieren, wie in der alten Lagerfeuergeschichte – vor der Ben sich damals wie vor so vielem gefürchtet hat – über die Frau, deren Kopf mit einem seidenen Faden am Hals befestigt ist.

»Cedar Knoll«, antwortet Helen, und flüchtig erscheint vor Julias innerem Auge tatsächlich das Bild von einem mit Zedern bewachsenen Hügel, auf dem Helen wie eine Märchengestalt ihre Zelte aufschlägt, aber dann fällt ihr die Altersresidenz ein, die vor ein paar Jahren in einer benachbarten Suburb und leider in der Nähe einer Mülldeponie errichtet wurde. Es fällt ihr schwer, sich Helen dort und nicht mehr hier vorzustellen. Im Grunde genommen erscheint es ihr vollkommen unmöglich, sich eine so weltläufige und eigenständige Person wie Helen Russo in einer sogenannten *Residenz* vorzustellen.

»*Siehst* du«, sagt Helen und lacht trocken. »Ich sage meinen Kindern die ganze Zeit, wie trostlos und deprimierend das klingt. Aber ich habe diese Entscheidung vor zwei Jahren getroffen und jetzt ist ein Platz frei. Meine Güte, hör sich das mal einer an. Deprimierend ist noch untertrieben. Eine *Residenz*, in der ein *Platz* frei wird.«

Was für kindische Illusionen hatte sie sich eigentlich gemacht? Helen mochte mit ihren fünfundachtzig Jahren die fitteste Seniorin im Umkreis von Chicago sein, aber sie war immer noch fünfundachtzig, und Julia kommt sich dumm vor, dass sie das bis jetzt nicht wahrhaben wollte.

»Ist ja nur ein Ort zum Wohnen.«

»Ich würde dich gern mal besuchen kommen, wenn es dir recht ist«, sagt Julia.

Helen öffnet die Augen und lächelt. »Dann hast du also doch mit Cal gesprochen. Hat er dich schon angeheuert?«

»In diesem Fall fließt kein Geld«, sagt Julia, denn sie weiß, dass sie Helen damit zum Lachen bringt.

»Komm, wann immer du willst. Du bist jederzeit willkommen.«

58

Alma ist für die Hochzeitsfeier wie zu einer Beerdigung angezogen, ein schlichtes schwarzes Kleid mit langen Ärmeln aus Spitze und Doc Martens, ihre Haarspitzen leuchten mittlerweile weißblond.

»Bist du fertig?« Julia beobachtet sie von ihrer Schlafzimmertür aus. Alma wirft ihrer Mutter im Spiegel über ihrer Kommode kurz einen verächtlichen Blick zu. Sie scrollt in ihrem Handy.

»Margo kommt auch, oder?«

»Mmmm.«

»Das ist schön«, sagt Julia. »Das freut mich.«

Und ihre Tochter antwortet ohne eine Spur von Ironie: »Mich auch.« Die beiden werden kein Paar bleiben. Margo wird erwartungsgemäß in vierter Generation an der Brown University studieren, wie Alma ihr sachlich mitgeteilt hat, und gemeinsam haben sie beschlossen, ab September getrennte Wege zu gehen. Aber Alma nimmt das anscheinend gelassen hin und sieht ihrer Abschlussfeier mittlerweile relativ gut gelaunt entgegen.

»Süße, du siehst richtig hübsch aus.«

»Danke«, sagt Alma. »Gehst du so?«

Sie schaut auf ihre Clownshosen. »Ich wollte mich gerade umziehen.«

»Oh«, sagt Alma und greift nach etwas auf ihrer Kommode. »Das hatte ich ganz vergessen. Der ist noch von dir.«

Ihr letzter Lippenstift der Marke Power Raisin. Sie zieht die Kappe ab, dreht ihn hoch und wieder runter. »Behalt ihn, er steht dir«, entscheidet sie und wirft ihn ihrer Tochter wieder zu.

»Dieser blöde Pony fällt mir immer ins Gesicht«, beschwert sich Alma, was Julia als eine Einladung auffasst. Sie tritt hinter sie und legt ihr eine Hand auf den Kopf.

»Soll ich dir helfen, damit er dich nicht verrückt macht?«

Und erstaunlicherweise lehnt sich Alma zur Seite, sodass Julia gut an die Haarklammern auf der Kommode kommt. Sie legt den Kopf zurück wie damals als kleines Mädchen in der Badewanne, ringsum von Booten und Tintenfischen aus Gummi umgeben. Julia fährt mit den Fingern durch ihr Haar und spürt den festen, kräftigen Schädel. Sie nimmt eine Locke, die Alma ins Gesicht fällt, und befestigt sie mit einer Klammer am Kopf, beugt sich vor – sie bewegt sich nun auf dünnem Eis – und küsst ihre Tochter auf diese Stelle.

»Ich kann dein Haar auch flechten, wenn du möchtest«, sagt sie.

»Wie du willst«, sagt Alma. Aus ihrem Munde ist das eine besondere Gunst.

Als ihre Tochter noch klein und temperamentvoll war und aufgrund des gescheiterten Versuchs von bindungsorientierter Elternschaft extrem klammerte, waren Almas Frisuren ein schönes verbindendes Moment. Haarschnecken à la Prinzessin Leia, wenn Alma sich in der Kindergartenzeit beim Abschied friedlich verhielt, ein Gretchenzopf gegen Almas Versprechen, sich während der nachmittäglichen Ruhestunde selbstständig zu beschäftigen. Gerade nutzt sie die unverhofft friedliche Stimmung ihrer Siebzehnjährigen und versucht sich in einem französischen Zopf. Sie verlässt sich auf das Muskelgedächtnis ihrer Finger und flicht Almas Haar langsam und geschickt an ihrem Hinterkopf. Sie atmet Almas Duft ein, ein Hautgeruch, der sie an Mark erinnert. Als Kind hat Alma es immer gemocht und ist manchmal fast davon eingeschlafen, wenn Julia ihr das Haar durchkämmte und ihre dunklen Locken zu lustigen Formationen aufsteckte.

Als sie Almas wilde Mähne in dem Zopf gebändigt hat, betrachtet sie ihre Tochter im Spiegel, dieses Gesicht, das zugleich vertraut und nicht wiederzuerkennen ist. »Seit wann bist du nicht mehr klein?«

»Schon seit Ewigkeiten«, entgegnet Alma und verdreht die Augen.

»Ach, mein Liebes«, sagt sie, die Hände auf ihren schmalen Schultern, und als sie im Spiegel Almas Gesicht mit ihrem eigenen vergleicht, so ähnlich, so viel hübscher, kommt ihr der Gedanke, dass die Beziehung zu ihrer Tochter – so schwierig sie auch manchmal sein mag – vielleicht doch die unkomplizierteste in ihrem Leben ist. »Du hübsches Mädchen. Ich hab dich lieb.«

»Oh je, werd jetzt bloß nicht komisch.«

Sie drückt wieder einen Kuss auf Almas Scheitel. »Geht nicht anders.«

Ein bisschen später kommt Alma noch mal zu ihr, um sich eine Pinzette auszuleihen, und als sie aus dem elterlichen Bad kommt, hat sie die Nase verzogen.

»Was ist das da auf dem Duschvorhang?«, fragt sie. »Hat einer von euch gekotzt?«

*

Mark platzt herein, als sie sich gerade anzieht und in Nylonstrumpfhosen und BH durchs Schlafzimmer hetzt, obszön in Beige gezwängt, so einen Anblick wünscht sie nicht einmal ihrem ärgsten Feind.

»Oh je«, sagt sie. »Schau mich bloß nicht an.«

»Zu spät.« Er drückt sich auf dem Weg zum Kleiderschrank in aller Keuschheit an ihr vorbei. Auch er muss sich noch umziehen und öffnet den Reißverschluss seiner Jeans, während er sein mageres Sortiment an Krawatten inspiziert.

Sie steigt in ihr Kleid und zieht es langsam unter Verrenkungen hoch. Mark sieht sie im Spiegel an, lächelt, kommt zu ihr und küsst sie durch die Spitze hindurch auf die Schulter.

»Du siehst toll aus«, bemerkt er.

»Danke dir«, sagt sie. »Wahrscheinlich wirst du auch sehr gut aussehen, sobald du deine Hosen anhast.« Das blassblaue Hemd hängt ganz reizend über den Unterhosen, die dünnen Beine stecken in schwarzen Socken, und mit einem Mal muss sie an ihre Hochzeit denken, nicht an die Trauung selbst, sondern daran, wie sie in jener Nacht nach der Party im Park heimkamen, beschwipst und überglücklich, die Wohnungstür aufdrückten, als wäre es eine Nacht wie jede andere – von nebenan plärrten die Nachrichten und an der Tür klebte eine Nachricht vom Hausmeister, der sie informierte, dass er den Installateur in die Wohnung gelassen hatte, um nach dem Abfluss zu sehen. Abgesehen von Julias Vintage-Kleid und Marks schief sitzender Krawatte war also alles wie immer. Sie beide waren mit Einkaufstüten voller Kuchen und Hochzeitskarten beladen, und sobald sie in der Wohnung waren, schauten sie einander in die Augen – auch sie waren immer noch dieselben und doch verändert –, und sie lachte, und Mark sah sie an, ernste Anbetung im Blick, als erblicke er sie zum allerersten Mal, und sie überlegte, ob er anfangen würde zu weinen – er, nicht sie, hatte beim Jawort eine brüchige Stimme gehabt –, und er beugte sich zu ihr und vergrub sein Gesicht an ihrem Schlüsselbein, und sie streichelte ihm zärtlich über den Kopf. Sie waren schüchtern, behutsam, plötzlich miteinander verheiratet.

Jetzt, fast sechsundzwanzig Jahre später, im gemeinsamen Schlafzimmer, küsst er sie.

»Mach bitte den Reißverschluss zu.« Sie dreht ihm den Rücken zu und spürt seine Finger dort hochwandern. Danach hält er ihr die Handgelenke hin, damit sie ihm die Manschetten zuknöpfen kann.

Sie sieht ihn mit flehentlichem Blick an. »Ist es also so weit?«

»Scheint so.« Er streicht ihr mit den Händen über die Hüften.

Sie verspürt eine leichte Anspannung im Nacken, so etwas wie Angst. Mitunter vergisst sie, sich um wirklich Wichtiges zu sorgen, um das schier unendliche Gefahrenpotenzial jenseits der Problemchen, mit denen sie sich meistens befasst. Man wird schnell selbstgefällig, verheddert sich in langweiligen Alltagsdramen und vergisst, dass man körperlich nicht unverwundbar ist. Als Ben noch ein Baby war, gab es an Marks Arbeitsplatz eine Bombendrohung. Einmal war er mitten im Winter am Rande in eine Karambolage auf der Eisenhower Avenue verwickelt. Streng genommen haben sie das erste Jahrzehnt des Jahrtausends damit verbracht, ihre Kinder in einer falschen Sicherheit zu wiegen.

»Hör auf«, sagt Mark.

»Womit?«

»Dir Katastrophen auszumalen«, antwortet er, und sie legt ihre Stirn an seine wohltuend stabile Brust. Endlich dämmert ihr, was alle anderen schon vor Monaten verstanden haben: Es könnte alles schlimmer sein, es gibt Schlimmeres – Zahnoperationen, Entbindungen, langweilige Dinnerpartys, Streit und Verrat und Missverständnis, Freude und Sex und Liebe, die so stark ist, dass man vor ihr weglaufen möchte –, und das hier wird wohl oder übel über die Bühne gehen, vielleicht geht es gut aus oder nicht, aber eigentlich stehen die Chancen für Ersteres gar nicht so schlecht.

»Wird alles gut?«, fragt sie.

»Du musst dich entspannen.«

»Mark, sag mir –«

»Komm her«, sagt er und führt sie zum Bett, und sie legen sich ineinander verschlungen hin, ein kompliziertes, festlich gekleidetes Knäuel aus Gliedmaßen.

»Es wird alles gut«, raunt er.

Sie lässt sich kurz in ein Gefühl der Zufriedenheit fallen, das sie bislang nur mit ihm gefunden hat. Sie schlafen nicht miteinander – selbstverständlich nicht, daran hindern sie die Outfits und die guten Manieren –, aber am Ende macht das keinen Unterschied. Sie sind zwei Menschen, die etwas Außergewöhnliches miteinander verbindet, wie das Zünden einer Atombombe zu überleben oder ein Konzert der Beatles zu besuchen – oder vielleicht ist es auch nur eine Einsamkeit, die, als sie beide jeweils am Anfang standen, alles überschattet hat. Oder vielleicht sind sie durch Intimität oder Leidenschaft verbunden. Oder es hält sie die Tatsache zusammen, dass sie einander wehgetan oder miterlebt haben, wie ihre Kinder das elterliche Nest verlassen. Oder vielleicht ist es die Entscheidung, am Ende eines Tages zu dem jeweils anderen nach Hause zu kommen. Es geht um Nähe und Distanz, Antipathie und Zuneigung, Liebe und Erschöpfung. Es geht um die Zeit, die unerbittlich schnell voranschreitet, es geht darum, wie zwei Menschen in den Stunden nach der Geburt ihres Sohnes und den Stunden vor dessen Hochzeit in einem Bett zusammenpassen. Eigentlich sind es unglaubliche Dinge und auch so viele. Sie würde gerne so mit ihm liegen bleiben und eine Liste davon machen, aber sie haben keine Zeit dafür. Sie müssen los.

59

Die Kirche ist in der South Side, Versammlungsort einer aufgeschlossenen unitarischen Gemeinde und nicht weit entfernt von der ehemaligen Wohnung an der Fünfundvierzigsten gelegen. Sie findet Ben in einem kleinen Lagerraum, wo er auf einem alten Schreibtischstuhl thront. Sein Freund Noah sitzt ihm gegenüber auf einem Fensterbrett, und Julia muss daran denken, wie die beiden aussahen, als sie noch im Vorschulalter waren, kleine Menschenkinder mit knubbeligen Knien und weisen Augen.

»Mom«, sagt Ben.

»Mrs Ames«, sagt Noah.

»Julia«, korrigiert sie ihn. »Störe ich?«

»Selbstverständlich nicht«, erwidert Noah. Er geht zu Ben, Ben steht auf, und die beiden packen jeweils eine Hand des anderen und ziehen einander in eine dieser stählernen Umarmungen unter Männern – denn aus ihnen sind erwachsene Männer geworden, es ist kaum zu glauben. Noah wird nach New York ziehen, und sie stellt fest, dass sie darauf um Bens willen nicht mehr neidisch ist, denn ihr Sohn wirkt glücklich und ist unterwegs zu einem ganz eigenen Abenteuer. Ihr Blick ist dermaßen verschwommen, als sie sich verabschieden, dass sie den Eindruck hat, dass die beiden vielleicht ebenfalls zu Tränen gerührt sind. »Hey, Mrs Ames«, sagt Noah und drückt ihr im Vorbeigehen einen flüchtigen Kuss auf die Wange. »Glückwunsch, mmmh?«

Sie nickt Richtung Ben, um zu sagen: *Er hat die Glückwünsche verdient.* »Wir sehen uns draußen«, fügt Noah hinzu und verschwindet. Der Anblick von Ben, dort allein sitzend, lässt sie in der Tür verharren. Sie kennt ihn bereits im Anzug – im Kontext von Umkleidekabinen, Abschlussfeiern und Bewerbungsgesprächen –, aber diesmal ist es wie ein Schlag in die Magengrube. Er sitzt da, die Knie weit geöffnet, die Schulter nach vorne gebeugt, ein noch fast volles Glas Champagner in der Hand und lächelt sie an. Und plötzlich hat sie einen Song im Kopf, die Titelmelodie aus der *Muppet Show*, dazu den Eindruck von seinem kleinen, warmen Körper auf ihrem Schoß: *It's time to light the lights.*

»Gestattest du Besuch?«, fragt sie.

»Ja, klar. Ich brauchte nur kurz einen Augenblick für mich.«

»Lass dir ruhig Zeit«, sagt sie. »Ohne dich wird man höchstwahrscheinlich nicht anfangen.«

Sie geht zu ihm. Anstatt ihn in dem Versuch, ihn zurück in den Mutterleib zu befördern, zu umarmen, fummelt sie an seiner Krawatte herum, ungeschickt, denn sie hat das Binden nie gelernt. Mark hat ihre Hilfe nie benötigt.

»Ist alles okay bei dir?«, erkundigt sie sich.

»Ja«, antwortet er. »Alles bestens.«

Sie blickt ihm ins Gesicht, das dem von Mark so ähnlich ist, sieht dieses sekundenlange Zögern, das man nur bemerkt, wenn man im richtigen Moment hinschaut, dieses kurze Aufflackern von Skepsis – eigentlich nicht das Schlechteste –, das muss er von ihr haben.

»Mir geht es wirklich gut«, sagt er. »Ich bin nicht mal richtig nervös. Findest du das komisch?«

Sie war vor ihrer Hochzeit auch nicht nervös gewesen, teilweise auch, weil dieser ganze Tag eine leicht surreale, gekünstelte Grundstimmung hatte, alle waren sie festlich gekleidet und lächelten. Aber auch Mark hatte sie damals nicht nervös gemacht, jedenfalls nicht wirklich, nicht an dem Tag und nicht auf die Art und Weise, wie fast jeder andere Mensch auf der Welt sie nervös machte.

»Nein«, entgegnet sie. »Das ist überhaupt nicht komisch. Du bist großartig. Das warst du schon immer, und das wirst du immer sein.«

Um seinen Augen formen sich Lachfältchen. »Mom«, setzt er an.

Sie schüttelt den Kopf. »Du weißt, wie sehr ...« Ihr versagt die Stimme.

Ben, ihr Komplize. Er hat sie widerstandslos durch die dunkelsten und beschämendsten Augenblicke ihres Lebens begleitet, wenn sie, mit ihm im Arm, wie benommen nachts durch das Apartment wandelte, ihm langsam Popsongs vorsummte und eigentlich nur verschwinden wollte, wenn sie auf dem Supermarktplatz im Auto weinte und er hinten angeschnallt in seinem Kindersitz saß. Wenn sie zu müde wurde, um ihm weiter aus *Harry Potter* vorzulesen, übernahm er das Ruder, obwohl er noch zu klein zum Lesen war, und erfand die Geschichte einfach weiter – *Und dann traf er im Wald einen Werwolf, und das war richtig lustig, aber dann hatte er richtig Angst, aber eigentlich war es vor allem lustig, ha ha ha, und dann sind alle ins Bett gegangen, und das ist das Ende der Geschichte, Mama. Mama?*

»Mom«, sagt er.

Sie fragt sich, ob er sich noch an die Nächte in seiner frühen Kindheit erinnert, in denen sie sich zu ihm ins Zimmer schlich, ihn aus dem Bettchen hob und ihn im ergonomischen Schaukelstuhl zurück in den Schlaf wiegte. *Mama hat dich wie verrückt lieb, mein Käuzchen. Ohne dich würde Mama die Welt nicht verstehen.*

»... ich dich lieb habe«, beendet sie ihren Satz. »Das weißt du, oder? Wenn ich jemals ... Wenn du jemals das Gefühl hattest, dass ich ... deine Bedürfnisse nicht erfüllt habe, dann tut mir das leid. Es tut mir leid, dass ich nicht immer ... das Richtige im Kopf hatte oder nicht verstanden habe, was von mir ...«

»Mom«, wiederholt er und nimmt sie in die Arme. »Ich habe dich auch lieb.«

Ein paar Wochen nach seiner Geburt saß sie in aller Frühe in der Wohnung an der Paulina Avenue mit Ben auf dem Futon, konzentrierte sich auf sein Gewicht in ihren Armen und spürte, wie behaglich er sich an ihre Brust schmiegte. Mit einem Finger fuhr sie in einer geraden Linie durch sein verstrubbeltes Haar und über seine immer noch verkrumpelte Stirn und überlegte, ob ihre Mutter sie einst auch so im Arm gehalten, dabei ihre Gesichtszüge gemustert und sich ausgemalt hatte, welche Erfahrungen ihr im Leben bevorstanden. Sie überlegte, ob ihre Mutter dieselbe Angst verspürt hatte bei dem Gedanken, dass sich so vieles ihrer Kontrolle entzog und anderes nicht, dass ihr Kind im Leben Erfahrungen machen würde, ohne in ihren schützenden Armen zu sein. Und sie überlegte, ob ihre Mutter ebenfalls ihre Stirn an ihre kleine gelegt hatte, wie bei den Ponys, denn genau das machte sie mit Ben, der unerklärlicherweise zu ihr gehörte.

In dem Moment öffnete er seine Augen, ihr Sohn, und sein Blick richtete sich direkt auf ihr Gesicht, und sie verstand, dass er sie erkannte.

Oh, hatte sie gedacht, und dann war sie da, schwebte wie

eine glänzende Seifenblase vor ihr, sie hatte sich mehr Zeit gelassen, als es üblich war, aber besser später als nie: eine Liebe, so überwältigend, dass ihr fast übel davon wurde, im übertragenen Sinne ein Schlag in die Magengrube, der sie benommen machte. Zum ersten Mal in ihrem Leben konnte sie ein Gefühl klar definieren, ihm einen Namen geben – Liebe, *Liebe* zu diesem kleinen Menschen, und sie verspürte eine große Erleichterung darüber, dass endlich einmal etwas so war, wie es sein sollte.

Gerade hält sie ihn eng umschlungen, auch wenn das mittlerweile anders aussieht und sie im Verhältnis zu seiner Körpergröße lächerlich klein wirkt, nimmt einen tiefen Atemzug und versucht vergeblich, noch einen Hauch von dem süßlichen Milchgeruch des Säuglings zu erhaschen.

»Irgendwelche Worte zum Abschied?«, fragt er, als sie sich voneinander gelöst haben.

Sie betupft sich die Augen. »Das ist kein Abschied. Du wohnst ja nur zwanzig Minuten entfernt.«

»Nun komm schon, Mom. Ein paar weise Worte? Ein bisschen Insiderwissen?«

Er bittet sie also unverblümt um Rat. Sie kann nicht alles falsch gemacht haben, wenn er immer noch denkt, dass sie Antworten parat haben könnte. Ihre Augen füllen sich wieder mit Tränen, aber sie schluckt sie herunter. Sie verspürt Panik, denn ihr fallen beim besten Willen keine weisen Worte ein. Aber dann schaut sie zu ihm hoch, zu ihrem Sohn – diese Geduld, diese Offenheit, diese Fairness, dieser Süße, dieser liebe Kleine, was haben sie doch für ein Glück gehabt!

»Versuch, glücklich zu sein«, sagt sie, und er wartet anscheinend auf weitere Sätze, aber mehr bringt sie nicht zustande. »Das ist mein Rat an dich. Versuch, dich auf sie zu verlassen, versuch, für sie da zu sein. Wenn du dich darum bemühst, heißt das, dass dir was an ihr liegt, und das allein zählt.«

»Okay«, entgegnet Ben. Und dann: »Mach ich.«

»Das ist alles«, sagt sie. »Bemüh dich.« Sie hält sein Gesicht in den Händen, dieses Gesicht, das Mark und sie gemeinsam geschaffen haben, und sieht darin ihre eigenen Augen, und der Blick darin ist von einer überraschenden Reife. »Mehr habe ich nicht zu sagen.«

*

In der Kirche geleiten sie, die Eltern, ihn den Mittelgang hinunter. Julia erlebt die Szene wie aus der Distanz, eine alte Bewältigungsstrategie, und ist überrascht, wie viele Menschen sich hier versammelt haben. Ein paar von Bens Freunden – junge Männer, in deren einst runden Gesichtern kräftige Züge zutage getreten sind – und auch einige von Sunnys Freundinnen sind da – demonstrativ künstlerisch veranlagte junge Frauen mit Mittelscheiteln im Stil von Ali MacGraw und in engen Satinkleidern. Dazu eine bunte Truppe aus entfernten Verwandten. In der dritten Reihe sitzen Brady und Francine Grimes, die beide Julia recht unpassend zuzwinkern, als sie über die Köpfe hinweg ihren Blick auffängt. Und ein paar Plätze weiter sieht sie ihre Mutter und Marshall, die einträchtig nebeneinandersitzen und ein perfektes Großelternpaar abgeben. Ihre Mutter nickt ihr kurz zu.

Als sie vor dem Altar angekommen sind, lässt sie sich von ihrem Sohn auf die Wange küssen und sieht zu, wie er seinen Vater umarmt. Mark flüstert seinem Sohn etwas ins Ohr, bevor er sich von ihm löst, und Julia wird nie erfahren, was er zu ihm gesagt hat, und wird immer wieder vergessen, ihn danach zu fragen. Die Musik setzt ein – ein paar Passagen kommen ihr bekannt vor –, und im Eingang erscheint Sunny am Arm ihres Stiefvaters, dessen Name Julia erneut entfallen ist. Sie hat ihr Haar wieder zu Elfenzöpfchen geflochten und unter ihrem Hochzeitskleid wölbt sich ein Bäuchlein; es ist das erste Mal, dass man ihr die Schwangerschaft ansieht, und Julia ist ganz überrascht, wie gerührt sie davon ist. Sie schreibt das auch dem sentimentalen Song zu, den sie nach ein paar weiteren Sekunden tatsächlich wiedererkennt, er stammt von einer dieser von Alma so heiß geliebten Indie-Bands. *Du wirst ja ganz rührselig vom Anblick einer schwangeren Studentin. Du wirst dich jetzt zusammenreißen und deine Fassung bewahren, Julia Ames.*

Das Paar hat keinen eigenen Hochzeitsschwur verfasst, sondern greift auf einen Vorschlag der Kirche zurück, und als sie zu der Passage kommen, in der es um all die Wunder geht, die das Leben zu bieten hat, blickt sie zufällig zu Alma hinüber und sieht, wie diese ihr Gesicht ganz geschickt zu einer Grimasse verzieht, und ist ein bisschen erleichtert. Trotzdem vergießt sie ungewollt ein paar Tränen, und Mark streicht ihr zur Beruhigung wieder und wieder mit dem Daumen über das Grübchen unten am Rücken, so wie man einen Hund während eines Gewitters beruhigt.

*

Hinterher trifft man sich zum Feiern im Restaurant, für diesen Anlass ganz für sie reserviert, mit abgezählten Tischgedecken und Eustoma als Blumenschmuck. Ben und Sunny tanzen ihren Hochzeitstanz, dankenswerterweise nicht zu »Wonderful Tonight« oder »Just the Way You Are«, sondern zu »Waiting on a Friend« – die liebe Jugend mit ihrem Retro-Musikgeschmack. Auch wenn Sunnys Entourage aus gleich gestylten Altersgenossinnen bei *Don't need a whore* anzüglich johlt, spürt Julia, dass ihre Augen erneut feucht werden, und sie wirft ihrem Ehemann einen Blick zu – dem Mann, mit dem sie vor fünfundzwanzig Jahren mit unmissverständlicher Hingabe im Park zu »I Just Want To Make Love To You« getanzt hatte – und er ergreift unter dem Tisch ihre Hand und drückt sie.

Sie lehnt sich an ihn, als Ben und Sunny sich für das Publikum leidenschaftlich umarmen. Ben beugt sich flüsternd zu ihr hinunter, und Sunny blickt kurz zu ihm auf, bevor sie ihn küsst.

Sie und Mark konnten sich in ihren jüngeren Jahren in dieser Hinsicht mehr herausnehmen.

»Dein Lieblingssong von den Talking Heads?« Sie erinnert sich noch, wie sie ihn bei einem ihrer ersten Treffen danach gefragt hat. Und dann mit zusammengekniffenen Augen hinzufügte: »Es gibt nur eine richtige Antwort.«

Mit so etwas musste man sich beschäftigen, bevor der Alltag sich einschlich. Es war wichtig, über das Für und Wider von unterschiedlichen Optionen zu diskutieren und das große Ganze erst mal zu ignorieren: Kinder, Hauskredit, und welche der Versatzstücke aus dem religiösen und ethischen Gefüge, mit dem man aufgewachsen war, die Reise durchs Leben überstehen würde. Es war wichtig, in diesem engen Zeitfenster, bevor einen alles nach und nach erdrückte, einen Schritt zurückzutreten und das Wesen des anderen in Ruhe zu erfassen.

Mark legt den Arm um sie. »Schön, oder?«, flüstert er.

Sie nickt.

»Oh, diese Zeit der Jugend«, fährt er fort, um sie zu necken. »Oh, diese Zeit der Reife.«

Sie unterdrückt ein Lächeln.

»Nun komm schon«, sagt er bittend und bringt seine Lippen sacht an ihr Ohr, wie sein Sohn Minuten zuvor bei seiner frisch Angetrauten.

»Störe ich?«

Sie blicken beide auf, als hätte man sie beim Knutschen ertappt, und sehen Anita vor sich stehen.

»Nein«, sagt sie und richtet sich auf. »Kein Problem. Nimm Platz.«

»Schon gut«, entgegnet ihre Mutter, und trotz all dem Schönen – die Blumen auf dem Tisch, die Hand ihres Mannes auf ihrem Knie, ihre Tochter, die in der Nähe mit Margo Singh zu den Spice Girls tanzt, die allgemeine festliche Stimmung – versetzt das ihrem Herzen einen Stich.

»Geht ihr schon?«, fragt sie. Ihr Tonfall, in dem unüberhörbar zugleich Hoffnung und Enttäuschung mitschwingen, ist ihr peinlich. Sie merkt, wie Mark neben ihr unruhig wird. Niemals, das weiß sie, wird er ihr unter die Nase reiben, dass er recht gehabt und von Anfang an gewusst hätte, dass ihre Mutter sich wieder aus dem Staub machen werde. »Es ist doch noch früh«, sagt sie. »Wir haben doch noch gar nicht ...« Aber was soll sie an dieser Stelle sagen? *Wir haben doch den restlichen Kuchen noch gar nicht zum Mitnehmen eingepackt. Und es hat auch noch niemand den Electric Slide getanzt. Mom, du kannst noch nicht gehen.*

»Wir sind beide erledigt«, sagt Anita. »Und ich glaube, Suzanne freut sich über ein bisschen Gesellschaft.«

Julia mustert sie und weiß nicht recht, ob sie erleichtert sein soll.

»Alma meinte, sie würde morgen früh French Toast machen«, sagt Anita.

»Sonntags macht sie das manchmal«, wirft Julia ein.

»Na, ich habe ihr gesagt, ich bleibe zum Frühstück«, sagt Anita. »Sie kann einen gut überreden. Solange das ... in Ordnung ist. Für euch beide.«

»Das ist in Ordnung, bleibt ruhig«, sagt Mark.

Sie sieht zu, wie ihre Mutter, die Person, die sie einst von allen Anwesenden am besten kannte, ihren Mann ansieht, der sie heute am besten kennt.

»Gut«, sagt Anita schließlich, und dann im Gehen: »Machen wir.«

Sie sieht ihr nach und spürt, dass Mark das Gleiche tut.

»Danke«, sagt sie und sieht zu, wie Marshall ihrer Mutter in die Jacke hilft und die ein in eine Serviette gewickeltes Stück Kuchen in eine Tasche steckt.

»Wofür?«, fragt er, und sie lehnt sich an ihn, aber für eine Antwort bleibt ihr keine Zeit, denn in diesem Augenblick kommt Ben, verneigt sich galant vor ihr und bittet sie um einen Tanz.

*

In der Zeit, die ihr noch bleibt – recht viel Zeit, stellt sich heraus, eigentlich ein unschätzbarer Zeitraum, der Versuchung, bewusst nachzurechnen, gibt sie jedenfalls niemals nach –, wird sie sich immer wieder an die darauffolgenden Momente erinnern. Sie wird sich daran erinnern, als sie ihren Kolleginnen von der Hochzeit erzählt, als sie ihre Mutter und Marshall einige Tage später als gedacht am Flughafen absetzt und als sie bei einer öden Dinnerparty die Unterhaltung aufzulockern versucht. Sie wird sich daran erinnern, als Alma in der Woche darauf ihren Highschool-Abschluss macht, und als sie und Mark ihr vor dem Studentenwohnheim in Iowa im Rückspiegel nachwinken und vermeiden, einander anzusehen, bis sie gut dreißig Kilometer gefahren und sicher sind, nicht die Fassung zu verlieren, und sie mit Blick auf ein Werbeplakat sagt: »Tja. Brauchst du zufällig noch Feuerwerkskörper?«

Sie wird sich daran erinnern, als sie zum ersten Mal ihren Enkel in den Armen hält, und auch später, als sie auf ihrem Spaziergang zu zweit am Seeufer Marks Ellbogen hält, und als Ben sie eines Nachts anruft und fragt, ab wann hohes Fieber wirklich gefährlich wird. Sie erinnert sich an jene Momente, als sie und Mark auf den Kleinen aufpassen, der gerade seine ersten Schritte macht, und nebeneinander mit dem Rücken an die Couch gelehnt auf dem Boden sitzen und ihrem Enkel die Arme entgegenstrecken und einem Sturz, der dann gar nicht kommt, zuvorkommen wollen, bis er sie stolz und unsicher auf den Beinen erreicht hat.

Sie wird sich daran erinnern, als Mark sechs Wochen, nachdem er in Rente gegangen ist, unerwartet an den Folgen eines Herzaneurysmas stirbt und in Forest Glen von zwei anderen Joggern aufgefunden wird. Sie wird sich an jene Momente fortan regelmäßig und so detailliert erinnern, dass es in ihrer Umgebung für Befremden sorgt und sich ihre Kinder mit verzweifelten Gesten erkundigen, *Mom, ist alles okay mit dir?*, und sie sich auf die Zunge beißen muss, um nicht zu antworten, wie sie es am liebsten tun würde – *Nein, überhaupt nicht, etwas Schlimmeres gibt es nicht, mein Herz* –, und um nicht den Zahlenfetisch ihres Mannes heraufzubeschwören – *Statistisch gesehen bin ich auf der Einsamkeitsskala am oberen Ende, gerade, als ich seine Nähe so richtig schätzen gelernt hatte, bin ich allein geblieben*. Stattdessen wird sie ihre Kinder in die Arme nehmen und ihnen versichern, dass alles in Ordnung sei, und in Almas Nasenrücken und Bens bewundernswerter Zuverlässigkeit nach einem Bild von Mark suchen. Sie wird sich auf diese Dinge konzentrieren und nicht auf die endlosen Stunden, die vor ihr liegen und für die sie keine Dankbarkeit aufbringen kann, diese schier unendliche Anzahl von Stunden im unerbittlichen Lauf der Zeit und einem nutzlos gewordenen Leben. Sie wird sich daran erinnern, als sie Sunny ihren Garten zeigt, und jedes Mal, wenn Ben in die Küche kommt und sie eine Sekunde lang denkt, er sei sein Vater, sie wird sich in den Augenblicken danach erinnern, wenn sie ihren Fehler erkannt hat und sie eine abgrundtiefe Einsamkeit erfasst, ein derart überwältigender Schmerz, dass ihr beinahe wieder zum Lachen ist. Sie wird sich daran erinnern, wenn sie morgens gedankenlos ein Extra-Stück Brot toastet, ein Album auflegt, das er nicht mag, oder eines, das ihm gefällt, und wenn sie nachts entnervt aufwacht und ihre Beine nach all dem jammervollen Platz ausstreckt, der in ihrem gemeinsamen Bett kühl ist. Sie wird sich daran erinnern, wenn sie an bestimmten Tagen die Erkenntnis trifft, gleich einem Schlag in die Magengrube, wie unbeschwert sie sich fühlt, eine Rückkehr zur alten Form, zu den stillen Tagen, bevor sie ihn kennenlernte. Sie wird sich auch bei den darauffolgenden, unweigerlichen Bruchlandungen daran erinnern, eine schlimmer als die andere.

Sie wird sich an jene Momente erinnern, als auch Helen stirbt und sie ganz hinten in einer überfüllten Kirche steht, und bei der Erinnerung die Frage auftaucht, welcher von den ergrauten Köpfen in der vordersten Reihe von Kirchenbänken wohl Nathaniels ist. Sie wird sich daran erinnern, als sie die Kirche noch vor dem Empfang verlässt und im Auto weint, um sich selbst weint, die einsame Frau, die heimlich und unerkannt einer Beerdigung beiwohnt, um die Tatsache, dass Mark nicht dabei ist, um die Tatsache, dass er, selbst wenn er noch am Leben wäre, nicht dabei wäre, um Helen Russo, die genau die richtige Dosis Mitgefühl besessen hat und in Julias Leben am Ende für so viel mehr Gutes gesorgt hat, dass das eine Schlechte, das sie zufällig mitangerichtet hat, kaum ins Gewicht fällt.

Sie wird sich daran erinnern, als sie auf dem Weg zur Arbeit im Zug ein Kreuzworträtsel löst, als sie einen Teenager aus der Nachbarschaft dafür bezahlt, dass er den Rasen an den Rändern zurückstutzt, und als sie die Mittagspause am Seeufer in der Nähe des komischen Pubs verbringt, jetzt eine Sephora-Filiale, zu dem Mark sie damals immer begleitet hat, als sie dort arbeitete. Sie wird sich daran erinnern, als Alma ihren College-Abschluss macht, als sie sich von ihr vor der Sicherheitsschleuse am Flughafen O'Hare verabschiedet, weil Alma nach Accra fliegt, und als sie mit ihrer Tochter einen Videoanruf führt, um sich mit ihr über die Erfahrungen beim Englischunterrichten und ihrer Nebentätigkeit Brunnenbohren zu unterhalten, bei der Alma einen zehn Jahre älteren Betreuer kennenlernt, mit dem sie eine einjährige Liebesbeziehung eingeht. Sie wird sich daran erinnern, als Alma nach Hause zurückkehrt, von Grund auf verändert und doch die, die sie schon immer war, und für sechs Monate bei ihr einzieht, das Haus wieder mit Geräuschen anfüllt, Staub aufwirbelt, morgens nach unten gepoltert kommt und sich bis drei Uhr nachts alte Folgen von *Gold Beach* anschaut, auf ihren Runden mit Suzanne den abgetragenen grauen

Pullover von ihrem Vater trägt und – ein einziges Mal –, als sie im Flur Julia über den Weg läuft, das verwaschene Jesus-and-Mary-Chain-T-Shirt.

Sie wird sich daran erinnern, als sie das Gefühl hat, ihr würde das Herz stehen bleiben, während sie ehrenamtlich im botanischen Garten arbeitet, und als Sunny ihren College-Abschluss macht, und zwar in Strategic Design and Transformative Thinking, dessen semantische Bedeutung ihr niemand erklären kann, doch der Sunny offenbar sehr glücklich macht. Sie wird sich daran erinnern, als ihr zweiter und ihr dritter Enkel geboren werden – gleich drei wunderbare Jungen, was für ein Zufall! –, und sie wird sich bei Schulaufführungen daran erinnern, an Tagen der offenen Tür für Großeltern und Halloween-Umzügen, bei denen die Enkel Verkleidungen von Figuren tragen, die ihr immer seltener etwas sagen. Sie wird sich daran erinnern, als ihr bewusst wird, dass die Enkel Mark nur aus Erzählungen kennen, eine freundliche, märchenhafte Erscheinung wie der Weihnachtsmann, dessen Existenz davon abhängt, ob man daran glaubt oder nicht.

Sie wird sich daran erinnern, als Alma ankündigt, dass sie heiratet, und ein paar Monate später verkündet, dass sie es doch nicht tut. Sie wird sich daran erinnern, als ihre Tochter, mittlerweile an der Spitze einer internationalen Non-Profit-Organisation im Bildungsbereich, in einer Lokalzeitung als eine von zwölf »Women to Watch« porträtiert wird, und auch, als die Organisation aus Denver aufgrund von heimlichen Investitionen des Geschäftsführers aufgeben muss und Alma sie fragt, was sie tun solle, und sie antwortet – obwohl sie aus Loyalität zu ihrem Mann Alma die Miete für zwei Monate überweist –, dass ihr schon etwas einfallen werde.

Sie wird sich daran erinnern, als sie beim Haus ihrer Mutter in Capitola vorfährt, und sich bei der Begrüßung von Marshalls Kindern und deren Familien ganz kurz fühlt wie damals mit fünfzehn, wenn Anita ihr beiläufig einen neuen Partner vorstellte. Sie wird sich daran erinnern, als das Gedächtnis ihrer Mutter kurz darauf nachlässt und Merkwürdiges zutage fördert, während anderes ihm entgleitet – als sie Julia fragt, wie es dem Biologen gehe, ob sie Kinder wollen, und sie ihr ihr, falls ja, viel Glück wünsche.

Und sie wird sich erinnern, als ihr eigener Verstand ihr Sorge bereitet und Wörter sich um Haaresbreite ihrem Zugriff entziehen wie bunt aufscheinendes Iridium oder entfernte Flutlichter anlässlich der feierlichen Eröffnung einer Einkaufsmall, als ihr Erinnerungen spontan entfallen, um später beim Einschlafen wieder aufzutauchen: Da blitzt die Erinnerung an die ungehaltene Hebamme im Krankenhaus auf, die Alma nach der Geburt hartnäckig *Juliet* nannte, oder daran, wie weit ihr Auto es mit einer Gallone Sprit (siebenundzwanzig Meilen) schafft.

Sie wird sich daran erinnern, als ihre Freunde sie mit Samthandschuhen anfassen, als sie ihre ausweichenden Blicke bemerkt und ihre mitfühlenden Gesten. Sie wird sich daran erinnern, als Francine ihr ein Foto von Mark im Studentenheim bringt, das sie gefunden hat. Oder sie wird sich vielmehr danach daran erinnern, als sie um Großmut bemüht ist, denn das Foto – bestimmt dazu gedacht, bei ihr eine angenehme Nostalgie hervorzurufen – wird sie innerlich ins Chaos stürzen und sie an all die Jahre denken lassen, in denen sie ihn noch nicht kannte, als er eine Brille trug wie die auf dem Foto, an all die unterschiedlichen Richtungen, die sein Leben hätte nehmen können, wenn er ihr an der Parkuhr nicht über den Weg gelaufen wäre.

Sie wird sich daran erinnern, als ihr Marks Abwesenheit bewusst wird, was eigentlich immer der Fall ist, und bei den vier Malen, als sie völlig vergessen hat, dass es ihn nicht mehr gibt. Drei davon werden sich kurz nach dem Aufwachen ereignen, bevor sie realisiert, dass die Gestalt neben ihr nur in ihrem Kopf existiert, und einmal wird sie zum Handy greifen, um ihm zu sagen, dass sie spät dran ist. Sie wird sich daran erinnern, wenn sie allein ist, das Haus seine eigenen Geräusche macht und Suzanne sich warm an ihre Seite kuschelt – *danke, kleine Dame* –, und sie wird sich daran erinnern, wenn sie sich inmitten von Leuten und ihrem ohrenbetäubenden Lärm aufhält. Sie wird sich daran erinnern, wenn es ihr schlecht geht oder sie will, dass es ihr schlecht geht, oder wenn sie will, dass es ihr gut geht, je nach Laune, je nach den Lichtverhältnissen, je nachdem, ob sie zu ihrem Dinner, das sie allein einnimmt, ein oder zwei Gläser Wein getrunken hat.

Sie wird sich daran erinnern, mit leiser Sehnsucht und für immer, mit dem typisch abgeklärten, in rosaroten Schein getauchten Blick zurück. Sie wird sich an jene Momente derart oft erinnern, dass ihr nach einer Weile Zweifel kommen, ob sie jemals stattgefunden haben.

*

Wenn ihr Enkel auf die Welt kommt – es ist tatsächlich ein Junge, ein kleiner Mann auf einem Fahrrad mit einem Vornamen, der gewöhnlicher ist, als sie erwartet hätte –, werden sie ins Krankenhaus fahren. Aber hinterher wird Mark einen Spaziergang am Ufer des Sees vorschlagen – wo der Wind ihnen an dem Nachmittag, als er ihr eher zufällig ein Liebesgeständnis machte, das Haar ins Gesicht wehte, dessen Wellen im Osten durch die Scheibe seines Autos glitzerten, als sie ihn bat, sie zu heiraten. Jener See, in den sie und die Kinder zweieinhalb Jahre später in einem Ritual, das sie als nichtssagend und übertrieben empfindet, seine Asche streuen werden. Aber in dem Moment wird sie nur daran denken, was für ein schöner Tag es ist, der leichte Wind fühlt sich angenehm an und vor ihnen liegt mindestens noch ein ganzer Nachmittag.

Mark wird ihr, als sie danach auf der Chicago Avenue an einer Ampel auf Grün warten, um zum Lake Shore Drive zu gelangen, ein paar Strähnen aus dem Gesicht streichen.

»Wir haben's geschafft«, wird er sagen und eine Hand hochhalten, damit sie einschlägt, auch wenn Alma ihnen immer wieder sagt, dass man das längst nicht mehr macht. Sie wird einschlagen und dann wird die Ampel umspringen, und sie werden ihre Finger verschränken und mit einem Windstoß die Straße überqueren.

»Und was halten wir von allem?«, wird er fragen.

Sie wird sich ein bisschen älter fühlen, als ihr lieb ist, und den Eindruck haben, dass sie vor Ben und Sunny und dem Baby keine besonders gute Figur gemacht hat, weil sie, als sie ihren Enkel in den Armen hielt, schlicht und einfach keine starken Gefühle empfunden hat. Als Mark das Baby auf dem Arm hatte, dagegen schon – angesichts der offenen Zuneigung, die ihm so leichtfiel, seinem mühelosen Staunen über das Schöne im Leben. Sie wird sich das Staunen von ihm geborgt und deswegen Gewissensbisse haben, auch mit ihren siebenundfünfzig Jahren hat sie immer noch nicht in jeder Situation die richtigen Gefühle parat.

»Er sieht ein bisschen aus wie Eleanor Roosevelt«, wird sie sich zögerlich vortasten.

Und Mark, diplomatisch wie immer, wird daraufhin nachdenklich schauen, und sie wird kurz panisch werden, aber bevor sie zurückrudern kann, wird er sagen: »Weißt du was? Du hast recht.«

»Aber hübsch ist er«, wird sie hinzufügen.

Worauf ihr Mann mit den Achseln zucken wird. »Das war Eleanor Roosevelt auch.«

Und dann wird er sie umarmen und sie aufs Haar küssen und sie wird ihre Arme zum Schutz gegen den kalten Wind in seinen Mantel stecken.

*

Sie wird sich genau daran erinnern, wie es war, oder vielleicht nicht ganz, wer weiß das schon: Sie tanzen alle vier, Julia in Bens Armen, Alma dreht an Marks erhobener Hand Pirouetten – während Sunny am Rand der Tanzfläche sitzt und ihnen mit stolzgeschwellter Brust zusieht wie eine Mutter ihren ungezogenen Kindern beim Spielen –, und dann lässt Ben sie mit einem Mal nach hinten fallen, und sie kreischt kurz, und dann müssen sie beide lachen, können sich kaum halten wie damals, als er noch ein Kleinkind war und sie auf dem Highway in eine Senke fuhr, die Hände über ihren Kopf hielt, als säßen sie in einer Achterbahn, und Ben außer sich war vor Begeisterung, fast übergeschnappt vor Freude darüber, dass sein kleines Leben so viel Schönes bot, *hahaha Mama noch mal*, wundervolles hysterisches Kleinkindlachen, das ansteckt, die Stereoanlage hochgedreht, *Got the wings of heaven on my shoes* – aber halt, das ist doch der Song, der gerade gespielt wird. Alma, wahrscheinlich beschwipst, hat ihre Hemmungen abgelegt und fuchtelt mit ihren Fingern im Takt der Musik herum wie in *Saturday Night Fever* und bricht zusammen mit Mark in einen Lachanfall aus, *live to see another day*, und Ben lässt sie an seinem Arm nach außen wirbeln und fängt sie wieder ein, zieht sie an seine Männerbrust, und als er sie erneut nach außen wirbelt, wechseln sie und Alma den Partner, und mit einem Mal tanzt sie mit Mark, plötzlich müde und angenehm erschöpft – das ist Liebe –, und sie lehnt sich mit ihrem vollen Gewicht an ihn und schaut auf, in sein freundliches, offenes Gesicht, und er neigt sich zu ihr und küsst sie auf den Mund.

Mama, noch mal, hahaha, da musst du warten, mein Schatz, sagte sie zu ihm, denn auf das Auf und Ab der Straße hatte sie keinen Einfluss.

Danksagung

Das Wichtigste zuerst: Hunde sind die besten Menschen, und Renee ist der beste Hund. Danke an dieses kleinste weibliche Wesen, die größte Quelle der Freude, das hellste Licht, die wachesten Augen, die zuverlässigste Begleiterin durchs Leben. Sie hat mich gefunden, als ich sie am meisten brauchte und ist seitdem immer in meiner Nähe geblieben: Danke, dass du mich gerettet hast, kleine Dame.

Mindestens einmal in der Woche überlege ich, »Was würde Ellen Levine jetzt wohl machen?«, und sofort wird das Leben leichter. Danke an meine umtriebige Agentin für ihre Hartnäckigkeit, ihr Urteilsvermögen, ihren Beistand, für ihren Humor und ihre Menschlichkeit, dafür, dass sie zahllose Entwürfe von diesem Roman gelesen hat. Danke, dass du meine Arbeit ernst nimmst und dich mit voller Kraft dafür einsetzt.

Danke an die beste Lektorin auf der ganzen Welt – ach, ich finde kaum Worte dafür: LEE BOUDREAUX SEI DANK (das wäre auch ein guter Titel für das Buch gewesen). Ohne dich wäre dieser Roman nicht das, was er ist, und ich auch nicht. Danke für dein unglaubliches Können, deine Freundlichkeit und Geduld, dafür, dass du stets die richtigen Fragen gestellt hast und immer bereit warst, mit mir zu reden (sogar – nein, dann ganz besonders – wenn ich eigentlich nur über Wandfarben reden wollte), und dafür, dass du alles mit einer ansteckenden Begeisterung und mit Optimismus machst. Es gibt wirklich niemanden, der bei allem, was er tut, so klug, humorvoll und engagiert bei der Sache ist. Was für ein unglaubliches Glück für mich.

Danke an alle bei Doubleday dafür, dass ich mit meinem zweiten Buch bei dem besten Verlag bleiben durfte, ganz besonders an Bill Thomas, Maya Mavjee, Todd Doughty, Vimi Santokhi, Jess Deitcher, Kristin Fassler, Milena Brown und Maya Pasic. Und an Elena Hershey, deren Geduld, Überblick und Organisationstalent wirklich legendär sind. Außerdem Danke an die wunderbare Emily Mahon, die dieses Buch in ihrem Urlaub gelesen und nicht lockergelassen hat, bis das richtige Cover gefunden war, außerdem an Kelly Blair und Cassandra Pappas. Danke an die unglaubliche Lektorin Ellen Feldman mit ihrer unfassbaren Intelligenz und ihrem scharfen Blick. Danke dir dafür, dass du dieses Buch so oft und so sorgfältig gelesen hast und dass dir aber auch wirklich gar nichts entgangen ist. Danke auch an deine tollen Korrektorinnen Susan VanOmmeren und Carla Brenton für ihre Gründlichkeit. An Ruth Liebmann für deine Begeisterung und Großzügigkeit. An das Team vom Vertrieb: Danke, ihr seid einfach wunderbar! Einen ganz besonderen Dank an Jason Gobble für das Bee Gees Golden Book, dafür, dass du registriert hat, als Anita gleich zwei Mal hintereinander abgezogen ist, und für deine Freundschaft.

Danke an die wunderbare, lebenslustige Lettice Franklin von Weidenfeld & Nicolson für den schönsten zweiundzwanzig Seiten langen Brief, den ich jemals bekommen habe. Danke dir für deine Einfälle und Begeisterung und deine Hilfe dabei, das Buch mit neuen Augen zu sehen. Und an das wundervolle Team von W & N: Danke dafür, dass ihr sofort an Julia geglaubt und sie über den großen Teich hinweg bei Euch willkommen geheißen habt.

Bei der Trident Media Group gilt mein außerordentlicher Dank Martha Wydysh und Audrey Crooks, die mehr Hilfe und Geduld aufgebracht haben, als ich verdient hätte. Einen großen Dank an dich, Ana Ban, dafür, dass du für Julia und Co. auf der ganzen Welt ein Zuhause gefunden hast. Und bei der Gotham Group Danke an den wundervollen Rich Green dafür, dass er dieses Buch bereits als Filmprojekt gesehen hat.

Danke an alle vom Iowa Writers' Workshop, die Julias exzentrische Anfänge mit ihrer aufopfernden und inspirierenden Lektüre begleitet haben, darunter unter anderem Lan Samantha Chang, Margot Livesey, Maria Kuznetsova und Drew Calvert. Ein spezielles großes Dankeschön geht wie immer an Ethan Canin dafür, dass er mir geholfen hat, meinen Weg zu finden.

Danke an den unendlich großzügigen Rick Russo in Key West für seine aufmunternden Anmerkungen in der Anfangsphase. Ein Riesendankeschön an Alexa Stark dafür, dass sie mir über Jahre hinweg mit Rat und Tat zur Seite stand. Und an Rich Zabransky für seine strahlende Großherzigkeit, den ihn immer lachend in Erinnerung behalten werde – ich danke dir und vermisse dich sehr.

Danke an das Fairhope Center for the Writing Arts, besonders an Skip und Barbara und Archie Jones – danke für einen bezaubernden Monat an einem sehr besonderen Ort; meine Rückkehr ist euch sicher.

Danke an Erin Goetz dafür, dass sie von Anfang an immer an meiner Seite war und meine frühen Jahre mit so viel Humor, Lebensfreude und wilder Intelligenz bereichert hat – oder eigentlich alle meine Lebensjahre.

Danke an die vielen Autoren, die ich zu meinen Freunden zählen darf – ihr macht diese Welt weniger einsam, danke für eure Unterstützung, euren Beistand und Rat und eure wundervolle Gesellschaft. Danke, Julia Claiborne Johnson für deinen unverbrüchlichen Optimismus und dafür, dass die Welt mit dir freundlicher aussieht als sie ist und dass ich im wörtlichen und übertragenden Sinne auf deinen Sofas schlafen durfte. Danke an Regina Porter – ich bin so froh, dass wir füreinander da sind. An meinen lieben Brieffreund und größten Fan Anton DiSclafani, der mich jeden Tag zum Lachen bringt. An Kevin Smith, den liebsten Freund – mir geht es immer besser, wenn ich weiß, dass du in der Stadt bist. An meine neuen Freunde Tracy Towley, Beck Dorey-Stein, Julia Drake, Kate Russo und De'Shawn Winslow.

Danke an Sue Anzaldi für Verständnis und Aufmunterung, sogar als ich sechzehn war und so wenig zugänglich und angenehm wie nie wieder, war deine Freundschaft eine der größten Geschenke in meinem Leben. Danke an Wanda Raiford, meine Joggingpartnerin und das helle Licht von der anderen Seite der Straße. Und an Robbie, den gutaussehendsten und mitfühlendsten Partner, den ich jemals hatte. An Ruth Hesseltine, meine Partnerin bei der Nachbarschaftswache und wie ich jemand, der kleine Gegenstände zu schätzen weiß. Danke an Jane Van Voorhis und Kurt Anstreicher, meine Familie in Covid-Zeiten. Danke auch an David Rubin, den ich, Gott sei Dank, mittlerweile offiziell mehr als die Hälfte meines Lebens kenne.

Danke an meine Schwester Heidi, meinen Bruder Adam und an meine Schwester Molly, die so viel mehr gewagt hat, während ich an diesem Buch schrieb – ich bin verdammt stolz auf dich, meine Liebe.

Ein Dankeschön an Jan Weissmiller, ein großartiger Buchhändler, der nie einen Geburtstag vergisst, für seine wunderbare Gesellschaft (und den tollen Klatsch) an der Kasse und als Anlaufpunkt für alle Fragen. Und ein Dankeschön an Prairie Lights Books (besonders an Kathleen Johnson), der lokale unabhängige Buchladen, für den ich arbeite, und lebendiger Mittelpunkt einer wundervollen Gemeinschaft aus Autoren und Lesepublikum.

Übrigens: Danke an alle unabhängigen Buchläden und Buchhändlerinnen und Buchhändler für wirklich alles, dafür, dass sie selbst in dunkelsten Zeiten sichere Häfen und Quellen des Lichts sind, für ihre Mühe und ihr Mitgefühl und für alles, was sie für Autorinnen und Autoren, Leserinnen und Leser und Worte tun.

Danke an Tony Lombardo, meinen Vater, dessen Herzenswärme, Humor und Bescheidenheit mich stets geleitet haben. Danke an die mutige, starke und strahlende Sally Lombardo, meine Mom und liebe Freundin – tut mir leid, dass ich als Siebzehnjährige extrem ehrgeizig, auf Unabhängigkeit bedacht und stur war (oder vielleicht auch nur narzisstisch), aber auf jeden Fall danke, dass Du für mich da warst und immer noch bist.

Danke an alle meine Leserinnen und Leser, die meinen Worten ihre Zeit geschenkt haben – mein Gott, ich bin immer wieder erstaunt, dass es euch wirklich gibt, und so dankbar dafür.

Und ein Dankeschön an alle Helen Russos in meinem Leben – ihr wisst, dass ihr gemeint seid, oder auch nicht, aber mir geht es besser, weil ich euch kennengelernt habe.